ULE HANSEN

BLUT
BUCHE

ULE HANSEN

BLUT BUCHE

THRILLER

HEYNE <

Sollte diese Publikation Links auf Webseiten Dritter enthalten, so übernehmen wir für deren Inhalte keine Haftung, da wir uns diese nicht zu eigen machen, sondern lediglich auf deren Stand zum Zeitpunkt der Erstveröffentlichung verweisen.

FSC www.fsc.org
MIX
Papier aus verantwortungsvollen Quellen
FSC® C083411

Verlagsgruppe Random House FSC® N001967

Originalausgabe 05/2018

Redaktion: Susann Rehlein
Printed in Germany
Umschlaggestaltung © Eisele Grafik – Design, München
Satz: Leingärnter, Nabburg
Druck und Bindung: CPI books GmbH, Leck
ISBN: 978-3-453-43805-7

I

Emma Carow saß ihrem Vergewaltiger gegenüber und war die Ruhe selbst.

Sie konnte ihn riechen, obwohl gute drei Meter zwischen ihnen lagen. Den Klang seiner Stimme hören, obwohl er schwieg. Sie mied seinen Blick, aber sie wusste, er schaute sie an. Dennoch war sie ruhig. Ihre Hände zitterten nicht. Sie konnte frei atmen. Die ein, zwei Tropfen Schweiß auf der Stirn, die waren den Scheinwerfern geschuldet.

Sie wunderte sich über sich selbst. Wie konnte sie so gelassen sein?

Weil sie gut vorbereitet war? Sie wusste, was sie zu sagen hatte. Sie hatte es geprobt, hatte es aufgeschrieben und ausgesprochen. Immer wieder. Vor dem Spiegel. Im Auto, auf dem Weg hierher. In der Garderobe. Es hatte ihr nur noch nie jemand dabei gegenübergesessen.

Emma Carow saß unter einer Glaskuppel, die so aussehen sollte wie die, die den Reichstag krönte, nur kleiner. Um sie herum wuchs ein zylindrisches Stahlgerüst in die Höhe: der Gasometer in Schöneberg, Abschnitt 42. Ein Relikt aus den Zeiten, als das Erdgas noch überirdisch gelagert wurde. Damals umfing das stählerne Außenskelett einen flexiblen Innensilo, der je nach Bedarf aufgepumpt werden konnte. Vor dem Krieg war der Gasometer ein Symbol der allgegenwärtigen Industrie gewesen, die die Luft der Hauptstadt verpestete, heute war er ein nostalgisches Symbol für das, was Berlin schmerzlich fehlte: eben jene Industrie. In dieses Ding hatten die TV-Macher die Kuppelkulisse gesetzt, die sie umfing, Bombast im Kleinen. Fünf Gäste saßen neben Emma auf der roten Bühne. Hinter ihnen rot-gelbe Bühnendeko, vor ihnen Kameras. Und Zuschauer. Aufgereiht auf einer Tribüne. Sie erkannte keine Gesichter, die Lampen blendeten sie. Ihre Schwester war nicht darunter, das wusste sie. Sarah saß mit ihrem neuen Liebsten vor dem Fernseher. Emmas Kollegen wahrscheinlich auch.

Emma, dezent geschminkt, kreuzte die Beine in den hellen Wildlederstiefeln, dazu trug sie schwarze, enge Jeans und einen weißen Wollpulli, die Klamotten hatte Sarah ausgesucht: »Keine Widerrede.« Sie strich sich über die raspelkurzen blonden Haare und wunderte sich über sich selbst.

Neben ihr die Moderatorin.

Charlotte Langendorn. Breites Lächeln, einfach sympathisch, trotzdem seriös. Vertrauenswürdig. Sie hatte verstanden, was Emma zu sagen hatte, im Großen und Ganzen, sie hatten sich darüber unterhalten, damals schon, als Emma spontan in der Sendung angerufen hatte, zu der sie nun ins Studio eingeladen war, um die zehn Wochen war das jetzt her. Jung, die Langendorn, aber schon ein alter Hase, es war gut, so jemanden zur Seite zu haben. Dann die Pastorin, Feldwiese oder so. Über sie stand immer wieder mal was in der Zeitung – Frau mit großem Herzen, Pragmatikerin, in der Friedensbewegung aktiv. Der Strafrichter, Hoppe. Sie kannten sich. Der Promi natürlich, André Irgendwas. Hatte in irgendeiner TV-Show irgendein Lied über Frieden zwischen Mann und Frau gesungen, Frieden und Liebe oder so, das machte ihn zum Experten für Vergewaltigung.

Und Uwe Marquardt.

Ohne Mauer. Ohne Gitter. Ohne Handschellen. Frei saß er da, wie ein ganz normaler Mensch, ein Mensch, der lediglich die seltsame Angewohnheit hatte, Frauen wie sie drei Tage lang ans Bett zu fesseln und zu vergewaltigen.

Aber es war kein Problem. Überhaupt kein Problem. Denn sie hatte ihn überwunden. Oder war auf dem besten Weg dazu. Sie war stärker, sie war vorbereitet, sie wusste, was sie zu tun hatte, sie waren in der Öffentlichkeit, in der Öffentlichkeit hatte einer wie er keine Gewalt über sie. Nur im Dunkeln, nur mit Messer und Seil, nur damals, bevor sie Polizistin wurde, bevor sie eine Waffe hatte, bevor sie verstand, dass es Menschen wie ihn gibt auf dieser Welt – bevor sie begann, Menschen wie ihn zu studieren. So einer wie er, ein Feigling wie er, würde ihr vor den Augen anderer nichts antun.

Uwes Gesicht. Ganz nah, dieser inwärts gerichtete Blick, der Atem, der immer so laut war, die Härchen in seinen Nüstern, die glänzenden Stoppeln an seinem Hals, wohl noch schnell beim Friseur gewesen, seine vollen, drahtigen Haare, bestimmt geföhnt, seine Schläfen, der dünnste Part des menschlichen Schädels, da sollte man nicht mit dem Absatz gegentreten, seine ungewöhnlich hellen, wässrigen Augen, seine breiten Schultern unter dem karierten Hemd, seine Selbstzufriedenheit, sein Schwiegersohngrinsen, dieses penetrante Grinsen.

Wieso grinste er? Wusste er nicht, was jetzt kommen würde? Hatte er keine Angst davor, was sie jetzt sagen würde?

Die Langendorn redete, ans Publikum gewandt. Irgendwas lief vom Band, auf dem großen Monitor hinter ihnen, ein Einspieler: Jemand erzählte von einer Vergewaltigung. Eine junge Studentin, neunzehn, in Frankfurt am Main, will von einer Party aus einem Vorort nach Hause, es ist spät, die nächste S-Bahn fährt erst in zwei Stunden, da nimmt jemand sie im Auto mit, sie kennt ihn, ein Kommilitone, doch er fährt sie nicht nach Hause, er fährt in den Wald, zum Ferienhaus seiner Eltern, das muss sie sich ansehen, und außerdem braucht er dringend einen Kaffee, irgendwas sagt ihr, hier stimmt was nicht, aber es ist ihr peinlich, ihn zu konfrontieren, er war ja so nett und hat sie mitgenommen, man beschuldigt nicht irgendjemanden einfach nur so. Dann plötzlich ist dieses Jagdmesser in seiner Hand, plötzlich ist die Klinge an ihrem Hals. Über drei Tage hält er sie in der Hütte fest, vergewaltigt sie immer wieder, richtet sich mit ihr ein, als ob sie ein Paar wären, ein ganz besonderes Paar, dessen eine Hälfte winselnd und bettelnd ans blutgetränkte Bett gefesselt bleibt, bis der Vater des jungen Mannes unerwartet auftaucht und einen Krankenwagen ruft.

Emma hörte nur mit halbem Ohr zu. Sie war sich kaum bewusst, dass der Einspieler ihre Geschichte erzählte.

Der Vergewaltiger heißt Uwe Marquardt. Sieben Jahre hat er in Haft verbracht. Jetzt ist er frei und, wie er sagt, geläutert: ein Mann, der gelernt hat, Frauen zu respektieren. Sie nicht als Beute, als Besitz, als Spielzeug zu betrachten, sondern als Menschen. Er hat auch ein Buch darüber geschrieben: *Läuterung. Die lange Reise zu mir selbst.* Das Buch verkauft sich gut, er hält Lesungen, gibt Interviews, wird von Stiftungen, Bildungseinrichtungen, Tagungen als Gastredner eingeladen. In dem Buch versichert er, dass er nur noch einen Wunsch habe, für den er alles tun würde: dass sein Opfer ihm verzeiht.

Heute sitzen sie sich zum ersten Mal öffentlich gegenüber, Täter und Opfer. Dieselbe Emma, die sich noch vor wenigen Wochen nicht vorstellen konnte, dass irgendwer von ihrer Geschichte erfuhr, die dann hinnehmen musste, dass er sie vor aller Welt in seinem Buch ausbreitete, die sich rechtlichen Beistand geholt hat, die bereit war, vor Gericht zu gehen, um die Hinweise auf sie im Text schwärzen zu lassen – dieselbe Emma hat sich nun zur öffentlichen Person gemacht und damit auf all dies verzichtet, es würde keine Schwärzungen geben, sie würde das Buch nicht mehr anfechten, weil sie etwas Wichtiges zu sagen hatte, etwas, das wichtiger war als der Schutz ihrer Persönlichkeitsrechte.

Dann war der Einspieler vorbei, und Langendorn wandte sich an sie. Sagte etwas. Eine Frage, vermutlich die gleiche wie in dem Einspieler: Können Sie diesem Mann je verzeihen? Ganz genau hatte Emma sie nicht verstanden, weil sie nicht darauf geachtet hatte. Die Frage war auch egal. Sie wusste, was sie zu sagen hatte. Als sie sicher war, dass die Kamera auf sie gerichtet war, sprach sie.

»Uwe Marquardt ist nicht geläutert. Er wird erneut vergewaltigen, er kann nicht anders.«

»Aber woher …«, versuchte es die Moderatorin.

»Ich bin vom Fach. Ich bin Fallanalystin«, sagte Emma. »Mein Spezialgebiet sind Serientäter. Ich analysiere Psychopathen und Soziopathen. Uwe Marquardt ist einer von ihnen. Er hat die Vergewaltigung nicht aus Neugier probiert, sie ist ihm nicht versehentlich passiert, er hat es getan, weil er Gewalt ausüben will, und er wird es wieder tun. In ihm steckt ein Serientäter, schlimmstenfalls ein Serienmörder.«

»… woher können Sie das wissen?«

»Das ist die Entwicklung, die wir bei seinesgleichen immer wieder beobachten. Es steckt in ihm und wird immer in ihm stecken. Er will noch immer vergewaltigen, kontrollieren, quälen und erniedrigen, er braucht das, die Macht über ein schwächeres Wesen. Das ist die einzige Emotion, die stark genug für ihn ist, um sie spüren zu können. Dagegen gibt es keine Therapie. Die Heilung von Psychopathen ist ein Mythos.« Der Moderatorin hatte es tatsächlich kurz die Sprache verschlagen, aber in der Pastorin regte sich Widerstand, das sah man ihr an. Emma fuhr fort: »Sicher, wir wollen alle daran glauben, dass ein Straftäter wieder in die Gesellschaft eingegliedert werden kann. Bei vielen klappt das auch … Doch Psychopathen sind ab einem bestimmten Punkt nicht mehr resozialisierbar. Herrn Marquardts Buch, seine Reue, seine Beteuerungen – das ist Show, Spiel, Spaß, er manipuliert die Öffentlichkeit, damit er ungestört weiter vergewaltigen kann. Ich bin heute Abend nur aus diesem einen Grunde hier: Sie zu warnen. Glauben Sie ihm nicht. Egal was er sagt, egal wie sinnvoll und aufrichtig es klingt. Er will und er wird es wieder tun. Er bittet nicht um Vergebung, er bittet um Erlaubnis.« Emma wandte sich ans Publikum. »Und eines sollten Sie wissen, die Frauen unter Ihnen: Männer wie er werden nie aufhören, Frauen zu verfolgen. Lassen Sie sich nicht einschüchtern, lassen Sie sich nicht einwickeln, hoffen Sie nicht auf Besserung. Eine Straftat ist eine Straftat. Erstatten Sie Anzeige, wenn Ihnen Gewalt angetan wurde.«

Jeder wollte etwas entgegnen. Die Moderatorin, die Pastorin, der Richter, Uwe selbst, ihre Stimmen prasselten von allen Seiten auf sie ein. Sie kannte sie alle, jedes Argument, jeden Einwand, jedes Aber. Sie entkräftete sie alle, ruhig, besonnen und beharrlich, auch wenn ihr das Herz bis zum Hals klopfte. Sie war ein Profi, sie war Fallanalystin beim LKA, sie wusste, wovon sie sprach, sie war Emma Carow, und sie hatte keine Angst mehr.

Sie hatte ihn überwunden.

Sie konnte es selbst kaum glauben.

2

»Die Presse liebt Sie, Frau Carow.«

Emma saß in dem viel zu niedrigen, abgewetzten Teaksessel aus den 1960ern, umfasste die geschwungenen Armlehnen und lehnte sich vor. Nicht sicher, ob sie ihren höchsten Vorgesetzten richtig verstanden hatte. Auch wer dieser andere Mann war, der direkt neben ihm stand und sie knapp anlächelte, wusste sie nicht. Und diese Frau, eher Dame, nur unwesentlich älter als Emma selbst, die neben ihr in dem anderen Sessel saß, Beine übereinandergeschlagen. Und was diese Menschen am frühen Morgen von ihr wollten.

Die Dame hatte nur kurz aufgeblickt, als Emma den Raum betrat, aber es hatte gereicht, um Emma nachhaltig zu verunsichern. Gepflegt. Perfekt geschminkt. Brünettes Haar mit goldenen Strähnchen, zarter Goldschmuck, Rock und Blazer in Dunkelblau, Nylons, High Heels. Im Februar. In Berlin. Als Emma am Montagmorgen unerwartet einbestellt wurde, hatte sie in Panik das erste Outfit übergeworfen, von dem sie wusste, dass es einigermaßen anständig aussah: das von der Talkshow. Jetzt wünschte sie sich, sie hätte was Frisches angezogen. Sie wünschte sich Haare. Ihre letzte Frisur klebte auf irgendwelchen Panzertapestücken in der Asservatenkammer.

Die Büroeinrichtung des Polizeipräsidenten erinnerte entfernt an eine vergessene, verstaubte James-Bond-Kulisse. Die farblosen Lamellenvorhänge, der Kunstfaserteppich, auch der Polizeipräsident selbst, mit seinem Namensschild auf dem massiven Teakschreibtisch: Gab es tatsächlich Leute, die ihm gegenübersaßen, ohne zu wissen, dass er Falner hieß? Sie hätte lieber die Namen der anderen beiden erfahren, doch keiner machte Anstalten, sich vorzustellen.

Emma versuchte es mit höflichem Schweigen, aber offenbar erwartete Falner eine Antwort.

Sie gab ihr Bestes: »Wie bitte?«

»Nach Ihrem Auftritt am Freitag sind Sie doch ziemlich präsent in den Medien«, erläuterte Polizeipräsident Dr. Falner. Er hob eine Akte von seiner ansonsten sehr aufgeräumten Schreibtischplatte hoch und ließ sie wieder fallen. »Wenn ich alle Berichte über Sie zusammenzähle, ich meine, seit Ihrem allerersten Anruf bei dieser Talkshow im … wann war das?«

»Ende November«, half der Mann neben ihm aus.

»Im November. Dann komme ich auf fast ein Dutzend. Elf, um genau zu sein.«

»Ich habe mit niemand sonst von der Presse gesprochen«, stellte sie klar. »Die ganze Zeit nicht, bis gestern. Ich habe alle bis auf Langendorn abgelehnt.« Es beunruhigte sie schon ein wenig, dass der Polizeipräsident die genaue Zahl dieser Artikel kannte. Überhaupt, es beunruhigte sie, dass sie im Büro des Polizeipräsidenten saß.

Zum ersten Mal sprach der andere Herr sie an: »Dafür haben Sie aber einen starken Eindruck hinterlassen. Die Zuschauerquoten von Langendorn liegen normalerweise bei ein paar Zehntausend, am Freitag sprangen sie auf über eine Million.«

Emma antwortete nicht. Noch beunruhigender als die Tatsache, dass sie den Mann noch nie gesehen hatte, war die Tatsache, dass er die Einschaltquoten jener Talkshow kannte. Die kannte nicht mal sie.

Ein bisschen unangenehm war ihr die mediale Aufmerksamkeit schon. Es hatte gleich angefangen, nachdem sie damals in der Talkshow angerufen hatte. Sie hatte zufällig ferngeschaut, und da saß er seelenruhig in der Runde, Uwe Marquardt, redete von Läuterung und machte Werbung für sein Buch. Es war dieser Stuss, den er vor laufender Kamera von sich gab, der sie dazu gebracht hatte, zum Telefon zu greifen, und dann ging alles ganz schnell: Sie wurde live zugeschaltet, sagte ihre Meinung, und am Morgen danach hatte sie die Einladung ins Studio auf dem Tisch und diverse Interviewanfragen auf dem Anrufbeantworter. Sie ging auf nichts ein, überlegte sich ihren nächsten Schritt lange und beschloss schließlich, Langendorns Einladung doch anzunehmen, um zu Ende zu bringen, was sie angefangen hatte.

Abgesehen davon hatte sie nicht ein Wort mit irgendwelchen Journalisten gewechselt. Dass trotzdem Artikel über sie erschienen, konnte sie nicht verhindern. Und als sie vor drei Tagen den endgültigen Schritt in die Öffentlichkeit gewagt hatte, hatte sie genau gewusst, dass das den Chefs möglicherweise unangenehm aufstoßen würde, doch das war es ihr wert gewesen.

Jetzt war sie sich nicht mehr ganz so sicher.

Also griff Emma zu der einzigen Reaktion, die sie aus dem Effeff beherrschte: Trotz. »Ich habe nichts getan, wofür ich mich entschuldigen muss«, sagte sie und straffte sich, was nicht leicht war in dem Sessel.

Falner wechselte abrupt das Thema. Als ob er mit ihrer Antwort zufrieden sei. Oder nie zufrieden sein würde, egal was sie sagte. »Frau Carow, wissen Sie, was ein Antideutscher ist?«

Emma wusste, was ein Antideutscher ist. Sie wusste bloß nicht, wieso sie das gefragt wurde. »Das sind Linksradikale, die gegen alles sind, was deutsch ist.«

»Sie sprechen von den Antideutschen hierzulande. Es gibt sie aber auch in anderen Ländern. Zum Beispiel in Polen.«

Das war Emma neu.

»Frau Szymańska kann es sicher besser erklären als ich.«

»Kaja Szymańska.« Die Dame reichte Emma die manikürte Hand. Sie duftete nach Vanille. Emma schüttelte sie. Fester Händedruck, warmes Lächeln, knallharte Augen. »Angenehm.« Das war eine Lüge. Emma konnte diese Frau nicht einordnen. Und sie hatte sofort begriffen, dass es der Frau mit ihr genauso ging.

»Szymańska wie Schimanski?«, fragte Emma.

»Genau. Nur mit weiblicher Endung.«

»Aha.«

»Es gibt in Polen drei oder vier kleinere politisch motivierte Gruppen, die als antideutsch einzustufen sind«, erklärte die Dame. »Für die ist der Zweite Weltkrieg noch nicht vorbei. Sie geben den Deutschen die Schuld an allem, was in ihrer Welt schiefläuft.« Ihr Deutsch war fast perfekt, nur eine weiche, ungewohnte Melodie lag darin. Emma mochte den Klang. Die Männer auch, das sah sie. »Ihr Image ist furchterregender, als sie in Wirklichkeit sind, aber: Viele Menschen trauen ihnen Gewalttaten zu. Sogar im Extremfall Terrorakte zu planen und auszuführen, in der Hoffnung, so was wie einen neuen Krieg zwischen Deutschland und Polen anzuzetteln.«

»Wie bitte?«.

Die Dame lachte verlegen. »Es hört sich lächerlich an, ist es ja auch. Aber diese Gruppen – sie wollen Emotionen auf beiden Seiten der Grenze hochpeitschen. Wenn sie mit irgendeiner irreführenden Aktion erreichen können, dass die zwei Nationen sich öffentlich gegenseitig Vorwürfe machen, dann haben sie ihr Ziel erreicht. Dann ist die Beziehung zwischen Deutschland und Polen bald wirklich gestört.«

Emma hatte keine Ahnung, worum es ging. Politik, Außenpolitik, damit kannte sie sich nicht aus. Ihre Welt waren Serienmörder, Serienvergewaltiger, Serientäter. Das mussten die doch wissen. Oder? Sie brauchte dringend einen Kaffee.

Präsident Falner hatte noch mehr Fragen: »Wissen Sie, wer Gudrun Schmalig ist?«

»Ich kenne den Namen.«

Wer nicht. Die nicht gerade öffentlichkeitsscheue Vizepräsidentin des Verbands der Heimatvertriebenen Schlesiens, von ihren Feinden als Rechtsextremistin tituliert, von ihren Fans als Streiterin für die Rechte der Enteigneten. Aber vor allem: eine echte Rampensau.

»Vorgestern bat uns Frau Schmalig offiziell um eine Stellungnahme in einer polizeilichen Sache«, sagte der andere Mann. Emma hatte keine Ahnung, wer »uns« war. »Fotokopien von bestimmten Briefen befinden sich in ihrem Besitz. Sie möchte wissen, warum die Polizei in dieser Sache bislang untätig gewesen ist.«

Emma wusste nichts von irgendwelchen Briefen.

»Unsere Stellungnahme hat sie noch nicht bekommen«, fuhr Herr Dr. Falner fort. »Aber sie hat uns schon gewarnt: Sie habe vor, diese Sache bei der nächsten Mitgliederversammlung des Verbands der Heimatvertriebenen Schlesiens anzusprechen. Am Freitag. Die Presse wird anwesend sein.«

»Liegt der Fall denn bei uns?« Emma wunderte sich. »Bei der OFA?« Das war die Operative Fallanalyse, die Abteilung des Berliner LKA, der sie angehörte.

»Nein. Es ist auch keine Sache der Berliner Polizei, sondern der polnischen Behörden. Frau Szymańska hier ist Chefermittlerin der Kommandantur Breslau, in der Woiwodschaft Niederschlesien …«

»… *Dolnośląskie*«, sagte Frau Szymańska und strich sich den Rock glatt.

»Tut mir leid, ich verstehe immer noch nicht …«

Herr Dr. Falner reichte Emma eine schmale Akte. »Es handelt sich um drei Schriftstücke, die in den letzten beiden Monaten bei der polnischen Polizei eingegangen sind«, sagte er. »Die Briefe sind in zwei verschiedenen Handschriften verfasst, dem Anschein nach von zwei Frauen. Diese behaupten, sie würden in Polen von einem Mann festgehalten und wiederholt vergewaltigt und missbraucht. Sie bitten die Polizei um Hilfe.«

Häh?

»Wie kommt die Polizei denn an die Briefe?«, fragte Emma zögernd. »Wenn die Frauen doch festgehalten …«

»Der Täter selbst hat die Briefe zur Post gebracht«, sagte Frau Szymańska. »Ordentlich frankiert, in drei Briefkästen in drei verschiedenen Ortschaften Westpolens abgeschickt.«

»Häh?«

Frau Szymańska lachte und strich sich eine goldene Strähne hinters Ohr. »Ehrlich gesagt, das war auch meine erste Reaktion, genau so: Häh? Unten auf jedem Brief steht die Aufforderung, die Polizei möge ihn auf ihrer Website veröffentlichen. Bei dem ersten Brief haben wir das nicht gemacht, wir hielten ihn für einen üblen Scherz. Doch als der zweite kam, dachten wir, sicherheitshalber sollten wir es ernst nehmen, und veröffentlichten dann auch den ersten Brief nachträglich. Aber …«

»Ich halte es immer noch für einen Scherz«, sagte Falner.

»Ich auch«, bestätigte Szymańska. »Ein Serienvergewaltiger, der Frauen tage-, wochenlang festhält, sie Briefe schreiben lässt und die dann auch noch abschickt? So was kommt meiner Erfahrung nach nicht vor.«

Emma nickte. »Und was hat all das mit der deutschen Polizei zu tun?«

»Die Briefe wurden auf Deutsch verfasst«, sagte der Unbekannte, der neben Falner stand. »Die angeblichen Opfer sind deutsche Frauen.«

Emma wollte noch einmal häh sagen, ließ es aber lieber. Sie schaute die Akte an, die sie in ihren Händen hielt. »Und ich soll …?«

»Nicht die Briefe sind unser Problem.« Der fremde Mann seufzte. »Unser Problem ist die gute Frau Schmalig. Irgendwer hat sie auf die Briefe aufmerksam gemacht. Sie stehen ja schon zwei Wochen online, jeder kann sie sehen, aber deutsche Journalisten gucken nicht so oft auf die Website der polnischen Behörden. Bisher. Jetzt ist Frau Schmalig überzeugt, dass, ich zitiere: *irgendwelche Deutsche hassenden Polacken* – Entschuldigen Sie, Frau Szymańska – *unsere Frauen entführen und misshandeln*, und sie will wissen, warum die deutsche Polizei nichts dagegen unternimmt.«

»Aber das ist nicht unsere Sache, es ist doch auf polnischem …«

»Das interessiert Frau Schmalig nicht«, sagte der zweite Mann. »Sie will einen Skandal. Sie will der Regierung Unfähigkeit und Verrat am Volk vorwerfen. Und das wird ihr auch gelingen. Es sei denn, Sie sagen ihr, die Briefe sind ein Scherz.«

»Ich?« Emma starrte auf die Akte in ihren Händen. »Ich soll …«

Alle blickten sie an.

»… die Briefe analysieren …«

Die Männer warteten.

»… ein Täterprofil erstellen …«

Sie warteten.

»… in dem steht, dass ein solcher Täter unwahrscheinlich ist …«

Sie warteten.

»… und es sich höchstwahrscheinlich um einen üblen Scherz handelt.«

Die Männer warfen sich einen Blick zu, Frau Szymańska nickte lächelnd.

»Natürlich nur, wenn es sich Ihrer Meinung nach tatsächlich um einen üblen Scherz handelt«, sagte der zweite Mann freundlich.

»Wir sind da ja selbst noch ein bisschen unsicher«, sagte Szymańska.

»Keine Leichen? Spuren? Anhaltspunkte?«, fragte Emma sie. »Gar nichts?«

Szymańska zuckte die Achseln. »Ich komme mit mehr oder weniger leeren Händen …«

»Frau Carow, noch mal zu dieser Talkshow«, ergriff der Falner das Wort, als sei ihm das gerade eingefallen. »Ich habe gewisse Vorbehalte gegenüber Beamten, die sich im Fernsehen profilieren und wie B-Promis benehmen. Sie betreten da eine Grauzone, egal wie oft Sie vergewaltigt wurden. Dienst ist Dienst, und Schnaps ist Schnaps, und ich erwarte von Ihnen, dass Sie das ein bisschen im Auge behalten.«

Frau Szymańska schaute zu Boden. Die beiden Männer blickten Emma unverwandt in die Augen. Sie antwortete nicht – was hätte sie antworten sollen? –, und Herr Dr. Falner räusperte sich.

»Nun hat die Presse aber einen Narren an Ihnen gefressen. Die wissen auch, dass Sie eine ausgezeichnete Fallanalystin sind, obwohl keiner da draußen eine Ahnung hat, was das eigentlich ist. Wenn Sie in drei Tagen vor die Presse treten und klarstellen, dass die Briefe ein Scherz sind, wird dies am Freitag in der Zeitung stehen. Da wird auch die Mitgliederversammlung von Frau Schmalig stattfinden, und sie wird keine Möglichkeit mehr haben, aus den Briefen einen internationalen Skandal zu zimmern. Wir brauchen Ihr Fallprofil, sagen wir lieber Fallgutachten, am Donnerstagmorgen um neun. Ich will mich klar ausdrücken, Frau Carow: Ihr Gutachten muss deutlich machen, dass die Briefe substanzlos sind, von einer kleinen Gruppe Spinner verfasst, reine Fantasie, und dass nirgendwo irgendwelche deutschen Mädels in Gefahr sind. Ich freue mich auf Ihre Einsichten. Sie dürfen gehen.«

3

Es war immer noch nicht richtig hell draußen, so ein schmutzig-kaltes Februarzwielicht unter grauer Wolkendecke, als ob sich die Winternacht verzweifelt weigerte, dem Morgen endgültig zu weichen. Konnte gut sein, dass sie damit durchkam. Zwang sie ja auch keiner dazu hier in Berlin.

Emma hatte einen Parkplatz in der Keithstraße gefunden und stapfte zwischen den Haufen schwarzen, halb geschmolzenen Schnees Richtung Burg.

Die Burg: Fast einen ganzen Häuserblock nahm sie ein, drei Wohnhäuser breit, fünf Stockwerke hoch, ein Amtsgebäude von altertümlicher Wucht, aus schweren Quadern im 19. Jahrhundert errichtet, um einzuschüchtern, ganz klar, vor allem Leute, die vom rechten Wege abkommen wollten. Stärke sollte sie ausstrahlen, Stärke und Autorität, und falls da ein oder zwei ominöse Gerüchte kursierten, im Keller lagerten noch mittelalterliche Foltergeräte, umso besser.

LKA 1, Delikte am Menschen. Das war Emmas Arbeitgeber, und ganz hinten, ganz oben, im Dachgeschoss, die OFA, die Operative Fallanalyse, das war ihr Büro, das sie mit Sigmar, Felix und Matze teilte. Ein Erker mit Konferenztisch, drei Schreibtische, viel Platz, viele Fenster. Der Raum war hoch, weit und weiß. Die Fallanalysten hatten es gut in ihrem modernen Büro unterm Dach, das von den übrigen Bullen in der Burg, die mehrheitlich umgeben waren von den traditionellen Amtsstubenfarben Kotzgrün und Knochengelb, etwas abfällig *die Puppenkiste* genannt wurde. Wieso Puppenkiste? Ein Rätsel. Hing wohl mit den Eierköpfen zusammen, die hier arbeiteten. Was Eierköpfe genau mit Puppen zu tun hatten, wusste Emma nicht, Bullen sind halt keine Wortkünstler. Immerhin sagte niemand mehr *Profiler*, oder zumindest kaum noch, Emma hasste das Wort, Fallanalysten waren sie, *Profiler* war Fernsehdeutsch.

Das Büro war leer. Punkt acht war sie auf dem Polizeipräsidium gewesen, jetzt war es kurz vor neun, später als üblich, und sie war immer noch die Erste. Emma machte die Lichter an, die Kaffeemaschine, fuhr ihren Computer hoch, lüftete, hängte ihren feuchten Mantel auf, schloss das Fenster wieder, weil sie fror, und war immer noch allein. Sie brühte sich einen starken Kaffee auf gegen das Zwielicht da draußen. Setzte sich an ihren Schreibtisch und las.

ERLÄUTERUNG/A. SZYMAŃSKA/KOMMANDANTUR BRESLAU, WOIWODSCHAFT NIEDERSCHLESIEN (ÜBERSETZT AUS DEM POLNISCHEN)

Am 6. Januar sowie am 2. und 9. Februar ging je ein anonymer Brief bei den polizeilichen Behörden in Wrocław (Breslau) ein. Alle Umschläge waren handschriftlich adressiert; laut Handschriftenanalyse wurden diese Adressen von der Verfasserin der jeweiligen Briefe geschrieben. Keiner der Umschläge enthielt einen Absender. Die Briefe wurden in drei Ortschaften in Województwo Dolnośląskie (Distrikt Niederschlesien) jeweils etwa 100 Kilometer entfernt von Zgorzelec (Görlitz), an der deutschen Grenze, abgeschickt.

Auf den Umschlägen sowie an den Briefen selbst wurden DNA-Spuren und Fingerabdrücke festgestellt, die mutmaßlich von den Verfasserinnen der Briefe stammen. Bisher konnten diese nicht zugeordnet werden.

Eine Handschriftenanalyse ergab, dass es sich um insgesamt zwei Verfasser/innen handelt: Brief 1 wurde von Unbekannte 1 verfasst, Briefe 2 + 3 wurden von Unbekannte 2 verfasst.

Jeder Brief besteht aus einem Blatt handelsüblichen Druckerpapiers.

Jeder Brief wurde auf Deutsch verfasst.

Unter dem jeweiligen handgeschriebenen Text befindet sich zusätzlich ein polnischer Satz, der mit einem Tintenstrahldrucker hinzugesetzt wurde. Auf jedem Brief ist dieser Satz wortgleich. *Uprasza się o niezwłoczne umieszczenie niniejszego listu w eksponowanym miejscu na waszej stronie internetowej. – Es wird darum gebeten, diesen Brief unverzüglich an prominenter Stelle auf Ihrer Website zu veröffentlichen.*

Aus Rücksicht auf die Öffentlichkeit kam die polizeiliche Behörde bei Brief 1 der Forderung zunächst nicht nach. Inzwischen wurden alle drei Briefe auf der Website der polnischen Polizei veröffentlicht, zusammen mit einem Zeugenaufruf. Darauf erfolgte jedoch keinerlei Reaktion.

Emma legte die Seiten auf ihrem Schreibtisch ab – und sah, wie eine Männerhand sie aufnahm. Sigmar Anstätt. Er war gerade reingekommen.

»Ich habe von Ihrem T-T-Termin heute Morgen gehört. Sie sind eine ge-ge-gefragte Frau.«

»Das hat mit dieser Talkshow-Sache zu tun, peinlich, so was.«

»Finde ich nicht. Noch ein K-K-Kaffee?«

»O ja, gern.«

Sigmar: schlaksig, im schwarzen Rolli. Immer dieser schwarze Rolli. Wie viele davon er wohl hatte? An den Bart, den er sich neuerdings stehen ließ, konnte sich Emma einfach nicht gewöhnen. Autorität. Es ging um Autorität. Der Bart sollte ein Zeichen sein. Hätte er es nur gelassen. Zu durchsichtig. Also das Zeichen, nicht der Bart. Das Chefzimmer da hinten schien immer noch zu groß für ihn und der Schreibtisch auch, hier auf die Tischkante passte er besser. Auch wenn er es nicht zugab. Ein Chef gibt so was nicht zu. Sigmar aber stand es ins Gesicht geschrieben. Trotz Bart.

Und dann das Stottern. Als Sigmar die OFA-Abteilungsleitung als Elternzeitvertretung übertragen bekam, womit nun wirklich keiner gerechnet hatte, war Emma sicher gewesen, dass das bestimmt nachlassen würde – Chef der Berliner OFA, selbst vorübergehend, das war eine Respektsposition, das musste sich doch auf Sigmars Gemüt auswirken. Aber es kam umgekehrt: Das Stottern wurde schlimmer.

Emma griff zur nächsten Seite.

»Hallo, Promi«, sagte Matze, Fahrradhelm noch unterm Arm. Er grinste.

Emma stöhnte.

»Der Pach aus der MK 5 meint, du kriegst bald deine eigene TV-Show.«

»Hauptsache, ihr habt Spaß«, sagte Emma.

»Und ich soll dich von der Ceesay grüßen«, fuhr Matze, immer noch grinsend, fort. »Sie hat es im Präsidium erfahren und macht jetzt Werbung für dich. Sie will das Management für dich übernehmen.«

Jetzt jemand in die Fresse hauen. Aber nicht Matze. Matze könnte Emma nie in die Fresse hauen. Matze, der Jüngste in der Puppenkiste. Matze, der seit Neuestem immer sein Rennrad mit ins Büro schleppte, seit ihm das letzte direkt vor dem LKA geklaut worden war. Wer klaut ein Fahrrad direkt vor dem LKA-Gebäude? Wahrscheinlich ein Kollege – das perfekte Verbrechen. Matze, in der Fallanalyse noch etwas frisch, aber keiner konnte recherchieren wie er. Und Fortschritte machte er auch rasend schnell, er war so ehrgeizig wie smart, der Klügste von ihnen vielleicht, der schlaue kleine Bruder, jeden Monat eine neue Haarfarbe, eine so bescheuert wie die andere, diese Woche grün-blond, weil es gerade hip war, vegan zu essen und Gemüsegärten für Flüchtlinge anzulegen, egal, die Haare standen eh immer in alle Richtungen, und WhatsApp statt Facebook, Twitter statt Instagram oder umgekehrt, Emma wusste es nie, Matze aber sicher.

Während Sigmar die gelesenen Seiten von Emma aufnahm, nahm Matze die Seiten von Sigmar. Einträchtig saßen sie nebeneinander auf Felix' Schreibtisch und lasen. Emma auch.

GRAFOLOGISCHES GUTACHTEN/DR. RALF JEREMIAS, DRESDEN, IM AUFTRAG DER POLIZEIDIREKTION ZGORZELEC (GÖRLITZ), POLEN.

Den Handschriften nach zu urteilen, wurde Brief 1 durchgehend von einem einzigen Verfasser, wahrscheinlich einer Frau (allein aufgrund der Handschrift kann das Geschlecht des/der Verfassers/in nicht hundertprozentig festgestellt werden, lediglich eine Wahrscheinlichkeit), in einer einzigen ununterbrochenen Sitzung niedergeschrieben.

Die Briefe 2 und 3 stammen von einem zweiten Verfasser, wahrscheinlich ebenfalls einer Frau, und sind ebenso, der Handschrift nach zu urteilen, ausschließlich von einer Person in einer einzigen ununterbrochenen Sitzung geschrieben worden.

Alle drei Briefe entstanden unter intensivem Stress – das geht aus Strichbeschaffenheit, Druckgebung und Bewegungsfluss der Handschrift hervor. Das Schreibtempo, die Unsicherheit und emotionale Erregung, die die Schrift verrät, legt die Vermutung nahe, dass die Briefe unter Zeitdruck entstanden, möglicherweise auch unter Beobachtung, vielleicht unter Bedrohung.

Es ist unwahrscheinlich, dass die Briefe oder Teile davon diktiert oder abgeschrieben wurden. In dem Fall hätte die Verfasserin jene Sätze langsamer und bedächtiger notiert. Nach meiner Einschätzung stammt der gesamte Inhalt jeweils von den Verfassern/innen selbst: Im Wesentlichen schrieb sie, was sie schreiben wollte, nicht, was der Täter befahl.

Auffallend ist das Bemühen um Leserlichkeit in Brief 3, trotz des sinnlosen Inhalts. Es bleibt unklar, warum der/die Verfasser/in so großen Wert auf Leserlichkeit legte, aber keinen Wert auf eine verständliche Botschaft.

»Da ist sie ja, unser …« Felix kam zur Tür herein.

»Fick dich ins Knie«, sagte Emma.

»Wie bitte?« Felix grinste nicht. Er runzelte gekränkt die Stirn. So eine Begrüßung hatte er nicht erwartet. »Was ist denn jetzt schon wieder? Dass du so mit Kollegen umspringen musst … Manchmal bist du echt die Axt im Walde und kriegst es gar nicht mit.«

Felix, Arschloch vom Schreibtisch nebenan, kompaktes, leicht zu provozierendes Muskelpaket mit Machokomplex. Und unverschämt dazu. Schlechter Fallanalyst, aber guter Kollege. Wenn dir einer das Leben rettet, ist er offiziell ein guter Kollege. Genau das hatte Felix getan, im November, er war es gewesen, der sie auf ihrem eigenen Dachboden gefunden hatte. Kurz bevor es zu spät gewesen war. Jetzt war er ein guter Kollege. Und trotzdem ein Arschloch. Immer wieder versuchte Emma, wohl aus Dankbarkeit, das zu vergessen, doch dann sagte er so nebenbei an der Kaffeemaschine Sachen wie: »Du solltest mal in eine bessere Jeans investieren, in der sieht man deinen Arsch ja gar nicht.«

»Weißt du, ich bin vielleicht nicht der Netteste, das geb ich zu, aber ich geb mir Mühe, so was verdiene ich nicht.« Felix warf seine Jacke auf seinen Schreibtisch und stapfte zum Kaffeetisch, wo er grummelnd seine geliebte, vielfach geklebte Sherifftasse suchte. Lange würde die nicht mehr halten. Er warf sie einfach zu oft durch die Gegend.

Emma wusste nicht, was sie sagen sollte. »Ja, Felix, ich dachte, äh, ich meine …«

»Und weißt du, was am meisten schmerzt? Dass es von dir kommt, ausgerechnet von dir, einem echten Promi, dem Einzigen unter uns, der eine eigene TV-Show bekommt, und ich hatte mich wirklich darauf gefreut, dich im neuesten *Playboy* zu bewundern.«

Felix grinste. Emma zeigte ihm einen Vogel.

Die Briefe. Handgeschrieben, nein, hingekritzelt. Die Fotokopien verrieten, wie schmutzig, verschmiert die Originale waren: Dreck? Tränen? Blut?

Emma las.

du mieses Stück Dreck du willst eine Sexsklavin du hast dich an der Falschen vergriffen du kranker Arsch du kannst mich an den Stuhl ketten bis ich mich vollscheisse schlag mich soviel du willst du kannst mir die Beine vom Leib reissen ist mir doch scheissegal du machst mir keine Angst du bist ein Anfänger du willst den starken Mann markieren du weisst nicht was ein Mann ist du glaubst du kriegst mich klein du weisst gar nichts du kleiner Wixer Kackratte ich lache ich beiß dir den Schwanz ab ich scheiss auf dich und deinen Transenschwanz und du glaubst wirklich ich falle drauf rein dass du das hier den Bullen schickst und noel heißt du auch nicht oder glaubst du ich bin blöd? leck mich am Arsch mir doch scheissegal ob ich sterbe oder lebe glaubst du das kümmert mich dann weisst du gar nichts du kleiner Dreckswixer und selbst wenn du mich in die Luft zerreisst wirst du das immer sein du elendes

Emma atmete tief durch und griff nach dem nächsten Brief.

Bitte helft mir, er will mich töten, er sagt er reißt mich in Stücke, er sagt er wird diesen Brief an die Bullen schicken, aber ich weiß es nicht. Bitte bitte helft mir – er hat mir den Kessel gezeigt. Ich will nicht sterben. Er kettet mich die ganze Woche im Hundekäfig an und vergewaltigt mich und ich muss auf Knien bleiben ich spüre meine Beine nicht mehr. Er gibt mir nur Hundefutter, er sagt ich habe ihn verachtet und er bringt mir Respekt bei. – Aber ich kenne ihn doch gar nicht. Er vergewaltigt mich, weil er sagt ich verdiene nichts anderes, aber ich habe nichts falsch gemacht, ich habe ihn nicht ausgenutzt, ich bin kein weiblicher Parasit. Ich will nur nicht mehr hier knien an der Leine, ich kann nicht stehen, überall Scheiße, er sagt, wenn ich alles tue, lässt er mich frei. Aber ich habe den kessel gesehen, er will mich töten. Ich will nicht in den kessel. Bitte helft mir. Ich kann den ältesten Baum Polens sehen, ich bin direkt darunter, ihr müsst mich doch finden bitte helft mir – bitte sagt ihm dass ich ihn nicht verachte

Emma las.

Wauwau igittigitt wauwau neinneinein baffbaffbaff wauwau eieiei wau roff leckleckleck wauwau idiot wuffwuffwuff neinneinnein wauwauwau wau wau wau wauw

Sie drehte das Blatt um, bevor ihr wieder einfiel, dass es ja Fotokopien waren. Leer.

Das war alles.

4

»Bullshit.« Felix guckte in seine leere Sherifftasse. »Das ist Bullshit und sonst gar nichts. Kein Täter schreibt solche Briefe, er lässt sie auch nicht schreiben, das sind irgendwelche Spinner.«

»Tja, Fall gelöst, dann können wir ja alle nach Hause gehen, super!« Matze griff nach seinem Helm.

»Was macht euch da alle eigentlich so sicher?«, wollte Emma wissen.

»Na, Brief 3 zum Beispiel?« Felix. »Wenn ein Opfer Gelegenheit hat, mit der Polizei zu kommunizieren, schreibt es doch nicht so einen Unsinn.«

»Vielleicht glaubte sie nicht daran, dass der Täter den Brief auch abschickt.« Matze.

»Aber A-A-Anhaltspunkte, wo sie ist, hat sie ja schon genannt. Im zweiten Brief.«

»Du meinst diesen ältesten Baum, den sie sehen kann?«

»Ja, was war das?« Felix. »Wissen wir dazu mehr?«

Emma blätterte in der Akte. Sie las vor: »Als ältester Baum Polens gilt die Eibe von Henryków, auf etwa tausendzweihundertfünfzig Jahre geschätzt; sie steht neben dem ehemaligen Zisterzienserkloster in Henryków Lubański, fünfunddreißig Kilometer von der deutschen Grenze entfernt. Zwei weitere Bäume haben den Ruf eines sehr hohen Alters: Die Bartek-Eiche, ehemals auf tausendzweihundert, heute sechshundertsiebzig Jahre geschätzt, steht zwischen Bartków und Zagnańsk, hundertsiebzig Kilometer von Warschau entfernt; die Raciborski-Eiben (Baumgruppe), auf je hundert Jahre geschätzt, stehen in Harbutowice, in der Nähe von Krakau. Die polizeilichen Behörden in diesen drei Ortschaften wurden alarmiert. Aus Brief 1 geht hervor, dass das Opfer den Täter möglicherweise in den Penis gebissen hat. Bei den Krankenhäusern in den Ortschaften, wo die Briefe abgeschickt wurden, sowie in denen, wo ein ›ältester Baum Polens‹ steht, wurde nach entsprechenden Verletzungen angefragt – ergebnislos. Abgesehen von den Briefen selbst gibt es keinerlei Hinweise, dass tatsächlich ein Verbrechen stattgefunden hat.«

Emma ließ das Papier sinken. »Ich frage mich, ob das Opfer weiß, dass er die Briefe tatsächlich an die Polizei schickt …«

Felix lachte: »Glaubst du, die Opfer haben Internet? Minibar und Zimmerservice vielleicht auch?«

»Der zweite Brief wurde auf der Website der Polizei veröffentlicht. Könnte ja sein, dass der Täter dem Opfer die Website dann zeigt.«

»Aber wozu?« Felix schüttelte den Kopf. »Was hat er davon?«

Auf diese Frage hatte Emma keine Antwort. Fragend blickte sie zu Matze.

»Es gibt schon so Angeber, die Briefe an die Polizei schicken, die liefern sich halt ein Katz-und-Maus-Spiel mit denen«, sagte der und rührte in seinem Tee. »Das macht die an, größenwahnsinnig sind die, glauben, keiner kann ihnen was.«

»Ach, das ist doch Hollywoodscheiß«, meinte Felix und lehnte sich so weit in seinem Stuhl zurück, dass er gerade nicht umkippte. »Kein Täter spielt freiwillig mit der Polizei – die wollen uns so fern bleiben wie möglich, damit sie in Ruhe weitermachen können, durch irgendwelche Spielchen machen sie es sich nur schwerer.«

»Aber es gab doch diesen Fall letztes Jahr in Hamburg«, setzte Emma nach, »wo ein Serienvergewaltiger an die Polizei schrieb. Er hat geradezu darum gebettelt, dass sie ihn finden. Er konnte seine eigenen Taten nicht mehr ertragen.«

»Und, haben sie ihn gefunden?«

»Nicht anhand des Briefes«, gab sie zu. »Er hat keine Hinweise darin hinterlassen, die zu ihm führen könnten, auch keine DNA oder Fingerabdrücke.«

»Na, dann wollte er wohl doch nicht gefasst werden.«

»Er wollte sein Gewissen beruhigen.«

»Das passiert vielen Serientätern«, sagte Sigmar. »Sie machen Phasen durch, in denen sie sich vor sich selbst ekeln. K-k-kein Wunder. Da suchen sie Vergebung. Aber insgesamt sind sie vor-vor-vorsichtig. Sie wollen nicht gefasst werden.«

»Was ist mit diesem … diesem …?«, murmelte Matze, drehte sich zum Computer, tippte. »Moment … hier. William Heirens. Serienmörder, drei Opfer, in Chicago, 1940-irgendwas.« Er konsultierte den Bildschirm: »*Um Himmels willen, findet mich, bevor ich wieder töte, ich habe mich nicht unter Kontrolle*. Das schrieb er am Tatort an die Wand, mit Lippenstift.«

Matze war gut in Recherche.

Felix: »Hinterließ er Namen und Adresse? Wenn er wirklich gefasst werden wollte, hätte das was gebracht.«

Matze grinste. »Nein. Man hat ihn erst bei einem Einbruch erwischt, da kamen auch die Morde raus. Erstaunlich viele Serienmörder schicken Nachrichten an die Polizei, eigentlich.«

»Der Kodak … Zodak …«, überlegte Emma.

Matze tippte. »Der Zodiak-Mörder, bis heute nicht gefasst. Auch Amerika. Zahlreiche Briefe an die Polizei mit verschlüsselten Nachrichten.«

Sigmar: »Peter Kürten, Düsseldorf.«

Felix: »Der? Echt?«

Matze tippte, las vor: »Peter Kürten, der Vampir von Düsseldorf. Mehrere Briefe. Eins seiner Opfer war nicht gefunden worden, keiner ahnte, dass er noch mal zugeschlagen hatte. Das hat ihn echt genervt. Er ging die Zeitungen durch, fand keine Meldung darüber, und endlich reichte es ihm, und er schrieb selber einen Brief an die Polizei, mit dem Leichenfundort. Es gibt mehr …«

Emma: »Matze, das reicht.«

Aber Matze war noch nicht fertig. »Sogar Jack the Ripper soll …«

»Es gibt aber-aber-aber«, unterbrach Sigmar, »ein paar entscheidende Unterschiede. In all diesen Beispielen stammen die Briefe vom Täter selbst. Ich kenne keinen Fall, in dem ein Opfer mit Einwilligung des Täters Briefe an die Polizei schrieb.«

»Ja, und warum auch?«, sagte Felix. »Es macht keinen Sinn.«

Matze suchte, scrollte, musste dann aufgeben: »Hm. Seltsam ist es schon. Zumindest finde ich nichts dergleichen. Das ist schon … anders.«

»Dazu kommt, dass es im Normalfall ein Bekennerbrief ist, und der wird an die Zeitungen geschickt.« *Zei-Zei-Zeitungen.* »Es geht dem Täter nicht um das berühmte Katz-und-Maus-Spiel, da hat Herr Schreiner schon recht, sondern um Aufmerksamkeit, um Selbstverherrlichung … Das will er aber normalerweise in der Zeitung lesen, wo die ganze Welt es mitbekommt, nicht auf einer läppischen Polizei-Website. Dieser Fall ist ein echtes Novum.«

»Sag ich doch.« Felix.

Sigmar fuhr fort: »Täter dieser Art, Vergewaltiger und Mörder, wollen Macht über ihre Opfer. Sie wollen sie erniedrigen, vernichten.« *V-v-vernichten.* »Wenn er mit diesen Briefen den Opfern eine Stimme gibt, stärkt er sie, gibt ihnen ihre Menschlichkeit zurück. Das ist doch das Letzte, was er will.«

»Tut er auch nicht.« Felix schnaubte. »Weil es keine Opfer gibt. Das sind Kids, die sich einen Spaß daraus machen, die Bullen an der Nase rumzuführen. Das erklärt auch den dritten Brief, diesen Wauwau-Scheiß. Drei, vier Loser, mindestens zwei Mädels dabei, die sich langweilen vor ihrer Playstation, neben ihrer kalten Pizza, die Bullen haben auf ihren ersten Scherzbrief nicht reagiert, sie schreiben den zweiten Brief schon mit weniger Begeisterung, ein letzter Versuch halt, eine Reaktion zu provozieren, und dann erscheint der Brief tatsächlich, wow, die Bullen beißen an, sie sind aufgeregt, aber ihnen gehen die Ideen aus, außerdem sind sie schon wieder mitten in *Zombie Commando 4 – Knallt die Bitches ab!*, und einer von ihnen kommt auf die Idee: Ey, wir tun so, als ob die Bitch im Hundekäfig durchgedreht ist, und schmiert wahllos Buchstaben hin und schickt den Brief weg, und schon ist ihr cooler Scherz mit den Bullen vorbei, die Luft ist raus, und sie bestellen noch eine Pizza.«

Stille.

»Und diese Idee mit den politischen Extremisten, diesen Antideutschen, die der Falner hatte?«, sagte Emma nach einer Weile.

»Na, dann antideutsche Kids, von mir aus. Aber keine Serienmörder. Kids.«

»Glaub ich nicht. Frauen scherzen anders.« Matze verzog das Gesicht.

»Muss nicht sein. Gruppendruck«, sagte Emma. »Apropos Pizza …«

Alle standen auf.

»Das Problem ist d-d-doch, die Briefe sind nicht wirklich Briefe. Sie tun so, sind es aber nicht.« Sigmar kam gerade erst in Fahrt.

»Könntest du das bitte näher erläutern?«, raunzte Felix.

Matze setzte sich wieder.

»Ein Brief ist eine Form von Kommunikation«, sagte Sigmar. »Und was heißt das? In der Linguistik gibt es ein Modell, nach dem Kommunikation aus drei Teilen bestehen muss: Sender, Botschaft und Empfänger. Wenn eines davon fehlt, entsteht keine Kommunikation: Wenn ein Liebender einen Liebesbrief schreibt, ihn aber nicht abschickt, gibt es Absender und Botschaft, aber keinen Empfänger, deshalb entsteht keine Kommunikation.« *Li-Li-Linguistik, Kommu-Kommuni-Kommunikation.*

»Wissenschaftler müsste man sein.« Felix stöhnte. »Man wird bezahlt, um auszusprechen, was jeder weiß.«

»Sigmar hat recht«, sagte Emma nachdenklich. »Die Briefe passen hinten und vorne nicht in das Modell. Der Absender ist unklar – ist es Opfer oder Täter? Auch die Botschaft ist unklar – Hilferuf? Katz-und-Maus-Spiel mit der Polizei? Selbstverherrlichung des Täters? Zu keinem Zweck sind die Briefe geeignet … Und der *Wauwau*-Brief ist nur noch Dada. Und wer ist der Empfänger: Polizei oder Öffentlichkeit? Mit wem kommuniziert er – oder sie – eigentlich?«

Matze: »Er hat einfach einen Knall.«

»Oder sie. Und es gibt gleich zwei davon – würden gleich zwei verwirrte Menschen solche Briefe schreiben?«

»Ihr habt euch gerade in die Ecke manövriert«, feixte Felix. »Ihr habt gerade technisch bewiesen, dass die Briefe unmöglich sind.«

»Nicht unmöglich …«, begann Sigmar.

»… nur eben nicht echt«, ergänzte Emma und seufzte. »Was war jetzt mit Pizza?«

5

»Du steckst in der Scheiße«, sagte Felix, noch auf der Treppe nach unten, bevor er und Emma die Eingangshalle des LKA erreichten.

»Wieso das denn?«

»Du sagst, der dritte Mann im Präsidium wurde dir nicht vorgestellt?«

»Ja, schon, aber …«

Diese geschwungenen Treppen ging man unwillkürlich anders herunter, mit Haltung. Emma hatte hier noch nie jemanden rennen sehen. Die hohe Eingangshalle des LKA 1 wirkte wie das Foyer eines Opernhauses, Neunzehntes-Jahrhundert-Kitsch, ganz anders als die ollen Büros dahinter. Der schönste Ort im Haus. Der Pförtner erwartete sie bereits. Die Pizza war angekommen. Nur der Thai noch nicht.

Während Sigmar der Meinung gewesen war, dass das Essen in der Kantine völlig ausreichend sei, hatte Matze gestöhnt, wenn er noch einmal Leipziger Allerlei mit Bratkartoffeln (ohne Speck) essen müsse, werde er den Koch zusammenschlagen. Der konnte keine Bratkartoffeln ohne Speck. So kamen sie überein, Essen zu bestellen, doch während Felix für Salamipizza extrascharf votierte, war Matze für den Thai am Nollendorfplatz gewesen, wegen des *Pho Hanoi* mit Tofu. Sigmar gab zu bedenken, dass der Thai *Sashimi Sushi Lounge* hieß, das schien ihm doch kein echter Thai zu sein, zumal Hanoi in Vietnam liege. Felix lachte und meinte, nichts sei mehr echt, in der Küche stünden grundsätzlich Inder, außer beim Inder, da stünden Türken, und so diskutierten sie weiter, während Emma dem Ergebnis vorgegriffen und zwei Salamipizzen vom Italiener an der Ecke und zwei vegetarische Gerichte vom Thai-Vietnamesen-Japaner bestellt hatte.

Nun waren Felix und Emma in der Eingangshalle angelangt, um das Essen entgegenzunehmen, doch der Thai war noch nicht da.

»Noch mal hoch und wieder runter?«

Felix lehnte sich an die Marmorwand unter dem Kandelaber und verschränkte die Arme. Offenbar nicht.

»Andersherum«, sagte er. »Hat der Falner einen Grund genannt, warum die polnischen Kollegen nicht ihren eigenen Profiler an das Gutachten gesetzt haben? Hast du ihn mal nach dem Dienstweg gefragt? Eine Bitte um Amtshilfe aus Polen geht eigentlich zunächst ans benachbarte LKA, Sachsen. Nicht Berlin.«

Emma wollte erklären, sie wären vielleicht durch die Talkshow auf sie gekommen, der Polizeipräsident hoffe auf den Effekt ... ja, auf welchen Effekt eigentlich? Jetzt kam sie sich lächerlich vor.

»Ich schreibe ein Gutachten, das ist alles«, verteidigte sie sich. »Ich gebe meine Meinung ab, vielleicht gibt es eine Pressekonferenz ... Was genau verstehst du unter Scheiße, in der ich angeblich stecke?«

»Weißt du, was dein Fehler ist?«

Emma stöhnte. Jetzt kam's.

»Du bist zu gut. In der Fallanalyse.«

»Was soll daran ein Fehler sein?«

»Es blendet dich. Du glaubst, sie wollen dich, weil du gut bist. Du glaubst, es geht um einen Fall. In Wahrheit geht es um Politik. Es geht immer um Politik. Büropolitik, Machtpolitik, Karrierepolitik. Wenn du mal ein bisschen die Ohren aufsperren würdest, wüsstest du, dass die Chefetage niemals jemanden wie dich einbestellt, um dir unter Umgehung des Dienstwegs eine besondere Aufgabe anzuvertrauen. Niemals. Sorry, aber da hätten alle Alarmglocken bei dir losgehen müssen. Du hättest denen sagen müssen, tut mir ja so leid, ich würde gern helfen, aber meine Großmutter ist gestorben, ich muss zur Beerdigung, und die ist in Thailand. Irgendwas. Du hättest nie zusagen dürfen. Und noch was: Sigmar, der sitzt da, als wär nix, er ist unser Chef, er sollte dich vor so etwas in Schutz nehmen. Wenn die Brennemann noch da wäre, würde sie zum Präsidium marschieren und denen die Leviten lesen. Die hätte nie zugelassen, dass einer ihrer Mitarbeiter in so eine undurchsichtige Sache verwickelt wird.«

Der Thai war da.

Genervt stapfte sie die Treppen hoch, Thai in der einen Hand, lauwarme Pizza in der anderen. Felix mit den Getränken hinterher.

Mitten zwischen Erdgeschoss und erstem Stock, auf dieser prächtigen Treppe, hielt sie an und drehte sich mit großer Geste zu ihm um.

»Weißt du was? Du hast echt ein Problem. Du bist von deiner Karriere besessen und glaubst, alle anderen sind es auch. Du musst immer das Schlimmste annehmen … anstatt dass du einem mal ein bisschen Anerkennung gönnst.«

Jetzt musste er lachen. »Du glaubst, ich gönn dir keine Anerkennung?«

»Ja, weil du ein egozentrischer Arsch bist, alles, was du kannst, ist doofe Witze reißen …« Sie meinte jedes Wort, sie war wütend, und sein Lachen machte sie noch wütender.

»Jetzt hör mal gut zu«. Er setzte die Getränke ab. »Das, was du Freitag getan hast, hätte ich nie fertiggebracht.« Er schüttelte den Kopf. »Das war unglaublich mutig. Und nicht nur für eine Minute, sondern eine ganze Stunde lang. Du hast meine vollste Anerkennung. Hast du das echt nicht verstanden heute Morgen?«

Fast schüchtern sah er aus, als er zu ihr hochblickte. Zwei Kollegen kamen die Treppe runter, streiften ihn fast, er rührte sich nicht. Er sagte irgendwas, das sie nicht verstand, sie beugte sich zu ihm runter.

»Manchmal tut es mir leid«, sagte er.

»Was denn?«

»Dass ich dich nicht früher gerettet habe«, sagte er, trat zu ihr hoch und strich ihr über die kurzen Haare. »Dein Blond … dein Blond, das war wie Sonnenschein.«

Emma umklammerte Pizza und Thai fester. »Ja, äh, danke, aber warum … sagst du dann …?«

»Weil ich mir grad Sorgen um dich mache, Emma«, sagte er, zog sie zu sich und küsste sie flüchtig auf die Lippen. Grinste über ihren Gesichtsausdruck und brachte sein Argument zu Ende: »Du bist es nämlich nicht gewohnt, Glück zu haben.«

»Was?« Das war unfair. Emma wusste genau, was er da versuchte. Taktische Ablenkung, nur um die Auseinandersetzung zu gewinnen.

»Gib's zu. Du bist mit Schmeichelei und billigen Versprechungen zu ködern, alles für ein bisschen Anerkennung …«

So ein Arschloch. Jetzt hatte er ihr auch noch bewiesen, dass er recht hatte.

»Halt mal«, sagte sie und drückte ihm spontan Thai und Pizza in die Hand. Dann hatte sie die Hände frei und scheuerte ihm eine.

Jetzt waren sie quitt.

»Danke«, sagte sie und nahm ihm die Tüten wieder ab.

Felix grinste und rieb sich die Wange. »Das ist die Emma, wie wir sie kennen und lieben. Komm, essen.« Er nahm die Getränke und sprang die Treppe hoch, zwei Stufen auf einmal.

6

»Wie findest du eigentlich diesen Hauke?«

»Der bringt mir Skittles mit«, sagte Emily begeistert. Sonst war es Emma, die immer was Süßes für sie dabeihatte. Überraschungseier meistens.

»Magst du Skittles lieber als Überraschungseier?«, fragte Emma.

Emily überlegte. Emma liebte es zuzusehen, wenn Emilys kleiner Kopf arbeitete. Das Mädchen wusste, wie wichtig die richtige Antwort war. Emma war ihre Lieblingstante, Hauke der neue Freund ihrer Mutter. Sie konnte sich keinen Fehler leisten. Emily: schon fast eins zwanzig groß, zierlich, blond, dunkelblaue Augen, lustig, unkompliziert, nicht doof, das perfekte Kind, die perfekte Nichte.

Emily fand die diplomatische Lösung: Ablenkung. »Das hat er mir auch geschenkt«, sagte sie. Sie zeigte auf ihren Hals. Emma war es schon aufgefallen, jetzt ging sie in die Hocke, um sich das näher anzusehen. Ein Halsband aus feinstem Draht, elastisch, enganliegend, sah aus wie ein zartes Tattoo rund um die Kehle. Irgendwas störte sie daran. Dieser Hauch von sexy. Teenies trugen so was. Oder vielleicht war sie doch einfach nur eifersüchtig.

»Ist dir das nicht zu … schwarz?«

»Aber du magst doch auch schwarz!«

Touché.

Es war schon dunkel, mit der Dunkelheit war es auch kälter geworden, sie schlenderten den Ku'damm entlang, im Schein der gelben Straßenlaternen und im weißen Licht der Schaufenster. Sie hatten schon drei Anproben hinter sich: H&M, TK Maxx und C&A. Emily bestand auf einer rosa Jacke und fand gleichzeitig alle rosa Jacken, die sie bis jetzt gefunden hatten, potthässlich. Die Frage, ob sie vielleicht einfach Rosa an sich nicht mochte, wies sie empört von sich. Langsam begriff Emma, dass das eine längere Angelegenheit werden konnte. Emily guckte sich nicht nur die Jacken an. Auch die Mäntel, Kleider, Schuhe und Haarspangen, die Spielzeuge, die Kunden, die Schoßhündchen, die Touristen, die Teenies, die vor Primark rumlungerten. Mann, heute wurde aber viel Russisch am Ku'damm gesprochen.

Jetzt blieb sie schon wieder stehen. Tauentzien, Ecke Marburger. Vor ihnen eine Menschentraube. Die Touristen, Teenies und

Russen mussten einen Bogen machen. Emily stellte sich auf die Zehenspitzen. »Gibt's da was geschenkt?«

Emma war es schon klar, was es da gab. Eben erst waren sie an einem Aufpasser vorbeigekommen – einem Kroaten oder Serben in Kunstlederjacke und Jogginghose, unterernährt, keine Einkaufstüte, kein Termin, stand nur lässig rum, der Blick über die Kreuzung schweifend, Handy in der Hand, ohne jemanden anzurufen, ohne seinen Posten zu verlassen. Sofort wusste sie: Er ist Teil einer Struktur. Weiter vorne, an der nächsten Ecke, würde noch einer stehen. Und gegenüber. Drei Aufpasser, das wäre typisch.

Erfolgreiche Kriminelle arbeiten in Strukturen. Bei jeder kriminellen Handlung ergibt sich irgendwann – wenn man es ernsthaft angeht zumindest – eine Struktur, die den optimalen Erfolg verspricht. Außen rum: drei Aufpasser, an bestimmten Ecken, mit klar abgegrenzten und perfekt eingeübten Aufgaben. Die halbe Miete, wenn man eine kriminelle Tat verstehen will, ob Betrug oder Serienmord: die Struktur erkennen. Wie ein Sudoku in echt. Das konnte Emma gut. Sie lebte dafür.

Aber als sie den zweiten Aufpasser entdeckte, schlug ihr Herz doch ein klein wenig schneller.

»Gucken wir uns das mal an«, sagte sie.

Sie ging hin. Sie drängelte sich vor, Emily fest an der Hand, neugierig, bis sie ihn sahen, um den sich alles drehte, da, mitten in der Menge, Rücken zur offenen Straße: schlaksig, Hakennase, eingesunkene Augen, brauner Parka, verwaschenes Sweatshirt darunter, vor ihm ein zerkratztes Tablett, darauf drei Streichholzschachteln, die ringsum mit Kreppband verstärkt waren. Und seine Hände: Er schob die Schachteln hin und her, ach, so schnell waren seine Hände gar nicht.

Der Hütchenspieler.

Um ihn herum Touristen. Bierbäuche, Wintermäntel und Daunenjacken, KaDeWe- und Idee-Tüten in der Hand, mollige Ehefrauen an der Seite, hibbelige Schüler auf Klassenfahrt. Blicke auf den Streichholzschachteln. Die Touristen konnten die Bewegungen mühelos verfolgen, sich leicht merken, unter welcher der dreien sich die Kugel befand.

Ganz vorn: ein großer Sachse, Einkaufstüten in der Hand, genervt davon, seiner Ehefrau beim Shoppen hinterherzutrotten, eine männlichere Aufgabe suchend.

Die anderen waren erst mal vorsichtig, der Sachse hatte den Mut, seinen Augen zu trauen, und setzte fünf Euro. Er zeigte auf die mittlere Schachtel, stolz, der abgemagerte Kroate hob die Schachtel hoch, und siehe da: Der Sachse hatte recht. Da lag die Kugel. Der Hütchenspieler rückte widerwillig den Fünfeuroeinsatz wieder raus und legte den Gewinn in gleicher Höhe obendrauf.

»Das wusste ich auch«, freute sich Emily, dass sie es mit einem Erwachsenen aufnehmen konnte, und hüpfte. »Emma, Emma, ich hatte recht, ich habe gewonnen! Ich will auch spielen! Ich kann das!«

Emma schulterte ihre Tasche und ging in die Hocke und flüsterte Emily ins Ohr: »Schau genau hin. Es ist ein Trick. Der dünne Mann dort ist ein böser Mann, er nimmt dem anderen Mann das Geld gleich wieder weg.«

»Aber er hat ihm doch das Geld gegeben.« Emily war verwirrt. Ihr Kopf dachte nur in eine Richtung – wenn ein Mann einem zweiten Mann Geld gibt, dann hat der zweite Mann das Geld. Basta.

»Ja, aber pass gut auf, wie es jetzt weitergeht. Der dünne Mann wird dem großen Mann sogar noch mal Geld geben. Und weißt du, warum?«

»Weil er ihn doch lieb hat?«, flüsterte Emily hoffnungsvoll.

Emma musste lachen. Das war gar nicht so verkehrt. »Nein, damit der große Mann glaubt, dass er immer gewinnen wird, und weiter spielt, um weiter zu gewinnen. Was ist mehr als zehn Euro?«

»Elf Euro?«

»Hundert Euro.«

Emilys Augen wurden groß. Sie blickte konzentriert auf den Hütchenspieler und dessen Opfer, das jetzt zwanzig Euro gewann, genau wie Tante Emma es vorhergesagt hatte. Der Sachse grinste jetzt, der Kroate spielte Enttäuschung.

Aber Emma wusste, hinter der gerunzelten Stirn war der Spieler stolz. Stolz auf sein Werk. Stolz darauf, dass er den Sachsen so leicht reinlegen konnte. Diese reichen Deutschen mit ihrem festen Einkommen und ihrem dreizehnten Monatsgehalt und ihrem bezahlten Urlaub – all das hatten sie, aber eins hatten sie nicht: genug Grips, um eines der ältesten Betrugsmanöver überhaupt zu durchschauen.

Das war der eigentliche Gewinn: die Genugtuung, das Gefühl, schlauer, besser und schneller zu sein als diese Fatzkes, die mehr Geld, mehr Ansehen und weniger Fantasie hatten.

»Siehst du den anderen Mann da? Mit dem Schnurrbart?«

Neben dem Touristen stand ein weiterer Kroate, ein dicker, Geldscheine in den Pfoten. Der Anreißer.

Außen drei Aufpasser. Innen der Hütchenspieler und der Anreißer. Die Struktur heute war mal wieder wie aus dem Bilderbuch.

»Das ist ein Freund von dem dünnen Mann«, flüsterte Emma. »Der Große hier weiß es nicht, aber die beiden arbeiten zusammen. Gleich wird er den Großen dazu anfeuern, mehr Geld auszugeben. Pass auf.«

Der Anreißer wedelte nun mit einem Fünfzigeuroschein. »Ich setze! Hier, fünfzig, fünfzig!« Der Sachse stand unter Druck. Wenn er nicht auch fünfzig setzte, gewann am Ende noch dieser andere. Also legte er einen Fünfziger auf das Tablett. Der Anreißer zog sich murrend zurück. Die Streichholzschachteln wurden gemischt. Die Hände waren immer noch langsam.

Emma bewunderte die Zurückhaltung des Spielers. Das erforderte echte Disziplin. Sie bewunderte auch seine Bescheidenheit:

Er arbeitete nicht allein, sondern teilte seinen Gewinn mit den Aufpassern und dem Anreißer. Am Ende des Tages würde er nur einen Bruchteil von dem Fünfziger sehen, den er dem Sachsen gleich abnehmen würde. Trotzdem erlag er nicht der Versuchung, alleine zu arbeiten – das Risiko war zu hoch. Der Ku'damm wimmelte von Polizisten, die Aufpasser hatten alles im Blick, und der Anreißer hielt das Spiel am Laufen. Nein, nur nicht gierig werden, den Gewinn schön mit den anderen teilen, das Risiko gering halten, jede Investition in Risikominderung war eine gute Investition, das war der Weg zum Erfolg.

»Wo ist die Kugel?«, fragte Emma. Emily zeigte auf die linke Schachtel.

Recht hatte sie, aber Emma flüsterte: »Das ist die richtige Schachtel, aber die Kugel ist nicht drunter.«

»Dann ist sie rechts«, sagte Emily.

»Auch nicht«, flüsterte Emma.

»Dann in der Mitte.«

»Nein.«

»Häh?«

Der Sachse hatte die Kugel auch gesehen. Er zeigte auf die linke Schachtel. Der Hütchenspieler hob sie an. Darunter: keine Kugel.

Emily keuchte vor Überraschung. Sie konnte ihren Augen kaum glauben. Die anderen ebenso wenig – der Sachse, seine Frau, die anderen Passanten.

»Wo ist die Kugel?«, sagte Emily.

Der Sachse war frustriert. Der Anreißer legte einen Hunderter hin. Der Hütchenspieler mischte die Streichholzschachteln neu, schaute zum Sachsen, der aber hielt sich diesmal zurück. Der Anreißer zeigte auf die rechte Schachtel, die gleiche, auf die Emily, der Sachse und fünf andere zeigten: Darunter war die Kugel. Der Anreißer zog seinen Hunni Gewinn ein.

Jetzt lachte der Hütchenspieler den Sachsen breit an. »Du gucken – zuerst gucken, dann wetten.« Ja, der Mann kümmerte sich rührend um seine Kunden.

Die Schachteln flogen, dann blieben die Hände still. Der Sachse zeigte auf die mittlere Schachtel. Der Hütchenspieler sagte: »Zweihundert.«

Der Sachse zögerte. Der Anreißer hatte schon zweihundert in der Hand, bereit einzuspringen. Er zeigte ebenso auf die mittlere Schachtel. Was sollte schiefgehen? Der Sachse wand sich. Dann legte er noch einen Hunderter obendrauf.

»Ist die Kugel unter der mittleren Schachtel?«, flüsterte Emma.

»Ich hab's gesehen, er wird gewinnen«, sagte Emily und nickte heftig.

Dann wurde die mittlere Schachtel endlich angehoben. Darunter: nichts.

»He!«, protestierte der Sachse, »die Kugel war darunter, das habe ich genau gesehen. He! Heb die anderen Schachteln hoch, du!«

Und das war's. Das Brett war weg, die Streichholzschachteln waren weg, der Hütchenspieler war weg, der Anreißer war weg, rechts und links die Aufpasser waren weg. So schnell ging das. Der Sachse glaubte, den Dünnen noch sehen zu können, da hinten in der Menge irgendwo. »He, du, ich rufe die Polizei, he, komm zurück! Halt!«

Aber er irrte sich. Er sah ihn nicht.

Bewunderung. Diese flinken Hände, die nicht flink aussahen. Dieser abgewetzte Aufzug, der so dumm und billig daherkam und jeden neppte. Profis waren das. Die Anreißer, die Aufpasser, das war organisiert wie ein SEK-Einsatz, jede Eventualität war bedacht, jeder wusste genau, was wann zu tun war.

»Aber ich hab die Kugel doch ganz genau gesehen.« Emily runzelte die Stirn.

»Es war auch die richtige Schachtel«, sagte Emma. »Aber die Kugel war nicht mehr drunter. Die war in seiner Hand. Das nennt man Trickbetrug. Es ist verboten.«

»Warum hast du ihn dann nicht verhaftet?«

»Ich wollte, dass du siehst, was passiert, wenn du glaubst, du kannst gegen ihn gewinnen.«

Sie standen jetzt fast allein an der Ecke. Nur der Sachse und ein paar andere versuchten noch, die Polizei mit ihren Handys zu erreichen.

»Das verstehe ich nicht.«

»Hör mal zu.« Emma überlegte. »Wenn du denkst, du bist gerade ganz besonders schlau … dann bist du gerade am dümmsten, und du weißt es nicht. Genau dann legt der andere dich rein.«

Emily runzelte die Stirn, noch heftiger als vorher.

»Na, es ist wie mit dir und deiner Mutter. Als du letzte Woche die Zuckerdose aus Griechenland zerbrochen und die Scherben unters Sofa geschoben hast, da hast du geglaubt, dass deine Mutter nicht schlau genug ist, sie zu finden. Aber die ist schlauer als du. Sie findet immer alles. Du musst das bedenken – egal wie klug du bist, irgendwer ist immer schlauer als du.«

Emily runzelte die Stirn. »Das sagst du nur, weil ich noch klein bin! Aber ich komme schon bald in die Schule, dann bin ich auch schlau!« Sie stampfte mit dem Fuß auf, aber nur ein bisschen.

»Nein, nein«, beeilte sich Emma zu versichern. »Mir geht es doch genauso! Du bist schlau, und ich bin schlau, doch irgendwer ist immer schlauer. Aber weißt du … wir sehen es nicht, weil wir uns einbilden, dass wir die Schlausten sind. Es fühlt sich gut an, wenn wir glauben, wir sind besonders klug. Der Mann mit den Streichholzschachteln sah dumm aus, jeder dachte, ich bin doch klüger als der. In Wahrheit aber war er der Klügste – so klug, dass er den anderen das Gefühl gab, dass sie klüger waren. Dann nämlich … dann konnte er mit ihnen machen, was er wollte.«

Emilys Augen leuchteten. Hatte sie verstanden oder nicht? Emma konnte es nicht beurteilen.

»Das nächste Mal rufe ich dich an, du bist die Klügste von allen!«

Emma lachte. »Ja, mach das.«

Ein paar Schritte gingen sie schweigend weiter.

»Moment mal, das nächste Mal, was? Wenn was passiert, das nächste Mal?«

»Wenn ich was kaputt mache, dann rufe ich dich an, und du sagst mir, wo ich es verstecken soll.«

7

Emma legte ihre Sachen auf der Arbeitsfläche ab und setzte sich an den Küchentisch mit der abgewetzten Linoleumoberfläche, auf ihren alten Holzstuhl, unter den hellen, weichen Lichtkegel der Küchenlampe. Jetzt, wo es draußen langsam stiller wurde, konnte man sogar ab und zu die U-Bahn vernehmen, die leise und stetig durch das Haus nebenan fuhr, alle paar Minuten. Rat-tat-tat. Klang ein bisschen, wie wenn man als Kind mit einem Stock in der Hand die Sprossen eines Geländers an sich vorbeiklackern ließ. Rat-tat-tat. Auf dem Heimweg von der Schule.

Sie war zu früh nach Hause gekommen. Zu müde, um noch mal rauszugehen, nicht erschöpft genug, um einzuschlafen. Damit hatte sie nicht gerechnet. Normalerweise lud ihre Schwester sie noch zum Abendessen ein, wenn Emma ihre Nichte wieder daheim ablieferte. Aber Sarah erwartete ihren neuen Freund und hatte Emma nicht hereingebeten, ihr nur ein frisch gebackenes Brot in die Hand gedrückt. Ihr neuestes Hobby.

Emma stand auf. Jacke aus, rein in die dicken Socken, ab ins Bad, Hände und Gesicht waschen, zurück in die Küche, an dem Brot schnuppern und von dem warmen, würzigen Duft plötzlich Heimweh kriegen, Heimweh nach etwas, das Emma nie gehabt hatte: eine große Küche mit Körben voller Obst, Blechen voller Gebäck, Kräutertöpfen auf der Fensterbank, dazu ein großer Topf Suppe auf dem Herdfeuer, ein Haufen fröhlicher Kinder, lebhafter Freunde und herzlicher Familie, die, um den Tisch versammelt, auf sie warteten, und unter dem Tisch ein Hund – ein bisschen so wie auf den Fotos im Ikea-Katalog vielleicht. Emma sog den Duft mit geschlossenen Augen ein, dann säbelte sie sich ein Stück vom Laib ab und schmierte sich das beste Butterbrot, das sie je gegessen hatte.

Radio. Genau, das war gut, Radio.

Und daneben die Rätselhefte. In drei Stapeln auf dem Küchentisch: *Das megagroße Rätselbuch, Rätsel-Spaß für Erwachsene, Zahlenrätsel: 400 Seiten spannende Rätsel – Alles in Farbe!* Zahlenrätsel, Wörter suchen, Fehler suchen, Gitterrätsel, Symbolrätsel, Sudoku, Buchstabengitter, Buchstabensalat.

In Nächten, wenn sie nicht schlafen konnte, wenn sie das Gefühl hatte, die ganze Welt zerbröckele um sie herum, leise und stetig, wenn sie nicht klar denken konnte, nicht wusste, wohin, da griff sie zu den Rätseln. Ein Heft nach dem anderen, bis ihr Hirn ausgeschaltet war, bis sie so müde war, dass sie schlafen musste, oft genug auch, bis der Tag endlich anbrach.

Heute nicht. Eigentlich nicht. Heute war ein guter Tag gewesen. Das Gutachten für Falner war fertig, und zur Belohnung hatte sie noch einen schönen Spätnachmittag mit ihrer Lieblingsnichte verbracht, kein Grund zur Beunruhigung.

Emma schmierte sich noch ein Butterbrot, holte sich türkischen Käse, Spreewaldgurken und ein paar Trauben dazu und dann ihren Laptop aus dem Schlafzimmer, öffnete die E-Mail, die sie vorhin an Falner geschickt und bei der sie sich selbst in Blindkopie gesetzt hatte. Wollte sich noch mal ansehen, was sie da fabriziert hatte.

Der Text war vorsichtig. Sie hatte sich nicht festgelegt, kein eindeutiges Urteil wie »Fälschung« gefällt, dafür großzügig relativierende Begriffe wie »mit einiger Wahrscheinlichkeit«, »in der Regel« oder gar »extrem ungewöhnlich« eingestreut.

EMMA CAROW/LKA-OFA, BERLIN/GUTACHTEN.
Nach inhaltlicher Prüfung der drei aus Polen eingegangenen Briefe stellt sich aus polizeilicher Sicht eine eklatante Diskrepanz zwischen dem in den Briefen beschriebenen Täterverhalten und dem zu erwartenden Verhalten eines realen Serientäters dar.

Der Text skizzierte kurz die sadistischen Elemente in den Briefen – *Hundekäfig, in eigenen Exkrementen liegen, Vergewaltigung, Verhöhnung* – und beschrieb den Lustgewinn, den ein Täter erfahrungsgemäß aus einem solchen Verhalten zieht.

Ein psychopathisch veranlagter Täter dieser Art wird von sadistischer Lust an Erniedrigung und am sexuellen Missbrauch seiner Opfer angetrieben. Ein solcher Täter erfährt in der Regel keinen Lustgewinn dadurch, seine Opfer schriftliche Hilferufe verfassen zu lassen und diese auch noch an die Behörden zu schicken. Im Gegenteil.

Solch eine Aktion bedeutet für ihn ein erhöhtes Risiko, denn sie verleiht dem Opfer eine Selbstbestimmung und Würde, die er ihm gerade rauben will, und beschert ihm einen Kontrollverlust, denn das Opfer stellt einen persönlichen Kontakt nach außen her, was die Täterfixierung durchbricht. Diese Folgen der Briefe können nicht im Interesse des Täters liegen.

Aus diesen Gründen ist die Vermutung zumindest gerechtfertigt, dass die Taten, die in den Briefen beschrieben werden, nicht stattgefunden haben, sondern frei erfunden sind. Als Motiv für einen solchen »Streich« kommt eine generelle Feindseligkeit gegenüber der Obrigkeit im Allgemeinen oder gegenüber den polizeilichen Behörden im Speziellen infrage, gepaart mit dem Wunsch, sie in ihrer täglichen Arbeit möglichst zu behindern.

War doch ganz anständig geworden. Emma klappte den Laptop zu. Ein seltsamer Auftrag war das gewesen. Aber kam schon mal vor, so was. Es gab nichts, was es nicht gab. Das große Überlegen war vorbei, das Für und Wider, sie hatten die Briefe alle mehrmals durchgenommen, jetzt lag das Gutachten beim PP, und der Skandal, den irgendwelche Möchtegernpolitikerinnen inszenieren wollten, war abgewendet. Übermorgen früh dann noch die Pressekonferenz, und sie konnte die Sache abhaken. Sie seufzte. Es war ein guter Tag gewesen.

Trotzdem. Zu früh zum Schlafen. Wortsuche. Buchstabensalat. Sie schlug ein Heft auf. Gitter voller Buchstaben auf jeder Seite, wild durcheinandergewürfelt, aber in dem Chaos waren Wörter versteckt. Man brauchte ein Auge dafür, sie zu erkennen.

Katze.

Klug.

Zwei.

König.

Benzin.

Immer.

Mit ihrem zerkauten Rätselbleistift umkringelte sie ein Wort nach dem andern.

Es gibt immer einen, der klüger ist.

Der Satz war nicht da, auf dem Blatt, aber fast. Alle Wörter, die dazugehörten, waren da, oder fast, na ja, immerhin *immer* und *klug*.

Dieser Satz. Seit sie Emily wieder zu Hause abgeliefert hatte, geisterte er ihr im Kopf herum. Erst jetzt wurde ihr bewusst: Es war der Satz, der sie beunruhigte.

Es gibt immer einen, der klüger ist.

Etwas stimmte nicht, sie wusste nur nicht, was. Die Briefe? Hatte sie die richtig eingeschätzt? Doch, natürlich, klar. Das ganze Team war ausnahmsweise mal einer Meinung gewesen. Dieser namenlose Typ im Polizeipräsidium. Wer war das? Konnte er ihr gefährlich werden? Wie denn? Sie machte ja nur ihre Arbeit. Und Felix: *Du steckst in der Scheiße.* Aber selbst er konnte nicht sagen, was er damit meinte.

Nein, es war alles in Ordnung.

Sie griff nach einem neuen Heft.

Es gibt immer einen, der klüger ist.

Joggen. Genau. Eine Runde durch den Gleisdreieckspark unten. Das würde sie ablenken und schön müde machen. Sie ging ins Schlafzimmer, zog sich um, holte ihre Laufschuhe raus, zog sie an, rief noch mal die Wetter-App auf: Nach Sonnenuntergang war Glatteis angesagt. Die Sonne war untergegangen, so viel war klar. Sie schaute aus dem Fenster: Es schneite. Sie setzte sich wieder an ihre Rätselhefte.

Es gibt immer einen, der klüger ist.

Warum dieser Satz? Was sollte das?

Dieser Ku'damm-Ausflug. Die Hütchenspieler. Und Emily. Sie spürte, wie sich ihr Herzschlag beim Gedanken an Emily beruhigte. Emily grinste sie an, Emma grinste zurück.

Wie dumm sie gewesen war! Hatte sie wirklich geglaubt, ihre Nichte hätte auch nur ein Wort verstanden, als sie in die Hocke ging und ihr erklärte, wie kriminelle Strukturen funktionieren? *Es gibt immer einen, der klüger ist.* Mein Gott, das Mädchen war gerade mal fünf Jahre alt.

Das kannst du einem Kind nicht beibringen, das muss es selbst erfahren, wie alle anderen auch, das ist ein Erfahrungswert, du wächst auf und glaubst, die Welt gehört dir, niemand erfährt das Leben so intensiv wie du, keiner ist so klug wie du, und dann fällst du auf die Schnauze und lernst, die andern sind wohl doch klüger, und du wirst vorsichtiger, du überlegst, sicherst dich ab, lernst, dir nicht mehr einzubilden, dass du unschlagbar bist, das unterscheidet den erfahrenen Polizisten vom Anfänger, Mann, was für einen Scheiß hatte sie anfangs gemacht, das unterscheidet auch den Profikriminellen vom Möchtegernkriminellen, das … Moment.

Es gibt immer einen, der klüger ist.

Emma erstarrte.

Es gibt immer einen, der klüger ist.

Auf einmal verstand sie den Satz. Es ging um den Unterschied zwischen einem Profi- und einem Möchtegernkriminellen. Der Dilettant, der die Bullen noch nicht kennt, hält sie für dumm, weil er noch keine Erfahrung mit ihnen hat, und hält sich selbst für besonders klug, auch das, weil ihm die Erfahrung fehlt. Erfahrung. Der Profi hat sie, er weiß, dass es immer einen gibt, der klüger ist, und er handelt entsprechend: Er baut Auswege in seinen Plan ein, Alternativen, Ablenkungen, er sichert sich doppelt und dreifach ab. Er weiß nämlich, egal was er tut, er wird einen Fehler machen, und dieser Fehler wird der Polizei irgendwann auffallen. Denn es gibt immer einen, der klüger ist.

Deswegen werden die Dilettanten sofort gefasst und Profis erst spät, oft genug gar nicht. Deswegen wurden auch die Kids, die der polnischen Polizei einen dummen Streich gespielt hatten, nicht gefasst: Weil es keine dummen Kids waren.

Es war ein Profi.

Emma konnte kaum atmen. Sie sprang auf, die Rätselhefte rutschten vom Tisch, wo war ihre Tasche? Sie stolperte durch die Küche, rannte in den Flur, da, ihre Tasche, sie fummelte darin herum, wo war ihr Handy, wo? Zurück in die Küche: Auf dem Tisch neben dem Laptop, da lag es.

Sie rief in Falners Büro an. Sie wusste, er würde nicht da sein, es war schon zehn durch, trotzdem rief sie an, der Anruf würde schon irgendwohin umgeleitet werden.

Sie nannte ihren Namen, ihre Abteilung, den Dienstgrad. Der Empfang kannte sie. Herr Dr. Falner würde zurückrufen.

Er rief nicht zurück.

Kaja Szymańska rief zurück.

»Frau Carow?«

»Ich glaube, ich muss mein Gutachten zurückziehen«, sagte Emma hastig. Sie ging in der Küche auf und ab, zu aufgeregt, um sich zu setzen. »Ich denke, es handelt sich doch um einen echten Serientäter.«

Stille. Sie hörte ein Rascheln. Frau Szymańska räusperte sich, trank etwas, und Emma verstand, dass sie wohl bei einem späten Abendbrot saß. Dann sagte sie: »Ich habe vielleicht nicht alles erzählt.« Pause. »Gestern, bei Ihnen im Polizeipräsidium. Nicht mal Ihr Chef, der Herr Dr. Falner, weiß alles.«

Falner war nicht Emmas Chef. Nicht direkt. Trotzdem sagte sie nichts. Sie wartete.

»Ich glaube, na ja, wir haben den Schreiber der Hundekäfig-Briefe längst.«

Hundekäfig-Briefe. Den Begriff hörte Emma zum ersten Mal.

»Nein, das haben Sie nicht gesagt«, stimmte Emma zu. »Und wir haben den ganzen Tag …«

»Wir fahren morgen früh zusammen nach Polen. Sieben Uhr dreißig vom Hauptbahnhof. Meine Leute erwarten uns um … sagen wir elf. Sie überzeugen sich selbst.«

»Nein«, sagte Emma. »Wie nehmen das Auto. Ich fahre.«

8

Der Rock. Irgendwo hatte sie doch einen Rock, das wusste sie ganz genau. Einen Cordrock. Wo war der nur? Emma wühlte sich durch ihren Kleiderschrank. Diesmal würde sie sich nicht schlecht angezogen fühlen. Rock, schwarze Strümpfe, schwarze Stiefel, schwarzer Rolli. Gleich würde diese duftende, funkelnde Polin mit der weichen Stimme klingeln und Emma wie ein Trauer tragendes Trampeltier aussehen lassen, wenn sie diesen Rock nicht fand. Da war er. Na also. Noch einen letzten Schluck Kaffee ... Mist, leer. Sie suchte einen passenden Mantel, fand nur ihre hellgraue Daunenjacke. Hm. Ohrringe vielleicht? Die mit den hellen und dunklen Perlen. Wo waren die noch mal? Im Waffenschrank, genau. Ach, die Waffe durfte sie nicht vergessen. Als sie die Sig Sauer einstecken wollte, fiel ihr ein, dass sie ja heute über die Grenze fahren würde, und sie ließ es lieber sein. Es klingelte, und erst auf dem Weg nach unten fiel Emma wieder ein, warum sie den Waffenschrank überhaupt aufgemacht hatte. Egal.

Da stand sie, die Dame, im schlichten Wollmantel, mit ihrem Rollkoffer. Emma winkte sie über die Straße zu ihrem Auto, half ihr, den Koffer zu verstauen, und klemmte sich hinters Lenkrad, räumte den Beifahrersitz frei, während die Polin ihren Mantel auf die Rückbank warf und einstieg. Emmas Strumpfhose hatte am Knie ein Loch. »Los geht's.« Sie lächelte Szymańska knapp an.

Die lächelte zurück, perfekt geschminkt, im hautengen Kaschmirpullover und glänzender Pelzweste. Nerz? Nerz. Exakt in der Farbe ihrer Haare. Sie strich sich die Strähnen aus dem Gesicht und begann, sie hochzustecken. Damit man die Perlen an ihren Ohren besser sehen konnte. Dezenter Vanilleduft erfüllte den Raum. »Wie schön, dass wir Auto fahren, der Zug braucht ...«

Emma fuhr ruckartig an, noch bevor sie angeschnallt war. »Warum haben Sie uns nicht gleich alles erzählt? Das hätte einiges erleichtert.«

»Äh … weil es nicht ganz klar ist, noch nicht jedenfalls«, sagte Szymańska, während sie sich einen Dutt drehte. »Ich bin da vorsichtig, ich muss ganz sicher sein, bevor ich bekannt gebe, dass wir den Briefeschreiber haben.«

»Ganz sicher kann man selten sein.«

»Vor Ihrem Chef wollte ich nichts riskieren. Sonst gibt er es womöglich vorzeitig bekannt, einfach um dieser Schmalig zuvorzukommen.«

»Damit haben Sie mich aber in eine doofe …«

»Ich weiß«, unterbrach Szymańska. »Deshalb bin ich froh, dass wir das klären können, bevor es zu spät ist.«

Bevor es zu spät ist, ist gut, ich habe das Gutachten schon abgeschickt. Dachte Emma, sagte es aber nicht.

»Kühl hier drin«, die Szymańska zog die Nerzweste vor der Brust zusammen. Bemerkte Emmas Blick. »Ein Erbstück«, sagte sie und strich zart über den Pelz. »War früher eine Jacke. Hab ich umarbeiten lassen.«

»Aha.«

»Selber würde ich mir so was nie kaufen. Aber wegschmeißen konnte ich es auch nicht …«

»Sie brauchen sich nicht zu entschuldigen.«

»Tu ich doch gar nicht.«

Emma hatte das Bedürfnis zu schreien. Nein, anzuhalten, auszusteigen und einfach wegzugehen. In Small Talk war sie eine Niete, und sie hatte sich freiwillig mit diesem … Wesen für mehrere Stunden in denselben Wagen gesetzt. Sie hatten gerade mal das Rathaus Steglitz passiert, waren noch keine Viertelstunde unterwegs.

Sie stieg auf die Bremse und fuhr rechts ran.

»Was machen Sie denn jetzt?«

»Ich hole uns Frühstück.«

»Brauchen Sie doch nicht«, sagte Szymańska eifrig und langte nach hinten. »Das habe ich uns mitgebracht.« Sie packte Frikadellenbrötchen, Saft, Croissants, eine Tafel Kinderschokolade und eine Thermoskanne Kaffee aus.

Nach dem Frühstück waren sie per Du.

Sie war in Deutschland aufgewachsen. »Wie so viele Polen.« Daher das fast perfekte Deutsch. »Kennst du Görlitz, die östlichste Stadt Deutschlands?« So östlich, dass sie auf beiden Seiten der Neiße existierte und jenseits der polnischen Grenze Zgorzelec hieß. Dorthin waren sie unterwegs, dort koordinierte Szymańska die Ermittlungsgruppe Hundekäfig-Briefe. Normalerweise tat sie das von Breslau aus, der zuständigen Kreisstadt. Die Hundekäfig-Briefe waren ihr Fall, sie wollte ihn lösen, ihre Gewissenhaftigkeit ließ Emma nicht unbeeindruckt.

Der Himmel war dunkel, tintenblau, als sie an Cottbus vorüberfuhren, wie kurz vorm Gewitter, die Wolken niedrig, ein schummriges Dämmerlicht lag über dem Osten, als ob das Licht wüsste, wo es rumhing, im Osten eben, und erst gar keine großen Ambitionen entwickelte. Emma war noch nie an einem sonnigen Tag durch Brandenburg gefahren. Pardon, sie waren ja schon in Sachsen. Die A13, Richtung Süden, Südosten. Rechts und links endlose Kiefernwälder, es hatte geregnet, selbst hier kein richtiger Schnee, die Stämme waren gefärbt wie Fuchspfoten, unten nassschwarz, oben rot, es war, als ob sie durch das alte Germanien fuhr, voller Bären und Barbaren, sie durfte bloß nicht von diesem schmalen Betonstreifen moderner Welt abkommen, der war ihr einziger Schutz. Mein Gott, war sie eine blasierte Hauptstädterin geworden.

»Die Sache ist die«, sagte Szymańska, während sie sich behutsam noch einen Kaffee aus der Thermoskanne eingoss. »Dein Chef hat die Befürchtung, dass du vielleicht zu einem falschen Ergebnis … Nein, lass es mich anders ausdrücken: Es ist verdammt wichtig, was du auf der Pressekonferenz sagst. Wir stehen kurz vorm Abschluss, und da schaltet sich diese Frau ein. Wenn die jetzt einen internationalen Skandal anzettelt, torpediert das unsere Ermittlungen … Willst du noch einen Schluck?«

»Nein danke … also willst du mich beruhigen. Aber was, wenn dein Verdächtiger doch unschuldig ist?«

»Na, schau ihn dir doch erst mal an.«

Da hatte sie auch wieder recht.

»Doch noch Kaffee?«, fragte Szymańska.

»Zu spät.«

Und schon fuhren sie in Görlitz ein. An Bombardier und Siemens vorbei, und das war es dann auch mit der örtlichen Industrie. Der Rest: kaputte Fabriken, verfallene Häuser, geisterhafte Geschäftsstraßen, blinde Fenster, zugenagelte Türen, zu vermieten, zu verkaufen, Sale, Sale, Sale. Dieser Stadt ging es nicht gut. Oder doch? Plötzlich: Gründerzeitvillen für Megareiche, wundervoll renoviert, Säulen, Stuck, Simse, Giebel, Balkone, edel, sandgestrahlt, frisch gestrichen, sie strahlten nicht nur Reichtum aus, sondern Zufriedenheit: Dieser Stadt ging es gut.

Dann umkurvten sie den lauschigen Stadtpark, fuhren an zahlreichen Seniorenresidenzen, betreutem Wohnen und Pflegeheimen hinter hohen Bäumen vorbei, ein Auto der Bundespolizei stand am Brückenkopf quer geparkt, zwei Kollegen, die Ruhe selbst, inspizierten mit polnischen Kippen im Mund per Fernglas die Autos und Lkws, die über die Brücke nach Deutschland reinfuhren, dann war auch Emmas silberner Polo auf der Brücke, und sie fuhr über die Neiße in Polen ein.

9

Emma hatte das Gefühl fremdzugehen.

Es waren nicht die Uniformen, die waren fast identisch dunkelblau. Auch nicht das Gebäude. Die Polizeikommandantur Zgorzelec – *Komenda Powiatowa Policja w Zgorzelec,* stand draußen am Gebäude in großen Buchstaben – war in einer ehemaligen Kaserne auf einem Hügel über der Neiße untergebracht und frisch renoviert. Eingerichtet war sie wie zu Hause die Burg, ein bisschen freundlicher vielleicht. Die Böden waren hell gekachelt, die Wände terrakotta und zartgelb. Die Glasvitrine in der Eingangshalle gefüllt mit irgendwelchen Orden und Pokalen, der Snackautomat, die verschlossenen Stuben, der Eingang, durch den man nur mit Karte kam, die verstaubten Flyer auf der Theke, die selbst gezogenen Topfpflanzen auf dem Fensterbrett der Rezeption. Die Stimmen, die hinten aus irgendwelchen geschlossenen Büros drangen. Alles wie zu Hause.

Nur die Sprache. Sie verstand kein Wort, es erwartete auch niemand von ihr, dass sie mitredete, kein Mensch versuchte, deutsch oder englisch mit ihr zu sprechen. Es war seltsam, in so einer gewohnten Umgebung nichts verstehen zu können. Es war, als ob sie eines Morgens aufgewacht sei, neben ihr ein völlig Fremder, und sie erinnerte sich plötzlich: Ach ja, ich bin ja jetzt mit dem zusammen.

Viele Menschen wollten die Szymańska begrüßen, sie lächelte nach links und rechts, machte ein bisschen Small Talk, ließ sich auf den neuesten Stand bringen, so viel verstand Emma. Emma schüttelte Hände, schaute jedem in die Augen, gab jedes Lächeln zurück, das war wichtig, das wusste sie, so ohne Worte war es gar nicht schwer zu lächeln, als sie sich durch das Gebäude arbeiteten. Fast schien ihr, als hätte sie doch ein bisschen Sozialkompetenz. Oder gar Charme. Vielleicht wäre das Leben leichter ohne Sprache.

»Keine Sorge«, sagte Szymańska. »Meine Ermittlungsgruppe besteht aus Kollegen, die das Deutsche gut beherrschen.«

So gelangten sie zum Verhörraum. Emma schaute sich den Mann durch das kleine Glasfenster in der Tür genau an.

Rudolf Knaupp hatte man extra für sie aus dem Gewahrsam in die Kommandantur transferiert. Er war groß und schlank. Sein weißes Haar schwebte wie eine Federkrone um seine Halbglatze, der Kopf, eine perfekte Kugel, balancierte auf einem Zahnstocherhals. Hohe Stirn. Nickelbrille, Rautenpullover, Gesundheitsschuhe. Könnte ein Lehrer sein. War er auch, sozusagen: Vor der Rente war Herr Knaupp Ausbilder in der Integrierten Berufsschule Görlitz gewesen, hatte Szymańska gesagt.

Plötzlich verstand sie: »Moment, er ist Deutscher?«

»Habe ich das nicht gesagt? Er wohnt nur in Zgorzelec. Es ist billiger hier auf der polnischen Seite. Seine Mutter war Polin, sie hat die Familie verlassen, als er noch klein war. Er will nicht nur seine Mama wiederhaben, sondern gleich ganz Polen dazu. Wenn du mit ihm sprichst, wird er dir das genauestens erklären. An seiner Haustür klebt ein Schild, *Gebiet des Deutschen Reiches*. Ab und zu gibt es Pöbeleien oder Schmierereien deswegen, einmal wurde er zusammengeschlagen ...«

»Das heißt, die Briefe sind auch auf Deutsch? Seine Briefe?«

Kaja Szymańska stöhnte. »Ich muss dich vorwarnen: Es sind sehr viele.«

Die Polizeidirektion Zgorzelec hatte einen Konferenzraum im ersten Stock freigegeben für die *Grupa List*, wie die Ermittlungsgruppe in Sachen Hundekäfig-Briefe hieß. Große Fenster zum baumbestandenen Parkplatz hin, Stapelstühle, Whiteboard. Der U-förmige Konferenztisch bog sich förmlich unter den Briefstapeln, auf jedem Stapel ein Pflasterstein und ein Blatt Papier mit einem Stichwort auf Polnisch/Deutsch. Weitere Stapel auf dem Boden hinter den Stühlen der drei Männer und zwei Frauen in Zivil, die die Briefe sichteten und sortierten. Jeder Brief musste gelesen werden, Inhalt und Merkmale notiert, dann abgelegt. Die Beamten erkannten Emmas Anwesenheit mit einem flüchtigen, müden Blick an.

In den Ecken: Kisten. Fünf oder sechs in jeder.

»Sind das … sind das alles seine Briefe?«

Szymańska nickte und pustete sich eine Strähne aus der Stirn.

»Das müssen Tausende sein.«

»Abertausende. Der schreibt jeden Tag welche, seit Jahren. Er hat auch Fotokopien gemacht, für die Nachwelt, denke ich.« Sie zuckte die Achseln. »Er hat an Kohl, Schröder und Merkel geschrieben, Heidi Klum und Helene Fischer. Aber auch an Firmen, an Nachbarn. Selbst an Leute, die längst tot sind. Adressiert an den richtigen Friedhof … Vor allem an Frauen. Meist Promis, aber er schreibt auch gern an die hübsche Azubine beim Bäcker. Beschimpft sie, beschreibt drastische sexuelle Fantasien, auch Tötungsfantasien. Mal unterschreibt er mit seinem Namen, mal mit Pseudonym. Er hat Dutzende davon, gibt sich auch gern als jemand anders aus, als Politiker oder so. Auch als Frau übrigens.«

»Was um Gottes willen schreibt er denn da rein, immer dasselbe?«

»Die meisten sind üble Hassbriefe. Oder er wirft Firmen vor, sie hätten ihm seine Erfindungen geklaut. Er behauptet, geheimes Wissen über Komplotte und Attentatspläne zu haben …«

»Es muss doch rechtliche Folgen geben.«

»Die stehen da drüben.« Szymańska wies auf eine Kiste unter dem linken Fenster. »Da sind nur seine einstweiligen Verfügungen und Vorladungen drin.«

»Hat er …«

»Er hat gesessen, dreimal, ein paar Monate insgesamt. Das Problem ist, dass er auf der polnischen Seite lebt und meist nach Deutschland schreibt. Man kann ihn aber nicht mehr als ein paar

Wochen einsperren, es sind ja nur Briefe. Die Geldstrafen stapeln sich unbezahlt. Er ist pleite. Er erträgt das gern, selbst die Freiheitsstrafen, der blüht da richtig auf, es gibt so Leute.« Sie seufzte und strich die renitente Strähne hinters Ohr.

»Ich würde gern …«

Szymańska sagte etwas auf Polnisch. Eine Frau mit sorgfältig toupierter Frisur wühlte in einer der Kisten, bis sie fand, was sie suchte, und reichte ihr einen Stapel Briefe. Schick waren sie, die Kolleginnen hier, egal in welchem Alter. Keine Haute Couture, aber alle in frischen Farben, modischen Schnitten, hohen Schuhen, alle mit langen Haaren. Emma strich sich über den Schädel. Hier war es nicht Szymańska, die aus dem Rahmen fiel, hier war sie es.

Emma überflog die Briefe. Die Frau hatte einen guten Querschnitt ausgesucht. Die Handschrift war sehr leserlich, wie in einem Schulaufsatz.

Dir guckt die Dummheit aus den Augen … die muss man aus dir rausprügeln … halt die Klappe und friss Scheiße … verfickte Schlampe … Eselfickerin … ich stopf dir das Maul mit deinen eigenen Haaren, du Inzucht-Hure … ich komm mit meinem Schäferhund vorbei, damit du mal was Deutsches zwischen die Beine kriegst … bitte um Asyl in Indien da gibts noch Männer, die dich ficken … ich brenn dein Haus nieder, während du schläfst … ich schneide dir den Kopf ab und vergewaltige deine Kehle …du gehörst in die Güllegrube, du Fotze …

»Und dann noch der hier«, sagte Szymańska und übergab Emma einen Brief, den sie schon die ganze Zeit in der Hand gehalten hatte.

Hilfe … ich werde in Ketten in einem Asylheim von Angela Merkel festgehalten … sie vergewaltigt mich mit einem Besen und scheißt mir ins Gesicht … weil ich Deutscher bin … der letzte Deutsche ….

ich muss jeden Tag den Koran auswendig lernen … sie will mir den Penis abschneiden … ihre Freunde ziehen sich an wie Transen und ficken auf dem Rücken eines Schweins … sie können mich finden unter dem Bundeskanzleramt in Berlin …

»Ich …« Emma konnte nicht mehr, sie musste laut lachen. Alle blickten auf. Sie wollte aufhören, aber sie konnte nicht. Das Lachen ging in ein Kichern über, es schüttelte sie, sie hob die Hand vor den Mund, machtlos. »Schhh!« Szymańska griff sie am Arm und schob sie auf den Flur. »Beruhige dich!«

»Das ist … das ist …«

»Unsinn. Hirngespinste. Diesen Menschen kann man nicht begreifen, wie will man erklären, was dieser Mensch macht?«

Emma schüttelte den Kopf, hustete, kämpfte mit einem Schluckauf, Szymańska klopfte ihr auf den Rücken. »Willst du eine Cola? Komm, im Foyer ist ein Automat.«

»Habt ihr Coke light?«

»Wir haben Pepsi normal.«

Als sie die Flasche öffnete, wollte Emma wissen: »Was sagt er denn dazu?«

»Er gibt es zu.«

Sie setzte die Flasche ab. »Was gibt er zu? Die Hundekäfig-Briefe?«

»Er hat sofort ein umfassendes Geständnis abgelegt. Er sagt, er hält jede Menge Frauen fest, in einem Keller irgendwo im Bayerischen Wald. Sexsklavinnen.« Sie rollte mit den Augen. »Sie erziehen seine Kinder, es sind Hunderte – Hunderte Kinder – er produziert sie für das Deutsche Reich. Klar.«

Emma seufzte. »In unseren Briefen steht nichts vom Deutschen Reich. Nichts Politisches.«

»Nein.«

»Und Fingerabdrücke? DNA?«

»DNA und Fingerabdrücke passen nicht. Die Handschrift auch

nicht, aber das muss nichts heißen. Die Briefe – die Hundekäfig-Briefe – weisen zwei Handschriften auf. Es könnte sich um seine Exfrau und seine Tochter handeln, die ihm in der Vergangenheit schon zur Seite gestanden haben. Die Exfrau ist auch halb polnisch. Alle paar Jahre trennen sie sich und finden sich wieder.«

»Wo sind sie jetzt?«

»Weg. Mal wieder.«

»Ach.«

»Wir suchen sie. Unter anderem in Russland. Sag, willst du ihn sprechen? Ich muss dich aber warnen, er …«

»Auf jeden Fall.«

10

Er war unangenehm. Das war es bestimmt, was Kaja hatte sagen wollen.

Sie schaute ihm in die Augen. Er starrte zurück. Er hasste sie. So viel stand fest. Er kannte sie nicht, aber er hasste sie.

Der ältere Pädagoge sah harmlos genug aus, in seinem Blick jedoch lag unendliche Wut. Obwohl er kein Wort sagte, die Lippen entschlossen zusammengepresst, der Protest, der von ihm ausging, war ohrenbetäubend.

Seine Augen waren bei Emmas Eintreten regelrecht aufgeflammt. Es brannte in ihm, egal aus welchem Anlass, er wollte kämpfen und wusste nicht, gegen wen und worum. Aber sollten sie nur kommen!

»Herr Knaupp«, sagte sie und zog sich einen Stuhl heran. Sie räusperte sich und begann erneut. »Herr Knaupp, diese Briefe, die auf der Website der polnischen Polizei veröffentlicht wurden – zu denen hätte ich ein paar Fragen …«

»Ich kenne Sie doch«, sagte er. Mit heiserer, brüchiger Stimme. Lehnte sich triumphierend zurück, legte den Zeigefinger an die Nase, die Stirn in Falten.

Emma ging nicht darauf ein. »Warum haben Sie diese Briefe geschrieben?«

»Damit Sie erfahren, was ich mit den Fotzen mache. Sonst macht es ja keinen Spaß, nicht wahr.«

»Und warum tun Sie das?«

»Weil die es brauchen. Sie wollen den Männern die Schwänze abschneiden und sie zu hirnlosen Sklaven machen.« Unvermittelt donnerte seine flache Hand auf den Tisch. »Mit mir nicht!«

Emma sprach leise. So leise sie konnte. Damit er zuhören musste. Damit er aufhörte zu pöbeln, sich auf ihre Stimme konzentrieren musste.

»Was ist ein Transenschwanz?«

Er zögerte. Sein Blick flog hin und her, dann fasste er sich. »Das ist ein Dildo, den ich nehme, um die Frauen durchzuficken, damit ich sie nicht anfassen muss, weil sie dreckig sind. Und widerwärtig.«

»Haben Sie einen zu Hause?«

»Der liegt im Keller bei den Frauen. In dem Keller neben dem ältesten Baum Polens. Er ist groß und schwarz. Weil die Schlampen einen echten deutschen Schwanz gar nicht ertragen.«

Er straffte sich. Hörte auf, die Stirn zu runzeln. Starrte sie herausfordernd an. Eine Kampfansage. Wenn er es schaffte, ihrem Blick standzuhalten, nicht als Erster zur Seite zu schauen, dann hatte er sie erobert, dann hatte nicht sie gewonnen, sondern er. Seine Lider zitterten, aber er hielt den Blick. Wie ein Kampfhund.

Emma blätterte in ihrem Notizblock. »Was ist ein weiblicher Parasit?«

»Du bist doch die Schlampe aus der Zeitung«, sagte er. »Oder?«

Emma erwiderte nichts.

»Du bist die mit der Vergewaltigung. Du hast zugelassen, dass er dich vergewaltigt, und dann hast du es bereut. Wie die anderen Schlampen auch.« Er lehnte sich vor. Das Flackern war aus seinen Augen verschwunden, der hysterische Tonfall auch. Er war jetzt ganz ruhig. »Du bist eine von denen, die zerstört werden müssen«, sagte er.

»Wie bitte?«

»Dich muss man ausradieren. Ohne Umschweife. Du willst uns an den Kragen. Du willst selbst ein Mann sein, und wenn du es geschafft hast, wirst du uns alle umbringen. Ich erkenne doch den Feind, wenn ich ihn sehe. Mir erzählst du nichts.«

Emma bekam plötzlich kalte Hände. Der Raum wurde kalt. Nein, das war inwendig. Vom Herzen aus kam die Kälte hochgestiegen, Richtung Hals, Richtung Zunge und legte alles lahm. Wenn die Kälte ihre Kehle erreichte, würde sie dann noch sprechen können? Er meint nicht dich, sagte sie sich, er kennt dich nicht, er meint alle Frauen, aber das machte es nicht besser.

Er lehnte sich vor, flüsterte: »Komm her, ich verrate dir mal was.«

Sie lehnte sich vor.

»Wir Männer werden unsere Position niemals aufgeben«, sagte Knaupp vertraulich. »Dann wäre die Welt verloren. Dann kommt bald der Tag, an dem alle Männer Schlappschwänze sind und nichts mehr können, nicht kämpfen und nicht arbeiten, weil sie ihr ganzes Leben lang nur dem Unsinn der Weiber lauschen mussten, und irgendwann wurden sie zu Frauen ohne Fotzen, nichts nutzloser als das, an dem Tag werden alle Räder stillstehen, und keiner wird die Straßen reinigen, keiner wird die Kriminellen jagen, niemand wird Computer bauen, alle werden nur noch vor dem Altar der Frauen knien, so ist es nämlich! Ihr Frauen zerstört nur, aber ihr baut nichts. Und um uns herum wird ganz Deutschland auf dem Müllhaufen landen, das Reich wird zerbrechen, für immer, die Polen werden es verschlucken, als wär nichts, und die Tschechen und alle anderen, wir sind das europäische Land mit den meisten Nachbarn, wusstest du das? Und sie können uns alle nicht leiden. Nichts wird von uns bleiben als läppisches Gejammer und Lobpreisung der Frauen, weil die deutschen Männer nicht mehr kämpfen können, weil sie sich von Fotzen wie dir haben kastrieren lassen. Anstatt euch Schmarotzern, ach nee, Schmarotzerinnen, mal ordentlich eins in die Fresse zu geben, so wie ihr das jeden Tag mit uns tut.« Triumphierend lehnte er sich zurück. »Schreib dir das hinter die Löffel.«

Emma musste etwas sagen. Schnell. »Sie lügen«, sagte sie mit schwerer Zunge. »Sie lügen. Ich glaube nicht, dass Sie diese Briefe geschrieben haben, ich glaube nicht, dass Sie diese Frauen gefangen halten.«

»Gut so.« Er verschränkte die Arme. »Dann nimmst du sie mir auch nicht weg.« Lehnte sich zurück.

»Herr Knaupp?«

Er schaute zur Seite. Arme hinter dem Nacken verschränkt. Für ihn war sie schon gegangen.

Emma stand auf, rieb sich die Hände. Irgendwie hatte sie das Gefühl, dass er gewonnen hatte.

11

»Du hast Zweifel?«

Sie saßen beim Griechen am Obermarkt, der Puppenstubenmeile von Görlitz, auf der deutschen Seite. »Das musst du sehen«, hatte Kaja gesagt. »Besser als Walt Disney.« Draußen schien halbherzig die Sonne, drinnen flackerten Kerzen auf den Tischen, die Heizung war aufgedreht, es war gemütlich und ein wenig stickig. Mitten in der märchenhaft restaurierten Altstadt waren sie gelandet: lauter mittelalterliche Türme, verspielte Brunnen und Denkmäler, protzige Villen, Kirchen in allen Größen und aus sämtlichen Epochen, in nackten Quadern oder bunt verputzt. Viele alte Leutchen hier, die dick eingemummt herumspazierten und die Cafés und Restaurants bevölkerten, Emma hörte Dialekte aus der ganzen Republik, dazu Polnisch, Tschechisch … »Dreiländereck«, sagte Kaja. Der Kellner war lustig. Ein Grieche, der stets etwas anderes brachte, als sie bestellt hatten, und dann mit den Augen rollte, immer am Faxenmachen, das hatte Emma seit Jahren nicht mehr erlebt, Restaurants mit lustigen, exotischen Kellnern. Das war Landleben pur.

Ja, Emma hatte Zweifel.

»In den Briefen – in den Hundekäfig-Briefen – steht so rein gar nichts Politisches, auch keine nationalistischen Sprüche«, sagte sie. »Euer Knaupp ist darauf aber schon recht fixiert.«

»Das ist uns auch aufgefallen. Allerdings … die Briefe tragen ja weibliche Handschriften. Die hat er nicht selbst verfasst, sondern eher seine Frau und Tochter.«

»Haben die dem Knaupp mit seinem Unsinn denn schon öfter geholfen?«

»Hatten wir uns auch schon gefragt, das prüfen wir gerade.« Kaja lehnte sich vor. »Raus mit der Sprache. Was stört dich wirklich? Es handelt sich um Briefe, die von einem Verrückten geschrieben wurden. Du hast heute einen Verrückten gesehen, der Briefe schreibt.«

»Mein Problem damit ist doch viel größer«, gab Emma zu. »Ich finde es nicht nur unwahrscheinlich, dass der Knaupp sie geschrieben hat, ich finde die Briefe insgesamt unwahrscheinlich.«

»Na, dann bist du ja der gleichen Meinung wie dein Chef. Dass es nur ein böser Scherz sein kann.«

Emma schüttelte den Kopf. »Ebenso unwahrscheinlich. Eine nationalistische Gruppe, die Unstimmigkeiten zwischen Polen und Deutschland verursachen will – solche Leute schreiben keinen

Wauwau-Brief. Die drohen, denunzieren, stellen Forderungen. Vom Text her kann ich mir vorstellen, dass es tatsächlich Frauen in Gefangenschaft gewesen sind – aber dass der Täter die Briefe dann zur Polizei schickt? Schon wieder unwahrscheinlich. Ich finde einfach keine logische Erklärung dafür. Und das heißt«, sie seufzte, »es steckt etwas anderes dahinter. Das ist es, was mir Sorgen macht. Es ist wie im Wald: Wenn du gar nichts hörst, wenn die Vögel aufhören zu singen, heißt das nicht, dass alles in Ordnung ist – im Gegenteil, sie schweigen, weil Gefahr naht.«

Kaja lachte und spielte mit ihrer renitenten losen Strähne. »Das klingt wie diese Theorie … Wie ging die noch? Jemand sagte das doch mal über Gott, ein Schriftsteller, glaube ich: Der beste Beweis dafür, dass es einen Gott gibt, ist, dass er seine Spuren so gut verwischt hat. Das ist ein schöner Spruch, aber Verbrecher jagen kann man damit nicht.«

»Ich kann mir nicht helfen, aber ich sehe einen Profi dahinter. Jemand, der weiß, was er tut.«

Kajas Gesicht war plötzlich ernst. Sie stellte das Glas ab. »Emma, ich sage es, wie es ist. Ich weiß, dass die Möglichkeit besteht, dass die Briefe echt sind. Wir ermitteln auch in diese Richtung. Parallel zu Knaupp. Wir finden schon noch heraus, was dahintersteckt. Von dir brauchen wir nicht die ganze Lösung, von dir brauchen wir nur ein Gutachten, das uns diese Schmalig vom Hals hält.«

Sie lächelte knapp, trank einen Schluck.

»Ja«, sagte Emma gedehnt, »das verstehe ich schon, aber versteh du doch auch, dass ich keine falsche Empfehlung aussprechen will.«

»Hör mal, ich bin auch Polizistin. Ich kann nachts auch nicht schlafen, wenn meine Entscheidung das Leben anderer gefährdet. Ich bin Chefin der Breslauer Mordkommission, und zwar nicht, weil ich irgendwo einen Mentor habe, der mir an die Wäsche will, sondern weil ich eine gute Ermittlerin bin. Ich nehme diese Briefe sehr ernst.«

»Wir könnten doch eine Arbeitsgruppe bilden. Ich kann mir vorstellen …«

»Du hast gesehen, wie viel Leute ich dransetze. Du kannst mir das schon überlassen. Ich brauche keine deutschen Nachhilfelehrer.«

»Das habe ich doch gar nicht …«

»Schon klar, nur du schmeißt dich rein, als ob es dein Fall sei. Ist es aber nicht. Es ist meiner.«

»Kaja, aber es sind deutsche Opfer …«

»Dann hilf mir. Lass es nicht zum Politikum werden. Denn dann mischen sich die Offiziellen beider Seiten ein, und ich kann nicht mehr arbeiten. Ich habe das schon erlebt: Plötzlich sind da tausend Leute, die mitreden.« Sie seufzte. »In diesem Fall – ein polnischer Täter mit deutschen Opfern – weißt du, was dann passiert? Jedes Land versucht, die Sache an sich zu reißen. Ihr sagt, es ist ein deutscher Fall, und die Ermittlungshoheit muss bei euch liegen. Und gleich darauf kriege ich einen Anruf aus Warschau, ich soll auf keinen Fall die Ermittlungshoheit abgeben. Und dann folgt Gezerre. Und jeden Tag könnte eine dieser Frauen sterben.«

Es klingelte. Kajas Handy. »Entschuldige.« Sie schaute aufs Display, erhob sich. »Ich muss leider …«, ging ein paar Schritte beiseite, ging ran – auf Polnisch.

Emma beobachtete sie. Diese kleine Falte da über der Nasenwurzel, hoch konzentriert war sie, strich dauernd die Haare hinter die Ohren, antwortete knapp und schnell, hakte nach, blickte zu Emma rüber, und Emma sah, dass ihr Gesicht kreideweiß war.

»Kaja, was …?«

In dem Moment klingelte Emmas Handy. »Ja?«

»*Weibliche Parasiten.*« Es war Matze.

»Wie bitte?«

»Du hast mich gebeten, ein paar Stichworte zu recherchieren.« Ja, genau, gestern zu Dienstschluss noch, *ältester Baum, Hundekäfig, Transenschwanz, Kessel …*

»Ja, ja. Und?«

Emma beobachtete Kaja. Kaja beobachtete Emma. Sie redete nicht mehr, hatte aber den Hörer noch am Ohr. Sie schien zu überlegen. Sie schaute Emma an und überlegte.

»Ich habe da jemand, der dir *weibliche Parasiten* erklären kann. Das ist ein fester Begriff, das wird dich interessieren.«

»Matze, ich bin hier an was dran, und morgen früh schon ist die PK …«

»Deshalb hab ich ja auch einen Termin für dich um 17:50 Uhr rausgeschlagen. Heute. In der Freien Universität, der Rostlaube, genauer gesagt.«

Emma schaute auf die Uhr. Das war in drei Stunden – die Rückfahrt nach Berlin dauerte fast so lange, aber Kaja … Irgendwas war da, sie wollte wissen, was.

»Ich muss los«, sagte Kaja, als Emma aufgelegt hatte.

»Ja? Gibt es Neuigkeiten?«

»Anderer Fall. Die Kollegen holen mich ab, sie sind schon unterwegs.« Sie war plötzlich so nüchtern. Zog sich das Haargummi raus, drehte die Haare neu auf, streng und extrafest diesmal, klappte den Taschenspiegel auf, überprüfte ihr Make-up. Ging es wirklich um einen anderen Fall? Irgendwas verschwieg sie doch. Die ganze Zeit schon. Das verstand Emma jetzt. Sie winkte nach der Rechnung.

»Ich übernehme das«, sagte Kaja. Sie lachte, nur kurz. »Die Kollegen aus Breslau übernehmen das.« Sie gab Emma die Hand zum Abschied. Schaute ihr in die Augen. Eindringlich, ernst: »Emma, ich bitte dich, halt mir den Rücken frei.«

Erst als Emma zwei Stunden und fünfzig Minuten später in Dahlem einen Parkplatz und den Eingang zum Hörsaal gefunden hatte, fiel es ihr auf.

Kaja hatte gesagt, sie sei Chefin der Mordkommission Breslau. Bisher hatte keiner was von Mord gesagt.

12

»Der Mann von heute hat ein Problem«, sagte Professor Nikolai Grotian ins Mikro. »Einerseits muss er die Frauen unterdrücken, andererseits ist er von ihnen abhängig.«

Emma ließ sich leise auf einem freien Platz in der dritten Reihe von hinten nieder. Hörsaal 1a in der Rostlaube der Freien Universität Berlin war fast voll besetzt – es mussten an die zweihundert Zuhörer sein, meist junge Frauen. Ihre Sitznachbarin zog ihren Mantel vom Stuhl, sodass Emma Platz hatte.

»'tschuldigung«, wisperte Emma. »Ist das immer so voll bei dem?«

»Du kennst den echt nicht?«, flüsterte das Mädchen erstaunt. »Der ist ganz schön hardcore. Nicht so wie der Hellmich oder so. Da mussten wir als Erstes sagen, mit welchem Geschlecht wir gerne angesprochen werden wollen: er, sie oder hen …«

»Hen?«

»Du bist neu hier, was? Hen ist ein schwedisches Personalpronomen, für intergeschlechtlich, ähnlich wie genderfluid vielleicht, nur krasser …«

»Genderfluid?«

»Psst!«

Professor Grotian war ein Mann, der sich gerade hielt, lässig, aber aufrecht, schicke Brille, Cordsakko, Rolli, schlank, längere Haare, die Jugend signalisierten, obwohl er Ende dreißig war, selbst im Alter würden diese Haare nicht grau werden, ganz bestimmt nicht, denn sein Geist würde immer jung bleiben, seine Gedanken immer junge Menschen bewegen. Da stand er und unterhielt sein Publikum, überzeugte die Leute, gewann sie souverän wie einer dieser hypermodernen Unternehmenschefs vor dem x-ten Modell eines riesigen iPhones.

»Das ist das dem Mann inhärente Dilemma«, fuhr er fort. »Es existiert, seit es das Patriarchat gibt.«

Seine Studenten waren ganz Ohr. Kein Tuscheln, kein Hüsteln, kein Pieps von einem Smartphone.

»Der Mann braucht Frauen für Sex, er braucht sie für Nachwuchs, er braucht sie, damit sie die Familie und das Zuhause führen. Sogar die Verantwortung für sein emotionales Leben überträgt er einer Frau. Dadurch entsteht Abhängigkeit: Ohne die Frau kommt der Mann nicht aus. Da ist das Patriarchat anders als andere repressive Systeme. Der Kapitalist braucht seine Arbeiter, aber er ist nicht von jedem einzelnen abhängig. Jeder Arbeiter, der stirbt, kann durch einen neuen ersetzt werden. Die Mutter seiner Kinder kann ein Mann zwar ersetzen, aber der Prozess ist schwierig und bringt Komplikationen mit sich. Der Kapitalist kann seinen Arbeiter in Armut leben lassen, aber seine Ehefrau muss er gut behandeln, sonst gibt es Unruhe zu Hause. Der Kapitalist kann beim Arbeiter zur Peitsche greifen – bei der Frau funktioniert das nur bedingt.«

Leises Gelächter im Publikum.

»Auf Dauer rächt sich diese Methode. Nein, es gibt nur einen Weg, die Frau erfolgreich in ein abhängiges, dauerrepressives Lebensmodell zu locken: Das Patriarchat braucht ihr Einverständnis. Sogar ihre Mitwirkung.«

Leichte Unruhe erhob sich.

Was hatte Matze am Telefon gesagt? *Radikalfeminismus. Umstritten.* Emma hatte kein Problem mit umstrittenen Radikalen, sie machten mehr Spaß als die anderen Langweiler.

»Wie macht man das? Hört gut zu, Männer.« Grotian grinste. »Es fängt mit dem billigsten Trick der Menschheit an: Schmeichelei. Komplimente. Liebesgedichte. Man hebt die Frau auf ein Podest, betet sie an, sie sei nicht von dieser Welt, ein Engel, mehr als nur ein Mensch. Welche Frau fällt nicht darauf rein? Welcher Mann würde nicht darauf reinfallen, wenn Frauen ihn so behandeln würden? Dann geht es weiter beim Thema Schutz, physischer Schutz, eine biologische Galanterie. Du bleibst zu Hause, ich schlage mich für uns beide in der großen bösen Welt durch. Welche Frau nimmt so ein Angebot nicht an? Welcher Mann würde es nicht annehmen, bekäme er es je? Stück für Stück tritt die Frau bereitwillig ihre Eigenständigkeit an ihn ab, ihre Macht, ihren Selbstschutz. Vertrauen wird zu Abhängigkeit.«

Die Stimme: tief, glatt, sonor, weich, vertrauenerweckend. Vor allem geübt. Da stand ein Rhetorikprofi.

»All das kann man in einem Wort zusammenfassen«, fuhr Professor Grotian fort und öffnete weit die Arme: »Vertrauen. Der Mann muss die Frau dazu bringen, ihm zu vertrauen. Über die Jahrhunderte hat er sich darin perfektioniert. Jeder Mann ist ein Trickbetrüger. Niemand sagt es offen, aber ich tue es: Bring ihr Blumen. Mach ihr Komplimente. Hilf ihr im Haushalt: Der Mann, der den Geschirrspüler ausräumt, hat mehr Sex. Was will die Frau? Sie will Liebe. Dann bekommt sie die halt. Und da haben wir es: Liebe ist das effizienteste Werkzeug zur Manipulation der Frau. Wer lieben kann, kann unterdrücken.«

Emma wollte grinsen – Liebe als Manipulation, der Mann übertrieb vielleicht doch ein wenig. Dann dachte sie nach.

Die Psychopathen, ihr Spezialgebiet, jene Menschen, die sie analysiert, verhört, zur Strecke gebracht hatte – die besten unter ihnen, die erfolgreichsten, das waren oft Männer, denen Frauen treu ergeben waren. Das waren Männer, die Liebe gut vortäuschen konnten. Sie selbst war schon darauf reingefallen.

»Wer hier kennt persönlich einen männlichen Feministen?« Grotian hielt inne, blickte in den Saal. Hände gingen in die Höhe. Dann noch mehr. Fast alle im Saal kannten einen männlichen Feministen, was immer das auch war.

»Nehmen Sie sich vor dem in Acht. Er ist ein Wolf im Schafspelz. Er tut genau das, was Männer seit Jahrhunderten immer getan haben, nur auf modernere Art, effizienter.«

Die Lacher waren versiegt.

Jetzt fiel Emma auf, dass doch einige Männer im Publikum waren – junge Männer, die neben oder zwischen jungen Frauen saßen. Und irgendwie schien die Atmosphäre plötzlich kühler geworden zu sein. Menschen rückten auseinander.

»Er tut genau das, was das Patriarchat ihm beigebracht hat: Er erschleicht sich das Vertrauen der Frau. Er stimmt ihr zu, gibt vor, auf ihrer Seite zu sein, verspricht, für sie und ihre Ideale zu kämpfen. Er hat Sie manipuliert, werte Damen.«

Der Hörsaal war still.

Professor Grotian grinste mit geneigtem Kopf in sich hinein. Er wusste, was er in den Köpfen seiner Zuhörerinnen ausgelöst hatte. Er sammelte seine Papiere zusammen, schob sie in seine Aktentasche. Die Vorlesung war vorbei.

Dann hob er den Zeigefinger. »Bevor wir Schluss machen, gibt es noch eine Frage an mich?«

Niemand im Saal rührte sich.

»Irgendeine?«

Niemand meldete sich.

»Eigentlich müsste jetzt eine Frage kommen. Ich wäre ehrlich gesagt ein wenig enttäuscht, wenn nicht.«

Die Frage kam nicht.

»Dann stelle ich sie mir selbst: Herr Grotian, Sie selbst sind doch ein männlicher Feminist. Heißt das, auch Sie manipulieren uns?« Grotian grinste sein Publikum jetzt offen an. Auf einmal sah er viel jünger aus. »Das ist die Frage, die Sie hätten stellen sollen. Ich werde nicht darauf antworten, dass muss jeder von Ihnen für sich selbst tun. Aber ein letztes Wort möchte ich Ihnen heute mitgeben: Sie sind nicht auf der Uni, um bestätigt zu bekommen, was Sie sowieso schon glauben. Sie sind hier, um eigenständiges Denken zu lernen. Denken geht so: Man nimmt das, was man hört, egal wie sehr es einem schmeichelt, und überprüft, ob es auch wirklich stimmt.«

13

Es war nicht leicht, den Typen abzufangen. Emma musste sich durch Schwärme von Studentinnen kämpfen, die um ihn buhlten. Gnädig gewährte er jeder seine Aufmerksamkeit, ohne seinen Schritt zu verlangsamen – schaute jeder direkt in die Augen, lächelte, berührte kurz Arm oder Schulter, nickte, fand jede Frage, jedes Anliegen gut, das finde ich spannend, kontaktieren Sie mich auf WhatsApp.

Emma ließ sich mit dem Fluss der Menschen treiben, den schlecht beleuchteten Gang runter, ein Großteil der Menge zerstreute sich jetzt, eine kleine Gruppe verschwand Richtung Mensa. Vor seinem Büro JK 25/315-317 waren Stühle den Flur entlang aufgereiht. Kurz bevor er in sein Zimmer verschwand, erhob Emma ihre Stimme: »Herr Grotian, einen Moment bitte, ich bin von der Polizei.«

Das Gemurmel ringsum verstummte, und endlich stoppte er. »Wir hatten einen Termin, nicht wahr? Kommen Sie einfach mit rein.«

Sein Büro war zweigeteilt: Vorn der Arbeitsbereich, mit Regalen und Schreibtisch, überall Papiere, Mappen, Bücher – ganz der Raum eines zerstreuten Professors. Hinten angenehm aufgeräumt, eine Couch, ein kleiner runder Tisch, zwei Stühle, Lehnsessel, die Wände behängt mit abstrakter Kunst, ein Zimmerbrunnen sprudelte in der Ecke, wie im Behandlungsraum eines Psychotherapeuten, war er ja auch fast, Psychologe, Spezialgebiet Gender Studies.

Herr Professor Grotian lud Emma ein, sich zu setzen, stellte ihr ein Glas Zitronenwasser hin, auf den kleinen runden Tisch zwischen ihnen. Er fuhr sich durch die Haare, lehnte sich zurück, schlug die Beine übereinander und grinste. Sagte nichts. Wartete – wie auf ein Kompliment, auf Zuspruch, auf eine Erzählung aus ihrer Kindheit.

Emma wies sich aus. »Ich suche Hintergrundinformationen.«

Er nickte. Hände gefaltet, ernstes, verständnisvolles Gesicht, als hätte er alle Zeit der Welt. Seriosität von der Art, wie man sie aus dem Fernsehen kennt. Moderatoren strahlen so eine professionelle Zuversicht und Autorität aus, sie lernen das in irgendeiner Moderatorenschule.

»Wir haben einen anonymen Brief erhalten, der eine mögliche Straftat beschreibt, und wir versuchen ihn zu analysieren. Sie haben 2007 einen Aufsatz mit dem Titel *Die Sprache des Maskulinismus* veröffentlicht, in einem wissenschaftlichen Journal. Wir konnten den kompletten Aufsatz im Internet nicht finden, aber es soll der Begriff *weiblicher Parasit* drin vorkommen. Ist das richtig?«

»Ach, dieser Begriff steht auch in Ihrem Brief?«

»Ja, aber ansonsten ist der sehr umgangssprachlich gehalten. Dieser Begriff fällt aus der Reihe – *Schmarotzer* würde ich da vielleicht erwarten, aber nicht *Parasit*.«

Herr Professor Grotian lächelte nicht mehr. Vor einem Hörsaal tat er das vielleicht, aber nicht einfach so, persönlich, wenn er einem gegenübersaß, das war ein Geschenk, das man sich verdienen musste. Das machte Emma unruhig und besänftigte sie zugleich.

»Der Begriff stammt ursprünglich von Olive Schreiner«, erklärte er, »einer südafrikanischen Feministin des frühen zwanzigsten Jahrhunderts. Ihrer Meinung nach hat die Industrialisierung

Frauen zu *weiblichen Parasiten* reduziert, weil sie dadurch keine Aufgabe mehr in der familiengeführten Landwirtschaft hatten. Wenn alles durch Maschinen ersetzt wird, die von Männern bedient werden, bleiben die Frauen ohne gewinnbringende Aufgabe. Das macht sie völlig vom Manne abhängig. Sie sind gezwungen, wie Parasiten zu leben. Es war im Grunde ein feministisches Plädoyer gegen die Industrialisierung.«

»Der Begriff ist … positiv gemeint?«

Grotian hob amüsiert die Augenbrauen. »Na ja, er stellt die Frau als Opfer des Mannes dar, positiv ist das nicht, aber feministisch. Heute wird der Begriff ausschließlich im sogenannten *Maskulinismus* – der Begriff *Antifeminismus* ist meiner Meinung nach genauer – verwendet. Das sind reaktionäre Aktivisten, die sich zumeist im Internet tummeln. Auf Reddit zum Beispiel. Für die ist ein weiblicher Parasit eine Frau, die sich mit Sex und vorgetäuschter Liebe bei einem Mann einschleimt und ihn ausnimmt, sich dann mit einer möglichst fetten Abfindung scheiden lässt und ein seelisches Wrack hinterlässt. Auch in diesem Milieu ist der Begriff so gut wie eingeschlafen, bis dieser B-Promi ihn noch mal aufgebracht hat. Seitdem ist er wieder salonfähig.«

»Welcher Promi?«

»Ist ein paar Jahre her, lassen Sie mich überlegen … Irgend so ein Medienmensch … Anzeige wegen Vergewaltigung, wenn ich mich recht erinnere. Das Gericht sprach ihn frei. Aber es gab ein Nachspiel in der Presse, der Dreck flog nur so durch die Gegend, und irgendwann behauptete er, die Frau hätte von vornherein die Absicht gehabt, ihn anzuzeigen, ihn auszunutzen. Sie sei ein weiblicher Parasit gewesen. Seitdem ist das Wort unter Antifeministen wieder populär geworden.«

Diese Stimme, sonor, ja, aber zudem noch warm. Und ein bisschen hypnotisch. Sie lullte ein. Vielleicht war es nur die Erschöpfung, es war wirklich ein langer Tag gewesen. Nein, es war seine

Stimme, sie sollte einlullen. Sie verführte dazu, ihm zu vertrauen. Seiner Autorität. Emma spürte eine starke Versuchung, sich gehen zu lassen, ihm das Denken zu überlassen. Man braucht das manchmal. »Antifeminismus – das gibt's also wirklich, ja?«

»Es ist eher ein Internetphänomen. Da treffen sich enttäuschte Männer und kotzen mal so richtig ab. Die fühlen sich persönlich vom Feminismus angegriffen, die halten ihren Kampf für existenziell, es geht ums Überleben des männlichen Geschlechts. Interessanterweise übernehmen sie viele Argumente aus dem Feminismus und kehren sie einfach um. Nicht lieben zu können ist ja ein uralter Vorwurf der Frauen an die Männer – das tut den Männern weh, und so kontern sie einfach mit der gleichen Beleidigung. Viele Argumente sind tatsächlich deckungsgleich.«

»Welche noch?«

»Na, der Feminist verlangt gleiche Chancen für Frauen auf dem Arbeitsmarkt. Der Antifeminist will auch, dass die Frau arbeiten geht. Nur seine Begründung ist anders: Er meint, die Frau ist faul und will nicht arbeiten, sondern ihm auf der Tasche liegen. Erzählen Sie den Streithähnen aber bloß nicht, dass sie eigentlich die gleiche Agenda verfolgen, das hören die gar nicht gern.«

Er zwinkerte. Zumindest kam es ihr so vor. Hatte der Typ ihr zugezwinkert?

»Wie groß ist die Bewegung denn?«

Achselzucken. »Überschaubar. Die meisten Männer können ja mit Frauen umgehen. Jeder Mensch wird irgendwann im Leben vom anderen Geschlecht abgelehnt oder gedemütigt. Man investiert in Liebe, die Liebe wird nicht erwidert, man fühlt sich betrogen.«

»Sie reden von Liebe wie von einer Art Währung.«

»Wissen Sie, man glaubt immer, das betrifft nur Frauen, dass sie ihren Wert daraus beziehen, ob sie begehrt werden und von wie vielen. Je mehr Verehrer, je hübscher, süßer, populärer, desto höher ihr Status. Aber umgekehrt ist das nicht viel anders. Männer ziehen nicht nur ihr Selbstwertgefühl daraus, sondern auch ihre gesellschaftliche Reputation.«

»Und lassen Sie mich raten, die Antifeministen leiden unter ihrem Loser-Image?«

»Mehr noch. Die Ablehnung durch die Frau wird zum Teil des Selbstbildes. Vielleicht gibt es sogar irgendwo eine Frau, die auf ihn steht, doch er merkt es nicht, sieht nur noch, was sein Selbstbild bestätigt, und irgendwann sind die Frauen an allem schuld, nicht nur an seinem verpfuschten Liebesleben, sondern an allem. Dann schreibt er einen Blog, dass Frauen Parasiten sind. Kann sein, dass Ihr Briefeschreiber so einer ist. Schreiben können sie.«

»Halten Sie sie auch für gewalttätig?«

»Sie wollen die Gefahr einschätzen, die von ihnen ausgeht? Worum genau geht es? Vielleicht kann ich helfen, wenn ich mehr weiß.«

»Über den Fall selbst kann ich eigentlich nicht sprechen«, sagte Emma.

»Selbstverständlich nicht.«

»Allerdings …« Emma traute dem Mann. Er war Profi, er war intelligent, er war ein guter Beobachter. »Nehmen wir mal an, es gibt zwei Szenarien. Erstens: Ein sogenannter Maskulinist entführt Frauen in Serie, tut ihnen Gewalt an und brüstet sich damit in Briefen an die Polizei. Zweitens: Ein Mann schickt der Polizei zwar Briefe voller wilder Gewaltfantasien, ist aber tatsächlich unschuldig. Zu welcher dieser Verhaltensweisen, glauben Sie, wäre ein typischer Maskulinist fähig?«

Der Professor musste erst mal schlucken. Vielleicht verstand er zum ersten Mal, wie ernst Emmas Anliegen war. Er dachte nach. »Der Mensch ist ja prinzipiell zu allem fähig«, sagte er nach einer Weile. »Aber diese Männer, wie ich sie kenne … da ist schon eine Menge Wut da, das stimmt, doch um Frauen zu entführen … verzeihen Sie, ich bin kein Ermittler, aber für so eine Tat, wie Sie sie im ersten Szenario beschreiben, dass ein Mann tatsächlich Frauen in Serie entführt und vergewaltigt … ich nehme an, es geht auch um Vergewaltigung, oder?«

Emma nickte.

»Ich denke, dafür braucht es schon einiges an krimineller Energie. Diese Männer, die im Internet über Frauen herziehen – das sind keine Gewalttäter. Im Gegenteil: Sie kompensieren doch ihre reale Hilflosigkeit, indem sie sich in solchen Foren unverhältnismäßig erregen.«

»Also würden Sie sagen, die Briefe sind Fantasien?«

»Wenn sie im Milieu der Antifeministen angesiedelt sind, dann würde ich sagen, zu neunundneunzig Prozent, ja.«

Emma bedankte sich. Mehr musste sie nicht wissen. Es wurde langsam spät. Sie konnte gehen. Eigentlich. Menschen psychologisch zu erfassen, zu diskutieren, woraus eine Person besteht, welche Erfahrungen im Leben einen prägen, das faszinierte sie, das war im Grunde auch ihr Job, doch, doch … das Gespräch hätte ruhig länger dauern können, gern auch bei einem Glas Wein statt Zitronenwasser, ihretwegen. Sie stand auf.

Er ließ sie nicht so einfach weg. »… Aber jetzt sagen Sie mal: Woher kommen Sie mir bekannt vor?«

»Ich?«

»Wenn ich nicht wüsste, dass Sie von der Kripo sind, würde ich Sie fragen, ob Sie Schauspielerin sind. Oder Politikerin, eine öffentliche Person.«

»Ich bin keine …«

»Woher kenne ich Sie?«

Emma wurde unruhig. »Sie kennen mich nicht«, sagte sie.

»Doch. Sind Sie nicht die Polizistin aus dieser Talkshow am Freitag? Sie wurden doch vergewaltigt.«

»Ja, und?«

»Ihr Vergewaltiger saß da und wollte sich feiern lassen, und Sie haben ihm Kontra gegeben. Das war mutig. Und notwendig. Was haben Sie gesagt? Was war das noch mal?«

Es war Zeit zu gehen. Sie hatte alles, was sie wollte, mehr war hier nicht zu holen.

»Sie haben gesagt, dass er ein Psychopath ist und immer wieder vergewaltigen wird. Dass er sich sein Gefasel von Vergebung sonst wohin stecken kann. Stimmt's? Das haben Sie echt gesagt, oder?« Er versuchte, sein Grinsen zu unterdrücken.

»Ja.«

»Gratuliere. Sie sind wirklich ein Vorbild. Ich hoffe, eine Menge junger Frauen haben zugesehen.«

»Jetzt aber mal halblang«, sagte Emma und versuchte, nicht rot zu werden.

»Ich bin sicher, es hat schon Reaktionen gegeben. Oder?«

»Ja, im Job«, musste sie zugeben. »Ein Bereichsleiter ist verärgert, weil er diese Woche mehr Vergewaltigungsanzeigen auf dem Tisch hat als üblich …« Die Ceesay hatte ihr das zwischen Tür und Angel gesteckt.

»… und denkt, es hat mit Ihrem Aufruf zu tun.«

»Hat es rein statistisch vielleicht auch«, sagte Emma.

»Und jetzt hat er mehr Arbeit, weil sich mehr Frauen zur Anzeige trauen, und das haben Sie ihm aufgehalst, richtig? Verstehen Sie nun, was Feministen meinen, wenn sie vom strukturellen Patriarchat sprechen? Das ist ja wie aus dem Lehrbuch.«

»Ich muss weiter.« Emma lächelte. »Danke für Ihre Zeit.«

Jetzt lächelte er auch. Zum ersten Mal wieder so offen wie im Hörsaal.

»Wenn Sie möchten … Ich will mich nicht aufdrängen, aber wenn Sie möchten, können wir gern mal ausführlicher reden. Vielleicht hilft es Ihnen, vielleicht bringt es eine Perspektive, die Sie im Job für sich nutzen können. Ein neues Standing.«

Emma zögerte. Machte er sie gerade an?

»Und ich koche gut. Das ist der Vorteil von männlichen Feministen, sie lernen zu kochen.« Er lächelte breit. Er machte keinen Hehl daraus, was er damit meinte.

Doch, er machte sie an.

»Im Hörsaal hätte das einen Lacher kassiert«, sagte er, als sie nicht lachte.

Sie dachte an Felix. Seine blöde Anmache die ganze letzte Zeit. Genauer gesagt, seit er ihr das Leben gerettet hatte. Was wollte er von ihr? Verheiratet, zwei Kinder, Kollege, nebenher zeitweise auch noch Arschloch. Nein, von Felix wollte sie nichts. Von ihm musste sie sich auf jeden Fall fernhalten.

»Doch, das würde mir gefallen«, sagte sie.

Er gab ihr seine Karte. »Rufen Sie mich an, wenn Sie Hunger haben. Sie sind eine sehr mutige Frau. Man muss Sie unterstützen.« Er blickte auf die Uhr, aber ohne Eile. Lächelte zum Abschied.

Vor seinem Büro warteten die anderen, die vielen jungen, schönen Studentinnen, geduldig und brav in einer Schlange.

Emma schaute sie sich näher an. Alle schön? War das möglich? Wie konnte es sein, dass ein Mann es schaffte, nur die schönen Frauen um sich zu scharen?

Doch, das schaffte er.

14

Der Presseraum im Polizeipräsidium war erstaunlich klein und trotzdem nicht voll. Ein halbes Dutzend Journalisten hatte sich eingefunden. Sie zapften sich heißen Kaffee aus der großen Thermoskanne, starrten aus dem Fenster, auf der Suche nach Tageslicht, ließen sich auf Klappstühlen nieder und blickten auf das Whiteboard mit dem Tisch davor, wo sie hinter ihren Mikros saßen: Emma links außen, neben ihr der Falner und Frau Riemenschneider, Pressesprecherin der Berliner Polizei.

Es war kurz nach neun.

Die Pressesprecherin erläuterte zwei personelle Änderungen, sprach über die Verkehrssituation in Tegel, über zwei Einbrüche in der vergangenen Nacht und den Fortschritt in der Mordsache Lemmers: Ein Verdächtiger würde verhört. Emma sah einen Journalisten heimlich gähnen.

»Es gibt einen ungeklärten Sachverhalt, den wir in Zusammenarbeit mit Polen bearbeiten, genauer, mit der Kommandantur in Breslau.« Frau Riemenscheider skizzierte kurz den Fall und las die Briefe vor, die ja schon auf der Website der polnischen Polizei veröffentlicht waren, auf Deutsch und Polnisch. Die Journalisten wurden wach.

»Weil bis jetzt nur auf Deutsch verfasste Briefe aufgetaucht sind und es sonst keine weiteren Anhaltspunkte gibt, haben sich die polnischen Kollegen an uns gewandt und um eine Analyse der Schriftstücke gebeten. Wir haben dies Frau Emma Carow, Fallanalystin des Berliner LKA 1, übertragen. Sie kennen sie vielleicht schon.« Einige Journalisten nickten. Trotzdem ließ es sich die Pressesprecherin nicht nehmen, sie vorzustellen: »Die Frau, die den Fall vom Potsdamer Platz im November gelöst hat, wir sind alle stolz auf sie, einige von Ihnen werden sie vielleicht auch bei Langendorn gesehen haben.«

Emma räusperte sich, bevor diese Riemenschneider noch anfing, Dinge von ihr zu erzählen, die nicht hierhin gehörten.

Sie trug ihre Analyse der Briefe vor, aus dem Gutachten, das sie vorgestern an Falner geschickt und nicht mehr verändert hatte, sie sprach von Sadismus und Hass auf Frauen, von narzisstischer Kränkung und Selbstdarstellung.

Dann zögerte sie.

Kurz kam ihr der dritte Brief in den Kopf.

Komisch. Warum ausgerechnet der? Der *Wauwau*-Brief, der Nonsens-Brief, der Brief, der aussehen sollte wie das letzte verworrene Lebenszeichen einer von Schmerz und Folter in den Wahnsinn getriebenen Frau. Fast als ob sie sich in letzter Sekunde davon abhalten wollte, das zu sagen, was sie jetzt sagte. »Aus diesen Gründen halte ich die Vermutung für gerechtfertigt, dass die Taten, wie sie in den Briefen beschrieben werden, nicht wirklich stattgefunden haben, sondern frei erfunden sind.«

Hände gingen nach oben. Fast alle im Raum hatten eine Frage an sie. Ein halbes Dutzend.

Frau Riemenschneider sprang ihr bei: »Frau Carow wird nur wenige Fragen beantworten, sie muss gleich wieder ins Büro, wo sie gebraucht wird.«

Die Hennagefärbte mit der grünen Brille wollte wissen: »Frau Carow, stimmt es, dass Sie für die Wiedereinführung der Todesstrafe sind?«

»Wie bitte?«

»Ihr Vergewaltiger Uwe Marquardt hat uns gestern ein Interview gegeben, in dem er beklagt, dass er alles Menschenmögliche unternommen hat, um sich zu rehabilitieren. Sie würden ihm aber trotzdem grundsätzlich absprechen, dazu fähig zu sein. Damit, sagt er, äußern Sie doch Ihr tief sitzendes Misstrauen in unser bestehendes Rechtssystem. Im Prinzip haben Sie damit angedeutet, dass für einen wie ihn nur noch die Todesstrafe greift. Was sagen Sie dazu?«

Emma sah, wie die Hände der anderen Journalisten herabsanken. Sie hatten alle die gleiche Frage gehabt.

15

Neukölln. Karl-Marx-Straße. Ergraute Fassaden, T-Mobile, Obst & Gemüse, Easy Credit, Nagelstudio, Happy-Land An- und Verkauf, Schnäppchenprinz, Sonnenstudio, mehr Nagelstudios, Happybet. Emma war zeitig von der Arbeit weg, es gab eh nichts mehr zu tun. Das war ein seltsamer Tag gewesen, angefangen mit dieser Pseudopressekonferenz, die keinen interessiert hatte, immerhin hatte sie es hingekriegt, Uwes anmaßendes Interview nicht zu lesen, es einfach zu ignorieren. Mal sehen, wie lange sie das noch schaffen würde. Er holte zum Gegenschlag aus, auf etwas plumpe Art, möglicherweise war das nicht alles, was er vorhatte, plump war er eigentlich nie gewesen. Aber Gegenschlag, das hieß doch auch, dass er getroffen war, oder?

Das letzte Licht der Nachmittagssonne lag über den Straßen, bald würden die Laternen aufflammen. Rings um sie hektische Betriebsamkeit. Die Menge schob sich über die Bürgersteige: gackernde Teenies jeden Geschlechts, Familien mit so vielen Kindern wie Einkaufstüten, Männer in Jogginghosen, türkische und arabische Halbstarke, Studenten aus aller Welt auf der Suche nach billigem Essen und coolen Cafés. Die Autos drängelten, je billiger der Wagen, desto eiliger hatte es der Fahrer, das Hupen kam von überall her.

Dann links rein in die Uthmannstraße, an der Deutschen Bank und an Video World vorbei – seltsam, dass es das noch gab – und auf einmal: Ruhe. Keine grellen Werbeplakate, keine Menschenmengen, die Gassen leer, bloß ein Junge auf dem Skateboard, der Moves übte, den Bordstein rauf und runter, eine Stirnlampe über der Mütze, sein Atem eine kleine Wolke vor seiner Nase. Kopfsteinpflaster, die Häuser waren niedrig, zwei Stockwerke, Dorfhäuser waren das, Holztore, bunte Schlagläden, schmiedeeiserne Gitter, und alles so sauber, rechts in die Richardstraße, links in die Kirchgasse, unter Bäumen entlang. Idylle im schwindenden Licht.

Emma parkte ihren kleinen VW Polo hinter seinem Haus mit dem blauen Zaun, hinter seinem dunkelgrünen BMW 3er, einen Parkplatz findet man hier eigentlich immer, hatte Professor Grotian gesagt.

War sie noch in Neukölln? Oder im Urlaub auf dem Land? Es war einer dieser Momente der Orientierungslosigkeit, wo sie sich fragte, ob sie die Realität noch angemessen wahrnahm, wo sie instinktiv nach ihrer Tasche greifen wollte, in der ihre Waffe steckte, doch alles war in Ordnung, es war Neukölln, Böhmisch-Rixdorf, hatte sie noch nie gehört, eine kleine Parallelwelt, mein Gott, Berlin ist wirklich immer für eine Überraschung gut, sie musste sich nur kurz erinnern: blauer Zaun, ja, das hatte er gesagt, einfach hinten rein, in den Garten, über die Wiese, als sie ihm vorhin eine Nachricht geschickt hatte: *Ich habe Hunger.* Und er darauf: *Ich esse früh.* Die Wiese. Sauber beschnittene Büsche, der Weg geräumt, die Schneehaufen fast weggeschmolzen, Tannengrün auf den Beeten, Obstbäume, ein Vogelhaus, warm leuchtende Fenster, Hintertür. Der Weg führte direkt darauf zu. Nicht zu verfehlen.

Sie wollte gerade aus dem Auto steigen, als ihr Telefon klingelte.

»Emma?«

Sie erkannte die Stimme. Uwe Marquardt.

Er plante etwas. Die Erkenntnis fuhr ihr durch den Leib wie ein Messer. Wie hatte sie annehmen können, dass er sich von ihr öffentlich demütigen lassen würde, ohne zu reagieren? Diese Stimme, mit der er sich bei der Langendorn vergeblich zu rechtfertigen versucht hatte. Diese Stimme, die damals drei Tage lang über ihr gehechelt, gelacht und gestöhnt hatte, ihr zynische Liebeserklärungen machte, wann immer er sie schlug und ritzte und fester band und ihr das Messer an den Hals legte, diese Stimme.

Sie hatte ihn doch überwunden.

Sie konnte keinen Ton herausbringen.

»Hallo? Emma? Leg nicht auf.«

Emma wollte auflegen. Es ging nicht. Sie konnte sich nicht bewegen.

»Emma, ich will nur … Emma, du musst verstehen, dass ich mich geändert habe. Warte! Ich weiß, du glaubst mir nicht – aber … Du hast das Buch nicht gelesen, oder? Wenn du … nein, natürlich kannst du es nicht lesen. Ach, das Buch ist scheißegal, ich will nur eins, ich will dir nur erklären, wer ich jetzt bin, will dich nur um Verzeihung bitten, das ist alles, aber du hast mich ja nicht zu Wort kommen lassen am Freitag.«

Emma versuchte, was zu sagen. Ein Krächzen kam heraus.

»Keine Chance. Du hast so richtig den Stab über mich gebrochen. Wie Gott. Du hast dich über unser Rechtssystem gestellt, Emma. Weißt du, wie sich das für den anderen anfühlt?«

Eine rhetorische Frage. Natürlich wusste sie das.

»Die letzten Tage … nach deinen Worten, du ahnst nicht, wie du mich getroffen hast. Ich habe mit Selbstmordgedanken gespielt, Emma. Du hast mir vorgeführt, wie tief der Mensch sinken kann. Und ich verdiene es, ich weiß das jetzt … Dir habe ich das Schlimmste angetan, was man einem Menschen antun kann, gib mir die Chance, dich um Verzeihung zu bitten, öffentlich, damit die Welt es sieht, dann kannst du machen, was du willst.«

»Bitte«, schob er zu ihrem Erstaunen hinterher, und als sie nicht reagierte, ungeduldiger: »Weißt du, du machst ein Mal im Leben einen Fehler, ein Mal, und danach ist dein Leben verwirkt. Einen einzigen Scheißfehler.«

Auch das kannte sie.

»Was«, sie räusperte sich. »Was willst du, Uwe?«

»Ich will dir doch nur beweisen, dass ich mich verändert habe.«

»Du hast dich nicht verändert.«

Uwe Marquardt war still, ein paar Sekunden lang, vielleicht eine Minute. Emma konnte nicht auflegen, immer noch nicht.

Dann redete er wieder. Diesmal war seine Stimme anders. Klarer, fester. Ehrlicher. »Ich will dich wiederhaben, Emma.«

Emma konnte kaum atmen.

»Du gehörst mir, und ich will dich zurück. Diese neuen Eigenmächtigkeiten, die du dir erlaubst, die mag ich nicht.«

Leg auf. Leg auf. Emma sagte sich immer wieder: *Leg auf.* Aber sie konnte nicht.

»Du wirst schon sehen, was du davon hast.«

Es klopfte an die Autotür.

»Emma?« Die Stimme kam jetzt von außen, von der Straße.

Der Professor. Gebückt stand er da, blickte ins Auto durch das Beifahrerfenster. Zwei Gläser Rotwein in der Hand. Sein Atem eine kleine Wolke. Sein Haar fiel ihm in die Stirn. Er lächelte sie an.

Emma konnte sich bewegen. Der Bann war gebrochen. Sie legte auf. Machte das Handy aus. Lehnte sich zurück, Augen zu, versuchte, ihr Atmen zu beruhigen. Ihre Hände zitterten. Das Herz schlug ihr bis zum Hals. Mit geschlossenen Augen lehnte sie sich über den Beifahrersitz und machte die Tür für den Professor auf.

16

Er sagte nichts. Er sah, wie es ihr ging. Er wartete.

Nach einer Weile nahm sie ihm ein Glas ab. Nippte am Wein. Schmeckte gar nichts.

»Die Blume ist hin«, erklärte er, während er sich niederließ und die Tür von innen zuzog.

Sie starrte ihn nur an.

»Zu kalt draußen«, sagte er. »Für Rotwein. Aber sie kommt wieder.«

Langsam verstand sie, dass er damit sagen wollte, dass der Wein nach nichts schmeckte. Es lag also nicht an ihr.

»War das ein … wichtiger Anruf?«, fragte er endlich.

»Uwe Marquardt.«

»Ist das nicht der Mann, der Sie … vergewaltigt hat?«

Emma antwortete lange nicht. Dann schüttelte sie den Kopf und seuzte: »Seit ich neunzehn bin, warte ich, dass es vorbei ist, aber immer wieder ruft er an, solange er nicht droht, ist es kein Nachstellen, ich dachte, nach dieser Talkshow ist er endlich weg, aber …«

»Na ja, Sie haben ihn öffentlich gedemütigt«, sagte der Professor. »Sie haben sich für ihn noch wichtiger gemacht als vorher sowieso schon.«

»Es ist wie …«

»… ein Fluch.«

»Wie ein Fluch.« Sie nickte. »Spaß gemacht hat es aber trotzdem«, fügte sie trotzig hinzu und nahm noch einen Schluck. Schon besser. »In der Talkshow.«

»Wir müssen nicht darüber reden, wenn Sie nicht wollen.«

Er drückte ihr sein Weinglas in die Hand, zog ein Taschentuch aus seiner Sakkotasche, putzte seine Brille und steckte es wieder ein. Lächelte schief, fast entschuldigend.

Seltsam. Mit einem Fremden so vertraut darüber zu sprechen – wie mit Frau Dr. Klee, ihrer Therapeutin –, das ging nur, wenn derjenige eine respektvolle Distanz wahrte, und der Grotian tat das. Nicht viele Menschen konnten das.

»Wissen Sie, manchmal macht irgendein Typ einen blöden Spruch, einfach so, und sofort höre ich wieder seine Stimme, es war irgendwas, was er auch mal gesagt hat, oder bloß der gleiche Tonfall, und zack, ist alles wieder da, und der Typ – auch wenn er ein netter Kerl ist, er weiß ja gar nicht, was er falsch gemacht hat – aber der ist für mich gestorben.«

»Sie werden es auch nicht mehr los. Das ist die traurige Wahrheit. Das sagen Therapeuten ihren Patienten ungern, aber es ist wahr. Es ist jetzt ein Teil Ihres Lebens.«

»Na, toll.« Emma lachte. Galgenhumor. Sie hob das Glas. »Auf die Teile unseres Lebens, denen wir nicht entkommen.«

Er grinste, sie stießen an.

»Unsere Ahnen wussten das. Sie kannten die Wahrheit, sie verpackten sie in nette Märchen. Auf dem Helden lastet ein Fluch, und den muss er lösen. Oder ihn schlicht überleben. Die alten Märchen erzählen so oft von Flüchen, als ob man damals wusste, dass es Dinge im Leben gibt, gegen die man einfach nicht ankommt.«

Auch Emma hatte einmal mit der Idee gespielt, Dozentin zu werden. Lange her. Sie war gut, sie hätte es sicher geschafft. Doch dann kam Uwe Marquardt, und danach war alles anders. Sie ertrug keine Menschenmassen mehr und musste das Studium abbrechen. Jetzt konnte sie mit ihrem Polizistengehalt Akademiker in ihren tollen Einfamilienhäusern besuchen, sich aber selbst keins leisten. Ein bisschen eifersüchtig war sie schon. Aber der Wein war nicht schlecht.

»Und wie bricht der Held den Fluch?«

»Oh, ich bin kein Märchenforscher … aber muss man dafür nicht eine Zauberformel sprechen, irgendwas mit Fröschen und Pilzen und Mondlicht um Mitternacht? Oder irgendein gefährliches Abenteuer bestehen, die Blume finden, die nur einmal im Jahr blüht, des Teufels goldenes Haar …« Er nahm einen Schluck Wein. »Na ja, oder man tötet die Hexe, die einen mit dem blöden Fluch belegt hat.«

»Zauberformel, Abenteuer oder Mord«, resümierte Emma.

»Welche Lösung würden Sie wählen? Die Zauberformel?«

»Wieso, hätten Sie eine für mich?«

»Vielleicht. Aber wissen Sie, so was klingt immer sehr einfach, ist aber oft so gestrickt, dass es für den Verfluchten sehr schwer umzusetzen ist ...«

»Jetzt sagen Sie schon.«

»Aus Sicht der Psychologie würde ich sagen, Sie müssten Ihrem Peiniger vergeben. Ganz und gar. Ich denke, das würde etwa so befreiend wirken wie eine Zauberformel.«

Emma war still.

»Das können Sie nicht, oder?«

»Nein.«

»Dann bleibt nur Abenteuer oder Mord. Könnten Sie ihn töten?«

Das kam seltsam sachlich rüber, wie eine ganz normale Frage, die ein Therapeut seiner Patientin routinemäßig stellen würde: »Wollen wir den Termin auf Mittwoch verschieben? Haben Sie das Hertha-Spiel gesehen? Können Sie Ihren Peiniger ermorden?«

Emma dachte ebenso sachlich darüber nach.

»Ich habe es versucht«, sagte sie. Ihre Stimme trocken, ihr Mund auch. »Vor ein paar Wochen. Ich hatte ihn für mich allein, in Handschellen, mein Messer an seinem Hals. Ich konnte es nicht.«

Der Professor war still. Dann sagte er, was er sagen musste: »Das spricht für Sie. Sie sind Vertreterin der Staatsgewalt. Wenn Sie nicht wissen, was Recht und Unrecht ist, wer dann?«

Sie nippten am Wein. Draußen ging die Sonne unter, und der Skateboarder mit seiner Stirnlampe flitzte vorbei und verschwand im Zwielicht.

»Und die dritte Option?«, fragte Emma.

»Ah, das Abenteuer. Das Abenteuer ist das Leben. Also alles, was das Leben einem nach dem Fluch zuspielt. Der Fluch ändert einen ja, dreht das Leben in eine völlig neue Richtung, über die man nicht mehr selber bestimmen kann. Der Held muss das neue Leben bestehen, ohne aufzugeben, ohne zum Opfer des Fluches zu werden. Das tun Sie bereits. Der Fluch hat Ihr Leben geändert. Sie haben sich das Steuerrad vielleicht zurückgeholt am Freitag, aber nun müssen Sie es auch festhalten, und ich sage Ihnen, ab jetzt wird es erst richtig stürmisch. Allerdings: Im Märchen ist das Abenteuer irgendwann zu Ende. Im wahren Leben hört es nie auf. Das Abenteuer ist das verfluchte Leben. Bis zum Tod.«

Emma leerte ihr Glas. Hielt es ihm hin. »Das ist ja mal eine Scheißauswahl, würde ich sagen.«

»Das haben Flüche so an sich«, sagte Grotian. Er zog die Weinflasche aus seiner Manteltasche, löste den Korken, schenkte Emma nach, dann sagte er: »Wollen Sie es mir erzählen? Wie es passiert ist?«

»Meine Vergewaltigung?«

»Ich weiß nur, dass es passiert ist. Was das für ein Mensch ist – was er getan hat – das weiß ich nicht.«

Nein, Emma wollte es nicht erzählen. Niemandem hatte sie es erzählt, na ja, fast niemandem, selbst Frau Dr. Klee nur bruchstückweise, über Monate hinweg. Nicht mal Lutz. Diesem völlig Fremden würde sie es auf keinen Fall erzählen, was bildete der sich ein?

Dann fing sie an zu reden. Es kam einfach raus, Satz für Satz, Szene für Szene, immer wieder sagte sie sich, hör auf, das geht ihn nichts an, aber sie konnte nicht, sie konnte nicht aufhören, es war ein fast physisches Bedürfnis, es würgte im Hals wie Gift, es musste alles raus.

Sie war neunzehn. Er dreiundzwanzig. Sie war noch Jungfrau, als sie auf die Uni kam, und schämte sich manchmal dafür. Er war ein paar Semester über ihr, zwischen Emma und ihm lagen Welten. Zweimal zwinkerte er ihr im Vorbeigehen zu, beide Male wurde sie rot. Er war der coole Typ, der es mit dem Studieren locker nahm, mit den reichen Eltern im Rücken, der Vater Anwalt. Und er sah verdammt gut aus damals. Wenn es irgendeinen Mann auf Erden gab, der es nicht nötig hatte, eine Frau zum Sex zu zwingen, dann er. Einmal war Emma Zeugin, wie er seiner Freundin unvermittelt ins Gesicht schlug. Doch die schlug sofort zurück, und dann griffen Freunde ein und trennten die beiden, und er spuckte nur noch vor ihr auf den Boden und ging. Es hieß, sie hätte ihn betrogen, obwohl sie das immer abstritt.

Emma hielt Grotian ihr Glas hin, er schenkte nach, sie stürzte es hinunter, er trank mit.

Sie hatte ihrem Instinkt getraut, als sie zu ihm ins Auto stieg, damals nach der Party. Na gut, sie sah, dass er fahrig und nervös wirkte und ständig sein Handy checkte, aber sie schob es auf Liebeskummer. Von dem Hass, der in ihm kochte, ahnte sie nichts. Sie hatte eher Mitleid. Fühlte sich geschmeichelt, dass er sie überhaupt bemerkt hatte. Er schien sie zu mögen. Sie hätte nicht falscher liegen können. Er fuhr sie nicht nach Hause, er fuhr sie in den Wald. Dort gab es kein Telefon, keinen Handyempfang, kaum eine Straße.

Dann ging alles ganz schnell.

Mit dem Jagdmesser seines Vaters am Hals wurde sie aufs Bett gezwungen. Sie wusste, sie ahnte: für immer.

Emma erinnerte sich nicht an alles, sah nur Schlaglichter, Fetzen: das Blut auf dem Laken, sein Gesicht über ihr, er im Sessel in der Ecke, nackt, lächelnd, sie interessiert beobachtend, wie sie hochschreckte aus dem Schlaf mit seiner Klinge am Hals, wie er sie losband, damit sie ins Bad konnte, wie sie sich einmal wusch und dann nie wieder, denn ohne den Schorf tat es doppelt so weh, wenn er sie anfasste, wie die Schnitte juckten, wie sie sich schämte für ihre Wunden, den Schweiß, die aufgesprungenen Lippen, wie er sie mit Schokolade fütterte und Knäckebrot, andere Vorräte gab es nicht. Einmal, als sie alles getan hatte, was er verlangte, spendierte er ihr ein Bier. Ein Bier.

Der Zeuge, der Uwes Exzess am dritten Tag ein Ende setzte, war nicht seine Mutter. Die tauchte zwar schon am Morgen in der Hütte auf, weil sie auf der Suche nach ihm war. Als sie durch die offene

Tür zum Schlafzimmer Emma sah, wie sie ans Bett gefesselt dalag, sagte sie kein Wort. Es huschte nur ein leichter, distanzierter Ekel über ihre Züge, während sie leise mit ihrem Sohn sprach. Die Worte »helfen Sie mir« brachte Emma nur mit Mühe heraus. Sie schluckte ihren letzten Stolz herunter und schaffte es, mit ihren Beinen die Decke abzustreifen, in die Uwe sie gehüllt hatte. Nackt und blutverkrustet lag sie da. Die Frau trat einen Schritt vor und sagte, mühsam beherrscht: »Macht Ihnen das wirklich Spaß, Mädchen?« Dann zog sie die Tür zum Schlafzimmer zu.

Zehn weitere Stunden hätte seine Mutter ihr ersparen können. Doch Uwe hatte ihr Emma als bemitleidenswertes Drogenopfer dargestellt, das er auf der Party aufgesammelt und mehr oder weniger vor sich selbst gerettet hatte. Am Abend endlich tauchte sein Vater auf. Nachdem er sie befreit hatte, bot er ihr Geld. Achthundert Euro. Er vertrat seinen Sohn später auch vor Gericht. Dort behauptete Uwe, er sei hoffnungslos in Emma verliebt gewesen. Krank vor Liebe. Wusste nicht, was er tat.

»Wusste nicht, was er tat.« Emma ließ das Fenster herunter. Sauerstoff. Kälte. Das tat gut. Grotian schwieg. Sie stürzte ihren Wein hinunter und atmete tief aus.

»Na, viel geholfen hat ihm das aber nicht«, meinte er nach einer Weile. »Höchststrafe, oder?«

Emma nickte. »Sieben Jahre.« Hielt ihm ihr Glas hin.

Er wedelte bedauernd mit der leeren Flasche.

»Haben wir die echt schon ausgetrunken?«

»Keine Angst, drinnen hab ich mehr.«

»Und Sie?«, wollte sie nach einer Weile wissen. »Welchen Weg würden Sie gehen?«

»Na, Mord natürlich«, sagte Professor Grotian. Er zuckte die Achseln. »Oder?«

Emma nickte. Mehrfach. Dann brachen sie beide in Gelächter aus.

»Nun«, sagte er und drehte sich zur Tür. »Ich denke, eine kleine Stärkung wäre jetzt angebracht. Ich hoffe, Sie mögen Trüffel?«

»Keine Ahnung.«

17

Da war jemand. War da jemand?

Die Schritte waren doch ganz klar zu hören. Direkt über ihrem Kopf. Emma saß aufrecht im Dunkeln, allein auf ihrem Bett, die Füße schon auf den kalten Dielen, die Hände umklammerten die Bettdecke, sie starrte auf die Zimmerdecke, Kopf im Nacken, lauschte angestrengt. Es war dunkel. Kein Licht, nicht mal vom Fenster her, wieso fiel da kein Licht durchs Fenster? Scheißneumond.

Über ihr, auf dem Dachboden, da war jemand.

Nein, da war nichts. Das Holz. Es knarrte, wenn es kalt war. Oder eine Fledermaus. Eine Fledermaus, die sich verirrt hatte, die durch das gekippte Fenster oben unters Dach geflogen war. Ein Siebenschläfer. Gibt es überhaupt Siebenschläfer in Berlin?

Doch, da war jemand auf dem Dachboden. Emma schaltete die Nachttischlampe an, dann die Deckenlampe. Barfuß, in Shorts und T-Shirt ging sie in den Flur, machte auch dort das Licht an, im Wohnzimmer, in der Küche, machte die ganze Wohnung hell, so hell wie möglich. Sie starrte auf die Decke. Als ob sie dadurch besser hören könnte.

Da war niemand.

Da war jemand.

Emma ging zum Kleiderschrank, öffnete das Schloss zum Waffenschrank und nahm ihre geladene Sig Sauer P6 heraus, griff sich die Schlüssel vom Haken im Flur, öffnete ihre Wohnungstür, machte das Licht im Treppenhaus an, stieg die paar Stufen zum

Dachboden hoch, barfuß, im Februar, aber ihre Hausschuhe hatte sie gerade nicht finden können. Kalt. Sie zitterte. Egal.

Die Stahltür, die zum Dachboden führte, war zu. Emma schloss auf. Es dauerte eine Weile, bis sie den Schlüssel ins Schloss bekam.

Dunkel. Nur ein einziger schwacher Lichtstrahl fiel durch das gekippte Fenster. Sie fingerte am Schalter herum. Das Licht war immer noch kaputt hier oben. Hatte der Hausmeister das nicht schon lange reparieren wollen? Sie knipste den Schalter an und aus, an und aus, bis es lächerlich wurde. Sie horchte.

Kein Atmen. Keine Schritte. Niemand hier. Kein Siebenschläfer, keine Fledermaus. Es war nur ein Albtraum. Wie neulich. Wie … wann war das noch mal gewesen?

Sie tat den Schritt über die Schwelle.

Sie war drin.

Jetzt hörte sie ihn.

Sein Atmen. Sie hörte es ganz deutlich, jemand atmete, da hinten, nicht weit weg, ein Mann stand im Dunkeln und beobachtete sie, sie wusste, wer es war, es war Uwe Marquardt, er war es, der jeden Abend zu diesem Dachboden kam, sie richtete ihre Sig Sauer auf ihn und drückte ab, einmal, zweimal, achtmal drückte sie ab, feuerte in die Dunkelheit hinein, leerte ihr Magazin auf Uwe Marquardt.

Mit dem achten Knall wachte sie auf. Der Albtraum war vorbei.

Sie saß im Bett. Aufrecht im Dunkeln, ihre Hände umklammerten die Decke. Sie stand nicht auf dem Dachboden. Sie hielt ihre Pistole nicht in den Händen.

Sie war nicht einmal schlafgewandelt, wie so oft in den Wochen vor der Talkshow. Danach waren die Albträume weg gewesen. Bis eben.

Pavor nocturnus nannte man das. Nachtschreck. Eine Parasomnie, eine Schlafstörung, man schreckt hoch vor Angst, steht auf, geht weiß der Teufel wohin, handelt irrational – schießt um sich, wenn man Emma Carow heißt – und befindet sich dennoch im Tiefschlaf. Der Nachtschreck. Das hatte ihr ihre Therapeutin erklärt. Frau Dr. … Frau … wie hieß sie noch?

Sie war nicht mitten in der Nacht aufgestanden, sie hatte ihre Waffe – ihre Dienstwaffe – nicht aus dem Waffenschrank geholt und hatte nicht in einem dunklen Dachboden blindlings auf Geräusche geschossen. Es war so echt gewesen, das Echo klingelte ihr noch in den Ohren, der Rückschlag donnerte ihr noch durch die Knochen, aber sie hatte nicht geschossen.

Erleichterung. Eine tiefe, verzweifelte Erleichterung legte sich auf sie wie eine warme Decke. Sie war Polizistin. Sie sollte ihre Nachbarn schützen, nicht gefährden. Das hatte sie auch nicht getan, zum Glück. Sie konnte mit ihrer Parasomnie umgehen. Deshalb lagerte sie auch die Munition in einem zweiten Waffenschrank in der Küche, getrennt von der Waffe, beides konnte sie im Schlaf nicht holen, das war eine zu komplizierte Aufgabe. Sie war eine gute Polizistin. Sie hatte niemanden gefährdet.

Warum kam sie nicht auf diesen Namen? Emma knipste die Deckenlampe an. Aber sie ging nicht an. Was war los? Sie knipste und knipste, aber es wurde nicht hell.

Wie hieß sie denn nun, ihre Therapeutin? Warum ging die Lampe nicht an? Nein, sie ging an, das Licht war an, aber ihre Augen waren noch zu. Sie kämpfte darum, die Augen zu öffnen, sie verzog ihr Gesicht, aber ihre Augen gingen nicht auf. Als ob jemand sie zuhielt.

War da jemand? Mit ihr im Zimmer? Hinter ihr? Hielt ihr jemand die Augen zu? Sie machte den Mund auf, wollte schreien, konnte nicht, ihr Mund gehorchte ihr nicht, sie wollte strampeln, um sich schlagen, sie konnte nicht, sie sagte: »Bist du es? Uwe?«, aber es kam kein Wort heraus, sie wollte sagen: »Ich bin bewaffnet, wenn ich dich sehe, schieße ich, Uwe«, aber sie brachte keinen Laut heraus. Sie wandte sich zum Bett um.

»Hallo, Emma«, sagte der Mann, der dort im Dunkeln saß.

Emma schrie, aber es kam kein Ton heraus. Das Messer. Das, das er ihr damals vor zehn Jahren an den Hals gelegt hatte. Es funkelte in seiner Hand.

»Ich will doch nur, dass wir wieder Freunde sind, Emma.«

Emma schrie, strampelte, und plötzlich war es hell.

Das Licht ging an. Ihre Augen waren auf. Das Licht blendete sie. Das reale Licht, das echte Licht, nicht irgendein eingebildetes Licht im Dunkeln. Sie taumelte, stürzte fast. Sie war nicht im Schlafzimmer. Sie war nicht mal in der eigenen Wohnung. Sie stand im Treppenhaus, in der fünften Etage, vor der Tür zum Dachboden. Die Tür war verschlossen, Emma war schlafgewandelt, hatte versucht, reinzukommen, bekam die Tür nicht auf.

Sie war nicht allein.

Jetzt sah Emma sie: Frau Askar. Die Nachbarin von unten, die Mutter von Ahmed. Sie stand im Morgenmantel auf dem Treppenabsatz. Still. Wie erstarrt, eine Hand überm Mund, die andere am Lichtschalter. Sie hatte das Licht im Treppenhaus angemacht, das Licht, das Emma geweckt hatte.

Es dauerte, bis sie sich traute, Emma anzusprechen. »Frau Carow? Geht es Ihnen gut?«

Emma zitterte am ganzen Körper. Sie nickte, sie schüttelte den Kopf. Dann merkte sie es: In ihrer rechten Hand hielt sie ihre Dienstwaffe. Ihre Sig Sauer. Sie war geladen.

18

Irgendetwas klingelte. Klingelte und klingelte. In der Ferne. Das war jetzt wirklich nicht der Wecker. Sie träumte ja nicht mehr, genau, sie stand im Treppenhaus, während unten in der Küche hinter der offenen Wohnungstür ihr Handy klingelte. Emma erwachte aus ihrer Starre, rannte an Frau Askar vorbei die Stufen hinunter, hinein in die Wohnung und nahm ab.

Eine weibliche Stimme sagte: »Frau Carow? Herr Dr. Marburger wird in fünfzehn Minuten bei Ihnen sein.«

»Wie bitte? Wer ist da?«

Die Dame schwieg. Als wäre sie überrascht, dass Emma ihren Anruf nicht erwartet hatte. Dann: »Hier spricht das Auswärtige Amt.«

Emma blickte auf die Küchenuhr. Es war kurz nach fünf. Sie hatte keine Ahnung, wer Herr Dr. Marburger war.

Egal. Kaltes Wasser ins Gesicht, Ohrfeige rechts, Ohrfeige links, doppelter Espresso, und sie war wach, nein, war sie nicht, vielleicht träumte sie ja immer noch, nein, tat sie nicht, okay, fünf Minuten kalte Dusche, jetzt war sie aber wach, noch feucht in Jeans und Pulli quälen, schnell bisschen Make-up, bloß nichts Kompliziertes, Deo, Zähne putzen, Mann, sahen die Haare wieder scheiße aus, sie hatte eine Frisur wie ein Küken, wie sollte man da ernst genommen werden, die herumliegende Wäsche ins Schlafzimmer schmeißen, Türe zu und aus, die Küche war halbwegs ordentlich, noch ein Espresso? Zu spät, es klingelte.

Was tut man, wenn ein Diplomat ins Haus steht? Unerwartet und so gut wie unangekündigt? Kaffee anbieten natürlich. Sie machte die Kaffeemaschine wieder an. Während er im Aufzug hochfuhr, suchte sie ihre besten Bohnen raus. José Valdez.

Dann stand er schon in der Tür. Der Mann war schlank, fit, grauhaarig, glatt rasiert, schnieke, wie ein CEO mit Manufactum-Fitnessgeräten in seinem Eckbüro in der zwanzigsten Etage. Und er war ganz und gar daran gewöhnt, fünf Uhr morgens schon mitten im Arbeitstag zu stecken.

Herr Dr. Marburger vom Auswärtigen Amt. Jetzt erkannte sie ihn. Der dritte Mann im Büro des Polizeipräsidenten. Er reagierte nicht, als Emma ihm die Hand entgegenstreckte. Kaffee wollte er auch keinen.

Er wollte nur den Dachboden sehen.

Zusammen stiegen sie die Stufen hoch. Emma schloss die Stahltür auf, machte das Licht an. Der große, hohe Raum war aufgeräumt, staubig und kühl. Es roch ganz zart nach altem Holz, ein Duft, bei dem Emma jetzt immer leicht würgen musste. Die Wäscheleinen waren leer. Eben erst, im Schlaf noch, mit der Waffe in der Hand, war sie vor dieser Tür gewesen. Auf den Dachboden selbst hatte sie seit acht Wochen keinen Fuß mehr gesetzt.

»Zeigen Sie mir, wo Sie hingen«, bat er. »Ich habe mich immer gefragt, wie das war.«

Zögernd brachte ihn Emma bis zur Mitte des Raums, zeigte ihm den dicken Balken, das Fenster in der Dachschräge, durch das sie hatte schauen können, als sie dort hing, vier Tage, fast fünf, im November.

Sie konnte ihn immer noch spüren. Hier. Den Mörder vom Potsdamer Platz, der seine Opfer in Panzertape einwickelte und aufhängte, damit sie über Tage verdursteten und verhungerten, hilflos, reglos, in ihren Panzertapekokons. Sie war ihm so nah gekommen … Bis er auch sie überwältigt und aufgehängt hatte, auf ihrem eigenen Dachboden. Emma konnte jede Minute dieser Tage abrufen, jede Sekunde, die unsägliche Beklemmung, die Taubheit in den Gliedern, den bohrenden Kopfschmerz, den Durst, die Krämpfe, die Halluzinationen, wie mit jedem Geräusch im Treppenhaus die Hoffnung auf Rettung aufstieg und sie wieder verließ. Jeder Sekunde dieser endlosen Tage konnte sie noch nachspüren.

Emmas Mund war trocken. Sie konnte den Lappen im Mund wieder schmecken. »War's das?«

»Sie haben eine Menge ausgehalten und sind heil davongekommen, und Sie drücken sich nicht, das imponiert mir«, sagte Herr

Dr. Marburger, den Kopf im Nacken. »Herr Dr. Falner sagt, Sie seien eine gute Mitarbeiterin.«

Marburger stand jetzt ganz dicht bei ihr. Er wandte den Blick von dem Balken ab und schaute sie an. Seine Augen waren wie Stahl. Sie konnte nicht mal erkennen, welche Farbe sie hatten, so schockierend, so direkt, so aggressiv war sein Blick.

Er sprach. Langsam, klar, mit Nachdruck. »Wenn Sie auch nur ein Wort verlauten lassen, Frau Carow, ein Wort an die Presse darüber, dass bestimmte Ergebnisse mehr erwünscht waren als andere, dass man auf politische Befindlichkeiten reagiert hat – ach, was sage ich, wenn Sie irgendwelche Interna dieses Falls ausplaudern, ganz gleich, was –, ich werde es erfahren, und Sie werden den Rest Ihrer Tage in irgendeinem stockigen Keller ohne Tageslicht verbringen, wo Sie Heftklammern aus alten Akten popeln dürfen, bevor sie vernichtet werden.«

Emma wusste weder, worum es eigentlich ging, noch, was das mit ihr zu tun hatte. Sie wusste bloß, dass es ein Angriff war.

»Nur aus Respekt vor Ihrer Professionalität und weil manche Kollegen bei der Polizei Sie durchaus achten, spreche ich diese Warnung überhaupt aus. Schönen Tag noch, Frau Carow. Sie werden schon das Richtige tun.« Dann wandte er sich ab und verließ den Dachboden.

Emma stand da und wusste nicht, was sie tun sollte, ob sie was tun sollte, tun konnte. Minutenlang stand sie so, kam es ihr vor. Ihre Beine zitterten. Das merkte sie erst nach einer Weile.

Was sollte das? Was war gerade passiert? Was war das denn gewesen? Erst nachdem sie sich halbwegs beruhigt hatte, griff sie zu ihrem Handy. Lutz ging schon beim ersten Klingeln ran.

»Es ist nicht dein Fall«, sagte er nur und legte auf.

Es war fünf Uhr dreißig.

19

Vom Empfang aus direkt die Treppe rauf, den Gang entlang, noch mehr Stufen, zu den Mordkommissionen, zu den Ermittlern, den »echten« Cops, wie sie nicht müde wurden, zu betonen, im Gegensatz zu Emma und den anderen Eierköpfen. Großraumbüro Mordkommission 1, die meisten Tische waren so früh noch nicht besetzt, nur die unermüdliche Ceesay saß wie aus dem Ei gepellt vor ihrem Bildschirm, Emma marschierte durch bis nach hinten, zu der Glaswand, hinter der das Chefbüro lag, sie hätte es auch fast geschafft einzutreten, doch Lutz kam ihr zuvor: Er kam raus, zog die Tür hinter seinem Rücken zu, baute sich vor ihr auf und sagte: »Es ist nicht dein Fall.«

Es war kurz vor sechs an einem Montagmorgen, und Lutz sagte nicht »hallo«, nicht »was machst du hier in dieser Herrgottsfrühe«, sondern nur: »Es ist nicht dein Fall.«

»Von was für einem Fall redest du überhaupt? Ich denke, es gibt keinen Fall?«

Lutz Bogner, sechzig, stämmig, groß, kahl rasierter Schädel inzwischen (»alles andere wäre zu peinlich«), die breiten Schultern hingen müde herab. Chef des LKA 1, Delikte am Menschen, Chefermittler von Berlin, Emmas Mentor, Emmas ältester Freund, auch noch nicht ganz wach, aber offenbar schon auf stur geschaltet. »Die Polen haben ihre eigenen Fallanalysten. Die OFA ist raus.«

»Du schuldest mir eine Erklärung.« Emma verschränkte die Arme. Auf stur schalten, das konnte sie auch. »Ich wurde gerade aus heiterem Himmel von jemandem aus dem Auswärtigen Amt bedroht. Ich denke, ich habe ein Recht zu erfahren, was los ist.«

»Wir leisten bloß Amtshilfe. Der Fall liegt in Polen. Das LKA arbeitet nur zu, paar Zeugenbefragungen, mehr nicht. Die Polen sind schon dran an der Sache, die haben den Fall im Griff. Du bist in der Öffentlichkeit bekannt – die Polen wollen keine Öffentlichkeit, und nach dem, was du hier sagst ... das Auswärtige Amt ebenso wenig. Da hat sich Falner wohl geirrt. Wir werden nur ein kleines Team sein, du brauchst gar nicht zu wissen, worum es geht; es wurde auch ausdrücklich darum gebeten, dich da rauszuhalten.«

»Von wem?«

Lutz hatte Ringe unter den Augen, die Lider auf halbmast, er winkte nur ab, Kleinkram, täglicher Wahnsinn, verschon mich mit dem Scheiß.

Emma wusste nicht, wie an ihn rankommen. Lutz war wie eine geschlossene Tür, eine Tür, die ihr vor der Nase zugeknallt worden war. Sie hatte das Bedürfnis, mit beiden Fäusten an seine Brust zu trommeln, wie eingesperrte Frauen in schlechten Filmen an verschlossene Türen trommeln.

»Es war kein Streich, oder? Die Briefe – die sind echt.«

Lutz antwortete nicht.

»Szymańska wusste es auch, oder? Seit wann?«

Lutz ließ sie reden. Sie beantwortete sich alle Fragen sowieso selbst.

»Hör mal, ich war es, die vor der Presse stand und gesagt hat, dass man diese Briefe nicht ernst nehmen muss. Die haben mich benutzt, um ihr Gesicht zu wahren. Lutz, wenn diesen Frauen wirklich was passiert ist – ich könnte nicht damit leben, dass ich nichts unternommen habe. Zwing mich nicht ...«

»... damit zu leben, ich weiß schon.« Lutz streckte sich und gähnte.

Emma wurde sauer: »Wenn die da oben mit dir so umspringen würden, was wäre dann?«

Lutz seufzte tief. »Ich brauche wirklich einen Kaffee«, sagte er. »Ich brauche vier Kaffees.« Dann drehte er sich um und verschwand wieder in sein Büro. Die Tür ließ er offen.

20

An der Küchenzeile der Ermittler fand Emma Filterkaffee, der wie verbranntes Holz roch, na ja, mit einer Prise Essigessenz vielleicht und einem Hauch Bittersalz, sie war froh, dass sie keine Ermittlerin war, die Puppenkiste hatte besseren Kaffee, zweimal Sahne, zweimal Zucker für Lutz, sie füllte die Tassen, vier, wie bestellt, sollte sie auch eine …? Lieber nicht. Und zurück zum Chefbüro. Die Ceesay hielt ihr die Tür auf.

Das Büro von Lutz Bogner war noch dunkel, nur zwei Schreibtischlampen leuchteten, um den großen Besprechungstisch herum saßen neben Lutz schon Piske, Leiter des LKA 12, Vermisste Personen, und der Schwander, Leiter des LKA 13, Sexualdelikte. Die Chefs der Burg. Und noch ein Stuhl, leer, nur eine Jacke darübergeworfen.

Lutz' Büro roch nach Baby. Babypuder, Feuchttücher, Milch, und etwas anderes, Süßes: Baby eben. Nur das Baby fehlte.

Emma stellte die Kaffees auf den Besprechungstisch und ließ sich auf der Kante des Schreibtischs daneben nieder. Sie hörte dem Gespräch zu. Es war schon weit fortgeschritten.

»Er bringt sie hier in seine Gewalt? In Berlin?«

»Bis jetzt haben wir nur ein einziges identifiziertes Opfer – ob die anderen auch von hier sind, keine Ahnung.«

»Steht hier: Alle Köpfe wurden in kleineren polnischen Ortschaften gefunden, etwa hundert Kilometer von Görlitz entfernt, in Zeitung eingewickelt, in Einkaufstüten von Supermarktketten, unter der Bank einer Bushaltestelle, neben einem Fahrradständer und so weiter.«

»Nur die Köpfe. Unglaublich.«

»Aber wo schlägt er zu? Irgendwo holt er sie doch von der Straße.«

»Keiner weiß es. Die, die identifiziert wurde, ist jedenfalls Polin – die Kuzorra.«

»Opfer 5. Die ist aber wohnhaft in Berlin. Woher weißt du, dass sie Polin ist?«

»Na ja, sie hat einen polnischen Nachnamen.«

»Polnische Nachnamen gibt's auch bei Deutschen.«

»Sie war Hure, oder? Deutsche Nutten arbeiten nicht in Polen, eher umgekehrt.«

»Sie könnte auf Urlaub in Polen gewesen sein.«

»Auch Huren besuchen die Mama.«

»Wurde sie vom Täter überhaupt in Polen ergriffen oder schon in Berlin?«

»Das müssen wir feststellen.«

»Das muss ich feststellen, meinst du.« Das war der Piske, Vermisste Personen.

»Wenn er sie in Berlin holt, kennt er sich aus hier, so oder so hat er einen Bezug zu …«

»Viele Polen haben einen Bezug zu Berlin.«

»Es wäre hilfreich, wenn wir die anderen Opfer identifizieren könnten.«

»Das kommt noch – ein, zwei Tage, man hat gerade erst begonnen.«

»Wenn das erste Opfer schon … wann?, am 14. September letztes Jahr gefunden wurde … und seitdem noch mal vier … warum fängt man erst jetzt mit der Identifizierung an?«

»Die Polen haben nach der DNA der Köpfe gesucht und in ihren Datenbanken nichts gefunden.«

»Niemand vermisste sie.«

»Nutten.«

»Das sind alles Nutten, ich sag's euch.«

»Erst letzten Mittwoch kamen sie auf die Idee, doch auch mal in den deutschen Datenbanken zu suchen. Kuzorra war ein Match.«

»Wenn keines der Opfer in den polnischen Datenbanken war, dann könnte es doch sein, dass alle Opfer deutsch sind.«

»Das würde erklären, warum man sie in Polen nicht identifizieren konnte.«

»Das ist zu befürchten.«

Emma inspizierte den Schreibtisch, auf dem sie saß. Jetzt erst sah sie in dem Chaos, das da herrschte, die Fotos. Einige. Fünf. Aufgefächert wie ein Kartenspiel. Sie nahm sie in die Hand. Großformat, schwarz-weiß: ein Kopf. Der Kopf einer Frau. Auf einem Metalltisch in einer Pathologie.

Nur der Kopf.

Emma spürte, wie das Blut ihr Hirn verließ und in den Bauch sackte.

Der Hals war durchgeschnitten. Nein, nicht durchgeschnitten, die Hautfetzen waren zu ausgefranst. Sie drehte das Papier hin und her in dem Versuch zu begreifen. Abgerissen. Der Kopf wurde nicht abgetrennt, sondern abgerissen.

Ein zweites Foto. Noch ein Kopf. Abgerissen. Das Gesicht zerstört.

Ein drittes Foto. Ein viertes. Ein fünftes.

Fünf Frauenköpfe. Keine Torsos.

Emma drehte ein Foto um. Die Rückseite war beschriftet, per Hand. *Identität nicht geklärt.*

Es klopfte. Habernickel steckte den Kopf herein. »Sie ist endlich eingeschlafen«, flüsterte er. Auf seinem Arm das Baby. Lutz nickte. Habernickel, der lange Preuße mit Glatze und Kaiser-Wilhelm-Schnauzer, packte die kleine Luise vorsichtig in ihre Tragetasche, die auf Lutz' Schreibtisch stand, umgeben von Akten, Zeitungen, Waffenhalfter, Babyrassel, Notizblöcken, leeren Kaffeetassen, einer Thermoskanne, Aspirin und Windeltasche. Emma schaute in die

Tasche neben sich und musste lächeln. Stupsnase, Schnuller, lange Wimpern, die personifizierte Unschuld. Wenn sie schlief, zumindest.

Habernickel setzte sich auf den leeren Stuhl und nahm sich seufzend einen Kaffee vom Besprechungstisch.

Die anderen diskutierten mit gedämpften Stimmen weiter.

»All das ist nicht unser Problem«, sagte Lutz. »Der Täter sitzt in Polen, der ist ein polnisches Problem. Wir wollen nur wissen, ob er die Kuzorra in Polen oder hier in seine Gewalt gebracht hat. Ob sie Kontakte zu Polen hatte, gewalttätige Kunden, vor allem ihr Bewegungsprofil. Noch was – das hier bleibt unter uns, verstanden? Nur ein paar Mann in jedem Team. Die Presse darf nichts davon erfahren. Das kommt von ganz oben.«

»Heißt *ganz oben* neuerdings Polen?«

»Der Falner hat es befohlen. Mit Nachdruck. Nichts an die Presse.«

Jemand steckte den Kopf durch die Tür rein. Stutzte und knipste das Deckenlicht an. Die Lampen flammten auf, und das Baby regte sich. »Mist«, sagte Habernickel. »Raus!«, rief Lutz. Das Baby neben Emma schrie. »Felix, du Depp«, sagte Lutz zur Tür. »Habernickel!«

Lutz wühlte in seiner Tasche und warf ihm ein vorbereitetes Fläschchen zu. Habernickel seufzte, stand auf und verschwand Richtung Küche. Luise wimmerte, und Lutz nahm sie hoch, während die Männer weiter diskutierten.

Emma schaute sich die Fotos noch mal an. Drehte auch die restlichen um. Viermal: *Identität nicht geklärt.* Nur auf dem letzten Foto stand: *Alice Kuzorra, 29, wohnhaft in Berlin, Nüßlerstraße 44, Pankow. Polizeilich bekannt, mehrere Delikte in Zusammenhang mit Drogen und Prostitution.* Dann auf einer Aktennotiz die Schlussfolgerung, die Emma befürchtet hatte.

Es handelt sich um fünf Opfer des seit Monaten gesuchten Serientäters, der sich offenbar in mehreren Ortschaften im Westen Polens bewegt. Bisher war die Identifizierung der Leichenteile (Köpfe) nicht möglich. Erst durch den Vergleich mit DNA-Spuren, die an den sogenannten Hundekäfig-Briefen gefunden wurden, konnte ein Opfer identifiziert werden: Die DNA des abgetrennten Kopfes stimmt mit der DNA der Briefe 2 + 3 überein.

Alice Kuzorra. So hieß die Verfasserin des zweiten und dritten Briefes. Des *Wauwau*-Briefs. Und des Briefes davor. Was hatte sie da geschrieben? *Bitte helft mir, er will mich töten,* hatte sie geschrieben. Und: *Er reißt mich in Stücke.*

Habernickel tauchte mit dem warmen Fläschchen wieder auf. Lutz drückte Emma sein leise jammerndes Baby in die Arme und tropfte sich eine Probe auf den Handrücken, zuckte zusammen. »Viel zu heiß!« Habernickel musste zurück, die Flasche unter kaltes Wasser halten.

»Sie nennen ihn den *Reißer,* weil er … na ja …« Schwander machte eine vage Handbewegung.

»… weil er die Köpfe nicht mit Messer oder Säge abtrennt, sondern sie vom Torso abreißt«, sagte Lutz müde.

Piske stöhnte und fingerte eine Zigarette hervor.

»Ich glaube, rauchen darf hier drin nur die Brennemann«, sagte Schwander.

Piske steckte die Kippe wieder weg.

Luises Quengeln steigerte sich langsam. Emma hielt sie ein Stück von sich weg.

»Habernickel!«

Endlich hatte die Milch die richtige Temperatur. Lutz nahm seine Tochter entgegen und gab ihr das Fläschchen.

Habernickel ließ sich wieder auf seinen Stuhl fallen: »Ich

verstehe nicht, warum sie die beiden Fälle erst jetzt verbinden. Dieser Reißer treibt sein Unwesen in Polen seit wann? September? Dann kommen in den letzten Wochen diese Briefe an. Warum haben die Polen nicht sofort verstanden, dass es Briefe der Opfer sind? Sie hatten ja die Köpfe, das heißt, sie hatten DNA.«

»Es gab keine Anhaltspunkte, dass die beiden Fälle zusammenhingen, nicht bis Mittwoch. Es war ja nicht mal klar, dass die Briefe ein echter Fall sind. Erst als der Kopf von Alice Kuzorra auftauchte, zeigte sich eine Übereinstimmung mit der DNA an zwei Briefen.«

»Und die Briefe waren auf Deutsch.«

»Richtig. Damit stellte sich raus, dass dieses Opfer Deutsche war – also gaben sie die DNA-Ergebnisse an die Kollegen in Dresden durch, und die jagten sie durch die deutschen Datenbanken. Bingo: Kuzorras Name tauchte auf, wegen irgendwelcher kleineren Delikte in Berlin hatten wir ihre DNA.«

Am Mittwoch – da war Emma mit Szymańska in Görlitz gewesen. Da war dieser Anruf, bei dem Szymańska bleich wurde. Da hatte sie es erfahren – in dem Moment wusste sie, dass die Briefe, die Emma als schlechten Scherz deklarieren sollte, vom Opfer eines polnischen Serienmörders stammten.

»Die anderen Opfer sind auch Deutsche«, sagte Emma.

Jeder im Zimmer, jeder dieser erfahrenen Männer wusste, dass sie bei dem Fall nicht dabei sein sollte. Niemand schaute hoch. Auch Lutz nicht, der die Augen nicht von seiner friedlich trinkenden Tochter nahm.

»Sie schreiben deutsch, sie werden Deutsche sein. Der Täter steht auf deutsche Opfer. Es liegt in seiner Beziehung zu Deutschland, es gibt einen Grund dafür, irgendwas in seiner Biografie, für das er sich jetzt rächt. Ich kann den Grund für euch finden. Wenn ihr wollt.«

Jetzt blickten sie sie doch an. Dann einander. Und dann zu Lutz.

»Ich lasse mir doch von keinem vorschreiben, wie ich meinen Laden zu führen habe«, sagte Lutz.

21

Sie sahen es schon von der A100 aus, draußen, gleich hinter der Messe: ein großer Kasten aus Stahl und Wellblech, mitten auf einem geräumigen Parkplatz. Und dieses Schild, höher als das Haus selbst: eine Frau – beziehungsweise weibliche Geschlechtsmerkmale mit Kopf obendrauf und High Heels untendrunter – neben dem Namen des größten Puffs von Berlin, mit Ausrufezeichen:

Nymphomania!

Es war ein typisches Verwaltungsbüro, in das Felix und Emma von dem bulligen Securitymann geführt wurden. Vorne, wo die Kunden verkehren, ist alles neu, frisch, freundlich, durchdesignt, hinten aber, im Büro, ist davon nichts mehr zu sehen. Es stank nach Rauch, die Tapete war vergilbt, die Regale vollgestopft mit Aktenordnern und Papierstapeln. Plastikstühle. Neben dem vollgekritzelten Zeitplan für die Mitarbeiter ein Poster mit dem Spruch *Ich schmeiß alles hin und werd Prinzessin*. Es war von zahlreichen verblassten Lippenstiftabdrücken bedeckt.

Vor dem Schreibtisch fünf Stühle. Auf einem saß Piske. Emma fiel auf, wie grau er aussah, Kettenraucher, verbrachte offenbar zu viel Zeit in der Pathologie, verglich zu viele tote Gesichter mit fröhlichen Gesichtern auf alten Fotos. Neben ihm Kaja Szymańska, blickte kurz auf, nahm zur Kenntnis, dass Emma da war, lächelte, nickte und wandte sich ab. Heute trug sie wieder ihr dunkelblaues Kostüm, das sie auch im Polizeipräsidium angehabt hatte, die Haare waren streng hochgesteckt.

Felix und Emma setzten sich in gebührendem Abstand auf zwei Klappstühle. »Wir hören nur zu«, erklärte Piske. »Frau Szymańska führt die Befragung.« Merk dir das, sagte sein Blick. Der fünfte Stuhl blieb leer.

Hinter dem Schreibtisch saß beharrlich schweigend Frau Ahsen Başak, Geschäftsführerin und Eigentümerin von Nymphomania.

Frau Başak, Ende vierzig vielleicht, war keine Frau, die grundlos lächelte. Sie lehnte sich auf ihrem Stuhl zurück und musterte ihre Zigarette. Kirschrotes Kostüm, matter Goldschmuck, gepflegt, geschäftsmäßig, adrett, teuer, tough, Körpertyp Bulldogge, dabei kein Gramm Fett zu viel, schwarzer Pagenkopf, große schwarze Augen, kurze, klar lackierte Nägel, ihre Herkunft türkisch, ihr Deutsch wie alles an ihr: perfekt. Sie überlegte sich jedes Wort. Jede Bewegung. Das hatte Emma sofort gesehen. Ein Mensch, der sich völlig unter Kontrolle hatte. Bemerkenswert.

Vor ihr auf dem Schreibtisch lagen zwei Fotos. Frau Başak schaute sie nicht an. Sie gab sich besondere Mühe, sie nicht anzuschauen.

Emma kannte die Fotos.

Das erste zeigte Alice Kuzorra lebend. Hartes, kantiges Gesicht, schlank, brünett, schulterlanges Haar. Nicht glücklich, nicht lächelnd, nicht besonders hübsch, wie man eben aussieht auf einem Fahndungsfoto. Man sah ihr an, dass es sich um ein Drogendelikt handeln musste, so war es auch. Schon sechs Jahre her. Alice Kuzorra, neunundzwanzig, unverheiratet, ein Kind, aus Bochum, Eltern unbekannt, hauptberuflich Hure, letzte bekannte Arbeitsstätte: Nymphomania.

Das zweite Foto zeigte Alice Kuzorra tot. Ihr zerstörter Kopf auf einem gerichtsmedizinischen Metalltisch, die Haare nass und mit Laub und Lehm verklebt. Der Kopf wurde letzten Donnerstag in einer Einkaufstüte auf einer Toilette im Warschauer Hauptbahnhof von einer niederländischen Touristin gefunden.

Irgendwann begann Emma, Frau Başaks Zigarette zu mustern. Alle rauchen in dem Gewerbe. Sie musterte sie sechs Minuten lang, bis endlich die Tür aufging und ein Mann hereinstürzte, sich entschuldigend, Krawatte nicht richtig gebunden, gehetzt ein Diktiergerät aus seiner Aktentasche zog und auf Aufnahme drückte.

Frau Başak drückte ihre Zigarette aus. »Mein Anwalt hat mich informiert, dass Frau Kuzorra verstorben ist. Das höre ich zum ersten Mal, und ich bedaure das außerordentlich. Sie war eine sehr zuverlässige Unternehmerin. Sie hat in den Umkleidekabinen noch ein Schließfach, ich übergebe Ihnen gern anschließend den Inhalt, gegen Quittung.«

Frau Başak schob die Fotos der toten Hure beiseite. Darunter lag ein Zettel – ein Stundenplan. Ein Blick darauf. Sie übergab ihn dem Anwalt, der reichte ihn Piske weiter. Der erläuterte ihn Szymańska.

Niemand stellte ihr eine Frage. Sie wusste längst, welche Infos benötigt wurden, und ratterte sie herunter, wie auswendig gelernt. »Das letzte Zimmer hat sie bei uns vor zweieinhalb Wochen gemietet. Da habe ich sie auch zum letzten Mal persönlich gesehen – wir saßen kurz unten an der Theke. Sie trank entweder Orangensaft oder Selters. Sie sah gesund aus, war guter Dinge. Ich fragte sie nach ihrem Kind, alles war in Ordnung. Dann ging sie auf ihr Zimmer. Sie nutzte jede Minute ihrer gebuchten Stunden aus, verschwendete keine Mietzeit, sie war eine gute Unternehmerin.«

Szymańska wollte eine Frage stellen, da kam Emma ihr zuvor: »Mietzeit, was heißt das? Müssen die Frauen zusätzlich zu ihren Abgaben auch Miete zahlen?«

Frau Başak lehnte sich zurück. Diesmal war ihr Lächeln aufrichtig.

»Es gibt keine Abgabe«, sagte sie. »Ich führe kein Bordell.«

»Das würde sie zur Zuhälterin machen«, erläuterte Piske.

Frau Başak nickte ihm zu. Man kannte sich. »Alle meine Unternehmerinnen sind selbstständig, sie zahlen nur Miete für ihr Zimmer.«

Kaja Szymańska beugte sich über den Tisch und legte Frau Başak Fotos vor, acht Schwarz-Weiß-Aufnahmen: männliche Gesichter.

»Erkennen Sie diese Männer? Kommt Ihnen einer davon bekannt vor?«

Frau Başak blickte kaum auf die Fotos. »Nein.« Achtmal nein.

Szymańska lehnte sich frustriert zurück, doch Piske räusperte sich: »Frau Başak, vielleicht würden ja andere Mitarbeiter diese Gesichter erkennen. Ich denke speziell an Ihre EDV-Abteilung.«

Eine ganze Weile maßen Piske und Başak einander mit Blicken. Irgendetwas passierte da – was genau, wussten nur die beiden. Endlich nahm die Başak den Telefonhörer in die Hand und sagte: »Herr Schury.«

Kurz darauf betrat ein Mann das Büro: Bodybuilder, Glatzkopf, Ring in der Unterlippe, riesig.

»Herr Gellert möchte bitte eruieren, ob diese Herren jemals Gäste in unserem Klub waren.« Sie händigte Herrn Schury die Fotos aus. Dieser zog sich wieder zurück.

Auch Szymańska verstand offensichtlich nicht ganz, was Piske gerade getan hatte. Trotzdem fragte sie: »Hatte Frau Kuzorra irgendwelche Freier, die Grund hätten, sie zu töten? Vielleicht ist ein Spiel außer Kontrolle geraten – S/M, Gewalt jeder Art …«

»Sind mir nicht bekannt«, sagte Frau Başak. »Ausgefallene Wünsche gibt es immer, gewalttätige selten. Wir haben Alarmsysteme in jedem Zimmer, wenn ein Freier auffällig wird, wissen wir es, bevor er es weiß. Wer ein Mädchen verprügeln will, kommt nicht hierher. Er kennt das Risiko. Er holt sie von der Straße. Unser Kundenstamm besteht fast ausschließlich aus Geschäftsreisenden, Touristen, auch Fußballfans zum Beispiel. Messebesucher. Wir sind der Hit bei Messebesuchern.«

»Hatte sie denn viele Freier aus Polen?«

»Na ja, Polen ist im Kommen«, schmunzelte Frau Başak. »Da leben und arbeiten Investoren aus aller Herren Länder, Russland vor allem, und alle besuchen sie die Messe Berlin. Abends wird in unseren Räumen jede Sprache der Welt gesprochen. Aber mit einem Gast in ein anderes Land reisen – das halte ich für ausgeschlossen. Es sei denn, sie suchte den goldenen Freier ... Aber meines Wissens hatte Frau Kuzorra außerhalb der Geschäftszeiten nur Augen für einen Mann, und der ist nicht älter als acht. Er lebt bei einer anderen Familie, und ihre Besuche bei ihm wurden vom Jugendamt überwacht. Ihr Ziel war es, das Kind zurückzubekommen. Dazu ist aber eine Lebensführung notwendig, die dem Papst Ehre machen würde: keine zwielichtigen Bekannten, keine Drogen, ein fester Wohnsitz und ein Bankkonto, das ein Plus aufweist. Und keine Hurerei.«

Piske zog eine Zigarette raus, wollte sie anstecken.

»Hier drin wird nicht geraucht«, sagte Frau Başak eiskalt und zündete sich noch eine an.

»Sie hatte vor auszusteigen? Echt jetzt?« Piske steckte sich die Kippe hinters Ohr. »Behaupten sie alle. Klappt nie«, sagte er zu Szymańska gewandt.

»Na ja, sie brauchte nur genug Geld«, sagte Frau Başak. »Ich bin sicher, wenn Sie ihre Finanzen anschauen, stoßen Sie auf ein gut gefülltes Sparkonto.«

»War sie oft in Polen?«, wollte die Szymańska wissen. »Hatte sie vielleicht noch Familie dort?«

»Meine Unternehmerinnen sprechen nicht viel über ihre Familien. Darf ich fragen, warum gerade Polen so wichtig ist?«

»Sie ist in Polen umgekommen«, sagte Piske.

Nun war Frau Başak ehrlich überrascht.

Szymańska: »Haben Sie eine Ahnung, was sie da gemacht hat?«

Frau Başak war offensichtlich überfragt.

Emma übernahm. »Aber Frau Başak, war denn Frau Kuzorras Familie nicht polnischstämmig?«

»Soviel ich weiß, stammte sie aus Bochum«, sagte Frau Başak. »Und ihre Eltern kannte sie nicht ...«

»Ist häufig so«, sagte Piske leise zu Szymańska, die mit den Augen rollte.

»Sie meinen, es ist unwahrscheinlich, dass sie von sich aus nach Polen gereist ist?«

»Meines Wissens machte sie immer Urlaub im Harz.«

»Ich glaube, wir haben Ihnen genug Zeit gestohlen«, sagte die Szymańska kurz entschlossen, stand auf und reichte Başak die Hand zum Abschied.

Auch der Piske verabschiedete sich. »Danke, Frau Başak.«

Emma blieb sitzen: »Sie haben vorhin einen goldenen Freier erwähnt. Was meinen Sie damit?«

Der Piske wartete an der Tür, rollte die Zigarette zwischen den Fingern. Die Szymańska setzte sich seufzend wieder, strich ihren Rock glatt und funkelte Emma an.

Frau Başak schmunzelte. Konflikte zwischen Frauen. Kannte sie.

»Jede Branche hat ihren Mythos«, sagte sie. »Die meisten Unternehmerinnen haben leider keinen Sinn für Geld. Ich sage ihnen immer wieder, wie das läuft: hier ein Euro, da ein Euro, bis das Konto voll ist, so wird man reich, das Geld kommt nicht auf einmal, sondern ganz langsam, kontinuierlich, trotzdem träumen sie vom großen Wurf, von dem Scheich, der ihnen mit einem Schlag alles gibt, was sie wollen, das Haus, wo sie allein für ihn da ist, die Goldkette, die Millionen wert ist, ein Jahr in Dubai, dann machst du auf dem Ku'damm eine Frittenbude auf … Frittenbuden haben die größte Gewinnmarge überhaupt, wussten Sie das?«

»Halten Sie es denn für möglich, dass Frau Kuzorra den goldenen Freier suchte?«

Başak wiegte den Kopf. »Frau Kuzorra war eine eher praktisch veranlagte Frau. Aber wissen Sie, jede Hure hat *Pretty Woman* gesehen.«

»Wenn es so gewesen wäre, wo hätte sie ihn gesucht?«

Başak schmunzelte. Sie schien das Gespräch auf einmal zu genießen, wie der Experte, der über Details seines Fachs plaudern darf, für die sich sonst niemand interessiert. Emma mochte sie. Sie mochte ihre schroffe, aktive Art, ihr analytisches Denken. Das war eine Frau, die die Welt als Geschäft begriff. Mit Emotionen und Moral musste man der nicht kommen.

»Jedenfalls nicht hier«, sagte sie und verzog das Gesicht. »Im Internet. Der Saudiprinz, der reiche Russe, der will Diskretion. Auch die Unternehmerin hat im Netz mehr Auswahl. Am besten chattet sie mit ihm, ein paar Wochen lang, für den goldenen Freier nimmt man sich Zeit. Wer ein festes Zimmer bei uns hat, muss nicht jedes Angebot annehmen. Sie fragt ihn aus, führt ihn ein wenig an der Nase herum, Frusttoleranz testen, was für ein Typ ist das? Hat er wirklich Geld? Die Loser filtert man aus.«

Emma nickte.

»Bist du zufrieden?«, flüsterte Felix. »Können wir endlich gehen?«

Fast.

Da war noch etwas, das sie schon immer wissen wollte. Seit sie damals mit siebzehn mal in ein Frankfurter Bordell gelaufen war, aus reiner Neugier, und an den Haaren von einer Hure wieder vor die Tür gezogen worden war. »Kommen Frauen eigentlich auch hierher, als Kundinnen, meine ich? Gibt es so ein Haus auch für Frauen?«

Frau Başak lächelte. »Haben wir tatsächlich mal versucht. Jedes Jahr sind mehr Frauen unter den Geschäftsreisenden, das merken wir schon. Am sinkenden Umsatz. Wir haben auch einiges getan dafür, für Frauen attraktiv zu sein, aber … Nun, wenn ein Mann Sex will, schaltet er den Kopf aus, das Zimmer ist ihm egal, letztlich ist ihm gleich, wer überhaupt vor ihm steht. Eine Frau … sagen wir mal so: Selbst vor einem teuer bezahlten Gigolo macht eine Frau sich Sorgen, wie sie aussieht. Am Ende hat es sich nicht gelohnt.«

Die Männer, beide keine Gigolos, grunzten wissend. Und erhoben sich. Szymańska war schon mit einem Bein aus der Tür.

»Na dann.« Plötzlich war Frau Başak wieder kurz angebunden. »Frau Kuzorra war eine sehr zuverlässige und ehrliche Unternehmerin. Ihren Tod bedaure ich außerordentlich. Bis meine EDV-Abteilung Ihre Fotos identifiziert hat oder auch nicht, wird es ein wenig dauern. Ich lasse die Ergebnisse zu Ihnen ins LKA schicken, Herr Piske.«

»Danke schön«, sagte der.

Sie griff zum Telefon: »Herr Schury.«

Zu Piske: »Herr Schury bringt Sie zu den Schließfächern.«

Zum Anwalt: »Herr Furcht, bitte begleiten Sie sie.« Dann nahm sie die Fotos und warf sie Piske zu, Richtung Tür. Sie flatterten auf den Boden, Piske musste sich bücken, die Zigarette fiel runter.

Auf einmal war die Fassade weg, und Frau Başak zeigte Wut, ehrliche, unkontrollierte Wut: »Und nehmen Sie Ihre verdammten Fotos mit. Fotos von toten Huren. Ich sollte mir mal erlauben, zu Ihnen ins Büro zu kommen und Fotos von toten Bullen auf den Tisch zu legen. Was glauben Sie, wer Sie sind?«

22

Herr Schury kam ihnen mit einer Brechstange in der Hand entgegen. Wortlos führte er sie durch die Gänge, eine Tür nach der anderen, alle mit Nummern versehen, darüber Leuchten: rot, grün – besetzt, frei. Der Putz fiel von den Wänden, Huren standen im ungeheizten Gang neben ihren Türen im Morgenmantel und rauchten und wandten das Gesicht ab oder auch nicht, wenn sie sie kommen sahen, es waren die Hintereingänge, die Hureneingänge, nicht die Freiereingänge.

Herr Schury hielt das Brecheisen eng am Körper, die Gäste sollten nicht verunsichert werden, als sie den Brunnensaal durchquerten.

Der Brunnensaal: weit, edel, hoch wie eine Hotellobby in Dubai, lauter bunte Plüschsessel und Couches, sechs Bars, die Barkeeper trugen Fez und Schärpe und darin einen kleinen Dolch, Emma war sich gar nicht sicher, ob der nur Zierde war. Die Frauen lümmelten in Dessous auf dicken Bodenkissen, im Hintergrund Separees und in der Mitte ein Brunnen, das Wasser schoss zwei Stockwerke hoch, fast bis zum Kronleuchter, drum herum Whirlpools, worin die Kunden Champagner schlürften, zwei Männer erkannte Emma sogar, glaubte sie zumindest, und im Brunnen selbst spielten zwei nackte vollbusige Schönheiten miteinander, kicherten, posierten, bespritzten sich mit Wasser, knutschten ein bisschen rum, Emma hätte schwören können, die beiden waren keine achtzehn. Dieser Brunnen – das musste gekostet haben, und die Wassernixen, die ihre ganze Schicht darin verbrachten … Aber wenn man einen der größten Puffs Deutschlands betreibt, muss man sich wohl was einfallen lassen.

»Sind das nicht Korf und Dornbach von der 13, da drüben?«, fragte sie Piske, der die Kippe wieder hinterm Ohr stecken hatte. Er warf einen schnellen Blick hinüber. »Nö, glaube ich nicht.« Er feixte. »Viel zu früh.« Sie war nicht sicher, ob er scherzte.

Riesige Edelstahlküche, Energiesparlampen, Kaffee- und Snackautomat, beleuchteter Cola-Kühlschrank mit Münzeinwurf, dahinter die Umkleide, Huren zogen sich um zwischen Automaten mit Kondomen und Feuchttüchern, auf dem Weg zum Bad ein Schild, einmal duschen ein Euro, hier war auch nichts umsonst. Dann endlich: die Schließfächer.

Es mussten fünfzig sein, sechzig. Herr Schury schritt die Reihe entlang, blickte auf den Zettel und hielt vor Nummer 34. Mit schneller, geübter Geste zerstörte er das Vorhängeschloss mit dem Brecheisen, überreichte Piske eine Plastiktüte, die er in der Küche gegriffen hatte, und trat beiseite.

Piske trat vor und reichte alles an Szymańska weiter, die es nach kurzer Inspektion in der Tüte versenkte: Nivea-Creme, eine Bürste, ein Haarteil, Kaugummis, Jeans, Unterwäsche, T-Shirts, Strickjacke, ein blaues Wollknäuel mit Häkelnadeln. Ein paar winzige, zusammengeknotete Babyschuhe. Und Rätselhefte: Sudoku und Kreuzworträtsel. Vier Stück.

»Ihr wärt dicke Freundinnen gewesen«, flüsterte Felix Emma zu.

Wortlos führte Herr Schury sie weiter durch die Gänge zum Hinterausgang und verabschiedete sich nicht, als er sie entließ.

Erst in dem Moment, als die Tür hinter ihnen zufiel und sie auf den schäbigen Parkplatz traten, wandte sich Szymańska scharf an Emma: »Der goldene Freier? Was sollte das denn bitte?« Und bevor Emma antworten konnte, setzte sie nach: »Damit das klar ist, ich führe hier die Befragungen durch. Du bist bloß Beobachterin, so wurde das mit Herrn Bogner ausgemacht.« Sie strich sich ihre ewige Strähne hinters Ohr.

»Du hast gelogen«, sagte Emma.

»Wie bitte?«

»Du hast die ganze Zeit gewusst, dass die beiden Fälle zusammenhängen – die Briefe und die Köpfe.«

»Unsinn, da gab es keine Verbindung, bis …«

»*Er will mir die Beine abreißen*, steht in einem der Briefe. Und ihr nennt euren Mann den *Reißer*.«

»Das ist Zufall …«

»Ein sehr unwahrscheinlicher. Komm, du bist auch Mordkommission, du hast mindestens geahnt, dass das zusammenhängt. Und dieser Anruf am Mittwoch, der dich so aufgeregt hat – ab da war es sicher, oder? Dass die DNA an den Briefen mit der von Kuzorras Kopf übereinstimmt. Das hättest du mir ruhig sagen können, das war noch vor der Pressekonferenz – stattdessen hast du mich ins Messer laufen lassen.«

Kaja holte tief Luft. »Hör mal«, sagte sie betont ruhig, »das ist mein Fall, ich gehe damit um, wie es mir richtig erscheint, du arbeitest mir zu, mehr nicht. Du bist Analystin, nicht mal Ermittlerin, du hast mir nichts zu sagen.«

»Du machst dir so viel Sorgen, dass wir dir den Fall wegschnappen, dass du nicht mehr klar siehst. Was, wenn der Täter gar kein Pole ist, sondern Deutscher? Die Briefe der Opfer sind auf Deutsch, offenbar beherrscht er es gut genug, um sie zu überprüfen. Hast du das in Betracht gezogen? Nein, denn du bist ja die ganze Zeit mit Kompetenzgerangel beschäftigt.«

Kaja rieb sich die kalten Hände. »Du stehst echt gern im Mittelpunkt, Emma. Bei mir ist es genau umgekehrt. Ich habe getan, was ich musste, um die Politik rauszuhalten. Fast hätte ich dich eingeweiht, aber alle haben gesagt, tu das nicht, die Frau ist unberechenbar. Du hast nur diesen einen Job gehabt, mir die Politik vom Hals zu halten, aber von Anfang an hast du versucht, den Fall an dich zu reißen. Typisch deutsch, kann immer alles besser.«

»He, he, he«, Felix sprang ihr endlich bei, nachdem er in aller Ruhe verfolgt hatte, wie sich die Sache entwickelte. »Wenn ihr unbedingt unter die Gürtellinie gehen wollt, Mädels, solltet ihr es da drin machen und Geld dafür verlangen.«

»Klappe!«, blafften sie ihn beide an. Felix schob sich unbeeindruckt zwischen sie und wandte sich an Piske, der gerade gemächlich seine Zigarette ausdrückte. »Mann, jetzt habe ich aber Kohldampf. Pizza oder Thai?«

»Hä? Was? Thai.« Piske. »Pizza war erst gestern.«

Felix: »Bloß kein Thai. Nicht für mich. Du auch nicht, oder?«

»Was hast du plötzlich gegen Thai?«, wunderte sich Emma.

»Kann ich nicht mehr sehen«, sagte Felix. Zu Piske: »Wir Pizza, ihr Thai, wir treffen uns später, Tschüss allerseits.« Damit zerrte er Emma weg.

Emma murmelte: »Ich hab gar nichts gegen …« Aber Piske stieg schon mit der kopfschüttelnden Szymańska ins Auto, und Felix schob Emma zu ihrem.

»Ihr habt euch ja ganz schön angezickt. Du kannst es aber auch nicht lassen.«

»Ich habe nicht gezickt«, schmollte sie, als sie einstieg. »Siehst du nicht, was hier vorgeht?«

»Ich sehe nur, dass sie zum Thai fahren. Perfekt.«

»Ich habe keinen Hunger.«

Er grinste. »Wir gehen auch nicht essen. Wir fahren in die Wohnung der Nutte. Der Schlüsseldienst müsste schon da gewesen sein, die Streife ist vor Ort. Wir haben fast eine Stunde, bevor die beiden da auftauchen.«

Manchmal war es doch von Vorteil, ein Arschloch als Partner zu haben.

23

»Das ist nicht die Wohnung einer Hure.« Felix rieb sich die Augen.

Alice Kuzorras Wohnung war blitzblank.

Ganze vierzig Quadratmeter, ein Zimmer mit winzigem Windfang, Küchenzeile, ein Schlafsofa, die Wände nackte Raufaser. Ein kleiner Flachbildfernseher mit DVD-Player. Ein Regal mit Aktenordnern, Groschenromanen, Rätselheften. Auf dem Esstisch in der Kochecke ein Laptop, sonst nichts, nicht mal eine Kaffeetasse. Kein schmutziges Geschirr in der Spüle.

Emma: »Sie meinte es wohl ernst mit dem Aussteigen. Das ist die Wohnung einer Frau, die sauber bleiben will.«

Neben dem Laptop stapelten sich Briefe, Wurfsendungen, drei Frauen- und Fernsehmagazine. Der Schlosser, der die Wohnungstür geöffnet hatte, hatte gleich auch den Briefkasten geknackt.

Felix riss einen Brief auf.

»Was ist das?«

»Kreditkartenabrechnung.«

»Zeitraum?«

»Januar.«

»Wir suchen Hotelbuchungen, Flüge …«

»Alles, was nach Polen führt. Ich mache das nicht zum ersten Mal. Und …« Felix drehte das Blatt um. »… hier ist nichts.«

»Dann hat er ihr das Ticket zugeschickt. Damit es nicht auf ihrer Abrechnung erscheint.«

»Warum bist du so auf dieses Goldener-Freier-Ding fixiert?«

»Es gibt zwei Möglichkeiten, wie sie nach Polen gekommen ist. Sie war ausnahmsweise mal dort im Urlaub, und der Täter ist zufällig auf sie gestoßen. Oder er hat sie von Polen aus kontaktiert und zu sich gelockt. Mit Geld, vielleicht versprach er ihr einen großen Auftrag, eine Party mit Russen oder so.«

»Russendisko«, feixte Felix. »Oder er war einfach in Berlin, hat sie auf der Straße überfallen, ihr den Mund zugeklebt, sie in den Kofferraum gesteckt und ist ab nach Polen.«

»Zu riskant«, meinte Emma. »Görlitz ist über drei Stunden entfernt, und an der Grenze da gibt es ab und zu Kontrollen. Je länger er mit ihr im Auto rumfährt, desto höher das Risiko. Und Berlin ist nicht sein Revier, er fühlt sich hier nicht sicher. Sie ist freiwillig rüber, und die Kontrollgewinnung fand dort statt.«

»Du glaubst nicht wirklich, dass der Täter deutsch sein könnte? Das hast du vorhin nur gesagt, um sie zu reizen, oder?«

Emma zuckte die Achseln. Sie schaute die Zeitschriften durch: eine aktuelle *Cosmo*, zwei abgelaufene TV-Zeitschriften.

»Sie war die einzige Frau der Welt, die in der Lage war, gelesene Zeitschriften wegzuschmeißen.« In Felix' Stimme lag Bewunderung.

»Rätselhefte aber nicht.« Im Regal lagen vier davon, ein neues und ein älteres Sudoku, die anderen waren angefangen, aber noch nicht zu Ende gelöst: *Worte suchen!* und *Das megagroße Rätselbuch Band 12*.

»Und kein Hund«, sagte Emma. »Siehst du Anzeichen von einem Hund?«

»Wieso Hund?«

»Sie hat den *Wauwau*-Brief geschrieben.«

»Sie ist durchgedreht, sie war am Ende der Hund.«

Emma blickte sich um. Felix hob die schmale Matratze an. Er suchte in den Tassen in der Küchenzeile, in den Schubladen.

»Jemand, der seine Wohnung so perfekt in Schuss hält, dreht nicht so schnell durch. Was suchst du da eigentlich?«

»Geld«, sagte Felix. »Keine Hure deponiert ihr ganzes Geld auf dem Konto.«

»Wieso? Bist du pleite? Hast du dich schon verausgabt diesen Monat?«

»Keine Sorge, ich klaue nicht von toten Huren.«

Der Laptop verlangte ein Passwort. »Wie heißt der Junge?«, fragte Emma.

Auf dem Nachttisch neben dem Bett standen gerahmte Kinderfotos: der Sohn. Als Baby, als Kleinkind mit einer Katze, als Schulkind, ein Klassenfoto. Felix schaute sie sich an. Zog sie aus den Rahmen, drehte sie um. Nichts. Er holte die Ordner aus dem Regal, blätterte sie durch.

»Manuel«, sagte er. Er hatte den Ordner *Jugendamt* gefunden. »Sein Geburtsdatum ist der 7.7.2007. Schnapszahl.«

Emma setzte sich an den Tisch, legte einen Block neben dem Computer und tippte: *Manuel. Manuel772007. 7Juli7Manuel. Manuelichliebedich. Manuelichliebedich777.*

Felix: »Komm, das kriegst du nicht hin, wir geben das an die Tempelhofer.« In der Tempelhofer Straße saß die Computerforensik.

»Sie war kein IT-Profi, Felix. Sie hat keine zufällige Zahlenreihe benutzt. Sie hat ein Passwort ausgesucht, das sie sich merken kann. Das für sie eine Bedeutung hat. Passwörter sind Teil unserer Persönlichkeit.«

Emma schrieb die Passwörter auf, die sie schon probiert hatte, um sich nicht zu wiederholen. Sie ging systematisch vor. So löste sie auch Rätselhefte: systematisch, organisiert, entschlossen.

Felix: »Probier mal Tobias Schweg.«

»Wer ist das?«

»Der Vater.«

Sie probierte *Tobias Schweg, Manuel Schweg,* die Namen zusammen, die Namen mit *777, TobiasIchLiebeDichNoch* sowie *Tobias FickDichInsKnie.* Nichts.

Felix: »Probier es mit dem 16.9.«

»Was ist das für ein Datum?«

»Ihr nächster Anhörungstermin beim Jugendamt.«

In verschiedenen Varianten tippte Emma das Datum ein. Das dauerte, Ziffern, ausgeschriebene Zahlen, groß, klein. »Apropos IT-Profis. Was sollte das vorhin, was der Piske da gesagt hat? Von wegen EDV-Abteilung? Woher sollen die wissen, wer den Puff besucht? Sagt man heute noch EDV?«

»Gesichtserkennungssoftware«, sagte Felix. Er schüttelte jedes Buch aus, öffnete jede Dose, hob jeden noch so kleinen Schnickschnack hoch.

»Gesichtserkennung im Puff?«

»Die Frau Başak ist eine sehr moderne Zuhälterin, die modernste in ganz Deutschland, vermute ich. Ich denke, sie weiß ganz genau, wer jeder ihrer Freier ist.«

»Ist das nicht illegal?«

»Deshalb hat es ja auch niemand ausgesprochen.«

»Und überhaupt ist sie keine Zuhälterin, hat sie selber gesagt.«

Felix lachte: »Und ob sie eine ist. Es ist bloß nicht mehr angesagt, dieses Wort zu benutzen, aus Respekt vor den … äh … Sexarbeiterinnen. Das ist eine absolut interessante Frau. Die immigrierte als Kind, ging als Teenie ein paar Jahre auf'n Strich und arbeitete sich hoch. Hat eine große Familie, viele Enkel. Die macht nichts

Illegales mehr, alles legal, wird auch von Hurenvereinigungen dafür gelobt. Offiziell arbeitet sie in der Gastronomie, sie hat auch zwei indische und drei türkische Restaurants in Berlin, da kannst du prima essen. Die von der 12 und 13 mögen sie, weil wenn sie dich wiedererkennt, grüßt sie dich wie einen alten Freund, und dein Essen geht aufs Haus. Und das ist gut. Sie könnte auch die Bahn leiten oder Schering. Aber bevor du sie um einen Nebenjob bittest, wirf mal einen Blick in ihre Akte.«

»Wieso?«

»Fängt in der Jugend an und hat im Prinzip nie aufgehört. Diebstahl. Erpressung. Drogenhandel. Menschenhandel. Steuerhinterziehung. Gefährliche Körperverletzung. Mord.«

»Sie ist eine Mörderin?«

»Selbstverständlich nicht. Sie hat keinen einzigen Tag gesessen, für gar nichts. Ermittlungen abgebrochen, Zeugenaussagen zurückgezogen, Verdacht auf alles, Beweise für nichts. Wird alles von ihrem Anwalt abgeschmettert. Du hast ihn gesehen.«

»Ich glaube, er hat bei der Befragung geschlafen.«

»Wenn der Anwalt von Frau Başak schläft, ist sie unschuldig. Wenn er wach ist, dann ist was los.«

Auf einmal blickte Emma auf ein Foto von Manuel. Er lachte, ein sonniges Lachen, so ein hübscher kleiner Kerl.

»Ich bin drin«, sagte sie und knackte mit den Fingerknöcheln. Was hatte sie bloß als Letztes eingegeben? Ihr Stift zögerte über dem Papier. Egal. Sie durchsuchte den Ordner *Dokumente*. Dann: *Fotos*. Gott sei Dank war die Festplatte genauso aufgeräumt wie die Wohnung. »Hier. Profilfotos.«

»Ich weiß noch immer nicht, was du suchst.«

»Ich schon«, murmelte sie.

Der Unterordner *Profilfotos* enthielt dreiunddreißig Bilder: Eine junge Frau mit großer Oberweite, als Schulmädchen aufgemacht, mit blonden Zöpfen, sehr offenherziger bauchfreier weißer Bluse,

Schottenrock und Kniestrümpfen, Brille auf der Nase, in der aufgestützten Hand einen Rohrstock, neckisch an die Hüfte geschmiegt. Schmollmündchen.

»Das ist sie nicht. Sie ist brünett.« Felix stand jetzt hinter ihr. »Und ihre Titten sind kleiner.«

»Perücke. Wonderbra. Make-up. Siehst du das wirklich nicht?«

Er beugte sich vor. »Echt?«

»Männer.«

»Was heißt hier Profilfotos? Profilfotos wofür?«

Jedes Foto war mit einem Dateinamen etikettiert: *Begierde 1*, *Begierde 2* bis *Begierde 33*.

»Das werden wir gleich wissen«, sagte Emma. Sie machte den Browser auf. Internet Explorer. Tippte ein: *Begierde*.

Und da war es sofort: www.begier.de. Emma wurde zu der Seite von *Mimi Strange* geleitet. Unter den Schulmädchenfotos stand: *I was a bad girl and need to be punished by a big strong bear.*

Felix las: »Ich war ein böses Mädchen und … muss bestraft werden … von einem großen starken Bären?«

»Kennst du das? Begier.de?«

»Eine Zuhälter-Website? Kontaktbörse für einsame Huren? Nie gehört.«

»Sie ist jedenfalls Mitglied.«

Emma klickte auf der Seite rum. Mimi Strange hatte in letzter Zeit mit *HonigBaer546*, *007Reloaded*, *PussyRaider1960*, *LeckerMaul555*, *OilKing060* und *PfykMeyster* gechattet, aber die Chats selbst waren nicht mehr da. Zumindest konnte Emma sie nicht einsehen.

»Ich gehe jede Wette ein, OilKing und 007Reloaded sind Saudis«, sagte Felix.

»Den goldenen Freier«, sagte Emma. »Sie hat ihn gesucht. Wahrscheinlich werden die Chats nach ein paar Tagen automatisch gelöscht. Wir müssen wissen, worüber sie da geredet haben.«

»Was macht ihr denn hier?«

Stimmen hinter ihnen. Der Streifenpolizist draußen hatte die Wohnungstür geöffnet, hinter ihnen im Windfang standen Piske und Szymańska.

Etwas änderte sich in Felix. Emma spürte es. Er drehte sich zu den Kollegen um, straffte sich, baute sich richtig vor ihnen auf, machte sich größer.

Felix: »Wir tun nur unsere Arbeit. Ihr riecht nach Pizza. Ich denke, ihr wart beim Thai?«

Piske: »Wir waren …«

»Was wollt ihr hier?«, wollte die Szymańska wissen.

Jetzt verstand Emma, dass Felix mit seinem Körper die Sichtachse zwischen ihnen blockierte. Szymańska und Piske konnten nicht sehen, was Emma am Computer machte.

»Wenn ihr doch Pizza essen wart, dann hätten wir ja auch mitkommen können. Also echt. Könnt ihr uns nicht leiden oder was?«

»Hören Sie mal, Schreiner.« Das war Piske. »Sie sind verantwortlich für die Carow. Wenn sie hier was anstellt, macht das alles schlimmer. Lutz hat euch ausdrücklich gewarnt.«

»Wenn ich euch so sehe, kriege ich echt Hunger.«

»Was machst du da am Computer?« Szymańska drängte sich vor, doch Felix wich nicht zur Seite. »Führt ihr hier eine Parallelermittlung durch? Breslau hat die Hoheit in diesem Fall, ich werde keine Parallelermittlung dulden, ich werde das mit dem Präsidium …«

»Felix, schon gut«, sagte Emma und erhob sich. »Sie hat ja recht. Ich sollte nicht mal hier sein. Ich komm sowieso nicht rein, das Ding muss zu den Tempelhofern. Wir gehen lieber.«

Sie klappte den Laptop zu und lächelte die beiden an. Sie ließ Felix keine Zeit nachzudenken. Sie zog ihn am Arm zur Tür, an Piske und Szymańska vorbei, die sie wieder anfunkelte, an dem

Streifenpolizisten draußen vorbei, ins Treppenhaus, die Stufen runter, raus auf die Straße.

Dort erst sagte sie: »Ich habe die Adresse.«

24

Wörther Straße, Abschnitt 15, gute Adresse, schickes Viertel, das Herz von Prenzlberg sozusagen. Erster Stock, breite Fensterfront zur Straße. Weiße Wände, weiße Tische, breite Gänge. Auf den Schreibtischen neben den Monitoren Actionfiguren, aus irgendwelchen Filmen, die Emma nicht kannte, oder aus Videospielen? An einer Wand: drei große Bildschirme nebeneinander, auf denen einladend Kaminfeuer knisterte. In der Kaffee- und Videogameecke ein Bällchenbad wie bei Ikea, voller bunter Plastikkugeln.

Und die Mitarbeiter: lauter junge Männer, schlank, Vollbärte, Männerdutts, Milchgesichter. An Männerdutts würde sie sich nie gewöhnen. Alle glücklich, locker, lebendig, die Arbeit machte scheinbar Spaß. In diesem bunten Büro, wo niemand mit der hässlichen Wahrheit konfrontiert wurde, dass seine unbeschwerte Jugend vorbei war und er inzwischen für sich selbst sorgen musste, indem er anderen Menschen dabei half, ihre Körper zu verkaufen.

»Das Geld habe ich übrigens gefunden«, flüsterte Felix, als sie warteten.

»Wo? Im WC-Spülkasten?«

»In einem Leitzordner. Fein säuberlich geordnet. Aktien und Rentenfonds.«

»Komische Hure.«

»Die meisten Huren investieren in Schmuck und Drogen«, sagte Felix. »Die hier hat besser vorgesorgt als ich.«

Der Chef, kaum der Pubertät entkommen, streckte Felix eine

Hand entgegen – Emma ignorierte er, ohne dabei auch nur ansatzweise unfreundlich zu wirken –, mit der anderen zog er sich die Kopfhörer von den Ohren, dann schlüpfte die Hand wieder in die Hosentasche, wo sie hingehörte. Sein Lächeln war über die Maßen freundlich. Arno hieß er oder Ingo oder Enno, irgendwas, wir duzen uns alle hier, das übernahm Felix, Emma schaute sich um. Und ab ins Konferenzzimmer.

»Willst du einen Latte? Wir haben auch Sushi.«

Felix winkte ab. »Wir suchen Informationen über eine Kundin von Ihnen. Alice Kuzorra.«

»Gern helfen wir aus. Ich habe größten Respekt für die Staatsgewalt. Was für Infos brauchst du denn?«

Felix setzte sich, Arno/Enno/Ingo auch, Emma stand am Fenster, schaute hinaus auf die Wörther Straße im winterlichen Licht.

Felix erklärte: Alice Kuzorra, Hure, Kundin, verschwunden, tot. »Wir müssen wissen, mit wem sie in Kontakt stand, jeden Namen, jede Kommunikation, E-Mails, Chats, Adressen, alles, was sich über sie finden lässt.«

Ingo/Enno tippte etwas in seinen Laptop ein. Noch was. Klick. Noch was. Dann: »Wir würden ja liebend gern helfen«, er lächelte. »Wir legen größten Wert darauf, dass die Beziehung zwischen Staat und Sexarbeiterinnen reibungslos abläuft, schon den Sexarbeiterinnen zuliebe. Allerdings gibt es diese Information nicht. Bei uns werden alle Daten nach einer Woche gelöscht, grundsätzlich. Des Datenschutzes wegen. Die Dame, die Sie suchen, hat sich seit mindestens einer Woche nicht mehr bei uns eingeloggt.«

Emma seufzte. Irgendwie hatte sie schon geahnt, dass ein Mann, der so viel lächelte, ihr im Wege stehen würde, wo er nur konnte.

Vor dem Fenster: Ein Baum. Groß, alt. Eine Kastanie? Kahl um diese Jahreszeit.

Felix lächelte mit: »Jetzt mal unter uns: Klar, Datenschutz, aber seien wir ehrlich, da ist sicher noch was da. Wenn ein Kunde sich anmeldet, geht eine Rechnung raus, die muss bezahlt werden, die Buchhaltung bewahrt die Rechnung für die Steuer auf, jahrelang, das sind eine Menge Infos.«

Emma stand mit dem Rücken zum Zimmer, trotzdem wusste sie, dass das Lächeln wieder da war.

»Es gibt keine Rechnungen. Es gibt kein Geld.«

»Wie? Sie verdienen gut, das sehe ich doch.«

»Der Dienst ist absolut kostenlos, für alle – für die Sexarbeiterinnen sowie für ihre Kontakte. Wir sind hundertprozentig profitfrei. Wir tun das, weil wir den Frauen helfen wollen.«

Felix zeigte durch die gläserne Trennwand in das Großraumbüro. »Und das alles? Woher kommt der ganze Schnickschnack?«

»Spenden.«

Emma drehte sich um. Das wollte sie jetzt sehen: der Hipster mit dem perfekt getrimmten Bart und dem blanken Lächeln, das schlanke, maßgeschneiderte Hemd, die silbernen Manschettenknöpfe, die tiefblaue, noch jungfräulich steife Levi's, die spanischen Bikerboots.

Und Felix. Vorgelehnt, Ellbogen auf dem Tisch, versuchte, sich so lang zu recken wie möglich. Konfrontationsbereit. Felix' Stiefel waren abgewetzt, seine Jeans nicht mehr so neu, aber immerhin hatte er kein doofes Dauerlächeln drauf. Einer bekam wenig Geld für harte Arbeit, der andere viel Geld für irgendwie nichts. Beide Arschlöcher, beide eitel, aber einer war echt, der andere falsch.

»Wissen Sie«, fuhr Ingo/Enno fort, »ich bin eine Weile immer mit dem Rad die Kurfürstenstraße langgefahren, an den Mädels da vorbei. Jeden Tag. Die werden von den Autofahrern beschimpft, es ist eine Fleischbeschau, erniedrigend ist das. Die müssen das tun, weil sie in unserer Leistungsgesellschaft sonst keine andere Wahl haben. Viele von ihnen haben Kinder oder finanzieren ihre Familien zu Hause in Rumänien, und hier werden sie gedemütigt. Aber mit meiner einfachen App müssen sie nicht mehr auf die Straße.

Sie machen ihre Termine privat aus, können die Freier unter sich bewerten und Erfahrungen austauschen, die Freier müssen auch ein Profil erstellen, anonym natürlich, aber die Huren können sich so ein Bild davon machen, mit wem sie es zu tun haben, und bei drei schlechten Bewertungen fliegt ein Freier bei uns raus. Eine kleine App, und schon haben die Frauen ein Mindestmaß an menschlicher Würde zurück.«

»Wir kommen wieder mit einem Durchsuchungsbefehl«, sagte Felix. Widerstrebend. Ein Bulle kann nicht einfach den Schwanz einziehen und sich davonmachen.

»Gern. Wie gesagt, ich verstehe das, ich will wirklich helfen, aber nach einer Woche … pff.« Er machte eine Geste, als ob gerade eine Seifenblase zwischen seinen Händen platzte … plopp. »Überhaupt nichts mehr.« Er lächelte dabei.

»Wissen Sie, was das für ein Baum da draußen ist?«, fragte Emma.

Arno/Ennos Lächeln war immer noch überheblich, nur ganz leicht verunsichert.

»Äh … eine Kastanie?«

»Würde es Sie überraschen, wenn ich sagte, das ist die älteste Kastanie Berlins?«

»Äh – nein, ich meine, toll, sieht auch ziemlich alt aus, das ehrt uns …«

»Bullen lieben es nicht, angelogen zu werden.«

»Wie bitte?«

»Ich habe die Hurenprofile auf Ihrer Website gesehen. Ich kenne auch die Mädels in der Kurfürstenstraße, ich wohne da um die Ecke. Ihre Huren präsentieren sich mit Hochglanzfotos, auf Deutsch und Englisch. Das sind Unternehmerinnen. Die Huren auf dem Straßenstrich kommen aus Osteuropa, die meisten können kaum Deutsch, manche nicht mal lesen und schreiben, sie sind ihren Zuhältern völlig ausgeliefert, und die lassen nie zu, dass ihre

Mädels zu Einzelunternehmerinnen werden. Ihre Sexarbeiterinnen, wie Sie das nennen, sind Edelhuren. Denn Sie suchen eine bestimmte Art Kunden: den mit viel Geld. Bei Begier.de gibt es keine billigen Straßennutten.«

»Aber wir nehmen kein Geld.«

»Natürlich nicht. Sie wollen kein Geld. Sie wollen Daten. Die Daten reicher, notgeiler Männer. Diese Daten löschen Sie nicht wieder aus Ihrer Datenbank, sie sind zu wertvoll.« Das Lächeln war noch da, aber der arme Mann wusste nicht, was er sagen sollte. Und Emma war noch nicht fertig. »Diese Daten sind bares Geld, mit denen finanzieren Sie sich all das hier.«

»Nein, nein, so ist das nicht …« Jetzt war die Arroganz verflogen. In seinem Lächeln lag Angst.

»Sie haben keine Spenden, Sie haben knallharte Investoren. Heute verdienen Sie vielleicht noch nicht viel damit, und Ihre verspielten Mitarbeiter arbeiten vielleicht noch für lau, aber im nächsten oder übernächsten Jahr gehen Sie an die Börse, dann regnet es Millionen, vielleicht Milliarden, dann arbeiten Sie nicht mehr hier, Sie sitzen in Mallorca am Pool.«

Auf der anderen Seite des Tisches: Stille.

»Wissen Sie, was besonders lustig ist an Unternehmen wie Ihrem? Wie schnell die kaputtgehen können. So stelle ich mir das vor: Morgen früh oder heute Nacht schon kommt die Staatsanwaltschaft her und nimmt sämtliche Computer mit. Und sie kommt nicht allein: Die Presse ist dabei. *BZ*, *Tagesspiegel*, *Abendschau*. Sie kommen, weil sie wissen, dass ihre Leser zwei Dinge über alles lieben: Prostitution und Datenschutz. Eine Geschichte über den Missbrauch von Daten in Verbindung mit Huren und deren nicht mehr ganz so anonymen Freiern ergibt eine verdammt gute Schlagzeile, und jeder, der sich jemals auf Begier.de zu registrieren gedachte, wird diese Story verschlingen … und nie wieder vergessen. Dann ist es aus mit Börsengang, Mallorca, Pool.«

Auf einmal sah Emma einen anderen Mann da sitzen: einen kleinen Jungen, der seinem eigenen Bart nicht gerecht wurde, ein Kind, das gerade beim Angeln in der Keksdose erwischt wurde, ein Kerlchen, das nie im Leben damit gerechnet hätte, dass irgendwer da draußen in der Lage sein könnte, ihn zu durchschauen.

Emma lehnte sich vor. »Ich will diese Daten«, sagte sie. »Ich will sie alle: jede Kommunikation, die Alice Kuzorra mit jedem ihrer Freier hatte, mit Ort und Zeit, mit Inhalt, alles, ohne Ausnahme, und ich will es jetzt.«

Felix setzte sich wieder. »Wissen Sie was? Ich nehme doch einen Latte.«

Enno/Ingo stand auf. »Sie auch?« Es klang fast schüchtern.

Emma warf einen Blick auf die Kaffeemaschine da draußen, ein chromblitzendes Beispiel italienischer Ingenieurskunst, und verschränkte die Arme.

»Welche Röstung haben Sie denn?«

25

»Sag mal, was sollte eigentlich das mit dem Frauenpuff vorhin im Nymphomania?«

»Hast du noch nie im Leben Small Talk gemacht?«

Sie fuhr schon die Müllerstraße entlang: grau, verstopft, die Scheinwerfer blendeten, in Wedding hörte der Stoßverkehr irgendwie nie auf. Seit Begier.de hatten Felix und sie kein Wort miteinander gewechselt.

»Das war kein Small Talk. Du kannst überhaupt keinen Small Talk.«

Erwischt. »Darf ich nicht mal neugierig sein?«

»Frauen würden doch nie in den Puff gehen. Sie schämen sich

zu schnell. Männer haben eine höhere Toleranzschwelle für Scham. Und für Dreck.«

Emma lachte. »Männer können sich das vielleicht nicht vorstellen, aber es ist möglich, ein Zimmer sauber zu halten. Regelmäßige Gesundheitstests – du hängst ein Zertifikat an die Wand, damit die Kundin es sieht. Schicke Bäder, Bidets, Scharen von unsichtbaren Putzfrauen, frische Blumen … Alles riecht gut, und es ist nicht zu dunkel. Sicherheit. Es gibt einen Alarmknopf. Security in schicken Uniformen überall, aber noch besser – die kann auch mit ins Bett geholt werden. Genau wie der Barkeeper, der Türsteher oder sonst wer.«

»Ich weiß nicht … die Başak hatte recht, Frauen fragen sich doch noch vor dem Callboy, ob die Frisur sitzt.«

»Neben dem Puff gibt es Friseur und Kosmetiker mit eigenem Eingang. Man kann eine Zofe buchen, die einen vorher total aufstylt oder die man mit ins Bett nimmt. Oder beides. Die Frauen haben die Wahl, und alle akzeptieren das. Wer das nicht tut, fliegt raus. Fotos und Handys sind verboten. Absolut anonym. Es gibt jeden Abend Party mit geilen DJs und Bands und Liveshow, und man kann nackt tanzen … oder auch nicht. Wie man mag.«

Felix räusperte sich. »Was du so erzählst … das ist kein Puff mehr. Das ist eine Sexparty. Eine sehr teure Sexparty, würde ich sagen. Wie im KitKatClub oder in der Gemütlichen Opiumhöhle oder im Berghain.«

»Das Berghain.«

Sie schwiegen beide. Dann sagten sie unisono: »Warst du mal drin?«

Felix schüttelte den Kopf. Es war ihm offensichtlich peinlich.

»Ich auch nicht«, sagte Emma. »Sollte man schon mal gemacht haben.«

»Wir sind immerhin Berliner.«

»Bald sind wir zu alt dafür, Felix …«

Schweigend fuhren sie weiter. Die Straßen abseits der Müllerstraße waren leer. Der Abend still und dunkel. Rushhour vorbei, alle zu Hause, Abendessen, Feierabend. Vor allem hier in Reinickendorf.

Emma hielt vor einem cremefarbenen, dreistöckigen Wohnhaus in der General-Barby-Straße. Abschnitt 11. Nettes Haus. Ruhig. Perfekt für junge Familien.

Felix legte halbherzig die Hand auf den Türgriff. Machte aber keine Anstalten auszusteigen.

»Schön hast du's hier«, sagte Emma.

»Hm.«

»Was ist das für ein Baum da?«, fragte sie. Der mächtige Straßenbaum stand direkt vor Felix' Haus.

»Was hast du denn heute nur mit Bäumen?«

»Weißt du, wie alt er ist?«

»Sehe ich aus wie ein Förster? Weißt du, warum du ein schlechter Chef wärst? Weil du vor der Realität flüchtest. Du kommst nicht mit Uwe Marquardt zurecht, also stürzt du dich in einen Fall, der dich nichts angeht. Irgendein Arsch in Polen scheint dir superwichtig zu sein, aber dein echtes Leben geht an dir vorbei … Du hörst mir überhaupt nicht zu, stimmt's?«

»Es steht im zweiten Brief. Alice Kuzorra schrieb: Sucht mich bei dem ältesten Baum Polens. Woher wusste sie, dass es der älteste ist? So was erkennt man nicht am Baum selbst. Selbst die ältesten Bäume werden ja nicht einfach immer größer … Es muss ihr jemand gesagt haben.«

»Der Täter. Wer sonst?«

»Warum sagt ein Täter so was?«

»Vielleicht ist er ein wahnsinniger Fremdenführer. Das ist übrigens unser schönes Rathaus, und da drüben, das ist der älteste Baum Polens. Jetzt reiße ich dir den Kopf ab.«

»Siehst du, genau das meine ich«, sagte Emma. »Als Witz kann ich mir das vorstellen, aber die Kuzorra macht keine Witze.« Sie sprach von ihr, als ob sie noch lebte. Weil sie das Gefühl hatte, dass Kuzorra ihr was sagen wollte, und sie verstand es nicht.

Felix winkte ab. »Er will uns an der Nase rumführen. Eine falsche Fährte legen. Er faselt ihr was vom ältesten Baum vor, sie glaubt es und schreibt es in den Brief. Er hätte ebenso sagen können, wir sind um die Ecke vom Aldi. Oder in der Nähe der Stadtmauer oder irgendwo in Kazimierz in Krakau, sonst was, egal …«

»Nein, nicht egal. Einen Aldi erkennt man. Wenn er ihr sagt, das ist ein Aldi, aber es ist ein Lidl, sieht sie, dass er lügt. Beim Baum … das ist anders. Da ist kein Schild dran. Über einen Baum kann er alles erzählen. Warum sagt der Täter *Baum* statt *Aldi* oder *Stadtbibliothek* oder *Autobahnkreuz*?«

Felix seufzte. »Das wirst du mir sicher sagen. Morgen oder übermorgen. Es wird so lange in deinem Kopf rumoren, bis du auf die Antwort kommst. Du wirst nicht ins Kino gehen, dich nicht mit Freunden treffen, keinen Spaß haben, du wirst zu Hause hocken und grübeln, warum der Täter *Baum* statt *Aldi* sagte, und dann wirst du es mir mitteilen, dann werde ich es wissen. Ich freue mich schon drauf, aber jetzt habe ich Hunger, und meine Familie wartet.«

»Dann geh doch.«

»Mach ich auch.« Er hatte schon wieder die Hand auf dem Türgriff, dann wandte er sich noch mal um. »Warum ist dir die Sache eigentlich so wichtig?«

»Weil ich das Gefühl habe …« Sie konnte ihn nicht angucken. »… die Kuzorra hat ihren letzten Brief an mich geschrieben.«

»Und du bist die Einzige im Universum, die ihr noch zuhört?« Felix musste lachen. »Größenwahn. Irgendwann erwischt es jeden Bullen mal. Herzlichen Glückwunsch!«

»Arschloch.«

»Hör mal, irgendwann reicht das auch mit dem Arschlochgerede, ja? Du könntest mal die Augen aufmachen und sehen, was du an mir hast. Es gibt schlechtere Kollegen, überhaupt, wie du mit den Leuten in der Burg umspringst, und sie lassen sich das gefallen, weil sie dich …« Er redete nicht weiter.

»Weil sie mich *was*?«

»Weil sie dich brauchen. Gute Nacht jetzt.« Felix schlug die Tür etwas zu hart zu, als er ging.

Emma fuhr vor, wendete, fuhr wieder am Haus vorbei. Felix war schon drin. Sie fuhr kurz noch mal ran. Schaute sich die hell erleuchteten Fenster an. Hinter irgendeinem davon wohnte er mit seiner Frau und den Zwillingen. Vielleicht wohnten hinter all den hell erleuchteten Fenstern dieses Hauses Familien mit kleinen Zwillingen, ein Haus voller schreiender, rennender, türenknallender, süßer Zwillinge.

Emma würde niemals Kinder haben. Konnte sie nicht. Wollte sie auch gar nicht. Na ja, sie wollte schon, aber zugleich auch nicht. Nicht mehr. Was passiert, wenn sie versagt? Wenn sie nicht genügend Geld verdient? Wenn sie Zwillinge hat und Scheiße baut, verletzt wird, nicht mehr arbeiten kann und von Rente leben muss? Wenn sie einen Mann hat, der trinkt, die Kinder schlägt und sie ihn nicht verlieren will und nicht weiterweiß? Was, wenn eins krank wird, nur eine kleine Erkältung, und sie sagt dem Kind, keine Sorge, das ist in drei Tagen vorbei, aber in vier Tagen sagt der Arzt, es ist eine Lungenentzündung, das Kind hätte längst im Krankenhaus sein müssen, aber woher soll sie das gewusst haben? Wenn ihre Zwillinge zu ihr kommen und die Welt erklärt kriegen wollen und sie weiß nicht, wie, oder sie haben in der Schule keine Freunde oder sie sind traurig und können nicht sagen, warum? Was wäre, wenn sie gekidnappt würden, wenn irgendwer ihnen etwas antun würde? Könnte sie das ertragen? Könnte irgendwer das ertragen?

Wie schaffte das einer wie Felix? Wahrscheinlich dachte er einfach nicht darüber nach. Er war wahrscheinlich nicht mal intelligent genug zu erkennen, dass er versagen könnte.

Emma dachte an Emily, die kleine Emily, Lieblingsnichte, Naseweis, Blondschopf, Engelchen, Knalltüte. Wenn sie bei Emily versagte, wäre das nicht genauso schlimm?

In einem Fenster ging ein Licht aus. In einem anderen ging ein Licht an. Sie sollte fahren. Das hier war nicht ihr Haus.

Irgendwie machte sie das wütend. Sie nahm ihr Handy aus der Tasche. Suchte eine Nummer. Wählte. Wartete.

»Emma«, sagte Nikolai. »Wie schön, dass du anrufst.«

26

Irgendwann am Abend – nein, es war schon in der Nacht – sagte er zu ihr: »Steh auf, wir fahren zu dir.«

Sein Bett war groß und die Laken aus Seide oder aus irgendwas, das sich wie Seide anfühlte, und die Matratze war perfekt, nicht zu weich und nicht zu hart, oder nein, anders: Sein Bett hatte Zauberkräfte, die sie anlockten und einlullten, hier, wo jeder Schlaf Geborgenheit verhieß und ihr das Gefühl gab, wenn sie nie wieder aufstehen müsste, wäre sie glücklich.

Emma war schon fast eingeschlafen, und sie musste gegen die Geborgenheit ankämpfen, um zu verstehen. »Wie? Du willst … ja, ich kann auch gehen …« Ja, klar, der Sex war vorbei, er war ein Mann, ein Mann will morgens allein in seinem Bett aufwachen. Das kannte sie. Moment, machte sie das nicht selbst sonst immer so? Egal. Es war einfach zu gemütlich.

»Wir fahren gemeinsam zu dir«, sagte er. Er hatte eine Tasse Espresso mitgebracht. Sie roch ihn, bevor sie ihn sah. »Du sagst, du willst ihn loswerden, dann machen wir das gemeinsam, du und ich. Jetzt, heute noch.«

»Wie …? Ich verstehe nicht.« Emma setzte sich aufrecht, griff nach dem Espresso.

»Ich bin vielleicht altmodisch, aber ich will dich nicht mit einem anderen teilen, vor allem nicht mit einem Vergewaltiger.« Er hatte recht – am Ende des wirklich netten Abends war die Diskussion doch wieder bei Uwe Marquardt gelandet. »Komm, fahren wir zu dir.«

Sie wollte protestieren. Und was ist mit dem Restalkohol, überhaupt, das geht alles ziemlich schnell, was heißt hier, du willst mich nicht teilen? Sie protestierte nicht. Sie hatte irgendwie die Nase voll von der Emma, die immer alle abwehrte, alle von sich stieß, für die jeder Mann ein Arschloch war. Felix hatte schon recht, damit musste irgendwann Schluss sein.

Sie nahmen die Weinflasche mit. Sie war noch nicht leer. Sie fuhr in ihrem Auto, in Stiefeln, aber ohne Strumpfhose, ohne BH, die hatte sie in ihre Tasche gestopft. Zu kompliziert. Ihre Tasche – da war viel Platz drin, seitdem ihre Sig Sauer fehlte. Die hatte sie im Büro in der Burg eingeschlossen, seit der Nacht im Treppenhaus, wo sie mit geladener Waffe geschlafwandelt war. Dieselbe Nacht, in der dieser Marburger sie auf ihrem Dachboden bedrohte. Ohne ihre Waffe fühlte sie sich irgendwie nackt. Ohne dass es sie groß aufregte, wurde ihr klar, dass es das erste Mal überhaupt war, dass sie unbewaffnet mit einem Mann unterwegs war. Wie sagte Sarah immer: Das Leben geht weiter? Hoffentlich war das kein Fehler. Es fühlte sich nicht so an.

Die Tatsache, dass sie in dem Haus neben dem Haus wohnte, durch das die U-Bahn fuhr, interessierte ihn nicht. Ihre Küche interessierte ihn nicht. Ihr Schlafzimmer interessierte ihn nicht.

Er wollte den Schrein sehen. Er stand im Wohnzimmer mit der Weinflasche und wartete, bis sie die Jacken weggeräumt und schnell das Bett gemacht hatte und mit zwei Weingläsern wiederkam.

»Das ist es, da. Oder?«, sagte er, als sie endlich den Wein einschenkte. Er zeigte auf ihre alte Kommode.

»Nein.« Sie kniete sich mit ihrem Glas vor den alten Einbauschrank unter dem Fenster, der mit seiner vergitterten Klappe wie eine Heizkörperverkleidung aussah, und öffnete ihn vorsichtig. Sie staunte ein wenig über sich selbst. Normalerweise musste sie dafür ziemlich besoffen sein und vor allem allein. Jetzt tat sie es vor einem fast fremden Mann. War sie wirklich bereit, all das zu entsorgen? Aus ihrem Leben zu verbannen? Den Schrein zu schließen? Das war sein Wort – Schrein –, aber es passte. Er hatte sofort erkannt, dass es sich um einen Schrein handelte.

Einmal bereits war all das hier schon im Keller gelandet, aber als der Anwalt damals wegen Uwes Buch mehrfach nach Dokumenten gefragt hatte, war sie immer wieder in den Keller dafür gegangen und hatte irgendwann genervt sämtliche Sachen wieder hochgeräumt. Damit sie sie zur Hand hatte. Die Anwaltsgeschichte war inzwischen vorbei, sie hätte längst alles wegschmeißen können.

Irgendwie hatte sie das aber völlig vergessen.

Es war drei Uhr morgens, und sie war hellwach. Vorsichtig, wie eine Sammlung zerbrechlicher Kostbarkeiten, zog sie alles raus, ein Stück nach dem anderen: Polizeiakten in ausgeblichenen Pappdeckeln, das Album mit den alten Prozessreportagen und den Ausdrucken von seiner Website, seine ersten Zeitungsartikel, noch aus dem Knast veröffentlicht, seine Vorträge, die nummerierten DVDs mit seinen Fernsehauftritten und den Mitschnitten seiner ersten Vernehmung. Dahinter klemmte der alte blaue Müllsack, mit dem sie alles hochgeschleppt hatte.

»Ach«, sagte er. »Der kommt ja wie gerufen.«

Alles zog sie raus, im Schneidersitz auf dem kalten Holzboden vor dem Schrank, und reichte es Nikolai, der hinter ihr kniete und es vorsichtig, fast zärtlich in den Müllsack legte.

»Ich hatte mir nicht vorgestellt, dass es so viel ist«, sagte er. »Und du schaust dir das alles an, wenn du dich wirklich dreckig und scheiße findest und dir beweisen willst, dass du nichts wert bist und die ganze Welt gegen dich ist?«

»Und wenn er wieder angerufen hat«, sagte sie.

»Schon klar«, sagte er. Er durchblätterte die Polizeiakten wie heilige Schriften.

»Kennst du diese Leute, die sich selbst verletzen?«, fragte er.

»Klar, Borderliner. Die ritzen sich …«

»Nicht nur die«, sagte er. »Du machst hier quasi das Gleiche. Nur ohne Messer.«

»Oh, ein Messer habe ich auch«, sagte sie.

Es war nicht sein Messer, nicht ganz. Das lag noch in der Asservatenkammer. Es war ein exakter Nachbau: vierundzwanzig Zentimeter lang, die Klinge zwölf davon, der Rücken bis zu vier Millimeter dick, sinnlich geschwungen, der Griff aus glatt poliertem Maulbeerholz, das dunkel schimmernde Holz brannte fast in ihrer Hand.

Sie gab ihm auch das Messer.

»Weißt du, warum du es hast nachmachen lassen?«, fragte er, ganz der Psychologe.

»Damit ich ihn damit töten kann.«

»Aber du hattest schon die Möglichkeit dazu. Du glaubst, du willst ihn töten, aber in Wahrheit willst du es nicht. Schau genau hin«. Er präsentierte es ihr auf der flachen Hand wie ein seltenes Artefakt: »Das ist kein Messer. Es ist eine Zeitmaschine. Es ist der Wendepunkt deines Lebens. Der Augenblick, an dem du diesem Messer begegnet bist, ist der, an dem dir dein Leben weggenommen wurde. Bis zu diesem Moment warst du du, seitdem bist du … etwas, das du nicht sein willst. Du behältst das Messer, weil du einen Weg suchst, wieder auf die andere Seite des Messers zu kommen, vor ihm. Nicht in sein Auto zu steigen. Aber es ist eine Illusion. Du kannst nicht zurück durch die Zeit. Solange du diese Illusion mit dir herumträgst, solange du ihr hörig bist, kommst du nicht voran.«

»Manchmal wünschte ich, das Zeug würde einfach verschwinden. Du ahnst nicht, wie oft ich es schon versucht habe. Solange ich weiß, wo es ist, kehrt es immer wieder zu mir zurück.« Emma blickte beiseite.

Er umarmte sie, und sie knickte ein in seinen Armen. Sie weinte um all die verlorenen Jahre, die sie damit verplempert hatte, an ihn zu denken, daran, was er ihr angetan hatte, weinte um die paar kostbaren Tage nach der Talkshow, in denen sie geglaubt hatte, sie hätte ihn überwunden. Sie weinte um die Emma, die sie verloren und die, die sie noch nicht gefunden hatte.

Als er sie auf den Nacken küsste, auf die Narbe hinter dem Ohr, war es wie eine Erlösung, und sie wandte sich ihm zu und suchte seinen Mund.

Sie wachte erst auf, als es hell war. Auf der Couch. Unter einer Decke, die er offenbar auf ihrem Bett gefunden hatte. Er war weg. Und mit ihm die DVDs, die Akten, das Fotoalbum, das Messer, der Müllsack. Alles weg. Als wäre es nie da gewesen. Nur ein Zettel lag da: »Dein Wunsch ist mir Befehl.«

27

»Wir kaufen nichts«, sagte die Brennemann, als Emma leicht aus der Puste am Treppenabsatz erschien. Vier Etagen hoch, Lift kaputt. In ihren Armen balancierte Emma drei Coffee to go XL, kolumbianische Bohnen, dazu eine Flasche frisch gepressten O-Saft, drei Schokobagels und eine Schachtel Marlboro Light. Es war sieben Uhr morgens, und sie hatte nicht vor, an der Tür abgewimmelt zu werden.

»Lutz ist beschäftigt«, sagte Brennemann, Karen, die eigentliche Chefin der Puppenkiste, jedenfalls was Emma anging.

»Das trifft sich gut«, sagte Emma. »Ich möchte ja auch Sie sprechen.«

»Elternzeit heißt übrigens nicht Brunch mit irgendwelchen Tussis, die unangekündigt vorbeischneien«, sagte die Brennemann, im pinken Frotteemorgenmantel. Irgendwo in der Wohnung schrie ein Kind.

Eine Marlboro Light steckte ihr schon zwischen den Fingern, nicht angezündet. Der Babybauch war noch nicht ganz verschwunden, aber sie näherte sich ihrem Ziel mit rasender Geschwindigkeit. In sechs, sieben Wochen würde es gar kein Anzeichen mehr geben, dass sie vor zweieinhalb Monaten ein Kind zur Welt gebracht hatte. Außer dem Kind natürlich.

»Meine Frage ist«, sagte Emma, »in was für einer Scheiße stecke ich eigentlich genau?«

Die Brennemann zögerte. Vages Interesse lag auf ihren Zügen.

Für Emma reichte das schon. »Für Sie«, sagte sie, übergab vertrauensvoll ihre Morgengaben, auch die Zigaretten, und schob sich ohne Aufforderung mit den Kaffeebechern an der Brennemann vorbei in die Wohnung, durch den Flur in die Küche, wo sie zu ihrer Überraschung Lutz am Tisch vorfand, der vergeblich versuchte, Luise zu beruhigen. Im Büro hatte das doch prima geklappt. Er grüßte nicht. Er schaute Emma nur skeptisch an.

»Deine Freundin ist verdammt schlank geworden«, sagte Emma. Die Brennemann lud die Sachen ab und drehte sich wie ferngesteuert zur Kaffeemaschine um. »Dieses Kind saugt jede Kalorie sofort wieder aus mir raus.«

Hinter Emma röchelte die in die Jahre gekommene Maschine. Bevor Brennemann die Kanne erreichen konnte, kippte Emma sie aus und drückte ihr einen mitgebrachten Kaffee in die Hand.

Sie wusste gar nicht, ob sie ihre alte Chefin wirklich mochte. Ob irgendwer sie mochte. Klar, sie fürchten, das tat jeder. Sie respektieren, die meisten auch. Aber mögen? Die Brennemann hätte sich das verbeten. In der Burg duzte die Brennemann niemanden.

Umso überraschender war es, als herauskam, dass ihr Kind von Lutz Bogner war. Die Leiterin der OFA bekommt ein Kind vom Chef des LKA 1, Delikte am Menschen: Da steckte ein guter Witz drin, aber niemand in der Burg traute sich, ihn auszusprechen. Immerhin war Lutz da noch verheiratet gewesen. Und überhaupt hatte Emma von ihm den Eindruck gehabt, er stehe nicht zur Verfügung. Weil er immer zu beschäftigt war, zu überarbeitet, zu sehr Bulle, zu sehr Ermittler, zu sehr Chef, zu sehr Haudegen, der große alte Mann, breit wie ein Schrank, der behauptete, dass das alles Muskeln waren, zu engagiert, als dass solche Dinge wie Sex und Frauen und Abenteuer bei ihm vorstellbar waren. Theoretisch schon, nur praktisch nicht. Weil … wann denn auch?

So war Lutz, einer der wichtigsten Männer in Emmas Leben, vielleicht der wichtigste. Für sie waren die Ereignisse der letzten Zeit leicht schockierend, weil sie sich doch irgendwo eingebildet hatte, Lutz … also … Lutz gehöre irgendwie ihr. Nur weil sie nie was miteinander gehabt hatten, hieß das ja nicht, dass es nie was werden konnte. Jetzt hatte er plötzlich ein Kind mit der Brennemann, und Emma wusste nicht mehr, wo sie mit ihm stand.

»Sie meinen diese Pressekonferenz«, sagte die Brennemann. »Ja, das war tatsächlich scheiße.«

»Das ist nicht alles.« Emma erzählte von dem Besuch des Auswärtigen Amts auf ihrem Dachboden. Lutz horchte auf. Die Brennemann weniger. »Ich weiß nicht, warum Sie sich Sorgen machen«, sagte sie. »Sie haben sich nichts zuschulden kommen lassen. In der PK haben Sie gesagt, was von Ihnen verlangt wurde. Und zur Presse sind Sie auch nicht gegangen. Oder?«

»Nein.«

»Dieser Marburger müsste demnach zufrieden sein.«

»Aber … warum überlässt er das nicht Falner? Er war bei mir … unangekündigt, mitten in der Nacht. Auf meinem Dachboden. Er hat mir gedroht, direkt da, wo ich damals hing.«

Zum ersten Mal sagte Lutz etwas: »Davon hast du gar nichts erzählt gestern. Das ist persönlich. Da stimmt was nicht.«

Die Brennemann ließ das nicht auf sich sitzen. Drehte sich zu Lutz um. »Ist doch völlig egal, ob persönlich oder nicht. Solange sie sich nicht dumm anstellt, kann ihr dieser Marburger nichts. Er sagte, geh nicht zur Presse, sie geht nicht zur Presse, und gut ist.«

»Ich mag es nicht, wenn Leute von außen meine Leute rumschubsen.«

»Es geht wieder mal um dich.«

»Nein, es geht ...«

»Du kennst diesen Marburger nicht, bist aber schon beim Schwanzvergleich.«

»Nein, was ... Äh, das meine ich nicht. Ich meine ...« Er schaffte es nicht, den Satz zu beenden. Emma hatte sich schon vorgestellt, wenn einer mit der Brennemann umgehen konnte, dann Lutz. Aber er war irgendwie noch nicht gewappnet. War es zu früh am Morgen? Brachte das Quengeln des Kindes ihn aus dem Konzept? War er wie jeder andere Mann nicht wirklich in der Lage, auf Augenhöhe mit einer Frau zu streiten? Vor allem nicht mit dieser? Na ja, wer konnte das schon.

Emma drückte ihm den zweiten Kaffeebecher in die Hand und der Brennemann den dritten. Also kein Kaffee für sie selbst, auch gut. Es gab Wichtigeres. Das kleine Luischen schrie, und Lutz versuchte, es zu beruhigen, ohne den Becher umzuwerfen oder die Kontrolle über das Gespräch zu verlieren. »Das habe ich nicht gesagt. Ich meine, es ist eine Falle ...«

»Was meinst du mit Falle? Was für eine Falle?«, fragte Emma.

Beide schauten sie an, als ob sie blind und blöd wäre. Emma wartete. Sie machten gleichzeitig den Mund auf, hörten dann auch beide mitten im Satz gleichzeitig auf zu reden, und Emma konnte nur im Nachhinein vermuten, was sie gesagt hatten.

Sie blickten sich an, diskutierten ohne Worte, und Lutz hielt der Brennemann das heulende Luischen hin. Die winkte ab, deutete auf ihre Zigarette, sagte: »Solange die nicht fertig ist, bin ich noch in der Pause«, und wandte sich Emma zu: »Lutz will sagen, und ich bin ganz seiner Meinung, Sie sind hier der Sündenbock für irgendwen. Irgendwas ist gewaltig schiefgegangen.«

»Ja, ich weiß«, sagte Emma. Die Köpfe.

»Dieser Marburger weiß, dass die Presse davon Wind kriegen wird und dass die Schmalig von diesem Vertriebenenverband zum Problem werden wird, und er will Ihnen das in die Schuhe schieben. Im Grunde tun Sie ihm einen Gefallen, wenn Sie einfach gleich zur Presse gehen, damit er einen Schuldigen hat.«

»Wenn Sie gerade Pause machen«, sagte Emma, »wieso haben Sie dann die Zigarette noch gar nicht angesteckt?«

»Weil ich schlau bin«, sagte die Brennemann und nahm einen großen Schluck Kaffee.

Lutz: »Nein.«

Die Brennemann: »Nein?«

Lutz: »Der Falner braucht einen Sündenbock, das Auswärtige Amt nicht. Das hat ja Falner. Falner gibt Emma die Schuld. Oder gleich mir. Das wäre der Dienstweg.«

Die Brennemann hielt inne. Steckte sich die Zigarette wieder hinters Ohr und nahm das Kind. Es überraschte Emma, wie schnell sich Luischen im Arm ihrer Mutter beruhigte. Der Brennemann hätte sie das nicht zugetraut. Während das Kind an ihren Haaren zog, wobei sich die Zigarette hinter ihrem Ohr löste und in ihren Ausschnitt bröselte, angelte sich die Brennemann mit der anderen Hand einen Bagel und biss hinein.

»Er wollte dich kennenlernen«, sagte Lutz. »Auf dem Dachboden. Er wollte wissen, ob du dich einschüchtern lässt. Oder ob du ihm gefährlich werden kannst.«

»Aber warum?«

Lutz war still.

Brennemann legte den Bagel beiseite. Dann sagte sie: »Lutz hat recht.«

»Ach.« Lutz war ehrlich überrascht.

Die Brennemann übergab ihm das Baby, ging zum Fenster, öffnete es einen Spalt und zog eine Zigarette aus der neuen Packung. »Es ist nicht immer so, wie es aussieht, womöglich hat es nichts mit Politik zu tun. Vielleicht hat er ein anderes Motiv. Man darf ja nicht vergessen, dass die Leute auch immer noch ein sogenanntes Leben haben.« Sie zündete die Zigarette an, nahm einen tiefen Zug und blies den Rauch versonnen durch den Fensterspalt. »Der hat was gegen Sie persönlich. Ich weiß nicht, was. Aber indem er Sie besucht hat, hat er Ihnen einen Gefallen getan: Er hat Sie vorgewarnt. Lutz kann rumfragen. Ich kann rumfragen. Aber Sie entscheiden über Ihr Verhalten. Gehen Sie nicht zur Presse. Kommen Sie niemandem in die Quere. Verhalten Sie sich astrein. Am besten nehmen Sie Urlaub, bis dieser Polen-Fall abgeschlossen ist. Halten Sie sich da raus. Marburger hat irgendwas damit zu tun … vielleicht auch mit dieser polnischen Beamtin?«

»Szymańska.«

»Funken Sie der bloß nicht dazwischen.«

Irgendwas in Emmas Gesicht. Die Brennemann sah es. »Sie haben sich schon in die Haare gekriegt.«

»Es ist doch meine Arbeit, ich muss …«

»Quatsch. Es ist die Arbeit der polnischen Kollegin.«

»Ja, schon klar, aber … sie will auf Biegen und Brechen ihre Theorien durchsetzen und sieht nicht, dass der Täter sie benutzt.«

»Wie soll der Täter sie denn bitte benutzen?«

»Na, die Köpfe findet man in Polen«, sagte Emma, »die Briefe auch, aber die Opfer schreiben Deutsch, mindestens eine kommt aus Berlin, wahrscheinlich sind sie alle deutsch. Das ist Absicht, der Täter will, dass die Behörden sich auf die Füße treten, dass wir einander Informationen vorenthalten. Jeder Kleingauner im Dunstkreis der Grenze dreht das Gezerre um Zuständigkeiten zu seinem Vorteil, das ist doch genau das, was er will. Er will, dass wir da reintappen.«

Lutz murmelte: »Wenn zwei sich streiten, freut sich der Dritte …«

»Mir scheint«, sagte die Brennemann und schnippte die Asche aus dem Fenster, »dass auch Sie schon geradewegs in die Falle getappt sind, meine liebe Carow.«

Lutz hob die Augenbrauen, und Emma wurde rot. Trotzdem sagte sie: »Was, wenn der Fall gar nicht in Polen liegt, sondern hier bei uns?«

Jetzt waren beide überrascht. Selbst Luise hörte auf zu wimmern und blickte sie mit großen Augen an.

Emma fuhr hastig fort. »Wir haben nur die Köpfe. Wo sind die Leichen? Haben die Polen gar nicht gesucht?«

Lutz: »Natürlich haben sie das, seit Monaten, sie haben jeden Feldweg …«

»Was, wenn die Leichen in Deutschland liegen, und er fährt nur mit den Köpfen nach Polen und deponiert sie da? Die Köpfe sind leichter zu transportieren. Er kann mit ihnen in einer Aldi-Tüte über die Neiße spazieren, das interessiert keinen. Und dieser älteste Baum. Warum ein Baum?« Emma wiederholte, was sie Felix schon gesagt hatte. Sie redete sich in Rage. Luischen hörte begeistert zu, ihre Eltern eher verhalten. »Weil der nicht sagen kann, wie alt er wirklich ist und in welchem Land er steht?«

»Das kann alles Zufall sein. Es ist kein Beweis, nicht mal ein Hinweis.« Die Brennemann drückte ihre Zigarette aus.

»Nein, ist es nicht«, gab Emma zu. »Aber es sind sehr günstige Zufälle. Was, wenn wir im falschen Land suchen, und die Szymańska sieht es nicht, weil sie dann die Hoheit über den Fall an uns abgeben müsste?«

»Dann hat der Täter gewonnen mit seiner Masche«, murmelte Lutz, drehte zerstreut an der Orangensaftflasche und reichte sie endlich der Brennemann rüber, die sie mühelos aufdrehte und ihm zurückreichte. »Danke, Schatz.«

Emma ging, bevor sie mehr Szenen wie diese mit ansehen musste.

28

»Was wissen wir eigentlich wirklich?«, fragte Emma. Da lag schon leichte Verzweiflung in ihrer Stimme.

Es war Montag. Mittag war vorbei, sie hatten in der Kantine gegessen, wortlos, erschöpft, frustriert. Den ganzen Vormittag hatten sie die Hundekäfig-Briefe diskutiert, hatten sich im Kreis gedreht, immer wieder: Warum lässt er die Opfer solche Briefe schreiben? Warum verschickt er sie? Wer soll sie lesen, wer soll reagieren, was hat er davon, was bezweckt er? Wie viel von dem Inhalt ist real, stammt wirklich von den Opfern, wie viel entstand durch den Einfluss des Täters, ist falsche Fährte? Und immer wieder: warum?

Es hatte zu nichts geführt, nur Zeitverschwendung, Verwirrung, Tasten im Nebel, und Emma dachte sich, der Täter wusste, dass sie keine Ahnung hatten, er wusste, dass keiner ihn verstand, er lachte über sie.

»Was können wir denn mit Sicherheit sagen?«, murmelte sie, mehr zu sich selbst als zu den andern. Der Kaffee, der Kaffee musste bald wirken. Irgendwie schmeckte er nicht mehr. Die Maschine in der OFA musste dringend mal entkalkt werden. Sie war zu müde dazu. Sie drehte sich auf ihrem Stuhl um und blickte auf die Fotos, die sie aufs Whiteboard gepinnt hatte: ein abgerissener Kopf nach dem anderen. Sie störte sich weniger daran als die Männer. Seit einer Woche frühstückte sie mit diesen Fotos, ging schlafen mit den Fotos auf dem Nachttisch, fuhr Auto mit ihnen in der Tasche, hatte sie sogar mal mit ins Bad genommen und sie beim Zähneputzen angeschaut, und hatte, während ihr Schädel von der elektrischen Zahnbürste vibrierte, fast schmerzhaft gespürt, wie fragil so ein Kopf doch ist.

»Wir wissen, dass er auf junge Frauen Anfang, Mitte zwanzig steht. Blond, brünett«, murmelte Matze.

»Wir wissen, dass er die Torsos für sich behält und uns nur die Köpfe gibt.« Sigmar schob die Tasse von sich weg.

Matze: »Moment mal, stimmt das? Die Polen haben fünf abgetrennte Köpfe, aber keine Torsos?«

»Die Köpfe wurden nicht abgetrennt«, sagte Emma. »Sie wurden abgerissen.«

Die Männer waren still, nippten am Kaffee.

Emma stand auf. Wenn sie nicht aufstand, würde sie noch einschlafen. Sie wandte sich den Fotos auf dem Whiteboard zu. »Deswegen nennen sie ihn auch den *Reißer*. Die Polen haben die Köpfe ziemlich gut untersucht, Lutz konnte mir ein bisschen was dazu sagen. Ich hab die Fotos auch Kottke gezeigt.« Kottke, Emmanuel, war der Direktor der Forensischen Pathologie in der Charité. »Schaut mal, was er entdeckt hat.« Emma nahm die Fotos ab und breitete sie auf dem Konferenztisch vor ihnen aus: »Von Opfer zu Opfer ändert sich der Zustand der Köpfe.«

Das Gesicht auf dem ersten Foto war heil, nur Hals und Nacken waren eine zerhackte Ruine. »Den ersten Kopf hat er tatsächlich mit einer Klinge abgetrennt«, sagte sie. »Das reichte ihm aber nicht.«

Köpfe zwei und drei waren kaum noch erkennbar. Ihnen fehlte das halbe Gesicht. Der Unterkiefer war weggerissen und ein Teil des Schädels zerbrochen, das Fleisch an der linken Gesichtshälfte vom Schädel abgeschliffen. »Laut medizinischem Bericht könnte dieser Schaden von einer Eisenkette stammen. Die Polen glauben, er hat sie ihnen um den Hals gewickelt und heftig gezogen in dem Versuch, den Kopf abzureißen.«

»Einfach daran gezogen?«, gähnte Matze. »Dann muss er aber ziemlich stark sein.«

Sigmar stand auf, beugte sich über die Fotos, schob sie hin und her.

Emma: »Das geht tatsächlich nicht per Hand. Vielleicht hat er das Opfer an einen Baum gebunden und die Kette an seiner Anhängerkupplung befestigt. Denkbar ist auch ein stationärer Motor. Die Kette riss den halben Kopf weg, aber die Schultermuskulatur blieb heil, sodass er den Hals hinterher noch mit einer Klinge durchtrennen musste, hier, seht ihr. Das Problem ist, dass die Schultermuskulatur so stark und elastisch ist, dass man sie auch mit einem Motor nicht auseinanderreißen kann.«

»Das Problem?« Felix schaute erschrocken zu ihr auf.

»Ja, also für ihn.«

Der vierte Kopf: Das Gesicht verzerrt, das gebrochene Kinn nach oben verschoben und die Wangenknochen nach außen gedrückt, vom Hals hing die Haut in Fetzen herunter, aber dass er mal einer Frau gehört hatte, war mehr oder weniger erkennbar. »Hier ist das Reißen sauberer verlaufen, weil er diesmal die Muskeln und Sehnen zwischen Kopf und Schultern vorher durchtrennt hat. So hat er es tatsächlich geschafft, den Kopf danach sauber abzureißen.«

»Na ja, sauber …«

Das fünfte Foto zeigte den Kopf von Alice Kuzorra.

»Das trifft noch mehr auf die Kuzorra zu. Jetzt weiß er, wie es geht, den Kopf abzureißen, ohne das Gesicht zu zerstören. Es ist, als ob das sein Ziel war, und jetzt hat er es erreicht.«

Sigmar hatte die Fotos in ihre chronologische Reihenfolge gebracht. »Die Progression der Versuche, die er über diese Serie von Opfern macht, sagt viel über ihn aus«, sagte er. »Das Abreißen ist ihm überproportional wichtig, es scheint sogar eine Vorbedingung seiner Tat zu sein.« *Vor-be-be-bedingung.* »Er will nicht nur töten, das reicht ihm nicht, er muss es auf diese bestimmte Art tun – reißen. Das ist die Grundvoraussetzung. Wenn wir etwas über ihn wissen wollen, ist das der Anfang.«

Emma schrieb aufs Whiteboard: *Warum Reißen?*

»Weil er ein kranker Arsch ist.« Felix.

Sigmar tippte auf die Fotos und dozierte weiter, ohne ihn anzusehen: »Reißen, das fällt unter Zerstücklung. Als Trieb ist das schwierig, psychologisch gesehen … Grundsätzlich ein Zeichen von tiefem Hass auf das Opfer – persönlicher Hass.«

Felix: »Moment … Du glaubst, er hat das Opfer gekannt?«

Sigmar blickte auf. »Nein, wo denkst du hin? Es steht nur für jemanden, den er kennt. Es können eigentlich nur chiffrierte Morde sein.«

»Ist es nun persönlich oder nicht?«

»Das Opfer ist Stellvertreter für den Menschen, den er wirklich hasst«, erklärte Sigmar. »Das Zerstückeln, na ja – er will sein Opfer völlig ausradieren, den körperlichen Rest in so kleine Stücke wie möglich zerlegen, damit es nicht mehr als Mensch durchgeht.« Sein Stottern war fast weg. »So stark ist sein Hass auf … auf das, was das Opfer darstellt.« Er kratzte sich am Kopf. »Wenn wir nur wüssten, was oder wer das ist.«

»Matze«, sagte Emma schließlich, »du wolltest Enthauptung recherchieren?«

»Ja, äh«. Matze hustete, schaute sich um, leicht verwirrt, blickte in seine Notizen. »Enthauptung! Wir haben ja die Leichen nicht, können bisher also eigentlich nicht von Zerstückelung sprechen. Sorry, Sigmar. Nur von Enthauptung.«

Sigmar verschränkte die Arme.

»Als Tötungsmethode war das schon immer beliebt, das reicht ganz weit in die Geschichte zurück«, sagte Matze. »Irgendwie …

den Kopf vom Leib zu trennen … das hat für manche einen ganz besonderen Reiz.«

Felix: »Heute noch. Der IS zum Beispiel.«

»Im Mittelalter war die Enthauptung unter anderem ein Zeichen von Respekt – simple Verbrecher wurden bloß gehängt. Das Schlimmste war Vierteilen. Da wurden die Opfer an Armen und Beinen auseinandergerissen, mit vier Pferden. Oder einem Flaschenzug. Das Reißen galt als besonders übel und wurde nur bei ganz schlimmen Verbrechen eingesetzt. Königsmord zum Beispiel.«

Emma nickte Sigmar zu: »Der Täter hat die Höchststrafe gewählt.«

Felix: »Strafe? Reden wir hier von Bestrafung?«

»Na, dieser Hass auf eine bestimmte Frau oder Frauen insgesamt – der kommt doch irgendwo her. Irgendjemand hat ihm was angetan, zumindest sieht er das so, seiner Meinung nach muss dieser Jemand bestraft werden, ich denke, das kann man schon Bestrafung nennen.«

»Jetzt mal halblang, Emma«, erwiderte Felix gereizt. »Ich meine, wir wissen nur, dass er Köpfe abreißt, und schon will er seine Mutter bestrafen. Man kann eine Sache auch überinterpretieren. Es gibt Gründe genug, eine Leiche zu zerstückeln. Transport. Entsorgung. Es muss nicht alles immer tiefenpsychologisch sein.«

»Oh«, sagte Emma. »Vielleicht habe ich das nicht klargemacht …«

»Was denn?«

»Es geschah nicht post mortem.«

Es war sehr still in der Puppenkiste.

»Ich glaube, ich brauche frische Luft«, sagte Sigmar und erhob sich. Er war nicht der Einzige.

29

»Und da heißt es immer, der Polizei geht es so schlecht«, erklang eine amüsierte Stimme hinter ihnen. Sie saßen in der Kaffeebar der Feinschmeckerabteilung des KaDeWe, ganz oben unterm Dach, mitten im Gewühl. Emma hatte gedacht, dass jetzt, nach Fasching, wenn der feiermüde Teil der Republik immer nach Berlin floh, hier eigentlich Ruhe herrschen müsse, doch es war ordentlich was los. Kaum Touristen allerdings, mehr Einheimische. Sie waren wieder unter sich, und das hieß, das Gewühl war organisiert, zackig und hoch effektiv. Rechts gehen, links stehen, passend zahlen, keine doofen Fragen, Small Talk ist überbewertet, im Zweifelsfall: koofen.

Keiner von ihnen hatte das Büro auch nur eine Minute länger ertragen können. Zwei Blocks war es entfernt und doch eine komplett andere Welt. Nur allzu bereitwillig hatten sie sich von der nassen, grauen, menschenleeren Keithstraße da hinschwemmen lassen, wo es Licht gab, Farben, Leben, Menschen und Musik: zum Wittenbergplatz. Während Sigmar befremdet die Kaffeebohnen aus aller Welt inspizierte, Matze den Surfstick in den Laptop stöpselte und Felix unflätige Bemerkungen über die Getränkepreise machte, orderte Emma Kaffee für alle, als sie die Stimme hinter sich vernahm. Irgendwie kam sie ihr bekannt vor. Sie drehte sich um.

»Frau Başak!«

Die Besitzerin des größten Berliner Puffs, heute beinahe leger im wollweißen Wintermantel, Kaschmirpullover, weißer Jeans und schwindelerregend hohen Stiefeln, setzte ihre Tüten auf einem Barhocker ab und schulterte ihre rehbraune Gucci-Tasche. An ihrem Gürtel blitzte das gleiche Logo. »Kleiner Scherz.« Sie grinste, wies auf die Papiere und Matzes Laptop auf dem Tresen. »Ich sehe ja, dass Sie arbeiten.« Matze klappte den Computer zu. »Geht es immer noch um meine Mitarbeiterin?«

»Das kann ich Ihnen leider nicht sagen«, sagte Emma, brachte es aber fertig, dabei zu lächeln.

»Ich hoffe, Sie kommen voran«, sagte Frau Başak, die die Männer hinter Emma völlig ignorierte, und winkte der bildhübschen Barista hinter dem Tresen zu. Başaks Nagellack funkelte im gleichen Blutrot wie ihr Lippenstift. »Die Kaffees hier gehen auf mich, junge Frau.«

»Aber das können Sie doch nicht …«

»Keine Sorge, meine Liebe, das kostet mich keinen Cent. Trinken Sie, so viel Sie mögen. Geht alles auf meine Kundenkarte.« Damit griff sie ihre Tüten und rauschte ab.

»Kundenkarte?«, fragte Felix die Barista. »Was für eine Kundenkarte hat Frau Başak denn?«

»Die Royal Card. Da sind alle Kaffees umsonst.«

»Wie kriegt man die?«, wollte Felix wissen, sichtlich interessiert.

»Ab zehntausend Euro Jahresumsatz.«

Sie tranken schweigend ihren Kaffee. Er war nicht schlecht.

»Also ich bin ja der Meinung«, Emma räusperte sich, »dass unsere Tat aus zwei Teilen besteht.«

»Meinst du die Erziehungsphase?«, sagte Sigmar.

»Äh, wie bitte?« Matze schreckte hoch.

»Das ist doch der erste Teil, nicht wahr?«, sagte Sigmar zu Emma, die nickte. »Geht aus den Briefen hervor.«

»Moment mal, wir wissen doch noch gar nicht, wie viel in den Briefen wahr ist«, wandte Felix ein.

»Wir wissen aber, dass sie von den Opfern persönlich stammen, dass sie ihnen nicht diktiert wurden. Es kann sein, dass einige Sachen nur drinstehen, um dem Täter zu gefallen oder weil er sie suggeriert hat. Aber die grundlegende Info, was er da mit ihr macht –

das klingt für mich echt. Eine Frau in dieser Lage beschreibt schon das, was ihr passiert.« Emma.

Sigmar fuhr fort: »Vor allem in Brief 2 erhält das Opfer eine Art Belehrung … Was genau steht da noch?«

Matze fand die Stelle. »*Er sagt, ich habe ihn verachtet … er bringt mir Respekt bei … ich verdiene nichts anderes … aber ich habe nichts falsch gemacht … ich habe ihn nicht ausgenutzt … ich bin kein weiblicher Parasit …*«

Sigmar: »Er versucht, sie zu erziehen. Wenn sie nicht … was?«

Matze las vor. »*Er sagt, wenn ich alles tue, lässt er mich frei …*«

Emma: »Das ist kein gewöhnlicher Sadismus.«

»Hast du die Briefe nicht gelesen? Ich sehe da Grausamkeit genug.« Felix hatte bockig die Arme verschränkt. Sein Kaffee war schon leer.

»Ein Sadist ist anders«, sagte Emma und winkte der Barista, wies auf Felix' leere Tasse. »Er zieht Lustgewinn aus dem Zufügen von Schmerzen. Für unseren Täter ist Schmerz bloß Mittel zum Zweck. Na ja, zumindest stellt er das so dar. Er will mit seiner Quälerei das Opfer zu einer Verhaltensänderung drängen.«

Sigmar: »Sie soll ihn respektieren, nicht mehr ausnutzen …«

»Pardon, du meinst vielleicht eher, zugeben, dass sie ihn ausgenutzt hat oder Männer grundsätzlich ausnutzt«, unterbrach Matze.

»Es ist, als ob er sämtliche Frauen für *weibliche Parasiten* hält und jetzt den Beweis sucht. Die Vergewaltigung, der Sadismus, die Demütigung … all das soll dazu führen, dass sie es zugibt.« Emma.

»Wie ein falsches Geständnis unter Folter.« Felix schüttelte den Kopf. »Aber dann … dann tötet er sie trotzdem. Die erste Briefeschreiberin hatte recht, sie ist nicht darauf reingefallen.« Mit seiner neuen Tasse Kaffee kam ein Teller Kekse für alle.

»Genau«, sagte Emma und stellte ihr Glas ab. »Dann hat er nämlich endlich einen Grund: In dem Moment, wo sie zugibt, dass sie ein *weiblicher Parasit* ist, ist der Beweis erbracht, dass sie den Tod verdient.«

»Die Tötungsmoral«, murmelte Sigmar und nahm einen Keks. »Da haben wir sie.«

»Stimmt.«

»So rechtfertigt er seine Taten vor sich selbst.«

»Er bestraft sie für ihr Verbrechen gegen ihn als Mann.«

»Dann suchen wir einen Täter, der irgendwann mal von einer Frau ausgenutzt wurde und jetzt Rache will?«, sagte Felix und biss in zwei Kekse, die er exakt übereinandergestapelt hatte. »Super, können wir gleich das Telefonbuch aufschlagen.«

»Vielleicht kann man es doch eingrenzen. Der Täter benutzt doch diesen Begriff – *weiblicher Parasit*.« Emma erzählte von ihrer Begegnung mit Professor Grotian und von den sogenannten Maskulinisten. »Ein sehr intelligenter Typ«, sagte sie. »Der versteht besser als jede Frau, was Männer Frauen antun.«

»Ernsthaft jetzt?« Felix rang offensichtlich um Fassung. »Maskulinisten? Ist das ein Witz? Kein Mensch tötet Frauen, nur weil er mal von irgendeiner ein bisschen ausgenutzt wurde. Vielleicht gibt es ein paar Arschlöcher, die sich dann selbst bemitleiden und online große Töne spucken, aber die gehen doch nicht raus und enthaupten jede Tussi, die ihnen über den Weg läuft. Wenn das so wäre, gäbe es keine Frauen mehr auf der Welt.«

Matze kratzte den letzten Schaum aus seinem Soy-Latte-Glas. »Ich finde das ja auch ein wenig schwach als Motiv. Das Beleidigtsein, meine ich.«

»Hier gibt es entkoffeinierten Espresso«, sagte Sigmar, sichtlich fasziniert von dem Konzept. Er bestellte sich einen. »Wie mein Doktorvater immer sagte, in der menschlichen Seele gibt es nichts, was es nicht gibt.«

Matze nahm es als Inspiration, drehte sich auf seinem Barhocker und hämmerte in die Tastatur.

Emma linste ihm über die Schulter: »Was suchst du denn?«

Matze murmelte einen Fluch, dann wandte er sich triumphierend um: »Also doch. Es gibt Männer, die Frauen töten, nur weil sie von ihnen abgelehnt wurden. Hier.« Er drehte den Laptop zu den anderen.

Die Überschrift identifizierte ihn: *Elliot Rodger, Santa Barbara, California.*

Sinnliche Lippen hatte er und einen regelrechten Silberblick. Gut aussehend eigentlich, den Kopf leicht zur Seite geneigt, selbstbewusst, überheblich. Er saß hinter dem Lenkrad, irgendein teures Auto, das goldene Licht der untergehenden Sonne schien ihm ins Gesicht wie in einem Hollywoodfilm. Vielleicht waren die Lippen zu sinnlich. Komisch, wie schnell sinnlich zu eklig kippen kann, wenn es zu viel wird. Er sprach in die Kamera. Ruhig, lässig, auf Englisch, Emma verstand nicht alles, was Mister Rodger sagte, aber genug.

Morgen sei der Tag der Vergeltung, sagte er.

Mister Rodger war zweiundzwanzig Jahre alt und immer noch Jungfrau – die Frauen fanden ihn nie attraktiv, er wusste nicht, wieso, war er doch der perfekte Mann, der überragende Gentleman, trotzdem schmissen sie sich auf die Idioten, es sei nicht auszuhalten, sein Leben sei die reinste Folter, aber am Tag der Vergeltung werde er ein Studentinnenwohnheim aufsuchen und dort jede einzelne Frau töten, und dann würden alle seine Überlegenheit anerkennen, würden eingestehen müssen, dass er der dominante Mann sei, der wahre Alphamann, wie Tiere werde er sie abschlachten, denn sie verdienten es, sie seien Tiere, alles, was er im Leben wollte, war, von ihnen akzeptiert zu werden, aber das hätten sie ihm verweigert, er wollte Sex, er wollte Zärtlichkeit, wollte Bewunderung und Liebe, aber sie hatten entschieden, dass er all das nicht bekommen sollte – ein Verbrechen, das er nicht verzeihen könne, sie hatten ihm ein glückliches Leben verweigert, jetzt werde er ihnen ihr Leben nehmen, das sei nur fair.

Matze brach das Schweigen. »Er hat in seinem Studentenwohnheim drei Jungs mit einem Messer getötet, dann ist er in das Mädchenwohnheim gefahren, hat dort zwei Studentinnen erschossen und später noch einen Jungen in einem Restaurant.«

Sigmar überlegte. »Sagte man nicht Ähnliches über den Winnenden-Amokläufer?«

»Richtig. Moment.« Ein paar Tastenklicks. »Tim Kretschmer, siebzehn, das war 2009. Fünfzehn Opfer, elf davon Schülerinnen und Lehrerinnen. Es gibt kein Manifest von dem, aber er hatte es ziemlich klar auf Frauen abgesehen.«

»Ich bin immer noch nicht überzeugt, dass Hass auf Frauen ausreicht, es muss mehr dahinterstecken. Die waren doch alle in psychiatrischer Behandlung, habe ich recht?« Felix leerte im Alleingang den Keksteller.

»Ja, klar«, sagte Matze, zog ihm den Teller weg und nahm sich ein Schokoteilchen. »Kretschmer, glaube ich, sollte in Behandlung, Rodger war es schon, immer wieder, unter anderem wegen Schizophrenie. Und der hat auch eine lange Geschichte von Mobbing in der Schule. Aber er wurde nicht von Mädchen gemobbt. Sondern von Jungs.«

»Er hat auch mehr Männer getötet als Frauen«, sagte Felix. Der letzte Keks ging an ihn.

»Das ist schon ein Widerspruch«, sagte Emma und knackte vorsichtig eine kandierte Kaffeebohne, die keiner der Jungs angerührt hatte. »Er spricht ausschließlich von Frauen, aber in der Praxis hat er mehr Männer getötet. Im Video betont er immer wieder: *Ihr sollt alle bezahlen*. Sein Hass richtet sich gegen die ganze Gesellschaft … aber Frauen nehmen bei ihm eine Sonderstellung ein. Komisch.«

»Sexuelle Ablehnung tut halt am meisten weh«, sagte Sigmar lakonisch. »Deshalb muss die Frau für alles herhalten. Unser Täter wird von zehn Männern ausgelacht, und nur eine Frau lacht mit, aber das ist die Frau, die er sein Leben lang hasst.«

Matze: »Moment mal, hier …«

»Matze, ist gut jetzt.«

»Nein, das wollt ihr hören. Hier ist ein Blog, der nennt sich *DeinHerrscher*. Er rechtfertigt Elliot Rodger.«

»Wie bitte?« Emma stand auf.

»*Frauen sind weibliche Parasiten und müssen lernen, dass dieses Verhalten nicht akzeptabel ist. Der Mann kämpft ums Überleben, Gewalt ist gerechtfertigt.* Steht hier. Und der Titel …«

Sie standen geschlossen hinter Matze und lasen.

Da stand es. Auf dem Bildschirm: *Weibliche Parasiten.*

Der Titel des ersten Beitrages: *Das parasitäre Geschlecht als gesamtsoziales Problem.*

Emma überflog den Blog.

Die Frau als Parasit der Männer simuliert Liebe, wenn sie einen neuen ergiebigen Wirt gefunden hat … weibliche parasitäre Spulwürmer sind doppelt so lang wie männliche … … die Attribute der Liebe, wie etwa Zuneigung, Bindung, Fürsorge, Abhängigkeit, Opferbereitschaft, fehlen bei Frauen komplett … Unterhalts-Nutten … du wirst nämlich die Liebeserwiderung, die du bei einer Frau suchst, nicht finden … niemals liebte irgendeine Frau einen Mann …

Emma drehte sich der Magen um.

Felix schnappte sich seine Jacke. »Wetten, dass er im System ist?«

»Weil er bloggt?« Matze lachte. »Das ist nicht verboten.«

»Wer so was schreibt, gerät ins Visier der Bullen, irgendwann. Mindestens als Zeuge. Guck doch mal in die Datenbanken unter *DeinHerrscher*.«

Sie warteten. Matze tippte. Dann kam es: Name. Adresse. Kein Foto. Akte unter Verschluss, das war irgendwann eine Jugendstrafe gewesen.

»Linus Röhm«, sagte Felix. »In Neukölln. Das ist praktisch um die Ecke. Wir könnten ja mal Hallo sagen.«

30

Waffen gut sichtbar an der Hüfte, Ausweis um den Hals, ein defensives Knurren für jeden, der ihnen entgegenkam, stürzten sich Emma, Felix und Matze in die endlosen Gänge der Weißen Siedlung.

Die Weiße Siedlung. Neukölln, Abschnitt 54. Weit jenseits der üblichen Handyshops, der türkischen und arabischen Männercafés, der Ein-Euro-Kaufhäuser und Chickendönerläden, noch hinter der Sonnenallee, hinter der Aronstraße, da, wo man sich verzweifelt bemüht hatte, ein bisschen Grün in die Stadt zu bringen, ragt das weiße Betonmassiv achtzehn Stockwerke in die Höhe, erstreckt sich weiter, als das Auge reicht, zwei Dutzend Hochhäuser aneinandergereiht, nein, ineinander verkeilt, außer Kontrolle geratene Plattenbauberge, tausendsiebenhundert Wohnungen, marode Bienenstöcke voller Arbeitsloser, planloser Kleinkrimineller, chancenloser Migranten, Asbest, Graffiti, kaputter Türen, Fahrstühle, Briefkästen und Lampen, nur die Satellitenschüsseln funktionieren einwandfrei, innen endlose Gänge, düster, graubeige, der Gestank von Fritten, Bier und Pisse, außer Bullen kommen hier nur Streetworker und Islamistenanwerber zu Besuch.

Das Vorzeigeprojekt einer längst vergessenen DDR-Regierung aus einer Zeit, in der Politiker in Ost wie West sich mehr für den Klang von Wörtern wie *soziale Stadt* interessierten als für die armen Schweine, die darin zusammengepfercht wurden. Ein typisches Berliner Getto also, das es im offiziellen Sprachgebrauch der Stadt natürlich nicht gibt.

Es dauerte gut zwanzig Minuten, bis sie die richtige Wohnung fanden.

Nach dem vierten Klingeln hämmerte Felix an die Tür. Endlich öffnete eine alte Frau mit flammend hennarot gefärbten Haaren, Strickzeug hastig in die Tasche ihres Rollators geschoben, alles hing an ihr, das ganze Fett der Jahre, warum verschwinden Muskeln mit der Zeit, aber das Fett bleibt? Es machte ihr Mühe, überhaupt zu stehen, und sie schaffte es auch nur gebückt, schaute nicht mal auf ihre Ausweise, solchen Besuch war sie gewöhnt, sie seufzte nur, sagte im tiefsten und rauchigsten Bass, den Emma je bei einer Frau gehört hatte: »Er ist in seinem Zimmer«, und kehrte umständlich zum Fernseher zurück.

Die Wohnung roch nach Kohl. Sie war winzig, sauber und penibel aufgeräumt. Alles hier war handgestrickt und -gehäkelt: Die Kissenbezüge. Die Deckchen auf den Tischen. Der Sofaüberwurf. Selbst die Rollatortasche für die Wolle war gestrickt. Draußen: Migrantenhölle. Drinnen: deutsche heile Welt. Fehlte nur der röhrende Hirsch über dem Fernseher.

Sie hörten ihn, bevor sie ihn sahen. Am Ende des Flurs schlug eine Tür zu. Das war er, ganz sicher, DeinHerrscher. Er hatte sie kommen hören.

Während Felix schon an die Tür hämmerte, keuchte die Alte irgendwo hinter Emma: »Ich hab den Schlüssel«.

»Du bleibst hier, Matze.« Sie schob Felix beiseite und schloss die Zimmertür auf. Hinter der Tür: Technik, Pornos, Müll.

In einer Ecke ein Computer mit zwei Monitoren. Ein Computerspiel lief. An der Wand nackte Frauen, am Kleiderschrank nackte Frauen, an der Rückseite der Tür nackte Frauen, die hinter der Tür waren auf jeden Fall hardcore, auf dem Boden dreckige Wäsche, leere Chipstüten, ein Haufen verbotener Polenböller, die Bomben des kleinen Mannes, noch von Silvester wohl.

Nur: kein DeinHerrscher. Das Zimmer war leer.

»Hinter dem Vorhang«, brüllte die Alte durch den Flur.

Da war kein Vorhang. An der Wand gegenüber hing nur eine

schmutzige Decke. Darauf gepinnt: Mehr nackte Weiber. Offenbar stand er auf von Kopf bis Fuß rasierte Frauen. Emma schob die Decke beiseite. Dahinter war weder ein Mann noch eine Wand, sondern ein mannsgroßes Loch.

Aus dem Loch ertönte eine Kinderstimme – eine Mädchenstimme:

»Hau ab, du Arsch, das ist unser Zimmer.«

Emma duckte sich, stieg hindurch. Hinter dem Loch war ein Kinderzimmer – Spielzeug, ungemachtes Bett, Kleidung auf Stuhl und Schreibtisch, offener Kleiderschrank. Zwei Mädchen auf dem Bett, eines las, das kleinere spielte mit einer Puppe, beide unter zehn, hastig suchten sie nach ihren Kopftüchern, als Emma und Felix das Zimmer betraten.

Kein DeinHerrscher.

Das ältere Mädchen zeigte gelangweilt auf den Kleiderschrank an der anderen Wand. Emma schaute hinein: Er hatte keine Rückwand. Stattdessen war da ein weiteres mannshohes Loch in der Wand dahinter. Sie schob die Kleider beiseite und zwängte sich hindurch.

Ein Wohnzimmer. Ein Fernseher lief, es roch muffig, abgestanden, kaum Sauerstoff, auf dem Sofa und dem Sessel saßen drei Männer, Libanesen oder Nordafrikaner, rote Augen, sie rauchten, nein, kifften. Als sie Emma sahen, Felix gleich dahinter, sprang einer auf, der zweite verschluckte sich, hustete, der dritte starrte sie nur wirr an.

»Wo?«, sagte Emma.

»Was?«

»Der Mann, wo ist er?« Felix wurde ungeduldig.

»Welcher Mann?«

Es war zwecklos. Emma sprintete quer durchs Zimmer, durch die Tür auf den Flur, sah ihn, da war er, ein Mann stand an der Wohnungstür, ein kleiner Mann, er kriegte die Tür nicht auf, die war von innen verriegelt, der kleine Mann kam mit der Verriegelung nicht zurecht, riss dann doch die Tür auf, aber zu spät: Emma war schon hinter ihm, über ihm, griff nach seinen Armen, er trug nur Unterhose und T-Shirt, seine Haare waren kurz geschoren, sie schlug die Tür über seinen Kopf hinweg wieder zu und stand da wie eine erboste Mutter, die ihrem Sohn gleich die Leviten liest.

DeinHerrscher war höchstens dreizehn Jahre alt.

31

»Lass mich mit dem Jungen reden«, raunte Felix, als sie ihn zurückbrachten und dafür mehrere Tritte an die Schienbeine kassierten. »Ich kann das besser. Aua!«

Die Oma schaute nicht mal vom Fernseher hoch, als Felix und Matze, der dort auf sie gewartet hatte, den strampelnden kleinen Kerl, inzwischen notdürftig angezogen, auf die Couch schubsten und sich dazusetzten. Er starrte trotzig in den Fernseher und sagte kein Wort. Nicht, als Felix ihm von rechts versuchte klarzumachen, er könne in echte Schwierigkeiten geraten, das sei Hetze, was er da mache, er könne vor Gericht landen.

Nicht, als Matze von links sagte: »Das machst du doch nicht allein, hast du einen älteren Bruder? Oder einen Freund, der dir hilft?«

Kein Wort. Schnute, Kinn zwischen die Fäuste, Ellenbogen auf die Knie gestützt. Das beherrschte er aus dem Effeff. Schmollen als Schutzwall gegen die ganze Welt. Wenn man dreizehn ist, funktioniert das noch.

Felix rieb sich das Schienbein. Seine Stirn war in frustrierten Runzeln erstarrt. Endlich sagte Emma: »Hört mal, das ist kein Kind, das ihr einfach so rumschubsen könnt. Der kennt seine Rechte. Der macht, was er will. Gehen wir.« Sie erhob sich. Felix zögerte.

Emma: »Kommt, den kriegt ihr nicht geknackt, gehen wir ins Büro.«

Die Jungs waren nicht sicher, was Emma vorhatte. Sie widersprachen aber nicht. Emma verabschiedete sich von der Oma, die Emma ihre weiche Hand reichte, ohne vom Fernseher aufzuschauen. Dem Jungen gab Emma nicht die Hand. Sie ging zur Tür. Felix und Matze folgten unschlüssig.

Vor der Tür wandte sie sich noch einmal zu dem Jungen um und sagte: »Weißt du eigentlich, warum die Frauen dich hassen?«

Der Junge schaute auf. Dann schnell wieder zum Fernseher.

»Sie wissen, dass sie dich nicht haben können. Das hassen sie am meisten: Männer, die sie nicht manipulieren können.«

Seine Augenbrauen zuckten, als ob er den Blick gleichzeitig auf den Bildschirm gerichtet halten und Emma anschauen wollte.

Emma drückte Felix und Matze sanft aus der Wohnung und dann die Tür schnell zu. »He!« Sie hämmerten von außen an die Tür, bis Emma kurz dagegenschlug. Sie drehte sich wieder um, Rücken zur Tür.

»Hat deine Mutter dir das nie verraten?«

»Das ist nicht meine Mutter.«

»Wo ist sie denn?«

Der Junge antwortete nicht. Dafür die Oma: »Sie ist tot.«

»Hat sie auch verdient«, sagte der Junge. »Sie war eine Schlampe.«

»Und dein Vater?«

»Im Knast.« Der Junge schaute wieder weg. Dann wieder zu Emma, trotzig. »Er hat die Schlampe totgeschlagen.«

Die Augen der Großmutter blieben auf den Fernseher gerichtet. Emma fragte sich, ob ihr Enkel von ihrer Tochter sprach. Emma kannte solche Jungs. Er gehörte bereits zur Familie, war einer von ihnen: Ein Psychopath, ein Psychopath im Werden, vielleicht sogar ein kleiner Killer, der noch nicht wusste, was er töten will oder warum oder ob, eine Miniaturausgabe des Täters, den sie suchten, eine Spiegelung seiner Kindheit mit nur leicht abgeänderten Details.

Und zugleich: Ein kleiner Junge. Beides. Ein Vexierbild. Je nachdem, wie das Licht einfiel. Je nachdem, wie man ihn ansprach.

Sie dachte an Emily. Das ist Emily, sagte sie sich, ein Kind wie Emily, bloß als Junge, mit Emily kann ich umgehen, bei Emily weiß ich, was tun, was würde sie sagen, wenn ihr Vater ihre Mutter tötet, sie bleibt Emily, meine Emily, was sage ich ihr dann? Das ist eine männliche Emily, mehr nicht. Ein … Emil. Sie unterdrückte gerade noch rechtzeitig ein Lächeln.

Der Junge schaute sie an, forschte in ihrem Gesicht nach einer Reaktion. »Möglicherweise hast du sogar recht«, sagte sie. »Dein Vater – sie hat ihn sicher fertiggemacht, oder? Nicht respektiert?«

Der Junge fischte eine Kippe aus der Zigarettenschachtel seiner Großmutter und zündete sie an. Zum ersten Mal griff die Großmutter ein: »Nur auf dem Balkon!«

Der Junge schlenderte Richtung Glastür.

Emma sagte: »Bekomme ich auch eine?«

Der Junge klaute eine zweite, gab sie Emma achselzuckend. Emma folgte ihm durch das Wohnzimmer zur Balkontür. Sie lehnten sich an die Brüstung, blickten über die kahlen Bäume zum nächsten Bergrücken weißer Wohnungen. Die Sonne würde bald untergehen, und in den Fenstern gingen die ersten Lichter an. Von unten nach oben. Kalt war es. Windig. Aber still. Der Junge zündete ihr die Zigarette an. Sie pafften wortlos, Emma kämpfte damit, nicht zu husten. Sie wusste nicht mehr, wann sie das letzte Mal geraucht hatte.

»Coole Haare«, sagte er endlich.

Emma strich sich verwirrt über den Schädel. Ach so, klar. Sie hatten fast die gleiche Frisur. Sie vergaß immer wieder, dass sie kaum Haare auf dem Kopf hatte. Als sie auf ihrem eigenen Dachboden aufgehängt worden war, hatte sie sie verloren. Das Haar wuchs nur langsam nach, Emma kürzte immer wieder an den Seiten, um Form reinzubringen, trotzdem würde es noch dauern, bis sie nicht mehr nach Militär aussah.

»Hast du dir den Kopf rasiert?«, fragte er. »Ist echt scharf.«

Sie dachte an seine Nacktbilder. Nickte. »Sag mal, diese Löcher in der Wand …«

Der Junge nahm einen Zug und blies den Rauch über die Brüstung. Der Wind trug ihn davon. »Die waren schon immer da.«

Emma nickte. Paffte. Nahm ihre Sig Sauer aus dem Halfter, ließ das Magazin rausschnappen. Legte sie vorsichtig auf die Brüstung zwischen ihnen.

»Hast du so was schon mal in der Hand gehabt?«

Der Junge schüttelte den Kopf. Augen auf der Waffe.

»Mach ruhig.«

Der Junge griff die Waffe mit beiden Händen. Mit Ehrfurcht.

»Dein Blog«, sagte sie. »Der ist enorm. Du beeinflusst Menschen da draußen, weißt du das? Die denken alle, du bist erwachsen, weil du so viel mehr weißt als andere. Männer lesen deinen Blog, und du gibst ihnen … Kraft. Also das ist schon … Respekt.«

»Peng … Peng … peng …« Er flüsterte die Silben fast. Probierte die Waffe mit beiden Händen, mit einer Hand, mit der anderen, zielte mal in diese Richtung, dann in jene. Posen. Darum ging es. Er nahm Posen ein, die er aus Filmen kannte. Posen, nach denen er sich sehnte.

»Hilft dein Vater dir dabei? Sagt er dir, was du lesen sollst, gibt er dir Rat?«

Der Junge nickte. Emma strich ihm übers Haar. »Besuchst du ihn oft?«

»Hm.«

»Das ist gut, das braucht er.«

Der Junge – stur, unglücklich, trotzig – schluckte. Legte die Waffe zurück auf die Brüstung. Emma legte ihren Arm um seine Schulter. Zog ihn kurz ein wenig zu sich. Ganz leicht.

»Nicht viele Jungs in deinem Alter wissen, was ein Wort wie *parasitär* bedeutet. Du bist klüger als die meisten.«

Der Junge zuckte die Achseln. »Ich lese viel.«

»Du schreibst auch gut.« Sie ließ ihren Arm um seine Schultern. »Vielleicht kannst du mir bei was helfen. Die anderen, na ja … die sind nicht intelligent genug, die denken nicht wie du.«

Der Junge schaute zu Boden jetzt. Die Pistole auf der Brüstung. Die Zigarette hing ihm aus dem Mundwinkel. Gleich würde die Asche abfallen. Emma ließ ihre eigene Kippe fallen, trat sie aus.

»Du hast sicher viele Fans. Überall auf der Welt, oder? Sie suchen Rat bei dir. Sie wissen ja sonst nicht, wohin.« Sie drückte ihn leicht. Sein Atem ging schnell und stoßweise. Er kämpfte. Rang mit sich. Aber er ließ zu, dass sie ihn weiter sanft an sich zog. Nur mit einem Arm, kumpelhaft fast, neben ihm auf dem Balkon.

Er nickte unmerklich.

»Auch in Polen? Gibt es einen in Polen, der dir öfter mal was schreibt?«

»Von überall.«

»Gibt es Leute, die gern mal Frauen in einen Hundekäfig einsperren würden oder wie Hunde abrichten wollen?«

Der Junge lachte. »Klar doch.« Er nahm einen letzten Zug. Schnippte die Kippe vom Balkon.

»Ich bräuchte echt manchmal jemanden wie dich, den ich fragen kann. Ich wünschte, meine Kollegen … Du weißt schon. Schade, dass deine Mutter nicht mehr da ist. Wenn sie gewusst hätte, wie viele Gedanken du dir schon machst, wäre sie sicher stolz auf dich.«

Der Junge versuchte zu lachen. Stattdessen schniefte er. Sie merkte, dass er den Tränen nahe war. Vielleicht weinte er schon. Innerlich.

Emma hielt ihn fest, knetete seinen Arm. »Hör mal, wir suchen da jemanden. Der ist ein … ein Mörder. Er ist in Polen und benutzt Worte wie *parasitär*. Aber wir haben es nicht geschafft, ihn zu finden. Vielleicht kannst du uns helfen? Es kann sein, dass er unter den Typen ist, die du in deinen Kontakten hast. Deswegen wollen meine Kollegen deinen Computer. Aber ich lasse nicht zu, dass sie ihn dir wegnehmen. Vielleicht sind da auch Dinge drauf, die Bullen nicht sehen sollen … Aber ich habe einen Freund im Computerlabor, der mag deinen Blog. Wenn wir beide, du und ich, da hingehen, jetzt gleich, und ihm deinen Computer zeigen, dann guckt er kurz auf die Festplatte, gibt dir den Computer zurück und kopiert nur das, was er braucht. Alles andere, was drauf ist, sieht er gar nicht. Nur den Typen aus Polen sucht er. Er mag dich, für dich macht er das. Und wir sitzen da und gucken ihm auf die Finger, essen Pizza dabei, und ich zeige dir, wie das Ding da funktioniert.« Ihre Sig Sauer. »Nur du und ich. Ohne dich … ich glaube, ohne dich schaffen wir es nicht.«

Der Junge antwortete nicht.

»Diese Menschen, weißt du, die Menschen, die er tötet. Es sind Frauen. Wie deine Mutter.« Emma zögerte. Seine Mutter – das war eine Schlampe, hatte DeinHerrscher klar gesagt, die hatte es verdient. Aber DeinHerrscher war auch ein Kind. Gibt es Dreizehnjährige, die ihre Mutter nicht vermissen? Vielleicht, vielleicht auch nicht, wer konnte schon wissen, was im Kopf eines Psychopathen in spe vorging?

Emma musste sich entscheiden. War DeinHerrscher ein Psychopath oder ein Junge? Sie nahm ihn bei den Schultern, blickte ihm in die Augen. »Weißt du, was deine Mutter sagen würde, wenn sie jetzt hier wäre?«

Er schüttelte den Kopf. Die Lippen zusammengepresst, den Blick starr in die Ferne gerichtet.

»Sie würde sagen: Mich kannst du nicht mehr retten. Aber dafür kannst du eine andere Frau retten, die dich braucht.«

Er gab nach wie eine gefallene Festung. Mit einem Mal, mit einem Wanken, einem stillen Kollaps. Ein Schluchzen brach aus ihm heraus, nur eines, aber so laut und rau wie ein Bellen. Sie nahm ihn in die Arme, und er umklammerte sie so fest, als würde er ertrinken.

Lange standen sie da. Fest umarmt, seine feuchte Wange an ihre Brust gepresst. Erst als er »okay« schniefte, merkte sie, dass er seine Hände auf ihrem Arsch hatte.

32

»Er hat das L-Wort gesagt.«

Das war Sarahs Begrüßung, als sie die Haustür öffnete, noch bevor Emma eintreten konnte. Es sprudelte nur so aus ihr raus: »Er hat das L-Wort gesagt.«

Welches L-Wort? Leiche? Lustmord? Lügendetektor? Ach, sie war ja nicht mehr auf der Arbeit. Wie lange war es her, dass sie selbst Sachen wie »L-Wort« gesagt hatte? In der neunten Klasse vielleicht? Na ja, jede Frau, die sich verliebt, verwandelt sich zurück in ein Schulmädchen. Peinlich. Aber auch das Beste überhaupt. Mädchen sein mal wieder, das wär's … Stattdessen kam sie gerade aus der Computerforensik, wo sie einem frühreifen Frauenhasser dabei hatte zusehen müssen, wie er Unmengen an Pizza verdrückte, während der Kollege seine Festplatte kopierte. Zum Glück hatte der den Jungen anschließend heimgefahren, sonst hätte Emma es nicht mehr zu dem Treffen mit ihrer Schwester geschafft.

Emma stand im Flur, wehrte Kalli, Sarahs Golden Retriever ab, der begeistert an ihr hochsprang, und hörte zum ersten Mal überhaupt, dass dieser ominöse neue Freund ihrer Schwester offenbar was Ernstes war.

»Wie lange kennt ihr euch überhaupt schon?«

Sarah ging vor in die Küche. »Sei leise«, sagte sie. »Emily ist schon im Bett.«

»Willst du ihn mir nicht endlich mal vorstellen, deinen Hauke?«

»Bald. Du musst ihn treffen, ich will deine Meinung hören, es geht alles so schnell.« Emma ließ sich am Küchentisch nieder, Sarah kramte im Kühlschrank. »Soll ich den Prosecco aufmachen, oder hast du Hunger?«

»Prosecco.«

»Und, wann hat er es gesagt?«

»Sonntag«, sagte Sarah und zog die Flasche aus dem Kühlschrank. »Ist ihm so rausgerutscht.« Das L-Wort. »Er wurde rot. Als ob er was Unartiges gesagt hätte. Ich war auch ganz streng mit ihm. Wir sollten erst mal Dessert bestellen, sagte ich.« Sarah lachte. Wie ein Mädchen, echt. »Wir könnten alle mal zusammen essen gehen. Ende der Woche oder so.«

»Wo habt ihr euch eigentlich kennengelernt? Das hast du mir nie erzählt.«

»Im Internet ...« Sarah wurde rot.

»Sarah!«

Sarah grinste, fuhr sich durchs Haar, wie immer, wenn sie verlegen war, blieb hängen. »Autsch!« Ein Knoten. Sie zuppelte an der Strähne herum. Verschwand, eine Bürste zu holen. Kalli aufgeregt hinterher. »Nein, wir gehen nicht Gassi, Kalli!«

»Hast du Lust, mir die Haare zu bürsten?«, kam ihre Stimme aus dem Flur, wo sie Schubladen aufzog.

»Klar, ich hab Zeit!«

Sarah kehrte mit Kamm und Bürste zurück, holte Gläser, schenkte ein und ließ sich mit einem Seufzer auf den Küchenstuhl gleiten. Während der Hund es sich umständlich unter dem Küchentisch gemütlich machte, bürstete und striegelte Emma Sarahs brünette Haarpracht sorgfältig, selbstvergessen.

»Deine Haare sind so lang«, sagte Emma, ein wenig neidisch, wie sich das unter Schwestern gehört.

»Deine wachsen auch wieder. Lass sie doch mal richtig lang werden!«

»Hm. Mal sehen. Soll ich dir Zöpfe flechten? Dann hast du morgen Locken …«

Schwesternabend mit Haaremachen und Über-Männer-Reden. Emma fühlte sich schlagartig zehn Jahre jünger. Ach was, fünfzehn.

»Ich habe mich gefragt, Emma, ob die Männer – ich meine, seit du im Fernsehen warst – stehen sie jetzt mehr auf dich oder weniger?«

»Na ja, wie soll ich das wissen? Sie sagen es mir ja nicht.«

»Ach komm, du bist Polizistin, du bist umringt von Kerlen.«

»Ja. Nein. Klar.« Emma dachte zum ersten Mal darüber nach. Sie griff nach einem Kamm und begann langsam, Sarahs Haar für die Zöpfe zu scheiteln.

»Keine Ahnung, Felix vielleicht? Der hat neulich versucht, mich zu küssen …«

»Der hat was?«

»Ich weiß auch nicht, was da in den gefahren ist.«

»Vielleicht denkt er, der hab ich das Leben gerettet, jetzt gehört sie mir, wie bei den Indianern.« Sarah kicherte. »Süß.«

»Ich glaub, das war irgendwie anders mit den Indianern. Ach, der wär wohl einfach gerne ein Macho. Leider ist er dafür ein bisschen klein …«

»Hat er dir denn gefallen?«

»Wer?«

»Der Kuss.«

»Schon. Aber … der schmeckt nach Ehefrau. Nach Zwillingen und Reihenhaus.«

»Ach so.« Sarah kräuselte die Nase. »Und was ist mit den anderen?«

»Keine Ahnung. Sigmar ist, glaube ich, einfach asexuell. Matze ist zu jung. Für den ist Sex … ich stelle mir vor, er findet es wichtig, vorher über Gleichberechtigung zu diskutieren, damit die Frau weiß, dass er sie respektiert, ich weiß nicht, ob er je zur Sache kommt oder ob die Frau vorher eingeschlafen ist.«

Sarah verschluckte sich kichernd am Prosecco und hustete. »Und Lutz?«

»Was soll mit dem sein?« Emma versteifte sich. »Er ist sechzig!«

»Komm, ich weiß ganz genau, dass du auf den stehst.«

»Quatsch. Lutz nimmt mich, wie ich bin. Punkt. Ich glaube, Lutz … falls je was zwischen uns passiert – ich meine, wird es nicht, er hat eine Freundin und ein Baby – ich meine … Lutz, wenn wir jemals … es wäre anders, anders als alles andere. So anders, das kann ich mir nicht vorstellen. Da ist aber einer.«

»Wer ist es?«

»Kein Bulle.«

»Sondern …?«

»Na ja, so ein … Professor. Frauenrechte und so, Gender Studies …«

»Und bei dem bist du aber nicht eingeschlafen?«

»Ja, ein bisschen verkopft ist er schon. Aber er kann gut reden, weißt du, das ist auch irgendwie sexy, auf seine Art.«

»Du hast noch nicht mit ihm geschlafen? Dann warst du noch nicht mit ihm allein, nehme ich an.«

»Sarah!« Sie hieb ihr leicht mit dem Kamm aufs Haar.

»Aua!« Sarah lachte. »Wenn ein Mann dich zuquatscht, hat er Angst, dich anzufassen, er schiebt es nur vor sich her. Jetzt mal im Ernst, weiß er von der Vergewaltigung?«

»Ich glaube, er will mich retten«, murmelte Emma und teilte das Haar in Strähnchen.

»Er will dich retten und selber besudeln. Ich kenne diese Typen, das will er.«

»Er macht mir ein bisschen Angst. Der lebt im Kopf, und im Kopf kann alles passieren.«

»Aber ein Intellektueller ist doch …«

»Harmlos? Im Gegenteil. Gerade die. Die haben keine Angst vor Ideen. Weißt du, wenn ich an Kopfmenschen denke, fallen mir immer Serientäter ein – die haben immer zuerst die Idee. Man stellt sich ja vor, Mörder handeln im Affekt, aber Serientäter, die fantasieren jahrelang darüber, bevor sie es tun.«

Sarah zog die Schultern hoch. »Komm, der ist doch kein Serienmörder.«

»Nein, das nicht, aber … wenn einer so in seinem Kopf lebt, frage ich mich schon, was er da drin so anstellt, ich kann ja nicht reinsehen. Bei jedem anderen kann man an dem, was er macht, erkennen, was für ein Typ das ist. Wie Felix.« Sie schnaubte. »Der ist einfach nur durchsichtig.«

»Ach Quatsch. Felix' Motivation kennst du doch genauso wenig, hast du eben selbst gesagt. Du hast echt ein Problem, weißt du das? Es ist dein Kopf, wo alles durcheinander ist, nicht seiner, mein Gott, du hast nicht mal mit dem Kerl geschlafen, aber hältst ihn schon für einen Serienmörder. Wahrscheinlich ist das ein Zeichen, dass du ihn sexy findest. Echt, du …«

»Doch, hab ich. Fast.«

»Wie, fast?«

»Mit ihm geschlafen. Na ja, eigentlich schon. Öfters. Also ich.«

»Wie jetzt? Er nicht, oder was?«

»Er … er hat sich mehr um mich gekümmert als um sich …«

»Ach.« Sarahs Lächeln ging von Ohr zu Ohr. »Kenn ich. Ist es nicht wunderbar?«

»Wie? Dein Hauke ist auch …«

»… total romantisch. Will einfach, dass es mir gut geht. Echt, ich weiß nicht mehr, wann das das letzte Mal passiert ist. Ich hab's tatsächlich vergessen, Emma …«

»Ich weiß nicht, ob ich das jetzt romantisch nennen würde …«

»Nenn es, wie du willst, aber vergiss nicht, es zu genießen. Gib's zu, es gibt Schlimmeres.« Sarah hob die Hand. Sie gaben sich ein High Five, und Emma lachte.

Wie früher. Wenn du noch ein Mädchen bist, ist die Männerwelt ein Laden voller Süßigkeiten, Reihe um Reihe an Schokolade, Kaugummi, sauren Drops, Lakritze, Knallzucker und Karamell, jede ein wenig anders, alles steht zur Verfügung, alles ist möglich, aber was schmeckt am besten? Muss alles diskutiert werden – die Vor- und Nachteile jeder Sorte.

»Ach Gott, Emma.« Dieser Blick – wehmütig, sentimental.

»Was?«

»Es ist so schön, dass du da bist. Es ist wie damals, weißt du noch? Als noch alles gut war. Ich will nicht, dass du zu ihm zurückgehst.«

Emma stockte. »Zu wem? Zu wem soll ich nicht zurückgehen?«

»Du weißt schon. Zu diesem Arschloch. Uwe.«

»Zurückgehen? Glaubst du, wir sind zusammen oder was?« Emma legte Kamm und Bürste hin.

»Nicht mehr. Seit der Talkshow nicht mehr.«

»Verstehe ich nicht.«

»Ich muss dir ein Geständnis machen, Emma.« Sarah stand auf, schenkte ihnen nach und hob das Glas. »Aber zuerst will ich dir noch mal gratulieren, dass du diese Talkshow so super gewuppt hast. Das war echt dran, und ich bin so stolz auf dich, wie krass du den Arsch in Grund und Boden argumentiert hast!«

»Danke«, sagte Emma, und sie stießen an. »Und was für ein Geständnis kommt jetzt?«

»Weißt du, vor der Talkshow«, Sarah nahm noch einen tiefen Schluck und suchte nach Worten, »da war es anders. Du … du warst anders. Weißt du, wie einsam mich das manchmal gemacht hat? Ich hab es dir nie gesagt, aber ich hatte immer das Gefühl, du bist mit ihm zusammen, du weißt es nur nicht. Du gehörst ihm, du denkst den ganzen Tag lang an ihn, alles, was du tust, hat mit ihm zu tun, du bist ihm noch mehr hörig, als wenn er dein Liebhaber wäre.«

Emma schwindelte, als träte sie zu nah an einen Abgrund. Sie wusste, was Sarah da beschrieb. Das Verhalten einer Sucht.

»Und ich bin so froh, dass das vorbei ist.« Sarah stieß einen tiefen Seufzer aus. »Ich habe schreckliche Angst, dass du wieder so wie vor der Talkshow wirst.«

»Das brauchst du nicht. Ich will von ihm loskommen, ich tue alles …«

»Ich weiß. Bis jetzt war das anders. Du konntest dir dein Leben ohne ihn gar nicht vorstellen, stimmt's? Du hast dich da reingesteigert wie in einen Wahn, immer wieder …«

Warum sagte Sarah das? Wusste sie von Uwes neuerlichen Aktivitäten? Das konnte nicht sein. Sie musste es ihr sagen. Sie auf den neuesten Stand bringen. Nichts mehr verheimlichen. So macht man das doch unter Schwestern, oder? Es ist kein Wahn, Sarah. Er hat mich gerade neulich wieder angerufen und bedroht, er ist ein Stalker, er hat was vor, ich habe ihn gedemütigt, und das öffentlich, er wird sich rächen, irgendetwas hat er vor, wollte sie sagen. Sagte sie aber nicht, als sie die Tränen in Sarahs Augen sah. Stattdessen nahm sie ihre Schwester in den Arm. Die lachte und schniefte zugleich. »Ich hatte solche Angst, dir das zu sagen«, sagte sie noch einmal. »Ich dachte, wir streiten uns dann bestimmt wieder«, und dann weinte sie an Emmas Schulter und war damit schon die Zweite heute, die das tat.

33

Die Lausanner Straße war leer, die Siedlung gegenüber lag still und friedlich da, ihre Fenster golden erleuchtet, auch Sarahs Küchenfenster noch, die Bank der Bushaltestelle aber war kalt, der Wind eisig, niemand wartete hier mehr, nur Emma saß da neben einer leeren Bierflasche, und das Gespräch lag ihr schwer im Magen.

Sie hatte zu viel getrunken, um noch fahren zu können. Ihr Auto stand da hinten, vor Sarahs Häuschen, wartete auf sie, und sie kam nicht. Ihr kleiner silberner Polo hatte keine Ahnung von Alkohol, wusste nicht, dass Emma besoffen war, wusste nicht, warum Emma nicht zu ihm kam. Und noch weiter hinten, im Schatten, zwischen zwei Mittelklassewagen: ein rotes Lämpchen.

Eine Kamera. Jemand hielt eine Kamera auf sie gerichtet.

Jemand in der Dunkelheit filmte sie. Ein Mann, im Schatten, aber von der Größe her zu urteilen ein Mann.

»He!« Emma erhob sich. »He!«

Das Lämpchen war weg. Der Mann auch. Emma griff in ihre Tasche. Ihre Sig Sauer lag ihr schwer in der Hand. Ein Glück. Sie hatte vorhin keine Zeit mehr gehabt, sie nach dem Einsatz wieder im Büro wegzuschließen. Sie wusste, sie war besoffen, musste jetzt vorsichtig sein. Aber ein Mann stand in der Dunkelheit und filmte sie. Das passierte ihr nicht zum ersten Mal.

Sie lief über die Straße. Sah ihn nicht mehr. Weg.

Nein, da war er: im Auto. Ein Kombi. Er startete ihn gerade.

»He, Sie!« Sie ging auf das Auto zu. Lief. Auf dem Bürgersteig. Er fuhr auf die Straße. »Arschloch! Halt!« Sie sprintete zurück zur Haltestelle, das Auto sauste an ihr vorbei, das Nummernschild erkannte sie nicht, ihre Sicht verschwommen, war das ein Audi, ein Opel? Ein BMW? Uwe Marquardt fuhr einen BMW. Sie zückte das Handy für ein Foto. Zu spät. »Arschloch!«

Da: die Bank. Auf der Bank die Flasche. Sie griff danach, warf, so hart sie konnte. Die Flasche flog in hohem Bogen durch die Luft. Sie sah es nicht mehr, aber sie hörte, wie sie den Kofferraum des Autos traf.

Der Fahrer hielt nicht an.

Emma war schon auf der Autobahn, als ihr Telefon klingelte.

Sie fuhr rechts ran.

»Du solltest ein bisschen aufpassen, wen du mit nach Hause nimmst.«

Zuerst erkannte sie ihn nicht. Dann stockte ihr das Herz.

»Du weißt ja so viel über mich, aber was ist mit deinem Professor? Weißt du eigentlich, in wie vielen Betten der unterwegs ist?«

Es dauerte, bis sie ihre Stimme wiederfand. »Du stellst mir nach? Ich lasse dich verhaften.«

»Verdammt, jetzt lass mich doch mal was wiedergutmachen, Emma. Typisch Frau – du willst irgendwelche Mädchen retten, die weit weg in Polen festgehalten werden, aber wer rettet dich?«

Emma wusste nicht, was sie sagen sollte. Auflegen. Das sollte sie. Auflegen und sonst gar nichts, den KDD anrufen, aber was denen sagen, nein, Anzeige erstatten, nur weswegen, ach, irgendwas, egal. Dann fiel ihr etwas auf.

»Welche Mädchen?«

»Es steht überall in der Zeitung. Der Brief. Der Brief von diesem Mädchen, Sabine Pohlart. Das hat sicher was mit dir zu tun, du bist doch Fallanalystin, du sitzt gerade dran an dem Brief, oder nicht?«

Emma spürte Panik in sich aufwallen. Brief? Polen? Noch ein Brief? »Es gibt keinen Polen-Fall«, sagte sie. Sie wusste nicht, was sie sonst sagen sollte. »Und ich brauche deine Hilfe nicht.«

»Emma … Emma, verzeih mir, ich hätte nicht anrufen sollen. Das Gespräch läuft aus dem Ruder. Ich wollte dir wirklich nur sagen, dass ich dir zur Verfügung stehe. Wenn du mehr über diesen Professor wissen willst – ich kann das arrangieren. Ich will es wiedergutmachen. Mehr will ich gar nicht. Nur die Chance …«

Emma legte auf und rief die *BZ* in ihrem Smartphone auf.

Da war es, in großen roten Buchstaben.

Der polnische Reißer.

34

Das Foyer der Burg war nachts womöglich noch prächtiger. Die Metropolis-Leuchten hier erloschen nie, die Pförtnerloge unter der alten silbernen Uhr war immer offen. Sonnig gelb die Wände und die imposanten Säulen ringsum, die Kassettendecke weiß und himmelblau, die Farben eines fröhlichen Sommertages, auch lange nach Mitternacht noch.

Emma musste nicht lange warten.

Lutz hatte ihr per SMS nahegelegt, nicht zu den anderen – Habernickel, Schwander und Piske – ins Großraumbüro der MK1 zu gehen, wo Szymańska seit zwei Stunden den deutschen Kollegen die bisherigen Ermittlungsergebnisse aus Polen mitteilte. Einschließlich der neuesten Entwicklung: Brief 5, den irgendjemand der Zeitung zugespielt hatte, noch bevor er auf der Website der polnischen Polizei veröffentlicht worden war. Emma lehnte neben der Pförtnerloge an der Wand.

Schon nach zehn Minuten kam er die Treppen herab, eine Akte in der Hand. »Falner ist auch da«, sagte er zur Begrüßung. »Er ist nicht gut auf dich zu sprechen.«

»Lass mich raten: Er behauptet, ich hätte den Brief an die Presse gegeben. Und die Fotos der Köpfe gleich dazu.«

»Hast du?« Lutz blickte ihr in die Augen.

»Nein.«

»Ich glaube dir.« Er nickte, und damit war das erledigt.

»Wie soll ich überhaupt an den Brief gekommen sein?«

»Über Szymańska. Meint Falner.«

»Szymańska? Die ist doch gerade bei euch. Was sagt sie denn dazu?«

»Die verbittet sich das. Der Falner glaubt trotzdem, ihr steckt unter einer Decke. Aber an sie kann er nicht ran.«

»Wir? Das ist doch verrückt. Die hasst mich. Ich soll der Sündenbock sein, egal wie. Ich verstehe das nicht.«

»Ich auch nicht.« Lutz schüttelte ratlos den Kopf. Er zog sie unter den Treppenaufgang, Richtung Pausenraum, zum neonbeschienenen Cola-Automaten hinter dem Durchgang, wo die Pracht des Foyers nicht mehr hinreichte. Lutz war müde, ohne jede Chance auf Schlaf – sein Körper wusste das und hatte schon kapituliert. Nur das Adrenalin hielt ihn noch wach. Er wirkte gehetzt, musste sicher schnell wieder zurück ins Meeting.

»Hör zu«, sagte er. »Du bist nicht die Einzige, die wegen dieser Sache Probleme kriegt. Falner hat das Auswärtige Amt im Nacken, und jetzt wird die Presse ihn kreuzigen, weil er noch nicht mit tausend Beamten in Polen einmarschiert ist – der Fall ist jetzt offiziell ein internationaler Skandal, da ist nichts mehr zu machen. Er wird einen Weg finden, die Schuld auf dich abzuwälzen. Er hat schon von Zwangsbeurlaubung gesprochen.«

»Lutz, das kannst du nicht zulassen.«

Lutz verschränkte die Arme und blickte sie an, als sei ihm gerade eine Idee gekommen.

»Was? Du willst …«

»Ich will, dass wenigstens einer einen kühlen Kopf bewahrt«, unterbrach Lutz. »Da oben – wir rotieren. Wir sitzen seit einer Woche an dem Fall, der Schwander, der Piske und ich, im kleinen Team, wir haben keine Ahnung, wie der Täter an die Opfer kommt, wir stehen auf dem Schlauch, aber wir können es nicht zugeben und die Polen auch nicht, und jetzt ist die Kacke am Dampfen, Falner wird nervös, jede seriöse Polizeiarbeit geht den Bach runter. Ich brauche einen analytischen Kopf, der von der ganzen Hysterie unberührt bleibt.«

Emma nickte.

»Ich denke, in den nächsten Tagen wirst du suspendiert, Falner muss sich nur noch irgendeinen Grund einfallen lassen. Bisher habe ich die Zwangsbeurlaubung verhindern können, doch bei der nächsten Gelegenheit … Aber ich verrate dir ein Geheimnis: Wer nicht in der Burg auftaucht, der kann auch nicht suspendiert werden. Verstanden?«

Emma nickte.

Lutz reichte ihr die Akte. »Hier ist alles drin, was ich heute aus Polen bekommen habe. Nicht nur der neue Brief. Auch die Verdächtigen, die von den Kollegen da durchleuchtet werden. Im Moment die wichtigste Frage für uns ist: Wie sind die deutschen Opfer nach Polen gelangt? Vielleicht fällt dir ja was ein. Die Neue – Sabine Pohlart heißt sie – ist auch aus Berlin, genau wie die Kuzorra. Seit drei Tagen vermisst gemeldet. Was haben die in Polen zu suchen gehabt? Und noch was: Warum überhaupt deutsche Frauen? Der Falner glaubt an was Politisches, die Zeitungen ja auch. Das sind erst mal die wichtigen Fragen. Wenn du dazu Ideen hast, ruf mich an.«

Dann war er die Stufen rauf und weg.

Es war spät. Emma war noch immer leicht beschwipst. Sie musste ins Bett, sie konnte nicht klar denken. Sie sollte gar nicht mehr hier sein, hier in der Burg, in ihrer Festung, ihrem Opernhaus. Und wollte doch nur eins: Brief 4 lesen. Der *BZ*-Artikel hatte Auszüge zitiert, aber nicht den ganzen Brief.

Sie zog sich eine Cola, setzte sich unter das Neonlicht auf den einsamen Stuhl neben dem Automaten, nickte dem Pförtner zu, schlug die Akte auf und las.

Mein Name ist Sabine Pohlart. Ich wohne im Junikäferweg 8, Spandau, Berlin. Ich bin Studentin an der Schauspielschule Darstellung + Kunst in Friedrichshain, und mein Vater ist Johannes Pohlart. Ich werde gefangen gehalten von einem Mann, der mich zwingt, seine Sexsklavin zu sein. Er nennt sich Noël. Er wird mich töten, wenn ich nicht gehorche. Er hat mir ein Gerät gezeigt, mit dem er mich töten will. Er sagt, er tut das, weil Frauen Abschaum und Parasiten sind, und sie müssen lernen zu gehorchen. Aber wenn ich alles tue, was er sagt, schickt er diesen Brief an die Polizei. Bitte veröffentlichen Sie diesen Brief auf der Website der polnischen Polizei. Bitte rufen Sie meine Eltern an. Bitte helfen Sie mir. Bitte finden Sie mich. Von hier aus sehe ich den ältesten Baum Polens. Ich bin in einem Hundekäfig eingesperrt, Mama, ich habe keine Toilette hier, ich will mich duschen, ich esse Hundefutter, ich bin angekettet, die Kette ist so kurz, dass ich nicht aufstehen kann, er tut mir weh, es ist kalt, und ich bin nackt, er sagt, wenn ich alles tue, dann komme ich raus, ich versuche ja schon alles zu tun, was er will, aber er lässt mich nicht raus, Papa, Mama, bitte, holt mich hier raus, ich sehe von hier aus den ältesten Baum Polens, bitte findet mich, er sagt, ich bin euch egal, und ich bin der Polizei egal, und keiner holt mich hier raus, auch wenn ich sage, wo ich bin, neben dem ältesten Baum Polens, bitte findet mich, ich will doch nach Hause zu euch Mama Papa bitte

35

Sie wollte nur kurz die Waffe wegschließen, ehrlich. Zu Hause konnte sie nicht bleiben. Die Waffe. Sie hätte sie gestern Nacht einfach Lutz geben sollen, damit er sie im Büro verwahrte, aber darauf war sie nicht gekommen. Wem eine Suspendierung ins Haus steht, der will seine Waffe nicht früher loswerden als nötig. Selbst falls man manchmal damit schlafwandeln sollte. Heute Nacht aber hatte sie nicht gewusst, wohin damit, und hatte die Sig Sauer, die sie noch von ihrem Einsatz in der Weißen Siedlung mit sich führte, schließlich im Auto gelassen, im Handschuhfach, obwohl das verboten war. Es war höchste Zeit, sie wieder im Waffenschrank zu verstauen. Aus diesem Grund und keinem anderen saß sie frühmorgens in der OFA, mit ihrer Waffe in der Handtasche, trank Kaffee, starrte auf das Whiteboard und wartete auf die anderen. Auf ihrem Schoß die Akte aus Polen, beziehungsweise das, was davon gerade nicht am Whiteboard hing. Sie hatte sie von vorn bis hinten durchforstet und wollte sich nur vergewissern, dass sie alle auf dem gleichen Stand sein würden, bevor sie die Waffe wegschloss und wieder ging. Wollte die anderen nur kurz briefen. Diplomatie war das eine, die Arbeit darunter leiden zu lassen was anderes.

Sie musste nicht lange warten.

Auch sie hatten die Nachrichten gesehen und erschienen zeitig im Büro – schon zehn vor acht waren alle da, sogar Felix. Als Erstes ging Emma systematisch von Schreibtisch zu Schreibtisch, sammelte die mitgebrachten *BZs* mit dem Foto der in Polen festgehaltenen Sabine Pohlart ein und schmiss sie in den Papierkorb. Niemand protestierte. Das gleiche Foto prangte ohnehin schon auf dem Whiteboard vor dem Konferenztisch, wo Emma es vorhin in eine Reihe mit den anderen gehängt hatte. Nur das von Sabine Pohlart zeigte ein heiles Gesicht. Die anderen Fotos stammten aus der Akte der polnischen Ermittlungsergebnisse, die sie gestern Abend von Lutz bekommen hatte. Inzwischen waren fast alle Opfer identifiziert.

Opfer 1, Elina Pann, 26, blond, 1,68 groß, wohnhaft in Eichwalde, arbeitslos, Gelegenheitsprostitution, Fund des Kopfes: Sonntag, den 14. September, vor 23 Wochen, in Nowogrodziec (Naumburg am Queis), Woiwodschaft Niederschlesien.

Opfer 2, Susanne Dechnik, 23, dunkelblond, 1,65 groß, wohnhaft in Moabit, Prostituierte, Fund des Kopfes: Montag, den 3. November, vor 16 Wochen, Lubań (Lauban), Niederschlesien.

Opfer 3 war unbekannt, zwischen 20 und 30, Haare blond gefärbt, Größe unbekannt, Fund des Kopfes: Sonntag, den 14. Dezember, vor 10 Wochen, in Jelenia Góra (Hirschberg), Niederschlesien.

Opfer 4, Constanze Urban, 24, blond, 1,70 Meter groß, wohnhaft in Jüterbog, Prostituierte, Verfasserin des ersten Polen-Briefes, abgeschickt aus Gryfice (Greifenberg), der am 6. Januar eingegangen war, Fund des Kopfes eine Woche später, Montag, den 12. Januar, vor sechs Wochen, in Bolesławiec (Bunzlau), Woiwodschaft Niederschlesien.

Opfer 5, Alice Kuzorra, 29, wohnhaft in Pankow, brünett mit blonden Strähnen, 1,69 groß, Prostituierte, Verfasserin der Polen-Briefe 2 und 3, abgeschickt aus Godzieszów (Günthersdorf) und Radoniów, eingegangen am 2. und 9. Februar, Fund des Kopfes: Sonntag, den 15. Februar, vor zehn Tagen, in Lwówek Śląski (Löwenberg), Woiwodschaft Niederschlesien.

Opfer 6: Sabine Pohlart, 20, wohnhaft in Spandau bei ihren Eltern, Schauspielstudentin, blond, 1,71 groß, Verfasserin des neuesten Briefes, abgeschickt in Lwówek Śląski.

»Opfer?«, sagte Felix. »Ihr Kopf wurde noch nicht gefunden.«

»Ja, sie könnte noch leben«, sagte Emma. »Die Frage ist: Wo finden wir sie?«

»Welche gesicherten Erkenntnisse haben wir?«, wollte Sigmar wissen.

»Der Kerl steht auf Huren«, sagte Felix.

»Nicht größer als eins einundsiebzig«, ergänzte Matze.

»Und das Wichtigste, Leute?« Emma wurde ungeduldig. Als es keiner aussprach, tat sie es selbst: »Alle Opfer sind Deutsche.«

»Na ja, alle, die identifiziert sind.«

»Alle stammen aus Berlin oder Brandenburg«, sagte Emma.

»Ich sehe gerade, er legt die Köpfe an den Wochenenden ab«, sagte Matze. »Und er wird schneller. Die Zeiträume zwischen den Tötungen werden kürzer.«

»Wie viel Zeit gibt das Sabine Pohlart?«, wollte Sigmar wissen.

»Von Zugriff bis Tötung? Keine Ahnung. Alles, was wir hier sehen können, ist, dass er immer schneller zur Sache kommt.«

»Das nächste Wochenende ist in drei Tagen«, sagte Emma.

»Wann wurde sie ergriffen?«

»Am Samstag.«

»Scheiße.«

»Der Abstand zwischen seinen letzten beiden Morden lag bei zweieinhalb Wochen.« Matze drehte sich auf seinem Stuhl. »Vielleicht gibt er ihr ja zwei Wochen?«

»Vielleicht auch nicht.« Sigmar. »Wir wissen nicht, wie lange er die Frauen in seiner Gewalt hat, bevor er sie umbringt. Wir kennen nur den Abstand zwischen den Morden selbst.«

»Es muss doch noch mehr Details geben, Mensch«, sagte Felix und drückte an der Kaffeemaschine herum. »Waren die Köpfe irgendwie präpariert?«

Emma: »Nur in Zeitungspapier eingewickelt. Entweder *Gazeta Wyborcza* oder *Fakt*, die beiden größten nationalen Tageszeitungen Polens. Freitags- oder Samstagsausgabe. Und deponiert wurden sie in Tüten von Aldi und Lidl, die überall in Polen präsent sind, oder von Biedronka, der größten polnischen Supermarktkette. Man fand sie unter einer Parkbank, an einer Bushaltestelle, in öffentlichen Toiletten und Ähnlichem ... Noch was: das Haar. Das Haar der Opfer war immer nass und verworren, mit dem Gesicht verklebt, also nicht so, als ob der Täter es gewaschen hätte, sondern als ob es im Tötungsprozess nass geworden wäre. Bei zwei Opfern wurden im Haar feine Zweige und Blätter gefunden.«

Matze: »Hat man sie identifiziert?«

»Blutbuche. Rote Blätter.«

»Rot? Blutbuchen – sind die nicht grün im Sommer und rot im Herbst?«

»Umgekehrt«, sagte Emma. »Sie sind anfangs rot und werden zum Herbst hin immer grüner.«

»Echt? Aber wir haben Winter … dann müssten sie doch grün sein, oder?«

»Nach den Infos in der Akte verhalten sich die Blätter der Blutbuche nicht immer vorhersehbar – einige bleiben länger rot, manchmal fallen die Blätter im Herbst nicht ab, sie hängen tot am Baum und werden erst von den nachwachsenden Blättern abgestoßen. Die Blätter, die mehr Sonne bekommen, sind röter als die anderen.«

»Ich hasse unvorhersehbare Bäume«, grummelte Matze.

»Wie alt …«

Das Telefon klingelte. Keiner ging ran.

»Auch das habe ich nachgeschaut – also zum Thema *ältester Baum in Polen*: Blutbuchen können bis zu zweihundert Jahre alt werden.«

Sigmar: »Die Opfer. Sind das eigentlich polnischstämmige Namen?«

»Stimmt, einige klingen ein bisschen so. Bei Einwanderern ändern sich nach einigen Generationen oft die Namen, sie passen sich der deutschen Aussprache an. Ob sie wirklich ursprünglich aus Polen stammen, ist unklar. Es können auch einfach nur deutsche Namen sein, die sich polnisch anhören. Lutz hat das im Auge.«

»Du sagst, die Köpfe wurden an Bushaltestellen und so gefunden?«

Emma nickte.

»Dann können sie nicht lange da gelegen haben, bis sie entdeckt wurden. Das haben solche Orte so an sich … Und sie waren in Zeitungspapier gewickelt, immer die Freitags- oder Samstagsausgabe?«

»Ich weiß, was du meinst, Felix«, sagte Emma. »Das klingt doch sehr nach …«

»… Pendler«, sagte Felix.

»Arbeitet in Berlin/Brandenburg, fährt am Wochenende heim nach Polen.«

»Zum Beispiel.« Sigmar nickte. »Oder ein freier Unternehmer.«

»Können wir gleich überprüfen«, sagte Emma. Unter der Reihe der Opferköpfe hatte sie eine weitere Reihe Fotos aufgehängt: Männergesichter. Unversehrt. »Es gibt Verdächtige«, sagte sie. »Nicht wenige. Die Polen haben ganze Arbeit geleistet. Wir haben eine längere Liste, aber die, die uns interessieren, sind diese vier.«

»Wie bist du denn an die gelangt?«

»Offiziell überhaupt nicht. Aber Lutz meint, die Zeit drängt.« Emma tippte ans Whiteboard. »Der hier ist besonders interessant, weil sein Name inzwischen auch in der Datenbank von Begier.de gefunden wurde. Michael Pazdan, Pole, Leiter der Stiftung für deutsch-polnische Zusammenarbeit in Breslau, Niederschlesien – der Bezirk, wo alle Köpfe gefunden wurden. Mutter Polin, mit der ist er aufgewachsen. Vater Deutscher, entfremdet, Pazdan hat den Namen der Mutter übernommen. Bislang kein Hinweis, dass er Kontakt mit den Opfern hatte. Allerdings ist er einmal beschuldigt worden, eine Frau gegen ihren Willen in seiner Wohnung festgehalten zu haben, die Frau hat die Anklage aber später zurückgezogen.«

»Hat bestimmt eine Abfindung bekommen.«

»Sie war auf jeden Fall nicht zu einem Gespräch bereit. Der Nächste ist Lukas Pütter. Deutscher, lebt in Görlitz, Hotelier, Mutter war Hure. Der beschäftigt gern schwarz junge polnische Frauen. Es gab zwei Anzeigen wegen sexueller Belästigung, aber sie wurden fallen gelassen. Es ist schwer, als Polin in Görlitz mit der Polizei zu reden, ohne seinen Job zu verlieren, nehme ich an – und Görlitz zahlt besser als Zgorzelec. Unübersichtlicher Immobilienbesitz, vermutlich auch in Polen, da wird noch ermittelt. Sein Name ist auch bei uns aufgetaucht. Stellt euch vor, auf der Festplatte von dem kleinen Blogger, DeinHerrscher. Da nennt er sich StahlSchwanz.«

Die Jungs schnaubten.

»Jürg Loibl: Deutscher, Dozent aus Berlin, geschlossene Jugendakte, lehrt an der Universität Breslau am *Institute of Low Temperature and Structure Research PAS*. Ich vermute, auf Englisch. Steht hier nicht. Loibl hat eine Datsche in Nowogrodziec, eine Frau und ein Kind in Lubań und eine Freundin in Bolesławiec beziehungsweise Bunzlau …«

»Bunzlau. Ist das nicht der Ort, wo diese blaue Keramik herkommt?«

Emma: »Es ist auch einer der Orte, wo Köpfe gefunden wurden. Der Mann ist Hobbybotaniker und betreibt einen Blog mit einem Register der ältesten Bäume in Polen. Es wurden Tüten von Aldi und Biedronka in seiner Datsche gefunden.«

»Aha.« Matze beugte sich vor und musterte das Foto. »Lehrt der auch in Berlin? Oder Brandenburg?«

Emma blätterte in der Akte. »Hat er wohl mal, ist aber Jahre her.«

»Ach, wenn er nur pendeln würde.« Matze seufzte.

»Na, der pendelt doch, aber hallo.«

»Aber nicht über die Grenze, Mann.«

Das Telefon klingelte wieder. Keiner ging ran.

»Der Nächste ist Grigori Popogrebski. Russe, Serienvergewaltiger. Verbrachte viel Zeit im Knast in Deutschland, in Russland, in Polen – was sag ich, eigentlich überall. Betreibt eine Autowerkstatt in Radoniów, wo einer der Briefe eingeworfen wurde. Sein Name taucht nicht in irgendwelchen Datenbanken auf, aber er hat Kontakt zu einem anderen Verdächtigen, den ich hier nicht genannt habe – einem Deutschen namens Rudolf Knaupp.«

»Knaupp? War das nicht dieser Verrückte in Görlitz?« Sigmar.

»Zgorzelec. Genau.« Emma seufzte bei der Erinnerung. »Der schreibt seine Briefe aber normalerweise selbst, das ist sein Hobby, der ist regelrecht süchtig nach Zoff. Außerdem ist er so ein Reichsbürger, er legt größten Wert auf deutsche Wörter, so Fremdwörter wie *Parasit* nimmt der nicht in den Mund.«

»Waren da nicht noch eine Freundin und Tochter mit im Spiel?«, wollte Sigmar wissen.

»Stimmt. Entschuldige, Knaupp habe ich einfach nicht weiter ernst genommen.« Emma blätterte in der Akte. »Die beiden Frauen waren verschwunden. Hätte sein können, dass sie Knaupp geholfen haben, die Briefe … Ach nee, das hat sich scheinbar erledigt. Man hat sie gerade in Moskau gefunden. Die Freundin ist durchgebrannt, vor einem halben Jahr schon, steht hier.«

»Vielleicht kann er uns zumindest erklären, was die Briefe sollen«, sagte Felix. »Diese Wortwahl ist so … was zum Beispiel ist ein …?«

Das Telefon klingelte erneut. Endlich riss Emma genervt den Hörer von der Gabel und raunzte: »Was?«

»Es wird dich vielleicht interessieren«, sagte die Ceesay zuckersüß, »dass der Falner soeben das Haus betreten hat.«

36

»Was ist eigentlich ein *Transenschwanz*?«, vollendete Felix seine Frage.

Selbst Sigmar wollte es wissen. »Wenn ich ehr-ehr-ehrlich bin, frage ich m-m-mich das auch.«

»Ich denke, ein *Transenschwanz* ist der Penis eines Transvestiten«, spekulierte Emma. »Was sonst?«

Sie saßen bei Leckerback an der Ecke Keithstraße/Kurfürstenstraße, berühmt für seinen großzügigen, vollverglasten Raucherraum. Musste mal als geniale Investition gegolten haben, damals, als noch jeder rauchte. Jetzt nahm er ein Drittel der Verkaufsfläche ein und war meist gähnend leer. Im Sommer war es hier eigentlich ganz hübsch. Da konnte man draußen sitzen unter roten Sonnenschirmen und staubigen Platanen, umringt von Blumenkübeln, die schon seit Jahren nicht mehr bepflanzt wurden. Im Winter war es … eng, die Sitzmöglichkeiten unbequem, das Unisexklo … apart. Polizeipräsidenten würden hier mit Garantie keine auftauchen.

Der Mittagsansturm war gekommen und gegangen. Sie ließen sich Zeit mit ihren Mettbrötchen, Wraps, Croissants, Müslis, Säften und Smoothies. Der große Tisch, den sie sich gesichert hatten, sah aus wie ein Brunchbuffet. Matze blieb beim Salat. (»Haben Sie was ohne tierische Produkte?« – »Nein.«) Und sie diskutierten.

»Na ja«, Sigmar räusperte sich. »Ein T-T-Transvestit ist ein Mann, der sich als Frau kleidet. Sein P-P-Penis ist wie jeder andere auch. Ein Transenschwanz muss doch was anderes sein als ein …«

Felix lachte. »Als ein … was, Sigmar? Als ein Normalo-Schwanz?«

Matze: »Ein Nullachtfünfzehn-Schwanz?«

Felix: »Ein Max-Mustermann-Schwanz?«

Matze: »Ein Otto-Normalverbraucher-Schwanz.«

Felix und Matze lachten. Sigmar nicht.

»Die Verfasserin wird schon ihren Grund haben, warum sie seinen Penis erwähnt. Für sie war es kein no-normaler …«

»Ja, vielleicht hat sie deshalb auch reingebissen«, meinte Felix. Matze und er schütteten sich aus vor Lachen.

»Jungs, Herrgott, Klappe jetzt!«, sagte Emma. Die Verkäuferin hinter der Theke linste schon misstrauisch zu ihnen her. »Ist das denn ein geläufiger Begriff? Gibt es das Wort überhaupt, oder hat sie es erfunden?« Die Frage war an Matze gerichtet.

»Ich mach das schon«, sagte er. Und ging mobil online. Google, der Freund des Fallanalysten.

Während er herumklickte, holte Emma sich einen Kaffee. Und beobachtete dabei Matzes Gesicht vom Tresen aus. Zuerst Neugier. Dann Schock. Schmerz?

»Das ist …«, stotterte er. »Also … ich bekomme nur Pornoseiten. Aber das ist … ist extrem … äh …«

»Extrem was?«

Felix lehnte sich über Matzes Schulter. Sein Gesicht zeigte freudige Erwartung. Dann Verwunderung. Dann Verzweiflung.

Sigmar stand demonstrativ lässig auf und schlenderte rüber. Sein Gesicht: Verwirrung. Verstörung. Faszination.

Matze: »Na ja, ich kriege hier Bilder … aber ob das ein *Transenschwanz* ist … ich weiß nicht … Was ist das?«

»Ich würde sagen, das ist eine Frau mit einem Penis.« Sigmar.

Felix: »Mein Gott, der Täter hat Titten und einen Schwanz.«

Matze: »Das sind Bilder, die ich nie sehen wollte. Jetzt habe ich sie gesehen.«

Die Jungs starrten auf den Bildschirm. Matze klickte vor sich hin.

»Jungs.« Emma beachtete keiner. »Jungs?« Keine Reaktion. Emma reckte sich über den Tisch und klappte Matzes Laptop zu. Die Kollegen kehrten wortlos und etwas verschämt zu ihren Stühlen zurück. »Ein Täter wie hier in den Briefen beschrieben ist sicher keine Frau mit Penis«, sagte Emma. »Höchstens ein Transvestit, aber statistisch ist das ja wohl äußerst unwahrscheinlich …«

»Ich muss das noch mal genauer recherchieren«, murmelte Matze.

»Tu das«, sagte Emma.

Hinter ihnen marschierte die Tresenkraft vorbei, zu der großen Aufstelltafel vor der Tür und begann, sie sorgfältig abzuwischen. Die Zeit des Mittagstischs war wohl endgültig vorüber.

Sigmar räusperte sich. »Es gibt noch eine ganze Reihe anderer außergewöhnlicher Begriffe in den Briefen. Zum Beispiel Noël.«

»Ein ganz normaler Name.« Felix. »Oder ein Pseudonym.«

»Ist das der Fall«, sagte Sigmar, »dann bedeutet Noël etwas. Ein Pseudonym ist niemals …«

»Weihnachten«, sagte Matze. »Noël heißt Weihnachten. Auf Französisch.«

Mit lautem Geschepper wuchtete die Tresenkraft die Aufstelltafel in den Verkaufsraum, klopfte sich die Hände ab und verschwand erst mal aufs Klo.

Sigmar: »Die Verfasserin sagt auch, wo sie festgehalten wird: in Sichtweite des ältesten Baums Polens. Auch das ist außergewöhnlich.«

Emma: »Das kann nur eine Ablenkung sein.«

»Eine falsche Fährte. Sehe ich auch so.« Matze.

»Trotzdem, fällt schon aus dem Rahmen irgendwie.«

Emma stand auf und trug die Aufstelltafel an ihren Tisch heran. Perfekt: Die Kreide war hinten angebunden. Sie schrieb:

Transenschwanz

Noël

Ältester Baum Polens.

»Kackratte«, sagte Felix.

Matze lachte. Emma schrieb: *Kackratte.*

Matze: »Was ist ein Kessel? *Ich will nicht in den Kessel?*«

»Ich komm bei dem Wort immer durcheinander – weil wir die MK1 unten ja auch manchmal Kessel nennen«, sagte Emma. Matze nickte.

»Kessel.« Sigmar. »Klingt wie eine unfertige Idee, die der Verfasser hatte und dann wieder verworfen hat.«

Emma: »Welche Idee? *Ich will nicht in den Kessel* … Welche Idee soll das sein?«

Matze: »Sie hat Angst, gekocht zu werden.«

Felix: »Wie bei Hänsel und Gretel oder was?«

Sigmar: »Das war ein Backofen.«

Emma schrieb: *Kessel.*

Die Tresenkraft war zum Tresen zurückgekehrt und bemerkte erst jetzt, was mit ihrer Tafel geschah. »He! Das können Sie nicht machen! Schluss mit dem schweinischen Gekritzel, oder Sie können gehen!«

»Nur zehn Minuten bitte, Sie kriegen sie frisch abgewischt zurück.«

»Ich habe hier das Hausrecht, Sie machen, was ich sage!«

»Gesundheitsamt.« Felix stand auf und zückte seinen Ausweis. »Darf ich mal den Putzplan für Ihre Toilette sehen?«

»Wissen Sie was, schreiben Sie die Tafel ruhig voll. Brauchen Sie noch einen Schwamm?«

Sigmar: »*Weiblicher Parasit.*«

»Ich muss doch bitten.«

»Nicht S-S-Sie«, sagte Sigmar und fing den Schwamm, der ihm zugeworfen wurde.

»Ist mir auch aufgefallen«, sagte Emma. »Ich denke immer noch, dass der Täter sie als *weiblichen Parasiten* beschimpft hat und sie den Begriff nur wiederholt.«

»Das Opfer übernimmt Vokabular vom Täter.«

»Wie den ältesten Baum.«

Die Kreide kratzte über die Tafel. *Weiblicher Parasit.*

Dann setzte Emma oben drüber: *Außergewöhnliche Begriffe.*

Sigmar räusperte sich. »Ich glaube, das ist nicht ganz korrekt. Was wir hier suchen, ist ein I-I-Idiolekt – den Idiolekt des Täters.«

»Ich will es nicht hören«, sagte Felix und warf einen Bleistift in die Luft. »Bitte, erklär es uns nicht, erklär uns nicht, was ein Idiolekt ist.«

Sigmar tat es trotzdem. »Ich denke, Emma hat recht damit, dass die Opfer Vokabular des Täters übernommen haben – nun gilt es, genau diese Begriffe auszusondern. Wir suchen welche, die nur der Täter benutzt, die uns seine Innenwelt verraten. Der linguistische Ausdruck dafür ist *Idiolekt.*«

»Idiolekt wie *Idiot*?« Felix wieder. Diesmal auf Knien. Er suchte seinen Bleistift.

»*Idio* wie I-I-Idiom – aus individuell.« Sigmar seufzte. »Ein Dialekt wird in einer bestimmten Region gesprochen. Ein Idiolekt aber nur von einem einzigen Menschen. Es ist seine ganz eigene Art, sich auszudrücken. Wir alle verfügen zu einem gewissen Grad über einen I-I-Idiolekt.«

Matze verstand es sofort. »Mein Vater sagt immer *Da haben wir den Gulasch*. Anstelle von *Da haben wir den Salat*. Findet er witzig. Niemand sonst sagt das. Es ist seine eigene Redewendung.«

»Wenn wir in den Briefen einen Idiolekt finden, wissen wir, was diesen Menschen von anderen unterscheidet.« Sigmar.

Emma ergänzte: »Ohne dass wir ihn kennen. Was ist mit *Hundekäfig*?«

Felix: »*Hundekäfig* heißt *Hundekäfig,* weil es ein Käfig für Hunde ist.«

»Wir wissen nicht, ob es wirklich einer ist«, sagte Emma. »Es könnte einfach eine Kiste sein, die er *Hundekäfig* nennt. Weil er ihr das Gefühl geben will, dass sie nicht mehr wert ist als ein Hund. Und selbst wenn es wirklich ein *Hundekäfig* ist, müssen wir uns fragen, warum kein *Tierkäfig* oder eine *Hundehütte,* ein *Zwinger* oder sonst was? *Hundekäfig* ist zu speziell, wie der Name, *Noël* – die Auswahl dieser Begriffe bedeutet ihm etwas.«

Emma setzte *Hundekäfig* zur Liste hinzu. Dann wischte sie *Außergewöhnliche Begriffe* weg und setzte an die Stelle: *Idiolekt*.

Felix mochte das nicht. »Das ist doch alles Spekulation. Wir können nicht mal mit Sicherheit sagen, welcher Begriff vom Täter und welcher vom Opfer stammt. Wie *Hundekäfig*. Vielleicht ist es ein … Schafskäfig, aber das Opfer hat noch nie einen Schafskäfig gesehen, sagt sie halt *Hundekäfig*. Ich finde, wir bleiben lieber bei dem, was wir wirklich wissen.«

»Schafskäfig?«

»Was weiß denn ich.«

»Hier sind zwei Idiolekte gemischt.« Sigmar. »Es ist schon richtig, dass da Vorsicht geboten ist.«

»Wir könnten Sabines Brief ihren Eltern vorlegen und sie

fragen, welche Worte darin ihre Tochter nie benutzen würde.« Alle starrten Emma an. »Um den Idiolekt des Täters zu isolieren«, setzte sie leise hinzu.

Schweigen. Dann Felix: »Wir wissen, wer die Opfer sind. Fast alle sind identifiziert. Es sind deutsche Huren.«

Es war Sigmar, der es schließlich aussprach. Emma wusste, dass es auf den Tisch kommen würde, sie hatte nur darauf gewartet, keine andere Frage war so grundsätzlich, so dringend und zugleich so schwierig. Die halbe Nacht, schlaflos, und die frühen Morgenstunden, im Schlafanzug, Kaffee in der Hand, in der Küche auf und ab wandernd, hatte sie sich diese Frage gestellt und nicht beantworten können. »Alle außer einer«, sagte Sigmar. »Eine ist keine Hure.«

Stille um den Tisch. Sie saßen da und schauten rüber zum Zeitungsständer, wo ihnen Sabine Pohlart von der Titelseite der *BZ* entgegenlächelte.

Jung, hübsch, glänzende Haare, weiße Zähne, und dieses Lächeln, so unbedarft, noch unbeschwert, ihr Gesicht sprühte vor jugendlicher Hoffnung, vor Energie, vor Lebensfreude ... die Freundlichkeit, der offene Blick, Sabine Pohlart war der Traum und Stolz ihrer Eltern, und auch wenn solche Infos nicht in der Akte standen, wusste Emma allein von ihrem Anblick, dass sie immer gute Noten nach Hause brachte, dass sie keine Familienfeier, keinen Geburtstag ausließ, sie war einfach der Typ gute Tochter.

»Das finde ich komisch«, sagte Sigmar.

»Mehr als komisch«, sagte Emma. »Es macht keinen Sinn. Es ist wie ein Fehler. Als ob er sie mit einer anderen Frau verwechselt hätte.«

Felix: »Wieso? Sie ist blond, sie hat die richtige Körpergröße, egal ob sie Hure ist oder nicht. Vielleicht hatte der Täter irgendwann Angst vor ansteckenden Krankheiten?«

Alle schüttelten den Kopf. Ein Serienmörder, der auf Huren steht, der wechselt nicht auf einmal sein Beuteschema. Es sind Huren, die er hasst, nicht Sekretärinnen, nicht Powerfrauen, nicht

Mütter, nicht Studentinnen, nicht Singles in der Singlesbar, sondern Huren – die sind seine Obsession, seine Lust, seine Begierde, er will nicht irgendeine Frau töten, er will Huren töten, sonst nichts, und Schauspielstudentinnen erst recht nicht.

Emma sprach aus, was jeder dachte: »Sie ist eine Freizeithure. Nur so kann ich mir das erklären.«

Felix: »Wozu? Geld braucht die nicht. Ihr Vater finanziert ihr die Schauspielschule, das sehe ich von hier. Sie ist ein Prinzesschen, sie muss nicht huren.«

Sigmar: »Manchmal sind es gerade die Prinzesschen …«

»Nicht die.« Felix schüttelte den Kopf. »Der Täter hat sein Beuteschema geändert, so einfach ist das.«

»Kann nicht sein. Nach fünf Huren? So was kommt so gut wie nie vor.«

»Ist das in Stein gemeißelt? Gestern stand er auf Huren, heute denkt er sich, mal was anderes, er lungert vor der Schauspielschule rum und schnappt sich eine hübsche kleine Studentin.«

»Sie ist eine Freizeithure«, beharrte Sigmar.

»Wir finden ihren Namen sicher auf Begier.de oder sonst einer Sex-Website, da hat er sie gefunden, nur so kann ich mir das vorstellen«, ergänzte Emma. Sie machte ein Foto von der Tafel, wischte sie ab und blickte auf. Draußen war es dunkel geworden. »Wir können hier noch ewig spekulieren.« Sie stand auf. »Ich will ihr Zuhause sehen.«

37

»Das ist nicht das Zuhause einer Hure«, sagte Felix.

»Das hast du bei Alice Kuzorra auch gesagt.«

»Du weißt, was ich meine.«

»Ja.«

Die weiß getünchte Doppelhaushälfte mit dem schwarzblauen Ziegeldach, vor dem Emma und Felix parkten, lag hinter einem Vorhang aus Nieselregen. Ruhig war es hier in Spandau, gepflegt, aufgeräumt, wenig Leute unterwegs. Irgendwo bellte ein Hund. Das war's. Die Presse war zumindest für die Nacht nach Hause gefahren. Wo Emma auch hinsah, zum dunklen Himmel, die Straße entlang, zum nächsten Grundstück, alles war ruhig, still, friedlich. Idyllisch, fast. So ruhig, dass man fast vergessen konnte, was hier gerade geschah.

Nur in dem Haus von Sabine Pohlart da drüben war es nicht ruhig. Da, wo alle Lichter an waren. Da war alles Angst, Ohnmacht, Schmerz, Wut, eine Wut, die das Herz fast zerreißt, weil sie nirgends raus kann, weil es keinen gibt, den man anschreien, den man vermöbeln, den man umbringen kann. Weil der Mann, der Sabine Pohlart in einem Hundekäfig gefangen hielt, unbekannt war, unauffindbar, ein Gespenst, das eine lebende Tochter in seiner Macht hat.

»Huren kommen auch aus bürgerlichem Hause«, sagte Emma.

Nur mal gucken, nur einen Blick drauf werfen, verstehen, wo dieses Mädchen herkam, mehr nicht, das hatte sie Felix versprochen, er hatte trotzdem insistiert mitzukommen, wollte sie im Blick behalten.

Anhand der Autos, die hier vor dem Haus der Pohlarts, Junikäferweg 8, Spandau, Abschnitt 21, parkten, konnte Emma die Kollegen identifizieren, die hinter diesen hell erleuchteten Fenstern herumstanden.

Habernickel, Lutz' Schatten, war da, der Schwander, LKA 13, Sexualdelikte, auch Piske von der 12, Vermisste Personen. Fast alle Chefs des LKA, nur Lutz fehlte. Außerdem ein Wagen, den sie nicht kannte, dazu Streifen und Transporter – die Tempelhofer waren wahrscheinlich gerade dabei, im Haus die Technik aufzubauen. Immerhin bestand die Möglichkeit, dass sich das Ganze noch zu einem Entführungsfall entwickelte, dass der Täter vielleicht anrief. Emma wusste, dass er nicht anrufen würde.

»Ich geh nicht nach Hause, bis ich es weiß«, sagte sie und stieg aus.

»Bis du was weißt?« Felix öffnete seine Tür, lehnte sich raus, plötzlich panisch. »He! Emma! Du gehst da nicht rein.«

Doch Emma war schon über die Straße. Schaffte es durch den Zaun und über die nasse Wiese, bevor Felix (»he«, jetzt im Flüsterton) sie einholen konnte. Die Terrassentür war aus Glas. Viel Glas hier. Alle Fenster neu, großflächig. Durch das Glas sah sie die Familie Pohlart in ihrem Wohnzimmer, umgeben von geschäftigen Kollegen.

Felix hielt sie an der Schulter fest.

»Die Ermittler werden ihre Ergebnisse nicht an uns weiterreichen, nur an die Polen«, wisperte sie. »Aber wir können den Täter nicht verstehen, solange wir es nicht wissen.«

»Das ist kein Grund ...«

»Doch.« Emma entwand sich ihm, schob die Terrassentür auf und trat leise mit ihren nassen Schuhen in das Wohnzimmer.

Felix hinterher. »He!« So leise wie wütend.

Die Kollegen eilten durch den Raum, telefonierten, besprachen sich, in einer Ecke hatten die Tempelhofer ihre Technik aufgebaut, in der Mitte des Zimmers auf der Couch saßen die Eltern von Sabine Pohlart, im mittleren Alter, schlank, fit, rote Augen, die Gesichter eingesunken, sie starrte vor sich hin, er stützte den Kopf in die Hände, dann stand er auf, drei Schritte hin, drei Schritte zurück, hinsetzen, Gesicht in den Händen vergraben. Vor ihnen, mit ihnen redend, auf sie einredend, ihre Hände ergreifend: Habernickel.

Niemand hielt Emma auf. Sie beachteten sie gar nicht. Schwander sah sie, dachte sich nichts dabei, guckte weg, ihm egal, Frau Carow war LKA-Beamtin, warum sollte sie nicht hier sein? Emma hielt sich unauffällig an der Wand, Felix hinterher, in den Flur rein. Sie atmete aus.

Ein Kollege, sie kannte ihn nicht. »Wo ist das Zimmer des Mädchens?«, fragte sie ihn.

Der Mann zeigte auf die Treppe: »Oben. Erste Tür rechts. Oder zweite. Die erste ist, glaube ich, die kleine Schwester.« Felix hinterher.

Es war kein Mädchenzimmer mehr. Keine Boyband-Poster. Kein Pink. Keine Plüschtiere. Alles weg, wahrscheinlich im Keller oder auf dem Dachboden: Sabine Pohlart war erwachsen, auch wenn sie noch bei ihren Eltern lebte. Das war die etwas trotzige Aussage ihres Zimmers, trotz Lichterkette als Deckenlampe. Emma sah sich um: ein schwarzer Cocktailsessel, ein schmales Bett, ein weißer Schreibtisch mit Drehstuhl und Tageslichtlampe, zwei Poster, schwarz-weiß: *Jules und Jim* und eine Tänzerin, aus den Zwanzigern vielleicht, ikonenhaft, Emma erkannte sie nicht. Kleiderschrank mit Spiegeltür, Sportzeug, Yoga wahrscheinlich, jede Menge Make-up, eine Schale mit Muscheln und Flamingofedern, Bücher über Theater, Schauspiel und Tanzen, dazwischen Paulo Coelho, Pablo Neruda, *Empört euch!*, Hesse. Auf der Fensterbank, sorgfältig aufgereiht und winzig klein, selbst gezogene Pflänzchen aller Art: Geldbäumchen, Graslilien, ein Avocadokern, der tatsächlich gesprossen war. Das war Emma als Kind nie gelungen.

Ein Tempelhofer stand mitten im Raum, Kamera vor den Augen, Kopf gebeugt. Er fotografierte den Schreibtisch, nein, die aufgeklappte Schmuckschatulle obendrauf. Modeschmuck, ganz klar. Zu groß, zu viel Bling.

»Haben Sie schon den Kleiderschrank?«, fragte Emma.

Der Fotograf murmelte ein Ja, konzentrierte sich weiter auf den Schmuck. Emma durchsuchte den Schrank: verträumte Sommerkleidchen. Dicke, kuschelige Pullis. Slim Jeans im Destroyed Look. Bunte Kunstfasertops. Emma schaute sich die Etiketten an. Primark. Zara. H&M.

Felix: »Suchst du Designernamen?« Flüsterton.

Emma, widerstrebend: »Ich sehe keine.« Sie ging in die Hocke. Die Schuhe. Unmengen. »Auch hier nicht.«

Zum Fotografen: »Haben Sie schon ihr Auto fotografiert?«

Da hörte er auf zu knipsen. »Sie hat ein Auto? Ein eigenes?«

Emma zuckte die Achseln. »Dachte nur.«

Als sie Sabine Pohlarts Zimmer verließen, sprach Felix es aus. »Sie ist keine Hure.«

»Sie hat damit ihr Taschengeld aufgebessert, ganz sicher.« Der Flur war leer. Sie drehte sich frontal zu ihm. »Du musst die Eltern nach Taschengeld fragen.«

»Ich soll *was*?«

»Frag sie, ob sie genug hatte. Hat sie ständig um mehr Geld gebeten, dann plötzlich nicht mehr?«

»Ich rede nicht mit den Eltern. Wir sind nicht zu…«

»Felix …« Drohend. »Dann tue ich das.«

»Die kleine Schwester.«

»Wie?«

»Wenn die große Schwester zu viel Geld hat, dann weiß es die kleine.«

Die kleine Schwester saß in ihrem Zimmer auf dem Teppich, Puppen, Plüschtiere, Malbücher um sie verstreut. Sie spielte, aber bei der Sache war sie nicht. Fragte sich wohl, warum das ganze Haus plötzlich voller Polizisten war und sie mit dieser fremden Frau hier spielen musste. Die Kleine war acht oder neun, vermutete Emma. Die psychologische Betreuerin, die ungelenk neben ihr kniete und anbiedernd mit einer Puppe herumwedelte, war mager, übermüdet und über fünfzig.

Emma schob Felix vor. »Wir müssten der Kleinen eine Frage stellen, ganz kurz nur«, sagte er.

»Ich glaube nicht, dass sie so weit ist«, sagte die Betreuerin und stand auf.

»Nur kurz.«

»Das ist wirklich nicht angebracht.«

»Was heißt hier nicht angebracht? Die Kleine ist nicht traumatisiert, sie spielt nur, es ist eine einfache Frage.«

Die Betreuerin wandte sich Felix zu, scharfe Worte fielen, Emma achtete nicht darauf, ging vor der Kleinen in die Hocke und fragte leise: »Deine Schwester – hat sie dir oft Geschenke gekauft?«

»Geschenke? Nö, die war immer voll gemein! Hat mir nie was gekauft! Zum Geburtstag hat sie mir ein Lied gesungen, sonst nichts!«

»Was wollen Sie von meiner Tochter?«

Das war nicht die Betreuerin.

Hinter Emma stand Herr Pohlart in der Tür.

Emma richtete sich auf, Felix wollte etwas sagen, sie kam ihm zuvor:

»Herr Pohlart, wir müssten wissen, ob Sabine in letzter Zeit etwas mehr Geld zur Verfügung hatte als sonst. Hat sie auffallende Einkäufe gemacht? Hat sie auf Taschengeld verzichtet?«

»Sie kriegt genug Taschengeld von uns. Sie zahlt keine Miete, und wir finanzieren das Schauspielstudium. Taschengeld gibt's obendrauf. Wieso?«

»Ich meine, mehr als das. Hatte sie mehr Geld, als zu erwarten war? Hat sie irgendwelche auffälligen Anschaffungen gemacht wie … echten Schmuck? Hat sie irgendwann behauptet, jemand hätte ihr was geschenkt, irgendwas, das sie sich normalerweise nicht leisten konnte?«

»Wie?« Skeptisch. Väterlicher Beschützerinstinkt. »Von einem Mann, oder was? Was meinen Sie? Meinen Sie … dass sie Geschenke von Männern annahm? Ist es das, was Sie sagen wollen?«

»Herr Pohlart, es ist eine Routinefrage.«

»Sie glauben, nur weil die anderen Opfer Huren waren, dass meine Sabine auch eine war? Fragen Sie meine Jüngste deshalb nach dem Nebenverdienst meiner Tochter?«

Felix: »Selbstverständlich nicht …«

Jetzt war seine Stimme nicht mehr beherrscht. »Sie können nicht hierherkommen, meine Tochter, was fällt Ihnen ein … Sagen Sie mal, haben Sie selber Kinder? Wie fänden Sie es denn, wenn ich in Ihr Haus käme und Ihnen solche Fragen über Ihre Tochter stelle?« Er konnte nicht weiterreden. Der Schmerz. Die Angst. Alles, was sich in ihm aufgebaut hatte, die Bilder im Kopf, die er versuchte zu verdrängen, die Ohnmacht, die Wut, selbst der Zweifel, ganz tief unten – war seine Tochter eine Hure? –, würde hervorbrechen, wenn er noch etwas sagte.

Felix stellte sich zwischen ihn und Emma. »Ich glaube, wir haben, was wir brauchen.« Er nahm Emma bei der Hand. Nicht bei der Hand, er griff gleich nach ihrem Handgelenk, ihrem ganzen Arm, sein Griff war fest, stark, unerbittlich, er zog sie zur Tür.

»Meine Tochter wird von einem Wahnsinnigen festgehalten, und Sie fragen … Sie sagen …? Was wollen Sie damit sagen?«

Felix und Emma drängten sich an ihm vorbei durch den Türrahmen. Dann waren sie schon im Flur.

»Was soll diese Fragerei? Hallo?«

Da: die Treppe. Emma beeilte sich jetzt, Felix musste sie nicht mehr ziehen, sie wusste, dass es nach hinten losgegangen war, dass sie raus mussten. Schnell die Stufen hinunter.

»He! Wer sind Sie überhaupt? Sie gehen nirgends hin! He! Herr Falner? Herr Falner?« Die Stimme laut jetzt, gebrüllt. Herr Pohlart eilte Felix und Emma nach.

Falner?

Sie waren unten angelangt, im Flur. Mit dem Rücken zur Haustür standen die Ceesay und noch ein Kollege. Ohne zu zögern, eilten Felix und Emma auf sie zu.

Felix drängte sich an der Ceesay vorbei, öffnete die Haustür.

»Herr Falner? Wer sind diese Leute? Herr Falner?«

Und draußen waren sie. Ceesay warf die Tür hinter ihnen zu.

Im Haus begann Vater Pohlart zu schreien. Es waren nicht mal Worte, es war nur noch Wut, ein langer animalischer Wutschrei.

Und darunter eine andere Stimme: »Bleiben Sie stehen!« Der Falner. »Warum sagt mir keiner, dass die Carow schon da ist?«

Emma und Felix rannten.

38

Emma fuhr. Wild, hektisch, zweimal verfehlte sie die Falkenseer Chaussee, dann endlich ging es im Regen Richtung Zitadelle, es war Schneeregen jetzt, Hagel drohte. Sie suchte einen Parkplatz. Warum war alles voll hier? Sie fuhr um die Spandauer Arkaden herum, endlich, da hinten, der Eingang zum Parkhaus, sie fuhr, so weit sie konnte, immer weiter hoch bis zum vierten Stock, denn der fünfte war schon nicht mehr überdacht, sie parkte am äußeren Rand, mit der Kühlerhaube fast im Regen. Der Himmel draußen war jetzt schwarz.

Ihre Hände hielten sich am Lenkrad fest. Felix stieg aus, schritt hin und her, um das Auto herum, am Rande der Parkfläche, am Rande des Regens, bis er wieder vor dem Fenster an der Fahrerseite stand. Die Arme um den Körper geschlungen, klopfte sich auf die Oberarme, Tropfen sprühten von seinem Mantel. Lehnte sich vor, wollte etwas sagen, sagte nichts, nur weiße Wölkchen, ging wieder um das Auto herum, kam wieder ans Fenster, Emma ließ es runter, er lehnte sich vor.

»Was hast du dir dabei gedacht? Emma! Scheiße noch mal!«

»Weiß nicht. Bin noch nicht fertig mit Denken.«

Über ihnen trommelte der eisige Regen auf das Parkhausdach, wehte seitwärts zu ihnen herein.

Emma zog ihr Handy aus der Handtasche. Ach, Mist. Ihre Sig

Sauer lag immer noch drin. »Erstens, du hast recht. Sabine Pohlart war keine Hobbyhure.«

»Ach nee.«

»Zweitens, ich glaube, ich muss jetzt einen Anruf machen.«

»Lutz?«

»Marburger«, sagte Emma. Flüsterte Emma.

»Wie bitte?« Felix streckte seinen Kopf wieder durchs Fenster.

»*Schon*«, sagte Emma.

»Häh?«

»Der Falner hat *schon* gesagt: *Warum sagt mir keiner, dass die Carow schon da ist? Schon*. Er hat mich erwartet. Er ist davon ausgegangen, dass ich was Dummes anstelle. Er wusste, dass ich komme.«

»Wer dich kennt …«

»Er wollte mich vor den anderen zurechtweisen. Lutz hat recht, es ist persönlich.«

»Dann solltest du ihn erst recht nicht anrufen.«

Emma wählte.

»Klar«, sagte Felix.

Habernickel ging ran.

»Herr Habernickel, ich muss mit Herrn Dr. Marburger sprechen.«

Habernickel zögerte, murmelte etwas, Emma wartete, dann war der Falner dran.

»Was hat Marburger gegen mich?«

Herr Dr. Falner dachte nach. Antwortete nicht. Stattdessen sagte er: »Sie überschreiten permanent Ihre Zuständigkeiten, Frau Carow.«

»Herr Dr. Marburger soll mich zurückrufen«, sagte Emma.

»Sie legen es wirklich auf eine Dienstaufsichtsbeschwerde an, was?«

»Er soll mich zurückrufen. Wenn er will, dass ich aus dem Dienst austrete, soll er mich zurückrufen.« Emma legte auf.

Felix sagte: »Was soll das? Aus dem Dienst austreten? Was treibst du da überhaupt?«

»Ich will wissen, was er will. Wenn er mich loswerden will, ruft er an.«

Es dauerte sechseinhalb Minuten.

Als es klingelte, sprach Emma sofort. »Warum?«

»Warum *was*, Frau Carow?«

»Warum ausgerechnet ich? Wir kennen uns nicht.«

»Frau Carow, wenn eine Polizeibeamtin das Rampenlicht so sehr liebt, dass sie ihre Pflichten vergisst und der Presse vertrauliches Material überlässt, dann hat die gesamte Polizei ein Problem.«

Emma bestritt nicht, Material an die Presse geschickt zu haben. Sie wusste, dass sie es nicht getan hatte, und er wusste es auch. Emma dachte an ihre Begegnung mit ihm auf ihrem Dachboden: Seine Warnung, da schon, nicht mit der Presse zu sprechen. Wie kam er überhaupt auf die Idee, dass sie das tun würde? Es sei denn ... Vielleicht hatte er da nur das Fundament für den Vorwurf gegen sie gelegt. Natürlich.

»Haben Sie den Brief an die Presse gegeben?«, sagte Emma.

Es war still am anderen Ende der Leitung.

»Sie wussten schon vor einer Woche, dass der nächste Brief an die Presse geht«, sagte sie. »Waren Sie das?«

Herr Dr. Marburger legte auf.

39

Die Gänge waren schwarz. Dicke, schwarze Farbe, überall Furchen, wie Sirup auf die Wände geklatscht, Schicht um Schicht, im Herabrinnen erstarrt, selbst die Rohre, die alten Wände, die Kabel, alles mit Schwarz überzogen. Enge, hohe Gänge in einem alten Hinterhaus in der Boxhagener Straße, Friedrichshain, Abschnitt 51, vor wenigen Jahren zu Büros ausgebaut, Gentrifizierung nennt man das, na ja nicht ganz, eine Prenzlauer-Berg-Mami würde hier nicht arbeiten, die würde erst mal die Farbe abkratzen und die Backsteine freilegen. Irgendwo in dem alten Gemäuer, auf verschiedenen Etagen und in verschiedenen Räumen, die miteinander durch lange schwarze Gänge und verrostete Wendeltreppen verbunden waren, steckte die private Schauspielschule Darstellung + Kunst, Inhaber Krysztof Lamowski.

Es war Donnerstagmorgen, und Emma war krank. Zumindest hatte sie sich krankgemeldet, per SMS. Sie wusste sonst nicht, was sie tun sollte, nur, dass sie heute nicht ins Büro gehen konnte. Seit gestern Nacht war sie nicht mehr ans Telefon gegangen. Inzwischen waren Dutzende Anrufe eingegangen. Von Habernickel, von der Brennemann, von Sigmar, von Felix, von Unbekannten. Nur nicht von Lutz, und solange das so blieb, war alles in Ordnung.

»Herr Lamowski ist im großen Theater«, hatte die Dame an der Rezeption gesagt, »in der dritten Etage.«

»Lamowski … ist das ein polnischer Name?«

Die Dame wusste es auch nicht.

Das große Theater: Rund fünfzig Plätze, ebenerdig, die Bühne auch, kein Vorhang. Ein ganz normaler großer Raum also. Schwarz, na klar. Auf der Bühne: ein Kreis von zehn jungen Menschen, sieben davon Frauen, im Schneidersitz. Eine junge Frau stand in der Mitte, einem älteren Herrn gegenüber, beide ganz in Schwarz, ihre Haare lang und glatt, brav, die personifizierte Unschuld, in Kontrast zu ihm, sein Kopf kahl geschoren, im Nacken eine Speckfalte, sonst hager, groß, erstaunlich agil. Dazu eine Brille, schwarzes Horngestell: Das war Herr Lamowski.

»… tief im Bauch, wo der Dreck steckt, die Geheimnisse, die du selbst vor deiner Mama versteckst …«

Emma setzte sich in die hintere Reihe, alles Klappstühle. Sie wollte ohnehin erst mal zugucken. Sich ein Bild davon machen, was Sabine Pohlart hier so getrieben hatte. Danach Herrn Lamowski ein bisschen befragen.

»... das nennst du Weinen? Es reicht nicht, wenn du Tränen im Gesicht hast, du musst weinen können ohne Tränen, das Publikum muss wissen, dass du weinst, auch wenn du mit dem Rücken zu den Leuten stehst ...«

Das Mädchen auf der Bühne heulte Rotz und Wasser, keine Schauspielertränen, das sah Emma sofort – und dieser Lamowski war noch immer unzufrieden. Emma hätte dem Mann schon längst eine gescheuert, doch die Kleine auf der Bühne kämpfte tapfer weiter um seine Anerkennung.

Dabei war sie hübsch – so hübsch, dass es ungewohnt für sie sein musste, von einem Mann zum Weinen gebracht zu werden. Sie war ein Engelchen, früher sicher eines dieser Mädchen, von denen Erwachsene sagen, das wird mal eine Herzensbrecherin, sie selbst erkennt irgendwann in der Pubertät, dass sie anders ist als die anderen, sie erkennt es daran, dass die Männer den Blick nicht abwenden können, daran, dass andere Frauen in ihrer Gegenwart immer ein bisschen zickiger werden, und irgendwann macht sie sich Gedanken darüber, wie sie Kapital aus ihrer Besonderheit schlagen kann – modeln, einen Rockstar heiraten, Primaballerina werden, schon in der Schule weiß sie, dass sie alles hat, was es dazu braucht, sie muss nichts mehr dazulernen, außer den einen Vorteil, den sie hat, richtig einzusetzen. Im Kino zum Beispiel. Auf der Bühne. Sie hatte sich entschieden, und jetzt musste sie Herrn Lamowski ertragen.

»... schau mich an, schau mich an! Ich sehe deinen Selbsthass nicht, warum sehe ich deinen Selbsthass nicht?«

Komisch, dachte Emma. Hätte ich mir das bieten lassen, als ich neunzehn war? Die Antwort, die sie sich selbst gab, traf sie wie ein Schlag:

Klar.

Mit neunzehn lässt man sich alles bieten. Vor allem als Frau. Mit neunzehn ist das Leben ein Kampf, den keiner sieht: auf der einen Seite hart errungene Selbstachtung, auf der anderen Seite der unsterbliche Drang zu gefallen. Jedem muss man gefallen mit neunzehn, vor allem demjenigen, der einem nur Verachtung entgegenbringt, das ist lebenswichtig, von jedem muss man geliebt werden, auch von den Arschlöchern, vor allem von denen. Es ist der Untergang junger Mädchen.

Strengst auch du dich an, Sabine, deinem Mörder zu gefallen? Strengst du dich für ihn genauso hart an, wie du dich für deinen Lehrer hier angestrengt hast?

»Herr Lamowski?«

Lamowski ließ von dem weinenden Mädchen ab. Schaute zur Tür, der alte Psychopath, irritiert, dass jemand seinen Namen gerufen hatte, so vertieft war er in die Abrichtung seiner Zöglinge.

Emma erkannte die Stimme: Habernickel. Er kam durch den Mittelgang zur Bühne herab.

An seiner Seite: Szymańska. Zog gerade ihren Ausweis raus.

»Ich habe schon gestern mit Ihren Kollegen …«, begann Herr Lamowski.

Als die Szymańska ihn auf Polnisch unterbrach, erstarrte er: Das hatte er nicht erwartet.

Emma erhob sich von ihrem Klappstuhl und entfernte sich still in die andere Richtung, aus der Tür, aus dem Theater raus, in die schwarzen Gänge hinein, einmal links, einmal rechts, nur weg. Als sie das Schild *Damen* sah, eilte sie da hin, durch die Tür, an den Waschbecken vorbei, in eine Kabine, Tür zu, Riegel vor.

Selbst die Kabine war schwarz angemalt.

Emma saß auf dem Klodeckel und wartete, dass sich ihr Atem beruhigte.

Die Tür zur Damentoilette flog auf. Hohe Stimmen gingen aufgeregt durcheinander, Mädchen, vermutlich die gleichen, die eben auf der Bühne gewesen waren – mit der Ankunft von Habernickel und Szymańska war die Stunde vorzeitig beendet, jetzt flüchteten sie erst mal aufs Klo. Drei oder vier. Eine Stimme männlich. Bisschen manieriert. Schwul? Vielleicht. Kam wohl mit, um den besten Freundinnen beizustehen.

Das Engelchen heulte sofort los, sobald die Tür zu war. »Ich hör auf, ich kann nicht mehr, ich hör auf.«

»He, da sind doch Tränen, jetzt kannst du es doch.« Das war der Junge.

»Du Arsch.«

»Er ist der Arsch. Wie kann er nur so kalt sein? Er tut, als wenn nix wäre!«

»Meine verdammte Freundin wurde entführt, und der will wissen, ob meine Tränen echt sind?« Das Engelchen brüllte, dass die Kabinen wackelten: »Dieser Wichser!«

»Freundin? Neulich habt ihr euch noch angezickt wegen …«

»Mensch, Philipp, halt die Klappe. Manchmal weißt du echt nicht …«

»Ist doch wahr.«

»Ich weiß nicht, was der will. Ich weiß echt nicht, was der von mir will!«

»Komm, der macht alle so fertig, das habe ich von den Älteren gehört.«

»Immer. Stresstest nennt er das.«

Das Engelchen schniefte. »Der will doch nur, dass ich zusammenklappe. Dass ich aufgebe.«

»Und, wirst du?«

»Niemals!« Empört. »Oder doch? Soll ich aufhören?« Sie weinte wieder. »Ich weiß es nicht!«

Lange Stille. Wahrscheinlich eine Gruppenumarmung. Dann

zog sie entschlossen die Nase hoch. »Nein. Ich bleibe. Das könnte dem so passen.«

Als Emma aus der Kabine trat, erstarrten sie. Besonders die beiden Mädchen, das Engelchen und die Brünette, die sich, über den Waschtisch gebeugt, gerade eine Nase Koks reinzogen. Emma war mindestens zehn Jahre älter. Es war nicht ihr Aussehen, es war die Erfahrung, die ihr ins Gesicht geschrieben stand. Auf einmal heulte das Engelchen nicht mehr.

Irgendwas musste Emma sagen. »Was muss ich tun, um was abzukriegen?«

»Wer sind Sie denn?« Das war die Brünette: breite, dunkle Augenbrauen, Typ Frida Kahlo, eine Ernsthafte, Komplizierte, eine, die kluge Sachen liest und anderen die Welt erklärt.

»Ich, äh, will mich bewerben«, sagte Emma.

»Sie?« Das war das verheulte Engelchen. Von Nahem sah sie noch schöner aus als auf der Bühne: die großen blauen Augen, die zarten Züge, der entschlossene Mund. Röhrchen zwischen den Fingern.

Emma ging zum Wasserhahn, wusch sich die Hände, musterte sich im Spiegel, verfolgt von den Blicken der Mädchen, strich sich über die raspelkurzen Haare. »Meint ihr, das ist eine gute Idee? Das war immer mein Traum, Schauspielerin. Mein Sohn geht zur Schule, jetzt hab ich die Zeit …« Sie wandte sich den anderen zu, verschränkte die Arme. »Ich bewundere euch, dass ihr euren Träumen folgt. Hätte ich das damals nur auch getan. Ihr … ihr gebt alles auf, kehrt allem den Rücken, ihr lebt nur für euren Traum, das ist mutig.«

Die Mädchen schwiegen. Aber sie hörten zu. Zwei nickten.

»Nur weil ich alleinerziehend bin, heißt das nicht, dass mein Leben vorbei ist. Auch wenn meine Eltern das vielleicht denken.« Emma schnaubte.

Jetzt nickten alle. Der Junge – dünn, nein, mager, Essstörung?, schwarze Haare mit silbernen Strähnchen – seufzte.

»Was sagen eure Eltern? Wollen die auch, dass ihr was Vernünftiges lernt?«

Da sprudelte es nur so aus ihnen heraus.

»Meine Mutter versteht das nicht.«

»Mein Vater denkt immer noch, ich studiere BWL.«

»Ich habe meinen Eltern gesagt, wenn ich nicht Schauspiel studieren darf, schmeiß ich das Abi.«

Jede von ihnen hatte eine Heldengeschichte – wie sie geopfert, gearbeitet, getrickst hatten, um ihrem Traum zu folgen.

Die zweite Blondine – kurvig, fast pummelig, in ihren Augen eine charmante Unbedarftheit, die Männer geradezu aufforderte, sie auszunutzen – schob Emma den Taschenspiegel rüber. Emma beugte sich darüber und zog sich ein Näschen rein. Hoffte nur, dass sie nicht gleich draußen in irgendeinem dieser finsteren Gänge Szymańska und Habernickel über den Weg laufen würde. Obwohl … Musste kichern.

»Also ich finde das toll.« Das war der Junge, zu Emma gewandt. »Das sollten Sie unbedingt machen, es ist nie zu spät.«

»Das ist inspirierend. Gerade für Frauen. Dass Alter keine Rolle spielt. Sie wären so 'ne Art Vorbild.« Das war die Brünette.

»Ich habe nachher ein Gespräch mit dem Leiter«, sagte Emma. »Ich hab ja ein bisschen Schiss vor dem.«

Sofort hatten sie Ratschläge für sie.

»Der ist krass. Besonders heute …«

»Nein, er ist toll, er ist so toll. Komm.«

»Er weiß sofort, ob du Talent hast oder nicht, er sieht das.«

»Sei ganz ehrlich und offen, er hasst verschlossene Menschen.«

»Du bist so 'ne verlorene Seele, stimmt's? Das ist deine beste Rolle. Bleib dabei.« Die Naive. Wohl doch nicht so naiv.

»Ich habe eine Nachbarin im Junikäferweg, ihre Tochter studiert hier, so kam ich überhaupt auf die Idee …«

»Junikäferweg? Meinst du etwa die Sabine? Sabine Pohlart?«

»Kennt ihr sie?«

Sofort fingen zwei der Mädchen wieder an zu heulen.

Der Junge sagte: »Ich habe seit gestern nicht mehr geschlafen. Arme Sabine!«

»Wir wollten doch noch zusammen ins Gorki-Theater …«

»Wann habt ihr sie denn das letzte Mal gesehen?«

»Beim Tag der offenen Tür am Samstag. Danach wollte sie noch … wohin wollte sie, Fine?«

»Zum Hauptbahnhof, glaube ich.«

»Wieso zum Hauptbahnhof?«

»Keine Ahnung. Ich weiß nur, sie war in Eile.«

»Das ist alles so furchtbar.«

»Habt ihr irgendjemand Komischen hier gesehen?«, fragte Emma.

»Klar. Jede Menge! Es war Tag der offenen Tür.«

»Und sonst? Gibt es seltsame Typen, die vor dem Eingang rumhängen und euch anmachen? Oder bei den Proben rumsitzen?«

»Nee … Da wird schon aufgepasst.«

»Oder vielleicht Jobangebote? So kleinere Rollen oder so?«

Alle waren still. Das war die richtige Frage.

»Na ja.« Das war die Brünette. »Manchmal schon, Statisten in Babelsberg oder so.«

»Oder in einem Studifilm, oder ein Kunstfilm.« Das Engelchen. »Aber nie für Geld.«

»Als Hostessen für Empfänge, Messen, Berlinale-Partys …«

»Ich hasse solche Jobs.«

»Gibt es manchmal verdächtige Angebote?«

»Pornos kann man immer machen.« Der Junge kratzte sich am Kopf.

»Ich meine, jemand, der nicht ganz erklären kann, was das für ein Projekt ist? Oder aus dem Ausland. Macht ihr so was auch?«

Da waren sie überfragt.

»Warum haben Sie eigentlich so viele Fragen?« Die Naive.

»Ich will nur wissen, ob es da irgendwelche schwarzen Schafe gibt, damit ich nicht auf die reinfalle«, stellte Emma klar. »Die Sabine – hatte sie denn öfter solche Jobs?«

»Ich erinnere mich nur an einen.«

»Mit diesem Typen, dem Bullen. War der Bulle? Das sollte ich machen, aber dann kam raus, dass er behindert war. Das war komisch. Aber Sabine fand nichts dabei.«

»Was ist da komisch dran, Alina? Er war vielleicht in einem Unfall oder so. Was machst du, wenn du mal einen behinderten Menschen spielen sollst? Sagst du das auch ab?«

»Ich fand das komisch, dass er das verschwiegen hat!«

»Mann, bist du oberflächlich.«

»Zicke.«

»Selber.«

Emma: »Der Regisseur war behindert?«

»Nein, das war der andere, im Video.«

»Der Bulle. Nein, Ex-Bulle, glaube ich.«

»Was war das für ein Job mit einem behinderten Bullen?«, fragte Emma.

»Das war irgend so ein Lehrvideo, *Zehn Dinge, die du niemals tun sollst* oder so.«

»*Zehn Dinge, die du immer über die Bullen wissen wolltest, aber dich nie getraut hast zu fragen*. Ich hab's nicht gesehen.«

»Nicht Bullen, Bomben.«

»Sie musste nur dastehen und gut aussehen.« Das Engelchen. Sie schniefte. »Das konnte sie.«

»Hier.« Der Junge hatte das Video schon auf dem Smartphone. YouTube.

10 Dinge, die Sie noch nicht über Bomben wussten.

Als der Titel verschwand, erschienen das Wappen der Stadt Berlin und die Worte *Kampfmittelräumdienst der Berliner Polizei.*

Sabine Pohlart stand hinter einem Tisch, in einer knappen, pinken Bluse. Neben ihr ein Mann im orangefarbenen Overall. Groß, durchtrainiert, charmantes Lächeln. Die Kollegen des Kampfmittelräumdiensts der Berliner Polizei verfügten eindeutig über einen kameratauglichen Bombenentschärfer, aber der männliche Zuschauer sollte wohl auch auf seine Kosten kommen. Von irgendeiner Behinderung war nichts zu sehen.

Auf dem Tisch lag eine Bombe.

Sie war alt, offenbar gesäubert worden, bis auf Reste von Erde und Rost, eine Bombe aus dem Zweiten Weltkrieg, sie hatte die Form einer Patrone, spitz auf einer Seite, flach auf der anderen, so groß wie ein Kleinkind.

Der Mann stellte sich vor: »Mein Name ist Lukas Arndt. Wir sind vom Kampfmittelräumdienst der Berliner Polizei …«

»… und wollen euch heute zehn Dinge erzählen, die ihr bestimmt noch nicht über Bomben wusstet«, ergänzte Sabine Pohlart. »Und übrigens, auch Frauen sind bei uns willkommen!«

»Erstens«, fuhr Herr Arndt fort, »liegen in Deutschland noch geschätzte hunderttausend Bomben aus dem Zweiten Weltkrieg im Boden.«

»Und die meisten sind immer noch scharf, stimmt's, Lukas?«

»Kommt drauf an, Sabine, was man unter scharf versteht.« Lukas Arndt lachte schelmisch.

Das Engelchen rollte die Augen.

In der Art ging es weiter. Sabine Pohlart war ein wenig steif, noch zu sehr um Wirkung bemüht, aber hübsch und freundlich, ein natürliches Lächeln hatte sie auch. Sie würde mal eine gute Nachrichtensprecherin abgeben. Falls sie die nächsten Tage überlebte. Der gut gelaunte Bombenentschärfer an ihrer Seite, der laut den Studenten der Schauspielschule Lamowski bestimmt Sabines Entführer war, jetzt, wo sie darüber nachdachten, ließ keine Gelegenheit für einen Witz verstreichen.

»Neuntens, die Männer und Frauen des deutschen Kampfmittelräumdienstes sind europaweit gefragt«, sagte Sabine. »Wer als Bombenentschärfer arbeitet, kann heute in Berlin tätig sein und morgen schon in Österreich, in Belgien, Russland oder Polen.«

»Vor allem scharfe Bombenentschärferinnen sind überall und jederzeit gefragt, nicht wahr, Sabine?«

»Aber Bombenentschärferinnen zünden nicht bei jedem, der sie anmacht«, gab Sabine zurück.

»Ach Sabine, du lässt alle meine Hoffnungen zusammenbrechen«, sagte Herr Arndt, und beide lachten. Dann schloss er mit: »Zehntens, der Kampfmittelräumdienst Berlins sucht Nachwuchs! Wenn ihr neugierig seid, schickt uns eine Mail an die eingeblendete Adresse, und wir melden uns bei euch mit Informationen und einem Termin zum Kennenlernen auf unserem Sprengplatz!«

Emma fragte sich, welche Behinderung da gemeint gewesen sein könnte.

Es klopfte.

»Leute, es geht weiter«, ertönte Herrn Lamowskis Befehlsstimme. »Trocknet eure Tränen, schluckt euren Stolz runter, die Welt will euch auf der Bühne sehen.«

Panik griff um sich. Die Brünette verstaute hastig das Koks, die anderen machten sich eilig vor dem Spiegel zurecht, und das Gespräch war beendet.

40

Draußen: gleißende Sonne und völlige Stille.

Den ganzen Hermannplatz hatten sie dichtgemacht. Hier, wo täglich Tausende Berliner einkaufen oder umsteigen, einer der belebtesten, verkehrsreichsten Plätze der Stadt, die Läden da müssen einen irrsinnigen Umsatz machen, alles zu, und das mitten am Tag.

Allein um das zu sehen, lohnte es sich, fünf Straßen entfernt in der Donaustraße zu parken und durch die Karl-Marx-Straße bis zum Hermannplatz zu Fuß zu gehen, an drei Kontrollen vorbei.

Ecke Hasenheide und Hermannstraße war das baufällige Eckgebäude im Herbst gesprengt worden, man fand dort nur noch ein sauber in den Boden gestanztes Loch in Form eines Kellers, ringsum mit Holz verschalt und normalerweise hinter einem hohen Bauzaun verborgen. Der fehlte jetzt. Es war Februar, und gebaggert werden konnte nicht in dem kalten Boden, sie fragte sich, wie die Bombe ans Licht gekommen war.

Der Platz war gespenstisch still. Ein einzelner kleiner Heckbagger stand da am Rand der Grube, still und führerlos, mehr konnte Emma nicht erkennen. Unmittelbar um die Baustelle herum war kein Mensch zu sehen. Erst fünfhundert Meter weiter standen die Polizeifahrzeuge, die Techniker der Gasag und ein blauer Kastenwagen. Dort fand Emma Hobrecht, den Chef des Kampfmittelräumdienstes, einen großen Glatzkopf mit so viel Masse wie Präsenz, umgeben von Technik, vor seinem Monitor. Der Monitor zeigte das Loch, das einmal ein Keller gewesen war.

»Wie hat man sie gefunden?«, wollte Emma wissen, als sie einstieg.

»Wasserrohrbruch. Die Holzverschalung in der Grube hat's weggedrückt, da, an der Seite zur Straße hin.« Er klopfte auf den Monitor. Sah aus wie ein kleiner Erdrutsch. Ein Erdrutsch, aus dessen Zunge etwas freigelegt worden war: die Bombe. Ein unförmiges Ding, fünfhundert Kilo, so groß wie eine Badewanne, völlig mit Rost verkrustet, ein Blindgänger aus britischer Herstellung, das hatte sie schon auf dem Weg hierher in den Nachrichten gehört. Die Bombe sah aus, als hätte man die Erde um sie herum mit Teelöffeln weggekratzt, sie liebevoll in Jutesäcke geschnürt und ihr dann vorsichtig zwei improvisierte Böcke aus Backsteinen untergeschoben. Ein paar Meter darüber, das erkannte sie jetzt, baumelte die Greifkralle des Baggers.

»Schauen Sie mit, wenn Sie wollen«, sagte der Chef. Sie war erwartet worden. Matze hatte den Termin für sie ausgemacht.

Gleich nach der Schauspielschule hatte sie ihn angerufen. »Wie lange wirst du wegbleiben? Brauchst du irgendwas von mir?«, hatte er als Erstes gesagt.

»Ich brauche was von dir.«

Sie erzählte ihm von dem YouTube-Video mit Sabine Pohlart, und er hatte ein paar Minuten später zurückgerufen und ihr gesagt, wo sie Lukas Arndt heute finden konnte.

Auf dem Monitor bewegte sich gar nichts. Emma wartete. Sie alle warteten.

Hinter ihr ging die Tür auf, und ein Beamter schob sich in den Kommunikationswagen. In seinen Händen zwei große, warme Papiertüten von McDonald's.

»Hamburger, Chef?« Er grinste.

Hobrecht drehte sich auf seinem Stuhl um. Hob die Augenbrauen. Sagte kein Wort. Der Beamte erstarrte. Erst dann verstand Emma. Dass die Tüten nicht gekauft worden waren.

»Keiner hat abgeschlossen«, verteidigte er sich.

Der Chef sagte nichts.

»Das Zeug liegt da einfach so rum. Die Burger werden austrocknen, die müssen sie sowieso wegschmeißen …«

Der Chef blieb stumm.

»Das dauert noch Stunden hier!«

Der arme Kerl lief rot an. Es kam Emma wie eine Ewigkeit vor, bis Hobrecht sagte: »Und Cola gab's wohl keine?«

»Bin gleich wieder da, Chef«, sagte der Kollege eifrig. Er legte die Tüten auf der Konsole ab und ging. Der Chef nahm vier Hamburger heraus. Zwei händigte er den anderen beiden im Wagen aus, den dritten bot er Emma an. Erst als Emma dankend abwinkte, wurde ihr klar, dass sie eigentlich längst Hunger hätte haben sollen. Egal.

Auf dem Monitor bewegte sich was. Ein Mensch in Overall und dicker grüner Arbeitsjacke stieg vorsichtig in die Grube hinab. Auf dem Rücken die Aufschrift *Kampfmittelräumdienst Arndt*. Er näherte sich der Mitte des Bildschirms. Auf die Entfernung konnte Emma ihn nicht gut erkennen, trotzdem wusste sie, dass er der Mann war, den sie sprechen wollte.

Vor der Bombe angelangt, drehte er sich zur Kamera über ihm und hob mit großer Geste die Hände. Darin hielt er ein Gerät. Es sah fast aus wie ein kleines Lenkrad mit zwei seitlichen Zylindern. Dann zog er noch ein Gerät aus der Tasche, hielt auch das über den Kopf und drehte sich im Kreis, wie zu einer Arena voller Zuschauer: ein Schraubenzieher. Donnerwetter.

Emma musste lachen.

Der Chef beugte sich vor, sprach ins Mikro: »Können wir anfangen, George Clooney?«

Lukas Arndt grinste. Die Show war vorbei. »Ich fange an«, kam seine Antwort über Funk.

»Geht klar«, bestätigte der Chef. Dann hörte sie ihn über den Lautsprecher draußen: »Wir beginnen. Alle Sperrungen bleiben dicht.«

»Sollte er nicht eine Schutzweste tragen?«, fragte Emma nervös. »Oder wenigstens einen Helm?«

Die Männer im Wagen lachten.

»Nur im Kino«, sagte der Chef.

»Wenn so ein Zweiter-Weltkrieg-Klopper hochgeht, hilft auch keine Schutzweste mehr«, ergänzte ein anderer.

Es wurde still, die Blicke ernst. Die Luft dicht und stickig. Sie hatte das Gefühl, keiner wagte mehr zu atmen.

Emma erkannte nicht genau, was Lukas Arndt da machte.

Scheinbar befestigte er das seltsame Gerät an einem Ende der Bombe und zog dafür mit dem Schraubenzieher irgendwelche Zwingen an, immer enger. Erst als er sicher war, dass das Ding praktisch an der Bombe klebte, kam er aus der Grube heraus.

»Sie wissen, was eine Raketenklemme ist«, brummte der Hobrecht. Wohl irritiert, dass Emma nicht gefragt hatte.

Emma: »Nein, aber ich würde es gern wissen.«

»So was wie eine Fräse mit Düsenantrieb. Damit kriegen wir den Zünder ab. Die beiden Zylinder da, einer auf jeder Seite, sind mit Sprengstoff gefüllt. Sie bewegen sich gegenläufig. Wenn sie losgehen, drehen sie den Zünder schneller auf, als der reagieren kann.«

»Sie entschärfen eine Bombe mit einer Rakete?«

»Mit zwei Raketen.«

Emma wartete. Wieder kam die Stimme von Lukas Arndt: »Ich zünde.«

Hobrecht: »Geht klar.«

Auf einmal hörte Emma einen Knall, wie von einem Feuerwerk, einem sehr lauten Feuerwerk. Der Knall kam nicht über Funk, sondern von draußen. Zu sehen war nichts, oder fast nichts: Auf dem Bildschirm sah sie einen Blitz, dann ein wenig Rauch, dann war ein Teil der Bombe nicht mehr dran.

Der Raum atmete aus. Jemand klatschte, nein, alle klatschten, die Männer um sie herum klatschten, Emma schaute sie an: Sie grinsten. Einer lachte. Vor Erleichterung. Erst jetzt begriff sie, wie angespannt sie selbst gewesen war. Sie grinste mit, ohne es gleich zu merken.

Da draußen stieg Lukas Arndt zurück in die Baugrube und hob den abgesprengten Zünder – er sah aus wie ein gewöhnliches Rohr – und seine Raketenklemme vom Boden auf, inspizierte beides, hob die Daumen und verneigte sich.

Hobrecht sprach ins Mikro: »Bagger.«

Erst jetzt sah Emma, dass der kleine Bagger mittlerweile bemannt war. Die Greifkralle sank ab und schloss sich vorsichtig um den verstümmelten Körper der Bombe. Gute fünf Minuten, bis die Kralle wieder nach oben und zur Seite schwenkte und der Blindgänger aus dem Bild verschwand. Dann setzte Lukas Arndt sich hin. Er war nur noch halb zu sehen. Er werkelte, aber Emma konnte nicht sehen, was er da tat.

»Der Zünder ist zu sensibel«, erklärte der Chef. »Nicht transportfähig. Machen wir hier.«

»Der Zünder enthält auch Sprengstoff?«

»Klar, was glauben Sie denn, was die Hauptexplosion auslöst?«

»Aber was löst den Zünder aus?«

»Na, der Aufprall auf dem Boden. Normalerweise.«

Als Lukas Arndt wieder aus dem Loch herauskletterte, ging es von vorn los. Der Hobrecht sagte ins Mikro: »Alles gesichert?«

»Alles gesichert, Chef. Kann losgehen.«

»Wir sprengen.«

Wieder rumste es, diesmal flog mehr Rauch und Dreck vor der Kamera durch die Luft, die Wolke löste sich nicht mehr auf, bis Lukas Arndt wieder in das Loch hinabkletterte, den Zünder aufhob und mit erhobenem Daumen in die Kamera lächelte.

»Und das war's«, sagte der Chef. Ins Mikro: »Ist der Transport unterwegs?«

»Wir fahren gerade los, Chef.«

»Dann sind wir hier fertig. Alle Sperrungen aufheben. Danke, Leute, gute Arbeit.«

Der Kollege mit den Colas war da.

41

»Ich schwitze wie Schwein«, sagte Lukas Arndt.

Das Gelände des Kampfmittelräumdienstes Arndt lag draußen in Sperenberg: zwei flache Bungalows, Garagen mit Baggern und Transportern, eine gut gesicherte Lagerhalle – alles inmitten von ein paar Hektar Wald, Kiefern zumeist, ganz idyllisch hier, wo man die Bomben ab und zu kontrolliert hochgehen ließ. Emma war in ihrem Polo nachgekommen. Lukas Arndt hatte beim Kampfmittelräumdienst der Polizei angefangen, hatte er erzählt, inzwischen war er selbstständig, drei Angestellte, arbeitete aber eng mit den alten Kollegen zusammen.

Im Hauptgebäude gab es Duschen. Ganz hinten. Bis dahin war Emma ihm gefolgt. »Kommen Sie einfach mit«, sagte er, immer wieder, immer weiter, »wir können da hinten reden.« Sie wusste nicht, dass sie am Ende auf einer Bank in der Umkleidekabine sitzen würde, den Blick diskret weggedreht, während Lukas Arndt seinen gut gebauten Körper einseifte.

»Schwein ist nicht der richtige Ausdruck«, sagte sie. »Eher … Held?« Sie fühlte sich seltsam schwerelos, kam wohl von der überstandenen Aufregung.

»Sie wissen, wie das ist. Ich mache gern bisschen Show, das bringt Abwechslung in den Alltag.«

Emma: »Das war eine Fünfzentnerbombe. Und Sie mit Ihrem kleinen Schraubenzieher.«

»Ich habe auch einen größeren Schraubenzieher, aber ich wollte nicht angeben.«

Sie kicherte. Wie bitte? Kicherte sie? Arndt war ein Zeuge, wer weiß, vielleicht sogar ein Verdächtiger. Und sie flirtete? Nein, tat sie nicht. Oder? Sie wusste doch gar nicht, wie das ging. Na ja, außer mit einer halben Flasche Wein intus vielleicht. Hatte sie was intus? Sie wollte nicht daran denken.

»Es ist erstaunlich, wie viele Probleme im Leben man mit einem Schraubenzieher lösen kann«, kam seine Stimme aus der Dusche.

»Entschärfen Sie alle Bomben, die in Berlin so rumliegen?«

Entschärfen Sie alle Bomben, die in Berlin so rumliegen? Emma, echt jetzt. Sie rieb sich verlegen die Nase.

»Zu viel der Ehre.« Er lachte. »Neben uns gibt es noch zwei oder drei weitere Privatfirmen, wir arbeiten auch in Brandenburg, wenn die Kollegen da überfordert sind, bis tief in den Osten und drüber hinaus, und wir sind trotzdem nicht genug.«

»Aber wie gefährlich sind die wirklich? Ich meine, wenn sie bisher nicht hochgegangen sind … Sie haben getan, als ob das ein Spiel wäre.«

»Na ja, ein Spiel. Die gehen schon hoch, die Dinger. Vor ein paar Jahren in Göttingen sind gleich drei Kollegen draufgegangen. Das muss man ausblenden. Der Rest ist Routine. Alles ist easy, solange man den Typ erkennen kann. Damit steht und fällt alles. Dann weiß man, was zu tun ist. Nennen Sie ein Herkunftsland, Gewicht und Jahr.«

»Wie bitte?«

»Nennen Sie ein Herkunftsland, Gewicht und Jahr. Los, irgendwas.«

»Äh … England, 1944, fünf Tonnen?«

»Sie haben den *Tallboy* erwischt. Ein Bunkerbrecher. 5,45 Tonnen, Verzögerungs- und Langzeitzünder, 6,35Meter Länge, 95 Zentimeter Durchmesser, wurde unter anderem auf Hitlers Kehlsteinhaus in Berchtesgaden abgeworfen. Kein Treffer, leider. Andere kennen sämtliche Tore der Bundesliga von 1975 bis heute, ich kann Ihnen alle Bomben nennen, die die Deutschen und die Alliierten zwischen 1939 und 1945 gebaut haben.«

Emma war nicht ganz sicher, ob sie jedes Wort verstand. Die Dusche, die Entfernung. Wenn sie sich umdrehte, zu ihm hin, müsste sie sich nicht so anstrengen. Sie ließ es lieber.

»Das muss ein Spaß sein auf Partys«, sagte sie.

Er lachte. »Und bei den Frauen erst. Wenn du eine Frau nicht mehr sehen willst, lässt du durch einen Kollegen ausrichten, dass du leider hochgegangen bist. Blumen kann sie an jeder Straßenecke zwischen Rudow und Neukölln ablegen.«

Doch, sie flirteten. Das musste aufhören. Obwohl sie Lust darauf hatte.

»Hören Sie, es … es geht um Sabine Pohlart«, sagte sie.

Stille.

»Die Sabine?«, sagte er.

Die Dusche ging aus.

»Wir haben ihr Foto in der Zeitung gesehen. Wir mochten sie. Wir hatten Spaß mit ihr. Und jetzt, einfach so …Ich kann es nicht glauben. Ich war auch mal Polizist, aber so was … Sie war nett, alle Jungs mochten sie.«

»Sie haben letztes Jahr mit ihr zusammen ein Video gedreht.«

»Sechs Drehs haben wir dafür gebraucht!«

»Vielleicht hat es sie nervös gemacht, neben einem waschechten Bombenentschärfer zu stehen.« Was war das denn jetzt?

»Nein, sie war toll, wirklich, es ist auch gut geworden, sie hatte eine Karriere vor sich. Hat, meine ich. Hoffe ich.«

Emma drehte sich um.

Er stand noch in der Dusche. Nur dass er nicht stand, sondern saß. Auf einem Hocker. Er hielt ein weißes Handtuch auf dem Schoß, in Gedanken versunken, reglos, nackt, massiv, austrainierter Oberkörper … nur von den Knien abwärts fehlten ihm die Beine. Die lehnten an der Wand neben ihm, blau-silbern, futuristisch, aus Kunststoff, Carbon und Metall.

»Meinen Sie, sie kommt da raus?«, fragte er und blickte auf.

»Wenn wir sie rechtzeitig finden«, sagte sie.

»Wir haben darüber gesprochen«, sagte er schließlich. »Die Sache mit den Köpfen. Dass dieser Typ in Polen die Köpfe abreißt. Das ist wie eine Sprengung … nur kontrolliert.«

»Was bitte?«

Lukas Arndt zog gepolsterte Socken über die Beinstümpfe und griff nach den Prothesen, die Muskeln in seinen Oberschenkeln und an den Flanken spannten sich. Emma schaute weg.

»Das ist ja das ewige Problem mit kontrollierten Sprengungen«, sagte er. »Ganz kontrollieren kannst du sie nicht. Nie. Wenn ein Mensch auf einer Mine tritt, zum Beispiel, kann alles passieren, er kann in tausend Stücke fliegen, er kann davonkommen. Es spielen so viele Faktoren eine Rolle. Aber dieses … ich meine, Reißen … das hat den gleichen Effekt, diese brutale Gewalt, es ist nicht sauber wie ein Schnitt, aber zugleich bietet es Kontrolle, du bestimmst, welche Körperteile wohin fliegen.«

Emma starrte ihn an.

»Sorry«, sagte er. »Meine Fantasie geht mit mir durch. Es ist einfach so merkwürdig – das Reißen. Warum Reißen? Irgendwie ist mir das aufgefallen. Solche Dinge fallen mir halt auf.« Er schaute Emma fragend an. Seine Augen – blau. Das klarste Blau, das sie je gesehen hatte. Er blickte weg, schüttelte den Kopf. »Doof, oder? Bombenentschärfer. Wir halten alles für eine Bombe.«

»Hat sie … hat sie vielleicht etwas erwähnt wegen Polen? Dass sie dort einen Job hat? Oder einen Freund, irgendwas in der Richtung?«

Lukas Arndt stand auf. Emma musste hinsehen. Er trug das weiße Handtuch um die Hüften. Seine Prothesen machten kein Geräusch, quietschten nicht, bewegten sich genauso organisch wie echte Beine, sobald er sich anziehen würde, würde niemand mehr erkennen, dass er beinlos war. An seinem Schließfach, mit dem Rücken zu ihr, zog er sich das große weiße Handtuch von der Hüfte. Selbst sein Arsch war … dieser Muskel, wie hieß er noch …

»Gluteus maximus«, sagte sie laut.

»Wie bitte?«

»Ach, nichts.«

»Frau … Frau …«

»Carow.«

Auf einmal wusste Emma nicht mehr, was sie hier machte. Er hatte mal ein Video mit einem der Opfer gedreht, na und? Er grinste ihr über die Schulter zu. »Sie haben noch nie jemanden mit einer Prothese gesehen, habe ich recht?«

Emma wurde rot. Sie war dreißig, und er hatte es geschafft, dass sie rot anlief. »Nein, ich gestehe, ich konnte es mir nicht vorstellen, als Sie da draußen waren, es sah nicht aus, als ob … also … äh, Hut ab.«

Er lachte. »Diese Dinger, die meisten Leute bedauern einen, das ist für sie ein Zeichen von Behinderung. Wissen Sie was? Für mich sind sie ein Zeichen der Hoffnung.«

Sie schaute ihm zu, während er sich Strümpfe überzog, ohne sie zu spüren.

»Wenn ich vor hundert Jahren gelebt hätte, würde ich an der nächsten Ecke sitzen und betteln, das wäre mein Leben. Wenn ich überhaupt überlebt hätte. Heute – diese Dinger sind so weit entwickelt, die Technik so perfekt, dass es kein Mensch bemerkt, ich kann alles machen, ich kann tanzen, ich kann wandern, ich kann bergsteigen. Ich muss es nur üben. Dieser Unfall damals, ich war siebzehn, diese unkontrollierte Sprengung, wie ich heute sage, das Schlimmste war gar nicht, dass ich meine Beine verlor. Das einzig wirklich Schlimme war, dass ich dachte, ab jetzt bin ich nur ein halber Mensch. Alle meine Hoffnungen waren zusammengebrochen. Als ich irgendwann geschnallt habe, dass ich auch so ein ganzer Mensch sein kann, war ich das sehr schnell auch wieder. Ich musste nur diese Dinger anziehen, ich musste neu anfangen, wie wenn man zum ersten Mal das Gehen lernt, als Kind. Das war eine Beleidigung, aber … dann war es fast wie eine Wiedergeburt, man unterschätzt das, ist aber so.« Er stand auf, stieg in seine Jeans, schloss den Gürtel. Schaute weg, es war ihm peinlich. Emma hätte ewig weiter zuhören können. Zusehen.

»Passiert Ihnen das oft mit Männern?«, fragte er.

»Was denn?«

»Dass die sentimental werden und gleich über das Leben und das Universum losquasseln.«

Emma dachte an Nikolai Grotian. »Wenn Sie wüssten«, sagte sie. Sie wollte aufstehen. Sie war unruhig. Zappelig. Wäre gern dreimal um den Block gelaufen. Warum eigentlich nicht.

»Hören Sie …«, sagte sie.

Im Vorraum entstand Unruhe.

»O nein«, flüsterte er. »Retten Sie mich. Die Jungs wollen wieder in die Kneipe, Mädels aufreißen. Ich würde viel lieber mit Ihnen hier sitzen bleiben. Dann würde ich tatsächlich mal wieder mit einer Frau reden.«

Die Tür ging auf. »Lukas?«

»Bier gibt's auch dahinten am Automaten«, setzte er hastig hinzu. »Sie trinken doch Bier?«

»Lukas!«

»Sagen Sie einfach, Sie müssen mich noch befragen.« Er griff hektisch nach seinem Hemd.

»Nur wenn Sie das Hemd wieder hinlegen«, flüsterte Emma zurück.

»Wie bitte?«

»Mit Bier, ohne Hemd. Eine Hand wäscht die andere.«

»Lukas, da bist du ja.«

Mein Gott, sie sahen alle aus wie Lukas Arndt. Nein, nicht alle, aber die meisten schon, seine Kumpels.

»Kommste jetzt mit oder nicht?«

»Ich brauch ihn leider noch«, sagte Emma bedauernd. »Weiß nicht, wie lang.« Genoss das Feixen auf ihren Gesichtern. Grinsend zogen sie ab.

»Das Bier holen Sie jetzt aber«, sagte Lukas Arndt trocken.

42

Dahinten, war das nicht eine Pizzeria?

Emma lenkte ihren Polo in die Straße Am Tempelhofer Berg, fand tatsächlich einen Parkplatz und lief zurück zur Bergmannstraße. Richtig. Pizzeria Parlamento Degli Angeli. Rote Markise, buntes, handgemaltes Schild mit lauter Putten und Frauen, die gemeinsam auf Wolken frohlockten. Ein beeindruckendes Speisenangebot mit Kreide auf Tafeln gekritzelt.

Es war schon fast vier, und sie hatte seit dem Frühstück nichts mehr zu sich genommen, außer einem Bier mit dem scharfen Bombenentschärfer. Inzwischen hatte sie regelrecht Heißhunger. Sie wollte auch gerade rein, als ihr Handy klingelte.

»Die ahnen was«, wisperte Matze. »Also, Falner. Er ist hier im Büro, bei Sigmar, und er ist wütend.«

»Sag ihm bloß nicht, dass wir in Kontakt sind.«

»Natürlich nicht. Hast du den Arndt gesprochen?«

Auf der Klapptafel draußen vor der Pizzeria: Drei-Gänge-Menü nur acht fünfzig. Sie zögerte. Wie billig muss man kochen, dass man ein Drei-Gänge-Menü für so wenig Geld anbieten kann?

»Da komme ich gerade her. Er hat keine Beine.«

Matze war nicht ganz sicher, wie er diese Nachricht einordnen sollte.

Emma lief weiter die Bergmannstraße hinunter. Einstein Kaffee, das Starbucks für Lokalpatrioten, aber sie wollte keinen Kaffee. Ein

Inder namens Swera. Business Lunch, Hauptgang, Suppe, Salat, Reis, Brot, zusammen fünf neunzig. Es lief ihr kalt den Rücken hinunter. Sie ging weiter.

»Weißt du, Matze, ich glaube inzwischen, dass unser Täter gut mit Menschen kann.«

»Wieso?«

»Diese Schauspielstudentinnen – theoretisch kann ja jeder zu denen kommen und behaupten, er bräuchte jemanden für einen Videodreh. Aber ein klein wenig Charme und Fantasie muss er dafür schon investieren. Jeden Job machen die dann doch nicht.«

»Ich denke auch nicht, dass unser Täter die Frauen mit roher Gewalt nachts auf der Straße überfällt«, sagte Matze.

»Ich glaube, das betrifft auch die Huren: Er hat sie übers Internet kontaktiert und alle ihre Vorsichtsmaßnahmen erst mal entkräftet. Der Kerl kann quatschen. Lutz muss halt ihre gesamte Kommunikation durchforsten.«

»Dann habe ich hier noch eine Adresse für dich. Transen.«

»Transen. Herrlich.« Emma zog ihr Notizbuch aus der Tasche und schrieb.

Noch ein Inder. Alle Gerichte vier neunzig. Sie beschleunigte ihren Schritt.

»Es gibt mehr.«

»Ich höre?«

»Wir gehen davon aus, dass der Täter Pole ist, ja? Polnischer Muttersprachler.«

»Richtig.«

Emma stand vor dem Atlantic. Ein richtiges Restaurant. Edel. Mit Tischdecken und allem. Tortillachips und Schnitzel. Das war beinahe deutsche Küche. Die Preise: gepfeffert. Ältere Leute saßen da drin und speisten, ruhig und gediegen. Zu gediegen für Emma. Sie ging weiter.

»Wir gehen weiter davon aus, dass bestimmte Wörter in den

Briefen von ihm stammen. Wie *Parasit* und *ältester Baum* und so. Dass die Opfer diese Wörter von ihm übernommen haben.«

»Matze, das weiß ich doch alles, mach hin, ich hab Hunger.«

»Aber die Wörter sind auf Deutsch.«

»Klar, er spricht Deutsch mit ihnen, die Opfer können kein Polnisch, soweit wir wissen, er muss das Deutsche schon beherrschen, das ist klar.«

»Dann sind die deutschen Begriffe, die er benutzt, Übersetzungen aus dem Polnischen. Er redet deutsch, aber er denkt polnisch. Klar?«

Da: gegenüber, an der Ecke. Lone Star. Ein Mexikaner. Wann hatte Emma zuletzt mexikanisches Essen gehabt? Großer Gott, war sie da jung gewesen. Was hatten Mexikaner noch mal im Angebot? Irgendwas mit Käse überbacken. Perfekt. Sie überquerte die Straße.

»Also fragte ich mich, was sind das für Begriffe auf Polnisch?«

Jetzt wurde es interessant.

»Du hast die polnischen Originalbegriffe gefunden?«

»Kobieta-pasożyt.« Matze hatte Schwierigkeiten, den Begriff auszusprechen. »Weiblicher Parasit. Wird genau wie bei uns in antifeministischen Foren verwendet.«

»Na, das hatten wir auch angenommen. Was bringt uns das jetzt?«

»Gar nichts«, sagte er munter.

»Matze, ich habe Hunger. Du kannst mir später mal von deinen Abenteuern im Internet …«

»Warte. Da dachte ich mir, Moment, *Parasit*, das ist doch ein akademischer Begriff, oder es klingt zumindest so, anders als *Schmarotzer* …«

Emma trat durch die Tür. Herzhafte Mariachimusik empfing sie. Alles dunkel abgetönt, viel Holz, Fresken von südamerikanischen Revoluzzern an der Wand, neben Postern, die Olmeca Tequila und Corona-Bier anpriesen. Emma suchte sich einen der leeren Vierertische am Fenster aus. Ah, endlich sitzen.

»... und ich dachte, was passiert wohl, wenn ich den Begriff in eine akademische Suchmaschine eingebe?«

»Gibt es das?«

Im Blick der jungen Tresenkraft: Überraschung. Verwirrung. Sie zögerte. Emma fragte sich, wie lange sie noch warten müsste, bis sie bedient wurde, als ihr auffiel, dass der Raum ansonsten völlig leer war. Sie war der einzige Gast. Hinter der Bedienung stand der Koch. Auch er blickte Emma verstört an. Ein Mexikaner in Kreuzberg ohne Kundschaft. Emma stand auf und eilte wieder raus.

»Schon. Vroni Plag zum Beispiel, die wissenschaftliche Dissertationen auf Plagiate prüft, oder Google Books, das Millionen Texte durchsucht. Und nicht nur auf Deutsch. Also speiste ich den polnischen Begriff ein.«

Jetzt war Emma ganz Ohr. Sie stand mitten auf dem Bürgersteig und nahm ihre Umgebung nicht mehr wahr.

Matze: »Aber den Begriff hab ich nicht gefunden. In keinem Buch.«

Emma blickte die Straße auf und ab und erinnerte sich an Kreuzberg – an das Kreuzberg, das sie entdeckt hatte, als sie vor Jahren zum ersten Mal in die Stadt kam. Damals war Kreuzberg noch cool. Und die vielen ausländischen Imbisse – die Inder, die Türken, die »internationalen Spezialitäten«, die Thais und die Vietnamesen –, sie liebte sie alle. Schon damals konnte sie sich die leisten. Jetzt verstand sie, dass sie nicht nur billiger, sondern auch schlechter geworden waren. Emma machte kehrt, zurück in die Richtung, aus der sie gekommen war. Zum Italiener mit dem billigen Drei-Gänge-Menü.

»Matze, kommst du mal zum Punkt?«

»Da dachte ich, vielleicht haben diese Datenbanken ja zufällig keine polnischen Bücher gelistet, das würde erklären, warum es keine Suchergebnisse gab. Ich probierte es mit einem anderen polnischen Begriff, sozusagen als Kontrolle. Ich nahm den einzigen anderen polnischen Satz, den ich hatte – den, der am Ende der Briefe steht: *Es wird darum gebeten, diesen Brief unverzüglich an prominenter Stelle auf Ihrer Website zu veröffentlichen*. Also: *Uprasza się o niezwłoczne umieszczenie niniejszego listu w eksponowanym miejscu na waszej stronie internetowej*.«

Schon wieder hielt Emma mitten im Schritt inne.

»Bist du noch da?«

»Was hast du gefunden?«

»Ich probierte es zuerst nur mit *auf Ihrer Website*. Treffer. Fast tausend.«

Die Pizzeria war nicht voll, aber auch nicht leer. Fünf Stufen runter, ins Souterrain. Emma setzte sich an den eingedeckten Tisch und studierte die laminierte Speisekarte. Die Kellnerin ging vorbei. Sie winkte. Die Kellnerin bemerkte sie nicht.

Matze sagte nichts. Schon eine Weile.

»Matze? Bist du weg, oder machst du nur eine dramatische Pause?«

»Ich dachte, vielleicht willst du wieder meckern, daher hab ich kurz gewartet.«

»Matze, ich kann auch auflegen …«

»Dann versuchte ich es mit ein paar Wörtern mehr: *auf Ihrer Website zu veröffentlichen*.«

»Komm zum Punkt, Junge, oder du kriegst Ärger, das versprech ich dir.«

»Willst du die Geschichte hören oder nicht?«

»Ich will.«

Emma winkte. Umsonst. Die Kellnerin ging an ihr vorbei zur Tür hinaus und zündete sich eine Zigarette an.

»Am Ende habe ich den ganzen Satz eingetippt.«

Emmas Herz raste. »Und?«

»Ein Treffer. Einer.«

»*Es wird darum gebeten, diesen Brief unverzüglich an prominenter*

Stelle auf Ihrer Website zu veröffentlichen. Exakt in diesem Wortlaut?«

»Buchstabe für Buchstabe.«

»Das steht in einem Buch irgendwo in Polen?«

»Buchstabe für …«

»Was ist das für ein Buch?«

»Ein Krimi. Aus dem Jahr 2005: *Morderstwo na kobiecie – daj się namówić na śmierć.*«

»Wie bitte?«

»*Morderstwo na kobiecie – daj się namówić na śmierć.*«

»Der Täter hat den Satz aus dem Buch abgeschrieben?«

Matze: »Es könnte auch Zufall sein.«

»Sehr unwahrscheinlich. Er hat ihn abgeschrieben.«

Matze: »Und ich glaube, ich weiß auch, warum …«

Emma ging nicht darauf ein. »Gibt es das Buch auch auf Deutsch?«

»Genau das habe ich mich auch gefragt«, sagte Matze. Stolz. »Das Original ist deutsch und stammt aus dem Jahr 2004: *Frauenmord – lass dich zum Sterben überreden.*«

»Autor?«

»Ein gewisser Steffen Knaus.«

»Deutscher?«

»Deutscher. Und tot. Vor zwei Jahren gestorben.«

»Der Täter ist ein Deutscher«, sagte Emma.

»Glaube ich auch«, sagte Matze.

Emma legte auf. Die Kellnerin kam wieder rein. Emma stellte ihr dezent ein Bein, fing sie auf, als sie stolperte, und bestellte bei der Gelegenheit eine Pizza Tonno und eine Apfelschorle.

43

DONNERSTAG IST MÄNNERTAG!

WIR BITTEN FRAUEN,
AN EINEM ANDEREN TAG WIEDERZUKOMMEN.

Es war Donnerstag. War das überhaupt legal? Menschen aufgrund ihres Geschlechts am helllichten Tag den Zutritt zu einem Café zu verweigern? Emma war sich bezüglich der Rechtslage unsicher. Allerdings: Auch wenn sie sich sicher wäre, würde sie jetzt da reingehen.

Sie stieß die Tür auf und trat ein.

Das Café Andererseits, Scherenbergstraße, Ecke Rodenbergstraße, Prenzlauer Berg, Abschnitt 15, war L-förmig, der lange Tresen schwang sich parallel zur Fensterfront um die Ecke. Dünn bevölkert für halb neun am Abend: Ein paar Männer standen am Tresen, ein paar saßen an den runden Tischen weiter hinten. Ein älteres Männerpaar musterte sie misstrauisch von oben bis unten, als Emma an ihrem Tisch vorbeiging.

Hinter dem Tresen werkelte eine Frau: ausladende Brüste, viel Rouge, dünne Haare, aber ordentlich auftoupiert, Punklederjacke aus den Achtzigern, mit Nieten auf den Schulterpolstern, Typ toughe Mami.

»Nur Männer heute, Schätzchen«, sagte sie.

»Ich halte das rechtlich für bedenklich«, sagte Emma.

Die Mami stemmte die Arme in die Hüften.

Emma legte ihren Polizeiausweis vor. »Ich hoffte eigentlich, Sie könnten mir was erklären.«

Die toughe Mami schrie: »Harald! Wir haben Bullen.« Es sollte sich anhören, wie »wir haben Läuse« oder »wir haben Kakerlaken«. Tat es auch.

Harald eilte aus der Küche herbei – ebenso massiv wie seine Mitarbeiterin, mit ebenso ausladender Brust und schütterem Haar. Dafür aber über der blütenweißen Schürze ein Prachtbart bis zum Nabel.

Emma war nicht ganz sicher, ob »was ist ein Transenschwanz« als erster Satz taugte.

»Mir wurde gesagt, ich finde Transvestiten hier.«

Auch nicht besser.

»Transvestiten sind nicht illegal«, erklärte Harald mit verschränkten Armen. »Noch nicht.«

Emma seufzte. Warum musste sie sich immer rechtfertigen, wenn sie mit Berlinern redete? Warum konnte nicht mal einer von denen sagen: »Ja, bitte? Wie kann ich der Staatsgewalt behilflich sein?« Sollte das je wirklich passieren, müsste sie sich unbedingt kneifen. Konnte nur ein süßer Traum sein. Einige Gäste hatten sich erhoben, standen jetzt hinter ihr, weitere Männer näherten sich. Beziehungsweise waren sie wie Männer gekleidet. Emma war nicht mehr sicher, ob es auch welche waren.

»Ich suche nur Hintergrundinformationen«, stellte sie klar.

»Hier sind trotzdem keine Transvestiten«, sagte die toughe Wirtin.

»Außer es ist Konzertabend«, sagte Harald. »Dann manchmal schon.«

Die Gruppe um sie herum war größer geworden.

»Es ist wieder Ernst, oder? Ernst, hast du schon wieder öffentlich Ärger gemacht?«

»Fühlt sich irgendeine Nazi-Mami beleidigt von unserem Anblick?«

»Ihr Bullen könnt doch nicht einfach so hier reinwalzen …«

Emma wandte sich ihnen zu. Wie sollte sie mit ihnen reden, wie sie ansprechen? Ihre Hände schwitzten. Direkt vor ihr ein schlaksiger Junge ganz in Schwarz, mit goldgerahmter Brille und einer Haut, die so hell war, als hätte sie noch nie die Sonne gesehen. So zart gebaut. Ein Großer im Rollkragenpulli, mit zu schmalen Schultern und zu vielen braunen Locken auf dem Kopf. Ein Kleiner in purpurroter Fleecejacke und neongrünen Sneakers, definitiv über dreißig, aber der Flaum auf seiner Oberlippe war der eines Sechzehnjährigen. Die schöne Androgyne mit der steilen Stirnfalte – oder der? Überhaupt, die Klamotten. Nicht männlich, eher burschikos. Emma blickte an sich herab: Lederjacke, Jeans, Nikes. Wie sie eigentlich. Und doch zu einem anderen Zweck.

Emma verstand. Das hier waren keine Frauen, die sich als Männer kleideten. Es waren Frauen, die Männer sein wollten. Wie hieß das noch? Nicht Transvestiten, sondern Transgender. Aber sie waren eben noch keine Männer, noch nicht. Nicht alle. Nicht ganz. Es waren Transmänner. Neumänner, Männeranfänger, Männer in spe. Männer, die erst seit ein paar Monaten oder Jahren welche waren. Achtzig, neunzig Prozent ihres Lebens hatten sie als Frau gelebt, und nun wollten sie ein Mann sein. Aber sie mochten keine grauen Klamotten, und auf ihre Frisur waren sie noch immer stolz. Sie hatten akkurate Augenbrauen und keine Haare in der Nase. Sie dachten noch wie Frauen, da und dort. Vielleicht fühlten sie auch noch wie sie, irgendwo?

Also redete Emma über Frauen: »Wir suchen einen Verdächtigen. Er hält Frauen gefangen, Frauen aus Berlin. Er demütigt sie, er foltert und tötet sie, aber er tut dies alles weit entfernt, in Polen, wo wir keinen Zugriff haben. Das Schlimmste ist vielleicht gar nicht die Folter, das Schlimmste ist, dass sie keine Hoffnung haben, weil niemand ihnen hilft. Wir können nicht helfen, weil wir ihre Briefe nicht deuten können. Sie schicken Briefe, kurze Briefe, aber die handeln nicht davon, wo sie sind oder wie wir sie finden, sondern von Dingen, die wir nicht verstehen … Jeden Tag, den wir sie nicht finden, erleiden sie fürchterliche Qualen und kommen ihrem Tod einen Schritt näher. Deshalb bin ich hier. Ich hoffe, dass Sie mir helfen können, sie zu verstehen.«

Jetzt waren sie still und entsetzt, die letzten Reste männlicher Revierverteidigung verflogen.

»Eines der Opfer hat einen Brief geschrieben, in dem das Wort *Transenschwanz* vorkommt. Wir wissen nicht, was das ist. Weiß es hier vielleicht jemand?«

»Was, bitte?«, sagte die Androgyne.

»Nie gehört.« Die toughe Mami.

»Das Wort gibt es nicht.« Der Junge mit der Goldbrille schüttelte den Kopf.

»Na, das ist ein Schwanz einer Transe, würd ich sagen. Auch Transen haben Schwänze. Was sonst?«

»Und was ist der Unterschied zwischen einem Transenschwanz und einem normalen Schwanz?«

»Na, der Glitzer.«

Das war ein Lacher.

»War sie selber Transe?«, fragte der Kleine.

»Nein«, sagte Emma.

»Vielleicht hat sie das Wort falsch benutzt. Weiß sie überhaupt, was ein Transvestit ist?«

»Sie ist eine Prostituierte, sie müsste wissen, wovon sie spricht«, sagte Emma.

»Warum?« Das war der Lockenkopf. »Eine Hure bedient doch Männer, wie viele Männer kommen wohl im Frauenfummel zu ihr?«

»Das habe ich mich eben auch gefragt«, sagte Emma. »Könnte sie mit *Trans* nicht Transvestit, sondern transsexuell gemeint haben?«

Goldbrille: »Transgender heißt das heute. Wir ändern nicht unsere Sexualität, nur unser Geschlecht.«

»Ich erkläre das mal für den netten Bullen«, sagte der Lockenkopf. »Ein Transvestit ist ein Mann, der sich Frauenfummel anzieht, aber körperlich ist er ausgestattet wie jeder andere Bio-Mann. Ein Transgender-Mensch hat eine Hormonbehandlung hinter sich und oft auch eine Geschlechts-OP …«

»Eine wär schön«, sagte die Androgyne. »Das sind bis zu elf Einzeloperationen.«

»Oh«, sagte Emma. »Da darf man aber keine Angst vorm Krankenhaus haben.«

Ein Einziger lachte.

»Gut, er hat rund zehn OPs hinter sich, und am Ende …«

»Wenn er überhaupt alle durchzieht«, ergänzte einer.

»… am Ende hat er einen Schwanz, wo er vorher eine Vagina hatte.«

»Aber das verändert nicht die sexuelle Orientierung«, betonte Goldbrille. »Die bleibt bestehen. Ich war zum Beispiel Lesbe, als ich noch eine Frau war. Jetzt bin ich ein Mann und stehe immer noch auf Frauen, damit bin ich jetzt hetero.«

Der Lockenkopf: »Und das nicht zu knapp, was? Du kannst manchmal ein echter Hetero-Arsch sein.«

Jemand weiter hinten lachte.

Emma schwirrte der Kopf.

Die Punk-Mama stellte ihr ein Bier auf die Theke und zeigte auf die Androgyne. »Es sei denn, du bist im Dienst«, sagte sie.

»Bin ich nicht«, sagte Emma. Sie nahm einen tiefen Schluck und dankte der Androgynen mit einem Blick.

»Könnte sie das damit gemeint haben?«, fragte Emma. »Meinte sie so was wie *Transsexuellen-Schwanz*?«

»Einen rekonstruierten Schwanz. Nach einer OP«, sagte der Junge mit Goldbrille nach einer Weile. »Was heißt, der Killer ist Transgender.«

»Das olle Klischee wieder.« Allgemeines Stöhnen ringsum. »O Mann, das ist ja wie damals bei Brian de Palma …«

Emma schüttelte den Kopf. Diese Diskussion hatte sie schon

hinter sich, in der Puppenkiste: Der Täter konnte keinen Brief wegschicken, der seine Identität verriet. Wenn er tatsächlich Transvestit wäre, hätte der Brief sie gar nicht erst erreicht. Das Gleiche galt für Transgender – auch in dem Fall würde er einen Brief mit dem Wort *Transenschwanz* nicht abschicken. Emma hatte diese beiden Möglichkeiten längst ausgeschlossen. Das sagte sie aber nicht. Sie wollte zuhören.

»Nicht unbedingt.« Der Lockenkopf. »Da muss man unterscheiden: Geht es um einen neu aufgebauten Penis nach der OP, oder geht es um einen *Stuffer*?«

»Was ist ein *Stuffer*?« Emma.

Die Androgyne: »Also, ich sage *Packer*. Ihr nicht?«

»Das sagt man in Österreich.«

»Was ist das?«, wiederholte Emma.

»Ich zeige Ihnen, was ein Packer ist«, sagte der Kleine. »Ich hab mir heute endlich einen neuen gekauft, ich find's total geil.« Er griff in seinen Rucksack.

»Ey, du packst das Ding doch nicht auf meinen Tresen?«, sagte die Wirtin erschrocken.

»Die Staatsgewalt will einen Stuffer sehen, sie soll einen sehen«, sagte der Kleine. Er war begeistert, er war nicht mehr aufzuhalten. Alle Blicke lagen auf ihm, jemand sagte: »Jetzt geht's los.« Aus dem Rucksack nahm er einen Penis und knallte ihn auf die Theke.

Gummi, wohl eher Silikon, lebensecht, hautfarben, groß, Vorhaut, faltig, schwabbelig. Und schlaff. Der Schaft lag dezent über den Hoden.

»He, das ist ein Großer.«

»Alle Männer glauben, es kommt auf die Größe an«, sagte die Androgyne.

Jemand lachte, jemand stöhnte.

Alle Männer glauben, es kommt auf die Größe an. Das war kein Männerspruch, so redeten Frauen über Männer. Diese Männer in spe wussten noch nicht, was Männer über Männer so von sich geben. Das war das Faszinierende an ihnen. Keiner von ihnen hatte gewusst, was auf sie zukommen würde, sollten sie das Geschlecht ändern. Ihr ganzes Leben lang hatten sie gelernt, Frau zu sein, das Mannsein mussten sie erst üben. Ein Neustart, zurück auf null, ohne Vorbereitung. Manchmal wünschte Emma, sie könnte das auch.

»Also Bescheidenheit, ja? Das ist eine Tugend«, sagte einer mit Vollbart und Holzfällerhemd. Er griff in seinen Rucksack, holte seinen Penis im Ziplocbeutel raus und knallte auch ihn auf die Theke. Der war kleiner und nicht so überzeugend wie der andere: hautfarben, aber ohne die Unperfektheiten, die echte Haut auszeichnet. Und er schwabbelte weniger.

»Mehr brauchst du nicht. Alles andere ist Angeberei.«

Emma sagte: »Ein Dildo?«

Goldbrille prustete. »Ein Dildo ist ein Spielzeug. Ein Packer ist ein Gebrauchsgegenstand.«

Der Kleine: »Und er kostet zehnmal mehr. Meiner ist eine Sonderanfertigung. Aus Litauen, da gibt es eine tolle Firma, billiger als die Deutschen, die nehmen dich aus. Das ist gute Handarbeit. Und das Beste ist …« Er drehte ihn um: Hinten war er hohl. »Du kannst durchpissen.«

Jetzt hatte Emma es kapiert. »Eine Prothese«, sagte sie.

»Eine Epithese nennt man das«, sagte die Androgyne. »Für vor den OPs.«

»Oder wenn man keine OPs macht«, sagte ein anderer mit einem melancholischen Lächeln. »Weil man nicht weiß, ob es sich lohnt.«

Emma: »Was meinen Sie damit?«

»Na ja, ein rekonstruierter Penis funktioniert nicht immer wie ein natürlicher. Je nachdem, was für einen man sich machen lässt. Vor allem kriegt man den nicht einfach so steif. Dazu muss man sich Verstärkung aus Silikon implantieren lassen.«

»Das kannst du auch mit einer Epithese.« Der Kleine holte einen Stab aus dem Rucksack, packte ihn aus und wollte ihn gerade in die Epithese einführen, als die Punk-Mami ihn so scharf anblickte, dass er ihn verschämt wieder wegsteckte.

»Oder du lässt dir bei der OP gleich so eine Pumpe installieren …«

Der Lockenkopf hinter ihr: »Nein, Schluss jetzt, der bleibt in der Hose.« Diese Stimme. Dunkel, aber nicht direkt männlich. Das verwirrte Emma. Einige hier hatten solche Stimmen. Tief, das schon, aber auch … emotionaler, weniger aggressiv, nicht so laut, eher lebhaft. Und sie lachten mehr als Männer. Keiner von ihnen guckte grimmig. Keiner außer Peter. Diese Neumänner hatten noch einiges zu lernen.

Der mit der Goldbrille sagte: »Peter, komm schon, zeig ihn her.«

»Du gibst immer damit an, jetzt wollen wir ihn auch mal sehen.«

»Träum weiter.«

»Peter, du bist echt ein Spielverderber, weißt du das? Das ist ein Bulle. Sie braucht Infos.«

»Zeig uns endlich deine Geheimwaffe.«

»Herrgott noch mal!«, schimpfte Peter. »Wenn ich gewusst hätte, wie unterversorgt ihr alle seid, hätte ich euch nie davon erzählt.«

Er wandte sich ab, ging aufs Klo.

Die Wirtin sagte: »Schluss damit! Ich will das Zeug nicht auf meiner Theke haben.«

Der Kleine erklärte: »Ein Packer, damit stopfst du deine Hose aus. Es ist nur zur Show, du gehst raus damit, und keiner merkt, dass da was fehlt. Deshalb ist er auch schlaff.«

»Oder wenn du auf'm Klo bist«, sagte einer von denen, die bisher geschwiegen hatten, »und die gucken von rechts und links, und du willst, dass sie einen normalen Schwanz sehen und keinen …«

Er redete nicht weiter.

»Was denn, Hannes, was sollen sie nicht sehen?«

»Ja, Hannes, schämst du dich?«

»Sag bloß, du pinkelst wirklich durch deine Epithese. Mann, bist du eitel.«

»He, ihr könnt mich am Arsch lecken. Ich schäme mich nicht.«

Der Kleine vollendete den Satz für ihn: »… keinen Penoid, meint er. So ein operierter, also ein aufgebauter Penis muss nicht immer groß sein. Kann, aber muss nicht.«

Und dann sagte Holzfällerhemd einen Satz, der unter Männern auch eher selten fällt: »Größe hat Vor- und Nachteile.«

»Na ja«, sagte Hannes, »im Bett, das klappt schon alles, kein Thema, aber wenn ich in der Kneipe aufs Klo muss, und da steht so 'n Typ neben mir und guckt her, das macht mich fertig, mit allem andern kann ich leben, aber Mann sein, das ist ein ständiger Konkurrenzkampf, die klopfen dir auf die Schulter, ach, sind wir tolle Kumpels, aber in Wahrheit ist einer immer der Große und einer der Kleine, und wenn du da am Pissoir stehst, und sie sehen, dass du nicht so viel in der Hose hast wie sie, egal, was du sonst im Leben bringst, bist du für die kein Mann. Aber mit Epithese sind plötzlich alle beeindruckt.«

»Und das hier«, sagte Peter hinter ihnen, »ist die Porsche-Ausgabe.« Der Lockenkopf war wieder vom Klo zurück. In seiner Hand ein Penis. Er haute ihn auf die Theke. Also, er wollte. Die Wirtin war sofort zur Stelle mit einer Sprühflasche Desinfektionsmittel, die sie drohend auf ihn richtete. Spontan entschied sich Peter dafür, das Kunstwerk auf der flachen Hand zu präsentieren.

Das Ding war groß und lebensecht. Sehr überzeugend. Und etwas anders als die anderen, Emma konnte nicht genau sagen, inwiefern. Sie war nicht die Einzige, die ihn bewunderte.

»Das ist kein Packer«, sagte Peter. »Das nennt man Penisprothese, eine Epithese, die kann alles. Schauen Sie mal.«

Peter griff an den rechten Hoden der Prothese und drückte. Einmal, zweimal, dreimal. Jedes Mal wurde der Penis steifer, bis er sich ganz aufrichtete.

»Eine Pumpe«, sagte Peter stolz. »Es ist die gleiche Technik, die man auch in aufgebaute Penisse einsetzt.«

Schon faszinierend. »Und wie hält das … äh, wie macht man …?«

»Mit einem Gurt«, sagte Peter. Er grinste stolz. »Wenn die Frau nicht mitkriegt, dass du daran pumpst, merkt sie gar nicht, dass es kein echter Penis ist. Hab ich für meine Frau gekauft. Der kann wirklich alles.« Er tippte mit dem Finger auf den linken Hoden. »Der ist jetzt nicht geladen, aber mit der linken Pumpe kann ich sogar abspritzen.«

Emma grinste. »Klingt wie ein Sexspielzeug, verstehe ich das richtig?«

Peter lachte. »Dazu ist er viel zu teuer. So einer wird individuell angepasst.«

Emma dachte nach. »Ich frage mich … Es sind nicht unbedingt ausschließlich Transsexuelle, die eine Penisprothese kaufen, oder?«

»Eigentlich ist es eine ganz normale Prothese«, sagte der Junge mit der Goldbrille. »Männer, die einen Unfall hatten, brauchen so was zum Beispiel auch.«

»Oder Typen, denen die Frau den Penis abgeschnitten hat!«

Das war ein Lacher. Bio-Männer – Emma gefiel der Ausdruck – hätten nicht gelacht, zumindest nicht so dreckig.

»Ach, heutzutage kann man einen Penis wieder annähen.«

»Nicht in jedem Fall, was ist, wenn der Nerv zerstört ist? Oder die Blutgefäße? Alles schon gehört.«

»Wenn die Prostituierte einfach nur *künstlicher Penis* meinte, kann das alles Mögliche heißen.«

»Muss nicht mal eine Epithese sein«, sagte der Kleine. »Vielleicht ist das so ein gepimpter Penis, wie beim Schlangenmenschen.«

Goldbrille lachte. »Gepimpter Penis! Du untertreibst. Ein Cyborgschwanz ist das!«

Mehr Lacher. Einer fragte: »Wer ist der Schlangenmensch?«

»Warst du nie in der Gemütlichen Opiumhöhle?«

»Schon, aber da war kein Schlangenmensch …«

»Der ist doch legendär«, sagte Holzfällerhemd.

»Du meinst den Türsteher? Der hat einen Cyborgpenis?«

»Alles Gerüchte«, sagte Peter. »Der hat einen ganz normalen Schwanz.«

»Aber eben mit elektronischen Teilen.«

»Moment«, sagte Emma und zog ihr Handy aus der Tasche. »Ich schreibe mit.«

44

Der Schlangenmensch stand vorm Eingang. Besser gesagt, er lehnte lässig am Türrahmen. Er war tätowiert. Sein Gesicht, seine Glatze, die Arme, alles, was Emma sehen konnte, tätowiert. Alles überzogen von einem feinen grünen Netz. Metallteile in den Ohren, irgendwas durch die Nase: ein Knochen? Er grinste. Seine Eckzähne: spitz gefeilt. Die Schneidezähne glänzten, silberne Drähte waren darin eingehängt.

Hinter ihm die Stahltür, die zum Gelobten Land führte, und er der Torwächter. Auf dem RAW-Gelände, Friedrichshain, Abschnitt 51. Alte Lagerhallen, geborstener Asphalt, reihenweise Betonbaracken, bedeckt mit Graffiti, alles längst in Klubs und Bars umgewandelt, junge Leute ziehen ziellos umher, lachen, johlen, grölen, tanzen, schwanken, werfen mit Dönerresten und Flaschen, das ist Berlin, hier siecht die Wirtschaft, doch das Nachtleben stirbt nie.

Die Schlange vor der Tür war lang: die Mädels aufgebrezelt, die

Jungs überaktiv. Die ohne Bart kamen in Dreiergruppen, sie hatten vorgeglüht, sie wollten auf Biegen und Brechen rein. Die mit Bart schick und im Doppelpack. Als Emma an der Schlange vorbeilief, fielen ihr die Sprachen auf: Englisch, Spanisch, Schwäbisch, Sächsisch – Touristen allesamt. Alle wollten sie in die Gemütliche Opiumhöhle. Ganz Berlin, ach, die ganze Welt wollte in die Gemütliche Opiumhöhle. Die, die in der Schlange standen, waren nur die, die sich trauten. Der Türsteher war wählerisch.

Emma ließ sie alle links liegen, auf ihrem Weg zum Schlangenmenschen. Als sie dann vor ihm stand, begriff sie, warum er so hieß: Seine Zunge war gespalten.

»Ich möchte mit Ihnen reden«, sagte sie. »Drinnen. Wann haben Sie Pause?«

»Wie bitte? Wer bist du?«

Emma zückte ihren Polizeiausweis. »Man sagte mir, Sie könnten mir bei etwas weiterhelfen. Ich sitze an der Bar.« Sie ging an ihm vorbei, in den Klub.

»Schönen Abend auch Ihnen, Frau Wachtmeister«, sagte er zu ihrem Rücken.

Sie hätte erwartet, dass er lispelte mit dieser Zunge. Tat er aber nicht.

Durch den Dunst und das Dunkel und die tanzende, wandernde, besoffene junge Horde sah sie, dass es drinnen mehrere Theken gab. Sie setzte sich an den ersten freien Platz und begann den langen, schwierigen Prozess, die Aufmerksamkeit der Barkeeperin in Strapsen zu erhaschen.

Es dauerte. Währenddessen rief sie Felix an. »Was würdest du tun, wenn du keinen Schwanz hättest?«

»Emma, wo steckst du? Wir versuchen dich den ganzen Tag zu erreichen … Der Sigmar … der Sigmar hat sich mit dem Falner angelegt. Du solltest dich schleunigst mal bei ihm melden.«

Emma redete seelenruhig weiter. »Was, wenn der Täter keinen

Schwanz hat? Weil es einen Unfall gab oder einen ärztlichen Kunstfehler? Was, wenn er den Frauen die Köpfe abreißt, so wie ihm der Schwanz abgerissen wurde?«

»Emma? Bist du besoffen?«

»Sein *Transenschwanz* – die Frau wusste nicht, wie sie es nennen sollte, und so erfand sie einfach was – ich glaube ja, sie meinte eine Prothese. Der Täter hat das Wort nur dringelassen, weil er dachte, wir würden dann einen Transvestiten suchen, oder einen Transsexuellen. Würdest du bei dem Wort an eine Prothese denken? Nee, aber an Transen. Falsche Fährte. Bingo. Du bist ein Mann, sag's mir: Wenn du keinen Penis hättest, würdest du einen Hass auf Frauen kriegen?«

»Wo bist du? Ich hole dich ab, und morgen gehst du gleich zu …«

»Ich sitze in einer …«, sie schaute sich um, »… einer Bar, glaube ich, und ich habe vor, demnächst den Penis eines Mannes zu begutachten.«

»Emma, du redest … bist du okay? … wo bist du?«

»Gemütliche Opiumhöhle. Der Türsteher hat einen elektronischen Schwanz. Hast du mich verstanden? Einen elektronischen Schwanz, wie ein Vibrator, verstehst du?«

»Emma … ist das ein Verdächtiger? Du redest mit niemandem, ohne …«

»Er kommt, ich muss auflegen. Gemütliche Opiumhöhle.« Emma legte auf.

War der Schlangenmensch ein Verdächtiger? Das wäre ein ziemlicher Zufall. Könnte aber sein. Lukas Arndt ebenso, wenn sie ehrlich war.

Hatte auch er einen künstlichen Penis? Emma hatte neben ihm in der Dusche gestanden und nicht hingeguckt. Seine Beine – wie hatte er die eigentlich verloren? Sie hatte nicht gefragt. Falsche Rücksichtnahme bringt einen auch nicht immer weiter. Wurden sie ihm abgerissen? Würde ein Mann, dem die Beine zerrissen wurden, einen solchen Hass auf Frauen entwickeln, dass er ihnen den Kopf abreißen will?

Es dauerte nicht mal eine halbe Stunde, bis sie ein Becks in der Hand hielt, ihr drittes heute. Irgendwann, als sie da saß, wurde ihr bewusst, dass der Gang hinter ihr links in einen größeren Raum führte, in dem sie schemenhaft Silhouetten wahrnehmen konnte, die sich rhythmisch gegeneinander, miteinander bewegten … nur dass niemand tanzte. Sex. Sex in der Öffentlichkeit. Männer mit Männern, Männer mit Frauen, Frauen mit Frauen, Fremde mit Fremden. Jetzt wusste sie wieder, woher sie den Namen Gemütliche Opiumhöhle kannte.

Auch gut. Sie verbrachte die Wartezeit damit, ohne falsche Rücksichtnahme den kopulierenden Wesen in ihrem offenen Darkroom zuzuschauen. Es hatte was von modernem Tanz. Verschlungene Schatten, wandernde Lichter. Und sie waren alle so schön. Das Bier war halb leer, bis sie die Stimme des Schlangenmenschen hinter ihrem rechten Ohr vernahm: »Jemand hat Ihnen gesteckt, meine Wenigkeit kann der Polizei behilflich sein?«

Sie drehte sich um.

Smaragdgrüne Ornamente, die sein Gesicht umrankten wie unfertige Geschichten, die spitzen, schimmernden Zähne, die gespaltene Zunge, all das gekrönt von einem unerwartet charmanten Lächeln. Vielleicht war es nur der Alkohol. Nein, der Freak war tatsächlich charmant.

»Was ist ein elektronischer Schwanz?«, fragte sie ihn geradeheraus.

Er lachte. »Von wem haben Sie das denn?«

»Ihr Penis ist berühmt.«

»Ist das nicht der Traum eines jeden Mannes? Dass wildfremde Frauen dich auf der Straße ansprechen und deinen Schwanz sehen wollen? Ich sollte Geld verlangen. Oder haben Sie etwa einen Durchsuchungsbeschluss für meine Hose?«

»Ich schlage mich gerade mit einem schwierigen Begriff herum. *Transenschwanz.* Haben Sie den je gehört?«

»Nein, aber ich bin auch keine Transe.«

»Hat es vielleicht mit einem künstlichen Schwanz zu tun? Mit so einer Penisprothese oder mit …«

»… mit einem gehackten Schwanz?«

Emma zuckte zusammen. »Sagen Sie doch so was nicht.«

»Gehackt? Noch nie gehört? Bodyhacking, der elektronisch modifizierte Körper.« Sein Lächeln war weg. Auf einmal war es kein Spiel mehr. »Eine Frage: Bin ich ein Verdächtiger?«

»Sie sind nicht mal Zeuge. Ich versuche nur, diesen Begriff zu verstehen.«

»Wurde ich von irgendwem aus irgendeinem Grund angezeigt oder verklagt oder bezichtigt?«

»Nein. Sind Sie paranoid?«

»Ja.«

»Haben Sie Grund, paranoid zu sein? Werden Sie regelmäßig des Mordes bezichtigt? Wirklich jetzt, die Berliner. Glauben Sie, Sie werden von der Regierung abgehört?«

»Moment mal … Sie wissen nicht, wer ich bin, oder?«

»Doch«, sagte Emma. »Sie sind berühmt. Man nennt Sie den Schlangenmenschen.«

Der Schlangenmensch schaute sich Emma etwas genauer an. Er dachte nach. »In Ordnung.« Er zog sein Handy aus der Tasche. »Da hinten, an der Bühne vorbei, da sind ein paar Separees. Ich gehe jetzt Separee 9 bestellen. Sie können mich da in fünf Minuten finden. Aber zuerst …« Er richtete sein Handy auf Emma. »Sprechen Sie in die Kamera: Ihr Name, das Datum und sagen Sie, dass Sie aus eigenem Antrieb mit mir in ein Separee gehen, um mich über sexuelle Themen auszufragen.«

»Wie bitte?«

»Tun Sie es, oder wir können es vergessen.«

»Sie sind echt paranoid.«

»Das haben wir schon festgestellt.«

Zögerlich, widerwillig, sprach Emma die Worte in die Kamera.

»Fünf Minuten«, sagte er. »Bestellen Sie uns ein paar Bier, geht auf meine Rechnung.« Dann ging er.

Diesmal ging es merklich schneller mit der Bestellung. Die Barkeeperin hatte jedes Wort gehört, sie hatte den Schlangenmenschen keine Sekunde lang aus den Augen gelassen. Und sie hatte auch einen guten Rat für Emma: »Wenn er dich noch mal bittet, in die Kamera zu sprechen, sag alles, was er will, es lohnt sich.«

45

»Haben Sie eine Spirale?«

»Wie bitte?«

Sie hatte sich hingesetzt, er griff sofort nach dem Bier: Schummrig war es hier, nur die kleine rote Lampe auf dem Tischchen leuchtete, die Couch war auffallend geräumig, die Musik hier drin womöglich noch lauter als draußen. Man musste sich praktisch gegenseitig ins Ohr sprechen.

»Auch ein gutes Beispiel«, sagte er: »Tragen Sie Kontaktlinsen?«

»Nein, das sind meine Originalaugen.«

»Einen Schrittmacher? Ein künstliches Kniegelenk? Ein Hörgerät?«

»Worauf wollen Sie hinaus?«

»All das sind Körpermodifizierungen. Man installiert moderne Technik im Körper, um ihn zu verbessern. Um die Natur zu vervollkommnen, ihre Fehler zu korrigieren.«

»Die Fehler der Natur? Größenwahnsinnig sind Sie nicht, was?«

»Alle schwärmen von *Mutter Natur* und *naturbelassen* und all dem Scheiß, aber keiner verzichtet auf eine Brille. Schon die ist im Grunde Bodyhacking. Der Unterschied ist, Bodyhacking macht man nicht, weil einem was fehlt. Niemand muss sich einen Computerchip in die Hand implantieren lassen, aber ein Bodyhacker tut es.«

»Warum, um Himmels willen?«

Er lachte wieder. Charmant, sein Lachen. Wenn der Schlangenmensch lachte, kam er Emma entfernt bekannt vor, wie aus einem anderen Leben, sorglos, lässig, gut aussehend.

»Weil man Bock drauf hat. Man will ein Stück Zukunft für sich, das Gefühl, in einer Science-Fiction-Welt zu leben, schon heute. In Zukunft werden wir alle irgendwelche Chips implantiert haben – du brauchst keine Karte mehr, wenn du zur Bank gehst oder zum Supermarkt, du hast deinen ID-Chip direkt unter der Haut. So wie deine Katze. Heutzutage ist der Nutzen noch begrenzt – mit meinem Chip kann ich nur meinen Computer zu Hause entriegeln, weiter nichts –, aber ich will was von der Zukunft haben, also mache ich das.«

»Sie haben einen Computerchip unter der Haut?«

Er führte ihre Hand zum Ballen seines rechten Daumens. »Sieht man nicht, ist zu klein. Aber Sie können es fühlen.«

Emma betastete seinen Handteller. Da war es. Nicht größer als ein Reiskorn.

»Das hier können Sie aber sehen.« Er hielt ihr seine linke Faust vor die Augen und öffnete sie dann.

Seine Hand blinkte.

Drei kleine rote Lämpchen blinkten durch die Haut.

»Mein Gott, was ist das?«

»LED. Läuft mit Akku.«

»Unter der Haut?«

»Klaro. Blinkt Tag und Nacht.«

»Es geht nie aus?«

»Tag und Nacht.«

»Und der Nutzen?«

»Keiner. Ich mag es einfach. Ich bin mehr als das, was die Natur mir gegeben hat. Ich stehe mit einem Bein in der Zukunft, ich tue etwas, was sonst keiner in der Weltgeschichte je getan hat: Ich blinke.« Er war stolz wie ein kleiner Junge.

»Das ist … Das ist unnatürlich.«

»Ihre Wimperntusche ist unnatürlich. Künstliche Fingernägel. Brustimplantate. Bodyhacker haben so einen Spruch: Jede Frau ist eine Bodyhackerin, sie weiß es bloß nicht.«

»Und haben Sie das selber … eingebaut?«

»Nein, es gibt schon ein paar Ärzte, oder Leute mit einem halben Medizinstudium, die das für uns machen. Schwarz natürlich, Bodyhacking ist umstritten. Aber ich denke, es wird nicht mehr lange dauern – die Technik entwickelt sich schnell. Heute kann man sich einen Herzschrittmacher einsetzen lassen oder ein Hörgerät unter der Haut, morgen kriegst du Kontaktlinsen mit Zoom implantiert. Es gibt da einen Farbenblinden – wirklich –, der ist berühmt, Künstler, aber farbenblind, der hat sich eine Antenne am Kopf installiert mit einer Kamera dran, die erkennt Farben und setzt sie in Töne um, die nur er hören kann. So unterscheidet er die Farben. Lachen Sie nicht, das muss Spaß machen, ich wünschte fast, ich wäre auch farbenblind. Ich selber habe insgesamt vier Hacks.«

Die Bedienung in Strapsen war da, hatte überflüssigerweise den Kopf durch den Vorhang gestreckt, ob sie was bringen könne. Wollte wohl wissen, wie weit sie wären. Mit Blick auf Emma schmollte sie ihn an: »Wann zeigst du mir mal wieder deinen Zauberring?«

»Vielleicht bald, wenn du brav bist. Jetzt lass uns in Ruhe.«

»Was sind die anderen zwei Hacks?«, fragte Emma, als sie wieder alleine waren.

»Ich habe einen GPS-Sender unter der linken Achselhöhle.«

»Damit Sie immer wissen, wo Sie gerade sind?« Sie lachte.

Er hob die Augenbrauen. »Na, gegen Kidnapping ist das ganz

nützlich. Wenn ich reich wäre, würde ich meiner Frau und meinen Kindern auch einen GPS-Sender implantieren lassen.«

»Ihre Paranoia erstreckt sich auf Kidnapping?« Emma sagte es skeptisch, sogar spöttisch, aber ihr erster Gedanke war: Ich brauche das. Hätte ich das letztes Jahr mal gehabt. Jede Frau braucht das.

»Na ja, das war so eine verrückte Idee, vor einem Jahr, als ich noch dachte, ich sei verliebt: Ich setze mir eins ein, sie setzt sich eins ein, und wir wissen immer, wo der andere steckt. Ist aber in die Hose gegangen – sie wollte eigentlich gar nicht wissen, wo ich mich rumtreibe.«

»Ein Romantiker sind Sie auch noch.«

»War das nicht offensichtlich?«

»Den vierten Hack haben Sie im Penis, habe ich recht? Und ich muss noch mal in die Kamera sprechen, wenn ich ihn sehen will, stimmt's?«

»Sie sind gut informiert.«

»Ich will ihn aber nicht sehen.«

»Nur mit Worten ist es schwer zu erklären.«

»Besondere Mühe geben Sie sich nicht gerade.«

Er zuckte die Achseln, sie seufzte. »Dann zeigen Sie's halt her.«

Er überlegte. Dann zückte er sein Handy, machte die Kamera an und sagte: »Sagen Ihren Namen, mit wem Sie wo sind und das Datum.«

»Wie heißen Sie überhaupt?«

»Sascha Voss.«

Emma tat es.

»Jetzt sagen Sie, dass wir auf Ihren Wunsch hin ein sexuelles Gespräch führen und dass Sie mich gebeten haben, Ihnen meinen Penis zu zeigen.«

Emma runzelte kurz die Stirn. Dann sagte sie auch das.

»Sagen Sie, dass Sie meinen Penis aus eigenem Antrieb in die

Hand nehmen werden und jede sexuelle Handlung, die daraus folgt, auf Ihre Verantwortung geht.«

»Ich will ihn nicht in die Hand nehmen.«

»Das werden Sie wollen.«

Emma sagte es.

Der Schlangenmensch legte das Handy beiseite, stand auf und zog seine Hose aus. Auch die schwarze Unterhose darunter.

Es war schon ein beeindruckendes Teil. Massig und irgendwie lässig, wie er da hing, er zuckte sogar ein wenig, als ob er bereit sei, jederzeit loszulegen.

»Ich sehe den Hack nicht.«

»Sie müssen schon Hand anlegen. Er ist unten. Am Schaft.«

Als Emma ihn zögerlich anfasste, sprang er ihr sofort entgegen, der Penis des Schlangenmenschen war in einem Augenblick erigiert. Emma schreckte zurück, fasste ihn aber noch einmal an, es fühlte sich an wie warme Seide, und ihre Hand bewegte sich den Schaft herab zur Wurzel.

Da spürte sie es: Etwas Hartes. Ein Ring, der seinen Penis umfasste. Unter der Haut.

»Und was ist das?« Ihr Mund war trocken.

»Machen Sie es an.«

»Wie?«

»Es gibt einen Schalter. Unten. Drücken Sie drauf, Sie finden ihn schon.«

Unter der Haut unten war eine kleine runde Erhebung: Sie drückte sie rein und erschrak.

Der Ring vibrierte.

»Wie geht das?«

»Herzschrittmacherbatterie.«

Sie hörte das leise Schnurren. Sie umfasste ihn: Das Vibrieren ging ihr durch die Finger bis in die Knochen.

»Das macht bestimmt … Eindruck«, sagte sie.

»Wollen Sie es probieren?«

»Ich kann mir vorstellen, wie das ist«, sagte sie. Aber sie nahm ihre Finger nicht von seinem Penis. Vor allem war gerade diese Stelle so praktisch. Das war mal ein Mann, der an die Frauen dachte.

»Das können Sie nicht. Glauben Sie mir, Sie können sich das nicht vorstellen. Reden Sie mit den anderen Frauen, wenn Sie es mir nicht glauben. Man muss es erleben. Sie haben selber gesagt, mein Penis ist berühmt.«

Emma versuchte sich zu konzentrieren. Vier Bier. Oder fünf? Es war nicht leicht. Sie sagte nichts. Aber sie nahm auch die Hand nicht von dem Zauberring.

Sascha Voss, der Schlangenmensch, richtete sein Handy auf sie und sagte: »Sprechen Sie mir nach.«

»Das reicht.« Der Vorhang wurde aufgerissen. »Du kommst jetzt mit. Ich muss noch die verdammte Waschmaschine reparieren, und ich hab nicht die ganze Nacht Zeit.«

Felix zog sie aus dem Separee, durch die ganze Kneipe und nach draußen, unter konsternierten Blicken und unter schallendem Gelächter – es war ihr eigenes, fiel ihr irgendwann auf. Heute war wirklich ein lustiger Tag gewesen.

Erst draußen vor der Tür hielt er ihr sein Handy ins Gesicht. »Lies das.« Auf dem Handy: Irgendein Wikipedia-Artikel.

Sascha Voss. Ausbildung zum Schauspieler, erst Radiomoderator, dann Kindersendung im BR, dann eigene RTL-Talkshow am Nachmittag. Weitere Shows folgten, es lag ein Angebot für eine Abendsendung beim ZDF vor.

Der Vergewaltigungsvorwurf: Die Beschuldigung kam von einer nicht genannten Frau. Der Gerichtsprozess zog sich über ein Jahr, bis das Gericht ihn aus Mangel an Beweisen freisprach.

Parallel zum Prozess wurde die Schuldfrage in den Medien verhandelt, von der *Bild-Zeitung* bis zur *FAZ*, von *Brisant* bis zu *Emma*. Eine Protestbewegung erwuchs: Nicht wenige Frauen waren von seiner Schuld überzeugt und verlangten, dass der Prozess neu aufgerollt werden sollte und dass der zuständige Richter seines Amtes enthoben wurde.

Danach war er nie wieder im Fernsehen zu sehen. Vor drei Jahren war er als Türsteher eines Berliner Klubs aufgetaucht. Sein berühmtes Gesicht durch Tätowierungen entstellt, Spitzname: Schlangenmensch.

Felix: »Lies den letzten Absatz.«

Emma scrollte: *Weibliche Parasiten*. Das waren die Worte, die die protestierenden Frauen so aufgeregt hatten. Er hatte sie in einem Interview verwendet. Manche Frauen, sagte er, sehen in dir nur das Geld, sie schmeißen sich auf dich, sie wollen dich aussaugen, und wenn sie das nicht schaffen, erpressen sie dich mit irgendeinem weit hergeholten Vorwurf, irgendeiner Lüge, schon mehrmals hatte sie ihm angeboten, gegen Geld den Vorwurf fallen zu lassen, darum ging es doch, um Geld, ein *weiblicher Parasit* war das, sagte er, so einer Frau war er aufgesessen.

Später entschuldigte er sich öffentlich.

46

»Und noch was, hör auf, die Penisse von Verdächtigen anzufassen. Wenn du unbedingt Penisse anfassen willst, gibt es genug Kerle in der Burg, die sich freiwillig zur Verfügung stellen.«

»Ach ja? Auch du?«

Felix fuhr. War ja auch sein Auto. Emma würde ihr Auto morgen früh holen. Sollte sie es finden.

»Seit wann bist du eigentlich besoffen? Seit gestern schon?«

Er schimpfte schnell, aber fuhr langsam. Wohl um die ganzen Betrunkenen nicht umzunieten. Die Kids auf dem RAW-Gelände –

Kids waren das, Berlin war eine Stadt der Kinder, ein großer Babysitter aus Stahl und Beton, der Craft Beer und Burlesque statt Muttermilch und Wiegenlied anbot. Die Nachtklubs waren Kindergärten, die Sexklubs Spielplätze. In Berlin brauchten auch die Erwachsenen Babysitter. Und das wären dann wohl sie, die Polizei.

»Sag mal«, wollte Felix wissen, »findest du Verdächtige eigentlich sexy, weil du weißt, mit denen kann es sowieso nie was werden?«

»Hast du mich deswegen geküsst, weil du weißt, mit uns kann es nie was werden?«

»Das ist … hör mal, vergiss es … Außerdem ist das was ganz anderes, du lebst gefährlich, du gefährdest den Fall, du gefährdest dich selbst.«

»Du holst mich da schon raus. Gefällt es dir, wenn ich das sage?«

»Gott, du bist unausstehlich, wenn du besoffen bist.«

Er hatte recht, Emma war unausstehlich. Und durcheinander. Bisschen verzweifelt. Besoffen? Na ja, ein bisschen vielleicht, aber nicht so sehr, eigentlich. Eher durcheinander.

»Und du bist unausstehlich, wenn du versuchst, Verantwortung zu übernehmen«, konterte sie. »Ich mag dich lieber als Arschloch. Wie passt das überhaupt zusammen? Arschloch und Familienvater?«

Felix drückte auf die Tube. Die nächtlichen Straßen hinter dem RAW-Gelände waren leer, die Warschauer Brücke über die endlosen Gleise, die Brücke über die Spree gleich darauf, die Skalitzer Straße unter der U1, der ältesten U-Bahn Europas, der einzigen U-Bahn, die hoch über der Erde fuhr.

»Weißt du, was ich denke? Ich denke, du hast Angst vor Nähe.«

»Pffft. Natürlich habe ich Angst vor Nähe, alle haben das, ist doch natürlich, Nähe ist gefährlich, Nähe macht dich verletzlich, so eine Heuchelei, dieses ganze Psychogequatsche über Nähe, was bedeutet das überhaupt?«

»Äh … das heißt, du gibst es zu?«

»Natürlich. Was dachtest du denn?«

»Aber, äh … ich dachte, ihr Frauen … ihr wollt doch immer Nähe und so. Ihr sagt doch immer, wir Männer lassen das nicht zu. Wir hätten Angst davor.«

»Ja, habt ihr doch auch. Oder?«

»Ja, klar.« Er kratzte sich am Kopf.

»Komisch, dass man sich das nie erzählt, oder?«

»Ja.« Er schwieg. »Oder nein. Wer das zugibt, kriegt keinen Sex mehr.«

Emma grunzte zustimmend.

Felix hielt abrupt an. Ließ ein paar Betrunkene über die Gitschiner Straße gehen. Sie brauchten ewig. Sie versuchten, den Zebrastreifen so zu überqueren wie die Beatles auf dem Foto.

»Hör mal, du brauchst aber Nähe, genau wie jeder andere auch, Emma. Jeder Erwachsene weiß, dass er irgendwann verletzt wird, das akzeptiert er, weil er genauso weiß, dass er andere braucht, ob es Arschlöcher sind oder nicht. Nähe ist wie ein Lagerfeuer – gehst du zu nah ran, verbrennst du dich, gehst du zu weit weg, frierst du … also musst du doch immer wieder dahin zurück …«

»Du meinst wohl, du bist inzwischen halb verbrannt und halb erfroren?«

»Ja. Du nicht?«

»Jetzt wirst du poetisch.«

»Ja, klar.« Felix lachte. Irgendwie befreiend, das ganze Gespräch. »Wieso auch nicht? Ich hab die Nase voll von dieser falschen Höflichkeit, dieser Schein…Kollegialität. Sprich es aus, zeig mir, wie du bist. Ich habe keine Angst davor, so zu sein, wie ich bin. Ich bin total durchsichtig.«

»Allerdings.«

Felix verließ die Potsdamer Straße und bog in die Kurfürstenstraße, in die Dennewitzstraße, fand einen Parkplatz vor dem Gleisdreieckpark, ein Wunder. Sie schwiegen noch eine Weile. Dann stieg er aus und sagte: »Komm, wir gehen ins Bett.«

»Wie bitte?«

»Ich schlafe heute Nacht bei dir. Auf der Couch. Keine Sorge, ich raube dir nicht deine kostbare Jungfräulichkeit. Nicht heute.«

»Äh …«

Sie standen auf der dunklen Straße, die Pflastersteine nass, dreckige Klumpen Schneeeis auf dem Bürgersteig, das kalte Autodach zwischen ihnen.

»Du kannst dich nicht einfach so entscheiden, bei mir zu schlafen … Ich entscheide das. Wieso eigentlich?«

»Wir sind Kollegen. Kollegen bitten nicht um Erlaubnis.«

»Unsinn. Du fährst jetzt nach Hause. Was soll denn deine Frau denken?«

»Du bist echt … also für eine Profilerin …«

»Fallanalystin.«

»Für eine Fallanalystin bist du blind und taub, echt. Meine Frau will sich von mir trennen. Alle wissen das, wieso du nicht?«

Emma legte ihm eine Decke und eine Zahnbürste auf die Couch ins Wohnzimmer, machte aber keine Anstalten, irgendwas wegzuräumen. Dazu war ihr viel zu schwindelig. Wenn Kollegen einander nicht um Erlaubnis bitten müssen, dann müssen sie füreinander auch nicht aufräumen. Ohne viele Worte zu verlieren, legte Felix sich hin. Licht aus.

Emma saß in der Küche unter der Lampe, Kopf in beide Hände gestützt, ein Wasserglas vor sich. Sie sollte das trinken, wirklich.

Wartete, bis er schlief.

Er schlief nicht.

Endlich sprach sie, nicht so leise, dass er sie nicht mehr hören konnte, aber auch nicht so laut, dass er sie hören musste. Sie hatte keine Ahnung, ob er wach war oder nicht.

»Weißt du, was ich dachte, als ich mit dem Typ ins Separee bin? Ich dachte, du hast mich einmal gerettet, du wirst es wieder tun.«

Felix sagte nichts. Wenn er sie überhaupt hören konnte. Wenn er überhaupt noch wach war.

»Dieses Mädchen, die Sabine Pohlart … Ich wollte die Kuzorra retten. Ich hab es nicht geschafft. Aber Sabine lebt noch. Die kann ich retten. Ich weiß nicht, wie – vielleicht liegt der Fall wirklich in Polen, und alles, was wir tun, ist für die Katz. Aber wenn ich es kann, will ich sie retten, wie du mich gerettet hast, als ich auf meinem Dachboden hing.«

Keine Antwort.

»In meinen Träumen hänge ich immer noch da. Aber das ist falsch. Denn du bist gekommen und hast mich da rausgeholt.«

Sie wartete noch ein wenig. War jetzt ziemlich sicher, dass er schlief. Sie konnte sagen, was sie wollte. »Ich habe nie Danke gesagt. Weil du so … weil wir so verschieden sind. Ich wollte es aber mal sagen.«

Es war still, eine Weile. Dann hörte sie ihn. Ein Murmeln, wie zu sich selbst.

»So verschieden sind wir nicht.«

47

Während Felix in der Dusche war, schickte Emma eine SMS an Matze und Sigmar.

Kann nicht ins Büro. Meldet euch krank und kommt zu mir. Wichtig. Ich glaube, der Täter hat keinen Penis.

Dann ging sie raus, um die Ecke, holte Brötchen, Sesamringe, Saft und Aufschnitt, kam wieder und kochte Kaffee.

Als sie kamen, saß Felix schon am Tisch, mit feuchten Strubbelhaaren, und trank wortlos seinen Kaffee. Morgenmuffel. Matze machte ihr höfliche, halbherzige Komplimente für ihre Wohnung. »Schön hell.« Sigmar seufzte nur, als er sich setzte. Felix zeigte auf Sigmar, öffnete den Mund und sprach zum ersten Mal an diesem Tag: »Weißt du, was dieser Mann gestern für dich getan hat?«

»Äh …«

»Der Falner will partout eine Dienstaufsichtsbeschwerde gegen dich durchbringen. Lutz hat ihn aber abblitzen lassen. Dann ist er zu Sigmar. Der hat ihm auch den Stinkefinger gezeigt …«

»Du hast was?«

»Sigmar hat gesagt, du bist eine Toppolizistin, und er sieht absolut keinen Grund zur Beschwerde.«

Emma sah Sigmar plötzlich mit ganz neuen Augen. »Das hast du getan?«

»Typen, die einen ein-einschüchtern wollen, k-k-konnte ich noch nie leiden.«

Emma hätte ihn am liebsten umarmt. Andererseits, er war ihr Chef. Und dazu Sigmar. Der mochte so was nicht. Sie knuffte ihn ungelenk gegen die Schulter. »Sigmar!«

»Ich soll eine Stellungnahme schreiben. Die hat er e-e-eingefordert. Da steht dann aber dasselbe drin.«

Matze: »Der hat dich auf dem Kieker, Emma.«

»Weiß der Teufel, wieso«, murmelte Felix.

Endlich kehrte Ruhe ein. Sie saßen um ihren Küchentisch, zwischen ihnen Brötchen, Butter, Kaffee, Papier und Stifte, und Emma erzählte von künstlichen Penissen – von Packern, Stuffern, Epithesen, und wie sie alle hießen.

»Das ist aber eine ziemlich gewagte Spekulation«, sagte Sigmar. »Von *Transenschwanz* auf k-k-kein Penis zu schließen.«

»Okay«, sagte Emma. »Dann schließen wir erst mal die anderen Möglichkeiten aus. Er kann kein Transvestit sein, denn dann würde er keinen Brief an die Polizei schicken, in dem das Wort *Transen* drinsteht. Auch Transgender ist er nicht – aus dem gleichen Grund. Er kann das Wort im Brief nur zugelassen haben, weil es ihm gelegen kommt, als falsche Fährte, meine ich, und er hofft, wir ermitteln in die falsche Richtung.«

»Aber woher wissen wir, dass es aus ihrem Wortschatz stammt und nicht aus seinem?«, wandte Matze ein.

»*Transenschwanz* ist kein gängiger Begriff, das Opfer muss das Wort spontan erfunden haben, weil sie die richtige Bezeichnung für das, was sie sah, nicht kannte«, sagte Emma.

Den anderen fiel auch keine bessere Erklärung ein.

Sigmar: »Wenn wir davon ausgehen, dass es sich um eine Prothese handelt – um eine Epithese ... da kann es viele Gründe geben, warum ein Mann so was trägt.«

Matze: »Unfall.«

Felix: »Verstümmelung.«

Matze: »Du wolltest Staubsauger sagen, gib's zu.«

Felix: »Staubsauger.«

Emma: »Matze!«

Matze: »Mikropenis. Kein Witz.«

Sigmar: »Genetischer Defekt.«

»Ach, es kann alles sein.« Felix seufzte.

»Es kann auch psychologische Gründe haben. Er ist zum Beispiel impotent und kompensiert mit einer Prothese.« Sigmar.

»Nehmen wir der Einfachheit halber mal an«, sagte Emma, »der Täter trägt eine voll funktionierende Epithese, weil sein Penis irgendwie defekt ist. Passt das zu dem, was wir sonst über ihn wissen?«

Sigmar: »Das Reißen. Das springt sofort ins Auge.«

»Du meinst, er reißt den Opfern die Köpfe ab, weil ihm der Penis abgerissen wurde?« Felix runzelte die Stirn.

»Er rekonstruiert irgendein Trauma, das er erlebt hat. Einen

Unfall vielleicht? Aber er kompensiert es nicht damit, dass er ein teures Auto fährt oder sonst was, sondern indem er Frauen dafür bestraft.«

Matze: »Du gehst davon aus, dass eine Frau an seiner Entmannung schuld war. Rache – die hat mich entmannt, die wird geköpft. Aber welche Frau reißt denn einem Mann den Penis ab?«

Felix: »Also ich kenne einige Frauen, die Männern gern mal den Penis abreißen würden.«

»War Emma heute Nacht nicht nett zu dir, oder was?« Matze.

»Ich war noch nie nett zu ihm«, stellte Emma klar.

»Was ich meine«, Matze rollte mit den Augen, »eine Frau schneidet, sie reißt nicht. Reißen ist fast unmöglich. Wie will man das machen? Ohne fremde Hilfe geht das nicht oder ohne den Mann irgendwie anzuketten oder irgendwelche Werkzeuge … Eine Frau wartet, bis er schläft, und nimmt die Heckenschere.« Er ließ zwei Messer spielerisch zusammenschnappen. »Müsste der Täter in dem Fall seinen Opfern nicht die Köpfe abschneiden, statt sie abzureißen?«

Es herrschte einen Moment lang Stille in Emmas Küche. Emma stand auf und machte noch eine Runde Kaffee.

Sigmar: »Das ist schon richtig. Das Reißen ist sehr spezifisch, sehr aufwendig … Dass er den Frauen die Schuld an seiner Lage gibt – das ist der Punkt, den wir genauer anschauen müssen. Da liegt die Lösung irgendwo.«

»Vielleicht war es wirklich ein Autounfall, und eine Frau saß am Steuer?«

»Vielleicht hat seine Freundin ihn danach verlassen?«

»Sie hat ihn ausgelacht.«

»Was, wenn er noch Jungfrau ist wie Rodgers?«

»Umgekehrter Penisneid.«

»Warum Frauen?«

Warum, warum, warum?

Irgendwann waren sie alle still. Es war schon lange nach Mittag, sie hatten zu viel Kaffee getrunken und zu viele Marmeladenbrötchen eingefahren.

Emma sagte: »Jetzt aber raus hier, Jungs. Ich muss ein Profil schreiben.«

Erst als sie alle weg waren und sie in ihrer Handtasche einen Stift suchte, fiel ihr auf: Die Sig Sauer war immer noch da drin. Geladen. Sie hatte ihre geladene Waffe heute Nacht zu Hause gehabt, und nichts war passiert. Sie war nicht geschlafwandelt. Der *Pavor nocturnus* war verschwunden.

48

Dieser rote Audi da, der auf ihren Parkplatz stand. Das war nicht ihr Auto. Ihr Auto war ein silberner Polo. Es dämmerte bereits, dicke Tropfen Schneeregen schlugen ihr auf Gesicht und Nacken und rannen ihr in den Mantelkragen, und einen schrecklichen Moment lang dachte sie, ihr Auto sei geklaut worden, und wollte schreien, dann fiel ihr ein, dass es ja noch irgendwo bei der Gemütlichen Opiumhöhle auf dem RAW-Gelände stand.

Sie musste es holen gehen. Durch das Dunkel, bis zur U-Bahn-Haltestelle Kurfürstenstraße, im Regen, das passte schon. In ihrer Tasche lag das Profil, das fast fertig war, aber nicht ganz, doch heute war Freitag, er mordete immer am Wochenende, es war zu spät, sie hatte das Rätsel nicht gelöst, ihre Mühe war umsonst, sie war nutzlos, so sah es aus.

Sie hatte doch einen Schirm. Wieso vergaß sie immer, den mitzunehmen? Ach ja, der war im Auto. Sie schlug den Mantelkragen hoch.

Sie würde das Profil noch heute Abend bei Lutz in der Burg

abgeben, gleich nachdem sie das Auto geholt hatte, vielleicht war es ihm ja doch irgendwie nützlich, obwohl sie das bezweifelte. Das Problem war nicht lösbar, nicht für sie, nicht für die OFA.

Alles, was sie wussten, war beliebig: Der Täter ist männlich, zwischen dreißig und vierzig, verfügt über akademische Bildung und nutzt mehr Fremdwörter, als ihm bewusst ist. Beruflich ist er erfolgreich – ein analytischer Mensch, plant alles bis ins kleinste Detail, lässt keine Fehler zu, kann sich durchsetzen.

Er hat ein schwieriges Verhältnis zu Frauen – dies kann er offen zeigen oder auch verbergen: Entweder lebt er allein und geht keine längeren Bindungen ein – möglicherweise hatte er noch nie eine Beziehung zu einer Frau –, oder er hat eine kürzlich gescheiterte hinter sich, die er als weiteren Beweis seines Versagens interpretiert. Er sieht sich als Opfer der Frauen, als von ihnen beleidigt, benachteiligt und ausgenutzt. Es ist anzunehmen, dass er unter einem physischen Defekt leidet, der seine Beziehung zu Frauen beeinträchtigt. Eine Verstümmelung im Genitalbereich zum Beispiel, möglicherweise trägt er eine Epithese.

Höchstwahrscheinlich hat er andere Männer gefunden, die ähnlich denken wie er und ihm seine Denkweise bestätigen. Er wird, wahrscheinlich unter anderem Namen, in antifeministischen Foren aktiv gewesen sein: Seit einigen Jahren plant er seine Tat, irgendwann in dieser Zeit, als die Pläne immer konkreter wurden, hat er sich aus diesen Kreisen verabschiedet.

Es bestehen Zweifel, dass der Täter zwingend in Polen ansässig sein muss. Die Sicherheitsvorkehrungen, die er in Vorbereitung seiner Tat ausgeführt hat, sind beachtlich, und dazu gehört die gegenwärtige Verwirrung der Zuständigkeiten, die entsteht, wenn zwei Nationen über eine gemeinsame Grenze zusammenarbeiten müssen. Er weiß, dass in dem Fall schnell Kommunikationsschwierigkeiten entstehen, und hat das mit Absicht eingebaut. Das ist ein Grund, warum er, obwohl in Polen, deutsche Frauen wählt – damit die polnischen und deutschen Behörden in Konflikt geraten. Es besteht die Möglichkeit, dass er selbst grenzübergreifend arbeitet und nur die (leicht zu transportierenden) Köpfe der Opfer über die Grenze fährt und in Polen ablegt, mit der Absicht, bei den Behörden beider Länder Verwirrung zu stiften.

Alles deutet darauf hin, dass der Täter Deutscher ist oder zumindest den größten Teil seines Lebens in Deutschland verbracht hat. Dies geht aus dem einzigen polnischen Satz in den Opferbriefen hervor: *Es wird darum gebeten, diesen Brief unverzüglich an prominenter Stelle auf Ihrer Website zu veröffentlichen.* Dieser Satz stimmt Wort für Wort mit einem Satz aus dem Buch *Frauenmord – lass dich zum Sterben überreden* aus dem Jahr 2005 überein. Aufgrund der blumigen Formulierung kann man mit einiger Sicherheit ausschließen, dass die Übereinstimmung Zufall ist. Offenbar hat der Täter diesen Satz in der deutschen Ausgabe entdeckt, hat dann den gleichen Satz in der polnischen Übersetzung gesucht und ihn dort abgeschrieben.

Der einzige denkbare Grund für solch ein Verhalten ist, dass er des Polnischen kaum mächtig ist: Es war ihm klar, wenn er den Satz mit seinem eigenen Wortschatz formuliert, kann sich leicht ein Fehler einschleichen, ohne dass er ihn bemerkt – das hätte zur Folge gehabt, dass die polnischen Behörden erkannt hätten, dass der Satz von einem Ausländer geschrieben wurde. Deswegen hat er den Satz Wort für Wort aus einem polnischen Buch zitiert.

Der Täter hat eine Beziehung zu Polen – er kann auf jeden Fall ein klein wenig Polnisch, gerade genug für den Alltag, vielleicht weil seine Eltern zu Hause noch etwas Polnisch sprachen oder weil er oft in Polen beruflich unterwegs ist. Jedoch halten wir ihn entweder für einen Deutschen oder einen Polen, der den Großteil seines Lebens in Deutschland verbracht hat.

Es ist uns nicht gelungen, die Absicht hinter den Opfer-Briefen zu entschlüsseln. Für einen Täter ist solch ein Verhalten höchst ungewöhnlich. Die Briefe sind mit keiner Forderung verbunden, auch scheinen sie nicht nach Aufmerksamkeit zu heischen. Vor allem Brief 3, in dem kein verständlicher, ausformulierter Satz steht, hat keine Aussage, es gibt keinen Grund, warum er ihn hätte abschicken sollen. Die Tatsache, dass er ihn trotzdem geschickt hat, beweist, dass Kommunikation mit der Außenwelt nicht sein Motiv ist. Warum er es tut, bleibt unklar.

Und dann der Satz, der Emma am meisten schmerzte.

Der Täter hat keinen offensichtlichen Nutzen davon, die Briefe abzuschicken.

49

Scheißwetter. Scheiß-U-Bahn.

Der Täter hat keinen offensichtlichen Nutzen davon, die Briefe abzuschicken.

Durch diese unterirdischen neongrellen Labyrinthe laufen, ewig auf kalten Bahnsteigen warten, den Pissegeruch der Obdachlosen in der Nase, ehrlich, man würde meinen, der Geruch von Pisse in der Kleidung verfliegt irgendwann, aber er wird nur schlimmer, würziger, beißender – Emma meinte inzwischen am Geruch erkennen zu können, wie lange ein Obdachloser die gleiche Hose trug. Unnötige Talente, die man als Stadtbewohner so entwickelt.

Der Täter hat keinen offensichtlichen Nutzen davon, die Briefe abzuschicken.

Dann, als sie endlich ihren Bahnsteig gefunden hatte, nur noch schnell durch den menschenleeren Gang – wo kam diese Musik her? *La Paloma*. Gespenstisch, als ob sie sie verfolgte, aber der Gang war wirklich menschenleer.

Ach da. Ein Keyboard mit Verstärker, darunter ein Hut für Geld.

Aber kein Musiker, der das Keyboard spielte. Es spielte ohne ihn weiter, war auf automatisch gestellt, der Keyboarder, oder wer auch immer das war, zu dem das Keyboard gehörte, war weg, Toilette vielleicht oder Döner holen, oder vielleicht hatte der Typ fünfzehn selbst spielende Keyboards überall in der Stadt aufgestellt und pendelte nur hin und her, um die Hüte regelmäßig zu leeren. Alles war möglich. Emma warf ihm eine imaginäre Münze in den Hut.

Da, der zugige Bahnsteig der U1. Sie lümmelte sich auf die Bank und wartete. Die Musik dudelte immer noch hinter ihr. Jetzt *Rivers of Babylon*. Dieser Musikerdarsteller kam und kam nicht zurück. Emma wartete.

Der Täter hat keinen offensichtlichen Nutzen davon, die Briefe abzuschicken.

Aber das Opfer hatte auch keinen Grund. Warum schrieb Alice Kuzorra im dritten Brief Unsinn? War sie durchgedreht? Sie hätte das Papier auch fressen können, sie hat aber draufgeschrieben. Worte ohne Sinn, aber Worte. Warum hat sie den Brief geschrieben?

Die Frage schleppte Emma mit sich, als die U-Bahn endlich einfuhr – der Wagen war so gut wie leer um diese Zeit, seltsam, die Läden waren doch bestimmt noch ein, zwei Stunden offen.

Und da waren sie schon, sobald die Türen zu waren.

»Fahrscheinkontrolle.«

Drei Männer hetzten wichtigtuerisch durch den Wagen wie bei einer Razzia, »Fahrscheine, bitte«, kurze Haare, bullig, könnten auch Bullen sein, aber dafür braucht man einen Schulabschluss, irgendeinen Schulabschluss. Emma hielt ihren frisch erworbenen Fahrschein vor sich, ohne aufzublicken. Der Kleine mit der Glatze und der Brille auf der spitzen Nase schaute ihn an und ging weiter.

Der Täter hat keinen offensichtlichen Nutzen davon, die Briefe abzuschicken.

Nein, er ging nicht weiter.

»Der ist aber nicht gestempelt«, sagte er.

»Wie, der ist nicht gestempelt?« Emma musterte den Fahrschein, sie wusste ganz genau, dass sie ihn gestempelt hatte, das war erst zehn Minuten her. »Klar ist er das, sind Sie blind?«

Und schon waren auch die anderen beiden da: der muskelbepackte Türke und der lange, unterernährte Möchtegernboxer aus Moabit, den keine Baustelle mehr anheuert.

Das war ihr gerade recht. Sie war sowieso schlecht gelaunt. Sie hatte Lust, sich so richtig zu streiten. Weil sie das Rätsel nicht lösen konnte. Weil sie nutzlos war. Weil diese Mädchen in Polen, oder wo auch immer sie waren, diesem Arsch hilflos ausgeliefert waren, weil der Täter klug genug war, zwei nationale Polizeibehörden übereinander stolpern zu lassen.

»Schauen Sie doch richtig hin, ich hab ihn selbst gestempelt, eben gerade, wollen Sie mich verarschen oder was?« Ihre Stimme wohltuend laut. Wohltuend aggressiv.

Die paar anderen Fahrgäste blickten zu ihr her. Irritiert. Amüsiert. Endlich was los.

»Sie müssen hier nicht beleidigend werden, die Dame, Sie haben keinen gültigen Fahrschein, zeigen Sie mir Ihren Ausweis.«

»Ich zeige Ihnen gar nichts, Pappnase.« Pappnase, das war gut.

Sie schaute sich ihren Fahrschein etwas genauer an, fand den Stempel. »Hier, bitte schön. Brauchen Sie vielleicht eine neue Brille? Können Sie überhaupt lesen?«

»Das ist aber nicht an der dafür vorgesehenen Stelle entwertet. Sie haben ihn hinten abgestempelt.«

»Was?«

»Der Fahrschein muss vorne im dafür vorgesehenen Feld gestempelt werden, sonst ist er ungültig.«

»Ick gloob, ick spinne«, sagte Emma. »Ungültig? Ich habe einen Fahrschein, und der ist gestempelt, mehr ist nicht nötig, oder halten Sie sich für einen Anwalt und wollen mir mit irgendwelchen Paragrafen kommen? Glauben Sie mir, das ist nicht Ihr Beruf.«

Als die Kontrolleure sie an der Möckernbrücke aufforderten, mit ihnen auszusteigen, kam sie dem nur zu gerne nach. Drei Idioten auf einen Streich, die sollten sich bloß warm anziehen.

»An Ihrer Stelle würde ich aufpassen, wir können Sie festhalten wegen Beamtenbeleidigung.«

Emma lachte laut auf. »Sie können mir gar nichts, Sie sind keine Beamten, und mit dem Beleidigen hab ich noch gar nicht angefangen. Haben Sie schon mal dran gedacht, zurück zur Schule zu gehen und was Richtiges zu lernen?«

»Jetzt mal halblang, ja«, warnte der Türke, »wir können auch die Polizei rufen.«

Emma konnte nicht aufhören zu lachen. »O ja, das ist eine gute Idee, machen Sie das!«

»Zeigen Sie mal Ihren Ausweis her, die Dame.«

»Ich zeige Ihnen gar nichts, ich habe eine gestempelte Fahrkarte, rufen Sie die Polizei, ich hab Zeit.« Das stimmte zwar nicht, und es war auch ganz schön kalt hier oben auf dem schmalen, überdachten Bahnsteig, wo der Wind durchblies, aber das würde ein Spaß werden.

»Hören Sie, wir kennen den Trick mit der falschen Abstempelung«, sagte der Brillenträger, »Sie machen das mit Absicht, dann können Sie sie ein weiteres Mal benutzen. Sie täuschen nur vor, dass Sie die falsche Seite erwischt haben, Sie wissen ganz genau, was Sie tun.«

Emma lachte, dass ihr der Bauch wehtat. »Sie wissen, dass ich weiß, was ich tue? Das ist ja super, ich sollte Sie ab und zu anrufen und fragen, was ich gerade mache und warum, das würde einiges in meinem Leben erklären. Wie ist Ihre Telefonnummer?«

»Jetzt reden Sie Unsinn.«

Emma redete tatsächlich Unsinn.

Und Alice Kuzorra schrieb Unsinn. Warum schrieb sie Unsinn? Schreiben denn verzweifelte, hysterische Menschen, die dem Tod ins Auge sehen, Unsinn nieder? Oder schreien sie ihn bloß heraus? Warum hatte sie Unsinn geschrieben?

Der Möchtegernboxer versuchte es mit Vernunft: »Hören Sie, warum stehen Sie nicht einfach dazu? Sie haben es probiert, und wir sind nicht darauf reingefallen, und jetzt ist es Ihnen peinlich, also krakeelen Sie rum, als ob Ihnen ein Fehler unterlaufen ist, obwohl es ganz klar Absicht war. Stehen Sie doch dazu, sagen Sie einfach, ich hab versucht, euch reinzulegen, ist mir nicht gelungen, vielleicht wünschen wir Ihnen mehr Glück beim nächsten Mal.«

Ja, warum eigentlich nicht? Erstens, weil sie auf Krawall gebürstet war. Sie hatte schlechte Laune, und das mit gutem Grund, sie wollte saufen oder streiten, und Bier war gerade keins zur Hand. Und zweitens, weil sie sie tatsächlich durchschaut hatten. Nicht weil Emma die Fahrkarte absichtlich falsch abgestempelt hatte, sondern weil sie wusste, den Streit würde sie verlieren, und früher oder später musste sie es einsehen. Unwissen schützt vor Strafe nicht. In der Zwischenzeit verhielt sie sich wie jeder dumme Kleingauner, der erwischt wird, und erfand fadenscheinige Ausreden, die ihr keiner abnahm: *Ich weiß nicht, wie die Drogen in meine Tasche kamen, ehrlich!* Keiner steht dazu, aber Drogen fallen einem nicht einfach in die Tasche, das Leben ist nicht fünfundneunzig Prozent Zufall und fünf Prozent Absicht, es ist fünfundneunzig Prozent Absicht und …

Es war Absicht.

Alice Kuzorra. Absicht.

Emma wurde schwindlig.

Sie schob sich zwischen den protestierenden Männern hindurch und ließ sich auf die Bank fallen. Kramte in ihrer Tasche. Konnte kaum atmen. Alice, die Hure mit dem Kind, das jetzt eine Waise war, die Verfasserin des *Wauwau*-Briefs, die Hure mit den Rätselheften in ihrem Schließfach im Puff. Sie war wie Emma: Sie sah die Welt als Rätsel. Sie dachte in Rätseln.

Es war ein Rätsel. Ein Suchrätsel. Kein Unsinn. Absicht.

Die Fotokopien waren inzwischen ziemlich mitgenommen. Kaffeeflecken, immer wieder zusammengefaltet und auseinander, Notizen mit Kuli, Bleistift.

Sie suchte, und da war er: der dritte, Alice Kuzorras *Wauwau*-Brief. Sie hielt ihn sich vor die Nase, er flatterte im Wind, und las laut vor:

»Wauwau igittigitt wauwau neinneinein baffbaffbaff wauwau eieiei wauwauwau rofroff leck wauwau idiot wuffwuffwuff neinneinnein wauwauwauwauwauwauwauw.«

»Die ist durchgedreht«, hörte sie den Brillenträger sagen.

Emma legte den Brief auf ihre Knie, er zitterte, wollte wegfliegen, für immer, die Lösung mit sich nehmen, ihre Finger drückten ihn nieder, Kuli in der Hand. Sie suchte jedes Wort, das nicht mit *Wauwau* begann, die Zwischenwörter, und umkreiste jeweils den ersten Buchstaben.

Und da stand es: klar, offen, direkt vor ihren Augen, in acht Buchstaben. *Alice, die tote Alice, Alice, deren Körper noch nicht gefunden worden war, die nur noch ein Kopf war, Alice, das hast du gut gemacht, Alice, ich habe dich gehört, ich habe dich verstanden.*

Emma fummelte ihr Handy aus der Tasche.

»Was machen Sie da? Wird's bald, wir meinen das ernst, Sie gehen nicht nach Hause, bis wir Ihre Daten aufgenommen haben.« Das war der Moabiter. Die Vernunftmasche hatte er aufgegeben.

Der Türke wisperte: »Ich glaube, die ist plemplem.«

Emma ignorierte ihn.

Lutz ging nicht ran. Sie sprach ihm auf den Anrufbeantworter: »Lutz, geh ran, bitte, Lutz, ich weiß, wo er ist, geh ran, er ist nicht ...« Sie sprach den Satz nicht zu Ende. Etwas war ihr eingefallen. Sie hatte das Handy zu schnell gezückt, die Sache nicht durchdacht. Nein, das musste sie anders machen. Sie legte auf. Sie wählte eine andere Nummer. Mailbox. Emma legte auf und wählte erneut. Ignorierte die Proteste der Kontrolleure.

Beim dritten Mal ging Felix endlich ran, mit vollem Mund: »Was gibt's?« Saß er gerade mit der Familie beim Essen oder allein vorm Fernseher?

»Ich brauche die Nummer des Außenministers.«

»Was? Emma, bist du irre? Was ist los?«

»Ich meine es todernst.«

»Hör mal, du kannst dich nicht ständig besaufen und mich dann telefonisch belästigen …«

»Der Außenminister, oder das Ministerium, die private Nummer.«

»Berlin hat kein Außenministerium. Worum geht es, Emma?«

»Vom Bund, nicht von Berlin, Mensch. Es geht um deutsch-polnische Beziehungen.«

»Deutsch-polnische …« Felix dachte nach. »Ich kenne da jemanden, der kennt jemanden im Auswärtigen Amt. Morgen früh. Alles okay bei dir? Musst du wieder gerettet werden?«

»Ich bin okay. Ich bin sehr okay. Mir geht's blendend eigentlich.« Sie legte auf.

Die drei Männer schauten sie schweigend an. So freundlich es ging, grinste sie zurück. »So, Jungs, wo waren wir? Ach ja, ich habe folgenden Vorschlag zur Güte: Ich zahle euch sechzig Euro, bar auf die Hand. Ich verlange keine Quittung, ihr könnt das Geld weitergeben an die BVG oder wo auch immer das Geld hingeht, oder ihr könnt in die nächste Kneipe gehen und euch ein Bier bestellen. Ich gönne euch beides.« Sie kramte in ihrer Tasche und zählte sechzig Euro ab, händigte sie dem Türken aus, bedankte sich recht herzlich und wünschte den Jungs noch einen schönen Abend. Jetzt hatte sie nur noch Silbergeld, aber das würde reichen für ein Bier und ein Stück Pizza nachher, nachdem sie in der Burg gewesen war. So gut ging es ihr plötzlich. Aber eine Minute noch würde sie hier in Ruhe auf der Bank sitzen. Einfach sitzen und das Gefühl genießen. Das Gefühl, dass Alice Kuzorra, bevor sie gestorben war, es doch geschafft hatte, irgendjemanden da draußen zu erreichen.

Das hast du gut gemacht, Alice.

»Schönen Abend noch«, rief Emma den leicht verstörten Jungs fröhlich hinterher.

Es ging ihr wirklich gut. Auf ihren Knien lag ein Rätsel. Alice Kuzorras letztes Rätsel. *Buchstabensalat* nannte man das. Unter lauter scheinbar zufällig durcheinandergeworfenen Buchstaben sucht man die, die zusammengehören. Die, die einen Sinn ergeben. Die, die mit Absicht in den Salat gemischt wurden.

Danke, Alice.

Mit Kuli hatte Emma acht Buchstaben eingekringelt.

I N B E R L I N.

50

Das Treffen kam erst Sonntag zustande.

Emma war instruiert worden: 10:30 Uhr an der St.-Johannis-Kirche, Alt-Moabit, Abschnitt 33, unweit vom Regierungsviertel.

Dort stand sie, Viertel nach zehn bereits, und fror. Am Zaun vor der Kirche. Schönes altes Gebäude, roter Backstein, Säulengang quer davor, viele Bäume auch. Gegenüber: PC Reparatur, Café Na Toll!, Sexshop, Call-a-Pizza. Ein leichter Schnee fiel, lockere, flauschige Flocken schwirrten um sie herum, hefteten sich an Mütze und Daunenjacke.

Mit dem letzten Orgelakkord drinnen schwangen endlich die Türen auf, und eine kümmerliche Handvoll uralter Damen und Ehepaare in teuren Wintermänteln kam heraus. Sie bewegten sich leise diskutierend durch den Säulengang und an Emma vorbei zur Straße. Eine kümmerliche Handvoll: Das ist schon viel für Berlin, diese Stadt, die auf ihre Gottlosigkeit so stolz ist. Sie waren erleichtert, wie es Emma schien: Sie hatten den Gottesdienst mit schierer Willenskraft überlebt und freuten sich nun auf ein Schnitzel.

Niemand sprach Emma an.

Außer einer alten Dame, die Hilfe brauchte beim Einsteigen ins Taxi.

Sonst keiner.

Fünf nach elf stand sie wieder allein auf dem Gehsteig, trat von einem Bein aufs andere und pustete sich Flocken von der Nase.

Viertel nach elf trat ein schlanker Herr in Lodenmantel aus dem Sexshop gegenüber, schaute sich um, sah Emma, kam direkt auf sie zu.

»Frau Carow?«

Der Mann war Ende vierzig, dürr, mit hagerem Schädel – er hatte etwas Selbstkasteiendes an sich. Er reagierte nicht, als Emma ihm die Hand entgegenstreckte. Seinen Namen nannte er auch nicht.

»Wissen Sie, was ein Dienstweg ist, Frau Carow?«

Rhetorik. Konnte man ignorieren.

»Sie haben ein Polen-Problem«, sagte Emma. »Ich kann es innerhalb der nächsten vierundzwanzig Stunden lösen. Mir liegen Beweise vor, dass die Tat vollständig in Deutschland stattfindet und nichts mit Polen zu tun hat. Nur ich besitze diese Beweise. Sobald ich diese ans LKA gebe und das LKA an die Presse geht, existiert Ihr Problem nicht mehr.«

»Dann machen Sie das. Das ist ja auch Ihre Pflicht als Beamtin, oder nicht? Sie arbeiten doch für das LKA?«

»Es gibt einen Preis.«

»Verdienen Sie nicht genug?«

»Ich arbeite für die Stadt, was denken Sie?«

Der Mann musterte sie eingehend von Kopf bis Fuß. In seinem Gesicht lag Verachtung. »Ich habe mich über Sie erkundigt. Sie haben keinen guten Ruf, Frau Carow.«

»Das Auswärtige Amt auch nicht. Wollen Sie Ihr Problem lösen oder nicht?«

Der Mann antwortete nicht. Emma überreichte ihm einen Zettel.

Er las vom Blatt ab: »*Lutz Bogner, Leiter LKA 1*. Der Name sagt mir was. *Dr. Karl-Philipp Marburger, Staatssekretär, Abteilung 1-RG, Auswärtiges Amt*. Sagt mir nichts. Außerdem haben Sie sich in der Abteilung getäuscht. Ich bin beim Ko-Pol. Mit der 1-RG habe ich nichts zu tun.«

Der Ko-Pol: Koordinator für die deutsch-polnische zwischengesellschaftliche und grenznahe Zusammenarbeit.

»Dann ist es umso fragwürdiger, dass Herr Marburger sich in unseren Fall einmischt und Herrn Falner beeinflusst.«

»Falner?«

»Den Polizeipräsidenten.«

Der Mann dachte nach. Er mochte nicht, was er hörte. Immerhin.

Felix hatte einiges über Marburger herausgefunden: Die Abteilung 1-RG verwaltet Ressourcen im Ausland, Immobilien und Botschaftsgebäude, so was. Es gab keinen formellen Grund, warum Marburger sich in den Polen-Fall einmischen sollte. Woher er Falner kannte, blieb unklar, mit diesem Fall aber konnte es nichts zu tun haben.

»Herr Marburger soll jeden offiziellen Kontakt zu Falner sowie jede weitere Einmischung in den Polen-Fall unterlassen. Anderenfalls bekommt er eine offizielle Rüge. Herr Falner muss aufhören, auf Marburgers Druck hin eine Dienstaufsichtsbeschwerde gegen mich anzustrengen, falls eine solche in Arbeit ist. Die Zuständigkeit im Polen-Fall wird Lutz Bogner und dem LKA übertragen, mit seiner Empfehlung.«

Sein Lachen war herzlich und zeigte zwei blendende Zahnreihen. »Frau Carow, abgesehen von einer ausgewachsenen Paranoia haben Sie eine recht merkwürdige Vorstellung von Zuständigkeiten. Das Berliner Polizeipräsidium lässt sich nichts vom Auswärtigen

Amt sagen. Was Sie da haben, ist eine Wunschliste, die hätten Sie zu Weihnachten ans Christkind schicken müssen, ich kann Ihnen nicht helfen.« Der Mann war ehrlich belustigt. Er überreichte Emma den Zettel und wollte gehen. Emma nahm den Zettel nicht an.

»Heute Morgen stand in der Zeitung, der polnische Staatspräsident hätte in einer Rede vor einem einflussreichen Wirtschaftsverband gesagt, Deutschlands Versuch, sich in die polizeilichen Angelegenheiten Polens einzumischen, erinnere ihn an Hitler. Ist die politische Rhetorik in Warschau immer so drastisch?«

Der Mann antwortete nicht.

»Ich habe mal gehört, dass Beamte in Berlin sich öfters in ganz bestimmten Restaurants über den Weg laufen, rein zufällig, und dass manche politische Entscheidung dort ganz spontan beim Bier fällt. Als kleine Polizeibeamtin kann ich das natürlich nicht bestätigen, aber sollte es stimmen, dann haben auch Sie irgendwo einen Kumpel, der einen Kumpel hat, der wen kennt, und wenn das stimmt, dann können Sie zum Preis eines Biers diese unangenehme Unstimmigkeit zwischen Deutschland und einem unserer wichtigsten Wirtschaftspartner verschwinden lassen.«

Der Mann überlegte, faltete den Zettel zwischen seinen Fingern. »Das sogenannte Polen-Problem einfach verschwinden lassen – das hört sich an wie Zauberei. Was für einen Beweis Sie da wohl haben?«

»Das lesen Sie morgen in der Zeitung, nachdem ich meinen Beweis an Lutz Bogner weitergeleitet habe und er ihn in einer Pressekonferenz vorgetragen hat. Ganz korrekt auf dem Dienstweg. Das wollten Sie doch, oder?«

Er machte einen letzten Versuch: »Sollten Sie etwas über diesen sogenannten Polen-Fall wissen, ist es Ihre Pflicht als Staatsbeamtin, das Ihren Vorgesetzten mitzuteilen.«

Emma antwortete nicht.

»Frau Carow, verstehen Sie, was Sie hier tun? Sie spielen mit dem Leben einer unschuldigen Frau zu Ihrem eigenen beruflichen Vorteil. Das ist sträfliche Pflichtverletzung … mehr als das … diese Frau, Frau Carow, diese … Sie sind eine bedauernswerte Person, wenn Sie das Leid anderer so für Ihren eigenen Vorteil nutzen können, Sie sollten sich schämen.«

So funktioniert das also, wenn man das Spiel verloren hat, wenn man keine andere Wahl hat, als klein beizugeben – man wirft mit Moral um sich. »Sabine Pohlart«, sagte Emma.

»Wer?«

»Sabine Pohlart. So heißt das jüngste Opfer. Das ist der Name, den Sie eben gesucht haben. Ich weiß nicht, wo sie ist, aber ich weiß, dass sie nicht in Polen ist, und das kann ich auch beweisen. Morgen früh, in einer PK.«

Der Mann hatte nichts mehr zu sagen. Er schaute ihr eindringlich in die Augen, Wettstarren, aber sie wandte den Blick nicht ab. Er tat es. Die Schneeflocken sammelten sich auf ihren Wimpern, und einen Moment lang wusste Emma, wie es war, echte Macht zu besitzen.

Nicht schlecht.

Endlich sagte der Mann: »Wie kann ich Sie erreichen?«

»Rufen Sie Lutz Bogner an, er soll eine Pressekonferenz einberufen, ich hätte Infos für ihn.«

Der Mann musterte den Zettel noch einmal, steckte ihn ein. Er blickte zu Emma, prüfend, dann zum Himmel, der weiß, weiß, weiß war. Er runzelte die Stirn, zog seinen Schal enger und verschwand grußlos in dem immer dichter werdenden Schneetreiben.

51

I N B E R L I N.

Lutz saß auf Emmas Stuhl in der Puppenkiste, Ellenbogen auf die Knie gestützt wie ein müder Kutscher, und hielt Emmas Fotokopie des *Wauwau*-Briefes mit den umkringelten Buchstaben in den Händen, Nase fast auf dem Papier.

Seinen Gesichtsausdruck konnte sie nicht deuten. Hinter ihm, um ihn herum, still, immer noch in ihren nassen Mänteln, standen die anderen wie Statisten in den Kulissen: Sigmar, Felix und Matze waren wie an jedem anderen Morgen reingekommen und stutzten, als sie Lutz sahen.

Ihn hier anzutreffen war eine Seltenheit. Ach, um ihn überhaupt mal zu erwischen, musste man mittlerweile eine wahre Schnitzeljagd absolvieren, doch heute Morgen war er ohne Ankündigung plötzlich aufgetaucht, knappe fünf Minuten, nachdem Emma ihren Mantel abgelegt hatte.

Emma war noch nicht sicher, ob er sauer oder erleichtert war.

»Ich habe diese Nacht vier Stunden geschlafen«, hatte er gesagt. »Vor einer Stunde bekomme ich einen Anruf vom Auswärtigen Amt, ich soll eine Pressekonferenz einberufen – Frau Carow wüsste schon, wieso. Das Auswärtige Amt, Emma?«

Emma hatte ihm den *Wauwau*-Brief überreicht.

»Der Fall liegt hier«, hatte sie dann gesagt. »Es ist dein Fall, keiner redet dir mehr rein.«

Ein bisschen Freude in seinem Gesicht hatte sie schon erwartet. Stattdessen hatte er geknurrt: »Und dafür muss ich in einer PK öffentlich bekannt geben, dass wir wissen, dass der Täter in Berlin ist? Hältst du das für eine gute Idee?«

Nein, Emma hielt es für keine gute Idee, den Täter darüber zu informieren, dass man ihm auf den Fersen war. Aber dass der Fall kein internationaler Spielball mehr war – das war wichtiger. »Jetzt könnt ihr endlich in Ruhe ermitteln.«

Lutz grunzte nur und hob seinen Blick nicht von dem Brief. Dann seufzte er schwer. »Also: Arbeit.« Er massierte seine Stirn. »Aber immerhin unsere Arbeit.«

Lutz. Kein großer Redner, kein Meister des Small Talks. Leicht überfordert von fordernden Frauen. Aber irgendwann würde sein Motor anspringen, es konnte nicht mehr lange dauern. Emma genoss es, ihm dabei zuzuschauen. Er griff zum Telefon auf Emmas Schreibtisch und wählte. »Habernickel? Ich brauche Schwander und Piske. In der OFA. Jetzt. Ja, du auch.« Er legte auf.

Lutz' Augen wurden heller. Fokussierter. Es war schön, in seiner Nähe zu sein, wenn das geschah, das Vibrieren seines Motors zu spüren.

Er wandte sich um. »Was steht ihr hier so dusselig rum, ist euch kalt?« Eilig schälten sich die Jungs aus ihren Mänteln, während Lutz fortfuhr: »Jetzt mal Klartext, Eierköppe. Was wissen wir, was nicht?«

Sigmar guckte erschrocken.

Emma sagte: »Vielleicht sollte ich …«

Lutz unterbrach sie. Zu Sigmar: »Sie haben hier die Leitung, glaube ich?«

Also war er doch ein wenig sauer auf sie.

Sigmar trat vor das Whiteboard. »Das neue Profil hat Frau Carow erstellt … vielleicht sollte sie das Wichtigste skizzieren.«

»Moment.« Lutz griff zu Emmas Telefon. Der Röstel, die Ceesay und die Wilk, der Hoogfeld und der Nolle wurden noch dazubestellt.

Während sich die Puppenkiste füllte, musste Emma es immer wieder erklären. Ja, das mit Polen war alles Verarsche. Der Täter ergreift seine Opfer in Berlin und tötet sie auch hier, nur die Köpfe transportiert er nach Polen. Die Leichen liegen noch in Berlin. Er ist auch kein Pole, höchstwahrscheinlich nicht, sondern eher Deutscher. Nein, kein Deutscher, der in Polen wohnt, ein stinknormaler Deutscher, der in Berlin wohnt und gerade genug Polnisch kann, um im Restaurant Piroggen zu bestellen, mehr nicht. Polen? Er fährt nur dahin, um die Köpfe abzulegen und die Briefe abzuschicken. Vergesst Polen.

Mehr und mehr Leute strömten in den kleinen Raum. Emma erzählte erneut, was Lutz längst gelesen hatte: Motivation Frauenhass, physisches Defizit, möglicherweise eine Epithese, letzter Trigger vor den Taten so was wie die Trennung von einer Frau.

Erst als auch der Habernickel eingetroffen war, sagte sie: »Wir finden Sabine Pohlart in Berlin, und zwar in einem Waldstück.«

Es war Schwander, der die Dummheit ihrer Anmerkung süffisant klarstellte: »Na, das mit dem ältesten Baum Polens fällt wohl weg, wenn sie gar nicht in Polen ist?«

»Einen Baum gibt es«, konterte Emma. »Ich bin überzeugt, dass die Opfer ihn tatsächlich sehen. Sie stehen am Fenster, der Täter zeigt auf irgendeinen markanten Baum draußen und nennt ihn den ältesten Baum Polens. Die Opfer schreiben darüber, klammern sich daran, dass sie dadurch auffindbar sind. Einen Baum kann er ihnen gefahrlos zeigen. Wenn er ihnen ein Parkhaus oder eine Autobahnauffahrt zeigt, dann sehen sie Schilder, Plakate, Autokennzeichen und wissen, sie sind nicht in Polen, sondern in Deutschland. Das Versteck findet ihr in einem verlassenen Gebäude in oder an einem Waldstück, von wo aus man nichts dergleichen sehen kann. Mit dem Auto muss es aber zugänglich sein. Es ist wahrscheinlich ein Ort, der lange leer stand und erst in letzter Zeit häufiger aufgesucht wurde, so was kann den Anwohnern auffallen. Wenn es denn welche gibt.«

Stille. Bis Felix es nicht mehr aushielt. »Ein Eremit? Ein Waldschrat?«

»In Berlin und Umgebung sind die Wälder gut bewirtschaftet.« Das war Habernickel. »Das ist alles dokumentiert. Wenn sich da jemand eine Hütte baut und einen auf Aussteiger macht, fällt das dem Förster auf. Auch verlassene Gebäude im Wald sind bekannt, alte Industriegelände, Stellwerke, Garagen … Wer immer Erlaubnis hat, dort ein und aus zu gehen, steht irgendwo auf einer Liste.«

»Also nicht direkt an einer Baumschule, es ist von alten Bäumen umgeben«, betonte Emma. »Und der Täter braucht eine gewisse Abgeschiedenheit. Was er tut, macht Lärm. Er ist nicht in Hörweite von einem Wohngebiet, von Spazierwegen oder wo die Touris sich rumtreiben. Um einen Kopf abzureißen, braucht er einen Motor, eine Seilwinde, oder er muss das Opfer an einen Baum ketten und mit dem Auto zu Werke gehen … So oder so braucht er Raum dafür – ein kleiner Keller reicht nicht.«

»Ein Holzfäller!«

»Mit Kettensäge!«

»Ein Förster!« Schlunze hieb mit der Faust in die offene Hand. »Wisst ihr, was die für Maschinenparks haben?«

»Ich hab mal so einen Harvester gesehen. Der macht Schnitzel aus dir.« Piske.

Huber: »Niemand kontrolliert, was so ein Förster im Keller hat …«

Jemand lachte.

Matze: »Ich jogge jeden Morgen an einem Forsthaus vorbei, der Alte ist echt knurrig. Riesenschnauzer, grüßt nie. Einmal war er von oben bis unten mit Blut bedeckt. Wildschweinsaison, hat er gesagt.«

»Der Förster!« Das war der Schlunze wieder. »Da sitzt er im dunklen Wald und grübelt und grübelt über die Frauen und warum ihn keine will und kommt auf die Idee, sie alle zu töten.«

Jetzt lachten einige. Das Eis war gebrochen.

»Aus Rache für sein verkorkstes Leben!«

»Leute, das ist großes Kino.«

»Ich will die Filmrechte!«

Emma sah es in Lutz' Gesicht. Ein Lächeln. Flüchtig, bescheiden, aber ein Lächeln immerhin.

Er erhob sich. »Ceesay übernimmt das Grünflächenamt. Pach: Förstereien. Jeder Forst, jede Wiese, jeder einsame Park. Ich will jedes Haus, jede Garage, jeden Schuppen, jede Baustelle, Ruine, alles. Bis heute Abend habe ich die Liste.« Stöhnen von allen Seiten. »Habernickel: MK3 und MK4 sollen die Durchsuchungen übernehmen. Koordiniert das. Morgen früh fangen wir an. Jedes verdammte Gebäude.«

Habernickel, Pach und Ceesay verließen die Puppenkiste.

Auch andere Aufgaben verteilte Lutz auf viele Schultern, zerteilte die schier unmögliche Herausforderung in immer kleinere, bis es machbar schien, verständlich, zu schaffen – einer nach dem anderen eilten die Ermittler aus der Puppenkiste, zurück in ihre Büros. Dann klopfte Lutz Sigmar auf die Schulter, »gute Arbeit«, drehte sich um und ging.

Erst an der Tür wandte er sich Emma zu. »Die Kuzorra«, sagte er. »Das Rätsel, von dem du sprichst, was ist das für eins?«

»Buchstabensalat«, sagte Emma.

»Das hat sie gut gemacht.«

Ihre Blicke trafen sich.

»Ja«, sagte Emma. »Hat sie.«

52

Das Telefon klingelte, als sie zur Tür hereinkam.

Heute war ein guter Tag gewesen. Ihr Profil hatten sie ein letztes Mal durchgesprochen, mit den aktuellen Details ergänzt und noch einmal herumgeschickt. Die Pressekonferenz war kurz, aber heftig gewesen, hinterher ein bisschen Papierkram, dann war sie selig nach Hause gefahren, die Strahlen der untergehenden Sonne im Rückspiegel.

IN BERLIN.

Wir finden dich, Sabine. Emma war sich jetzt fast sicher: *Wir finden dich.*

Erst nachdem sie ihren Mantel abgelegt hatte, dachte sie, wie merkwürdig – das Telefon im Wohnzimmer klingelt. Nicht Handy, sondern Festnetz. Wann war das zum letzten Mal passiert? Sie ging ran.

»Sie erbärmlicher Mensch!«

»Wie bitte? Wer ist …«

»Er hat seine Strafe abgesessen, freiwillig und bereitwillig, und Sie haben ihm das Recht zu leben abgesprochen? Wer glauben Sie eigentlich, wer Sie sind?«

»Hallo? Sie haben sich wohl …«

»Leute wie Sie brauchen wir hier nicht, niemand würde Ihnen nachweinen, warum sterben Sie nicht einfach?«

»Wer ist da?« Emmas Herz schlug heftig, sie spürte förmlich, wie das Adrenalin in ihrem Hirn herumschwirrte, und holte tief Luft. »Jetzt aber mal …«, doch die Frau hatte schon aufgelegt.

Falsche Nummer? Eine Irre? Keine Ahnung. Emma ging in die Küche zurück, Kühlschrank auf, und es klingelte wieder.

Diesmal war es eine männliche Stimme. »Du Schlampe, du bist ja kalt bis zum Gehtnichtmehr, und das mit der Vergewaltigung, komm, du wolltest es doch, mir kannst du nichts erzählen, ich kenne euch Schlampen, ich hoffe, du wirst wieder vergewaltigt, ich mach es selber, wenn du …« Emma legte auf, bevor es weitergehen konnte.

Der nächste Anrufer war eine Frau. Nummer unterdrückt wie die anderen. »Du bist es, die eingesperrt gehört, ich ekle mich vor dir, wie kannst du in den Spiegel gucken nach dem, was du getan hast?«

Dann ein Mann: »Psychopathin! Und so was ist im Staatsdienst!«

Es klingelte wieder. Emma ging nicht ran. Sie schloss die Wohnzimmertür, ging an den Computer im Schlafzimmer und checkte ihre E-Mails.

Das hätte sie besser nicht tun sollen. Sie quollen geradezu über. Schon die Überschriften sagten alles. Emma schloss ihr Postfach, ohne weiterzulesen. Öffnete den Browser. Dann Google, gab ihren Namen ein.

Bei allen stand sie ganz oben. Und immer wieder auch darunter. *N24. ZDF. Bild-Zeitung. Spiegel Online. BZ.*

SELBSTMORDVERSUCH!

Medienstar überlebt nur knapp.

Vorbestrafter Vergewaltiger und Autor Uwe Marquardt … Suizidversuch … Abschiedsbrief … um Verzeihung gebeten … Berliner Polizistin Emma Carow: ein Psychopath ändert sich nie … jede Hoffnung genommen … Leben keinen Sinn mehr …

Emma konnte kaum atmen. Er hatte es getan. Oder versucht. Schlaftabletten. Seine Freundin hatte ihn gefunden. Gerade noch rechtzeitig. Stundenlang schwebte er in Lebensgefahr. Im Abschiedsbrief schrieb er, wenn er nicht als Rehabilitierter akzeptiert werden könne, wolle er nicht weiterleben. Hatte Emma um Verzeihung gebeten.

Emma nahm ihr Handy und wählte.

Er ging ran.

»Hast du die Zeitung gelesen?«, fragte sie mit einiger Mühe.

»Ich habe deinen Anruf erwartet. Das Essen ist gleich fertig.«

53

Es ging ihm gut, wenn er kochte. Er wirkte jünger. Keine Lesebrille, das Rezept konnte er wohl auswendig. Er war völlig konzentriert. Keine angestrengte Konzentration, sondern eine ruhige, befriedigende, jeder Handgriff saß, alles war ritualisiert, es roch gut. Im Hintergrund: Klassik. Klavier. Chopin? Chopin war der einzige klassische Komponist, den sie kannte.

Emma wanderte herum. Weinglas in der Hand. Wohnzimmer, Treppe, Flur, weitere Zimmer. Sie gewöhnte sich langsam an sein Haus. Sie war zum dritten Mal hier. Es war alt, gemütlich, aber schick, es gefiel ihr. Diele mit Tür nach draußen: Garage? Keller? Kammer? Wohnzimmer: an den Wänden Gemälde, entweder abstrakte Kunst oder von seiner fünfjährigen Nichte gemalt. Die Farben zurückgenommen, diskret, helles Braun, helles Grau, helles Blau, Sprenkel von Gold und Silber. Hm. Wohl doch nicht die Nichte. Die Sofas weiß und breit, gut für Sex, schlecht bei Flecken, aha, deshalb kein Rotwein, der Flachbildschirm groß, befestigt an der Wand, auf ihm lag eine feine Schicht Staub.

Und dieser Geruch, dieser unendlich vertrauenerweckende Geruch, der war ihr schon neulich aufgefallen, also nicht der aus der Küche. Nur hier im Wohnzimmer, Richtung Flur, da: Äpfel. Jetzt hatte sie es. Äpfel in der kalten Speisekammer rochen so. »Hast du Apfelbäume im Garten?« Sie ging wieder in die Küche.

»Zu viele!«, lachte er. »Willst du Äpfel mit nach Hause nehmen? Sie sind noch gut – mehr oder weniger.«

Er stellte das Essen auf den Esstisch, in einer Ecke des Wohnzimmers.

»Was Leichtes diesmal, dachte ich«, sagte er. »Maronensuppe, Feldsalat und Walnussbaguette.« Emma hatte noch nie Maronensuppe gegessen. »Könnte ich mich dran gewöhnen«, sagte sie.

»Das Geheimnis ist der Schuss Kirschwasser«, sagte er. Angeber. Sie stießen an.

Irgendwann, als ihre Teller fast leer waren, sagte er zögerlich: »Dieser Marquardt – wie geht es dir damit? Willst du darüber reden?«

Ja, sie wollte darüber reden. Doch sie war so voller Zorn und anderer Gefühle, die sie nicht verstand, dass sie nicht wusste, wie. Sie zuckte nur die Achseln und meinte: »Das hat nicht viel mit mir zu tun.«

»Na ja, er hat dich in seinem Abschiedsbrief erwähnt.«

»Ach, er erwähnt meinen Namen bei jeder Gelegenheit. Wenn mich was ärgert, dann höchstens, dass er es nicht geschafft hat.« Sie schüttelte den Kopf. »Schlaftabletten. Was für ein Weichei.«

Nikolai musste lachen. »Wieso Weichei?«

»Schlaftabletten nehmen meist Frauen.«

»Jetzt aber bitte keine alten Klischees aufwärmen.«

»Was für dich Klischee ist, Gender-Professor, ist für mich Statistik«, sagte Emma.

»Tatsächlich?«

»Die meisten Frauen wählen Suizidmethoden, die das Gesicht nicht entstellen«, sagte Emma. »Männer blasen sich die Rübe weg.«

»Willst du damit etwa sagen, Frauen sind noch im Tode eitel?«

»Nö, es hat vor allem mit dem Alkoholpegel zu tun.«

»Apropos. Noch etwas Wein?«

Emma hielt ihm ihr Glas hin. Erzählte von den anonymen Anrufen, den Drohmails, die bei ihr eingetrudelt waren, noch bevor sie überhaupt von Uwes Selbstmord wusste. »Verstehst du das? Plötzlich sind alle auf seiner Seite.«

Der Herr Professor war nicht sonderlich verwundert. »Du bist der Feind«, sagte er.

»Ich? Nach der Talkshow hat mir noch jeder gratuliert …«

»Ja, als du erfolgreich warst. Da warst du eine Pionierin, jetzt bist du eine Querulantin.«

»Wie das?«

»Er musste das Publikum nur daran erinnern, dass du die Schuldige bist, nicht er. Das hat er mit seinem Selbstmordversuch getan.«

Emma blickte ihn fragend an.

»Na, du bist unbequem für die Gesellschaft. Du stellst sie infrage. Weißt du, solche Verbrechen passieren jeden Tag, die Gesellschaft empört sich kurz, aber in Wahrheit steckt sie es gut weg. Aber was du getan hast – du hast den Finger in die Wunde gelegt, die Wunde der Gesellschaft: die systemimmanente Gewalt gegen Frauen. Sie aber wollen hören, dass es nur ein Ausrutscher war. Die Leute brauchen das, sie brauchen jemanden, der ihnen versichert, dass der Mensch im Grunde seines Herzen gut ist. Diesen Gefallen hast du ihnen nicht getan.«

»Du glaubst, er hat mit Absicht …?« Schon bevor er antwortete, wusste Emma, dass er recht hatte.

»Möglich ist es. Nachdem du ihn öffentlich so abgekanzelt hast, muss er zu drastischen Maßnahmen greifen. Er weiß, dass ein Selbstmordversuch die Leute wieder auf seine Seite bringt. Ich glaube, das ist ein Machtspiel. Es hat mit der Vergewaltigung angefangen und ist noch nicht vorbei, er muss dich zu seiner Sklavin machen, wenn nicht physisch, dann emotional. Ich wäre nicht erstaunt, wenn alles, was er tut – das Buch, seine öffentliche Persona bis hin zum Selbstmordversuch – wenn all das nur dem Ziel dient, dich zu dominieren. Du sollst Tag und Nacht an ihn denken, kein Aspekt deines Lebens soll von ihm unberührt bleiben.«

Emma war nicht in der Lage zu antworten. Zum ersten Mal hörte sie aus dem Mund eines anderen Menschen das, was sie immer gewusst hatte. Nicht mal Frau Dr. Klee hatte es ihr so klar und deutlich gesagt.

Die Leichtigkeit des Abends war verflogen. Komisch, bei manchen Menschen war das so – sie hatten eine natürliche Neigung zur Erdenschwere. Selbst dann noch, wenn sie gerade dabei waren, eine Frau beschwipst zu machen. Emma hatte selbst so eine Neigung. Auch wenn es ihr nicht immer gefiel.

»Du liebst das Flirten«, sagte sie, »aber noch mehr liebst du das Analysieren.«

Er lachte. »Ich gebe zu, du hast mich irgendwie angefixt. Nach deinem Besuch in meinem Büro habe ich alles über dich gelesen, was ich finden konnte. Auch über deinen Fall, das mit den Briefen, dem Käfig … Für unsereins, mit unserem langweiligen bürgerlichen Leben, ist das schon faszinierend.«

»Auf Dauer kann es einem auf die Nerven gehen.«

»Gestern, vorgestern, stand ich sogar vor so einem Hundekäfig und fragte mich, was du wohl damit angestellt hättest.«

Sie staunte. »Mit dem Käfig?«

Grotian nickte, stand auf und räumte die Teller ab. »Hättest du es ausprobiert?«, rief er aus der Küche.

»Was denn?«

»Du hast mal gesagt, dass du immer versuchst, dich in die Lage von Täter und Opfer zu versetzen«, sagte er, als er mit dem Dessert zurückkam. Heiße Himbeeren mit Vanilleeis. »Also mich hat das interessiert. Ich wollte wissen, wie es da drin ist. Für das Opfer.«

»Du hast dich in einen Käfig sperren lassen? Wo?«

»Na ja, bloß reingehockt.« Er lächelte verlegen. »»Es gab keinen, der mich eingesperrt hat. Besondere Erkenntnisse hat es mir aber nicht verschafft.«

»So leicht geht das nicht.« Emma lachte. »Manchmal stellen wir die Tat nach, das stimmt. Oder Teile davon. Aber sich in einen Hundekäfig zu setzen ... Auf die Idee bin ich noch nicht gekommen. Ich habe auch keinen Hund. Ich weiß nicht mal, wie so ein Ding aussieht.«

Der Professor zögerte, sein Löffel schwebte über dem schmelzenden Eis.

»Ich hatte einen, ist noch nicht lange her. Lupus. Ein Mischling, lieber Kerl.«

»Ist er gestorben?«

»Nein, er ist, äh ... bei meiner Exfrau.« Er zuckte die Achseln, lächelte entschuldigend, fast scheu. Also gelang ihm doch nicht alles im Leben, dachte Emma überrascht. Sympathisch irgendwie.

»Ach.«

»Aber sein Käfig steht noch im Keller.«

»Ach.«

54

Sauber aufgeräumt, der Keller vom Herrn Professor. Und geräumig, offen, warm und hell. Heizkessel, Waschmaschine, großes Weinregal, ein paar Kartons, ein altes Fahrrad, eine massige Werkbank, Schneeschaufeln, paar Topfpflanzen im Winterquartier. »Nicht drüberstolpern«, sagte er.

Nikolai kramte in einer Ecke, während Emma an der Holztreppe stand und am Wein nippte. Aus einem Verschlag zog er den Käfig mitten in den Raum. Das Gitterwerk großmaschig. Er war geräumiger als gedacht – ein Hund, selbst ein relativ großer wie ein Labrador, würde sich darin im Kreis drehen, vielleicht sogar ausstrecken können. Eine erwachsene Frau aber nicht.

»Ich habe ihn damals gesäubert.« Der Professor wischte einen Rest Spinnweben weg.

»Hast du deinen Hund darin eingesperrt? Ist das nicht ein bisschen grausam?«

»Nein, im Gegenteil, es ging darum, ihm ein Refugium zu schaffen. Der Käfig war fast immer offen, er schlief da drin.«

»Eigenartig.«

»Lass dich nicht täuschen, das ist eine anerkannte Methode. Der Käfig war mir mal sehr nützlich. Die Frage ist, ob er dir nützlich ist.«

»Der Käfig ist nur ein Teilaspekt, wirkliche Erkenntnisse sind da nicht zu gewinnen. Trotzdem würden wir uns fragen: Woher hat er das Ding? Hat er einen Hund? Ist der gestorben? Hat er einen Käfig, der nutzlos in seinem Keller rumsteht?«

Emma grinste Nikolai an. Der lächelte zurück. »Tja, leider kannst du nicht jede Zoohandlung in Deutschland nach Hundekäfigkäufern fragen«, sagte er. »Dieses Crate Training mit Käfig, das war ja mal richtiggehend Trend.«

»Klar, solche Ideen, Frauen in Käfige sperren, die kommen irgendwoher.«

»Und was macht man jetzt so bei einer Tatnachstellung? Reinkriechen?«

»Mir als Fallanalystin nützt das wenig. Es zeigt mir nicht, was der Täter denkt. Wenn ich da reinkrieche, erfahre ich höchstens, was das Opfer fühlt.«

»Und das bringt dir nichts für deine Arbeit?«

»Nein. Es hört sich gemein an, aber das Opfer ist zweitrangig. Es geht um den Täter.«

»Aber die Opfer in diesem Fall, die hatten schon was zu sagen, oder? Also ich meine die Briefe, die sie schrieben.«

Emma nickte. »Das ist richtig … Er gibt ihnen begrenzte Kontrolle über ihre eigene Situation. Das ist es, was wir nicht verstehen.«

Sie schwiegen. Sie standen vor dem Käfig, ihre Finger spielten über das Gitter. Weingläser in der Hand. Weinflasche auf der Werkbank. Er schenkte nach. Er lachte. Er schmunzelte. Wurde nachdenklich.

Nach einer Weile sagte er leise: »Ich tue es, wenn du es tust.«

»Was hast du gesagt?« Aber sie wusste, was er meinte.

»Ich würde es auch niemandem verraten.«

»Ja, ich …« Emma hatte vielleicht etwas zu viel getrunken, Nikolai auch. Aber jetzt standen sie da, der Käfig auch. »Hm«, machte sie.

»Du musst es mir schon sagen«, sagte er.

»Wie bitte?«

»Du musst es befehlen.« Sie wollte lachen, tat es nicht. »Du bist der Täter«, sagte er. Mit einer leichten Beugung seines Kopfes, einer Einladung.

Jetzt gab es kein Zurück mehr. Sie sagte: »Geh da rein.«

Er zögerte. Aber nicht befremdet. Im Gegenteil. Er wollte es.

Sie korrigierte sich: »Zieh dich aus und geh in den Käfig.«

»Warte«, sagte er. »Wir machen es spannender.« Was hatte er vor?

Das Licht. Er stellte sein Glas beiseite und machte das Licht aus. Das einzige Licht kam jetzt von der offenen Tür oben an der Treppe. Aus der Diele. Da, wo noch ihre Tasche stand. Sie überlegte, ob sie schnell nach oben laufen und sie holen sollte.

Wusste aber, dass das den Bann brechen würde.

Sie musste sich entscheiden.

Wortlos legte er sein Hemd ab, dann die Hose, faltete sie, dann Schuhe und Socken. Nur die Unterwäsche nicht: dunkelgrau, neu, schick. Das schmal geschnittene T-Shirt zog er nach kurzem Zögern auch über den Kopf. Er drehte sich ein wenig beiseite, als er sich auszog, wie ein Junge in der Gemeinschaftsdusche, der nicht zugeben will, dass er sich schämt, nackt zu sein, aber auch nicht mit seiner Nacktheit prahlen kann.

Auf Händen und Knien kroch er in den Käfig. Anders ging es nicht. Emma schloss die Tür hinter ihm. Schob den Riegel vor. Ein Schloss gab es nicht. War für einen Hund auch nicht nötig.

Sie brauchte keine Waffe.

Er konnte den Kopf kaum heben. Konnte sie nicht anschauen. Sie stand über ihm, vor ihm. Er sah nur ihre Schuhe.

»Und? Wie ist es so da drin?«

»Hundemäßig«, sagte er. Es sollte ein Witz sein. Kam nicht so rüber. Seine Stimme war klein. »Es ist eng. Mehr nicht. Die Frage ist … die Frage ist, wie es dir geht.«

Emma war sich nicht sicher. Sie trat probeweise gegen den Käfig. Das Metall klirrte. Er fuhr zusammen. Was war das für ein Laut? Sie ballte die Faust und schlug auf den Käfig. Da, wieder dieser Schreckenslaut, kein Wort.

Das Gefühl: Macht. Süße Macht. Befriedigende Macht. Wie Zucker, wenn man Hunger hat, sie durchflutet deinen Körper, macht dich lebendig, wach, die Poren deiner Haut öffnen sich, der zarte Haarflaum im Nacken richtet sich auf, alles atmet, alles leuchtet. Dein Herz rast. Macht. Kontrolle, Sicherheit. Ich ja, du nein.

Sie schlug wieder auf den Käfig. Sagte: »Parasit.«

Er gab einen Laut von sich. Nein, es war mehr als das – ein Wort. Sagte er »Ja«?

»Du musst gehorchen lernen«, sagte sie.

Wimmerte er? Räusperte er sich? »Kann ich mein Glas …«

»Nein.«

Er schwieg.

»Du bleibst da drin. Bis du gehorchst. Wirst du gehorchen?«

Er zitterte. War ihm kalt? Emma trat gegen das Gitter.

Emma. Größer, stärker, mehr da als je zuvor, ihr Körper aus Stahl und Marmor, ihre Stimme ein einziger Befehl, dem niemand widersprechen würde, niemals, ihr Blick weit bis zum Horizont.

Jetzt verstand sie es – warum ein Täter so ein Risiko auf sich nimmt. Weil es in dem Moment kein Risiko gibt, weil es niemanden gibt, der ihn finden, sehen, überführen könnte. Emma war der letzte Mensch auf Erden, der einzige im Universum, sie stand da, auf einer Insel in der Dunkelheit, und zu ihren Füßen ein Bündel zitternden Fleisches, ausgeliefert, hilflos, ergeben – die ganze Welt war ihr ergeben. Jetzt war sie Uwe Marquardt, und Uwe Marquardt lag da ans Bett gefesselt und fürchtete sich vor ihr, vor ihrer Wut, ihrer fürchterlichen Wut.

Sie fühlte sich unendlich ruhig. All die tägliche Qual, der Lärm in ihrem Kopf, alles weg. Sie wusste nicht, wie viel Zeit verging. Es hätte ewig sein können.

Dann hörte sie, wie er schrie. Laut, er schrie laut, panisch und aus voller Brust. Bisher hatte sie es gar nicht wahrgenommen. Seine Stimme war verzerrt, ganz anders, kaum erkennbar.

Weil es nicht seine Stimme war. Er war es nicht, der schrie. Sie war es. Es war ihre eigene Stimme. Sie schrie und fluchte und schlug mit beiden Fäusten auf den Käfig, der wankte und rasselte, und sie erkannte ihre eigene Stimme nicht.

»Hör auf!«, sagte er, als sie endlich verstummte. »Hör auf, lass mich raus hier.«

Emma hörte auf. Ihr Herz raste noch, sie atmete heftig, aber sie schrie nicht mehr, sie schlug nicht mehr. Sie entriegelte die Tür.

Er bewegte sich nicht, auch als die Tür aufschwang. Sie musste selbst auf die Knie gehen, bis sie erkannte, dass er weinte. Er drehte sich von ihr weg, aber sie sah es: Er weinte. Sie war zu weit gegangen.

»O Gott«, sagte sie, beugte sich vor und griff nach ihm, er zuckte zurück – sie strich ihm über den Rücken, griff nach seinen Armen, seinen Händen, umfasste sie, zog ihn zu sich, zog ihn raus. Langsam, zitternd, folgte er. Er konnte sich nicht aufrichten, er blieb auf allen vieren und keuchte, seine Haare, matt und feucht und dunkel, hingen ihm vor den Augen.

Sie wollte sich entschuldigen, ihm auf die Beine helfen. »Es tut mir …«

»Zieh dich aus.«

»Was?«

Sie verstand es kaum, er konnte noch kaum reden, er schniefte, er schluckte, dann wurde seine Stimme fester. »Zieh dich aus. Zieh dich aus, und steig da rein. Jetzt bist du dran.«

»Ich … ich …«

»Du willst den Täter verstehen? Versuch, das Opfer zu verstehen. Zieh dich aus.«

Emma zog sich aus. Pullover, Hose, Schuhe. Er saß jetzt auf dem kalten Betonboden. Er hatte sich gefasst, saß aber noch da und betrachtete sie, während sie sich auszog. Socken, Hemd.

»BH«, sagte er.

Sie zog ihren BH aus.

»Steig rein.«

Sie musste kriechen. Auf die Knie gehen und kriechen.

Sie hatte ihre Tasche nicht mit. Sie hatte ihre Sig Sauer nicht mit.

Er schob die Tür hinter ihr zu. Sie hörte, wie er sie verriegelte.

Eng. Sie konnte sich kaum bewegen, sich nicht umdrehen, nicht den Kopf heben, konnte ihn nicht mehr sehen. Er musste hinter ihr stehen. Da, ein Tritt gegen das Gitter, nicht hart, probeweise. Dann härter. Der Käfig zitterte, wankte, dann trat er fest dagegen, er brüllte dabei: »Schlampe! Schlampe! Was hat er gesagt? Was hat er gesagt?«

Emma murmelte: »Was meinst du, was …« Ihr Mund war trocken.

»Wie? Ich höre dich nicht, Schlampe!«

Wieder und wieder schlug er auf den Käfig, die Streben klirrten, und sie zuckte jedes Mal zusammen, jedes Mal, wenn er gegen das Gitter trat, jedes Mal, wenn er sie anschrie. Sie verstand nicht, was er wollte. Sie war aufs Äußerste verwirrt. Physischer Schmerz wäre jetzt eine Erleichterung gewesen. Es war die Enge, die Ungewissheit, die Beklemmung, die Ohnmacht, die Dunkelheit, das war es, was wehtat, was Angst machte. Sie konnte sich nicht umdrehen, nicht erkennen, was hinter ihr war, den Kopf nicht heben. Jeder Tritt gegen das Gitter war Ablenkung, Normalität, Geräusch statt Wort, es tat fast gut, es war fast … altbekannt. Wie eine Erinnerung aus der Kindheit, wo alles noch in Ordnung war, Kekse im Ofen, das knarrende Holzbett, die Stimme ihrer Mutter, wie sie sie tröstete, wie sie ihr Bier zu trinken gab … Bier? Es waren keine Kindheitserinnerungen, es waren die Erinnerungen an die drei Nächte, als sie ans Bett gefesselt war, die Erinnerung an Ohnmacht, die sich tief in ihr Gedächtnis eingegraben hatte, das unumstößliche Gesetz der Ohnmacht, das Emma nie infrage stellte, das merkte sie jetzt, wie interessant, es war wieder da, wie ein alter Freund, in dessen Arme man sich fallen lassen konnte, weil man immer gewusst hatte, dass man ihm nicht entkommt, und jetzt war eingetroffen, was eintreffen musste, und die Welt war auf seltsame Weise wieder in Ordnung, sie lag da, wo sie liegen musste, und das war irgendwie richtig so.

Die Tritte hörten auf. Die Geräusche hörten auf. Sie wusste nicht, wo er war.

»Gib dich auf«, flüsterte er.

Aber sie hatte sich schon aufgegeben.

Er war über ihr. Er lehnte sich über den Käfig und flüsterte ihr ins Ohr, von hinten, von oben: »Liefere dich aus. Das tun sie doch, oder? Das rettet sie, sie tun, was er will.«

Sie keuchte. Sie wollte fluchen, ihn zurechtweisen, sie wollte sich umdrehen und ihn sehen, sie wollte wieder Macht über sich selbst erlangen. Sie wollte erlöst werden.

»Lass dich los, verlier dich, gib dich mir.«

Emma nickte. Durch ihren trockenen Mund zwang sie Luft, Atem, Worte: »Ja. Ja, ja.«

»Sag es – mach mit mir, was du willst. Sag es.«

»Mach, was du willst.«

Sie hörte sich selbst nicht, sie wusste nicht, ob er sie hörte.

»Sag es: Nimm mich, benutz mich. Sag es.«

»Nimm mich, benutz mich. Tu es.«

»Willst du das, Emma?«

»Ich will es.«

Jedes Mal, wenn sie seine Worte wiederholte, fühlte sie sich freier. Die Kontrolle, die ihr entglitt, die Macht, die sie hergab – scheiß drauf. Sie versuchte nicht länger, daran festzuhalten, die irrsinnige Energie, die das gekostet hatte, mein Gott, und es ging ihr besser, denn es war egal, alles war egal, und sie wiederholte die Worte immer wieder, als er durch die Stäbe griff, ihr von hinten den Slip herunterzog, ihre Hüfte umfasste und an sich zog, es war nicht einfach, sie konnte nicht auf allen vieren bleiben, sie musste die Füße durch die Gitterstäbe schieben, den Oberkörper absenken, ganz tief, die Stirn auf den eisigen Boden legen, auf die verschränkten Handgelenke, die demütigste Haltung überhaupt, ihren nackten Po hochgereckt, gegen das kalte Gitter gepresst, und er flüsterte Flüche über sie herab, fast lautlos jetzt, fast zärtlich, als er warm in sie eindrang, und es war … eine Erleichterung.

Hoffnung.

Hoffnung. Da war sie. Sie blühte in ihr auf wie eine Blume, ungebeten, unerwartet, weit und zuckersüß, zusammen mit der Lust. Hoffnung, du Miststück. Bleib bei mir, geh nicht fort. Du bist alles, was ich habe. Du bist, was mich am Leben hält.

55

Was macht eine gute Schwester aus?

Wenn du um drei Uhr nachts bei ihr vor der Tür stehst, und sie lässt dich ein, ohne Fragen zu stellen, weil das manchmal eben nötig ist im Leben, und sie reicht dir, ohne ein Wort zu verlieren, eine Zahnbürste und ein altes T-Shirt und geht ins Bett und lässt das Nachtlicht im Schlafzimmer an, bis du zu ihr kommst und dich an sie kuschelst und das Licht ausmachst, und sie murmelt irgendwas Unsinniges und hält dich fest und ist schon wieder eingeschlafen.

Das macht eine gute Schwester aus.

Emma lag im Drei-Uhr-Morgen-Dunkel neben Sarah im Bett, in Sarahs Armen, und hörte zu, wie sie wieder einschlief, ihr Atem streichelte Emmas Nacken in einem weichen Rhythmus, und sie lag hier im sichersten, heimeligsten Zimmer der Welt, und die Dunkelheit senkte sich auf sie wie eine warme Decke, und sie wartete auf den Schlaf.

Aber er kam nicht. Immer wieder fragte sie sich, was das eben gewesen war. Obwohl ihre Waffe, ihre Sig Sauer, oben in ihrer Tasche in der Diele gelegen hatte, für genau solche Fälle, war es passiert, und sie ließ es passieren, und sie hatte es genossen.

Und Emma fragte sich, ob das denn die Entscheidung war.

Die Entscheidung, Opfer zu sein. Dort zu verharren, wo sie sich auskannte, im Käfig, unter den Verlierern – einmal Opfer, immer Opfer, stets von Feinden umgeben, immer unglücklich, nie glücklich, aber dafür immer da, wo sie sich auskannte.

Es war nicht so, dass sie nicht gewollt hätte, was Nikolai getan hatte. Aber wollte sie Opfer bleiben?

Sarah rührte sich. Sie zog Emma an sich, streichelte ihr Haar im

Dunkeln. »Schh, schh …« Erst jetzt merkte Emma, dass sie am ganzen Körper zitterte. »Schh, schh … Alles ist gut. Schlaf jetzt, schlaf einfach.«

Emma schlief nicht. Sie wartete, bis Sarah wieder einschlief. Und sie kämpfte. Mit der Angst vor sich selbst. Mit einer großen Verunsicherung. Sie wollte das doch nicht. Sie wollte nicht im Käfig sein. Nicht mehr, nicht mehr das Opfer sein, nicht mehr das sein, was Uwe Marquardt erschaffen hatte. Sie wollte es nicht. Nie wieder, nie wieder in den Käfig.

Obwohl, da war noch mehr gewesen, wenn sie ehrlich war. Da war auch das Gefühl der Macht gewesen, dieser fremde Rausch zuvor, als Nikolai im Käfig gewesen war. Emma erinnerte sich an diese innere Kälte, diese winterliche Ruhe, die Ungerührtheit, diesen fernen, stillen Ort. Nein, nein, das wollte sie nicht sein, auch das wollte sie nicht sein. Nicht Täter. Nicht Opfer. Konnte sie nicht einfach Emma sein? Nur Emma? Sie weinte.

Jemand war im Zimmer.

Die Tür war aufgegangen. Jemand stand da im Dunkeln, in Sarahs Schlafzimmer. Jemand Kleines.

Emmas Herz setzte einen Schlag aus, sie kniff die Augen zusammen, konnte nichts erkennen. Dann roch sie es. Apfelshampoo.

Emily.

Emma wartete, bis Emily zum Bett gefunden hatte, an ihre Seite, dann rutschte sie dichter an Sarah, machte ihr Platz. Emily sagte etwas. Nuschelte irgendwas, wie auf Droge. Emma erkannte ihren Namen. Emily war noch im Halbschlaf, aber selbst im Halbschlaf hatte sie verstanden, dass Emma da war. Emma hob die Decke an, und Emily kroch zu ihr, kuschelte sich an sie, und Emma hörte, wie sie sofort wieder einschlief.

Da war noch einer. Emily hatte die Tür aufgelassen. Jetzt stand noch jemand an der Tür. Kam zum Bett.

Emma hörte Klackern auf dem Boden. Dann Ruhe. Nach einer

kurzen Entscheidungsphase hüpfte Kalli auf das Bett. Am Fußende. Die Matratze wankte. Emma spürte seine Pfoten, sein Gewicht auf ihren Beinen. Er drehte sich, einmal, zweimal, dreimal, dann ließ er sich mit einem Seufzer fallen, quer über ihre Füße, den Kopf auf Emmas Knien.

Emma war gefangen. Sarah auf der einen Seite, Emily auf der anderen, der Hund unten, sie war eingequetscht.

Eingequetscht von dem Rudel, das endlich vollständig war.

Im Dunkeln merkte Emma, wie ihr die Augen zufielen.

56

Die Burg war belagert.

Ein Dutzend dunkelgrüner Kleinbusse. Noch mal so viele Transporter. Die halbe Streife Berlins parkte auf den Bürgersteigen, bewaffnet, mit Taschenlampen und Funkgeräten ausgerüstet, nein, es war vor allem Bundespolizei. Die Suchtrupps. Emma erkannte auch die Kollegen der MK5, MK2 und MK3, das halbe LKA stand dumm herum und klammerte sich an Kaffeebecher und wartete auf die andere Hälfte.

Halb sechs. Es war noch dunkel. Um die Zeit war die Keithstraße vor der Burg für gewöhnlich leer und still, jetzt musste Emma mehrere Straßen abfahren, bevor sie einen Parkplatz fand.

Vor der Burg, an der offenen Tür eines Busses, stand Lutz, ein Klemmbrett in der Hand, mit Habernickel und ein paar Bundespolizisten und umgeben von einer Horde verschlafener Lehrer, fast ein Dutzend. So sahen sie jedenfalls aus, wie Lehrer, Bullen waren es sicher nicht. Förster vielleicht?

Als Lutz Emma sah, nahm er ihr zur Begrüßung den Coffee to go aus der Hand, schlürfte daran und gab ihn nicht wieder her.

»Bist du sicher?«, war seine einzige Frage.

»Ich bin sicher. Sie sitzt im Wald und schaut durch ein Fenster auf Bäume.«

»Wusstest du, dass Berlin achthundertneunzig Quadratkilometer Grünflächen hat?«

»Ach du Scheiße.«

»Wir sind eine der grünsten Städte Europas, vielleicht die grünste«, sagte einer der Lehrer stolz – Grünflächenamt also.

»Der Blutbuchenbestand in Berlin«, sagte Emma. »Ist der irgendwo verzeichnet?«

»Irgendwo ist alles verzeichnet«, sagte der Mann und klopfte auf seine Aktentasche.

»Wenn man alle Grünflächen zusammenrechnet, passt Paris neunmal rein«, meinte ein anderer hinter Lutz – kein Lehrer, keiner vom Amt, nein, ein Jäger, ein gut gelaunter Jäger.

Lutz war weniger gut gelaunt.

»Wenn er tatsächlich in Berlin ist und am Fenster steht und in den Wald schaut, finden wir ihn. Wenn nicht, stehe ich ziemlich dumm da.« Der besorgte Ausdruck, mit dem er sie anschaute, verriet ihr, er hatte ein böses Gefühl.

Emma versuchte, sein böses Gefühl zu ignorieren. »Sie steht am Fenster und schaut in den Wald«, versicherte sie ihm.

»Emma, ich weiß nicht, ob du mich verstehst.« Emma machte den Mund zu. Die anderen drum herum sperrten die Ohren auf. »Wir haben bisher keine Verdächtigen, die im Wald wohnen. Keinen in Berlin. Die Polen hatten einige gute Verdächtige, die sind jetzt hinfällig, und wir fangen von vorn an, hier, wegen dir. Ich habe dein Profil gelesen. Du sagst es selber: Du verstehst nicht alles, was in diesem Fall passiert. Warum er die Briefe abschickt. Erst als du das ausgesprochen hast, habe ich kapiert, dass er keinen Grund hat, das zu tun. Aber er tut es. Du sagst, er ist im Wald – mein Gefühl sagt mir, er führt uns noch immer an der Nase rum.«

Darauf hatte Emma keine Antwort. Er hatte recht. Er hatte recht. Aber das konnte sie nicht sagen. Sie konnte nur wiederholen: »Wir finden ihn im Wald.«

»Wir werden sehen.«

»Lutz, das mit dem Falner – das ist jetzt erledigt, oder?«

Auf dem Weg von ihrem Auto zur Burg hatte sie sich mit ihrem Kaffee eine *BZ* geholt, und da stand es schon: Statt der anklagenden Schlagzeilen über Polen und wie sie mit uns armen Deutschen umsprangen, wie in den Tagen zuvor, jetzt anklagende Schlagzeilen über den Serienmörder, der in unserer eigenen Stadt jagte und tötete, mitten unter uns, ohne dass die Bullen etwas dagegen unternahmen. Als sie es las, hatte Emma lächeln müssen. Endlich.

Lutz stemmte die Arme in die Hüften. »Scheint so. Auch wenn ich immer noch nicht weiß, wie du das hingekriegt hast.«

»Ich ehrlich gesagt auch nicht genau«, sagte sie. »Aber manchmal muss man auch gar nicht alles wissen, oder?«

»Gibt es da noch etwas, das ich nicht wissen muss?«

»Sascha Voss«, sagte Emma. »Du suchst doch Verdächtige?«

57

Emma fuhr nicht nach Hause. Sie fuhr nach Wilmersdorf, Forckenbeckstraße 95, Abschnitt 26, zu einer Zoohandlung Lucas Tierwelt. Dort kaufte sie einen Hundekäfig, etwa so groß wie der von Nikolai, an den sie dabei nicht zu denken versuchte. Er war nicht gerade billig – vielleicht könnte sie ihn ein paar Tage später zurückgeben, jetzt brauchte sie ihn aber.

Mit dem Käfig im Kofferraum fuhr sie nach Hause in die Dennewitzstraße, in das Haus neben dem Haus, durch das die U-Bahn fuhr. Im Flur zögerte sie, während die schwere Haustür langsam hinter ihr zufiel und ihr noch einen Schwall kalter Luft in den Nacken drückte. Am Ende des Flurs der Aufzug, der darauf wartete, sie in den vierten Stock zu bringen. In ihre Wohnung.

Sie ging nicht zum Aufzug, sondern direkt zu der Treppe, die nach unten führte, in den Keller.

Emma hatte keinen gewöhnlichen Keller.

Die Metallgitter ihres Verschlages waren mit Spanplatten verschalt wie eine Dunkelkammer und innen mit schalldämpfendem Kork bezogen. Eine einsame Glühbirne hing von der Decke. In der Mitte ein Klappstuhl, sonst war der Raum leer.

Trotzdem war sie nicht allein. Auf alle vier Wände um sie herum gepflastert: Ausschnitte aus Polizeiakten und Zeitungsberichten, Fotos von geschundenen Leichen, blutigen Gesichtern, zerschnittenen, aufgedunsenen Gliedmaßen, leeren Augen, gefesselten Füßen, silbernem Panzertape. Und ihre Mörder: keine schmeichelhaften Fotos, zugerichtete Gesichter, besiegt, aber trotzig. Vergewaltiger, Mörder, Nekrophile, Kannibalen, Sadisten.

Emmas Serientäter.

Sie war nicht gerne hier.

Emma räumte den Klappstuhl beiseite und baute den Hundekäfig zusammen. Stellte ihn mitten in den kleinen Raum. Zog die Tür hinter sich zu. Setzte sich auf den Stuhl vor den Käfig, über dem die Glühbirne leuchtete. Im Halbdunkel dahinter ihre Verbrecher. Atmete aus, atmete ein, versuchte, regelmäßig zu atmen, ruhig, ihren Puls herunterzubringen, ein und aus, aus und ein, bis sie ganz da war, Emma in ihrem Keller, Emma allein mit ihren Serienmördern. Andere meditierten. Dort, wo es kein Ich mehr gab, angeblich, irgendwann. Emma ging unter ihresgleichen. Da, wo es keine Illusion mehr gab.

Sie saß da, sie wartete, bis sie zu ihr sprachen.

Unter der Wirkung von erheblichen Alkoholmengen entwickelten sich meine Aggressionen, und ich musste sie an relativ hilflosen weib-

lichen Personen auslassen. Das war Fritz Honka, dessen Bild direkt hinter dem Käfig hing. Nein, nicht seine Stimme, die seiner Gutachterin. *Sein Bedürfnis, die überlegene Rolle des Mannes herauszukehren, spielte eine Rolle. Am Ende hat er sich gar als Herrn über Leben und Tod gesehen.*

Fritz Honka, vier Frauen getötet und zerstückelt bis 1975, in Hamburg. Emma kannte ihn gut: Aufgewachsen im KZ für Kinder und im Waisenheim, litt an einem Sprachfehler, schielte, Vorliebe für Prostituierte und SS-Uniformen.

Daneben: Olaf Däter, der Oma-Mörder. Fünf ältere Frauen in Bremerhaven, 2001. Er erstickte sie, oft dadurch, dass er sich einfach auf sie setzte. Fettleibig. Alles für eine Frau. Er verliebte sich in eine Hure, die immer mehr Geld und Geschenke verlangte. Er finanzierte ihre Bedürfnisse, indem er alte Frauen ausraubte – bei der Gelegenheit tötete er sie auch gleich, obwohl das genau genommen zum Zweck der Geldbeschaffung nicht notwendig gewesen wäre.

Emma flüsterte: »War es dir so wichtig, einer Frau zu imponieren, ihre Liebe zu gewinnen, dass du dafür gemordet hast?«

Olaf Däter antwortete nicht.

»Oder hättest du es auch so getan? Hast du die Frauen so sehr gehasst, dass du dein ganzes Leben nur auf eine Ausrede gewartet hast, sie töten zu dürfen?«

Olaf Däter antwortete nicht.

»Oder beides? Den Frauen den Hof machen und sich an ihnen rächen? Gleichzeitig?«

Olaf Däter sprach: *Sie hat gelacht. Im Gerichtssaal, als sie erfuhr, was ich alles für sie getan habe. Sie hat gelacht.*

Emma flüsterte: »Wieso sie nicht einfach ignorieren? Warum muss man sie töten? Wozu ist das notwendig?«

Wenn ich sie tötete, weißt du, dann konnten sie mich als Mann nicht mehr ablehnen. Edmund Kemper, Mörder, Nekrophiler, Kannibale, hoher IQ, von der Mutter missbraucht. Die Toten: sechs

Anhalterinnen, beide Großeltern, seine Mutter und ihr Freund, Kalifornien in den 1970ern. Dann stellte er sich.

»Warum sind wir dann zusammen?«, wollte Emma wissen. »Männer und Frauen – wenn es so schwierig ist, dass wir einander töten müssen, wofür brauchen wir einander dann?«

Keine Antwort. Sie schwiegen, warteten auf die richtige Frage.

»Reicht es nicht, sie einfach zu töten? Wenn es sein muss, wenn man das andere Geschlecht schon töten muss, warum belässt man es nicht dabei? Warum Köpfen, warum Reißen? Wofür ist das notwendig?«

Dann war Emma nicht mehr allein. Er war da. Sie spürte ihn. Er stand da mit ihr in ihrem Keller.

»Bist du da?«, flüsterte sie und erschrak ein wenig darüber, dass sie laut gesprochen hatte.

Er antwortete nicht, aber seine Anwesenheit war so intensiv, dass sie fast seinen Atem hören konnte.

»Warum musst du sie reißen?«, flüsterte sie.

Weil sie mich gerissen haben. Er war es. Der Reißer. Fast amüsiert. *Ich tue ihnen nur an, was sie mir angetan haben.*

Sie hatte das Gefühl, er stand in der Ecke rechts – sie vermied den Blick dorthin, wollte nicht sehen, dass er nicht da war. Solange sie wegschaute oder in den Käfig hinein, spürte sie, dass er mit ihr im Keller war.

»Warum musst du sie demütigen?«, flüsterte sie. »In diesen Käfig stecken? Reicht es nicht, sie zu töten?«

Ich tue ihnen nur an, was sie mir angetan haben.

»Ich habe kein Mitleid mit dir. Die Frauen haben dich abgelehnt, vielleicht auch ausgelacht, weil du verstümmelt bist, das ist traurig, aber wir alle leiden an irgendwas, und wir ertragen es, weil es zum Leben dazugehört. Wir töten nicht deswegen. Wenn du das nicht erträgst – das ist Schwäche, aber du gibst den Frauen die Schuld daran, dass du es nicht schaffst.«

Das Leben ertragen … darum geht es nicht. Es geht um die Abmachung.

»Was meinst du damit?«, flüsterte Emma.

Jeder trifft mit dem Leben eine Abmachung. Jeder verspricht, das Leben zu ertragen, solange es ihm nur irgendwann gibt, was er braucht. Wir zahlen den Preis vorab, mit unserer Geduld und Hingabe, und warten, dass das Leben uns irgendwann dafür belohnt. Mit Glück. Liebe. Respekt. Respekt von den Frauen. Wir warten und hoffen bis zum Tod, dass das Leben seinen Teil der Abmachung einhält. Aber der Vertrag wird nie erfüllt. Das Leben gibt uns nie, was wir brauchen. Es nimmt nur. Es nimmt und nimmt. Die meisten hoffen und warten und erkennen erst mit dem letzten Atemzug, dass die Abmachung längst geplatzt ist. Nur ich nicht. Ich habe erkannt, dass sie nie erfüllt wird. Und ich habe sie aufgekündigt. So einfach ist das.

»Ich habe nie solch einen Vertrag geschlossen«, sagte Emma, »ich habe mir nie eingebildet, dass das Leben mir etwas schuldet. Nur du. Nur Leute wie du.«

Aber natürlich hast du das, und das weißt du auch. Du versprichst, brav zu sein, ein treuer Staatsdiener, das Richtige zu tun, und im Gegenzug erwartest du, dass dein Vergewaltiger aus deinem Leben verschwindet, dass du irgendwann endlich normal leben kannst und kein emotionaler Krüppel mehr bist, nicht mehr das, was er aus dir gemacht hat. Das ist der Vertrag, den du mit dem Leben geschlossen hast. Und, wie sieht's aus, Emma? Hat das Leben geliefert?

»Ist das der Grund, warum du sie einsperrst? Sie demütigst? Sie abrichtest? Du versprichst, sie freizulassen, wenn sie alles tun, was du willst, aber du weißt, du lässt sie nicht frei. Musst du zusehen, wie sie auf Versprechen reinfallen, die niemals eingehalten werden? Ist dir das so wichtig?«

Steig doch selber in den Käfig, Emma.

Emma schaute sich den Käfig an. Lange. Es war schwer, dabei

nicht an Nikolai zu denken. Endlich schaffte sie es. Indem sie an Sabine dachte. Sie ging auf die Knie und kroch hinein.

Eng. Bedrückend. Ungut. Kannte sie schon. Was noch?

»Warum bin ich hier?«, sagte sie.

Der Reißer antwortete nicht.

Erneut wurde Emma klar, dass sie sich nicht umdrehen konnte. Würde jemand hinter ihr stehen und sie verspotten oder demütigen, sie könnte ihn dabei nicht sehen.

»Darf ich dich nicht anschauen, während du mich vergewaltigst?«

Keine Antwort.

»Hat dich jemand als Kind in einem Käfig gehalten? Deine Mutter? Weil du unartig warst oder weil sie nicht den ganzen Tag auf dich aufpassen konnte?«

Keine Antwort.

Die Mutter. Viele Frauenmörder waren von ihren Müttern missbraucht worden. Notizen. Emma musste sich Notizen machen. Ihr Block war in ihrer Tasche, die Tasche stand neben dem Stuhl.

Sie streckte ihre Hand durchs Gitter, so weit es ging, mit den Fingerspitzen zog sie die Tasche am Trageriemen heran. Mit beiden Händen, auf die Ellenbogen gestützt, fummelte sie die Tasche auf und suchte ihren Notizblock. Den fand sie, aber keinen Kuli.

Dafür ihr Smartphone.

Sie bediente die Oberfläche durch das Gitter, rief eine Notiz-App auf und tippte langsam ein: *Mutter? Missbrauch?*

Haben sie so die Briefe geschrieben? Durch das Gitter? War es möglich, einen ganzen Brief so zu schreiben? Oder im Käfig selbst?

Sie tippte ein: *Briefe im Käfig geschrieben?*

Dann stockte ihr der Atem. Der Bildschirm. Ihr Smartphone. Sie kauerte in einem Hundekäfig und schaute den Bildschirm ihres Smartphones an. Ihr Herz pochte. Mit einer Wischbewegung rief sie ihren Browser auf. Dann die Website der polnischen Polizei. Sie kannte die Adresse. Zweimal vertippte sie sich, dann sah sie es: die Briefe. Sie kauerte frierend in einem Hundekäfig in einem Keller und schaute auf dem Bildschirm ihres Smartphones die Briefe der Opfer auf der Website der Polizei an.

Plötzlich ertrug sie es nicht länger. Sie fluchte lauthals und trat nach hinten gegen die Käfigtür, die knallte auf und schlug gegen die Wand des Käfigs und schwang zurück, und Emma trat wieder dagegen und kroch rückwärts aus dem Käfig raus. Die Tür war verbogen. So viel zum Zurückgeben.

Er war weg. Der Reißer. Sie stand allein unter der Glühbirne und rief Sigmar an. »Dein Modell«, sagte sie hastig, sobald sie seine Stimme hörte. »Dein Kommunikationsmodell. Die drei Teile. Welche waren das noch mal?«

»Die drei … ja, äh, das sind: S-S-Sender, Botschaft und Empfänger.«

»Ich verstehe jetzt«, sagte sie, »für wen die Briefe gemeint sind, wer sie lesen soll. Die Opfer, die Opfer sollen sie lesen.«

»Dafür müssen sie aber n-nicht weggeschickt werden. Warum schickt er sie an die Polizei, wenn die Opfer selbst sie lesen sollen? Außerdem sind die Opfer doch die Sender, sie können nicht gleichzeitig Empfänger sein.«

»Doch, das sind sie. Er verspricht ihnen, die Briefe an die Polizei zu schicken, egal was sie schreiben, nur bestimmte Dinge nicht, aber sie dürfen sagen, dass sie in Polen sind, dass sie den ältesten Baum sehen, sogar seinen Namen, Noël. Dann werden die Briefe auf der Website der Polizei veröffentlicht. In seinem Keller …«

»Keller?«

»Wo auch immer. In seinem Versteck, da ruft er dann die Website auf, auf einem Smartphone oder Tablet, und zeigt sie ihr. Sie soll sie sehen – sie soll sehen, dass er den Brief tatsächlich abgeschickt hat und dass die Polizei alles weiß.«

»Es ist ein Beweis …«

»Ja. So zeigt er ihr, dass er seine Versprechen hält. Er hat ihr gesagt, ich lasse dich frei, wenn du alles tust, was ich will. Passt das? Passt das in dein Modell?«

»Doch, doch, natürlich.« Jetzt hörte sie auch in Sigmars Stimme Aufregung. »Das Opfer schreibt den Brief, aber der Sender in unserem Sinne ist der Täter – und die Botschaft ist, dass er seine Versprechen hält. Diese Botschaft hat nichts mit dem Inhalt der Briefe zu tun – deshalb hat er auch den *Wauwau*-Brief abgeschickt, weil der Inhalt für ihn irrelevant ist, seine Botschaft richtet sich an die Opfer und besteht allein in der Tatsache, dass er die Briefe wie versprochen abschickt. Das ist ... das ist ...«

»Aber warum? Sigmar? Warum ist es ihm so wichtig, den Opfern zu beweisen, dass er seine Versprechen hält?«

»Glaubwürdigkeit?«

»Er könnte es kleiner machen. Er könnte ihnen ein kaltes Bier mitbringen, wenn sie brav sind. Das reicht ihm aber nicht. Es muss groß sein. Was tut er da?«

»Ich weiß nicht ...«

»Sigmar, was macht er mit ihnen?«

58

Als Emma aus dem Fahrstuhl stieg, erschöpft und aufgekratzt, und die letzten Stufen zu ihrer Wohnung nahm, wartete dort jemand.

Emma blieb stehen.

»Ich fahre nach Hause«, sagte Kaja Szymańska. Hände in den Taschen ihrer Nerzweste vergraben, knallenge Jeans, die schön geschminkten Augen müde. »Endgültig. Ich habe Bogner alles gegeben, was er braucht, ich bin fertig hier. Hast du polnischen Wodka?«

»Ich habe russischen Wodka«, sagte Emma vorsichtig, trat aber nicht näher.

Szymańska rümpfte die Nase so ausgiebig, dass Emma hinzufügte: »Und Grappa ...«

»Auch gut.« Szymańska zuckte die Achseln. »Hast du Angst vor mir?«

»Nein, wieso?«

»Dann bitte mich doch hinein. Keine Sorge, ich kann dir nichts wegnehmen, wie du mir den Fall weggenommen hast.«

»Du bist sauer.«

»Habe ich kein Recht darauf?«

Emma ging an ihr vorbei und schloss die Tür auf. »Ich habe nur ...«

»Schon klar. Es ist nicht deine Schuld. Du machst deine Arbeit. Ich stehe halt ein bisschen dumm da. So ist es. Es gibt Gewinner und Verlierer. Ich habe den Brief nicht richtig gelesen. Du hast ihn richtig gelesen.«

Sie setzten sich in die Küche, und Emma öffnete den halb leeren Grappa, den Lutz ihr mal geschenkt hatte. Sie prosteten sich zu. Emma schenkte nach.

»Der Fall lag immer in Berlin«, sagte Emma und stellte ihnen zwei Gläser Wasser dazu. »Du wusstest es bloß nicht. Du hättest den Kerl in Polen nie gefunden.«

»Du musst nichts erklären.«

Doch, das musste sie. Warum, wusste sie auch nicht. »Außerdem könnte ich genauso sauer sein. Du wusstest, dass die beiden Fälle zusammenhingen, und hast es mir verschwiegen.«

»Ich ahnte es nur.«

»Auch das hättest du mir sagen können. Ich beiße doch nicht, oder sehe ich so aus?«

»Ehrlich gesagt, manchmal schon, Emma.« Szymańska schenkte nach. »Hast du eigentlich eine Ahnung, wie das ist, die einzige Ermittlerin in der Abteilung zu sein? Unter lauter Jungs?«

»Klar. Ich bin hier auch unter lauter Jungs.«

»Die geben sich zumindest Mühe. Wenn ich höre, wie sie von dir reden – die mögen dich vielleicht nicht alle, aber sie respektieren deine Meinung. Ich … was meinst du, was ich in Breslau veranstalten musste, bis der Fall ernstgenommen wurde? Und eine Chance auf Beförderung … jetzt kann ich das vergessen.«

»Ich bin auch gerade übergangen worden. Ist erst ein paar Monate her …«

»Du wirst andere Chancen haben. Ich … das war meine Chance, wirklich, ich hab den Fall nur gekriegt, weil sonst keiner glaubte, die beiden Fälle hingen zusammen. Mit so einem Fall hätte ich aufsteigen können, nach Warschau wechseln. So ein Fall kommt nicht wieder. Und die ganze Zeit wusste ich, mein größtes Problem ist, dass die Briefe auf Deutsch sind. Ich wusste, ihr würdet einen Weg finden, mir den Fall wegzunehmen.«

»Ach komm, schließlich wusstest du nicht, dass die Opfer in Berlin sind.«

»Das ist jetzt auch schon egal.« Szymańska stützte den Kopf auf die Fäuste und zog ein Gesicht. Da war sie wieder, die steile Falte über der Nasenwurzel. »Ich weiß nicht, ob du weißt, wie es ist, neben einem größeren Land zu leben. Ihr Deutschen, ihr könnt manchmal wie der Elefant im Porzellanladen sein und kriegt es gar nicht mit. Wir machen nur unseren Job, und dann kommt ihr, sagt, ach, wir zwei sollten mal zusammenarbeiten und zack, sind eure Leute da mit eurer Technik und eurem Training und euren Titeln und erzählen uns, wo es langgeht. Das wollte ich nicht. Ich wollte einfach in Ruhe meine Arbeit machen.«

Aber, wollte Emma sagen, doch sie hielt den Mund. Weil sie verstand, wie es Kaja ging. Außerdem: Es war erledigt, sie hatte den Fall. Er lag nicht mehr im internationalen Bereich, nicht mehr zwischen Zuständigkeiten, jetzt konnte sie richtig arbeiten, das reichte ihr. So, wie es Szymańska auch für sich gewollt hätte.

»Ich glaube, ich koche uns mal einen Kaffee«, sagte sie und erhob sich.

»Zwei Stück Zucker«, sagte Szymańska.

Als der Kaffee alle war, gingen sie wieder zum Grappa über.

»Es gibt etwas, das du wissen solltest, Emma.«

»Was denn?«

»An dem Morgen, als wir uns zum ersten Mal sahen – im Polizeipräsidium. Ich war schon früher da, wir haben alle auf dich gewartet.«

»Ich bin pünktlich da gewesen«, protestierte Emma.

»Ja, nein, darum geht es nicht. Wir haben uns unterhalten. Vor allem die beiden Männer – Falner und der Mann vom Außenministerium.«

»Marburger?«

»Ja. Sie kennen sich scheinbar gut.«

»Echt?«

»Ich glaube schon. Sie erzählten irgendwas von einem gemeinsamen Urlaub irgendwann. Angeln.«

»Ach.«

»Und da war noch was. Sie sprachen über dich. Sie kannten dich nicht nur von deiner Arbeit oder vom Fernsehen oder aus der Zeitung. Sie kannten dich … persönlich.«

»Zu viel der Ehre.« Emma lachte. »Ich kenne sie nicht persönlich.«

»Nein, aber deshalb … deshalb bin ich hier. Ich denke, du solltest das wissen. Vielleicht kann es dir irgendwie von Nutzen sein. Es gab so einen Namen, den sie erwähnten. Der Marburger erwähnte ihn. Jemanden, den er ebenfalls persönlich kennt und der dich auch kennt.«

»Um wen geht's?«

»Uwe? Uwe Marquardt?«

»Wie?« Emma umklammerte ihr Glas. »Ernsthaft?«

»Dieser Marburger – ich glaube, sie sind verwandt. Wenn ich das recht verstanden habe, ist die Mutter, die Mutter von Uwe Marquardt, die Cousine von Marburger.«

Emma stürzte ihren Grappa hinunter.

»Wer ist Uwe Marquardt?«, fragte Szymańska. Emma antwortete nicht. Erst nach einer ganzen Weile.

»Kaja. Warum hast du mir das nicht früher erzählt?« Sie war wie taub. »Das hätte alles leichter gemacht!«

»Und warum hast du nichts gesagt, als Falner mir unterstellt hat, ich hätte dir den letzten Brief zukommen lassen, damit du ihn an die Presse weiterreichst? Als ob ich das je tun würde!«

»Weil Falners Urteil schon feststand. Der wusste doch, dass ich das nicht war, und du auch nicht. Der hat nur einen Schuldigen gesucht.«

»Ich war an dem Tag sogar bei euch im Haus, das weiß ich noch. In der MK1. Wir hätten uns mal früher austauschen müssen. Mist.«

»Der wusste, dass wir beide uns nicht darüber unterhalten würden.«

»Ja, ich war vielleicht ein bisschen, äh, abweisend.«

»Allerdings. Ich habe dir nicht mehr getraut«, sagte Emma. »Der Falner ...«

»Na ja, ich dir ja auch nicht mehr«, sagte Kaja Szymańska. »Der Falner ...«

»Der Falner hat uns gegeneinander ausgespielt«, verstand Emma und barg ihr Gesicht in den Händen. »Und wir sind darauf reingefallen!«

»Alter Patriarchentrick«, sagte Kaja und lachte. Konnte nicht mehr aufhören zu lachen.

»Der älteste«, korrigierte Emma.

»Gott, sind wir blöd.«

»Darauf stoße ich an.«

»Auf dich!«

»Auf dich!«

Nach dem vierten Glas erhob sich Kaja. »Ich muss dann mal los. Es hat Spaß gemacht bei euch, ich wünsche dir noch viel Glück.«

»Ich bin kein Ermittler wie du«, sagte Emma ein bisschen neidisch. »Ich kann nur Profile schreiben, Empfehlungen aussprechen …«

»Das meine ich nicht. Ich meine alles andere.«

»Dir auch viel Glück. Auf deine nächste Chance«, sagte Emma.

»Auf dass du den Arsch findest.«

Sie standen an der Tür, und Emma reichte ihr die Hand zum Abschied. Kaja wischte sie beiseite, zog Emma an sich und küsste sie, rechte Wange, linke Wange, Mund. Noch mal auf die Lippen, zart und ohne Eile. Auch schön, dachte Emma. Dann dachte sie an Felix. Dann an gar nichts mehr.

Irgendwann zog Kaja sich zurück, ihre Hände lösten sich von Emmas Hüften, und sie wandte sich zur Treppe. Bevor sie die Stufen zum Fahrstuhl hinabstieg, drehte sie sich noch mal um und grinste: »Nur dass du vorgewarnt bist: Ein klein bisschen Rache hab ich schon genommen.«

»Was hast du gemacht?«

»Dem Knaupp habe ich deine Adresse gegeben. Er hat sehr nett darum gebeten, ich konnte nicht anders.«

»Ach, nee …«

»Ich bereue es jetzt auch ein wenig, aber nicht wirklich. Ein paar bekloppte Briefe die Woche zu bekommen tut dir vielleicht sogar gut. Viel Spaß.«

Von den Briefen, die sie seit Uwes Selbstmordversuch bekam und von den Anrufen sagte Emma nichts.

»Ich werde dabei an dich denken.«

59

Emma stand noch unter der Dusche, als Mittwoch früh ihr Handy klingelte.

»Er mordet immer am Wochenende«, sagte die Brennemann an ihrem nassen Ohr. Anstatt »hier spricht die Brennemann« oder »guten Morgen« oder gar »Störe ich?« »Und Lutz glaubt, er wird im Wald nichts finden«, fuhr sie fort. »Ich neige dazu, mit ihm übereinzustimmen. Er glaubt, Sie haben einen Fehler gemacht. Auch darin neige ich dazu, mit ihm übereinzustimmen. Ich soll zusehen, ob wir nicht zusammen den Fehler finden. Und zwar vor der Mittagspause, ich habe einen Termin. Ich erwarte Sie in fünfundvierzig Minuten. In die OFA bringe ich das Kind nicht mit. Die Bilder, die Sie da an der Wand haben, gefallen mir nicht. Sigmar Anstätt ist informiert. Lüders ist für Brötchen zuständig, Sie bringen Milch und Saft mit und Kaffee, wenn Ihnen meiner nicht gut genug ist. Der Schreiner geht nicht ran, er bringt Aufschnitt mit.«

»Jetzt? Bei Ihnen?«, fragte Emma. Aber die Brennemann hatte schon aufgelegt.

Fünf vor acht standen sie alle vier in Brennemanns Küche in der Kantstraße Ecke Windscheidtstraße, Charlottenburg, Abschnitt 24. Die Männer schmierten Brötchen. Emma versuchte, das kleine Luischen zu beruhigen. Noch bevor sie ihren Mantel abgelegt hatte, hatte ihr die Brennemann mit den Worten »Windeln finden Sie im Bad, ich muss mich anziehen« das quengelnde Kind in die Arme gedrückt.

Matze hatte sich ins Zeug gelegt: zwei Tüten frische Brötchen, Mohn und Sesam, sogar Plunder. Während die anderen mit einer gewissen Vorsicht die Wohnung betreten hatten, als ob sie eine

Falle witterten, war Matze fröhlich und unbekümmert reinmarschiert und hatte der Brennemann erst mal Komplimente über den bunten Flurteppich gemacht. »Voll Vintage!« Als sei es überhaupt nicht merkwürdig, dass die gesamte OFA sich zu Hause bei ihrer Ex-Chefin versammelte. Vielleicht war er noch nicht lange genug dabei, um zu wissen, dass so was eigentlich nie vorkam.

Als die Brennemann die Küche betrat, verstummten sie, auch Luischen. »Herr Anstätt, Sie haben mir heute Morgen berichtet, es gibt eine neue Theorie, warum der Täter diese Briefe schreiben lässt und auch noch abschickt?«

Sigmar nickte. »Carow meint, er z-z-zeigt seinen Opfern, dass ihre Briefe im Internet veröffentlicht werden. Als Be-Beweis, dass er seine Versprechen hält.«

»Das nehmen wir mal als Ausgangspunkt«, beschloss die Brennemann, öffnete das Küchenfenster und zog den Ascher draußen auf der Fensterbank heran.

Mit dem Kind auf dem Arm versuchte Emma, ihren guten Kaffee, den sie zu Hause noch frisch gemahlen hatte, extra nicht zu fein, in die Kaffeemaschine der Brennemann einzufüllen, ohne allzu viel daneben zu kippen. Von außen war das Ding blitzblank, von innen sah es schlimm aus. Verdammt noch mal, warum hatte die Frau nicht gleich gesagt, bringen Sie eine neue Maschine mit? »Haben Sie einen Wasserfilter?«

»Ich habe Marlboro Filter«, sagte die Brennemann und steckte sich eine an.

Emma nahm die Flasche mit dem Babywasser. Stellte sie wieder hin, zog den vollen Kaffeefilter wieder raus, schaute sich um und ergriff andere Maßnahmen.

»Hätten Sie vielleicht auch Margarine?«, fragte Matze, das Buttermesser in der Hand.

»Nein.« Während die Maschine gurgelte, fragte die Brennemann: »Haben Sie sich Gedanken darüber gemacht, warum es dem Täter so wichtig ist, dass seine Opfer ihm vertrauen?« Nach kurzer Pause setzte sie hinzu: »Was ist das für ein schrecklicher Gestank?«

»Das ist Ihre Kaffeemaschine«, sagte Emma. »Ja, das mit dem Vertrauen scheint ein Widerspruch zu sein. Er hat sie in seiner Gewalt, quält sie, will ihre Schmerzen sehen, will sie töten. Eigentlich hat er keinen Grund, um ihr Vertrauen zu werben.«

»Aber er tut es.«

»Er tut es.«

»Und wieso stinkt das jetzt so?«

»Weil da Essig durchläuft.«

»Ich hoffe, Sie wissen, was Sie tun, Carow.«

»Ich weiß nicht, ob wir das nicht übertreiben.« Felix säbelte ein Brötchen durch. »Er kann auch einfach nur verrückt sein.«

»Das ist für uns nicht von Belang.« Die Brennemann riss das Fenster weiter auf. »Wer solch ein Risiko eingeht, wer die Schwächen der internationalen polizeilichen Zusammenarbeit derart auszunutzen weiß, der handelt nicht ohne Grund, verrückt oder nicht.«

Felix: »Oder er hat die Macke, dass er von allen geliebt werden will, selbst von seinen Opfern, während er sie tötet. Das ist Psychologie, das gibt es.«

Sigmar nickte, die Brennemann nahm einen tiefen Zug und blies ihn ausführlich zum Fenster hinaus. Auch Emma sagte sich: Nicht schlecht. Sie spülte die Kaffeemaschine aus und versuchte es noch mal mit ihr.

»Mörder sind oft innerlich gespalten«, sagte Sigmar. »Sie wollen als Helden angesehen werden, oder als die wahren Opfer, ma-ma-manche suchen Vergebung.«

Die Brennemann schüttelte den Kopf. »Wer Liebe will, zwingt sein Opfer, ihm Liebeserklärungen zu machen. Oder winselt rum, dass keiner ihn versteht, dass er nichts dafür kann. Keine Spur davon in den Briefen. Kann sein, dass das passiert, aber wir wissen es nicht. Wir wissen nur, dass er sehr viel Aufwand betreibt, um einen Beweis für seine Zuverlässigkeit zu liefern. Anstätt, was meinen Sie?«

»Es passt zu seinem spezifischen psychologischen Sadismus«, sagte Sigmar. »Der Hundekäfig, das Hundefutter, die Kette – er will seine Opfer nicht nur körperlich, sondern seelisch zerstören. Die Demütigung ist ihm genauso wichtig wie das Töten selbst.«

Die Brennemann war nicht zufrieden: »All das erreicht er, ohne die Briefe abzuschicken. Wenn er sie lange genug degradiert, verliert sie auch so ihre Menschenwürde. Dafür muss sie nicht wissen, dass er die Briefe abgeschickt hat. Wofür muss sie das wissen?«

»Kaffee?«, fragte Emma.

Alle nickten schweigend. Außer Felix, der herzhaft in seine Leberwurstschrippe biss. Emma überreichte ihm das Baby und goss den Kaffee ein. »Vielleicht will er sie abrichten?«

»Auch das funktioniert ohne diese Briefe«, sagte die Brennemann. »Sind wir uns überhaupt im Klaren, was er macht?«

Felix wiegte Luise auf seinem Arm: »Er sucht die absolute Gewalt über Frauen – bis zum Tod.«

»Sie machen es sich zu einfach, Schreiner.« Die Brennemann nippte an ihrem Kaffee und blickte erstaunt auf. »Wie haben Sie das gemacht, Carow?«

Emma lächelte.

Felix probierte es noch einmal: »Er sperrt Frauen in einen Käfig, er quält sie körperlich und seelisch. Manipuliert sie. Verspricht, sie freizulassen, wenn sie alles tun, was er sagt. Er bedroht sie. Er zeigt ihnen den *Kessel*, was immer das ist, der Ort, oder die Maschine, die ihnen die Köpfe abreißt. Er lässt sie Briefe schreiben, in denen sie Hinweise verstecken dürfen, den ältesten Baum und seinen Namen und so, das gibt ihnen die Hoffnung, dass sie gefunden werden. Dann tötet er sie.«

»Ja, nein, nicht ganz«, sagte Emma, die sich mit ihrem Kaffee niederließ. »Das mit dem Hundekäfig kommt erst bei Alice Kuzorra vor.«

»Wie bitte?« Das war die Brennemann. Es kam unerwartet. Emma war ein wenig überrascht, dass ausgerechnet dieser Satz ihr so wichtig war. Die anderen auch.

Emma: »Constanze Urban war an einen Stuhl gefesselt. Im ersten Brief kommt der Hundekäfig noch nicht vor.«

»Aber jetzt bei Sabine Pohlart immer noch?«

Emma nickte.

»Er hat seine Methode geändert.« Die Brennemann drückte ihre Zigarette aus und schloss das Fenster. »Und nicht nur das. Er hat etwas Neues eingeführt – den Hundekäfig –, und das blieb, das hat er für die nächsten Opfer übernommen.«

Felix nickte stumm, klopfte dem Baby, dessen wedelnde Händchen überall in seinem Gesicht waren, auf den Rücken und betrachtete sehnsüchtig sein Leberwurstbrötchen.

Einen Moment lang fragte Emma sich, wie es wäre, wenn dieses Kind ihr Kind wäre. Und die Männer und die Frau, die am Küchentisch saßen, ihre Familie. Würde sie zulassen, dass man in Anwesenheit eines Kleinkindes über Serienmörder sprach? Vielleicht nicht. Aber es war ihre Familie. Sie hatte keine andere. Und ihre Familie sprach halt am Küchentisch über Serienmörder.

»Das ist eine Progression, Leute«, sagte die Brennemann.

Sigmar hüstelte. »Das ist in der Tat außergewöhnlich. Normalerweise bleiben Serienmörder einer bestimmten Methode treu und führen sie w-wieder und w-w-wieder aus.«

Die Brennemann: »Dieser Täter feilt an seiner Methode. Sucht nach Verbesserungen. Hat er sie gefunden, bleibt er dabei. Gibt es andere Hinweise auf Progression?«

»Die Köpfe«, sagte Matze, dessen Brötchen immer noch unbelegt vor ihm lag. »Er hat geübt, er hat die richtige Methode gesucht. Erst mit Opfer vier oder fünf bekam er den Kopf vom Rumpf gerissen, ohne ihn zu zerstören. Das war ihm wichtig. Hätten Sie vielleicht Marmelade?«

»Nein«, sagte die Brennemann. »Nur Honig.«

»Honig ist nicht vegan«, erklärte Matze.

Emma: »doch was ändert sich: Die Anzahl der Briefe. Constanze Urban schrieb nur einen Brief, bevor sie starb. Alice Kuzorra zwei.«

»Er lässt sie mehr Briefe schreiben? Warum?«

Stille. Brötchen wurden herumgereicht und nachdenklich geschmiert.

Endlich sagte Sigmar: »Ja, das ist in der Tat interessant.«

Dann Emma: »Nicht nur die Briefe.«

Die Brennemann: »Was noch?«

»Die Opfer. Die ersten fünf Opfer waren Huren. Dann wechselt er zu einer Schauspielschülerin.«

Felix: »Das kann auch Zufall sein. Oder eine Ausnahme. Oder ein Fehler.«

»Nein.« Emma. »Es passt zu gut. Wenn man die Briefe näher anschaut, haben sie eine innere Progression, und Sabine ist ein Teil davon.« Aufgeregt schob sie den Brötchenkorb und den Aufschnittteller beiseite und legte ihre gefalteten, mit Notizen vollgekritzelten Kopien der vier Briefe auf den Tisch.

»Constanze Urban schimpft.« Emma las vor: »*… du kleiner Arsch du mieses Stück Dreck …* Sie überlebt nur einen Brief.«

Felix: »Willst du sagen, sie wurde nach dem ersten Brief getötet, weil sie so widerspenstig war, und Alice Kuzorra überlebte länger, lange genug, um zwei Briefe zu schreiben, weil sie kooperativ war?«

»Ach.« Matze, der sich gerade eine Banane auf sein Brötchen schnitt, blickte erstaunt auf. »Das erklärt das Wochenende.«

Alle schauten ihn an.

»Na, Sonntag oder Montag finden wir doch normalerweise den Kopf. Er tötet immer am Wochenende. Letztes Wochenende gab es keinen Kopf. Sabine hat kooperiert.«

»Das macht Sinn.« Emma deutete auf den zweiten Brief. »In ihrem ersten Brief ist Alice Kuzorra noch kooperativ – sie nennt die falschen Fährten, wie der Täter das offenbar auch wollte, und lehnt sich nicht gegen ihn auf, im Gegenteil, sie bettelt um ihr Leben, damit ordnet sie sich ihm unter. Aber dann, in ihrem zweiten Brief …«, Emma tippte auf den *Wauwau*-Brief, »… da scheint sie wahnsinnig geworden zu sein. Zunächst gefällt ihm das vermutlich, es schmeichelt seinem Ego. Was aber, wenn er den Brief noch mal genauer anschaut, nachdem er schon abgeschickt ist, und die geheime Botschaft erkennt?«

Matze: »Dann ist sie im Rückblick nicht mehr kooperativ.«

»Und dann muss sie sterben, sterben, sterben …«, sang Felix und schaukelte die kleine Luise dazu. Die Brennemann nahm Felix ihr Kind wieder ab. Der biss erleichtert in sein Brötchen.

»Was macht er dann?«, überlegte Emma. »Er hat zwar bis jetzt fünf Huren getötet, aber nur die letzten beiden Huren hat er diese Briefe schreiben lassen, und er hat gemerkt: Dafür sind sie nicht die Richtigen. Sie sind daran gewöhnt, Kontra zu geben, sie ertragen einiges und können austeilen. Er hat die falschen Opfer … für seine Zwecke. Also steigt er auf eine andere Art Opfer um, von dem er sich mehr Kooperation verspricht.«

»Eine Studentin«, sagte Sigmar. »Be-behütet aufgewachsen, höflichen Umgang gewohnt. Echte Herausforderungen kennt sie noch nicht. Sie kämpft nicht für ihre Ziele, sie bittet, verspricht und verhandelt. Wenn der Täter Ko-Ko-Kooperation will, dann hat er bei einem formbaren jungen Mädchen tatsächlich bessere Karten.« Er nahm sich das letzte Plunderstück, das er schon eine ganze Weile im Auge gehabt hatte.

»Apropos formbar.« Emma erzählte von ihrem Ausflug in die Schauspielschule. Beschrieb, wie die Schülerinnen auf der Bühne bis aufs Blut getriezt wurden. »Aber statt den Typ in die Schranken zu weisen, haben sie sich noch intensiver bemüht, ihm zu gefallen.

Sein Recht, mit ihnen umzuspringen, wie er will, stellten sie nie infrage.«

Sigmar: »Er hat sich ganz bewusst eine Schauspielschülerin ausgesucht, eine junge, unerfahrene, aus einer Privatschule auch noch …«

Die Brennemann: »So schreibt sie auch, die Sabine.«

»Ja, sie bemüht sich um Würde und Klarheit. Sie nennt ihren Namen und die Adresse, sie bittet um Hilfe, sie siezt die Polizei.«

»Das passiert nicht alle Tage.« Felix nickte anerkennend.

»Sie ist durchgehend Bittstellerin.« Emma musterte Sabines Brief. »Sie schreibt mehrmals das Wort *bitte*. Sie stellt den Täter nie infrage. Sie beschimpft ihn nicht, sie gehorcht, sie kooperiert.«

Sigmar: »Sie glaubt, wenn sie ihm nur gefallen kann, lässt er sie frei.«

Der Brennemann entfuhr ein kleiner Laut des Entsetzens. »Unterwerfung. Todesursache Nummer eins bei kleinen Mädchen.« Sie tippte ihrem Mädchen auf die Nase. »Luise, merk dir das!« Das Baby gluckste erfreut.

Matze: »Er gibt ihr auch allen Grund. Er verspricht es, und die Veröffentlichung beweist, dass er sein Versprechen hält.«

»O Gott, Leute.« Emma konnte kaum atmen. »Warum ist uns das nicht früher aufgefallen? Er sagt ja noch mehr damit. Dass er die Briefe auf der Website der Polizei veröffentlichen lässt, das ist nicht nur eine, das sind zwei Botschaften.«

Die Brennemann nickte. Sie wusste, was kam.

Emma sprach es aus: »Er beweist damit nicht nur, dass er seine Versprechen hält. Sondern auch, dass niemand sonst das tut. Dass er der Einzige ist. Dass sie sich auf keinen anderen mehr verlassen kann.«

Felix: »Wie meinst du das?«

Emma: »Na, in dem Brief steht doch ganz klar, wo sie steckt: in Sichtweite des ältesten Baums Polens. Die Polizei hat den Brief ja erhalten – die müssten wissen, wo sie ist, doch sie kommen nicht. Niemand kommt. Jeder Tag, an dem keiner kommt, ist ein neuer Beweis, dass niemand sie retten will. Die Briefe zeigen ihr: Sie kann nicht auf die Polizei hoffen, nicht auf Gerechtigkeit, nicht mal auf ihre Eltern.«

Sigmar: »Stockholm-Syndrom.«

Felix: »Aber ...«

Sigmar: »Wie aus dem Bilderbuch.«

Auch die Brennemann nickte. »Die Geisel schlägt sich irgendwann auf die Seite des Geiselnehmers. Das ist gut erforscht. Wir wissen, welche Bedingungen das fördern. Das Opfer muss völlig hilflos sein, von der Außenwelt isoliert, seine Hoffnung auf Rettung muss schwinden, es muss sich fragen, wo bleiben sie denn? Der Täter zeigt derweil seine menschliche Seite, entfacht die Hoffnung, dass man ihn zum Guten beeinflussen kann, ihn überreden, einen am Leben zu lassen. Dazu muss er dem Opfer beweisen, dass es sich auf ihn verlassen kann. Bei Geiselnahmen beschränkt sich das meist darauf, dass er dem Opfer kleine Gefallen tut – er lässt es aufs Klo gehen, sich mal waschen, einen Happen essen, immer wieder, wenn das Opfer tut, was er will.«

»Er richtet sie ab ...«

»Und früher oder später schlägt sie sich auf seine Seite, rein aus Überlebenswillen. Vielleicht glaubt sie zuerst, dass sie nur so tut als ob, doch sie verinnerlicht diese Haltung ziemlich schnell, ihr Stammhirn übernimmt quasi die Führung, und sie wird ihm tatsächlich hörig. Auf einer ganz primitiven Ebene ist sie bereit, alles für ihn zu tun, weil sie an ihn glaubt.« Sigmars Stottern war kaum noch zu hören.

Felix: »Aber sie weiß doch, dass er ein Mörder ist – sie hat diesen Kessel gesehen – du kannst doch keinen an dich binden, der vorhat, dich zu töten.«

Die Brennemann seufzte. »Eben deswegen geschieht es, weil

man sich nicht vorstellen kann, dass er jemanden tötet, der ihn versteht, womöglich sogar liebt.«

»Sie beginnt, mit seinen Augen zu sehen. Sie begreift ihn bald als das wahre Opfer, den echten Menschen, sie entwickelt eine starke emotionale Bindung zu ihm, bis sie ganz ihm gehört, mit Leib und Seele.« Sigmar.

Felix: »Okay, aber was hat er davon? Ich verstehe, warum simple Kidnapper das tun – ist einfacher, wenn die Geisel mitmacht und nicht ständig ausflippt oder fliehen will ... Aber hier – er will sie doch sowieso töten.«

Emma sagte es. Sie hatte schon die ganze Zeit gewollt, sich aber nicht getraut. Jetzt sagte sie es: »Wir wissen doch gar nicht, dass er sie töten will.«

Felix spuckte beinahe seine Leberwurstschrippe auf den Tisch. »Hast du die Fotos nicht gesehen? Toter kannst du nicht werden.«

Emma: »Das waren die, die nicht kooperiert haben. Jetzt hat er eine, die es tut. Die Progression – die ist nicht abgeschlossen. Er übt, bis er die richtige Methode findet. Erst wenn sich zeigt, dass Sabine Pohlart das ideale Opfer ist, kann die Progression weitergehen. Gut möglich, dass alles, was er bisher getan hat, nur die Testphase ist. Vielleicht hat er uns noch gar nicht gezeigt, was er wirklich vorhat.«

»Du meinst, etwas Schrecklicheres als Töten?«, fragte Matze sarkastisch.

»Ja«, sagte Emma.

Die Brennemann blickte auf ihre Armbanduhr. »Ich habe noch zehn Minuten. Carow, Papier. Schreiben Sie auf: Was können wir bis jetzt sagen?«

Emma schrieb: *Stockholm ...*

Die Brennemann: »Nein, ich meine: Was können wir Lutz sagen, wonach er suchen soll. Was er zu erwarten hat? Er will keine Theorie, er will was Praktisches.«

Emma: »Wir können sagen, dass Sabine mehr Briefe schreiben wird als die anderen, drei mindestens.«

Die Brennemann nickte ungeduldig und griff nach ihrer Tasche.

Sigmar: »Und der Inhalt wird sich weiterentwickeln. Sie wird auf ihre Eltern schimpfen, wo bleiben sie denn? Sie wird den Täter in Schutz nehmen, ihn als Opfer der Frauen darstellen, seine Sichtweise übernehmen.«

»Das Gute daran«, sagte Emma, »vermutlich wird sie dadurch ein Wochenende mehr überleben als ihre Vorgängerinnen, vielleicht sogar zwei.«

»Dann denken Sie schärfer nach«, forderte die Brennemann und stand auf, »damit Lutz sie findet, bevor die Gnadenfrist abgelaufen ist.« Sie küsste das Babyköpfchen und reichte das Kind an Emma weiter. »Sonst noch was?«

»Sascha Voss?«, sagten Emma und Felix wie aus einem Mund.

»Ach ja.« Die Brennemann wühlte in ihrer Tasche. »Ein sehr interessanter Zeitgenosse. Fragte Lutz gleich, ob er auch seinen Schwanz sehen wolle. Auf die Frage nach Polen sagte er: Die haben guten Wodka. Besser als der russische. Muss ich wirklich mal hin.«

»Das kann jeder sagen«, meinte Felix. »Der Mann hat Frauen als …«

»Der Mann hat das beste Alibi der Welt«, unterbrach die Brennemann, während sie eine Handvoll Papiere durchging. »Der Spinner hat sich einen GPS-Sender einpflanzen lassen. Die Protokolle hat er uns bereitwillig zur Verfügung gestellt. Er war noch nie in Polen. Der ist überhaupt noch nie aus Berlin rausgekommen, seit er vor drei Jahren hergezogen ist.« Ihr Blick fiel auf das Baby. »Wenn du nicht brav bist, pflanze ich dir auch so was ein. Killekille!« Das Baby war entzückt.

»Bis wann braucht Lutz die Analyse?«

»So schnell wie möglich. Räumt den Tisch ab und macht das

Licht aus, wenn ihr geht. Anstätt, danke, dass ich Ihr Team so spontan ausborgen konnte, sehr anständig von Ihnen.«

Geschocktes Schweigen rings um den Tisch, nur Sigmar lief rot an. Keiner konnte sich daran erinnern, wann die Brennemann sich das letzte Mal für irgendwas bedankt hatte.

»Hier.« Die Brennemann hatte endlich gefunden, was sie suchte. Legte es auf den Tisch. »Das ist heute Nacht gekommen. Es bestätigt eure Theorie. Lutz meint, es könnte euch von Nutzen sein.«

Und schon war sie im Flur, blickte in den Spiegel, fuhr sich kurz durch die Haare, stöhnte auf, schnappte sich ihren Mantel und ging zur Tür. »Carow, das Kind nehmen Sie mit in die Burg. Alles, was Sie dazu brauchen, steht im Bad. Kindersitz ist hier in der Ecke. Lutz soll übernehmen. Und danach gehen Sie in die OFA! Nicht umgekehrt!«

Aus dem Hausflur rief sie noch: »Wenn das Telefon klingelt, das ist mein Friseur, sagen Sie dem, ich bin unterwegs!«

Dann war sie weg.

Das kleine Luischen gurgelte glücklich vor sich hin.

Auf dem Frühstückstisch – eine schmutzige Fotokopie, zweimal gefaltet – lag ein neuer Brief.

60

Unter den Augen der Jungs nahm Emma den Brief vom Küchentisch und las vor.

> warum helft ihr mir nicht? ich hab euch gesagt, wo ich bin ich sehe den Baum von hier! ich sehe dass ihr meinen Brief bekommen habt warum kommt niemand? Er gibt mir mindestens brod er ist besser zu mir als ihr! er lässt mich in seinem Bett schlafen wenn ich alles

tue was er sagt. ich will nicht mehr im hundekefig er hält sein Versprechen welches versprechen habt ihr jemals gehalten? ich war so brav wie ein scheißbraves kleines dummes mädchen, ich habe alles getan was ihr von mir verlangt habt, ich war die beste tochter der Welt und ihr lasst mich hier verrecken. er hält sein versprechen ich will nicht mehr in den hundekäfig er hat recht ihr seit scheiße ihr alle seid parasiten, es tut weh Mama ich mache alles falsch ich bin so dumm es tut so weh überall tut es weh ich sehe doch den baum warum holt ihr mich nicht! ich kann nicht meer, ich bin kein Hund alle meine Hoffnungen brechen zusammen Noël tut mir weh ich will nicht in den kessel. ich will das nicht. Mama warum hast du mich verlassen hast du mich immer gehasst weil ich schöner und jünger bin als du? warum tust

Emma las den Brief noch einmal still für sich, während die anderen durcheinanderredeten. Konnte es zuerst nicht glauben. Was da stand.

»Jungs«, sagte sie.

Keiner beachtete sie.

»Jungs!«

Es wurde still in der Küche.

»Dieser Satz: *alle meine Hoffnungen brechen zusammen*. Ist das normal?«

Felix: »Was heißt normal? Sie verliert halt die Hoffnung, an ihrer Stelle würde ich das auch tun, Scheiße noch mal. Ihre Rechtschreibung bricht auch zusammen, hier ist einiges falsch.«

»Ja, die Hoffnung verlieren. Aber das steht hier nicht«, sagte Emma. »Hier steht, *alle meine Hoffnungen brechen zusammen*. Sagt man das so? Brechen Hoffnungen zusammen?«

Emma konnte den Satz hören, so klar, als ob Lukas Arndt hier in der Küche stünde, vor ihm auf dem Küchentisch eine entschärfte Bombe, und neben ihm Sabine Pohlart, so wie sie in dem Werbevideo seines Kampfmittelräumdienstes neben ihm gestanden hatte, dieses Video, das Emma auf einem Handy auf dem Damenklo in Lamowskis Schauspielschule gesehen hatte: Da lächelte er, der Lukas Arndt, und sagte: *Ach Sabine, du lässt alle meine Hoffnungen zusammenbrechen.*

Die Jungs dachten nach. Felix schüttelte den Kopf: »Nein, stimmt, ich sage immer nur, *die Hoffnung verlieren. Zusammenbrechen* … nie gehört. Eine regionale Redensart vielleicht?«

»Moment.« Matze hatte schon das Handy gezückt. »Ich schau mal im Netz.«

Sigmar: »Du meinst, es handelt sich um einen Idiolekt? Eine Redewendung, die nur Sabine Pohlart benutzt?«

»Ja«, sagte Emma. »Nein, nicht Sabine Pohlart. Der Täter.«

»Matze?«

»Google findet einen ähnlichen Ausdruck in ein paar älteren Büchern, hier ist was aus der DDR, aber sonst, in Zeitungen, in Blogs – nichts. Im Duden finde ich alles andere – *die Hoffnung schwindet*, so was – aber *zusammenbrechen* – nichts.«

61

»Es funktioniert«, sagte Lutz.

Er meinte das Eis. Er hatte sie eingeladen, aber darauf bestanden, dass sie beide die gleiche Sorte nahmen. Aktivkohle, in gleichfarbiger Waffel und bestreut mit Zartbitterschokostreuseln, ein Gesamtkunstwerk, tiefdunkel wie ein schwarzes Loch. Schmeckte nach Kokos. War ja auch Kokosasche drin.

Es war schon spät, fast achtzehn Uhr. Die Markthalle 9 in Kreuzberg, Wrangelkiez, Abschnitt 53, erlebte einen letzten Ansturm, bevor sie in zwei Stunden schließen würde.

»Endlich mal ein Eis, das nicht nach kleinen Mädchen schielt. Ein pures, existenzialistisches Eis. Das Pendant zur Herrenschokolade sozusagen. Wurde auch Zeit.«

Emma nickte, schleckte, murmelte, hörte zu und vermied es zu erwähnen, dass Aktivkohle bei kleinen und großen Mädchen gerade extrem populär war, vor allem als Kosmetikzusatz, entgiftend und verjüngend, wie sie angeblich war.

Immerhin trug Lutz das kleine Luischen. Vor die Brust geschnallt, ihr Mützchen guckte oben aus seiner Winterjacke. Ganz ruhig war sie jetzt. Den ganzen Tag lang hatte sie gequengelt und geheult, sie wusste ganz genau, dass Emma nicht ihre Mutter war, aber kaum dass sie in Lutz' Armen lag, schlief sie ein. Jetzt musste Emma bloß noch die Wickeltasche tragen, dazu ihre eigene, und dabei versuchen, Eis zu essen.

Obwohl es gar nicht um Eis ging. Das war nur ein Vorwand, Abstand von der Arbeit zu kriegen, oder genauer: von dem Chaos, das durch die berlinweite Suchaktion gerade in der Burg herrschte. Emma hatte Lutz ihr neues Profil übergeben, er hatte es überflogen und geseufzt. Jetzt ertränkten sie ihre Sorgen in Aktivkohle.

Sie schlenderten langsam an den Marktständen vorbei: Wurst vom Demeter-Bauernhof Weggun in der Uckermark, Freilandgemüse vom Gemüsehof Baronick, Triple Chocolate Cake von Aunt Benny, Craft-Beer vom Heidenpeter. Es hallte, es muffelte, der Boden feucht von nassen Stiefeln, Kinderwagenrädern und tropfenden Mänteln. Hier verkehrten Frauen und Paare, die Wert darauf legten, mehr fürs Essen auszugeben als nötig, für bio, für frisch, für regional (obwohl nicht jetzt, nicht im Februar, denn da wächst hier ja nur Kohl, Kohl und Kohl, so weit reicht die Liebe zur Region nicht), für alles, was den Anstrich des Besonderen hat. Es gab eine Zeit, da hat man sich einfach ein teures Auto zugelegt, und jeder hat begriffen: Ach, der hat Geld. Heute muss man beim Biolebensmittelkauf in der Öffentlichkeit gesehen werden, damit alle sehen: Der hat Geld.

»Du hast ein Idealeis im Kopf, das du im wahren Leben nicht findest«, sagte Emma. »Hab ich recht?«

»Mein Eisstand. Mein idealer Eisstand. Da gibt's frisches Glück mit kandierter Melancholie. Die Leute sagen, haben Sie auch Glück pur, und ich sage, das kriegen Sie im Supermarkt, mein Eis ist handgemacht.«

»Ich hätt gern eine Kugel Sonnenschein mit Regenguss.«

»Wie wär's mit Volles Risiko mit einem Hauch von Happy End?«

»Meinst du, das schmeckt?«

»Wir essen nicht von der gleichen Waffel, du und ich. Wir mögen Eis, aber meine Sorte ist neue Liebe mit Pfeffer und unklarem Ausgang. Deine Sorte ist Hoffnung mit Angststreuseln und manchmal Angst mit Hoffnungsstreuseln.«

»Du bist echt philosophisch heute«, sagte Emma. Auch übermüdet, aufgekratzt, ein wenig albern, sagte sie beinahe. Bekommt dir gut, das Kind, scheint's.

Lutz hielt vor Barbaras Küche. Benannt nach einer Frau, die so tat, als ob man mit ihr per Du wäre. Vielleicht duzte sie dich tatsächlich, wenn sie dir dein Geld abnahm.

»Wir haben nichts außer Philosophie«, sagte er. »Ich habe zweihundert Mann im Einsatz. Zwei Hubschrauber. Den ganzen Tag lang, gestern, heute, morgen. Bald sind wir durch, alle Grünflächen, auch Felder mit einsamen Häuschen drauf, überall, wo ein dicker Baum steht. Die Presse folgt uns überallhin, wie Fliegen der Scheiße. Emma, sag mir, dass er in Berlin ist.«

»Er ist in Berlin.«

»Dieser Typ, Emma, das ist genau der Typ, der besonders gut darin ist, uns an der Nase rumzuführen. Das ist sogar dem Präsidium aufgefallen. Falner fand das bemerkenswert genug, es am Telefon vor einer Stunde zu erwähnen. Es war kein schönes Gespräch. Sag noch mal, dass er in Berlin ist.«

»Er ist in Berlin.«

»Wenn sie in Berlin ist und auf einen Baum schaut, muss sie auffindbar sein. Aber wir finden sie nicht.« Das war keine Feststellung, sondern ein Vorwurf. »Noch was. Karen. Sie hat rumgefragt. Sie kennt ein, zwei Leute. Sie ist besser darin als ich.«

Emma hatte keine Ahnung, worum es ging.

»Dieser Marburger.«

Ach so.

»Er ist nicht ohne Einfluss. Die Familie von Uwe Marquardt auch nicht.«

Das hatte Emma schon gewusst.

»Der Marburger, die alte Mutter von Marquardt, der ganze Clan – sie sind der Meinung, dass der Marquardt seine Strafe abgesessen hat. Das Wort *Jugendsünde* ist gefallen.«

»Jugendsünde?« Es lief ihr kalt über den Rücken. »Er ist ein Psychopath!«

»Ja, und? Natürlich ist er das!« Lutz blieb stehen. »Ein Psychopath, der seine Strafe abgesessen hat. Du und ich, wir wissen beide, es gibt Leute, die sich nicht heilen lassen. Oder sich nicht heilen lassen wollen. Aber was willst du denn mit denen machen? Kastrieren?«

Woher wusste er das?

Sein Blick bohrte sich in ihren: »Das sind Nazi-Methoden, Emma. Bist du ein Nazi? Nein, antworte nicht. Viel wichtiger: Willst du einer sein?«

»Ich … was?« Emma schwirrte der Kopf.

»Übertreibe ich? Ich denke eher, ich untertreibe.«

»Warum bist du plötzlich so ernst?«

»Ich hab schon mit Nazis zusammengearbeitet, aber ich mag keine im Team«, sagte Lutz.

»Du hast …?«

»Es lässt sich nicht immer vermeiden. Alte, junge, deutsche, ausländische … Ist weitverbreitet. So weit, dass ich inzwischen denke:

Es ist Teil des Menschseins, Nazi sein zu können. Es ist nicht unmenschlich – es ist menschlich. Ob es dir gefällt oder nicht. Was aber auch Teil des Menschseins ist: Man hat die Wahl.«

Emma schwieg. Er setzte ihr die Pistole auf die Brust. Er. Nach all den Jahren. Das war unfair. Obwohl er recht hatte. Wie konnte er … Es rang in ihr. Aber, wollte sie sagen, aber … Doch sie fand kein Aber mehr.

Dann sprach sie es aus. Zum ersten Mal: »Soll ich meinen Frieden mit ihm machen?«

Sie war selbst überrascht, wie leise die Frage herauskam.

»Ich glaube nicht, dass du hören willst, was ich dazu zu sagen habe.«

Eine Vision schoss durch Emmas Kopf: das Leben ohne Lutz. Ohne den Mann, dem sie in einem Frankfurter Schützenverein begegnet war, wo sie schießen lernen wollte, um Uwe Marquardt umzubringen. Der Mann, der es ihr nicht bloß beibrachte, sondern sie auch in den Polizeidienst geholt hatte, der ihrem Leben wieder eine Struktur gab, einen Grund, ein Ziel, etwas, woran sie festhalten konnte. Der Mann, der ihr das Leben gerettet hatte, erwartete nun etwas von ihr. Wie wäre das Leben ohne diesen Mann? In einer anderen Abteilung irgendwo in einer anderen Stadt womöglich, mit einem anderen Chef, anderen Kollegen, ohne Anker, ohne Sinn, ohne Zweck. Was wäre das für ein Leben?

»Ich höre«, sagte sie.

62

»Du bist eine Viertelstunde zu früh«, sagte er, als sie klingelte. »Ich bin noch nicht fertig, komme eben von der Arbeit. Du kannst unten warten, oder du kommst kurz hoch, kriegst auch einen Kaffee.«

»Lass mich rein«, sagte sie, und er drückte den Summer. Sie wollte seine Wohnung sehen. Deshalb war sie ja zu früh gekommen.

Sie hatte ihn heute Nachmittag angerufen, noch aus der OFA, noch vor Lutz. Brechen Hoffnungen zusammen? War es bloß Zufall? Oder war Lukas Arndt zu gut, um wahr zu sein? Sie wollte ihm eine Chance geben, ihn nicht gleich den Ermittlern melden, nur wegen eines kleinen Idiolekts. Sie war hier, damit er ihre Bedenken zerstreute. Wenn sie ehrlich war.

»Wird das ein Date?«, hatte er am Telefon gefragt.

Sie lachte. »Nein. Ich wollte dich nur was fragen.«

»Ich gehe abends nach der Arbeit gern zu Schiller-Burger. Komm doch einfach mit. Hol mich um halb acht ab.«

Seine Wohnungstür stand offen, der schmale Flur führte direkt in das großzügige Wohnzimmer, daneben die offene Küche. Ihr Kaffee stand schon auf dem Tisch, Milch und Zucker daneben. »Komme gleich«, rief er aus dem Schlafzimmer.

Die Wohnung: Neubau, Laminat, ein halbrunder Erker, so ein Wohnungsschnitt, der ganz attraktiv ist, wenn man den Mietvertrag unterschreibt, bis man ein paar Monate später merkt, dass er nur Platz frisst, Platz, wo man nichts Richtiges hinstellen kann. Die Möbel: Ikea meist, nur der Esstisch nicht, der war schön massiv, rustikal, ein echtes Stück Wald. Alles sehr aufgeräumt. Keine Junggesellenbude. Aber auch kein urgemütliches Zuhause. Es war die Wohnung eines Mannes, der sich auf das Alleinsein eingerichtet und geschworen hat, niemals morgens auf der Couch bei laufendem Fernseher zwischen Bierflaschen und Pizzaschachteln aufzuwachen.

Emma wanderte mit ihrem Kaffee durch seine Wohnung. An der Wand hing eine Westerngitarre. Ein bisschen eingestaubt. Sie schlenderte am Bücherregal entlang. Als Erstes sah sie die ganzen gerahmten Skizzen: Blondinen, Brünette, Schwarzhaarige. Schlanke, runde, zarte, athletische, schlafende, lachende, in Pose geworfene. Akte, zumeist.

»Zeichnen kannst du auch noch?«, rief sie. Keine Antwort.

Sie nippte an ihrem Kaffee und schaute sich die Bilder genauer an. Nicht schlecht. Alle signiert mit LA. Diese Mädels hatte er gezeichnet, um sie zu beeindrucken. Sie sah sich um, halbwegs darauf gefasst, irgendwo ein Skizzenbuch zu entdecken. Nichts. Sie blickte wieder auf die Bilder. Waren das seine Exfreundinnen?

»Ist das deine Trophäensammlung da im Regal?«, rief sie in Richtung Schlafzimmer.

Er lachte da drinnen. »Meine Schießgalerie.«

Es lief Emma kalt über den Rücken. »Ich sehe keine Einschusslöcher«, sagte sie und trat näher an die Tür.

»Sie haben mich abgeschossen«, sagte er und klapperte mit irgendwelchen Bügeln. Emma erkannte einen eingeübten Witz, wenn sie einen hörte.

»Sie haben dich sitzen lassen? Alle? Wieso, bist du ein Mängelexemplar?« Es tat ihr leid in dem Moment, in dem sie es gesagt hatte. Sie biss sich auf die Lippen. Doch er nahm es nicht krumm.

»Ja, schon«, sagte er. »Manchmal breche ich Frauen die Nase.«

Dieser Tonfall, als ob er von einem lustigen Ausflug erzählen würde oder einem Kinobesuch.

»Man nennt es *Pavor nocturnus*. Nachtschreck. Eine Schlafstörung. Man wacht mitten in der Nacht auf und hat extreme Angst … Es ist verwandt mit Schlafwandeln, tritt manchmal zusammen auf. Meistens ist es harmlos, manchmal aber schlage ich um mich.«

»Ich weiß, was *Pavor nocturnus* ist.«

Anscheinend hatten sie mehr gemeinsam als gedacht. Ein Trauma zum Beispiel, das ihnen beiden einen Teil der Identität weggerissen hatte. Und den Kampf, das Trauma zu überwinden.

»Du hast einer deiner Freundinnen im Schlaf die Nase gebrochen?«

»Sie sagt bis heute, dass das eine Ausrede ist. Sie glaubt, ich bin einfach ein Schläger. Das tut am meisten weh. Die anderen, die hatten einfach irgendwann die Schnauze voll davon, dass wir nie zusammen einschlafen konnten, Arm in Arm. Einer muss immer auf die Couch. Es ist wie Schnarchen, nur manchmal eben mit Schmerzen verbunden. Wie groß bist du?«, rief er. »Ich habe vergessen, wie groß du bist. So eins siebzig etwa?«

»Ja, wieso?«

Endlich trat er aus der Tür, Haare noch feucht, imposanter, als sie ihn in Erinnerung hatte. »Das Gute an Prothesen«, sagte er, »man kann sich für jede Gelegenheit welche machen lassen. Das hier zum Beispiel sind meine Date-Beine. Drei Zentimeter länger als meine Job-Beine.«

»Wir haben kein Date«, erinnerte ihn Emma, aber grinsen musste sie trotzdem.

»Funktioniert, oder?«, flüsterte er.

Sie zuckte die Achseln. »Wie kam es überhaupt dazu, wenn ich fragen darf?«

»O Mann.« Er lachte. »Das ist die Frage, auf die jeder Behinderte wartet. Den Ausländer fragt man, wo kommst du her? Den Künstler, kann man davon leben?«

»Mich fragen die Leute immer, hast du schon jemanden erschossen?«

»Und? Hast du?«

»Du zuerst.«

»Na gut.« Er schaute auf die Uhr und wies auf den Esstisch. Emma setzte sich. »Mann, das ist lange her … Wir waren auf Klassenfahrt nach Polen und haben auf dem Rückweg einen Abstecher in so ein Kaff im Osten gemacht, wir sollten was lernen über den Zweiten Weltkrieg, da war so eine Kesselschlacht gewesen, Halbe hieß der Ort. Die Deutschen waren eingekesselt von den Sowjets damals, Tausende von Soldaten starben, jetzt ist da ein Riesen-

Friedhof mitten im Wald, wirklich riesig, war schon beeindruckend. Und überall liegen noch Blindgänger.«

»Heute noch?«

»Heute noch. Der Wald ist voll davon, der Räumdienst völlig überfordert, der kann jedes Jahr nur ein paar Meter absuchen, das wird noch viele Jahre dauern … Die Lehrer sagten uns, verlasst die Wege nicht, geht nicht in den Wald, aber wir waren Kids, mein Gott. Wenn du jung bist, glaubst du, du kannst die Gefahr rechtzeitig erkennen, du stellst dir vor, es ist wie im Kino, einer schreit, pass auf! Und du springst in letzter Sekunde weg, das Ding geht hoch, aber du bist nicht verletzt.«

»Wie? Im wahren Leben ist das anders?«

»Aber hallo.« Lukas hob die Brauen. »Wir übernachteten in so einem Gasthof, zu dritt auf einem Zimmer, und wir hatten Bier dabei, und irgendwann nach Mitternacht sagte einer, wer nicht in den Wald geht, ist ein Feigling.«

»Und du bist als Einziger drauf reingefallen.«

»Klar! Das Leben konnte mir nichts, ich glaube, wir haben gewettet. Und … ach ja, da war dieses Mädchen. Mensch, an die habe ich ewig nicht mehr gedacht. Wie hieß sie noch? Die Schönste der ganzen Schule, und sie war scharf auf mich und ich auf sie. Na ja, alle waren scharf auf sie. Ich wollte sie einfach beeindrucken. Und dann ging es los. Wir alle zum Friedhof, mitten in der Nacht, ich glaube, wir haben das ganze Dorf aufgeweckt, zwanzig von uns vielleicht, vorm Friedhof, da standen sie und zählten rückwärts, zehn, neun, acht … Und ich so richtig rein ins Dunkel, so, mit beiden Armen über dem Kopf, ich schrie dabei, todesmutig, du kennst dieses Gefühl, diese Freiheit, alles oder nichts, du lässt das Schicksal entscheiden, du lässt alles los, bist frei wie nie, ich schrie und lachte und rannte und knallte immer wieder gegen Bäume und Äste. Dann auf einmal war ich weg.«

»Du hast den Knall nicht mitbekommen?«

»Nein, das kriegst du nicht mit. Es passiert zu schnell, schneller, als du schalten kannst. Es war nicht direkt, sonst wäre ich gestorben. Ich habe scheinbar einen umgestürzten Baumstamm oder so bewegt, genau habe ich es nie erfahren, und das hat die Detonation ausgelöst. Ich wachte erst im Krankenhaus wieder auf. Das war's. Unterschenkel weg. Alle beide, einfach so. Ich war zuerst verwirrt, ich dachte, ich könnte das rückgängig machen, ich müsste dem Lehrer nur sagen, ich mach es auch nie wieder, und alles wird wieder gut, wie das bei Kindern ist, kurze Bestrafung, du zeigst Reue und kriegst doch noch Nachtisch. Ich versuchte aufzustehen und fiel auf die Schnauze. Dreimal. Dann hatte ich es kapiert. Dann erst brachen meine Hoffnungen zusammen.«

Da war es. *Dann erst brachen meine Hoffnungen zusammen.* Emma erstarrte.

»Was ist?«

»Nichts. Sag mal, stammst du eigentlich aus Berlin?«

»Ja, meine Eltern auch. Wieso?«

»Wegen *Hoffnungen brechen zusammen.* Sagt man nicht eher *Hoffnung verlieren*? Ich dachte, dass das vielleicht eine regionale Redensart ist ...«

»Ist es das, was du mich fragen wolltest?«

Sie nickte. »Die Redewendung ist im Zusammenhang mit dem Fall aufgetaucht, und keiner hat eine Ahnung, wo die herkommt. Ich habe mich erinnert, dass du sie mal benutzt hast.«

»Ich sage das schon immer so.« Lukas Arndt war überfragt. »Sagen das nicht alle? Ich wüsste nicht, dass es irgendwas mit Dialekt zu tun hat.« Er grinste. Als ob es eine Kleinigkeit wäre. Es war keine Kleinigkeit, und ihre Bedenken waren nicht zerstreut. Noch nicht.

»Und das Mädchen?«, fragte sie.

»Ach, die! Im Krankenhaus! Jetzt weiß ich es wieder. Julia. Sie hatte diese Art, die die scharfen Mädchen haben, bisschen arrogant, so von oben herab, als ob sie nur das Beste verdiene, war gleich beleidigt, wenn ein Junge wagte, sie anzusprechen. Von einem Tag auf den nächsten war sie ganz anders, unglaublich. Die Arroganz weg, total fürsorglich, Schuldgefühle, Leben und Tod in ihrer Hand, alle weiblichen Instinkte, die du dir vorstellen kannst und mehr, sie wich kaum einen Tag von meinem Bett. Auch bei der Reha war sie immer wieder da, sie backte Kuchen, malte Karten, unglaublich – sie tat alles für mich. Sie war zu allem bereit. Es war, als ob ich am nächsten Morgen in den Krieg müsste und vielleicht nie wiederkäme, sie wollte, dass ich in den paar Wochen das ganze Leben erlebe. Sobald die Krankenschwester weg war, stellte sie den Stuhl vor die Tür, und es ging los. Das war, na ja, ich klinge vielleicht ein bisschen makaber jetzt, aber echt, so viel Sex hatte ich nie wieder, unglaublich.«

Emma räusperte sich, wollte zurück zu ihrem Thema. »Ich glaube, wenn ich meine Beine verlieren würde, ich würde verzweifeln.«

»Du bist nicht die Erste, die das sagt. Inzwischen wundere ich mich selbst. Ich glaube, ich bin glücklich geboren. Ich war schon immer so. Schon in der Schule – na ja, es gab schlechte Zeiten, aber ich verstehe die Leute nicht, die immer nur mies drauf sind. Ich meine, es gibt ernsthafte Behinderungen, aber heute überlebst du so viel, du kannst dein Leben leben, wenn du willst, musst vielleicht mehr dafür kämpfen als andere, aber möglich ist es.«

Es schien fast, als spräche er über sie. Sie rutschte auf dem Stuhl herum. Er kannte sie doch gar nicht. Er war ein Sonnyboy, ein Glückskind ohne Beine. Beschädigtes Gut. Wie sie, und doch so anders.

»Ich weiß, was du denkst«, sagte er.

»Weißt du nicht.«

Er legte seine Beine auf den freien Stuhl, Knöchel übereinandergeschlagen, zog die Hosenbeine hoch. Emma konnte die Prothesen sehen.

»Fass sie an«, sagte er.

Sie zögerte. »Wie?«

»Na los.«

Sie beugte sich vor, doch er hatte es sich anders überlegt. »Warte.« Er schnallte eine der Prothesen ab, überreichte sie ihr. »Nimm.«

Und schon hielt sie sein Bein in der Hand. Es war erstaunlich leicht, eine futuristische Skulptur aus blau-grau-silbernem Metall und Kunststoff, sanft geschwungen, hypermodern, blitzblank. Faszinierend.

»Bist du Ganzkörperfetischistin?« Er grinste.

»Wie bitte?«

»Es gibt Leute, die nur durch lange Haare oder schöne Füße erregt werden. Man kann aber auch den Körper selbst als Fetisch begreifen. Also dass man nur durch einen intakten, kompletten Körper erregt werden kann.«

Er dachte ihr zu schnell. Zu abwegig. »Äh … ist das nicht die Norm?«

»Na ja. Stell dir vor, du triffst einen Kerl in der Bar und nimmst ihn mit nach Hause, und da setzt er seine Perücke ab. Ist er noch attraktiv für dich?«

Emma lachte. »Mit Glatze, na ja, schon. Du willst sagen, eine Perücke ist schon eine Art Prothese?«

Er überreichte ihr das zweite Bein.

»Okay, du hast dich dran gewöhnt. Er ist auch ein richtiger Kerl ansonsten, sagen wir mal, mit Glatze kannst du dich abfinden. Dann beichtet er dir, er hat auch ein Glasauge. Und falsche Zähne. Ach ja, die Niere gehört ihm nicht, und er hat einen Schrittmacher.«

»Wie alt ist der Kerl?« Emma lachte wieder. »Ich rate ihm, nicht alles auf einmal zu sagen – zu viel Ehrlichkeit ist nicht so sexy, wie man denkt.«

»Ab wie vielen Ersatzteilen würdest du ihn nicht mehr nehmen?«

»Gute Frage. Darüber habe ich noch nie nachgedacht.«

»Siehste? Die meisten Menschen sind Ganzkörperfetischisten und wissen es nicht, bis sie jemandem begegnen, der seinen Körper in Einzelteile zerlegen kann und immer noch Lust auf Sex hat.«

»Erinnert mich irgendwie an Monty Python, den *Ritter der Kokosnuss* …«

»*Der Ritter der Kokosnuss* ist ein buddhistisches Meisterwerk. Eine der wenigen DVDs, die ich besitze.«

»Fand ich schon als Kind toll«, sagte Emma. »Wie er da stand ohne Arme und Beine und immer noch kämpfen wollte.«

»Ich auch.« Er legte in aller Ruhe seine Beine wieder an, zog die Hosenbeine straff, schwang sich vom Stuhl und holte ihre Jacken.

»Und was ist mit dir?«, sagte er, während er ihr in die Jacke half. »Was ist deine große Geschichte? Deine Lebensweisheit? Ich bin ganz Ohr.«

»Ich wurde vergewaltigt, beim ersten Mal«, sagte Emma, ohne nachzudenken. Sobald es raus war, fragte sie sich, wieso. Lukas Arndt war ein Fremder. Und dazu möglicherweise ein Verdächtiger. Warum sollte sie ihm ihr Innerstes offenbaren? Nur weil er ihr sein Innerstes offenbart hatte?

»Ich weiß«, sagte Lukas Arndt. »Jemand hat mich drauf gebracht, nachdem wir das letzte Mal gesprochen hatten. Ich habe die Sendung gesehen.«

»Und mein Vorgesetzter – na ja, der Vorgesetzte meines Vorgesetzten – hat mir vorhin nahegelegt, dem Kerl zu verzeihen.«

Lukas Arndt nickte. »Ein weiser Mann.«

Das hatte Emma nicht erwartet. »Wieso?«

»Weil du den Täter so lange mit dir herumträgst, bis du das tust. Zurzeit bist du in einer Beziehung mit ihm. Das habe ich schon in der Sendung gesehen. Da kann kein Mann glücklich mit dir werden, in deinem Leben ist kein Platz für einen anderen neben ihm.«

»Meinst du das ernst? Bist du Buddhist oder was?«

»Ja, zufällig bin ich das.« Lukas Arndt lächelte und hielt ihr die Tür auf. »Aber ich sage das aus einem anderen Grund. Weil ich erkenne, wenn jemand einen Blindgänger mit sich rumschleppt.«

»Wie, du meinst, mein Vergewaltiger wäre so eine Art Zeitbombe?«

Er nickte. »Ja, in deinem Kopf schon, und ich würde dir raten, die zu entschärfen, bevor noch was passiert.«

»Entschärfen? Mit deiner Hilfe vielleicht? Soll das eine Anmache sein oder was?«

»Ich will ganz ehrlich zu dir sein«, sagte er, während er die Tür abschloss. »Du wärst mir, glaube ich, ein bisschen zu explosiv … Hast du es schon mal mit Meditation versucht?«

63

Schon wieder die A13, Richtung Süden, die Fahrbahn nass, der Himmel verhangen, die Landschaft versteppt, Emma spürte, wie die Monotonie da draußen sie besänftigte, explosiv, von wegen! Frechheit. Autofahren war ihre Meditation. Sie hatte sich bei Sigmar entschuldigt, sie wolle heute ein paar neue Infos überprüfen.

InfoRadio RBB laberte irgendwas von gestiegener Stickoxidbelastung und der Durchsuchung einer Moschee in Moabit, die Stimme dunkel, sanft und monoton, wie ein Beruhigungsmittel, das rund um die Uhr ausgestrahlt wird. Nach vierzig Minuten ging es über die Landstraßen, an den Dörfern vorbei, eine Hochzeitsgesellschaft stand orientierungslos vor einer Schenke herum, rauchte und fror, weiße Schwäne erhoben sich genervt zum Flug, flohen über die Wasseroberfläche, als Emma an ihrem kleinen schwarzen Teich vorbeikurvte.

Das Dorf Halbe bestand vor allem aus einer Tanke. Direkt

dahinter entdeckte sie den kleinen unbefestigten Parkplatz, den altertümlichen Gedenkstein: Waldfriedhof Halbe.

Der Weg führte durch den Wald, rechts wildes Gestrüpp, bemooste Stämme, tiefe Schatten, links der aufgeräumte Friedhof hinter seinem Jägerzaun, weit, das Gräberfeld, endlos weit, kiefernbestanden bis zum Horizont, wenn Wald denn einen Horizont hätte. Sprühregen wie ein feiner Schleier, federndes Moos, knisternde Kiefernnadeln. In regelmäßigen Abständen waren kleine Granitplatten in den Rasen eingelassen: *Unbekannter Kriegstoter, April 1945. Unbekannter Kriegstoter. Unbekannter …* Reihe um Reihe. Manche trugen Namen, einige waren mit Blumen und Kränzen geschmückt, in den Farben des alten deutschen Reiches, Schwarz, Weiß, Rot, gefallene Helden, deren Gräber von treuen Neonazis gepflegt wurden.

Sie war allein. Nur sie und der zarte Regen. Der Friedhof war still, bloß ein paar Vogelstimmen waren zu hören.

Sie lief zum Weg zurück. Starrte in den wilden Wald gegenüber. Hier irgendwo war Lukas Arndt zwischen die Bäume gerannt, gerannt, gerannt, bis ihm ein Blindgänger die Beine wegsprengte.

Mit einem Schritt verließ sie den Weg. Trat auf das Laub, durchs Gestrüpp, dornige Ranken mit letzten Hagebutten, unter die Baumkronen, noch weiter, die Bäume schlossen sich hinter ihr, und der Wald umfing sie. Bemooste Baumstümpfe, überwucherte Stämme, Stille.

Das reichte.

Auf dem Weg zurück zum Auto standen Stelen mit Texttafeln, eine ganze Reihe. Es gab viel zu lesen: Naziverbrechen, kurz vor Kriegsende der Vorstoß der Sowjetarmee, Soldaten und Zivilisten im Bombenhagel, viele Flüchtlinge aus den Ostgebieten darunter, die Leichen lagen auf der Straße, Untergang in Endlosschleife. Über sechzigtausend Menschen starben.

Da. Da war es: *Eingekesselt.* Kesselschlacht. *Kessel.* Man stirbt im Kessel. Im Kessel sprengt dir eine Bombe deine Beine weg.

Sie las weiter.

Der sowjetische Kommandeur hatte die eingekesselten Deutschen gewarnt, warf Flugblätter ab, auf Deutsch, in einem sinnlosen Appell an die Vernunft: Sie sollten sich ergeben, denn sie hätten keine Chance, Widerstand sei zwecklos, und damit klar war, dass es mehr als nur eine militärische Niederlage war: *Alle eure Hoffnungen sind zusammengebrochen.*

Ach. Emma knipste Fotos von den Texttafeln und wollte gerade zum Auto zurück, als sie es sah: *Noël.*

Noël, ein Name auf einem Grabstein, unter dem ein namenloses Kind begraben lag, ein erfundener Name für ein Kind, das nie von irgendwem identifiziert worden war, weil alle, die es hätten tun können, ebenfalls tot waren, das Kind, das für alle Kinder stand, die je in irgendeiner Schlacht umgekommen waren, Kinder, die außer Krieg nichts kannten, denen ein Anfang, doch sonst nichts vergönnt gewesen war, keine Erfahrungen, kein Glück, keine Liebe, und sie ahnten es nicht, hatten keinen blassen Schimmer, dass ihnen nichts davon zustand, dass sich für sie das Versprechen des Lebens nie erfüllen würde, sie alle bekamen den Namen Noël. Emma wurden die Knie weich.

Noël. Der Tod im Kessel. *Alle eure Hoffnungen sind zusammengebrochen.*

Er war hier.

64

Pastor Kilian Wallasch liebte Angorameerschweinchen.

Auf dem Friedhof stand eine kleine Kapelle. Abgeschlossen. Darauf war Emma zum Informationsbüro des Waldfriedhofsvereins e.V. gefahren, das aber nur einen Tag die Woche besetzt war.

An anderen Tagen sollte man beim Pastor klingeln. Hinter der Kirche fand sie das Pfarrhaus. Sie klingelte gerade, als er seine Meerschweinchen fütterte. Dafür musste er sie einsammeln.

»Sie haben jeden Vormittag zwei Stunden Auslauf«, erklärte Kilian Wallasch. Er lief gebückt von Zimmer zu Zimmer und schnalzte mit der Zunge. Er ging in die Hocke und blickte unter die Schränke. Unter die Sessel, die Wohnzimmercouch, hinter den Gummibaum. Dann griff er nach einem Tier, deponierte es in dem langen Käfig in der Küche und suchte weiter.

Emma wartete im Flur und beobachtete die Jagd durch die offenen Türen. Ab und zu stand er in der Küche neben seiner Frühstücksplatte mit Leberwurstbrot und Spreewaldgürkchen, daneben ein Apfelsaft, biss einmal rein, suchte dann weiter.

»Sie verteilen sich im ganzen Haus«, sagte er. Immer wenn er vor ihr stand, musste er seine Brille an seinem Pulloversaum putzen. »Es ist ein Spiel, sie verstecken sich vor mir. Ich habe fünf.«

Emma wartete, bis vier eingesammelt waren. Dann wartete sie etwas länger, bis er mitten im Wohnzimmer stand und zugab: »Delilah ist mir entwischt. Ich fürchte, sie hat ein neues Versteck gefunden.«

»Vielleicht machen Sie eine Pause, und Delilah taucht von selbst wieder auf?«

»Sie haben recht«, sagte er. Pastor Wallasch war wahrscheinlich um die sechzig, kein Haar am Kinn oder am Kopf, und säuberte gern seine Brille am Saum seines Pullis. Blau, orangene Streifen. Und er war freundlich und hilfsbereit.

»Haben Sie denn gefrühstückt? Kaffee? Ein Butterbrot vielleicht? Das Brot ist vom Ort, sehr lecker.«

Freundlich und hilfsbereit! Emma war nicht mehr in Berlin.

»Sie wollen Informationen über diesen Unfall damals? Dann sollten wir ins Infobüro gehen.«

Pastor Wallasch schloss gut ab, überprüfte noch mal alle Fenster, damit Delilah nicht doch noch einen Weg fand zu entkommen, und sie liefen zusammen durch den Regen dahin zurück, wo Emma hergekommen war, um die Ecke, zum Informationsbüro.

Ein Zimmerchen mit Kochnische, das war es. Wenig Licht, die Tapeten vergilbt, Bücher, Zeitungen und Akten überall gestapelt, drei Stühle, ein Schreibtisch, umzingelt von Regalwänden und einem großen Aktenschrank.

Pastor Wallasch suchte. Es dauerte. Sie wartete geduldig, während er das Arbeitszimmer durchforstete. Die Ecke mit den vielen Kisten, wahrscheinlich noch von seinem Vorgänger, dann die Akten im Aktenschrank, dann die alten Ordner im Regal.

»In den Neunzigern war das Interesse größer«, sagte Pastor Wallasch. »Es gab viele Reisegruppen damals, Schulausflüge und auch Nazis, leider. Ich war damals noch nicht hier, aber im Ort spricht man immer noch über den Aufmarsch – das war zum Volkstrauertag –, es gab viel Aufregung, viel Presse, bundesweit. Tausende Neonazis. Traurig.« Pastor Wallasch suchte weiter im Aktenschrank. »Diese Klassenfahrt hatte auch Wellen geschlagen. Das war eine fürchterliche Tragödie, fürchterlich. Sie wurden immer wieder gewarnt, die Wege nicht zu verlassen. Der Wald ist noch voller Blindgänger. Zum Glück ist seitdem nichts mehr passiert. Es kommen nur noch wenige Schulklassen nach Halbe. Eine fürchterliche Tragödie.« Er suchte. »Jetzt habe ich vergessen, das Leberwurstbrot mitzunehmen.«

»Vielleicht können Sie mir ja erzählen, was Sie darüber wissen«, sagte Emma.

»Ich weiß nur, dass dieser Junge verletzt wurde.«

»Haben Sie seinen Namen?«

Er suchte in den Kisten. »Den Namen nicht, nein. Ich weiß nur, dass er ein Schönling war, ein arroganter dazu, das weiß man noch im Ort, oder warten Sie, nein, das Mädchen war die Arrogante … oder alle beide? Wessis. Er hat es überlebt, das weiß ich, Gott sei

Dank. Ich weiß nicht, ob wir hier was dazu haben. Ich finde jedenfalls nichts.«

»Das Mädchen – hieß sie Julia?«

Er hob die Schultern. »Das weiß ich nicht.«

»Sie sagten, sie war arrogant – warum sagen Sie das?«

Er überlegte. Konnte keinen richtigen Grund finden. »Na ja, so reden die Leute halt. Ich war ja nicht dabei. Ich gebe nur wieder, was ich höre.«

»Sagt Ihnen der Name Lukas Arndt etwas?«

Pastor Wallasch hielt inne. Dachte nach. »Nein ... nein, sagt mir nichts.«

»Wissen Sie noch, in welchem Jahr das war?«

»Ich denke, das war 1992. Um den Dreh. 93 vielleicht.«

»Und in welches Krankenhaus sie gebracht wurden?«

»Das kann eigentlich nur das in Königs-Wusterhausen gewesen sein oder das Klinikum in Lübben.«

Er suchte im Regal.

»Und wie hieß der Pfarrer von damals?«

»Das war Jürgen Häfke. Aber er ist schon lange tot. Ich fürchte, ich finde nichts.« Pastor Wallasch setzte sich hin. Das ganze Suchen hatte ihn aus der Puste gebracht. »Es tut mir leid, ich kann Ihnen nicht weiterhelfen.« Er war ehrlich betrübt.

»Danke, Sie haben mir schon sehr geholfen. Sie müssen auch noch Delilah finden.«

Sein Gesicht bekam einen besorgten Ausdruck.

Emma reichte ihm die Hand zum Abschied, ging zur Tür, war schon draußen, als er sie zurückrief.

»Steht denn der Name nicht in dem Zeitungsartikel?« Verwunderung in der Stimme.

»Zeitungsartikel?«

»Na, der da, an der Wand.« Er wies ins Unbestimmte.

Emma machte kehrt, ging wieder ins Büro.

Der ausgeschnittene Artikel hing über dem Aktenschrank. Vergilbt, vom 12. Juni 1993, gerahmt und hinter Glas wie eine Mahnung. Genau da, wo sie die ganze Zeit gestanden hatte, in ihrem Rücken.

Halbe: Zwei Schulkinder durch Bombendetonation schwer verletzt.

Das Foto: der zuständige Klassenlehrer des Steglitz-Gymnasiums in Berlin, Sönke B., vor dem Eingang zum Krankenhaus in Königs-Wusterhausen. Von den beiden Verletzten gab es keine Fotos, auch keine Namen, leider: Minderjährige.

Beide Schüler waren mit schweren Verletzungen ins Krankenhaus eingeliefert worden und schwebten noch in Lebensgefahr. Der Klassenlehrer wurde von der Polizei vernommen wegen Verdachts auf Verletzung der Aufsichtspflicht.

»Es waren zwei«, sagte sie. »Hier steht, dass es zwei Jungs waren.«

»Das kann eigentlich nicht sein«, sagte Pastor Wallasch. »Man spricht nur von einem Jungen.«

»Steht hier.«

»Im Ort redet man nur von einem Jungen.«

Emma machte ein Foto von dem Artikel.

65

»Mit Verlaub, es ist üblich, einen Termin zu machen – war Ihnen das nicht möglich?«, sagte Sönke Brieger, heute nicht mehr Lehrer, sondern Direktor, Oberstudiendirektor, genauer gesagt, und: »Auch die Polizei kann nicht einfach so hereinplatzen und erwarten, dass man einfach alles fallen lässt, um mit ihnen zu sprechen.«

Emma war wieder in Berlin. Definitiv.

Das humanistische Gymnasium Steglitz, Heesestraße, Abschnitt 45, stolz auf sein Altgriechisch, ein Bau wie eine Festung, rote Klinker, hohe Mauern, Türme, Torbögen, ein Gymnasium für eine Elite, aus einer Zeit, als Elite noch kein Schimpfwort war. Emma war zur Mittagspause angekommen, er hatte offensichtlich schon gegessen und gerade eine Tasse Kaffee vor sich stehen.

Direktor Briegers Büro, hinter mehreren Treppenaufgängen, hinter vielen Gängen, Türen und einer unfreundlichen Sekretärin, war ein Beamtendomizil mit abgewetzten Holzböden, winterlichem Dämmerlicht und einem Fenster, das auf kahle Bäume schaute. Er war mittelgroß, um die sechzig, Lesebrille mit Umhängeband, Bierbauch, Sakko, lange graue Haare, Pferdeschwanz. Und unfreundlich.

»Ich ermittle in einem Mordfall«, sagte Emma. »Es hat mit einem Unglück vor vielen Jahren zu tun, auf einer Klassenfahrt zum Soldatenfriedhof in Halbe.« Sie zeigte ihm das Foto auf ihrem Handy: »Ich suche die Namen der Teilnehmer dieser Klassenfahrt. Vor allem die Namen der beiden Schüler und der Schülerin, die in den Unfall verwickelt waren.«

Es war, als ob er das erwartet hätte. Von dem Moment an, als sie sich auswies.

»Ja und, haben Sie denn einen Durchsuchungsbefehl?«

»Ich will nicht Ihr Büro durchsuchen, ich will nur eine Namensliste.«

»Diese Informationen unterliegen dem Datenschutz. Ich muss die Privatsphäre meiner Schüler wahren.«

»Datenschutz spielt hier keine Rolle.«

»Natürlich spielt er eine Rolle, er spielt immer eine. Jeder hat Rechte, auch Schüler, und ich habe die Pflicht, ihre Daten vor Missbrauch zu schützen. Wie soll ich wissen, was Sie wirklich vorhaben? Warum Sie diese junge Menschen suchen?«

»Sie sind kein Priester.« Emma war irritiert. »Es gibt keine Schweigepflicht für Lehrer.«

»Wissen Sie, das ist das Problem mit der Polizei in Deutschland – Sie lieben die Macht, die Ihnen zukommt, aber Sie treten die Grundsätze des Rechtsstaats mit Füßen. Ich weiß nicht, was Sie wollen, aber wenn Sie glauben, ich bin beeindruckt von Ihrem Ausweis – das ist nur ein Stück Plastik, ja? Mehr ist das nicht für einen denkenden Menschen. Sie glauben, es verleiht Ihnen Macht, aber …« Die Pausenklingel schnitt ihm das Wort ab.

Sie hatte keine Zeit für diesen Scheiß.

Sie zwang sich, ihm den Rücken zuzudrehen, seine Bürotür hinter sich zu schließen, an seiner unhöflichen Sekretärin vorbei, die muffigen Gänge entlang, durch den Hof, der sich jetzt mit Kids füllte, zum Auto zurückzukehren, abzuziehen, das Feld zu räumen, sich geschlagen zu geben.

Drei Minuten lang saß sie im Auto.

Eine Minute brauchte sie, zu überlegen, ob sie die Sache nicht einfach an Lutz übergeben sollte. Das hätte zwar seine Richtigkeit, würde aber länger dauern – Dienstweg, Durchsuchungsbeschluss … plus ein paar ruhige Minuten mit ihm (das würde am längsten brauchen), um zu erklären, warum auch der Name des Mädchens nötig war. Julia, wenn sie tatsächlich so hieß.

Der Gedanke war neu, gewagt, mehr Ahnung als Theorie. Aber möglicherweise war Julia der Schlüssel. Emma suchte die Blaupause, die Frau, mit der alles begann – mit der für den Täter alles begonnen hatte.

Dieser Täter hier war nicht wie Elliot Rodger. Er hatte mehr vor, als nur x-beliebige Frauen zu töten. Er folgte einem Plan. Seine bisherigen Opfer waren nur Probeläufe für die endgültige Tat. Das wahre Ziel. Die Frau von damals, die er geliebt und die ihn abgewiesen hatte, vielleicht ausgelacht, die Frau, an die er nicht aufhören kann zu denken, der er die Schuld für sein verkorkstes Leben gibt.

Das war die Frau, für die er seine Maschine baute, seinen Kessel, was immer das war. Das war die Frau, auf die er hinarbeitete, für die er alles vorbereitete, für die er lernte, wie der Prozess des Stockholm-Syndroms funktionierte.

Lukas Arndt hatte ein Mädchen erwähnt. Um sie zu beeindrucken, war er in den Wald gerannt. Ihretwegen hat er seine Beine verloren. Eine Art Entmannung. Wenn sie diese Frau finden konnte, konnten sie den Täter finden. Er hatte sie Julia genannt. Julia. Emma mochte den Klang ihres Namens. Emma wollte diese Julia kennenlernen. Heute.

Zwei weitere Minuten brauchte sie, um in ihrem Smartphone Wikipedia aufzuschlagen. Danach stieg sie aus und ging wieder durch den Torbogen, die Gänge entlang, an den lärmenden Kids vorbei, die zurück ins Gebäude strömten, an der protestierenden Sekretärin vorbei und ins Büro des Direktors.

»Ich gehe jede Wette ein, dass Sie mir ganz genau sagen können, wann die Verletzung der Aufsichtspflicht verjährt ist.«

Erschrocken war der Herr Direktor hinter seinem Schreibtisch aufgestanden.

»Ja, äh, zufällig weiß ich das. Ja, das sind, glaube ich, drei Jahre. Was wollen Sie noch?«

»Sie haben es nachgeschaut. Damals. Es war das Erste, was Sie taten, als Sie nach Hause kamen, oder zumindest nach ein, zwei Schnäpsen.«

»Ich … was meinen …«

»Drei Jahre gilt im Normalfall. Bei körperlichen Schäden sind es dreißig. Lukas Arndt hat beide Beine verloren. Er leidet immer noch unter Schlafstörungen, ähnlich wie beim Posttraumatischen Stresssyndrom. Der Unterschied ist, heute ist er Bombenentschärfer. Vor Gericht macht er eine sehr gute Figur.«

Der Herr Direktor war stumm. Er starrte sie an.

»Wo waren Sie in jener Nacht, als die halbe Klasse johlend und besoffen in einen Wald voller Kampfmittel gerannt ist? Bei der hübschen Biolehrerin? Bisschen feiern? Bisschen zu viel getrunken, nichts mehr mitgekriegt?«

»Ich weiß nicht, ob das … Die Lage ist etwas diffiziler … Die Schüler haften für sich, das unterschreiben sie auch … die Eltern unterscheiben das.«

»Wollen Sie lieber mitkommen?«

»Mitkommen? Wohin denn?«

»Auf dem Revier können wir das in Ruhe besprechen. Sie können von da aus Ihren Anwalt anrufen.«

»Äh …« Er kratzte sich am Kopf, lockerte seinen Kragen.

»Oder Sie nennen mir die Namen. Von allen, die dabei waren. Und sagen mir, was passiert ist. Und vielleicht zeigen Sie ein wenig Gastfreundschaft, ich bin Staatsdiener wie Sie, Sie können mir ruhig einen Kaffee anbieten.«

Kaffee gab es keinen. Aber er holte die Akte. Sie fotografierte die Namensliste, während er erzählte. Lukas Arndt stand drauf.

»Es war mitten in der Nacht«, sagte er. »Ich hatte keine Ahnung, was passiert war, niemand ist auf so was vorbereitet. Als ich die Explosion hörte, schaute ich sofort in den Zimmern nach, klopfte an alle Türen, nichts, sie waren alle weg, ich dachte schon, sie wären alle tot, ich rannte raus in Unterwäsche, aber als ich am Friedhof ankam, konnte mir keiner sagen, was genau passiert war – es war Chaos, alle rannten wild durcheinander –, niemand traute sich in den Wald, um nachzuschauen, wir blieben auf dem Friedhofsgelände, es dauerte ewig, bis ich überhaupt wusste, wer die beiden waren, die in den Wald gerannt sind.«

»Zwei Jungs?«

»Jungen? Nein, es war ein Junge und ein Mädchen. Lukas und Julia, Julia Fröse. Sie haben beide überlebt. Gott sei Dank. Ich war jeden Tag im Krankenhaus.« Direktor Brieger wischte sich die Stirn.

Julia Fröse. Emma hatte einen Namen. Sie zeigte ihm das Foto von dem Zeitungsartikel. »Hier steht aber, es waren zwei Jungen.«

Der Direktor dachte nach. Etwas schien ihm einzufallen, schimmerte in seinem Gedächtnis auf, dann war es wieder weg. »Nein, ach nee, das ist falsch, mal wieder. Lukas war nicht schwul. Es waren Lukas Arndt und Julia Fröse.«

Emma suchte Julia Fröse auf der Liste, fand sie. »Wissen Sie, wie sie jetzt heißt? Lebt sie noch in Berlin?«

Er wusste es nicht. Er ging zur Tür und bat die Sekretärin: »Können Sie die Knispel fragen, wie Julia Fröse jetzt heißt? Sie war beim Zwanzigjährigen dabei, sie wird es wissen.«

»Sie ist jetzt im Unterricht.«

»Stören Sie kurz, bitte.« Direktor Brieger machte die Tür wieder zu. Er schaute auf seine Uhr.

»Sind Sie sicher, dass es Lukas Arndt und Julia Fröse waren?«

»Ganz sicher. Man vergisst sie nicht, nicht die beiden. Sie war die Diva der Schule, alle Jungs waren in sie verliebt. Und der Lukas, tja, in den waren alle Mädchen verknallt. Sie passten zusammen wie Prinz und Prinzessin. Trotzdem gebe ich ihr die Schuld. Sie hat ihn angestachelt. Forderte ihn heraus. Sie wissen, wie Kinder sind in dem Alter, er konnte es nicht ertragen, dass sie dachte, er hätte Angst, in den Wald zu gehen.«

»Und wurden beide verletzt … auch Julia?«

»Nein, ich glaube nicht, dass sie richtig mit ihm im Wald war. Vielleicht hat sie das später behauptet, um mit ins Krankenhaus zu kommen, aber ich bin sicher, dass ich sie auf dem Gelände gesehen habe, als wir auf den Krankenwagen warteten.«

»Im Artikel steht, dass zwei Kinder im Krankenhaus behandelt wurden.«

»Wenn, dann war es Schock oder Ähnliches. Sie war nicht verletzt, nicht ernsthaft. Ich selbst habe sie beim Zwanzigjährigen gesehen, sie ist ein wenig kräftiger geworden. Aber wenn es damals eine größere Verletzung gegeben hätte, wäre mir das aufgefallen. Nur er trat auf die Bombe, nur er verlor … na ja, seine Männlichkeit.«

»Seine was?«

»Seine … er kann keine Kinder mehr haben.«

»Kann er keine Kinder mehr haben, oder meinten Sie, er kann auch keinen Geschlechtsverkehr mehr haben?«

Er nickte.

»Sind Sie sicher, dass er seinen Penis verlor? Ich dachte, es handele sich um seine Beine?«

Schulleiter Brieger schwitzte und schaute auf die Uhr. »Nein, nein, ich glaube …« Er dachte nach. »Da war etwas mit den Beinen, aber ich denke, nein, er wurde dabei entmannt … oder? Das war ja die Tragödie.«

Es klopfte. Die Sekretärin sagte: »Julia Schneeweis, in Charlottenburg.«

66

Julia Schneeweis, geborene Fröse, war nicht stärker geworden. Im Gegenteil. Emmas erster Gedanke, als Frau Schneeweis die Tür öffnete: Sie ist älter als ich und sieht jünger aus.

Das Haar blond, schulterlang, es leuchtete geradezu. Die Augen grün, sie strahlten. Die Wangenknochen hoch, und was für eine Taille. Und dazu diese Lippen, dieses bisschen dreckige Grinsen. Alles an ihr schien faszinierende Lässigkeit und war doch kunstvolle Sorgfalt – gewollt, gewählt und optimiert. Mit siebzehn hatte diese Frau die Jungs wahnsinnig gemacht, heute, mit achtunddreißig, neununddreißig machte sie die Männer wahnsinnig.

Das Haus von Julia Schneeweis stand in Charlottenburg, Westend, Badenallee, beste Lage, und es war auch kein Haus, sondern eine Villa: aufwendig renoviert, Baumasse alt, Anbau modern. Auf dem Klingelschild: Ein Doktortitel.

Emma brauchte ihr nur durch die große Diele voller prächtiger Familienfotos und ein paar Holzstufen hinab zum lichtdurchfluteten Wohnzimmer zu folgen, und sie wusste: Julia Schneeweis war den Luxus der Bewunderung noch immer gewöhnt.

Sie saßen einander gegenüber auf zwei Designersofas, hinter ihnen der Wintergarten mit einer deckenhohen alten Palme, und waren das Orchideen?, zwischen ihnen ein Kelim und ein niedriger Glastisch mit einer Wasserkaraffe und einem Teller Kekse, von dem eine souveräne Frau niemals naschen darf, und Julia lächelte.

»Kommen Sie, um mir sagen, dass meine Tochter mal wieder falsch geparkt hat?«

Nein, ich komme Ihretwegen, wollte sie sagen. *Sie sind die Frau, die uns zum Täter führen wird.* Das sagte sie nicht. »Kennen Sie einen Lukas Arndt?«

Frau Schneeweis musste nicht lange nachdenken. Der Name war präsent. »Ach ja, Lukas! Mein Stalker.«

»Wie bitte?«

»Seit Jahren. Zum Geburtstag bekomme ich Rosen, ohne Absender, und zu Weihnachten eine Karte, und im Sommer Ansichtskarten aus Thailand und Bali und so. Das geht seit Jahren so. Hat ihn jemand angezeigt?«

»Nein«, sagte Emma. Diese Antwort hatte sie nicht erwartet. »Haben Sie?«

»Ich kann nichts beweisen. Außerdem … er ist harmlos. Er bereut einfach nur eine Entscheidung, die er vor langer Zeit getroffen hat.«

»Unterschreibt er die Karten?«

»Nein, es gibt keinen Absender, aber es ist ganz klar er. Worum geht es denn? Was hat er getan, außer mich zu nerven?«

»Es geht um … Sie haben keine Beweise, dass er Ihnen diese Karten schickt? Sie glauben nur, dass er das ist?«

»Glauben ist gut. Wer soll es sonst sein?«

»Haben Sie die Karten noch?«

»Nein. Die schmeiße ich sofort weg. Ich beleidige doch nicht meinen Mann mit so was.«

Emma nahm einen Keks. Frau Schneeweis war die einzige Frau, die sie kannte, die mit einem möglichen Stalker keine Probleme hatte. Wie machte sie das? Bevor noch so etwas wie Bewunderung in ihr aufkeimte, fuhr sie fort: »Wir sammeln Informationen über einen Vorfall vor vielen Jahren – Sie waren mit ihm auf dem Gymnasium, nicht wahr?«

»Klar.« Frau Schneeweis nickte und schlug die langen Beine übereinander.

»Erinnern Sie sich an den Ausflug nach Halbe, 1993?«

Julia Schneeweis, geborene Fröse, erinnerte sich sehr gut an Lukas Arndt. Vielleicht zu gut für eine verheiratete Frau.

»Er war ein Arschloch«, sagte Julia Schneeweis. Und: »Er war so ziemlich das leckerste Stück Mann, das ich je gesehen habe.« Und: »Die Mädels haben mich gehasst, als ich mir den geangelt habe. Der hat mich echte Freundschaften gekostet.«

Sie hatte irgendwo Fotos aus der Gymnasialzeit. »Lassen Sie mich mal nachsehen.« Endlich kam sie mit einem Fotoalbum wieder: »Die wollte ich schon lange digitalisieren.« Sie ließ sich im Schneidersitz neben Emma auf dem Sofa nieder und blätterte es lächelnd durch: Julia mit Lukas. Lukas allein. Julia und Lukas auf Klassenfahrt, Julia und Lukas in der Eisdiele, Julia und Lukas auf irgendeiner Party mit gefährlich aussehender Bowle.

Lukas war sofort erkennbar. Er war jünger, aber alles andere war gleich geblieben: das Lächeln, die Leichtigkeit, mit der er sich durchs Bild schob, mit der er jede Gruppe dominierte, wie ein Besucher aus einer anderen Dimension, einer Dimension, wo es keine Probleme gab, keine Enttäuschung, nur das ewig junge Versprechen der Zukunft. Julia und Lukas im Fotoautomaten, auf der

Kirmes, im Park, vor dem Kino. Und die Seiten, die Frau Schneeweis nicht zeigte: Julia und Lukas nackt? Vielleicht.

Dann im Krankenhaus.

Er: Verwirrt. Verängstigt, verletzt, verkrüppelt, nicht nur die Beine, auch die Seele. Sein Gesicht blau und schwarz und geschwollen.

Aber sie: dieses Lächeln, das Leuchten im Gesicht, als sie am Bett mit Lukas posierte, mit dem bettlägerigen Lukas, mit dem in der Reha entschlossen kämpfenden Lukas, mit Lukas im Rollstuhl und an Krücken.

»Warum sagen Sie, dass er ein Arschloch war? Sie sehen ziemlich verliebt aus.«

»Ach, echt? Ich habe nur mit ihm gespielt.«

Das war eine Lüge. Das wusste Emma, ohne sie anzuschauen. Frau Schneeweis log auch munter weiter: »Als ich endlich Schluss gemacht habe, wurde es richtig schlimm. Er wurde zum Stalker. Er rief mich an, mitten in der Nacht, besoffen, ein paarmal stand er vor der Tür, er kriegte nicht in den Kopf, dass es vorbei war. Ich musste meine Telefonnummer ändern.« Sie klappte das Album zu.

»Hat er Sie bedroht?«

»Bedroht?« Sie lachte. »Nein, das wäre mir fast lieber gewesen, er hat sich klein gemacht, geheult und gewinselt hat der Kerl, er war nur noch peinlich.«

»Haben Sie mal wieder von ihm gehört?«

»Schon lange nicht mehr. Er war auch nicht beim Klassentreffen letztes Jahr. Ich … ich würde gern wissen … Wie geht es ihm denn? Ist er noch in Berlin?«

»Ja, ist er. Wissen Sie, was für eine Beziehung er zu seiner Mutter hatte?«

»Seine Mutter?«

»Kam sie aus Polen oder sonst irgendwo anders her?«

»Nein, das glaube ich nicht. Es gab Polen auf der Schule, das schon. In den Neunzigern waren überall Polen. Die Lehrer hatten Angst um ihre Autos.« Sie verdrehte die Augen.

»Hatte er Probleme zu Hause? Wissen Sie, ob er geschlagen wurde oder gedemütigt? Gab es irgendwelche Zeichen in diese Richtung?«

»Nein, natürlich nicht. Überhaupt nicht. Das war ein echter Sonnyboy.«

»Hatte er irgendwelche komischen Ideen oder Fantasien? Hat er Ihnen vorgeschlagen, dass Sie in einen Hundekäfig steigen?«

»Großer Gott, nein!«

»Hat er den Begriff *weibliche Parasiten* benutzt?«

»In Biologie?«

»Über Frauen. Etwa in der Art, Frauen wären *weibliche Parasiten*?«

Frau Schneeweis lachte nervös. »Was ist das denn für eine Frage? Das war ein lieber Kerl. Der hat mich auf Händen getragen. Der war wirklich … so einen Mann, mit oder ohne Beine, den finden Sie nicht alle Tage. Wenn ich damals gewusst hätte, wie dünn solche Typen gesät sind …«

»Der Unfall in Halbe«, sagte Emma. »Die Nacht vom 10. Juni 1993. Was passierte da eigentlich genau?«

»Wissen Sie, was er mal zu mir gesagt hat?« Julia Schneeweis hatte die Frage nicht gehört. Sie war in Erinnerungen versunken. »Auf die Knie, Mädchen, ich selber kann das nicht mehr.«

»Wissen Sie noch, was in dieser Nacht passiert ist?«

»O Gott, das war nicht mal das Schlimmste.« Frau Schneeweis kicherte. »Einmal sagte er …«

Es war nicht leicht, sie zum Thema – die Nacht des Unfalls – zurückzubringen.

»Nein, da war sonst niemand, nur er und ich«, erklärte sie endlich. »Wir haben geflirtet, die ganze Fahrt schon. Ich sagte, triff mich um Mitternacht, ich bring Wodka mit, Wodka Lemon, und wir gingen zum Friedhof. Das war gruselig. Tagsüber ist es ruhig und friedlich da, aber nachts … die merkwürdigsten Geräusche und Schatten, überall Schatten, man kann nie wissen, ob einer zuschaut.« Ihre Finger spielten mit ihrem Ehering. »Wir tranken ein bisschen und wussten nicht weiter … Er wollte unbedingt in den Wald, er wollte mir zeigen, dass er keine Angst hatte, er dachte, er sei unverwundbar. So ein Angeber. Und ich sagte, du gehst nicht ohne mich, und er sagte, du hast Schiss, und ich sagte, nein, du hast Schiss, und er sagte, komm, dann gehen wir zusammen rein, und wir hielten uns an der Hand und gingen rein, ganz vorsichtig, immer weiter, und es passierte nichts, und ich sagte, wir sollten umkehren, und er sagte, doch Schiss! Und dann küsste er mich, und irgendwie fielen wir hin und rollten auf dem Laub herum, echt, wir wollten es tun, direkt da, und dann sah ich was, und ich sagte, Vorsicht, und ich versuchte, ihn wegzuziehen, und dann ging die Bombe hoch.«

»Sie waren beide im Wald, als die Bombe hochging?«

»Er hatte seine Zunge in meinem Mund.«

»Und sonst niemand? Die anderen Schüler schliefen?«

»Klar. Wir sind zusammen rausgeschlichen, nur er und ich.«

»Und Ihnen ist nichts passiert?«

»Ich konnte noch eine Woche lang nichts hören. Als ich wieder zu mir kam, waren schon die anderen da, sie hatten die Explosion gehört, der Friedhof war voller Menschen. Ich hatte Glück. Er hat beide Beine verloren.«

»Beide Beine«, sagte Emma. »Und sonst?«

»Was, sonst?«

»Seinen Penis vielleicht?«

Sie lachte auf. Ehrlich erstaunt. »Sein Penis? Das kann ich Ihnen sagen, sein Penis hat noch verdammt gut funktioniert.«

67

Sie sollte das nicht tun.

Sie sollte das nicht tun.

Aber Lutz war nicht zu erreichen, der steckte wie fast alle Ermittler gerade bis über beide Ohren in der Suchaktion, keiner würde der Sache so schnell nachgehen können, und übermorgen war schon Wochenende.

Emma bog von der Landstraße ab, nahm einen Feldweg, irgendwann war auf einer Seite Wald, dann auf beiden Seiten. Das Hauptgebäude, einstöckig, der einzige Gebäudekomplex weit und breit, leuchtete im Dunkeln wie ein Leuchtturm im grünen Meer. Emma parkte, sobald der Eingang in Sicht war, am Wegrand zwischen Gras und Strauch und Kies und Pfütze. Parkte und saß da, Hände am Lenkrad.

Ihr Handy klingelte. Felix. Sie drückte ihn weg. Sie musste sich konzentrieren.

Sie griff in ihre Tasche: Sig Sauer, Handschellen, Polizeiausweis. Sie stieg aus ihrem silbernen Polo und betrat den Kiesweg zum Hauptgebäude von Kampfmittelräumdienst Arndt. Ihre Schritte knirschten auf dem Kies.

Sie fand Lukas Arndt im Gemeinschaftsraum. TV, Kaffeemaschinen, Kühlschrank, ausrangierte Sofas. Er hatte es sich mit einem Stapel Papiere auf einem Sofa bequem gemacht. Er lächelte erfreut, als er sie sah. War ja auch ein netter Abend gewesen, den sie neulich gehabt hatten beim Burgeressen. Sie mochte ihn, das musste sie sich jetzt eingestehen, sie schätzte seine radikale Ehrlichkeit. Wenn es denn Ehrlichkeit war. Sie lächelte nicht. Sie wartete, bis seine Kollegen sich höflich verabschiedeten.

»Du hast mir nicht die ganze Wahrheit über den Unfall in Halbe erzählt«, sagte sie, als sie sich neben ihn aufs Sofa fallen ließ.

»Was? Aber klar habe ich … Wieso …«

»Sie war mit dir im Wald.«

»Wer?«

»Julia Fröse.«

»Die Julia? Klar war sie da. Sie hat mich im Krankenhaus besucht.«

»Nicht im Krankenhaus. Im Wald. Sie war auch in den Unfall verwickelt.«

»Nein, überhaupt nicht. Nein, ich war allein.«

Emma zeigte ihm das Foto von dem Artikel: Zwei Heranwachsende wurden ins Krankenhaus eingeliefert.

»Hier steht, zwei Jungs«, sagte er. »Das ist auch falsch. Ich war allein. Oder … zumindest … ja, doch, ich war allein. Emma, woher hast du das?«

»Nein, du warst nicht allein. Ich habe Julia gesprochen, sie war bei dir. Du hast gelogen. Warum?«

»Emma … worum geht es? Warum …« Vorsichtiger jetzt. Langsam, jedes Wort abwägend. »Was ich dir da erzählt habe, das war eine Geschichte aus meinem Leben, so, wie ich sie eben in Erinnerung habe … Das war kein Verhör, ich hatte keine Verpflichtung zur … Oder war es eins?«

»Nein, ich …« Emma konnte es sich nicht leisten, auf diese Frage zu antworten. Sie sollte besser aufstehen. »Wie oft bist du in Polen?«

»In Polen? Warum willst du das wissen?«

»Antworte bitte auf die Frage.«

»Werde ich wegen irgendwas verdächtigt?«

»Der Täter war in Halbe in einen Unfall verwickelt.« Jetzt sagte sie es doch. »Du bist der Einzige, auf den diese Beschreibung passt. Wie oft bist du in Polen?«

»Täter? Emma … Manchmal bitten sie uns um Hilfe, das kommt vor, einmal im Jahr vielleicht. Hör mal, nur weil mein Unfall in Halbe …«

»Der Begriff *Hoffnungen zusammengebrochen*, wo hast du den her?«

»Das ist ganz ein normaler Spruch, hab ich doch schon gesagt, oder bin ich jetzt der Täter, nur weil ich bestimmte Begriffe benutze?«

»Du hast Sabine Pohlart näher gekannt, als du zugibst. Wie nah?«

»So gut kennen wir uns wohl noch nicht, dass du mir solche Fragen stellen kannst.«

Ein Witz. Er versuchte, einen Witz zu machen. Es gab ihr einen Stich, als sie es bemerkte. Er wollte seine Haut retten. Oder ihre Freundschaft oder was immer das hier war oder werden wollte. Sie könnte jetzt einfach aufhören, lachen, selbst einen Witz machen und ihn zum Bier einladen. Sorry, so bin ich halt, immer im Arbeitsmodus, weißt schon, nie so entspannt wie du, bisschen explosiv, hast schon recht, nichts für ungut.

Das tat sie nicht. Stattdessen sagte sie: »Du hast vermutet, dass der Täter mit dem Reißen eine kontrollierte Explosion nachahmen will – woher wusstest du das?«

Lukas Arndt sprach langsam. Vorsichtig. Er wusste jetzt, wen er vor sich hatte. »Ich kenne Frauen wie dich, Emma. Schade, ich dachte, du wärst anders. Du kannst mein Leben zerstören. Ich kann alles verlieren, meine Firma, meinen Ruf, alles, du brauchst nur irgendeine Beschuldigung auszusprechen, ohne dass was dahintersteckt, und weil du eine Frau bist, hört man auf dich. Du weißt ganz genau, dass es keine Beweise gibt, du weißt, dass ich so etwas niemals tun könnte. Ich bin Buddhist, verdammt noch mal, ich kann nicht mal ein Tier töten.«

»Du isst Fleisch«, sagte Emma. »Du bist kein Buddhist.«

»Ich bin noch nicht ganz da«, gab er zu. »Aber ich bemühe mich. Ist das deine Rache für irgendwas, was ich falsch gemacht habe oder was andere Männer dir angetan haben? Ist das privat hier? Emma, denk nach, bevor du etwas tust, was das Leben eines Menschen ruinieren kann.«

Seine Hände – abwehrend vor sich, als ob er einen Angriff erwartete, als ob er glaubte, sie würde ihn anspringen. Ihre Hände – an der Tasche, die Sig Sauer griffbereit. Ihre Gedanken rasten.

War es so, wie er sagte – schoss sie gerade unwiederbringlich über das Ziel hinaus? Oder war er der Täter und versuchte bloß, sie durcheinanderzubringen, wie er es mit seinen Opfern tat, bevor er sie tötete?

»Es tut mir leid«, sagte Emma verzweifelt, und sie meinte beide Möglichkeiten damit.

Sie drehte ihm den Rücken zu, stieß die Tür auf, trat hindurch, den Gang runter, Treppen, durch die Vordertür, raus an die Luft, tief durchatmen. Sie setzte sich in ihren silbernen Polo, schlug die Wagentür zu und hielt sich am Lenkrad fest.

Als ihr Herzschlag sich beruhigt hatte, rief sie Matze an. »Hast du die Daten aus dieser Huren-App? Begier.de?«

»Die Daten nicht, aber ich habe Zugang. Die Datei liegt in Tempelhof.«

»Ich brauche einen Namen. Ich muss wissen, ob ein Name drauf ist.«

»Hure oder Freier?«

»Freier. Lukas Arndt.«

»Ich rufe gleich zurück.«

Emma wartete. Blick auf die Straße, falls jemand das Gebäude verließ. Niemand erschien. Blick in den Spiegel, falls jemand sich von hinten nähern sollte. Ihre Augen schnellten hin und her, hin und her.

War sie nur eine Verrückte mit Waffe und Polizeimarke? Oder

war Lukas Arndt ein Frauenmörder, der gut reden konnte? Hin und her, hin und her.

Es klingelte.

»Lukas Arndt ist drauf«, sagte Matze.

68

Als Emma am Samstagmorgen vom Joggen aus dem Gleisdreieckpark zurückkehrte, dem Park, der nie fertig wurde, obwohl sich da neuerdings was tat, Bauzäune waren verschwunden, neue Wege aufgetaucht und seltsame Skulpturen, als sie so verschwitzt wie verfroren wieder zu Hause angekommen war, wartete da Felix vor ihrer Tür.

»Du joggst? Das hat mir keiner erzählt. Ich dachte, in deiner Freizeit sitzt du zu Hause und starrst die Wand an.«

Sie war ein bisschen außer Puste. Die Luft war kalt. »Das mache ich nur sonntags. Was willst du hier?«

Jetzt erst sah sie, dass er eine pralle Tüte vom türkischen Supermarkt an der Potsdamer Straße in der Hand hatte. Und Fußballschuhe.

»Ich geh nachher noch spielen«, entschuldigte er sich. »Aber zuerst … hast du schon gefrühstückt?«

»Frühstückst du nicht mit deiner Familie?«

»Die Kinder sehe ich zurzeit nur sonntags«, sagte Felix.

Das war eine leicht verstörende Antwort. Emma wusste sie nicht recht einzuordnen.

»Ich kriege gleich Besuch von meiner Schwester«, sagte sie. Sie hüpfte von einem Fuß auf den anderen. »Wir wollen Gemüsedöner essen gehen. Meine Nichte ist ganz scharf auf das Zeug.«

»Meine Frau auch. Sie bildet sich ein, es sei gesund, weil ja

Gemüse«, sagte Felix. »Aber ich mag's auch. Und wenn du das Matze erzählst, bringe ich dich um.«

Zwei Tage saß Lukas Arndt jetzt in Untersuchungshaft. Seit zwei Tagen wurde sein Leben von innen nach außen gekrempelt wie ein Stück Wäsche, und entweder waren sie kurz davor, ihn als den Reißer zu entlarven, oder das Leben eines unschuldigen Mannes für immer zu ruinieren. Eines netten Kerls, der einen wirklich wichtigen Job machte. Seit zwei Tagen wartete Emma auf den Anruf von Lutz – *er hat gestanden, es ist vorbei, er ist es*. Seit zwei Tagen: nichts.

Etwas Ablenkung kam gerade recht.

Während Emma duschte, richtig heiß, brutzelte und zischte es in der Küche. Eine Mischung aus Angst und Vorfreude machte sich in ihrem leeren Magen breit. Was würde Sarah dazu sagen? Was Emily? War das eine Schnapsidee gewesen? Ihn reinzulassen?

Da klingelte es schon.

Schwester, Nichte und Hund enterten Emmas Wohnung, und es gab kein Zurück.

Emily stürmte das Badezimmer und wollte umarmt werden, Kalli leckte ihr die Nase. Als Emma in die Küche kam, war der Tisch gedeckt, eine bunte Gemüsepfanne stand auf dem Tisch, aufgeschnittene Fladenbrote, Oliven, Schafskäse, Butter, Saft und Milch. »Kaffee ist dein Ressort«, sagte Felix, als sie eintrat. Aha, an die Maschine traute er sich also nicht.

»Emma«, sagte Emily, »wer ist das?«

Sarah beugte sich zu Emily und flüsterte ihr was ins Ohr.

Emilys Augen wurden groß. »Bist du der Mann, der Emma gerettet hat?«

»Ja«, sagte Emma, »das ist er.«

Felix' Teller ging zu Bruch, als Emily wie ein Geschoss auf ihn zuflog, um ihn zu umarmen. Es war ein atemloser, wortloser Überfall, der ihr umgehend peinlich war, und von da an beschränkte sie sich auf stumme, bewundernde Blicke.

Sarah nervte. Die ganze Zeit grinste sie, hob den Daumen, zwinkerte Emma zu, bis selbst Emily es bemerkte.

»Bist du Emmas neuer Freund?«, fragte sie Felix.

Felix genoss die ganze Show. Grinste nur vor sich hin, mischte sich nicht ein.

»Nein«, sagte Emma.

»Man kann auch bei einer Frau übernachten, ohne ihr Freund zu sein«, sagte Sarah.

»Er hat hier nicht übernachtet, Sarah«, stellte Emma klar, während sie Kaffee kochte.

»Vor Kindern soll man nicht lügen«, sagte Sarah.

Emily protestierte: »Ich bin nicht doof!«

»Die beiden mögen sich, so wie du und Moritz«, erklärte Sarah ihr. »Die ziehen sich auch immer gegenseitig an den Haaren.«

»Gar nicht! Ich mag Moritz gar nicht!«

»Wer will jetzt Gemüsedöner?«, unterbrach Felix.

Felix ging nicht Fußball spielen. Er quatschte sich fest, lange nachdem Sarah und Emily wieder gegangen waren. Hauptsächlich über Lukas Arndt, bis Emma es nicht mehr aushielt.

»Was ist da eigentlich los mit deiner Frau«, sagte sie endlich. »Wollt ihr das wirklich durchziehen mit der Trennung?«

Felix starrte aus dem Fenster. Draußen hatte es zu schneien begonnen. »Ich schlafe seit zehn Tagen in einer Pension.«

»Du hast rumgevögelt.«

»Ich? Warum ich? Warum immer der Mann?«

»Ich kenne dich. Du hast rumgevögelt. Sag, dass es nicht so ist.«

»Du hast ja keine Ahnung. Du schaust mich an und siehst eine … eine Karikatur, das, was man dir in den Frauenzeitschriften erzählt, das ist der Kerl, den du siehst, wenn du mich anschaust. Die wollen nur das eine, die Schweine können ihren Schwanz nicht in der Hose lassen, nimm dich in Acht vor denen!«

»Ich lese keine Frauenzeitschriften. Hast du rumgevögelt oder nicht?«

»Sie hat rumgevögelt. Okay?«

Emma war still.

»Wenn du glaubst, ich würde meine Jungs einfach so aufs Spiel setzen – ich war's nicht, okay? Sie war es. Und komm mir nicht mit, ich muss irgendwas getan haben, sie zu vertreiben. Sie hatte Bock auf ihren Chef, der verdient besser und geht in die Oper, und ein besseres Auto fährt er auch.«

»Die Oper?«

Sie saßen im Wohnzimmer. Emma auf der Couch, Felix auf dem Teppich, neben ihren Beinen, Rücken zur Couch. Sie hatten noch kein Licht angemacht, draußen fiel der Schnee dichter und dichter. Der Anrufbeantworter blinkte.

»Vielleicht ist er auch die bessere Wahl«, sagte Felix. Mehr zu sich selbst. »Mit dem hat sie ein Haus, nicht nur eine Mietwohnung. Für Urlaub lässt er was springen, ganz sicher. Vielleicht sollte sie ihn nehmen.«

Emma schaute ihn von oben an. Sein Gesicht sah sie nicht, aber sie konnte es sich vorstellen: die Bitterkeit des Mannes, der die Kontrolle über sein Leben verloren hat, das Vertrauen in seine Frau, der mal an die Liebe glaubte und jetzt einsieht, dass die Liebe ihn an der Nase herumgeführt hat.

»Die Jungs sind noch klein«, sagte Felix. Fast im Flüsterton. »Die vergessen schnell, in dem Alter steckt man alles weg, wer weiß noch, was ihm passiert ist, als er ein, zwei Jahre alt war? Wenn sie den Absprung später macht, riskiert sie ein Leben lang Vorwürfe.«

Und Emma wurde klar: Sie konnte ihn haben.

Sarah hatte recht gehabt: Das Spiel, das sie spielten, Felix und sie, es war wie auf dem Schulhof, keiner von ihnen wusste, wie ihnen geschah, also zogen sie einander an den Haaren, möglichst kräftig. Jetzt saß er hier. Ein Kollege, einer, der verstand, was der

Job bedeutete, wie es war, den ganzen Tag mit Serienmördern im Kopf rumzulaufen, zu Abend zu essen, einzuschlafen, wie es war, in Gedanken woanders zu sein, schwierig zu sein und trotzdem klar zu bleiben. Felix verstand es und blieb trotzdem irgendwie heil, ein ganzer Mensch, ein Arschloch vielleicht, aber von der Art, wie Männer manchmal sein müssen, mit einer Familie, die er liebte, unter der er litt, mit Eheproblemen, die ihn mitnahmen, einer, der auf die Frauen schimpfte, wie sich das für einen echten Mann gehörte, jedenfalls bis vor Kurzem noch. Nikolai schimpfte nicht auf Frauen, er verstand sie, auf einmal kam Emma das unnatürlich vor, falsch, wenn Männer Frauen verstehen, irgendwie geht das gegen die Natur, Männer sollen Frauen nicht verstehen, sie sollen sie nur wollen, und die Liebe, und ein normales Leben, und sie sollen in der Lage sein, ihrer Familie ein normales Leben zu verschaffen, und das war Felix.

Und jetzt konnte sie ihn haben, wenn sie ihn wollte.

Nikolai hatte angerufen, dreimal inzwischen. Sie war nicht rangegangen.

Seit der Nacht, in der sie mit ihm durch die Gitter eines Hundekäfigs gevögelt hatte, mochte sie ihn nicht mehr sprechen. Noch nicht. Sie war nicht sicher, warum. Vielleicht waren sie zu weit gegangen. Andererseits mochte Emma gerade Männer, die weit gingen. Das wusste sie schon lange über sich: Männer, die zögerten, die zu bereitwillig Kompromisse eingingen, die Angst vor der letzten Konsequenz hatten – die waren nichts für sie. Das konnte sie nicht abstreiten.

Trotzdem: Es machte ihr Angst.

Beim dritten Anruf hatte Nikolai ihr eine Nachricht hinterlassen: *Vielleicht haben wir es übertrieben.* Er hatte es also auch bemerkt. *Vielleicht müssen wir es langsamer angehen. Ich bin hier, wenn du noch mal anrufen willst.*

Der Frauenversteher mit der dunklen Seele. Irgendwann würde

sie ihn wieder anrufen, das wusste sie. Aber sie wusste auch, dass seine Dunkelheit sie zerstören konnte.

Im Gegensatz zu Felix. Felix tat gern dunkel, war es aber nicht. Er hatte kein Talent dafür.

Er war jetzt schon eine Weile stumm. Irgendwann sagte er: »Dein Anrufbeantworter blinkt. Hörst du nie deine Nachrichten ab?«

»Nicht mehr. Da sind jetzt hundertsechsundsiebzig drauf. Seit Marquardts Selbstmordversuch. Ich kann doch meinem Vergewaltiger nicht das Recht auf Leben absprechen, ich will ja nur Aufmerksamkeit, und überhaupt, ich soll mich schämen und sterben.«

Ohne es weiter zu kommentieren, ging Felix zum Anrufbeantworter und stöpselte ihn aus.

Klar, einfach, effektiv. Es war eindeutig von Vorteil, ein Arschloch im Haus zu haben.

Er setzte sich nicht wieder hin: »Ich muss dann mal los.«

»Ich denke, Fußball ist schon vorbei?«

»Fußball kann ich schon mal ausfallen lassen«, grinste er. »Die Kneipe danach nicht.«

69

»Hat er Sie geschickt?«, sagte Susanne Schreiner, ein Kind auf dem Arm, eins am Rockzipfel, als sie Emma die Tür aufmachte.

»Darf ich reinkommen?«

»Ist grad ungünstig. Wir werden gleich abgeholt.«

Emma trat ein und zog die Tür hinter sich zu.

»Hallo«, sagte der eine Junge und winkte, der andere versteckte sich. Wie alt waren die Zwillinge jetzt? Eins, fast zwei? Zwei.

»Sie sind doch Frau Carow. Papas Kollegin von der Polizei«, sagte Felix' Frau.

»Papa?«, fragte der Junge Emma. »Papa kommt?«

»Das weiß sie nicht, Schatz«, sagte seine Mutter. »Das weiß keiner.«

»Oh, ich denke, er würde jederzeit wiederkommen«, sagte Emma. »Ich denke, Sie bräuchten nur mit dem Finger zu schnippen, und er wäre wieder da.«

»Das ist kein Gespräch, das die Kinder hören müssen«, sagte Frau Schreiner. »Und es ist auch kein Gespräch, das Ihnen zu …«

»Ich bin dabei gar nicht sicher, ob ich das gut finden würde, wenn er zu Ihnen zurückgeht«, sagte Emma.

»Was?«

»Er müsste seine Selbstachtung in die Tonne treten. Aber das ist es, was er will.«

»Hat er Ihnen das erzählt?«

»Er hat mir alles erzählt.«

Frau Schreiner biss sich auf die Lippe. »Man kann sich das nicht immer aussuchen, wissen Sie.«

»Ehrlich gesagt, weiß ich gar nichts. Nichts von Familie, von Beziehung, wie man das macht, es richtig macht … Keine Ahnung. Aber eins weiß ich: Ich habe noch nie so einen integren Menschen gekannt wie Felix. Ich bin stolz, mit ihm befreundet zu sein. Ist Ihnen überhaupt klar … ich meine, wissen Sie eigentlich, was Sie an ihm haben?«

Die Frau starrte sie an. »Was erdreisten Sie sich … kennen Sie ihn etwa näher? Kennen Sie ihn so gut wie ich?«

»Ich kenne ihn besser als Sie, scheint mir«, sagte Emma. Dann kam es raus, alles, denn auf einmal verstand sie, dass sie ihn tatsächlich kannte: »Er hat mir nie Blumen gebracht, ich war nie mit ihm in der Oper oder bei Ikea, all das romantische Kinozeugs kenne ich nicht, vielleicht macht er das auch nicht so gut wie andere, kann sein, kann ich mir vorstellen, aber ich weiß, was er macht, wenn es hart auf hart kommt: Er gibt nie auf, er ist nicht aufzuhalten. Vielleicht wollen Sie einen, der Sie auf Händen trägt, abends immer Zeit hat und Sie groß ausführt, wer will das nicht, aber wenn Sie Kinder haben, und Sie suchen jemanden, der es achtzehn Jahre aushält, ein toller Vater und Ehemann zu sein, dann brauchen Sie einen, der sich festbeißt. Das ist mein Kollege Felix. Er beißt sich fest.«

»Sind Sie seine neue Freundin? Und Sie wollen mir erzählen, was richtig und falsch ist?«

»Hören Sie mir nicht zu? Ich sage, halten Sie den Mann fest. Wer das nicht tut, ist ein Idiot.«

»Raus hier.«

Aber gern. Emma hatte alles gesagt, was sie sagen wollte. Sie drehte sich um und ging. Tür zu, Treppen runter. Sie stapfte durch den Schnee in der Dämmerung, jeder Schritt setzte ein Zeichen.

Noch als sie im Auto saß, dachte sie: ein gutes Gefühl. Ein neues Gefühl.

Das Gefühl von Großmut, nicht von Mangel. Das Gefühl, das Leben in der Hand zu haben. Das Richtige zu tun. Nicht mehr Opfer sein, sondern Täter, im guten Sinne. Wie eins dieser Vexierbilder: Das Motiv war das gleiche, doch plötzlich sah man, dass es noch etwas anderes in sich barg. Zwei Gesichter statt einer Vase oder so. Plötzlich verstand sie etwas: Es gab Dinge im Leben, die man beeinflussen konnte. Es gab Dinge, die man nicht beeinflussen konnte. Dass diese zweite Sorte Dinge überhaupt existierte, hatte ihr regelmäßig die erste vergällt. Daran hatte sie sich den Schädel eingerannt. Warum, warum, warum? Warum, zum Teufel, musste sie immer so absolut sein? Gab es vielleicht noch was in ihrem Leben, auf das sie Einfluss nehmen konnte, irgendwas? Sie wollte nicht wählerisch sein. Es machte Spaß, die Rolle zu wechseln. Opfer. Täter. Passiv. Aktiv. Wo noch?

Dann fiel es ihr ein: doch, doch. Es war die Zeit dafür.

Sie zog ihr Handy raus. E-Mails. Zuerst suchte sie im Posteingang, dann erinnerte sie sich, die hatte sie gelöscht. Sie schaute im

Papierkorb, bis sie die Nachrichten der Pressestelle der Polizei fand: Die ganzen weitergeleiteten Anfragen der Journalisten nach Uwe Marquardts Selbstmordversuch, alle hatten sie von Emma ein Statement gewollt, die Mails hatte sie gleich in den Papierkorb gezogen, jetzt suchte sie eine bestimmte, und da war sie auch: Werner, *RBB-Abendschau*. Seine Telefonnummer stand da, in der Mail, vor ihr.

»Herr Werner?«

»Am Apparat.«

»Hier spricht Emma Carow. Ich habe ein Statement zum Selbstmordversuch von Uwe Marquardt abzugeben.«

»Ah ... Frau Carow. Schön, dass Sie anrufen.«

»Können Sie dieses Telefonat aufnehmen?«

»Ich ... Ja, Frau Carow ..., mögen Sie vielleicht ins Studio kommen?«

»Was ich zu sagen habe, geht auch am Telefon. Sie können ein Foto aus dem Archiv mitsenden. Nehmen Sie auf?«

»Ja, Moment ...« Gefummel am anderen Ende.

»Es kommt der Tag, da muss man sich selbst die Erlaubnis geben, kein Opfer mehr zu sein«, sagte Emma. »Es macht ein bisschen Angst, weil man nicht weiß, welche Rolle man stattdessen einnehmen wird. Diese Opferrolle – das ist so leicht. Ich dachte, ich wüsste, wie es weitergeht, als ich in dieser Talkshow saß ... aber es hat nicht wirklich was verändert.«

»Frau Carow, können Sie einen Moment ...«

»Wenn ich nur Rache wollte ... Rache kann jeder. Ich auch. Ich sehe das ja täglich auf der Arbeit. Aber wer mit einem Feind seinen Frieden macht ... das ist schon anders. Ich sag Ihnen mal was: Irgendwann ist es langweilig in der Opferrolle.«

»Frau Carow, ich nehme jetzt auf.«

»Ich will das nicht mehr. Ich muss mir selbst endlich verzeihen, meinem jüngeren Selbst verzeihen, dass ich mich damals nicht schützen konnte vor diesem Mann. Vor Uwe Marquardt. Seine Tat kann ich ihm nicht vergeben.« Sie zögerte kurz. »Aber wissen Sie, was ich kann? Ich kann sagen, das ist Vergangenheit, er hat dafür bezahlt, auch er ist älter geworden, und eine zweite Chance werde ich ihm nicht absprechen. Was er damals getan hat, dazu hatte er kein Recht, aber ihn für immer zu verurteilen … dazu wiederum habe ich kein Recht. Ich weiß nicht, ob er das überhaupt will, ein neuer Mensch sein, ich weiß nicht, ob es ihm gelingt, aber ich wünsche es ihm. Denn eine neue Chance, sein Leben anders zu leben, wenn man es ernst meint, ich denke, die steht jedem offen, ganz egal, wo er herkommt.«

»Frau Carow, das ist sehr couragiert …«

Emma legte auf. Atmete tief durch, ließ sich in den Sitz sinken, schnallte sich an, warf ihr Handy auf den Beifahrersitz und fuhr los.

Ihr Herz raste. Ihre Gedanken sprangen, tanzten, tobten, wollten schier aus ihrem Kopf raus. Was hatte sie getan? Was passierte gerade mit ihr? War es eine grenzenlose Dummheit gewesen oder eine längst überfällige Befreiung? Sie verstand es selbst nicht … noch nicht.

In die Stadt hinein, den Ku'damm runter, am ICC vorbei, an der Avus – Berlins hässlichste Seiten. Sie fuhr und dachte nach, schaltete, blinkte, überlegte. Es war schon dunkel, noch nicht Abend, nicht ganz, das frühe Dunkel des Winters. Sie nahm die 115, Richtung Potsdam, bis zum ersten Rastplatz. Es war einer dieser Rastplätze ohne Motel, ohne Tanke, ohne grelle Leuchtreklamen, die die Nacht erhellten. Einfach nur eine Asphaltschleife im Wald, kaum beleuchtet, ein WC, Papierkörbe, zwei steinerne Picknicktische.

Emma hielt so weit entfernt vom Toilettenhäuschen wie möglich. Motor aus, Scheinwerfer aus.

War sie wirklich bereit für das, was sie getan hatte? Sie wusste nicht, ob es richtig oder falsch gewesen war. Wünschte sich kurz, sie würde rauchen wie die Brennemann. Das wäre doch der perfekte

Moment, um damit anzufangen. Hatte sie noch irgendwo eine alte Packung im Handschuhfach? Von irgendeinem Kerl vielleicht? Sie könnte ja mal nachschauen. Obwohl, wozu?

Der Rastplatz war dunkel. Hinter den Bäumen rauschten die Lkws vorbei, regelmäßig wie die Brandung, sie hörte sie nur, sah sie nicht. Emma saß und starrte durchs Fensterglas ins Dunkel, bis ihr Atem sich beruhigte. Bis sie sich bewusst wurde, dass sie nicht mehr alleine auf dem Rastplatz war: Rechts von ihr, neben dem Eingang, stand ein dunkler Mercedes, links von ihr, nah dem Toilettenhäuschen, ein Audi. Sonst gab es keine Bewegung. Niemand stieg ein oder aus, niemand machte ein Licht an. Was war mit diesen Leuten? Hatten auch sie gerade große Entscheidungen getroffen, die sie selbst noch nicht verstanden? Passierte so was jeden Tag, viel mehr Menschen, als sie ahnte, und sie hatte es nur nicht gewusst, weil keiner über so was sprach?

Auf einmal fühlte sich das Leben sehr viel interessanter an.

Emma ließ den Motor an. Sie wollte gerade zurück auf die Autobahn, als ihr Handy klingelte. Lutz? Sie griff sofort danach.

»Du solltest etwas wissen«, sagte Nikolai.

»Wurde es schon gesendet?«

»Was gesendet?«

»In der *RBB-Abendschau.*«

»Ich habe nichts mitgekriegt«, sagte Nikolai. »Ist was passiert? Soll ich im Netz nachschauen? Ich kann dich googeln …«

»Du kannst mich jederzeit googeln, wenn du einsam bist«, sagte Emma.

Ein Witz. Sie hatte einen Witz gemacht! »Sorry«, sagte sie. »Du zuerst.«

»Ich habe nachgedacht und etwas Altes losgelassen.«

»Echt? Inwiefern?«

»Der Hundekäfig. Ich habe ihn weggeschmissen.«

»Ich habe auch Neuigkeiten«, sagte Emma.

70

Er war großzügig.

So nennt man das wohl, *großzügig*, wenn ein Mann eine Frau verwöhnt, ohne eigene Bedürfnisse zu äußern, und irgendwann merkt sie das, spätestens, wenn sie nach ihm greift und seine Hand die ihre sanft wegschiebt, sie erkennt, dass sie sich fallen lassen kann, alles vergessen, sich nur um ihr eigenes Vergnügen kümmern, sie ist in guten Händen, das Essen war köstlich, sinnlich, leicht gewesen, Steak und Salat, der Wein nicht zu schwer, perfekt, sie aßen direkt in der Küche, auf Barhockern an dem kleinen Stehtisch, draußen war es dunkel, das Wohnzimmer dunkel, das ganze Haus, in der Küche saßen sie im Schein der niedrigen Lampe, im Licht der Küchenzeile, er schien froh, sie zu sehen, sie fühlte sich leicht und beschützt und verehrt, alles war im Lot, für eine Sekunde, zwei, drei, war alles ausbalanciert im Universum, ihre Tasche gleich neben dem Bett, darin ihre Sig Sauer, ihm war das egal, er wusste, dass sie ohne ihre Tasche nirgends hinging, und ziemlich bald verstand sie, dass es heute um sie ging, als Entschuldigung, weil ihr letzter gemeinsamer Abend ein wenig aus dem Ruder gelaufen war, sie konnte sich einfach gehen lassen, um alles andere würde er sich kümmern. Das konnte er gut, und sie begann seine Entschuldigung zu genießen.

Und als sie fertig waren, gab es einen Digestif. Einen Port in kleinen Gläsern mit hohem Stiel, gekühlt, Nikolai brachte sie ans Bett.

»Glückwunsch zu heute Nachmittag«, sagte er, und sie stießen an.

Sie atmete tief aus. »Ich bin so erleichtert«, sagte sie. »Ich habe diesmal wirklich das Gefühl, dass ich ihn los bin.« So … ungewohnt. »Fast wie ein Abschied … Es macht ein wenig Angst. Ich weiß nicht, wie es weitergehen wird. Ohne ihn. Ohne diesen … diesen Felsbrocken, der mich niedergedrückt hat die ganzen Jahre, es ist so merkwürdig leicht ohne ihn. So leicht. Ich habe Angst, dass ich davonschwebe.« Sie lachte.

Nikolai war still. Er lag neben ihr und hörte zu.

»Ich habe so komische Ideen plötzlich. Ich könnte den Dienst quittieren. Die Welt bereisen. Einen Hund kaufen, in Nepal meditieren lernen.« Sie lächelte, merkte, wie er neben ihr im Dunkeln schmunzelte, hörte es an seinem Atem.

»Könntest du auch«, sagte er.

»Ja, aber ich mag meinen Job. Meditieren in Nepal würde auf Dauer langweilig werden. Es ist nur das Gefühl – das Leben ist offen, alles ist möglich. Eigentlich war immer alles möglich …«

»Ein schönes Gefühl?«

»Ein schönes Gefühl.«

»Es kommen bestimmt Änderungen auf dich zu. Anderer Art, seelisch. Innerlich. Wie du das Leben siehst.«

»Ich habe nichts dagegen, wenn sich das ändert. Ehrlich.«

Nikolai war einen Moment lang still. Dann war seine Stimme leise, dumpf. Klein sogar: »Ich beneide dich.«

Emma lachte. »Du? Dein Leben ist dermaßen in Ordnung, dass es wehtut.«

»Wir schaffen das nicht alle, weißt du. In diesem Leben zu einem neuen Menschen zu werden. Manche können das, schau dir diese Frauen an, im Gymnasium sind sie die Schönheit, die alle Jungs verrückt macht, dann auf der Uni die wilde Braut mit dem Joint in der Tasche, dann macht sie einen Job im Ausland, dann kriegt sie Kinder, ist eine liebevolle Mutter und wählt auf einmal CDU, aber erzählt es ihren Freunden nicht, dann sind die Kinder aus dem Haus, und ihr Mann findet eine Jüngere, und sie wird Yogalehrerin und meditiert und lernt, dass Frieden auf der Welt möglich ist, wenn nur alle Menschen lernen zu lieben – dann liegt sie auf dem Sterbebett und schaut zurück und sieht so viele Leben, so viele verschiedene, und weiß, sie hat ihre Zeit genutzt, damals kapierte sie das nicht, damals, mitten im Leben, da hat sie nur den nächsten Trend gesucht, das nächste Heilmittel, das ihre Sehnsucht kurieren würde, die nächste Antwort auf die ewigen Fragen, wer bin ich, wer will ich sein? Aber im Rückblick zählt sie ihre vielen Leben durch, eins, zwei, drei, vier, fünf, und ist zufrieden, weil sie so viel daraus gemacht hat, aber der Pianist, der auf der Schule Mozart gelernt hat, weil irgendein Lehrer mal sagte, das kannst du gut, und am Sterbebett kann er immer noch bloß Mozart, der sagt sich: Siebzig Jahre? Achtzig Jahre nur Mozart? Warum hab ich nicht einmal den Mumm gehabt, die Beatles zu spielen? Und plötzlich ist dir klar, du hast nur ein Leben gelebt, du kannst nur das eine, aber es gibt so viel mehr, doch das blieb dir verschlossen, und das, was du gut kannst – dein Mozart oder was auch immer – das war nur eine Fassade, die du benutzt hast, um alles andere von dir fernzuhalten.«

In dem Moment war Emma schwer versucht, sich zu ihm zu drehen und ihm zu sagen, dass sie ihn liebte. Auch wenn sie wusste, es stimmte nicht, nicht hundertprozentig zumindest, wusste sie doch, es war die einzig richtige Antwort auf seine kleine Rede im Dunkeln, im Bett.

Sie griff nach seiner Hand, sie waren beide eine Weile still, und sie hätte auch irgendwas gesagt, sie wusste nicht, was, doch ihr Handy klingelte.

Emma stöhnte. Es klingelte wieder. »Ich geh nicht ran.«

Nikolai erhob sich vom Bett, ihre Hände lösten sich.

»Geh ran. Ich muss für kleine Jungs. Es könnte wichtig sein. Bei deinem Job.« Er inspizierte die Gläser, seins, ihrs, beide leer, nahm sie, und bis sie ihr Handy aus der Tasche gefummelt hatte, war er im Flur verschwunden.

»Ich wollte nur Danke sagen«, sagte Uwe Marquardt.

»Bitte«, sagte Emma. Die Arme vor ihrem klopfenden Herzen verschränkt.

»Ich wusste, ich musste nur lange genug warten. Ich habe nie aufgehört zu glauben, dass du mir eines Tages wieder eine Chance gibst. Ich bin so froh, dass du es dir anders überlegt hat.«

»Keine Ursache. Und jetzt ruf mich nicht mehr an. Du bist Vergangenheit.«

Da war etwas in seiner Stimme. Er war wirklich dankbar. Dass sie ihm vergeben hatte. Auch für ihn war das eine Befreiung. Und ein Triumph. Auch das hörte sie ihm an.

»Vergangenheit? Ich weiß, wo du gerade bist, und ich wollte dir nur sagen, du brauchst keine Schuldgefühle zu haben. Ich kann dich mit ihm teilen. Ich weiß, du bist noch nicht ganz so weit, ich kann warten.«

»Wo ich … was? Schuldgefühle?« Wie Gift sickerten seine Worte in ihre Seele. Sie wollte rufen: *Nikolai. Nikolai. Hilfe.* Kein Ton kam heraus.

»Aber ich habe versprochen, dir zu helfen, das habe ich nicht vergessen, ich tue alles für dich, das weißt du. Du sollst wissen – ich weiß, wie vorsichtig du bist, ich will nicht zwischen euch kommen, aber vorsichtig musst du wirklich sein – du sollst wissen, dass dein Professor Grotian eine Mutter in Polen hat.«

Emma zitterte, raffte die Decke vor der Brust zusammen, wollte nicht nackt mit ihm reden, versuchte aufzulegen, suchte nach den richtigen Worten, wie verabschiedet man sich von seinem Vergewaltiger?

»Er fährt da öfter hin, immer am Wochenende und manchmal auch unter der Woche, na ja, wir sind ihm nur einmal gefolgt, da gibt es ein Altenheim, ist ja auch billiger dort, nicht weit von Görlitz.«

Emma blieb stumm. Durch das Rauschen in ihren Ohren hatte sie etwas gehört: Polen. Görlitz. Was sagte er da?

»Emma?«

Was sagte er da?

»Emma? Ich lasse dich wieder allein, den Abend genießen, du sollst wissen, ich denke an dich, ich passe immer auf dich auf, jetzt, wo ich weiß, dass wir wieder Freunde sind.«

Dann war Emmas Handy still. Aber in ihrem Kopf hallten noch die Worte: *Polen. Mutter. Görlitz.*

Das Zimmer war dunkel, der Flur auch. Emma hörte nichts: War Nikolai noch auf dem Klo? Holte er neuen Wein in der Küche?

Wie viel Zeit hatte sie? Ein paar Minuten. Höchstens. Nikolai brauchte eine Minute hin zur Küche, zwei Minuten einschenken, eine Minute zurück. Dann noch ins Bad … Wie lange hatte das Telefonat gedauert? Vier Minuten? Fünf?

Emma kümmerte sich nicht um ihre Kleidung. Keine Zeit. Nur ihre Handtasche nahm sie mit. Vorsichtig, langsam, ging sie in den Flur. Da: ein Beistelltisch. Auf dem Tisch die beiden Gläser. Er war noch nicht runter in die Küche gegangen, er war im Bad.

Wie lange? Ein Mann braucht im Durchschnitt drei Minuten zum Pinkeln. Dann Händewaschen. Vielleicht klatscht er sich noch Wasser ins Gesicht, fährt sich durch die Haare … Fünf Minuten, schätzte sie, vielleicht aber auch mehr, immerhin hatten sie gerade Sex gehabt, da ist man langsam, müde, verträumt, nein, Moment, hatte er überhaupt einen Orgasmus gehabt? Sie war nicht mehr sicher.

Alles war still.

Den Flur entlang, etwas schneller jetzt, an einer geschlossenen Tür vorbei – das Bad? –, dann noch eine Tür, diese stand offen: sein Arbeitszimmer, Schreibtisch, Papiere, Bücher, Aktenordner. Die Ordner: wenn sie nur Zeit hätte, sie alle zu durchforsten. Sie hatte keine Zeit.

Die Treppe runter. Das Wohnzimmer: dunkel. Stand er da? Falls er da stand, würde sie ihn nicht sehen können. Warum sollte er da stehen? Er war sicher noch im Bad.

Die Post lag in der Küche. Sie hatte sie gesehen, als sie an dem Küchenstehtisch auf das Steak gewartet hatte. Sie ging durch das Wohnzimmer, so schnell sie konnte, leise, leise, achtete auf die Möbel, die sie kaum sah, stolperte und fiel auf das Sofa, das bequeme Sofa.

In der Küche stand er nicht.

Nur das Licht der Dunstabzugshaube war an. Das reichte. Da, auf dem Küchentisch, an die Wand geschoben: ein Stapel Briefe. Oben drauf: ein Brief an ihn, auf dem ganz unten das Wort *Niemcy* stand.

Die Briefmarken: polnisch. Der Absender: polnisch. *Zgorzelec.*

Er war noch verschlossen. Sie machte ihn auf.

Eine Rechnung. Zweisprachig, auf Deutsch und Polnisch. Eine Abrechnung von einem Altenheim in Zgorzelec: Pflege, Wäsche, Unterkunft. Endsumme, Datum, Bankkonto. Bitte überweisen.

Die Bewohnerin: Frau Elżbieta Staniek.

Emma griff nach ihrer Tasche. Zog ihr Handy raus, Foto-App. Suchte die Fotos, die sie am Gymnasium Steglitz gemacht hatte. Alle Namen der Teilnehmer der Klassenfahrt vom 10. Juni 1993. Sie scrollte.

Auf der Liste stand der Nachname Arndt.

Auf der Liste stand der Nachname Fröse.

Der Nachname Grotian stand nicht drauf.

Dafür stand auf der Liste ein anderer Name: Staniek.

Nikolai Staniek.

Emmas Hände zitterten, sie griff das Handy fester.

Fünf Minuten waren vorbei. Fünf Minuten waren lange vorbei. Sie hatte nichts gehört, er hatte nicht nach ihr gerufen. War er immer noch im Bad? Sie ging ins Wohnzimmer. Da, auf dem Kaffeetisch vor der Couch: die Portweingläser. Emma nahm ihre Sig Sauer aus der Tasche. Fester Druck: Sie entspannte sie.

Das Wohnzimmer war Schatten und Dunkelheit. Warm. Keine Bewegung, kein Geräusch. Nichts.

»Nikolai?« Geflüstert.

Keine Antwort.

Sie ging erneut durchs Wohnzimmer, stieß immer wieder gegen Möbel, ihre Blicke sprangen von dunkler Ecke zu dunkler Ecke. Da, an der Treppe: niemand.

Unter der Treppe: Die Tür zum Keller. Sie machte sie auf, die Pistole vor sich. Knipste das Licht an, zwei, drei Schritte, schaute die Treppe runter, in den Keller: nur Werkzeug, Säge, Wäschetrockner. Der Hundekäfig war weg.

Sie drehte sich um. War da was? Hatte sich im Wohnzimmer etwas bewegt? Irgendetwas knarrte.

Durch die Kellertür, in die Diele, am offenen Wohnzimmer vorbei: alles still. Still und dunkel. Sie durchquerte die Diele Richtung Küche, zu dem kleinen Windfang vorn, zur Haustür. Fummelte nach dem Licht: Licht an.

Er stand vor der Tür.

Hose an, kein Hemd, barfuß. Hand an der Klinke. In der anderen Hand: Schlüssel.

»Was ist los?«, sagte er. »Wo warst du? Du warst plötzlich weg.«

»Beweg dich nicht. Keine einzige Bewegung.«

Er bewegte sich nicht. »Ich dachte, du wärst weggefahren. Ich wollte nachschauen.«

»Zieh deine Hose aus.«

»Bitte?«

»Zieh deine verdammte Hose aus.«

»Ich … läuft das immer so mit Männern, mit denen du ins Bett gehst? Was willst du mit der Waffe? Mich verhaften oder was?«

»Zieh die Scheiß-Hose aus.«

Er zögerte. Dann bückte er sich und zog sie aus.

»Weiter.«

»Was willst du?«

»Die Unterhose auch. Zieh sie aus.«

Er versuchte ein Lächeln. Nervös. »Ich meine, das könnte sogar Spaß machen, wenn du nicht die Pistole …«

»Zieh sie aus!«

Er zog seine Unterhose aus. Und stand im Licht des Windfangs nackt vor der Haustür, sein Schwanz hing verschüchtert herab.

»Emma …«

Ein schöner Schwanz. Wohlgeformt und nicht zu klein. Ein Prachtstück, auch in schlaffer Form. Irgendwie zu prächtig.

»Zieh ihn aus.«

Er lachte. Er versuchte zu lachen. »Hör mal, was willst du, ich versteh das Spiel nicht.«

»Zieh ihn aus. Zieh ihn aus! Ich mache keine Scherze. Ja, du bist verhaftet, so oder so, jetzt zieh ihn aus.«

Er war kleiner als sonst. Nacktheit macht jeden Mann klein, aber die Trauer, die über ihn kam, machte ihn noch kleiner. Trauer und … Resignation? Hatte er immer geahnt, dass es dazu kommen würde? War es nur eine Frage der Zeit gewesen? Hatte Emma all seine schlimmsten Befürchtungen bestätigt – dass es nie vorbei sein würde, nie anders, immer so endet? Mit seiner rechten Hand zog er an seinem Schwanz. Die Finger der Linken schob er darunter, da, wo sein Schwanz aus seinem Bauch wuchs, sie sah, wie seine Finger verschwanden. Dann lockerte er sich, er zog, der Klebstoff war hartnäckig, er zog, bis er seinen Schwanz in der Hand hielt.

Darunter der Stummel, der ihm seit dem Unfall in Halbe geblieben war.

71

»Was haben wir übersehen?«, fragte Emma.

Es war Montagmorgen. Die OFA war nicht vollzählig. Sigmar half bei den Verhören der beiden Verdächtigen. Emma, Felix und Matze wanderten zwischen Schreibtisch und Whiteboard hin und her.

Als Emma heute Morgen in die Burg kam, hatte niemand sie auf die *RBB-Abendschau* vom Samstag angesprochen. Dass sie alle ihr Statement gesehen hatten, es war zweimal wiederholt worden, wurde ihr nur durch die neugierigen Blicke klar.

Sie war direkt in die MK1 gegangen, ins Großraumbüro. Ganz hinten: das Chefbüro von Lutz. Leer, dunkel. »Der ist noch beim Verhör«, sagte der Habernickel, als er sie sah, ohne sie zu begrüßen: »In der JVA. Keiner von den beiden sagt was, keiner weiß, wo das Mädchen steckt.«

Die Verhöre dauerten jetzt schon zwei volle Tage, bei Lukas Arndt hatten sie Freitag, bei Nikolai Grotian gestern Morgen begonnen. Sie arbeiteten in Schichten mit mehreren Mann, lösten sich ab. Der richterliche Beschluss erlaubte Lutz, beide Verdächtige jeweils vier Tage festzuhalten, in diesem Fall wäre es sicher ein Leichtes, eine Verlängerung zu bekommen.

Weder Arndt noch Grotian hatten im Vorfeld Anwälte konsultiert. Weder Arndt noch Grotian hatten, auch nach mehreren Wiederholungen, ihre Aussagen maßgeblich geändert. Weder Arndt noch Grotian hatten sich in irgendwelche Lügen oder Unstimmigkeiten verstrickt.

Mit beiden Festgenommenen wurde über Begier.de und zwei weitere Prostitutionskontaktbörsen gesprochen. Keiner von beiden stritt ab, auf den jeweiligen Plattformen Kunde gewesen zu sein. Es wurde über antifeministische Blogs geredet, über Lukas Arndts anfänglichen Verdacht, das Abreißen der Köpfe solle einer kontrollierten Detonation gleichkommen, ihre Bewegungen in den letzten Monaten wurden diskutiert, beide Verdächtigen gaben zu, sich kürzlich in Polen aufgehalten zu haben. Beiden wurden Fotos der Opfer vorgelegt.

Währenddessen wurden ihre Wohnungen, Büros, Computer und Autos durchsucht, Kollegen, Nachbarn, Freunde und Familien befragt, es wurde nach Verbindungen zwischen den Verdächtigen und den Opfern sowie zwischen den Verdächtigen untereinander geforscht.

Emma blätterte durch die Verhörprotokolle, die sie bis jetzt bekommen hatten.

SONNTAG, 18:44 UHR. NIKOLAI GROTIAN;
GESPRÄCHSLEITUNG LUTZ BOGNER, YASEMIN CEESAY.

Bogner: Ihre Mutter hat die Familie verlassen, als Sie zehn waren. Das muss hart für Sie gewesen sein.

Grotian: Ich musste schon lernen, meiner Mutter zu verzeihen.

Ceesay: Warum hat sie Sie verlassen?

Grotian: Meine Mutter war so unglücklich in Deutschland. Sie war mit großen Hoffnungen übergesiedelt und hier dann total von meinem Vater abhängig, der nichts von uns wissen wollte. Für Polen war Deutschland damals das Gelobte Land, aber die Realität kann hart sein. Sie ertrug es nicht und flüchtete sich wieder nach Hause.

Bogner: Ohne Sie. Das war noch vor dem Mauerfall, sehe ich das richtig?

Grotian: Ja, 1987.

Ceesay: Das heißt, sie hat in Kauf genommen, ihr Kind nie wiederzusehen?

Grotian: Deswegen wurde ich ja dann von meinen deutschen Großeltern aufgezogen. Sie haben mich später auch adoptiert …

Ceesay: Weil auch Ihr Vater sich nicht um Sie gekümmert hat. Schon scheiße, irgendwie.

Bogner: Wenn das Leben für Ihre Mutter so schwer war – hat sie das ab und zu an Ihnen ausgelassen?

Grotian: Sie meinen, ob sie mich misshandelt hat? Der Psychopath wird immer als Kind misshandelt, ja, ja, ich weiß. Meine Mutter … ich sage Ihnen mal was über meine Mutter. Vor dem Unfall habe ich sie dafür gehasst, dass sie so war. Danach wusste ich, dass es Schlimmeres gibt. Der Unfall gab mir eine andere Perspektive, ich verstand, dass wir alle irgendwann im Leben Herausforderungen meistern müssen, die wir uns nicht aussuchen. Ich nahm sie mir als Beispiel – als schlechtes Beispiel: Sie hat ihre Aufgaben nicht gemeistert, ich würde es besser machen. Und das habe ich getan, wie Sie sehen.

Bogner: Auch gegen Julia Fröse haben Sie nichts?

Grotian: Julia … der Name sagt mir nichts. Fröse?

Bogner: Wegen ihr sind Sie mit Lukas Arndt in einen Wald voller Bomben gerannt.

Grotian: Da waren eine Menge Mädchen dabei, aber eine Julia … kann natürlich sein, ist mir jetzt aber nicht so prominent in Erinnerung.

Bogner: Julia Fröse.

Grotian: Nicht dass ich wüsste, tut mir leid. Es gab ja etliche hübsche Mädchen auf der Schule. Ich war eher an den rebellischen interessiert, den nicht so angepassten. Die anderen fand ich langweilig. Außerdem – es ging nicht um Mädchen. Es ging um Lukas. Er war mein Konkurrent. Wir haben ein Wettrennen gemacht. Wenn da noch irgendein Mädchen war, war sie Nebensache.

SAMSTAG, 9:16 UHR. LUKAS ARNDT;
GESPRÄCHSLEITUNG LUTZ BOGNER, DR. SIGMAR ANSTÄTT.

Bogner: Wie viele Schüler waren in den Unfall in Halbe 1993 verwickelt?

Arndt: Nur ich und Julia. Wie gesagt.

Anstätt: Aber in diesem Zeitungsartikel steht, es waren zwei Jungen.

Arndt: Dann war das ein Fehler. Wer sollte das gewesen sein? Ich geh doch nicht mit einem Kerl in den Wald. Es war Julia, Julia war scharf, so einfach ist das. Sie war auch mit im Krankenhaus, ich hab noch Fotos irgendwo, und auch in der Reha, kein Kerl.

Bogner: Laut Nikolai Staniek waren es aber nur Sie und er, also zwei Jungs.

Arndt: Ich kenn doch keinen Staniek.

Bogner: Sie erwähnten eine Wette. Wissen Sie noch, mit wem?

Arndt: Keine Ahnung. Mit allen halt. Eine Mutprobe war das. Ich weiß noch, ich wollte Julia um jeden Preis beeindrucken …

Ceesay: War es nicht vielleicht eher eine Wette mit Nikolai Staniek?

Arndt: Ich … von wem reden Sie da überhaupt?

Bogner: Kann es sein, dass Sie den Unfall nicht mehr ganz richtig in Erinnerung haben?

Die Ceesay war da. Stand plötzlich mitten in der Puppenkiste, Emma hatte sie gar nicht kommen hören. »Leute«, sagte die Ceesay, »die Verhöre gehen in einer Stunde weiter. Wenn ihr was Neues für Lutz habt, lasst es uns bald wissen, denn uns gehen die Fragen aus.«

FREITAG, 17:16 UHR. NIKOLAI GROTIAN; GESPRÄCHSLEITUNG JÜRGEN HABERNICKEL, YASEMIN CEESAY.

Grotian: Wir waren Freunde, na ja, keine dicken Freunde, aber wir unternahmen schon einiges zusammen, Lukas und ich, einmal war er bei uns zum Essen ... Bei ihm war ich nie. Irgendwann merkte ich natürlich, dass wir aus verschiedenen sozialen Schichten stammen. Obwohl meine Großeltern nicht schlecht gestellt waren, gehörte ich nicht ganz dazu im Gymnasium: wegen meiner Mutter noch, wahrscheinlich. Alle wussten, dass sie mich verlassen hatte. Es wäre wohl weniger peinlich gewesen, wenn sie tot gewesen wäre ... Ich glaube, das hat meine Sinne geschärft, was die unsichtbaren Hierarchien unserer Gesellschaft betrifft – und mich letztlich auch zu meinem Studienfach geführt. Lukas ist es übrigens gewesen, der mich herausgefordert hat, er meinte, ich würde mich bestimmt nicht in den Wald trauen, also machten wir die Wette, wir laufen beide rein, und wer zuerst umdreht, hat verloren. Die ganze Klasse war dabei, wir gingen zum Friedhof, mitten in der Nacht, und brachten Bier und Wodka mit, und die anderen zählten rückwärts von zehn ab, und dann ging es los. Wir starteten zur gleichen Zeit. Keiner von uns wollte der Feigling sein.

SAMSTAG, 21:36 UHR. NIKOLAI GROTIAN; GESPRÄCHSLEITUNG LUTZ BOGNER, YASEMIN CEESAY.

Bogner: Hat Sie das nicht wütend gemacht? Diese Julia, dieses Mädchen, das wahrscheinlich immer Ihre Hausaufgaben abschreiben will, Sie aber nie zu ihren Partys einlädt, feuert Sie beide an – und ihr Männer müsst euch für sie zum Affen machen ...

Grotian: … ich muss wirklich klarstellen, zum wiederholten Male, ich kenne keine Julia Fröse. In jener Nacht waren sämtliche Mädchen der Klasse am Friedhof dabei, einige schrien vor Aufregung, ein paar weinten und wollten uns abhalten, ich muss gestehen, ich habe das genossen … Aber um ein bestimmtes Mädchen ging es nicht. Es ging allein um mich und Lukas Arndt.

Bogner: … und Sie verlieren Ihr bestes Stück dabei. Ich wäre sauer, ich wäre so sauer, ich könnte …

Grotian: … Sie könnten wahllos Frauen umbringen? Sie vielleicht, ich nicht.

Ceesay: Sie haben nicht eine Sekunde lang an Rache gedacht? Sie haben doch erst gestern ausgesagt … Sie hätten noch vorletztes Jahr ein neues Verfahren zur rekonstruktiven Chirurgie erwogen, um Ihren Penis wieder aufzubauen. Direkt nach Ihrer Scheidung. Und waren doch etwas enttäuscht – Ihre Worte – zu erfahren, dass das in Ihrem Fall nicht möglich war?

Grotian: Wie soll ich Ihnen das erklären. Am besten freiheraus: Ich habe das alles schon hinter mir, seit Jahren. Eine rekonstruktive OP. Es gab einen Kunstfehler, und ich bin am Ende versehrter rausgekommen, als ich reingegangen bin. Würde ich das nochmals wagen, es wäre meine letzte Chance. Da muss man sich ganz sicher sein. Ich wäge das ab, immer wieder mal. Zumeist in Krisenzeiten. Es ist eine Option. Doch mein ganzes Glück in diesem Leben von Sex abhängig zu machen – das kann ich mir nicht leisten. Wer kann das schon?

»Was, wenn er noch Jungfrau war?« Emma blickte Felix und Matze an. »Bei dem Unfall? Wenn er noch nie richtigen Sex hatte, bevor er es nicht mehr konnte?« Sie musste an ihr erstes Mal denken – eine Vergewaltigung.

Zugegeben, mit ihm tauschen würde sie trotzdem nicht. Der Gedanke kam unerwartet. Die Männer waren still.

»Alles, was er tut«, sagte sie schnell, »ist so zielgerichtet. Sabine, ihre Vorgängerinnen, das alles war ein Probelauf, er lernt, er will herausfinden, wie es am besten geht, dann erst nimmt er sich das richtige Opfer vor, die Frau, mit der alles anfing, die Frau, die er geliebt und die ihn zerstört hat, und diesmal wird sie ihn lieben.«

Felix: »Aus Liebe? Er tut es aus Liebe?«

»Nicht Liebe, Rache. Er will sie töten, aber vorher will er sie abrichten – sie soll ihm gehören, ganz und gar, erst dann tötet er sie. Habt ihr nie von so was geträumt?«

Matze: »Nein, ich habe nie davon geträumt, eine Frau abzurichten, damit sie mich liebt.« Er war ein wenig blass um die Nase.

»Denkt an all die, die euch abgewiesen haben. In der Schule, auf der Uni …«

Felix witzelte: »Das werden nicht viele sein bei Matze, bei mir ein wenig mehr.«

»Ist das jetzt ein Kompliment oder eine Beleidigung?« Matze war kurz verwirrt.

»Jetzt kommt.« Emma. »Habt ihr euch nie vorgestellt, dass sie eines Tages reuig zu euch zurückkehren? Das tollste Girl auf der Schule weist dich zurück, lacht dich aus. Schnappt sich lieber den Angeber mit dem Motorrad oder den reichen Eltern … und ihr träumt davon, auch mal so richtig reich und berühmt zu sein, dann kommt sie auf Knien zu euch zurückgekrochen. Und was macht ihr? Was ist die ultimative Geste, die ihr euch für diesen Moment aufgespart habt?«

Matze runzelte die Stirn: »Ich wünsche ihr alles Gute für ihren weiteren Lebensweg?«

»Quatsch. Emma hat recht! Ich schicke sie natürlich in die Wüste. Ich brauche sie nicht mehr, jetzt braucht sie mich. Ich zeige ihr die kalte Schulter, genauso wie sie mir. Ich zahl es ihr mit gleicher Münze heim, ich lasse sie am ausgestreck…«

»Wir haben schon verstanden, Felix«, sagte Matze.

»Er will nicht ihren Tod, er will ihre Liebe«, sagte Emma. »Ihren Tod nimmt er nur billigend in Kauf.«

SAMSTAG, 15:09 UHR. LUKAS ARNDT;
GESPRÄCHSLEITUNG LUTZ BOGNER, SIGMAR ANSTÄTT.

Anstätt: Erkennen Sie den Jungen auf dem Foto?

Arndt: Ja, klar. Doch. Nik… wie hieß er jetzt wieder?

Anstätt: Staniek. Nikolai Staniek.

Arndt: Niko … Nikki. Nikki hieß er damals. Ich hatte nichts mit ihm zu tun. Wenn er das ist. War das nicht der, der Autos knackte? Oder war das nur ein Gerücht? Und er zog sich komisch an, wie aus dem Osten oder so. Wenn Sie den meinen … na ja, doch, klar, der war in Julia verknallt. Ich mochte ihn nie. Keiner mochte ihn. Das war so ein Typ, ich kann es nicht erklären. Irgendwie unangenehm. Er sah okay aus, aber er guckte so komisch … so crazy. So verbissen. Es gibt so Leute. Aber er kapierte es nicht. Er hätte sich einfach zurückziehen müssen, es gab andere komische Typen auf der Schule, so die Theaterleute, da hätte er gut reingepasst, aber nein, er wollte Julia, nur sie, und ich stand ihm im Weg. Er hat ihr so komische Gedichte geschickt, alle haben sich über ihn lustig gemacht.

Bogner: War er mit Ihnen im Wald?

Arndt: …

Anstätt: Laut Krankenhaus – es wurde alles notiert damals – war Nikolai Staniek mit Ihnen im Wald und wurde bei der Detonation ebenfalls verletzt.

Arndt: Ich dachte … Ich glaube, er hat es nicht überlebt. Er war nicht im Krankenhaus, den Leichnam haben sie im Wald gelassen. Ich habe die Erinnerung daran gelöscht …

Bogner: Niemand hat einen Leichnam im Wald liegen lassen. Er hat es überlebt. Er lag mit Ihnen im Krankenhaus.

Arndt: Sind Sie sicher? Ich weiß nichts davon. Was mit ihm passiert ist, nach dem Wald. Es ist weg, komplett weg.

In der Puppenkiste war es still geworden.

Emma suchte etwas im Handy. Schickte eine Datei von ihrem Smartphone zum Computer. Klickte, ging zum Drucker, nahm das Foto und hängte es ans Whiteboard. Darunter schrieb sie den Namen: *Julia Schneeweis, geb. Fröse.*

»Das ist die Frau. Sie hat im Leben beider Verdächtiger eine wichtige Rolle gespielt.«

Felix sprach aus, was alle dachten: »Sollten wir sie dann nicht vielleicht unter Polizeischutz stellen?«

»Ich werde Lutz gleich …«

»Das hat sich erübrigt.«

Emma drehte sich um. Die Ceesay stand da.

»Wieso?«

»Lutz hat soeben die Freilassung der beiden angeordnet. In einer Stunde sind sie wieder zu Hause.«

»Spinnt ihr?« Das war Felix.

»Ich muss doch bitten«, sagte die Ceesay.

»Frei?« Emma war irritiert. »Es muss einer der beiden sein, ganz sicher, wir können sie doch jetzt nicht …«

Die Ceesay reichte Emma eine Akte. Dünn. Nur eine Seite lag darin.

»Gerade angekommen. Gestern abgeschickt. Nachtleerung, aus einem Briefkasten in Berlin-Charlottenburg, am Theodor-Heuss-Platz wahrscheinlich.«

Dann ging sie wieder.

72

Emma öffnete die Akte und las. Die Handschrift war schwerer zu entziffern als letztes Mal.

er hat gesagt, dass ihr nicht kommen werdet und er hatte recht ihr wollt mich wohl nicht mehr habt ihr mich je gewollt? oder war das alles luge? solange Vater mich vergewaltigen konnte war ich euch gut genug aber jetzt nicht mehr auf seinen geschäftsreisen als ich mitkam und er hat mich im hotel eingesperrt und mich vergewaltigt und der kellner brachte champagner und er flößte ihn mir ein obwohl ich noch ein Kind war das muss ich verdrängt haben, so sehr wollte ich eure Liebe, mehr wollte ich nicht, nur eure Liebe, jetzt sehe ich ihr seit wohl froh mich los zu sein mich seht ihr auch nie wieder feiert mal schön und ihn kriegt ihr auch nicht zuerst dachte ich er ist ein Monster jetzt weiß ich ihr seid die Monster ich hasse euch dafür und all die schlampen fotzen sind das Paraziten die nur auf ihren vorteil aus sind jetzt is er nich mehr euer Sklave ich bin zum ersten mal ein freier mensch endlich sehe ich klar er hält sein versprechen er tut was für mich. dafür bin ich ihm ewig dankbar und du Mama, du warst immer nur ein parasit du hast Papa ausgesaugt und ich war nur das fand du wolltest mich nie ich hoffe du verreckst ihr könnt alle verrecken ihr habt mich im hundekäfig gehalten, nicht er aber jetzt bin ich frei alles andere ist mir scheißegal ihr verlogenes falsches pack fickt euch

73

Emma wartete bis Dienstschluss – warten, das war das richtige Wort. Die allgemeine betäubte Ratlosigkeit in der OFA zu durchbrechen, dazu war keiner mehr in der Lage gewesen, und dann wartete sie noch länger, bis in die Nacht hinein, bei Sudoko, Salzstangen und alkoholfreiem Bier, bis sie einen Anruf vom Pförtner bekam, bis Lutz fertig war und mit hängenden Schultern und halb geschlossenen Augen die Burg verließ, und rannte ihm hinterher. Am Ende der Keithstraße holte sie ihn ein.

Er wandte sich um und sprach, bevor sie überhaupt den Mund öffnen konnte.

»Weißt du, Emma, wir sind stolz darauf, dass dreiundneunzig Prozent aller Morde aufgeklärt werden, aber das sind alles die Ehemänner und Liebhaber, die sind leicht zu finden. Die sieben Prozent, die davonkommen – das sind die Profis, die schaffen es, uns an die Nase rumzuführen. Das sind die Arschlöcher, die klüger sind als wir. Gehört unser Kerl dazu, Emma? Hat er uns geschlagen? Wird er einfach weiter morden, bis er genug hat, und sich dann irgendwo zur Ruhe setzen, eine Familie gründen, eine Kneipe eröffnen, und das war's, und wir werden es nie erfahren?«

»Wir werden ihn finden.«

»Wo? In Berlin? In Polen? Wo ist er? Was, wenn alles falsch ist, was du dir gedacht hast, Emma? Wenn der Tatort nicht in Berlin ist? Wenn er noch verdrehter denkt als du? Wir haben schon fast hundert Befragungen durchgeführt, ständig haben wir mit diesem Arschloch von der Hurenwebsite zu tun, wir haben so viele Huren und Freier befragt, es hängt mir zum Halse raus, und sie sagen alle das Gleiche, genau wie dein Liebhaber, sie wissen von nichts, von gar nichts, und wir, wir wissen auch von nichts.«

Was sagt man, wenn man keine Antwort hat? Entweder: Wir geben auf, oder: Wir machen weiter. Nur die zwei Alternativen stehen zur Wahl, also sagte Emma: »Wir müssen einfach bloß weitermachen, wir finden ihn. Gib mir die Schuld, wenn du willst, aber mach weiter.«

»Du lässt dich mit Verdächtigen ein, dann nimmst du sie fest, und während sie in U-Haft sitzen, schickt der Täter noch einen Brief ab – wie kommst du auf die Idee, dass irgendjemand dir die Schuld gibt?«

»Mit einem Verdächtigen«, korrigierte Emma. »Aber diese zwei aus Halbe, Lutz, niemand passt besser auf das Profil als diese beiden Männer.«

»Ja, das Profil ist ganz toll. Nur Beweise fehlen. Die zwei haben keinerlei Verbindung mit der Tat, auch nicht mit den Opfern. Und Polnisch sprechen beide höchstens ein paar Brocken.«

»Aber …«, sagte Emma.

»Und für jede Fahrt nach Polen haben sie eine gute Erklärung: Der Grotian hat seine Mutter in einem polnischen Altersheim untergebracht, ist billiger da. Der Arndt hat immer wieder Lehrtätigkeiten und Aufträge in Polen, Tschechien, Russland. Das ist für Berliner gar nicht so ungewöhnlich, ich muss auch hin und wieder zu Tagungen nach Warschau. Macht mich das auch verdächtig oder erst, wenn wir miteinander pennen?« Emma starrte ihn an. »Wovor Gott mich bewahre«, setzte er hinzu, blickte sich um, machte ein paar Schritte und klopfte dreimal an den nächsten Straßenbaum. »Und Emma, apropos Wald … Was ist, wenn dieses Buchstabenrätsel, dieses I N B E R L I N nur Zufall ist?«

»Statistisch ausgeschlossen.«

»Wir haben im Wald alles Mögliche gefunden. Illegal entsorgte Autowracks, jede Menge Müll, BHs in allen Farben, ist das wieder

Trend, ohne BH rumzulaufen? Einen vermissten Jungen in einem Baumhaus, zwei entlaufene Hunde und genug Bierflaschen, um einen Penner zum Millionär zu machen. Nur nicht, was wir suchen. Er ist nicht in Berlin, Emma, es gibt keinen ältesten Baum, das ist alles falsche Fährte, und wir sind drauf reingefallen, er ist schlauer als wir.« Er verpasste dem unschuldigen Baum einen frustrierten Hieb.

Emma war still. Sie wusste, dass er recht hatte. Alles, was sie getan, gedacht, sich zusammengereimt hatte, ihre ganze Arbeit, all ihre Theorien über Trauma, Frauenhass und Parasitentum, alles eine große Null, rund vielleicht, aber leer, Thema verfehlt, sie war in die falsche Richtung vorgeprescht und hatte dort ganz tolle Dinge gefunden, die niemand brauchte, die Aufgabe war: »Was ist 1 und 1?«, und die Antwort, die sie nach viel Aufwand stolz präsentiert hatte, lautete: »orange«.

Lutz massierte seine Stirn. Die Keithstraße war leer und still. Ein leichter Nieselregen fiel. So kalt, dass er auf der Haut prickelte.

»Ich vermisse mein Kind«, murmelte er. »Ich hab sie zwei Tage nicht mehr gesehen. Das ist ein Zeichen, dass hier was schiefgelaufen ist. Geh nach Hause, Emma, hau dich hin, morgen sehen wir weiter.«

Er wandte sich ab, ging ein paar Schritte, dann drehte er sich noch einmal um.

»Eine Frage noch. In dem Brief, du hast ihn gelesen, den jüngsten Brief. Da wirft Sabine Pohlart ihrem Vater Vergewaltigung vor. Auf den Geschäftsreisen.«

»Ja?«

»Deine Theorie – Stockholm-Syndrom. Gehört das dazu? Würde der Täter ihr eintrichtern, dass ihre Eltern sie misshandelt haben, auch wenn es nicht gestimmt hat?«

»Sie ist sehr empfänglich für Suggestion«, sagte Emma schnell, froh, dass sie endlich etwas Handfestes beitragen konnte. »Dass sie immer labiler wird, sieht man schon an ihrer Handschrift, sie macht immer mehr Fehler. Sie ist offen für alles, was der Täter sagt – sie muss ihm gefallen, koste es, was es wolle. Wenn sie sich unterhalten, und er täuscht Interesse an ihrer Kindheit vor und sie erwähnt zum Beispiel, dass sie immer mal mit dem Vater auf Geschäftsreise wollte, sich gefragt hat, was er da so macht, und er suggeriert ihr, dass sie tatsächlich mit dabei war und dort vergewaltigt wurde und die Erinnerung daran verdrängt hat, dann denke ich schon, sie würde das akzeptieren und eine falsche Erinnerung formen. Sie muss ihm gefallen, muss alles aufnehmen, was mit ihm zu tun hat, sie muss eins mit ihm werden, um zu überleben. Hast du mit den Eltern darüber gesprochen?«

»Mit der Mutter.« Lutz seufzte. »Das Mädchen war nie mit auf Geschäftsreise.«

74

Emma fuhr nicht nach Hause. Emma legte sich nicht schlafen. Emma fuhr zum Theodor-Heuss-Platz.

Groß. Oval. Gesichtslos. Paar Bäume, viel Beton, drum herum Kreisverkehr. Abfahrten Richtung Olympiastadion, nach Charlottenburg, in die Heerstraße, zum Kaiserdamm. Emma fuhr zweimal im Kreis, fand einen Parkplatz in der Ahornstraße und ging zu Fuß zurück. Das Licht der Straßenlaternen legte einen gelblichen Nebel über den nächtlichen Asphalt, die Autos, die leeren Bürgersteige, die U-Bahn-Eingänge, die paar Fußgänger, die so spät nach Hause gingen oder gar zur Arbeit. Ringsum: CityBKK, Aldi, weiße Hochhäuser, Bürogebäude, ein Kabarett. Ein Platz, der nicht für Menschen gemacht war – außer wenn das Kabarett geöffnet hatte. Keine Straßencafés, kein Spielplatz, selbst die Grünfläche in der Mitte war seltsam abweisend, um dort hinzukommen, musste man auch erst mal eine fünfspurige Straße überqueren. Komisch, wie solche Plätze, voller Beton und Verkehr und ohne jede freundliche Note, manche Leute anzogen, als ob die Anonymität der Großstadt selbst nicht genug wäre, auch die Ecke, wo man sein Dosenbier und seinen Döner holte, musste möglichst tot sein.

Der Brief kam von hier. Brief Nummer 6, der erste, der aus Berlin kam. Der Beweis, dass der Täter seinen Tatort in Berlin hatte … oder einfach nur eine weitere falsche Fährte. Es war eine Nachtleerung, die Post konnte mehr oder weniger nachvollziehen, in welchen Briefkasten der Brief eingeworfen worden war – wenn nicht direkt am Theodor-Heuss-Platz, dann ganz in der Nähe.

Warum ausgerechnet hier? War sein Versteck in der Nähe?

Emma wartete eine Pause im Verkehr ab und sprintete über die Straße, auf die Grünfläche in der Mitte des Platzes.

Bäume, rund ein Dutzend. Sie erkannte Platanen, ein paar Linden? Eine einsame Birke. Sie stellte sich vor: Wenn einer ihr sagte, das da in der Mitte sei der älteste Baum Polens, würde sie ihm glauben? Und was würde sie sonst noch sehen? Die Skulpturen zwischen den Bäumen, die U-Bahn-Eingänge, die Bank, die Autokennzeichen, die Stadtsilhouette – so gut wie alles erkennbar Deutschland. Sie würde ihm nicht glauben.

Die U-Bahn-Eingänge.

Emma ging die Treppe zur U-Bahn hinunter, schaute sich den Fahrplan an: Pankow, Rosa-Luxemburg-Platz, Potsdamer Platz, Zoologischer Garten, Olympiastadion. Von hier aus kam man überall hin. Hierhin kam man von überall her.

Warum der Theodor-Heuss-Platz? Warum nicht der Alex, der Breitscheidplatz, der Hackesche Markt? Berlin war voller anonymer Plätze. Überallhin, überall her. Aber warum sollte er U-Bahn fahren? Er hatte doch ein Auto, um das Opfer zu transportieren.

Curry Royal hatte immer offen. Es war nach elf, die kleine Bude, die nach Pommesfett stank, war leer, der fette Mann mit der unglücklichen Miene hinterm Tresen schaute fern, war aber widerwillig bereit, Emma einen schwarzen Tee zu machen. Sie lehnte sich gegen einen Stehtisch und beobachtete den Platz. Die Autos, die vorbeifuhren … seltener jetzt. Die Bäume in der Mitte, teils im Schatten, teils gelblich illuminiert.

Was, wenn er sowieso hier war? Weil er hier wohnte? Nein, er würde die Köpfe dieser Frauen nicht im eigenen Wohnzimmer abreißen. Vielleicht, weil jemand anders hier wohnte – seine Mutter? Seine Freundin? Weil er hier zum Baumarkt musste? Hier war kein Baumarkt in der Nähe.

Sie schaute sich die Hochhäuser um den Platz herum an – in jedem dieser Fenster könnte er jetzt stehen und auf den Platz gucken. Waren das überhaupt Wohngebäude? Vermutlich nicht. Eher Büros.

Überallhin, überallher.

Oder das nächste Opfer. War er ihretwegen hier? Suchte er hier am Theodor-Heuss-Platz sein nächstes Opfer? Bereitete er sich schon auf den Tod von Sabine Pohlart vor, auf die Zeit danach, wenn er ein neues Opfer würde suchen müssen? Immer diese Sucherei nach neuen Opfern.

Die Schauspielschule.

Emma fummelte ihr Smartphone aus der Tasche. BVG-App. Sie tippte die Adresse ein: von Boxhagener Straße bis Theodor-Heuss-Platz. Viermal umsteigen: Bus, Tram, S-Bahn, Bus.

Nein, der Theodor-Heuss-Platz lag nicht direkt auf dem Weg in die Schauspielschule Darstellung + Kunst Lamowski.

Aber … O nein.

Julia Fröse.

Ihr Magen wand sich. Sie schmeckte Panik, konnte ihr Handy kaum still halten, als sie mit klammen Fingern Google Maps aufrief und die Straße von Julia Schneeweis eintippte.

Zu Fuß vom Theodor-Heuss-Platz: zehn Minuten.

75

Die imposante Schneeweis-Villa, Badenallee 27, Westend, Abschnitt 22, lag im Dunkeln. Als Emma parkte, sah sie, wie gerade im Wintergarten das Licht anging.

Emma hatte schon von unterwegs angerufen, das Ehepaar geweckt. Noch bevor ihr Finger den Klingelknopf drücken konnte, hörte sie eine Stimme hinter der Tür: »Zeigen Sie mir Ihren Ausweis.«

Herr Schneeweis. Emma hielt ihren Ausweis vor den Spion.

»Ich habe die Polizei angerufen«, sagte er durch die Tür. »Ich habe die Polizei angerufen, die wissen nicht, wer Sie sind.«

»Herr Schneeweis, Sie haben wahrscheinlich die 110 angerufen, ich komme vom Landeskriminalamt, das ist eine andere Abteilung. Lassen Sie mich rein, bitte.«

Zögerlich öffnete er die Tür.

Stattlich war er, selbst im Morgenmantel, einen guten Kopf größer als seine Frau, älter auch, das volle Haar machte seinem Namen alle Ehre. »Es ist fast Mitternacht, Sie können nicht einfach so die Leute überfallen …«

Als Emma eintrat, kam gerade Frau Schneeweis aus dem Wintergarten in die Diele, im Yogaoutfit, in einen langen Cardigan gewickelt, den sie vor der Brust zusammenzog, die Augen groß und schwarz, fragender Blick. »Es besteht die Möglichkeit, dass ein gesuchter Straftäter versucht, Kontakt zu Ihrer Frau aufzunehmen«, sagte Emma, an den Ehemann gewandt.

»Julia, weißt du etwas davon?«

»Ist das der Lukas Arndt?«, sagte Julia Schneeweis. »Was ist mit ihm?«

»Wir kennen die Identität des Mannes nicht«, sagte Emma. »Keine Sorge, Sie sind in Sicherheit, ich werde die Kollegen gleich bitten, diese Nacht bei Ihnen zu bleiben. Ich habe vorher nur noch eine Frage.« Auf Emmas Handy: das Gesicht von Sabine Pohlart. »Kennen Sie diese Frau?«

Herr Schneeweis: »Kenne ich nicht.«

Frau Schneeweis drängelte sich vor, blickte auf das Display. »Ist das nicht … Ist das nicht Babetts Freundin? Die entführt wurde?«

Herr Schneeweis: »Du kennst sie?«

»Na ja, die ist doch mit ihr auf der Schule.« Sie studierte das Display genauer. »Wie ähnlich sie der Laura Bayer doch sieht, findest du nicht? Die könnten echt Schwestern sein, die beiden.«

»Welche Laura?« Herr Schneeweis war überfragt.

»Na, diese Brünette. Auch von der Schule. Mit der ist Babett auch ständig unterwegs. Erst gestern haben sie sich getroffen!«

Emma unterbrach: »Babett hat sich gestern mit einer Kommilitonin getroffen?«

»Ja, sie war hier. Am Nachmittag. Sie wollte zu Babett.«

Es dauerte, bis Emma sich fasste. Sie sagte: »Frau Schneeweis, wissen Sie … wissen Sie, wo Ihre Tochter gerade ist?«

Herr und Frau Schneeweis schauten sich verwirrt an und lachten. »Oben im Bett natürlich.«

»Wann ist sie schlafen gegangen?«

»So halb zehn vielleicht. Bisschen früher als sonst.«

Herr Schneeweis verlor langsam die Geduld. »Hören Sie, was hat das alles …«

Aber Frau Schneeweis hatte schon kapiert. Bevor ihr Mann den Satz beenden konnte, war sie losgelaufen, die geschwungene Treppe hinauf. Emma hinterher, Herr Schneeweis folgte protestierend, den Flur oben entlang, am Ende des Flurs eine Tür, Julia Schneeweis warf sie auf, fummelte hektisch nach dem Lichtschalter, fand ihn. Und erstarrte.

Emma betrat das Zimmer. Ein Mädchenzimmer. Poster, Kuscheltiere, kleiner eleganter Schreibtisch, ein Teppich wie eine weiche Wiese. Das Bett: gemacht, viele Kissen, unbenutzt. Bunt. Babett liebte es bunt und kuschlig.

»Alexander? Wo ist Babett? Wo ist sie?«

Emma beachtete sie nicht. Sie wandte sich an Herrn Schneeweis. »Sagen Sie, hat Ihre Tochter ein Handy?«

»Ja, ja, natürlich ... ich ... ich rufe sie gleich an.« Er ging den Flur hinab, sein Handy suchen.

Emma wandte sich an Frau Schneeweis: »Hat Babett einen neuen Freund? Einen älteren vielleicht?«

»Nein, aber alles erzählt sie mir auch nicht ...«

»Hat sie irgendetwas gesagt von einem Jobangebot?«

»Nein, sie sagte nur, sie geht früh ins Bett, das ist alles, sie sollte doch hier sein, ich verstehe nicht ...«

»Dieses Mädchen. Laura. Gestern. Wie war sie so?«

»Sie war sehr nett. Sie kennen sich von der Schule. Sie haben sich eine Weile hier im Zimmer unterhalten, dann ist sie wieder los.«

»Frau Schneeweis. Sind Sie sicher, dass das Mädchen Laura Bayer war?«

Der gequälte Ausdruck, der sich auf Frau Schneeweis' Gesicht ausbreitete, war Antwort genug. »Erzählen Sie es nicht weiter«, wisperte sie, »aber ich bin so gut wie gesichtsblind. Ich erkenne die Leute doch nur an ihrer Frisur wieder ...«

Emma rief Lutz an, hinterließ eine Nachricht. Wählte wieder, KDD. Freizeichen.

Zu Julia Schneeweis: »Haben Sie ein Foto Ihrer Tochter für mich?«

»Ja, ja, klar ... wo steckt sie nur? Wissen Sie mehr? Was hat denn dieses Mädchen damit zu tun?«

Emma, so gefasst wie möglich: »Frau Schneeweis, Ihrer Tochter passiert nichts, wir brauchen ein Foto von ihr, wir müssen nach ihr suchen. Das werde ich jetzt in die Wege leiten. Wir sind früh dran. Holen Sie mir ein Foto, ja?«

Frau Schneeweis ging.

»Kriminaldauerdienst, Köpke?«

Emma stand in Babetts Mädchenzimmer, zwischen Filmpostern und Büchern, und sprach ins Handy, ruhig, klar und deutlich. Sie identifizierte sich, gab die Adresse an, erklärte die Lage: vermisste Person, Verbindung zu einer laufenden Ermittlung, LKA, Mordfall, sehr dringend, Gefahr im Verzug. Dann legte sie auf.

Frau Schneeweis stand hinter ihr. Ihr Gesicht war starr und blutleer. Ihre Hände zitterten. Sie hatte alles mit angehört.

Emma nahm ihr das gerahmte Foto vorsichtig aus der Hand: Julia Fröse in jung. Auffallend schön. Langes blondes Haar, lebhafte Augen, und diese hohen Wangenknochen, sie hatte gar keine andere Wahl, als ständig zu lächeln, sie hatte alles, die Unschuld, das Versprechen … Moment. Die kannte sie doch. Das Engelchen.

Mit Babett Schneeweis hatte sie auf dem Damenklo der Schauspielschule Lamowski neulich Koks geschnupft.

76

Die KDD-Beamten hämmerten an die Tür. »Frau Carow, bitte, wir haben noch ein paar Fragen.«

Emma schenkte ihnen keine Beachtung. Sie saß im Zimmer von Babett Schneeweis am Schreibtisch – ein Jugendschreibtisch, kleiner als für Erwachsene, Babett war ja auch gerade erst achtzehn. An den Wänden: *Pulp Fiction*, Chagall, *Female by Birth, Feminist by Choice*. Im Regal: Filmlexikon, Romy Schneider, *Mr. Hitchcock, wie haben Sie das gemacht?*, Laurie Penny, Amanda Palmer. Mehr

Plüschtiere als im Zimmer von Sabine Pohlart. Eine seltsame Mischung.

Das Haus Schneeweis füllte sich mit Beamten, KDD zumeist, Lutz würde bald da sein, auch Piske, und ihre Teams. Herr und Frau Schneeweis waren außer sich, die Beamten hatten alle Hände voll zu tun, sie zu beruhigen. Emma hatte sich in Babetts Zimmer eingeschlossen. Emma brauchte Ruhe.

Sie nahm ihr Handy und wählte. Lutz ging nicht ran.

»Frau Carow, wir müssen Sie wirklich sprechen.« Der KDD, draußen vor der Tür. Emma ignorierte sie. Vor ihr lag ein Blatt Papier und einer von Babetts Bleistiften, oben angekaut. Sie hatte noch nichts notiert. Sie war nicht ganz sicher, was sie notieren sollte. Sie wusste ja nicht, was passiert war. Wie Sabine Pohlart sich gestern mit Babett treffen konnte, nachdem sie den Brief eingeworfen hatte – ohne dass Babett das sofort ihren Eltern erzählte. Wie sie Babett überzeugen konnte, sich heute Abend noch mal heimlich mit ihr zu treffen. Was hatte sie bloß zu ihr gesagt? Sie würde sich vor ihrem Vater verstecken, der hätte sie als Kind missbraucht, und jetzt käme alles raus, und sie hätte Angst, er würde sich rächen? Nur Babett könne ihr helfen, sie sei ihre beste Freundin? Ob Babett ihr den Gefallen tun würde, irgendwas zu besorgen, sie selbst dürfe nicht erkannt werden? Vielleicht hatte sie um eine größere Geldsumme gebeten, für die Babett zum Geldautomaten musste?

Alles Spekulation. Außerdem irrelevant. Die einzig relevante Frage: Wo waren sie jetzt?

Als sie Lutz' Nummer noch einmal wählte und er noch einmal nicht ranging, wählte sie die der Brennemann.

»Carow, Sie müssen aufhören, Lutz anzurufen. Er ist gleich unterwegs. Er holt noch die anderen dazu.«

»Sabine Pohlart ist auf freiem Fuß«, sagte Emma.

Es dauerte einen Moment, bis die Brennemann kapierte.

Draußen hämmerten die Beamten noch einmal an Babett Schneeweis' Tür. »Frau Carow. Bitte.«

Die Brennemann sagte: »Ich höre.«

Emma erklärte: Stockholm-Syndrom, die Hörigkeit der Pohlart, die gestern am Theodor-Heuss-Platz wahrscheinlich selbst den jüngsten Brief abgeschickt und gleich danach ihre Kommilitonin Babett Schneeweis kontaktiert hatte, seitdem waren sie vermutlich in Verbindung geblieben, ohne dass die Eltern davon wussten, und heute Abend waren sie dann wohl wieder verabredet gewesen, Sabine musste Babett irgendeine beeindruckende Geschichte erzählt haben, auf jeden Fall hatte sich Babett rausgeschlichen, um sie zu treffen, sie ging nicht ans Handy und befand sich in diesem Moment höchstwahrscheinlich in den Händen des Täters.

Die Brennemann: »Verstehe ich das richtig, Sabine Pohlart hat ihr Versteck verlassen, Babett Schneeweis besucht und ist dann zu ihrem Versteck zurückgekehrt, ohne die Polizei zu alarmieren oder nach Hause zu fahren oder auf der Straße jemanden um Hilfe zu bitten? Und das alles ohne Begleitung des Täters?«

»Sie war alleine hier im Haus, das steht fest. Ob sie allein hergekommen ist oder in Begleitung, wissen wir nicht. Wenn Arndt oder Grotian der Täter ist, dann war sie ohne Begleitung.«

Die Brennemann: »Verstehe. Na gut. Wir denken das jetzt mal durch, wir zwei.« Emma hörte, wie sie sich eine Zigarette anzündete. »Erst mal die Grundsatzfrage: Halten Sie das für möglich?«

»Na ja, Geiseln mit Stockholm-Syndrom … für die ist der Täter irgendwann das wahre Opfer. Und nur sie können ihn retten. Sie sind höchst motiviert, ihm ihre Treue zu beweisen.« Emma sprach langsam, dachte nach, während sie die Worte wählte, prüfte, ob sie realistisch waren. »Außerdem sind sie überzeugt, dass die Welt da draußen sie vergessen und verraten hat …«

»Patty Hearst«, sagte die Brennemann. »Damals, in den USA.

Die hat auch mit einem hohen Maß an Eigeninitiative gehandelt. Die hat für ihre Entführer Banken überfallen.«

»Allerdings war das eine antikapitalistische Terroristengruppe. Da ging es mal eben um eine Weltanschauung«, sagte Emma.

»Meinen Sie, es ist leichter, für eine Weltanschauung kriminell zu werden, als für einen anderen Menschen?«

Emma schwieg ertappt.

»Bedenken wir auch ihren seelischen Ausnahmezustand – in ihrem Kopf ist sie noch lange nicht frei, vielleicht waren Drogen im Spiel? Einvernehmlicher Sex?« Als Emma schwieg, setzte sie hinzu: »Einvernehmlich in Anführungszeichen.«

»Trotzdem. Sie soll freiwillig zurück zum Täter sein?«

»Es wäre ungewöhnlich«, sagte die Brennemann. »Aber gesehen habe ich das schon. Was meinen Sie, wie viele misshandelte Frauen …«

»Vielleicht wenn er sagt, es sei ein Test«, überlegte Emma laut. »Und er würde sie die ganze Zeit beobachten … und danach freilassen, weil er dann endlich weiß, dass nicht alle Frauen Parasiten sind, sondern dass sie selbstlos und aus echter Liebe handeln können. Nach all dem, was sie da in dem Käfig durchgemacht hat. Wenn er sie zum Gegenbeweis macht für seine Misere … ihr die Erlöserrolle gibt, das ist eine verantwortungsvolle Rolle … ja, ja, das ist möglich. Sie haben recht.«

»Fangen wir damit an, dass sie von seinem Versteck aus hergekommen und dann dorthin zurückgekehrt ist. Mit oder ohne Begleitung. Was wissen wir über den Rest der Sequenz?«

Emma: »Der erste Kontakt zwischen Sabine Pohlart und Babett Schneeweis fand gestern hier im Haus statt, also Sonntagnachmittag, wohl zwischen fünf und sechs Uhr. Heute ist Babett dann früh schlafen gegangen, gegen halb zehn, laut der Mutter. Seitdem wurde sie nicht mehr gesehen. Wenn die Kontrollgewinnung zu der Zeit stattfand, sind seither etwa … drei Stunden vergangen.«

»Wir gehen davon aus, dass Sabine in der Lage war, ohne Hilfe des Täters den ersten Kontakt zu Babett aufzunehmen, ist das richtig? Wissen wir mit Sicherheit, dass sie allein unterwegs war?«

»Sie war gestern jedenfalls allein mit Babett im Zimmer, sagt Frau Schneeweis. Wenn der Täter in der Nähe war, dann nicht im Haus.«

»Hm. Das heißt, sie hätte um Hilfe bitten können, die Polizei anrufen.« Die Brennemann seufzte.

»Nicht nur das. Falls Arndt oder Grotian doch der Täter ist, dann hat sie völlig eigenständig das Versteck verlassen und ist allein zum Theodor-Heuss-Platz gefahren, um den Brief abzuschicken.«

»Falls«, wandte die Brennemann ein. »Heute Abend war sie aber ziemlich sicher nicht allein. Die Kontrollgewinnung – allein konnte sie Babett bestimmt nicht überwältigen, der Täter muss dabei gewesen sein. Richtig, Carow?«

»Ich würde das auch so sehen.«

»Was sagt das über Zeit und Ort?«

Emmas Blatt war inzwischen vollgekritzelt. Jede Möglichkeit hatte sie durch. Das Versteck des Täters liegt in Polen, Nähe Breslau: Wie lang würde Sabine Pohlart brauchen, um von dort aus mit Zug, Auto, Taxi in die Badenallee zu fahren? Das Versteck des Täters liegt in Berlin, Nähe Theodor-Heuss-Platz: Wie lange würde sie von dort aus zur Badenallee brauchen? Und alle Varianten dazwischen.

»Es ist alles möglich. Sie hatte Zeit für alles, sie kann von überall hergekommen sein, mit jedem Transportmittel. Führerschein hat sie auch.«

Die Brennemann: »Wir wissen, dass sie hier war, wir wissen, dass die kleine Schneeweis jetzt bei ihr ist, und das seit gerade mal drei Stunden. Es muss doch mehr Hinweise auf ihren aktuellen Aufenthaltsort geben als das.«

Draußen hämmerte der KDD an die Tür.

»Was ist das für ein Lärm?«

»Der Kriminaldauerdienst will in dieses Zimmer.«

»Ich rufe zurück.«

Dann war die Brennemann weg. Emma hörte die Beamten im Flur: »Frau Carow! Machen Sie auf!« Dann waren sie still. Durch die Tür hörte Emma ein Handy vibrieren – jemand sprach mit ihnen. Dann Stille.

Emmas Handy klingelte. Die Brennemann: »Es kann weitergehen. Da sind Hinweise, Carow, Sie sehen die bloß nicht. Denken Sie nach.«

Emma: »Ich sehe nur den Brief. Den *Wauwau*-Brief.«

»Den halte ich inzwischen für eine falsche Fährte. Der Täter hat dieses I N B E R L I N-Rätsel mit Absicht eingebaut, um uns an der Nase herumzuführen. Womöglich sitzt er tatsächlich in Polen.«

»Nein. Ich sehe keine Alternativlösung«, sagte Emma nach kurzem Schweigen. »Täter und Opfer sind in Berlin, hier finden auch die Tötungen statt. Der Täter fährt mit dem Opfer nicht nach Polen.«

»Ist das Rätsel vielleicht nicht zu Ende… Was haben Sie gesagt?«

»Wie?«

»Was haben Sie gerade gesagt?«

Emma: »Dass Täter und Opfer beide in Berlin sind?«

»Nein. Sie haben zwei Sätze gesagt. Einmal, dass sie in Berlin sind. Dann im zweiten Satz, dass sie nicht nach Polen fahren. Das sind zwei verschiedene Aussagen.«

»Nein, das sind …«

»Wenn sie in Berlin sind, sind sie in Berlin«, stellte die Brennemann klar. »Wenn sie nicht nach Polen fahren, könnten sie überall sein. Außer in Polen.«

»Aber im Brief steht ganz klar, I N B E R L I N.«

»Woher weiß sie denn, dass sie in Berlin ist? Die anderen wussten es nicht. Sabine Pohlart wusste es nicht. Warum gerade die Kuzorra?«

Emma hatte keine Antwort.

»Was wissen wir eigentlich über die Kontrollgewinnung?«

»So gut wie nichts«, sagte Emma. »Er kann sie einfach von der Straße aufgelesen haben.«

»Eine Hure steigt zu ihm ins Auto, eine Sabine Pohlart nicht.«

»Ja, bei der ist das wohl nicht so passiert. Da war dieser Tag der offenen Tür in der Schauspielschule. Da waren Hunderte Besucher, ich denke, da hat er sie kontaktiert … Womöglich haben sie sich dann für später verabredet. An dem Tag ist sie verschwunden.«

»Das interessiert mich gerade weniger. Ich will nur wissen, wie er das schafft: Hat er sie überredet, überwältigt oder unter Drogen gesetzt?«

»Wenn er sie nur überredet mitzukommen – wenn sie die ganze Autofahrt zum Versteck bei Bewusstsein sind –, dann hätten sie gewusst, wo sie hingefahren sind. Das wissen die Opfer aber offenbar nicht.«

»Also werden sie irgendwann während der Kontrollgewinnung entweder bewusstlos geschlagen oder unter Drogen gesetzt.«

Jetzt verstand Emma. »Nur nicht Alice Kuzorra. Bei ihr ist etwas schiefgegangen.«

»Aber was?«

Emma dachte nach. Ihre Finger trommelten auf Sabine Pohlarts Schreibtisch. Draußen vor der Tür war es still. Unheimlich irgendwie.

Emma: »Sagen wir, er überwältigt sie … nein. Er trifft sie in einem Café, erzählt ihr was von einem Job, setzt sie dort unter Drogen, kippt ihr was ins Getränk. So oder so, irgendwann zwingt er sie ins Auto, dann geht die Fahrt los. Aber bei Alice Kuzorra läuft etwas schief. Sie ist noch bei Bewusstsein.«

»Sieht sie, wo sie hinfahren?«

»Nein. Sonst würde sie konkretere Angaben machen. Sie weiß nur, dass sie in Berlin ist. Dass sie Berlin nicht verlässt.«

»Falls sie zum Beispiel im Kofferraum steckt, woher weiß sie das?«

»Die Zeit«, sagte Emma.

»Die Zeit.«

»Sie weiß, wie viel Zeit vergangen ist.« Emmas Finger zitterten, sie musste mehrmals auf ihrem Handy rumklicken, bis sie Google Maps wieder vor sich hatte. »Vielleicht hat er vergessen, ihr die Armbanduhr abzunehmen. Vielleicht waren die Drogen nicht ausreichend, und sie war auf der Fahrt bei Bewusstsein und hat die Minuten gezählt. Vielleicht hat sie auf seine Armbanduhr geschaut. Autoradio. Irgendwas. Sie wusste, wie lange sie unterwegs waren. Ich schau grad Entfernungen nach.«

»Haben Sie es?«

»Gleich. Ich hab's gleich … Fast drei Stunden mit dem Auto bis Görlitz.«

»Frankfurt/Oder«

»Moment … Anderthalb Stunden bis Frankfurt/Oder. Je nachdem, wo sie in Berlin ergriffen wurde. Berlin ist groß.«

»Sie wusste aber, wie weit Polen entfernt ist, und sie wusste, dass die Autofahrt dafür definitiv zu kurz war.« Die Brennemann seufzte. Oder inhalierte gerade. Am Telefon konnte man das schlecht auseinanderhalten. »Aber unter anderthalb Stunden – das heißt, sie kann praktisch überall in Brandenburg sein.«

Emma antwortete nicht.

»Carow?«

Emma durchsuchte Google Maps.

»Carow?«

Emma tippte ein: *Berlin bis Halbe.*

Auf dem Bildschirm erschien: *59 Minuten.*

»Emma?«

»Sie ist in Halbe«, sagte Emma. »Und ich kenne auch jemanden, der mir sagen kann, wo. Ich rufe wieder an, wenn ich mehr weiß.«

Emma legte auf.

77

Emma fuhr zu schnell, blind, gefährlich. Immer wieder gab sie Gas, zog links rüber, bremste ab. Der Wagen schlingerte. Sie hielt den Blick nicht auf die Fahrbahn gerichtet, sondern auf jedes Auto vor ihr. Es war mitten in der Nacht, viele waren nicht unterwegs, die paar Lkws ignorierte sie, nur die Pkws wollte sie genauer ansehen, die Fahrer erspähen, sie fuhr nah heran, um reinzuschauen, bremste, zog wieder beiseite, wer saß hinter dem Lenkrad, wer saß drin? Eine Frau? Zwei Frauen? Sabine Pohlart? Babett Schneeweis?

Die Nacht über der A13 Richtung Süden war tiefschwarz, die Fahrbahn nass, es regnete, würde es je wieder aufhören zu regnen, ein dicker, schwerer Schneeregen, der die Windschutzscheibe eisig undurchsichtig machte, trotzdem konnte Emma kein Auto vorbeiziehen lassen, ohne zu wissen, ob zwei Frauen darin saßen. Da vorn, ein Twingo, Männer fuhren so was nicht, sie überholte ihn, schaute in die Fahrerkabine, sah nichts, verlor fast die Spur, es wurde gehupt, nein, eine Mutter mit Tochter, Emma drückte wieder aufs Gas.

Die kurze Teupitzer Straße schien nicht aufzuhören, endlich fand sie die Tanke von Halbe, geschlossen, sie fuhr auf den Parkplatz des Friedhofs dahinter und stieg im Regen aus.

Das Gräberfeld war ein einziger welliger schwarzer Schatten. Sie konnte gerade noch den Mittelweg erkennen. Sie zog sich die Kapuze über den Kopf, stieß das Tor auf und arbeitete sich langsam hügelan, in einer Hand eine Taschenlampe, über der Schulter ihre Tasche, darin ihre Sig Sauer. Da oben, da hinten: die Kapelle.

Emma beeilte sich, stolperte, rutschte immer wieder aus, bis sie endlich unter dem Dachvorsprung vor dem großen Fenster stand.

Drin: Bänke, ein Infostand, es war ein einziger Raum, ein Andachtsraum. Friedhofskapelle halt. Das Tor war verriegelt.

Sie ging wieder in den Regen hinaus, hintenrum. Da war noch eine Tür, abgeschlossen. Sie hämmerte dagegen, alles blieb still. Sie suchte die Wände mit der Taschenlampe ab, suchte nach Kellerschächten, fand nichts.

Wozu sollte eine Friedhofskapelle einen Keller haben?

Sie schaute hinaus über das leicht abfallende Gräberfeld. Der Wald da hinten am Ende des Weges war ein schwarzer Schlund.

Was jetzt, Emma? Willst du den ganzen Wald absuchen? Selber in die Luft fliegen? Scheiße. Scheiße.

Sie lief zum Auto zurück. Durchnässt, halb blind im Regen, im Dunkeln, das Wasser rann ihr in die Augen, die blöde Kapuze war zu klein, und bevor sie einsteigen konnte, klingelte ihr Handy.

»Wo bist du?« Felix, aufgeregt. »Die Brennemann hat angerufen. Keiner weiß, wo du steckst.«

Sie ließ sich hinters Lenkrad fallen, zog die Tür zu, wischte sich mit dem nassen Ärmel das Wasser vom Gesicht. »In Halbe, wo der Unfall war, ich hab's der Brennemann gesagt. Der Unfall von Lukas Arndt und Nikolai Grotian. Der Täter ist hier, Felix, irgendwo in diesem Wald. Der Pfa…«

»Emma, du wirst gar nichts tun, hörst du?«

Emma legte auf und fuhr ins Dorf.

Es dauerte, bis Pastor Kilian Wallasch aufmachte.

Verschlafen, verwirrt, erstaunt, dass da jemand mitten in der Nacht klingelte. Im Schlafanzug, Muster: Hamster.

Emma musste mehrmals erklären, worum es ging, bevor er verstand.

»Wollen Sie sich nicht abtrocknen?« Besorgt jetzt. Er holte ihr ein Badetuch. Sie stand im Flur und trocknete ihre Haare.

»Ich suche ein Haus im Wald«, erklärte sie. »Irgendwo in der Nähe. Es kann irgendein Gebäude sein, eine Ruine, ein ehemaliger Bunker, ein altes Industriegebäude, wo keiner mehr hingeht, ein altes Forsthaus, irgendwas in der Art, tief im Wald, umgeben von Bäumen, nicht unbedingt von der Straße aus einsehbar, kennen Sie so was?«

»Hier? In der Gegend?«

»Es kann etwas weiter weg sein. Kann auch ganz nah sein, nah genug, dass die Jungs es damals gesehen haben, 1996, als die Schüler in den Wald gelaufen sind. Fällt Ihnen da was ein?«

»Nicht, dass ich wüsste.« Pastor Wallasch dachte nach. »Ich gehe aber nicht in den Wald. Das macht keiner mehr, nicht nach dem Unfall von damals. Den Förster müssten Sie fragen, Herrn Piotrowski. Oder die Leute vom Kampfmittelräumdienst. Die räumen die Munition weg. Kommen regelmäßig, ein Tag im Jahr, zwei Tage. Aber sagen Sie – warum suchen Sie so was?«

Kampfmittelräumdienst? »Es ist nur eine Formalität«, sagte Emma.

Pfarrer Wallasch stutzte. Er schaute auf die Uhr im Flur: Viertel vor drei.

»Verstehe«, sagte er. Er blieb unruhig. »Suchen Sie einen Straftäter? Sind wir in Gefahr?«

»Nein, um Gottes willen, machen Sie sich keine Sorgen«, sagte Emma und schälte sich aus ihrer nassen Jacke. »Haben Sie Ihr Meerschweinchen gefunden?«

»Meerschweinchen?«

»Delilah?«

Schlagartig verdunkelte sich sein Gesicht, er wurde traurig, als ob er es inzwischen vergessen hatte, und Emma hatte ihn daran erinnert. »Ach! Nein, arme Delilah, sie ist immer noch nicht … obwohl ich ihr ihr Lieblingsfutter hingestellt habe.«

Er drehte sich um und ging in die Küche. Emma hinterher, Haare und Gesicht immer noch mit dem Handtuch trocken reibend. In der Ecke auf dem Boden stand eine Schüssel mit klein geschnittenen Karotten.

Er betrachtete die Karotten lange, drehte sich dann um. »Sie war nicht hier«, sagte er.

»Haben Sie vielleicht Telefonnummer und Adresse des Försters für mich?«, fragte Emma. Sie warf ihre Jacke auf die Heizung.

»In meinem Büro. Ich bin gleich wieder da.«

Emma wartete, dann ging sie in den Flur. Da hinten, eine Tür. Kleiner als die anderen. Die Tür zum Keller. Leise machte Emma sie auf. Dunkel, moderig, eng, unverputzte Klinkersteine, Holztreppe. Sie fand den Lichtschalter.

Sie hörte etwas. Ein Ziehen, ein Knirschen, ein Kratzen. Ein leises Kratzen.

»Hallo? Ist da jemand?«

Emma nahm ihre Sig Sauer aus ihrer Tasche und ließ die Tasche zu Boden fallen.

»Ist da jemand?«

»Nein, natürlich ist da niemand«, sagte Pfarrer Wallasch. Hinter ihr im Flur. »Warum auch?« Er sprach laut, hastig, Panik in der Stimme. Er stand in der Tür zu seinem Büro, einen Zettel in der Hand.

»Darf ich mal einen Blick hineinwerfen?«

»Das möchte ich eigentlich nicht«, sagte er.

»Ich aber. Ich werde einen Blick da reinwerfen.«

»Dürfen Sie das so einfach?«

»Gefahr im Verzug«, sagte sie. »Ich habe etwas gehört.« Sie zog ihre Sig Sauer aus der Tasche.

»Da ist nichts.« Der Pfarrer stotterte. Erschrocken. »Sie können mir glauben.«

Emma gab die Tür zum Keller frei: »Ich folge Ihnen.« Sie hielt die Waffe nach unten gerichtet.

Zögerlich ging Herr Wallasch voran. Ein wenig tatterig: Er hielt sich am Geländer fest. Auf jeder Stufe stand ein anderes Paar Schuhe, wohl ausrangiert. Es dauerte, dann standen sie im hell erleuchteten Keller.

Kisten, große Pappkartons vor allem, voller Papiere, alte Dokumente vermutlich. An der Wand standen Regale und Aktenschränke, dazwischen lange Papprollen. Landkarten? Eine alte, leere Kartoffelhorde, dahinter die Waschküche mit Wäscheleinen.

In der Ecke ein alter Lehnsessel. Davor ein Notenständer. Auf dem Notenständer und auf dem Boden: Pornohefte. Auf einem Stapel Pornohefte eine Tüte Erdnüsse.

Und Delilah, die energisch Erdnüsse vertilgte.

»Ich denke, Delilah wollte mal was anderes als immer nur Gemüse.«

Der Pfarrer lief rot an. Er konnte Emma nicht in die Augen schauen. Er bückte sich, nahm Delilah in die Arme und huschte die Treppen wieder hinauf, plötzlich leichtfüßig. Emma steckte ihre Waffe in den Bund und folgte ihm langsam.

Oben war er nicht mehr zu finden. Nicht in der Küche, nicht im Flur.

Dann stand er plötzlich hinter ihr.

Emma erschrak, dann sah sie, was er ihr entgegenhielt: ein Bild. Nein, kein Bild, sondern ein Schriftstück. Eingerahmt.

»Nach Ihrem letzten Besuch habe ich danach gesucht«, sagte Herr Wallasch. »Ich wollte Ihnen eine Kopie zukommen lassen. Weil Sie sich interessierten.«

Das Dokument war alt, vergilbt. Emma bemühte sich, es zu entziffern.

Sie konnte kein Wort lesen.

»Was ist das?«

»Das Original«, sagte der Pfarrer. »Das Flugblatt, das die Russen 1945 über Halbe abgeworfen haben.«

»Der Text mit *all eure Hoffnungen sind zusammengebrochen*?«

»Ja. Das hier ist der russische Originaltext. Er wurde natürlich ins Deutsche übersetzt, bevor er aufs Flugblatt kam.«

»Ich kann kein Russisch«, sagte Emma. Sie wollte ihm das

Dokument schon wieder zurückgeben, doch irgendetwas ließ sie zögern. Was?

Ihre Augen suchten die Zeilen ab.

»Das hier«, sagte Emma. »Das N.« Sie tippte auf ein Wort. »Sehen Sie?«

Der Pfarrer schaute sich den Text näher an.

»Das ist kein N, sondern eigentlich ein I. Das heißt, wir würden es als I übersetzen. Es ist ja Kyrillisch, die Buchstaben sehen anders aus.«

»Aber es sieht aus wie ein N. Wenn man kein Kyrillisch kann, sieht man ein N, oder? Ein falsch geschriebenes, ein spiegelverkehrtes. Sehen Sie?«

ка́ждый.

Emma zeigte noch mal auf das Wort, und der Pastor guckte auch brav. »Ja, natürlich, das heißt *jeder*. Für uns sieht der letzte Buchstabe vielleicht aus wie ein N, aber was hat das ...«

Emma ging in die Küche. Der Pastor hinterher. Sie setzte sich an den Küchentisch. Aus ihrer Tasche zog sie ein paar zusammengefaltete Blätter: Fotokopien der Briefe. Sie suchte Sabines letzten Brief. Faltete ihn auseinander, legte ihn auf den Tisch, zeigte ihn dem Pfarrer, der ihr über die Schulter schaute. Tippte auf Sabine Pohlarts Schrift. »Hier.« *MeИsch.*

»Ist das Kyrillisch?«

»Ja. Das I.«

Emma zeigte auf *Фaraziten.*

»Auch Kyrillisch?«

»Ja. Ach, die Person will *Parasiten* schreiben, aber das ist kein P, das ist ein F, es sieht nur aus wie ein P. Was ... was ist mit ihr ...« Seine Stimme war höher geworden, schärfer – der Herr Pastor hatte über Emmas Schulter hinweg einige Wörter in dem Brief gelesen, die er nicht hätte lesen sollen.

»Kann ich einen Kaffee haben?«

»Es ist spät, meinen Sie nicht, wir sollten uns morgen noch einmal sprechen, wenn wir beide frisch sind?«

Er war nicht sicher, wie er sie wieder loswerden sollte. Immerhin war er Seelsorger, ein bisschen war er es schon gewohnt, zu ungewöhnlichen Zeiten gebraucht zu werden. Und er war einfach zu freundlich. Das hatte erhebliche Nachteile. Emma hatte diesen Nachteil nicht.

»Ich muss nachdenken«, sagte sie. »Und in meinem Auto ist es kalt und dunkel. Wenn Sie einen Kaffee hätten, würde das die Sache erheblich erleichtern.«

Er zögerte.

»Erleichtern und beschleunigen«, half ihm Emma aus.

Er rührte sich immer noch nicht.

»Herr Wallasch, diese Frau, die hier schreibt, wird irgendwo ganz in der Nähe gefangen gehalten, in einem verlassenen Gebäude im Wald, und sie wird bald getötet, wenn ich sie nicht finde.«

»Dann … dann will ich der Polizei behilflich sein.« Er ging zur Kaffeemaschine. Emma dachte nach. Sie trank den Kaffee, den der Pfarrer ihr vorsetzte. Er schmeckte nicht, sie trank ihn trotzdem. Er war warm.

Er setzte sich ihr gegenüber. »Vielleicht hilft es, darüber zu sprechen?« Offenbar hatte er sich mit seinem Beruf abgefunden. »Ist sie Russin?«

»Sie ist Deutsche.«

»Aber … dieser Text … sie vermischt deutsche und kyrillische Buchstaben. Ist sie russische Muttersprachlerin? Oder schreibt sie viel Russisch?«

»Ich glaube kaum, dass sie Russisch kann …«

»Aber sie schreibt es.«

»Stimmt.« Emma zählte. »Zweimal. Sie hat zwei kyrillische Buchstaben in einem deutschen Text verwendet. Vielleicht hat sie es gar nicht gemerkt. Wie ihre Schreibfehler – sie war eine gute

Schülerin, sie ist stolz auf ihre Rechtschreibung, eigentlich, aber hier wurde sie nachlässig, war durcheinander, Fehler haben sich eingeschlichen, sie bringt Groß- und Kleinschreibung durcheinander, mitten im Wort, und unter die Fehler schlichen sich diese Buchstaben.«

»Liest sie vielleicht ein russisches Buch? Oder eine Zeitung?«

»Wenn, dann schaut sie nur den Text an, aber liest ihn nicht. Ihre Augen sind offen, aber sie kapiert nicht, was sie sieht.«

»Aber ... kyrillisch ... in Deutschland?« Der Pfarrer war besorgt. Er spürte nun die Verantwortung, die sie gemeinsam für das gefangene Mädchen trugen, er rang die Hände. »Ist sie vielleicht in Russland?«

»Nein. Sie ist in der Nähe. Aber sie sieht kyrillische Buchstaben vor sich. Vielleicht doch in einer Zeitung. Vielleicht versucht sie, die Zeitung zu lesen, um ihre Gefangenschaft zu ertragen? Sie starrt darauf, um alles andere ausblenden zu können.«

»Ist der Mann, der sie gefangen hält, Russe? Vielleicht ist es seine Zeitung?«

»Er ist Deutscher. Er kann ein wenig Polnisch, aber Polnisch verwendet das kyrillische Alphabet ja nicht.«

»Nein.«

»Es ist keine Zeitung«, sagte Emma.

»Was dann? Was gibt es sonst in Deutschland auf Kyrillisch?«

»Straßenschilder nicht«, sagte Emma.

»Doch, natürlich«, sagte der Pfarrer.

»Wo gibt es in Deutschland russische Straßenschilder?«

»Auf dem Gelände ehemaliger Sowjetkasernen.«

Emma war erstaunt. Der freundliche Pfarrer von Halbe hatte den Fall gelöst. Oder fast. Sie schaute ihn an. Er strahlte. »Gibt es denn eine Kaserne in der Nähe?« fragte sie.

Der Pfarrer überlegte. »Hier direkt in der Nähe ... weniger. In Kummersdorf gibt's eine. Bei der großen Anlage da, aber heute ist das alles leer, abgesperrt. Richtung Luckenwalde kommt man daran vorbei, da fährt man ewig an einer Mauer entlang, vielleicht fünfzehn, zwanzig Minuten. Über die Mauer kommt man gar nicht.«

»Anlage?«

Emma hatte schon ihr Smartphone in der Hand. Google Maps. Kummersdorf.

Es war riesig. Viel mehr als nur eine ehemalige sowjetische Kaserne. Sie las:

Flugplatz. Kaiserliche Heeresversuchsanstalt. Nationalsozialistisches Testgelände. Sowjetische Truppen. Denkmalschutz. Historisch-Technisches Museum. Gesperrtes Gelände. Kein Wunder. Drei Generationen und drei Regime hatten dort Waffen getestet.

Es war Halbe mal hundert.

Sie wechselte zur Satellitenansicht: Landebahnen, Gleise, Baracken, Wald, alles gemischt, alles überwuchert.

Sie tippte ein: Berlin nach Kummersdorf.

Eine Stunde, drei Minuten.

Emma wechselte zum Telefon. Sie wollte gerade Felix anrufen. Als ihr Handy piepte: Der Akku war fast leer. Sie schaltete ein paar Apps aus, steckte es wieder weg und stand auf.

»Meine Kollegen werden sicher bald zum Friedhof kommen«, sagte sie. »Würden Sie bitte versuchen, die da abzufangen? Erzählen Sie ihnen alles, was wir besprochen haben, ganz genau, einschließlich des Namens des Försters und unserer Vermutung, dass das Opfer irgendwo gefangen gehalten wird, wo sie Schilder auf Kyrillisch liest. Wenn ich nicht schon vorher mit ihnen gesprochen habe. Schaffen Sie das?«

Der Pfarrer räusperte sich. »Vielleicht sollten Sie nicht alleine fahren. Wenn Sie möchten …«, er straffte sich, »komme ich gerne mit. Vielleicht kann ich helfen. Wissen Sie, ich kann mich auch mal nützlich machen.«

Emma musste lachen. »Danke, aber …«

»Ich habe mal ein Training als Mediator absolviert.«

»Als Mediator bei der Polizei? Bei Geiselnahmen?«

Pfarrer Wallasch wurde rot. »Bei Scheidungen.«

Emma griff seine Hand. »Danke für Ihre Mithilfe. Ich hätte Sie gern dabei, glauben Sie mir, aber es ist mir leider verboten, Zivilisten zu einem Einsatz hinzuzuziehen.«

78

Sie schien endlos zu sein. Die Mauer neben der L70, die sich an Kummersdorf vorbeizog, ein Betonelement nach dem anderen, verbunden durch rostige Eisenpfeiler, über zwei Meter hoch, brüchig, angegriffen von Kletterpflanzen, Wurzeln und Witterung –, wie ein Lindwurm wälzte sie sich durch Feld, Wald und Wiese kilometerlang, nichts konnte sie aufhalten. Auf der gegenüberliegenden Straßenseite einzelne Höfe, ab und zu ein Gasthaus, Feld, Wald, Brachflächen, ein paar einsame Häuser.

Von Halbe aus fuhr Emma zuerst nach Norden, die Mauer linker Hand, dann, als sie im rechten Winkel wegtauchte, wendete Emma und fuhr wieder zurück, die Mauer jetzt zu ihrer Rechten. Alle fünfhundert Meter oder so fuhr sie rechts ran, stieg aus und arbeitete sich durch den Straßengraben und das feuchte Gestrüpp und spähte hinüber. Auf der anderen Seite: Bäume, Unterholz, tiefe Schatten. Keine Gebäude. Der Wald war zu dicht, die Nacht zu dunkel. Wenigstens hatte es inzwischen zu regnen aufgehört.

Emma fuhr weiter. Die Mauer endete nicht. Kein Eingang. Keine Einfahrt.

Dann auf einmal war sie weg. Einfach so. Auf beiden Straßenseiten nur noch Wald, dicht und schwarz.

Sie dachte schon, sie müsse erneut kehrtmachen, das Gelände

sei zu Ende, dann sah sie es: ein unmarkierter Forstweg, der ins Dickicht führte.

Sie musste nicht lange fahren, bevor sie vor einem verrosteten Schiebetor stand.

Dahinter: Häuser.

Häuserblocks, so weit sie sehen konnte. Gelb getüncht, das meiste wieder abgeplatzt, vier Stockwerke hoch, die Fenster kaputt, dunkle Löcher, Reihe um Reihe, die Türen mit Holzlatten vernagelt, voller Graffiti, ein Block nach dem anderen, eine Reihe nach der nächsten, alle standen sie im rechten Winkel zu der Straße in der Mitte, der Asphalt aufgebrochen, junge Bäume wuchsen heraus. Eine sowjetische Gespensterstadt, eine Ruinenwelt, ein Denkmal für die Erinnerungen Tausender Soldaten.

Die Wolken waren verflogen, der Mond schien hell. Emma kontrollierte ihre Tasche – Handy, Sig Sauer – und holte die Taschenlampe aus dem Handschuhfach. Das verrostete Tor ließ sich nicht öffnen, es war mit einem Vorhängeschloss gesichert, das nicht verrostet war. Doch das Glas in den Fenstern des Pförtnerhäuschens daneben war herausgeschlagen. Vorsichtig kletterte sie hindurch und betrat die kaputten Straßen der Geisterstadt.

Es waren zu viele Häuserreihen, Stockwerke, Fenster. Zu viele. Sie ging die Mittelstraße entlang, schaute in die Reihen, eine wie die andere, lief sie ab, suchte ein Lebenszeichen, ein Licht, eine Bewegung, ein Geräusch, ein Auto, einen Eimer Wasser, einen frischen Müllsack.

Nichts. In der letzten Reihe machte sie kehrt. Ging wieder Richtung Auto. Dann sah sie Licht. Es kam vom Tor her, wo ihr Auto stand. Jetzt hörte sie auch den Motor. Ein Pkw, nein, die Lichtkegel der Scheinwerfer lagen höher – ein Lkw, ein kleiner Transporter? Die Scheinwerfer kamen näher, näher, das Auto war durch das Tor gefahren. An ihrem Wagen vorbei. Jemand besaß einen Schlüssel zum Vorhängeschloss des Schiebetors. Jemand wusste, dass sie hier war.

Emma drückte sich in den Schatten neben der Wand. Ein Bundeswehr-Jeep fuhr an ihr vorbei, grün-grau, aber ohne Bundeswehr-Kennzeichen, ausgemustert. Er bog in die letzte Reihe links ein.

Emma folgte, so rasch sie konnte. Von der Ecke aus sah sie, wie ein Mann aus dem Jeep stieg. Er schaute sich um, schien aber nicht sonderlich beunruhigt.

Ein kleiner Mann. Stämmig. Er trug etwas bei sich, einen Sack. Er nahm den letzten Eingang des Blocks.

Emma wartete. Bald flackerte in dem Gebäude ein Licht auf. Strom? Sie merkte sich das Fenster.

Sie wusste, sie sollte nicht hierbleiben. Nicht alleine. Sie sollte anrufen, Verstärkung rufen, wenn der Akku es aushielt.

Der Akku hielt vermutlich nur noch einen Anruf aus.

Und wenn er es nicht war? Nicht der Täter? Sondern irgendein … ja, irgendein was?

Emma rief nicht nach Verstärkung. Sig Sauer in der Hand, eilte sie die Straße entlang, zu dem Jeep. Schaute hinein, nichts. Wandte sich dann dem Eingang zu.

Das Treppenhaus war ein schwarzes Loch. Kurz nur, in der Sekunde, bevor sie die Taschenlampe anmachte, flitzte ihr der Gedanke durch den Kopf: So war Totsein. Nichts als Schwärze, man geht durch die Finsternis, und sie hält einen fest, man schreitet und schreitet, doch kommt nicht voran, denn die Finsternis ist endlos, und sie ist nur für dich, sie umarmt dich, umhüllt dich, ist alles, was bleibt.

Vorsichtig tastete sie sich durch uralten Müll – Kartons und Schreibtischplatten, zerbrochene Stühle und zersplittertes Glas, ein Lautsprecher, es roch nach Spinnweben und Moder, nach Mäusen, nach einem vergessenen Bierglas voller Wespen. Sie stieg die Stufen hoch, vorsichtig, immer dem Schein der Taschenlampe nach, die Waffe gezogen, Absatz für Absatz, Etage für Etage, eine Etage, zwei, drei, bis zum vierten Stock.

Ganz oben dann, am Ende des Flurs: Licht. Durch eine offene Tür. Und Geräusche. Stimmen. Gestöhne. Sex. Ein Mann und eine Frau. Zwei Frauen? Und ein Summen. Eine Maschine lief. Was für eine Maschine? Sie lehnte sich gegen die Wand, horchte, versuchte, das Summen zu identifizieren.

Auf jeder Seite des Gangs Türen. Dunkel, leer. Emma drehte sich zu jeder Tür, leuchtete hinein, Waffe im Anschlag, falls jemand dahinter stand, aber da war niemand. Ihr schwerer Atem war jetzt lauter als das Gestöhne, so kam es ihr vor.

Noch zwei Türen, dann kam der Türrahmen, durch den das Licht fiel.

Noch ein Schritt und plötzlich infernalischer Lärm: Glasflaschen flogen ihr um die Füße. Emma ging sofort in die Hocke, Kopf runter, Sig Sauer raus, beinahe feuerte sie einen Schuss ab. Woher kamen die Flaschen? Sie prasselten auf den Beton vor ihr, einige prallten ab, einige zerbarsten, Blechdosen waren auch dabei, das Echo zickzackte durch den ganzen Flur.

Eine Falle. Sie hatte eine Falle ausgelöst.

Sie blieb, wo sie war, in der Hocke, Sig Sauer auf die erleuchtete Tür vor ihr gerichtet. Das Gestöhne hatte aufgehört. Sie hörte nur noch das Summen. Sie erkannte es jetzt: ein Generator.

Dann kam er. Stämmig, nein, fett, klein und breit. Er stand in der Tür, nur eine Silhouette, in seinen Händen ein Gewehr, Emma vermutete, ein Jagdgewehr.

»Polizei«, sagte Emma, in der Hocke. »Ich bin bewaffnet. Meine Waffe ist auf Sie gerichtet. Legen Sie das Gewehr weg.«

»Ich habe eine Genehmigung.« Die Stimme: hoch und trotzig.

»Sie meinen, einen Waffenschein?«

»Nein, eine Genehmigung.«

»Legen Sie das Gewehr weg.«

»Sie sind kein Bulle, Sie kommen aus Berlin.«

»LKA, Berlin.«

»Das hier ist Brandenburg.«

»Ich ermittle in einem Fall. Meine Waffe ist auf Sie gerichtet. Ich will nur mit Ihnen sprechen. Legen Sie das Gewehr weg.«

Bevor sie den Satz beendet hatte, drehte er sich schon um und ging in den Raum zurück. Durch den Türrahmen sah sie, wie er das Gewehr wütend auf einen Tisch schmiss. Dann war er nicht mehr zu sehen.

Emma erhob sich.

Der Raum war voller Kisten. Ein Tisch mit Elektronik, ein Computer, DVD- und Videospielpackungen, er bastelte wohl gern. Eine Bombe? Nein, eher Radios oder Videospielkonsolen. Stapelweise Militärhefte, eine Gasmaske, Militärtarnzeugs, Müllbeutel, Plastik- und Biomüll säuberlich getrennt, aber nicht entsorgt.

Er saß auf einem alten Feldbett, mit dem Rücken zu ihr. Vor ihm lief der Fernseher. Er stellte den Ton wieder an: Gestöhne. Ein Mann, zwei Frauen: ein Porno. Auf dem Tisch neben ihm eine Kanne Filterkaffee und eine offene Bierflasche. Es roch nach Bier und billigem Schnaps, Schimmel und Benzin.

Er schenkte ihr keine Beachtung.

Sie ging durch den Raum zur nächsten Tür. Dahinter: noch ein Raum, kaputte Schränke, eine Matratze auf dem Boden, Müllsäcke. Noch eine Tür: ein winziges Bad mit Toilette. Große Wasserkanister waren in der Ecke gestapelt. Noch eine Tür: ein kleiner Kühlschrank, Benzinkanister, der summende Generator. Und wieder Müllsäcke. Er wollte wahrscheinlich seit Ewigkeiten schon mal richtig aufräumen.

»Ich habe eine Genehmigung«, wiederholte er, als sie hinter ihm stand. Ohne sich zu erheben, zeigte er auf ein Blatt Papier an der Wand. Vom Amt. Wahrscheinlich hatte er tatsächlich eine Genehmigung, hier zu hausen.

Sie inspizierte das Gewehr. Ein Jagdgewehr: Anschütz Junior, Kaliber 22lr. Gut gegen angreifende Kaninchen.

»Wir suchen zwei Mädchen«, sagte sie. »Sie sind verschwunden, wir haben Grund zu der Annahme, dass sie irgendwo in diesen Blocks versteckt sind.«

»Nicht hier. Die Fotzen sind bei dem Typen auf der anderen Seite.«

»Wie bitte, was?«

»Auf der anderen Seite. Die Straße runter, andere Seite, immer weiter, da führt ein Weg in den Wald, hinter der Schranke, ganz hinten. Die alte Versuchsanlage. Irgendein Typ mit Fotzen. Nicht hier. Ich habe eine Genehmigung.«

Der Mann machte sich ein Bier auf.

79

Der Wald zog sich neben der Straße hin, immer weiter, sie dachte schon, sie hätte die Abzweigung verpasst, und wollte umdrehen. Dann kam sie doch noch, im spitzen Winkel ging es in den Wald, kein Asphalt, nicht ausgeschildert, nur ein Schlagbaum, den sie per Hand öffnete, die Warn- und Verbotsschilder konnte sie ohnehin im Dunkeln nicht lesen. Sie fuhr auf dem weichen Waldboden weiter. Überlegte, ob sie müde war, und wusste es nicht. Die hohen, schwarzen Bäume, über die das Licht ihrer Scheinwerfer strich, verdichteten die Dunkelheit noch mehr. Ihr Autoradio zeigte fünf Uhr zehn an.

Zehn Minuten vielleicht fuhr sie vorsichtig den holprigen Weg entlang, bis sie zu einem alten Wachhäuschen kam: kein Dach mehr, nur ein weißer Klinkerquader, Fenster und Türen eingeschlagen, ein Raum voller Schutt. Dann weiter, immer weiter, bis zum nächsten Quader. Und tiefer in den Wald hinein. Bis zu einer Backsteinmauer mit hohem Eisentor. Dahinter: dunkelrote Häuserblocks.

Das Tor konnte sie nicht öffnen, drüberklettern auch nicht. Die

Häuser da waren älter als die sowjetischen Blocks. Vielleicht noch aus der Kaiserzeit. Die Schilder las sie im Mondlicht, es war hell genug: *Verseucht. Munition. Versuchsgelände. Betreten verboten.*

Sie wollte ohnehin nicht über das Tor. Nicht allein, nicht im Dunkeln. Sie war nicht müde, noch nicht, aber ein wenig erschöpft, und wenn man erschöpft ist, macht man Fehler.

Sie dachte an Lukas Arndts Worte: *Wenn du klein bist, stellst du dir das vor wie im Kino, in dem Moment, wo du auf die Bombe trittst, siehst du sie, oder jemand schreit, pass auf! Und du springst in letzter Sekunde weg.*

Emma war kein Kind. Aber eine Ahnung von dem Ort wollte sie schon bekommen, sie wollte Lutz sagen können, was hier war, bevor sie ihn wieder auf eine wilde Hetzjagd ins Nirgendwo schickte. Nur schauen, nicht zu nahe kommen. Ob da irgendwo Licht brennt. Oder ein Mädchen wimmert.

Sie fuhr an der Mauer entlang, um das Gelände herum, tiefer in den Wald hinein. Suchte nach Schwachstellen in der Mauer, nach einem Eingang. Sie fuhr ewig, bis sie es fand.

Ein Maschendrahtzaun war vor eine Lücke in der Mauer gesetzt, dann wieder halb weggerissen worden.

Emma schaltete den Motor ab und stieg aus. In einer Hand die Sig Sauer, in der anderen die Taschenlampe. Die Nacht war nicht mehr ganz so absolut, ein paar Konturen zeichneten sich ab, der Himmel mit seinen wenigen Wolken war tintenblau, nicht mehr schwarz, und der Mond stand tiefer.

Sie blickte durch das Loch in der Mauer, keine Häuserblocks mehr, die Bebauung hatte sie hinter sich gelassen, sondern eine riesige, offene Wiese.

Merkwürdig: Ringsum war der Wald dicht und alt, Bäume hatten wie Unkraut jeden freien Platz erobert. Doch vor ihr lag eine weite, leere Lichtung, so groß wie ein Fußballfeld. Keine Bäume, höchstens Gestrüpp.

Fast am anderen Ende der Wiese – im Mondlicht konnte sie es nicht genau erkennen – ragte ein Felsbrocken aus dem Gestrüpp. Nein, ein Klotz. Ein perfekter Quader, Beton, nicht besonders groß. War da eine Tür drin?

Sollte sie diese Wiese überqueren?

Sie hatte etwas Ungewöhnliches. Der Boden glänzte irgendwie bräunlich. So ein metallenes Braun, fast wie Rost, eher Purpur, vielleicht so, wie Blut im Mondlicht schimmern würde.

Es waren Blätter. Die Wiese war mit Blättern bedeckt, die im Herbst von den umgebenden Bäumen gefallen waren, dunkel, feucht und ledern jetzt, aber viele noch mit ihrem tiefroten Schimmer.

Die Bäume drum herum waren kahl. Emma legte den Kopf in den Nacken.

Blutbuchen. Es waren Blutbuchen.

80

Ein Foto. Ein Foto von der Wiese, von den Blättern. Das brauchte sie.

Und von der Tür.

War es überhaupt eine Tür? Mitten auf der Wiese, eine Art oberirdische Bunkertür? Es war zu dunkel, immer noch. Sie musste näher ran. Handy in der Hosentasche und Sig Sauer in der Hand, zwängte sich Emma durch das Loch in der Mauer, lief langsam, vorsichtig, gebückt um die Wiese herum. Alles war still, sie hörte nur das tote Laub unter ihren Füßen rascheln. Die Wolken waren jetzt verschwunden, der Himmel wurde im Osten langsam heller.

Emma hielt sich vorbildlich unter den Bäumen ringsum in Deckung, bis der Betonklotz nur noch wenige Meter entfernt war. Dann wagte sie sich auf die Wiese hinaus – vorsichtig über das dornige Gestrüpp, Brombeeren, Ginster, die Grasnarbe, über die Blutbuchenblätter. Sig Sauer in der Hand, an ein paar Autoreifen vorbei, an den letzten Flecken verharschtem Schnee vorbei, bis zu dem Betonklotz.

Sie hatte recht gehabt. Es war ein Eingang. Ein Betonklotz mit einer korrodierten Stahltür.

Unter der Wiese war ein Bunker. Deshalb fanden die Baumwurzeln hier keinen Halt.

Sie drückte auf die Klinke. Nicht abgeschlossen. Mit einem Knarzen ging die Tür auf. Ein wenig Rost rieselte von den Scharnieren.

Dahinter: Schwärze. Und Stufen, Stufen, die nach unten führten.

Anrufen.

Jetzt anrufen, Lutz sagen, wo sie war, was sie gefunden hatte. Es war schon fast sechs Uhr morgens, oder? Wenn ein Bulle um sechs Uhr noch nicht wach ist, darf man ihn wecken. Anrufen.

Leise zog Emma die Tür wieder zu. Sie nahm ihr Handy aus der Tasche. Wollte gerade wählen, als sie merkte, dass es geräuschlos blinkte. Ja, klar. Akku bald alle. Nein, mehr: Vor zwanzig Minuten war eine SMS gekommen.

Lukas Arndt.

Wir sollten reden. Es lässt mir keine Ruhe. Ich will wissen, warum du mich hast festnehmen lassen. Du schuldest mir eine Erklärung. Heute?

Lukas Arndt. Sein Büro – das Gelände des Kampfmittelräumdienstes Arndt. Das war doch hier irgendwo in der Nähe. Oder? In Sperenberg. Wo war Sperenberg?

Emma rief Google Maps auf.

Sperenberg war direkt neben Kummersdorf. Nur ein paar Kilometer entfernt. Da war ein Flugplatz, ein ehemaliger sowjetischer Flugplatz. Sperenberg und Kummersdorf hatten eine gemeinsame Geschichte.

War er hier? In Kummersdorf, irgendwo in der Nähe? Warum hatte er ausgerechnet jetzt eine SMS geschickt? Wusste er, dass sie hier war? Beobachtete er sie? Emma schaute sich um, plötzlich beunruhigt: alles friedlich, alles dämmrig, alles still. Obwohl: nein. Eine erste Vogelstimme. In einer halben Stunde oder so würde die Sonne aufgehen.

Sie rief ihn an. »Wo bist du?«

»Emma! Ich bin … ich habe dich nicht geweckt, oder?«

»Bist du zu Hause oder schon im Büro?«

»Ich bin noch zu Hause, aber ich fahre gleich los. Ich dachte, wir könnten uns heute Abend sehen. Reden. Ich schwöre, ich mach dir keine Vorwürfe, ich will nur …«

»Mach deinen DVD-Player an. Leg *Ritter der Kokosnuss* ein.«

»Was? Jetzt?«

»Leg die verdammte DVD ein. Du hast gesagt, dass du sie hast, oder?«

»Ja, aber …«

»Ich muss wissen, ob du zu Hause bist.«

»Warum? Ich bin zu Hause. Was ist jetzt wieder los?«

»Folgst du mir? Bist du hier draußen? Beobachtest du mich?«

Lukas Arndt blieb stumm. Dann: »Warte«, sagte er.

Sie hörte, wie er hantierte. Dann kam Musik. Dramatische Musik.

Lukas Arndt: »Ich springe zur ersten Szene vor.«

Klopklop. Klopklop.

Ach, die Kokosnüsse. König Artus hat kein Pferd, sein Diener schlägt Kokosnussschalen zusammen, um das Hufgetrappel nachzuahmen.

Dann die Stimme: *Rrrr! Halt ein, mein Ross!*

Doch, das war der Film. Lukas Arndt war zu Hause. Sie lachte auf, so erleichtert war sie. Er war es nicht. Er war nicht hier, er war nicht der Täter. Sie verstand das jetzt. Er wollte nur reden.

»Glaubst du mir jetzt?«

»Ich glaube dir.«

»Wo bist du?«

»Ich bin in der Nähe deines Büros.«

»Was machst du da?«

»Ich recherchiere.«

Lukas Arndt war still. Der Akku piepte.

»Wir können heute Abend reden, wenn du willst. Vielleicht schulde ich dir eine Erklärung. Reden. Das finde ich gut.«

»Moment … bist du in Sperenberg?«

»In der Nähe.«

»Bist du in meinem Büro? Spionierst du mir nach?«

»Nein, nicht in Sperenberg. Kummersdorf. Es gibt so ein Gelände hier.«

»Emma … o Mann … das ist gefährlich da.«

»Wir telefonieren später, okay? … Lukas, hör mal, es tut mir leid, alles, aber das hier – dieser Fall – der ist … Ich vertraue niemandem, verstehst du? Ich kann nicht einfach … Wir reden heute Abend, ja? Hallo?«

Die Leitung war tot. Der Akku auch. Das Handy in der Hand, lief Emma am Waldrand entlang zum Auto zurück. Sie schlich nicht mehr. Es war niemand hier, niemand beobachtete sie, es gab keine Gefahr. Sie war irgendwie froh. Ob sie wirklich das Versteck des Täters gefunden hatte, würde sie nicht vor heute Abend wissen, wenn das SEK durch die Stahltür die Treppen hinunter gestürmt war.

Nein, die Freude, die sie tief in sich spürte, war wegen Lukas. Er war zu Hause. Er war nicht der Täter. Er war ein guter Mann.

Dann stockte sie.

Nur weil er zu Hause war, hieß das nicht, dass er nicht der Täter war. Es hieß nur, dass er in diesem Moment nicht auf dem Versuchsgelände in Kummersdorf war. Emma beeilte sich. Zurück zum

Auto, jetzt quer über die Wiese, möglichst weit weg von dieser Bunkertür, weg vom Waldrand, nur das kleine Stück noch über die Schneeflecken und die roten, verrotteten Blätter. Sie konnte das Loch in der Mauer da vorn schon sehen.

Dann war der Boden nicht mehr da.

Oder er war nur noch halb da, unter ihrem linken Fuß war er noch da, aber nicht mehr unter ihrem rechten, sie wollte nach etwas greifen, irgendetwas, ihre Sig Sauer fiel ihr aus der Hand, ihr Handy fiel ihr aus der Hand, und Emma fiel durch den Boden, durch die Blätter, durch das Gestrüpp ins Nichts.

81

Schlafen. Endlich schlafen. Das hatte sie sich verdient. Sie würde in aller Ruhe ausschlafen heute. Obwohl, es war ein bisschen kalt. Hatte sie das Fenster offen gelassen? Im Halbschlaf griff sie nach der Decke. Die Decke war nass. Die Decke war auch nicht weich. Es gab keine Decke.

Noch bevor sie die Augen aufschlug, durchfuhr sie die Erkenntnis, dass sie nicht zu Hause im Bett lag. Alles war kalt, feucht und hart um sie herum.

Sie konnte kaum atmen. Konnte sie atmen? Ja, aber es schmerzte, überall. Ihre Arme, ihre Schultern, ihre Seiten brannten und pochten.

Emma schlug die Augen auf. Das ging. Sie konnte sehen, nicht viel allerdings, nur Schemen, die keinen Sinn ergaben. Es war dunkel, doch es war nicht Nacht. Wo war sie? Vorsichtig schaute sie nach rechts und links. Das ging auch. Begriff, dass sie alles über Kopf betrachtete. Ihr Kopf hing irgendwie tiefer als ihr Körper und nur ganz knapp neben einem verwitterten Zementblock, aus dem rostige Stangen ragten.

Sie war gestürzt. Jetzt wusste sie es wieder.

Sie lag auf dem Grund eines tiefen Hohlraums. Einer Höhle? Was war das, worauf sie lag, ein Busch, eine Hecke? Nein, es war ein Haufen totes, feuchtes Gestrüpp, sie tastete neben sich – Ranken und Dornen und Laub und Dreck und ... Müll? Umgeben von ... von einem Tümpel? Sie lag auf einem großen Haufen Mist in einer dunklen, feuchten Höhle.

Der Misthaufen hatte ihr das Leben gerettet. Vorsichtig hob sie den Kopf. Das ging auch. Sah nach oben. Da, über ihr, hoch über ihr, unmerklich heller als die Schwärze: ein viereckiges Loch im Himmel. Nein, falsch, ein Loch zum Himmel. Das Loch, durch das sie gestürzt war. Je länger sie darauf starrte, desto heller schien es ihr. Bis sie begriff, dass es tatsächlich heller wurde, da oben gerade die Sonne aufging. Dennoch: Es reichte lange nicht, um den Raum zu erhellen, in dem sie lag.

Ihre Lungen brannten, ihre Rippen, ihre Seite. Sie versuchte, die Schmerzen zu orten. Den einen Arm konnte sie nicht bewegen. Welchen? Sie konnte rechts und links nicht unterscheiden. Der linke. Den linken konnte sie nicht bewegen. Ihr Kopf pochte. Sie ließ ihn erschöpft wieder sinken. Versuchte, sich in eine bessere Position zu bringen, bevor sie aufstand, und gab es schnell wieder auf wegen der Dornen. Alles schwankte unter ihr. Sie tastete blind um sich, bis sie im Gestrüpp auf etwas stieß: Etwas Totes. Gewebe. Eine Ratte? Eine tote Ratte? Emma war zu kaputt, sich zu erschrecken. Sie versuchte, sich irgendwie aufzurichten. Konnte nicht. Ihre Rippen. Ihr linker Arm. Gebrochen? Gezerrt? Die Ranken kratzten, klammerten sich an sie, rutschten zur Seite weg, wollten für immer über ihr zusammenschlagen wie über der Ratte.

Ruhig bleiben. Eins nach dem anderen.

Sich bewegen. Die Position finden, die ihr erlaubte aufzustehen. Sie drehte sich hin und her, bis die Schmerzen in ihren Rippen zu stark waren. Hin, her. Hin. Her. Da. Sie schaffte es, den Kopf zur

Brust zu ziehen und sich auf die Seite zu rollen. Sie kam auf die Knie, stützte sich mit dem rechten Arm auf einem Ast ab, kam taumelnd auf die Beine und rutschte sofort den glitschigen Haufen hinab, ins Wasser. Es war nur wenige Zentimeter tief, doch es war überall.

Ihr Kopf tat weh. Gehirnerschütterung? Schwindelig war ihr, aber nicht übel. Wusste sie, wo sie war? Was sie getan hatte, bevor sie gestürzt war? Sie stellte sich Fragen, versuchte, ihr Bewusstsein zu überprüfen: »Wie heißt du?«, murmelte sie auf allen vieren. »Emma Carow. Was ist dein Beruf? Fallanalystin, LKA1. Wie viele Finger?« Emma konnte keine Finger sehen. Sie waren in dem Wasser und Dreck und Gestrüpp unter ihr vergraben. »Wo bist du?«

Im Wald, in einer alten Militäranlage, unter einem freien Feld voller Blutbuchenblätter. Sie war in einem unterirdischen Bunker.

Im Bunker des Täters.

Plötzlich drehte sich alles, ihr Magen hob sich, und sie wollte kotzen, jetzt doch, ja bitte, konnte aber nicht, sie blieb im Wasser auf Händen und Knien und würgte.

Dieser Geruch. Es stank, alles stank. Der Gestank war peinigender als die Schmerzen, das merkte sie jetzt. War das ein gutes Zeichen oder ein schlechtes? Moder, Schimmel und Verwesung, der stechend süßliche Geruch von verfaultem Fleisch. Sie kniete unter einer Glocke aus Gestank und konnte nicht aufhören zu würgen.

Ihr Handy. Wo war ihr Handy? Ihre Waffe? Ihre Hosentaschen waren leer.

Sie suchte. Im eisigen Wasser tasteten ihre klammen Hände Zweige und Laub und Dreck und Kompost und irgendeine Art totes Gewebe nach ihrer Sig Sauer ab. Links, rechts. Vorn, hinten. Nichts. Sie blinzelte ins Halbdunkel um sich herum, widerstand dem Drang, sich die Augen zu reiben.

Vor ihr in der Ferne war ein gelbes Rechteck. Licht. Kein Sonnenlicht. Es schien im Schwarz zu schweben. Nicht den Rücken, nur die Beinmuskeln nutzend, so konnte sie endlich aufstehen. Sie musste zu dem Licht hin. Aber noch nicht. Zuerst: Was war das für ein Raum? Den rechten Arm ausgestreckt vor sich, machte sie einen Schritt, dann noch einen. Sie suchte festen Grund im Dunkeln. Noch ein Schritt, noch einer, weiter, bis sie stolperte und ausrutschte.

Die Schmerzen schossen ihr durch Rippen und Arm in den Schädel, und sie jaulte auf wie ein getretener Hund, biss sich auf die Zunge, um den Schrei aufzuhalten. Was war das? Worüber war sie gestolpert? Sie tastete daran herum, versuchte, nicht zu atmen. Weich. Borstig. Glitschig. Haut. Fleisch. Zähne? Sie würgte. Kämpfte dagegen an. Zwang sich, weiterzutasten: Ein Tier, ein großes Tier, ein Wildschwein.

Nicht nur Emma war in das Loch gefallen.

Sie richtete sich wieder auf, Knie zuerst, und ging weiter. Schritt für Schritt. Vorsichtig, bis ihre ausgestreckte Hand Beton berührte.

Eine Wand.

Sie war lange gegangen bis zu der Wand. Das war kein Raum, das war eine Halle. Sie wandte sich dem leuchtenden Rechteck zu und wanderte ihm entgegen, die Betonwand entlang, durch den Schrott am Boden, Gummi. Metall, Holz, eine Ratte huschte vorbei, sie ging weiter. Irgendwo in der Ferne tröpfelte etwas, raschelte, schabte.

Dem Licht immer näher.

Und Musik.

Leise, nicht erkennbar, zu weit weg. Aber Musik.

Die Musik kam aus der Richtung des Lichts.

Jetzt sah sie es: Das Rechteck war ein Fenster, ein in die Stirnseite der unterirdischen Halle gesetztes Fenster.

Hinter dem Fenster war ein Raum. Geräumig, erleuchtet. Einen Tisch, Stühle, Regale konnte sie erkennen.

Und einen Kopf. Jemand war da drin. Jemand saß da auf einer Couch. Nur der Hinterkopf war sichtbar. Oder war es ein Kissen? Nein, ein Kopf. Braune Haare, sie glänzten im Licht. Sabine Pohlart war blond. Auch Babett Schneeweis. Wer war das?

Eine Frau saß da drin, Rücken zum Fenster, und hörte Musik. Emma erkannte das Lied jetzt.

Lass dir nichts sagen
Nein, lass dir nichts sagen
Weißt du denn gar nicht
Wie schön du bist?

Sie wollte sich gerade an das Fenster heranpirschen, einen Blick hineinwerfen, als sie es hörte: ein Wimmern. Im Dunkeln, auf dieser Seite des Fensters, zu ihren Füßen. Wie von einem Hund. Ein Hund, der wimmerte.

Mit all deinen Farben
Und deinen Narben
Hintern den Mauern
Ja ich seh' dich …

Ganz dunkel war es nicht, durch das Fenster drang ein wenig Licht, sie musste nur genauer hinschauen. Näher hingehen, einen Schritt näher. Noch einen Schritt durch diese elenden Pfützen. Ihr Kopf pochte, ihr Herz raste.

Im Licht des Fensters konnte sie etwas erkennen. Einen Umriss. Eine Kiste. Nein, ein Käfig.

Weißt du denn gar nicht
Wie schön du bist?

Jemand lag in dem Hundekäfig, weiße Haut, in der Dunkelheit fast leuchtend weiße Haut, dreckig verschrammte weiße Haut, eingerollt und zitternd, angekettet, nackt auf dem kalten Boden.

Eine Frau. Ein Mädchen.

82

Konzentrier dich. Konzentrier dich. Es war die falsche Zeit, dem Schmerz nachzugeben. Emma versuchte, sich zu sammeln. Prioritäten zu setzen. Ausatmen. Einatmen. Kontrolle erlangen. Hinter dem Fenster hörte die Musik auf. Die Frau auf der Couch bewegte sich, streckte ihre Hand aus. Das Lied begann von vorn.

Glaub mir, ich war, wo du bist
Und weiß, was es mit dir macht

War das Sabine Pohlart? Trug sie eine Perücke? Damit sie unerkannt nach Berlin fahren konnte? Doch, sie musste es sein.

Und im Hundekäfig?

Babett Schneeweis.

Und der Täter? Außer den beiden Frauen sah Emma niemanden. War er kurz weg? Noch nicht wieder da? Oder irgendwo hier in der Halle, ganz nah, wo Emma ihn nicht sehen konnte, er aber sie?

Nachdenken. Rechnen. Wie spät war es?

Ihre einzige Uhr war ihr Handy gewesen. Sie blickte zurück zu dem Loch in der Decke. Es leuchtete. Es musste inzwischen also etwa sieben Uhr sein.

Felix. Er wusste, dass sie in Halbe war. Er wusste nicht, dass sie mit dem Pfarrer hatte sprechen wollen, aber darauf würde er früher oder später kommen. Er würde – die Kollegen würden zum Friedhof gehen, dort die Infoschilder lesen, von dort zum Infobüro des Pfarrers, der Pfarrer würde ihnen erzählen, dass Emma nach Kummersdorf gefahren war …

Komm, Felix, du hast mich einmal gefunden, finde mich noch mal.

Das könnte dauern. Es könnte den ganzen Tag dauern. Es lagen zu viele logische Schritte dazwischen. Felix, Lutz, irgendwer müsste auf die Idee kommen, nach Halbe zu fahren, dann auf die Idee, auf die Infotafeln zu gucken, dann auf die Idee ... Und dazwischen würden sie erst mal auf unzählige andere Ideen kommen. Und selbst wenn sie das Wort Kummersdorf aus dem Munde des Pfarrers hörten – dieses Gelände könnten sie tagelang absuchen, bevor sie Emmas Auto fanden. Sie hatte unter dichten Nadelbäumen geparkt.

Tage.

Aber ihr Handy ...

Selbst wenn es keinen Akku mehr hatte, wäre es doch möglich, ihren letzten Standort zu verorten. Und der – von wo aus sie Lukas Arndt angerufen hatte –, der lag doch direkt über ihr.

Wie lange?

Wenn Felix sie nicht erreichte, würde er sicher Lutz benachrichtigen. Der müsste sich einen Gerichtsbeschluss besorgen – das konnte dauern. Dann die Infos von ihrer Telefongesellschaft einholen. Die legendär unkooperativ war. Egal. Heute abend, morgen spätestens. Morgen früh würden sie verstanden haben, dass sie irgendwo in Kummersdorf steckte.

So lange konnte sie durchhalten. Wenn der Täter nicht vorher zurückkam.

Emma riss sich vom Anblick des Hundekäfigs los. So gut es ging, ihre Rippen brannten wie Feuer, schlich sie sich zum Fenster, gebückt, leise, so leise sie konnte, und presste sich an die glatte Wand direkt daneben.

Erst als sie versuchte, ganz still zu sein, merkte sie, dass sie immer noch vor Kälte zitterte. Ein Betonbunker unter der Erde, im Winter, und in ihren Schuhen stand das Wasser. Sie versuchte, die Kälte wie die Schmerzen von sich zu weisen.

Eine Tür. Da. In der Betonwand neben dem Fenster. Eine Treppenstufe war davorgesetzt. Emma ertastete die Tür: eiskalt, Stahl, massiv verstärkt, auch der Türrahmen, Klinke und Schloss. Sie versuchte nicht, die Klinke zu drücken.

Das Fenster war vergittert. Nicht mit einem richtigen Gitter, sondern mit grobem Maschendraht, wie man ihn für Zäune verwendet. Vermutlich war es ursprünglich aus Panzerglas und schwer gesichert gewesen. Das alles war längst weg. Der Maschendraht war nachträglich – jedoch ziemlich gründlich – von innen in dem leeren Fensterrahmen befestigt worden.

Den Raum dahinter konnte Emma jetzt genauer erkennen. In einer Ecke lagen Matratze, Kissen, Decken, in einer anderen summte ein Generator. Dazwischen: ein Heizpilz auf voller Stärke. Neben der Couch eine Lampe, auch an der Decke eine.

Ganz hinten im Raum sah sie eine zweite Tür, eine Stahltür. Der Ausgang. Ganz sicher, das musste er sein, der Weg an die Oberfläche. Mitten im Raum ein Tisch, darauf Brot, Butter, Äpfel. Wasserflaschen. Eine Taschenlampe, ein Handy, ein Jagdmesser. Das musste ursprünglich wohl der Observationsraum gewesen sein. Die Versuche fanden in der großen Halle statt, beobachtet wurden sie von hier hinter dem Fenster aus.

Langsam, leise drückte Emma die Klinke hinunter.

Abgeschlossen. Emma hielt sich an der kühlen Klinke fest. Atmete schwer, hielt sich die Rippen. Dachte nach. Verstecken konnte sie sich nicht. Wenn der Täter zurückkam, würde er Emmas Auto draußen sehen. Würde er fliehen? Nein, der nicht. Er hatte schon zu viel investiert. Er würde auch nicht unbewaffnet kommen. Er würde Jagd auf sie machen. Vielleicht schon vorher beide Frauen töten, nur um auf der sicheren Seite zu sein. Emma musste durch diese Tür, bevor der Täter zurückkehrte. Dafür brauchte sie Hilfe.

Die Musik ging wieder aus. Die Frau auf der Couch bewegte sich. Das gleiche Lied erklang von Neuem.

Lass dir nichts sagen
Nein, lass dir nichts sagen

Sie hatte wohl irgendein Gerät neben sich auf der Couch, einen tragbaren CD-Player oder einen alten Kassettenrekorder. Mit nur einem Lied? Emma konnte sich den Täter vorstellen: »Wenn du alles tust, was ich sage, darfst du Musik hören. Ein Lied.«

Es konnte nur Sabine Pohlart sein. Sie musste es sein. Oder?

Doch, sie war es.

Wie sehr war sie dem Täter verfallen?

Das herauszufinden war zu riskant. Emma wandte sich ab. Sie musste das Mädchen im Hundekäfig um Hilfe bitten.

Ja ich seh' dich
Mit all deinen Farben
Und deinen Narben

Leise, vorsichtig durch die Pfützen zum Käfig zurück. Sie hockte sich davor. Das Mädchen hatte nichts am Leib, nicht mal Schuhe. Eingerollt und wimmernd wiegte sie sich hin und her. Verdreckt, verschrammt, verkrustet. Sie roch nach Angst, nach Schweiß und Urin. Emma konnte ihr Gesicht nicht sehen, doch es musste Babett Schneeweis sein.

War sie überhaupt in der Lage, Emma zu helfen? War sie überhaupt ansprechbar?

Emma flüsterte ihr zu:

»Babett …«

Babett Schneeweis explodierte.

»Neinneinnein!«

Ihr ganzer Körper vibrierte, wand sich, versuchte, sich aufzurichten, sich wegzurollen, in einem Käfig, in dem sie sich kaum bewegen konnte, so eng war es, und sie schrie.

»Neinneinnein!«

»Babett, ich bin von der Polizei …«

Babett schrie. Wand sich im Hundekäfig und schrie.

»Neinneinnein« und »Bittenein, bittenein, bittenein!«

Emma flüsterte: »Schhh, sei still, Babett, ich will dir helfen, ich hole dich hier raus, du musst leise sein …«

Zu spät. Mit einem Knall ging das Licht an. Mehrere Flutlichter – vier? sechs? – in verschiedenen Positionen im Raum sprangen gleichzeitig an. Die Halle war plötzlich gleißend hell.

Emma schaute sich um. Der Raum war riesig, weit und hoch. Sie hätte sich bei ihrem Sturz das Genick brechen können. Wäre sie nicht auf das ganze Gestrüpp da hinten gefallen, das neben dem Müll unter dem Loch in der Decke vor sich hin moderte – verfaulte Holzkisten, Eisenfässer, undefinierbare Metallteile, Zementblöcke, ein halber Schreibtisch, das verweste Wildschwein …

Ansonsten war die Halle leer.

Als sie sich wieder umdrehte, stand die Frau aus dem Observationsraum schon am Fenster. Sabine Pohlart war aufgebracht. Sie schrie. »Wer bist du? Was willst du hier?«

Emma lief durch das Brackwasser zum Fenster.

»Lass das Opfer in Ruhe!«, schrie Sabine Pohlart. »Das gehört dir nicht. Noël bringt dich um, er wird dich töten, du Schlampe.«

»Sabine, ich bin Polizistin, ich hol dich hier raus, es ist vorbei, du musst ihm nicht mehr gehorchen, du bist frei.« Emma trat näher, die Hände beschwichtigend erhoben.

Sabine schrak zurück. Sie war nicht verwahrlost. Sie war das Gegenteil von verwahrlost. Die braune Perücke, die sie auch bei ihrem Besuch bei Babett zu Hause getragen hatte, perfekt frisiert, der Lippenstift makellos. Sie war sauber und trocken, trug eine helle Strickjacke über dem Wollkleid, sie wirkte so schick, als ob sie gleich ins Büro wollte – so gepflegt, wie ein Mann eine Frau einkleiden würde, von der er verlangt, dass sie als gesuchtes

Entführungsopfer unerkannt und ohne Begleitung nach Berlin fährt.

»Sabine Pohlart, ich bin von der Polizei, deine Mutter hat mich geschickt, mein Auto steht vor der Tür, Sabine, ich bringe dich nach Hause, deine Eltern sind ganz krank vor Sorge.«

Sabine Pohlart hörte kein Wort. »Du lügst! Niemand vermisst mich. Warte nur, bis Noël kommt, du bist tot, hörst du, Schlampe, du bist tot.« Sie schimpfte, sie fluchte, sie drohte, begann zu kreischen, sie lehnte sich vor und schrie aus voller Brust. Ihre ganze Hilflosigkeit, Verwirrung, Angst, Scham, Schmerz und Hass, alles brach sich haltlos Bahn.

»Sabine, hör zu, du musst nichts tun, nur die Tür öffnen.«

Sabine schrie, damit sie Emma nicht hören musste.

»Sabine, ich tu dir nichts. Wenn du Angst hast, gib mir einfach das Handy, reich es durch den Draht, mehr brauchst du nicht. Er hat dir sicher gesagt, du sollst die Tür nicht öffnen, aber er hat nicht gesagt, du darfst mir das Handy nicht geben, oder? Nur das, das ist doch leicht.«

Plötzlich schrie Sabine nicht mehr.

Sie hörte zu. Emma und Sabine standen sich in der hell erleuchteten Halle auf den beiden Seiten des Maschendrahts gegenüber, und Sabine hörte endlich zu. Erst jetzt bemerkte Emma, dass die Musik aus war.

»Gib mir das Handy. Ich rufe meine Kollegen, die sind in zwanzig Minuten hier und bringen dich zu deinen Eltern, die dich lieben und fürchterlich vermissen. Dein Entführer kommt ins Gefängnis, und du bist frei, ich brauche nur das Handy, Sabine, nur das Handy da.«

Sabine drehte sich um. Sah auf das Handy auf dem Tisch.

»Gib es mir, Sabine. Dann wird alles wieder gut.«

Wortlos, wie ferngesteuert, ging Sabine zum Tisch, nahm das Handy auf. Schaute es an, als ob sie es zum ersten Mal sähe, zum ersten Mal verstünde, was sie damit tun könnte. Dann wählte sie.

»Sabine! Nein, gib es mir, Sabine, gib es mir!«

Sabine sprach in das Handy. »Jemand ist hier. Eine Frau, ich kenne sie nicht.«

»Sabine!«

»Sie ist im Kessel mit dem Opfer. Sie sagt, sie ist Polizistin.«

»Sabine, gib mir das Handy.«

Sabine ignorierte sie. »Sie ist allein. Sie will das Handy benutzen.«

Es war zu spät.

Sabine hob den Kopf. »Bist du Emma Carow?«

Emma zögerte. Sie wusste nicht, was sie sagen sollte. Sabine wiederholte: »Noël will wissen, ob du Emma Carow bist?«

»Ich bin Polizistin, Sabine, ich komme vom Landeskriminalamt in Berlin. Mein Name ist Emma Carow, und bald sind meine Kollegen hier. Bald ist ein Sondereinsatzkommando hier. Wir wissen, wo du steckst, wir wissen es alle, alle wissen es.«

»Sie sagt, sie ist Emma Carow.«

Sabine hörte zu. »Ich tue alles für dich.« Dann machte sie das Handy aus und wandte sich wieder an Emma.

»Noël sagt, herzlich willkommen. Er freut sich, dich wiederzusehen.«

83

Emma wandte sich der Halle zu, in die sie gefallen war.

So groß wie eine Reithalle. Ein Bunker unter der Erde, Beton, das Dach ein Tonnengewölbe. Keine Türen. Der einzige Weg hinaus führte durch das Observationszimmer, und die Tür dahin war verschlossen.

Und da: an der Wand neben der Tür. Ein relativ langer Satz, in großen Buchstaben, am Ende ein Ausrufezeichen und ein Penissymbol. Graffiti. Vom Hundekäfig aus konnte man es gut erkennen. Als Sabine Pohlart noch im Käfig lag, musste sie tagelang auf die Tür in die Freiheit und das Graffiti daneben gestarrt haben.

Nur lesen konnte sie es nicht. Es war auf Kyrillisch.

Das Opfer im Hundekäfig, wie Sabine es genannt hatte, schrie nicht mehr. Sie wimmerte. Und als Emma zu ihr kam, durch das Wasser, versuchte sie, sich noch enger einzurollen. Emma fand den Riegel, montiert auf eine Platte, ganz simpel, ohne Vorhängeschloss, trotzdem kam Babett von innen nicht heran. Emma schob ihn vorsichtig auf.

»Babett, du kannst rauskommen.«

»Ich glaube dir nicht. Ich glaube dir nicht!«

»Du musst da rauskommen. Es kann dir nichts passieren, ich bringe dich nach Hause, aber ich brauche deine Hilfe. Du musst da rauskommen und dich wie eine erwachsene, starke Frau verhalten.«

Hinter dem Fenster schrie Sabine: »Du bist tot, wenn du mit ihr redest!«

»Babett. Du musst mir zuhören. Komm zu mir.« Sie streckte ihr die Hand entgegen. »Wir kommen hier raus, wenn du tust, was ich sage.«

Babett winselte. »Hast du nicht gesehen? Hast du nicht gesehen, was er mit den anderen gemacht hat?«

»Es sind nur du und ich und Sabine hier, und die ist hinter einer Wand.«

»Hast du sie nicht gesehen? Die anderen? Hast du sie nicht gesehen?«

Die anderen?

Emma stand auf. Schaute sich um. Da war nichts. Die Halle war leer. Ziemlich hell jetzt, weit und leer. Bis auf das Wasser, den Müll und das Gestrüpp da hinten.

Emma ging ein paar Schritte Richtung Hallenmitte. Ganz hinten. Was war das? Etwas lag am Boden. Eine Form im Wasser. Nein, zwei. Wildschweine, mehrere, verwesend im Wasser. Das Loch in der Decke musste viele Jahre lang offen gewesen sein. Der Betonboden unter ihren Füßen zeigte schon Sprünge.

Emma watete durch das inzwischen knöcheltiefe Wasser und den Gestank, der den Atem stocken ließ, den Magen in Unruhe versetzte, vorbei an dem Gestrüpphaufen.

Geräte. Sie sah sie jetzt. Die Metallteile. Kein Müll: Geräte. Vier, nein, fünf, da hinten in der Halle. Seilwinden. Fünf elektrische Seilwinden.

Seilwinden in dieser Halle? Emma trat näher.

Sie waren im Kreis aufgestellt. Jede mit eigenem Motor und auf einem Zementblock über dem Wasser festgeschraubt. Alle miteinander durch Stromkabel verbunden. Ein weiteres Kabel führte an Emma vorbei bis zur Wand, auch auf Zementblöcken über der Wasseroberfläche verlegt, und weiter zum Observationszimmer. Von diesem Kabel war ein Schalter abgezweigt. Einer dieser industriellen, dick gummierten Fernschalter an einem Spiralkabel.

Ein Schalter, der alle Seilwinden gleichzeitig bediente.

Sie sah sich eine der Winden näher an. Am Ende des Seils baumelte eine Art eiserne Handschelle. Verklebt. Verklebt und dunkel. Rost? Nein, verkrustet mit Blut. In der Mitte des Kreises eine Plattform aus Holz, über dem Wasser. Mit dunklen Schlieren überzogen.

Das war es also. Der Kessel. Seine Maschine.

Fünf motorisierte Seilwinden: zwei für die Arme, zwei für die Beine, eine für den Hals. Das Opfer lag auf dieser Plattform in der Mitte, mit Ketten zwischen die fünf Seilwinden gespannt, die mit einem einzigen Knopfdruck angeschaltet wurden. Synchron sprangen alle fünf Maschinen an, synchron schnellten fünf Ketten in fünf Richtungen, und der Körper des Opfers würde schlicht explodieren, genau so, wie Lukas Arndt es gesagt hatte.

Emmas Knie wurden schwach. Ihr wurde schwindelig, als ob ihr Körper fallen wollte, in ein dunkles Loch fallen, wo Emma nicht mehr denken musste, wo Emma nicht mehr sehen musste, was zu ihren Füßen lag.

Vierteilen. Wie im Mittelalter. Mit Seilwinden statt Pferden. Hier in der Halle, die er seinen *Kessel* nannte.

Und die anderen? Was meinte Babett mit *den anderen*? Emma wollte es nicht wissen. Sie musste kämpfen, sich zur Ordnung rufen: Mach deinen Job. Tu es. Sie hob den Blick, widerwillig, wusste schon, was sie sehen würde, drehte sich mit aller Kraft wie ein Segel gegen den Wind, schaute sich die dunklen, halb im Wasser versunkenen Formen aus der Nähe an, zwang sich.

Es waren keine Wildschweine.

Sie hockte sich hin. Mit einer Hand berührte sie das unförmige Ding, das vor ihr lag, gab ihm einen Stoß, schob es – bis eine Zehe, ein Fuß, aus dem Wasser ragten.

Die anderen: Elina Pann. Susanne Dechnik. Constanze Urban. Alice Kuzorra.

Sie waren alle noch hier.

Sie lagen noch im Wasser, nur ihre Köpfe fehlten, ihre Körper lagen hier, in Teilen, ihre Arme und Beine und Torsos. Seine Frauen. Seine menschlichen Parasiten. Jetzt lagen sie hier und dienten anderen Parasiten als Nahrung.

84

Ein Teil von Emma wollte schreien, sich auf die Knie werfen und nur um Gnade winseln. Weinen und bitten und betteln, dass das alles nicht wahr sei, dass sie nicht hier war, dass alles nur ein Traum war. Sie wollte sich einrollen wie Babett in ihrem Käfig und sich vorstellen, daheim im Bett zu liegen, warm und weich und sicher, und sich nicht wehren, weil sie es nicht konnte, alles über sich ergehen lassen, weil sie wusste, es war nur Illusion, und bald wäre es sowieso vorbei, und sie wäre auf die eine oder andere Weise frei.

In dem anderen Teil von Emma erwuchs eine hässliche, kalte Härte, gnadenlos, grenzenlos, abstoßend, ohne jedes Gefühl, ohne Liebe, Mitleid oder Menschlichkeit. Die andere Emma wollte sich umdrehen und durch das Wasser marschieren und den Maschendraht vom Fenster reißen und Sabine Pohlart, die schwach war und die Emma verraten hatte – Emma, die hier war, um sie zu retten – und nicht nur sie, alle Frauen, die hier lagen, hatte Sabine verraten, diese Emma wollte Sabine für diese Tat gnadenlos verprügeln, bis sie grün und blau war, und sich dann den Täter vornehmen und ihn bezahlen lassen, mit dem Leben bezahlen lassen für das Leid, das er über diese Frauen gebracht hatte.

Diese Emma wusste, was zu tun war.

Diese Emma konnte das. Aber sie konnte es nicht, solange die andere Emma nicht damit aufhörte, zu heulen, zu winseln und sich wimmernd einzurollen.

Sie konnte es nicht tun, solange Babett nicht damit aufhörte.

Emma marschierte durch das Wasser, durch den Gestank, zurück zum Hundekäfig. Die Käfigtür stand offen, doch das Mädchen hatte sich nicht gerührt.

»Komm raus«, sagte sie barsch. Weg war das Mitleid, das Überreden, die Anteilnahme in ihrer Stimme.

»Hast du sie gesehen?«, wimmerte Babett Schneeweis.

»Hör auf zu heulen und schau mich an. Erkennst du mich?«

Babett drehte mit Mühe ihren Kopf und schaute durch das Gitter.

»Ich habe dich in der Schauspielschule besucht.«

»Du bist diese komische Hausfrau.«

»Mein Name ist Emma Carow. Ich bin von der Polizei. Ich bin hier, weil ich dich gesucht habe, und ich habe dich gefunden. Du wirst hier nicht sterben. Das werde ich nicht zulassen. Meine Kollegen sind unterwegs, sie kommen nach, bis dahin werde ich dich beschützen. Du wirst jetzt aufstehen und dich anziehen, und du wirst mir helfen. Wie eine erwachsene Frau, wie eine starke Frau, wie deine Eltern es von dir erwarten, wie du es von dir erwartest und ich auch.«

»Wenn du von der Polizei bist, wieso bist du allein? Und wo ist deine Waffe?«

»Die werden wir jetzt finden, gemeinsam. Ich bin von meinen Kollegen getrennt worden, ich bin durch ein Loch in der Decke gefallen, da hinten. Meine Waffe liegt irgendwo in dem Tümpel unter dem Loch. Wir werden sie jetzt finden, gemeinsam.«

»Da gehe ich nicht hin.« Ihre Lippen bebten.

»Doch, du kommst mit, und du hilfst mir, die Waffe zu finden, und wenn der Mann zurückkommt, werden wir bewaffnet sein, und er wird dir nichts antun können.«

Babett drehte sich mühevoll im Käfig, um Emma anzuschauen. Sie traute der Chance noch nicht. »Wenn sie im Wasser liegt, ist sie doch kaputt.«

Das war gut. Sie dachte mit. Sie dachte rational, logisch, tastete ihre Möglichkeiten ab. Sie hatte aufgehört zu wimmern, auch innerlich sträubte sie sich nicht mehr.

»Das Wasser macht sie nicht kaputt. Das war früher mal so – das ist aber eine hochmoderne Waffe, sie ist wasserdicht und wird schießen. Das ist ein Sig Sauer P6, sie hat acht Patronen, jede Kugel ist neun Millimeter dick, so stark, dass sie einen Menschen mit einem Schuss töten kann. Wir werden mit der Waffe am Fenster stehen, und wenn der Täter hereinkommt, werden wir acht Kugeln in seinen Körper feuern, und er wird tot umfallen und dir nie wieder etwas antun.«

Babett rührte sich. Ging im Kopf ihre Chancen durch. »Ich hab nichts anzuziehen.«

Emma zog ihre Jacke aus. Es dauerte, bis sie ihren linken Arm herausbekam. Immerhin konnte sie ihn wieder bewegen. Dann ihren Pullover. Sie lehnte sich an den Käfig und zog Schuhe und Jeans aus, beide nass und verklebt. Bis sie nur noch in Unterwäsche und Bluse dastand, halb nackt, ihre Wollsocken mit Wasser vollgesogen, zitternd in der eisigen Kälte. Babett blickte ungläubig auf, als Emma ihr die Sachen hinhielt.

»Komm raus, und zieh dich an.«

Babett kroch aus dem Käfig, und Emma machte das Hundehalsband los, mit dem das Mädchen an die Kette gelegt worden war. Babett schnappte gierig nach Luft. Emma half ihr, sich in die feuchte Kleidung zu zwängen. Die wütenden Drohungen von hinter dem Fenster ignorierten sie.

Dann nahm sie Babett an der Hand und führte die Widerstrebende tiefer in die Halle, bis sie unter dem Loch in der Decke standen. Sie machte sich daran, den Gestrüpphaufen auseinanderzuziehen, in den sie gefallen war, immer in der Hoffnung, jeden Moment die Waffe darin zu entdecken. Es war eine mühselige Arbeit. Die Dornen richteten sie übel zu. Babett schaute zu, die Arme um den Körper geschlungen.

»Hilf mir.«

Babett gehorchte.

Emma maß ein Viereck aus – fünf Schritte in jede Richtung. An jede Ecke legte sie ein Stück Gestrüpp, als Markierung.

Währenddessen zeigte Babett zum Loch in der Decke. »Siehst du das?«, sagte sie.

»Was?« Emma schaute hoch zum Loch, kniff die Augen zusammen. War da jemand? In dem weißen, undefinierbaren Himmel konnte sie kaum die Baumwipfel erkennen.

Babett wies unbeirrt nach oben. »Das ist der älteste Baum Polens.«

Emma wandte sich dem Mädchen zu. Ruhig und bestimmt nahm sie ihr Gesicht zwischen die Hände und schaute ihr in die Augen, ließ nicht zu, dass Babett in die Richtung von Sabine blickte.

»Babett, wir sind in Deutschland. Wir sind in Brandenburg, eine Stunde von Berlin entfernt. Verstehst du?«

»Nein, er hat gesagt …«

»Er lügt. Wir suchen ihn schon lange, die ganze Berliner Polizei sucht nach euch. Und ich habe dich gefunden. Mein Auto steht da draußen. Wir sind in einer ehemaligen Militäranlage im Wald. Sie wurde von den Sowjetsoldaten in der DDR benutzt. Du warst nie in Polen, du warst nie ein nutzloser Parasit, du bist nie von deinen Eltern verraten worden, alles, was er dir erzählt hat, ist gelogen. Verstehst du mich?«

Babett schwieg.

»Wir sind in Kummersdorf. Wir sind nicht weit weg von zu Hause. Schau mich an, Babett.«

Immer wieder drehte sie Babetts Gesicht sanft zurück zu sich, weg von Sabines Anblick, den Babetts Augen hinter ihrem Rücken suchten.

»Sprich mit mir, Babett Schneeweis.«

»Ich … ich verstehe das alles nicht«, schluchzte Babett auf. »Ich dachte, Sabine ist meine Freundin … Sie sagte, sie ist abgehauen, ich wollte ihr doch nur helfen, ich verstehe nicht, warum ich hier bin, warum … Warum hat sie das getan?«

Emma wusste, dass es auf diese Frage keine befriedigende Antwort gab, ein Leben lang nicht. Oder vielleicht doch? Sie nahm das Mädchen bei den Schultern, blickte ihr in die Augen.

»Babett, bitte sag mir … bist du vergewaltigt worden?«

Babett schüttelte den Kopf.

»Sabine aber«, sagte Emma.

»Oh.«

»Sie wurde so lange von diesem Mörder missbraucht, dass sie

keinen eigenen Willen mehr hat, sie tut alles, was er will, sie ist nicht mehr sie selbst, und dieser Kerl hat das Gleiche mit dir vor. Aber mit dir wird er das nicht schaffen, okay? Dafür werde ich sorgen. Wir müssen nur meine Waffe finden.«

Babett nickte, wischte sich die Augen. Sie war noch verwirrt, aber sie nickte.

»Konzentriere dich jetzt. Ich brauche dich. Du fängst an dieser Ecke an. Auf den Knien. Verletz dich nicht. Du tastest jeden Zentimeter ab, bis zur anderen Ecke da drüben, jeden Zentimeter, alles, ganz langsam, mit den Händen im Wasser. Wir haben Zeit. Der Mann ist noch in Berlin, noch eine Stunde entfernt. Mindestens. Du darfst keinen Zentimeter auslassen. Alles, was Metall ist, alles, was schwer ist, holst du aus dem Wasser und zeigst es mir. Du lässt keinen Zentimeter aus. Es ist leicht, die Waffe zu übersehen, das können wir uns nicht leisten. Verstehst du? Wir brauchen sie. Alles, was du sonst unter die Finger bekommst, heb es nicht auf, lass es, es ist egal, es ist vorbei, denk nicht dran.«

»Ich lasse keinen Zentimeter aus«, sagte Babett.

Emma kniete sich mit nackten Beinen in der anderen Ecke in den Dreck. Ihre Bluse hing ins Wasser. Sie zog sich den Schal vom Hals, band ihn um die Taille und begann, mit den Fingern den Grund unter Wasser abzusuchen.

Zentimeter für Zentimeter.

Emma hatte gelogen. Sie wusste nicht, ob die Waffe hier war. Ihre Sig Sauer könnte genauso gut oben liegen, irgendwo da oben auf der Wiese. Sie hatte keine Ahnung, ob sie mit ihr durch das Loch gefallen war. Sie hatte keine Wahl, als zu suchen.

Sie wusste auch nicht, wie viel Zeit sie hatten.

Wenn Noël von Berlin aus telefoniert hatte, dann hatten sie sechzig bis neunzig Minuten. Je nach Verkehr. Wenn er vom Auto aus telefoniert hatte, konnte er jeden Moment hier sein.

Sie suchten.

Auf Knien. Jeden Zentimeter Boden suchten sie ab, immer hin und her zwischen den Ecken. Keine Waffe.

Sie suchten, bis sie sich mit leeren Händen in der Mitte trafen.

»Wo ist sie?«, sagte Babett, Panik in der Stimme. »Wo ist sie? Du hast gesagt, dass sie hier ist.«

»Sie ist hier. Wir haben sie übersehen. Wir suchen noch einmal, wir finden sie.«

Auch Emmas Ruhe war eine Lüge. Sie zählte die Minuten, spürte Panik in sich aufsteigen. Ihre Füße waren Eisklumpen, ihre Finger so klamm, dass sie nicht wusste, ob sie die Waffe überhaupt ertasten würde, sollte sie da liegen.

Sie verschob die Eckmarkierungen noch drei Schritte weiter vom Zentrum weg. Sie suchten erneut, noch sorgfältiger diesmal. Zentimeter für Zentimeter, hin und her, in Reihen, in Quadraten, immer wieder. Sie suchten weiter, bis sie sich in der Mitte trafen.

Babett streckte ihr die leeren Hände entgegen. Sie rieben einander die eiskalten Finger, bis sie rot wurden, bestimmt fünf Minuten lang, und traten von einem Fuß auf den andern. Eine Stunde war vergangen, mindestens.

»Sie ist hier. Sie ist hier.«

»Ist sie nicht.« Verzweiflung in Babetts Stimme. »Er kommt zurück, und du hast keine Waffe.«

»Sie ist hier«, sagte Emma. Sie dehnte den Radius noch drei Schritte weiter aus, und sie gingen erneut auf die Knie. Weitersuchen. Zentimeter für Zentimeter.

»Bist du sicher, dass sie hier ist?«

Emma war alles andere als sicher. Jetzt waren bestimmt schon anderthalb Stunden vergangen. Eher mehr. »Wir müssen den Kreis weiter ausdehnen.«

Sie fingen von vorne an. Sie waren noch nicht ganz in der Mitte angekommen, als sie seine Stimme hörten.

»Emma?«

Er klang in keiner Weise aufgeregt. Im Gegenteil: Eine so beherrschte Stimme hatte Emma lange nicht mehr gehört.

»Emma? Das hat keinen Zweck. Komm zum Fenster.«

Emma richtete sich mit Mühe auf. Ihre Finger und Zehen waren taub, ihr Rücken steif, ihre Knie schmerzten, die Schnitte von den Dornen brannten.

Da stand er. Im Fenster. Sie erkannte ihn sogar von hier aus, wie er da stand, sein schlanker Körperbau. Schon seine Stimme hatte sie erkannt.

»Komm doch näher, Emma«, sagte Nikolai Grotian.

85

»Frauen sind schon seltsam, nicht wahr?«, sagte Nikolai Grotian.

Kurz, ganz kurz nur, wusste Emma nicht, wo sie war.

»Sind blind für das Offensichtliche.«

Nikolai stand am Fenster des Observationsraums, Hände hinter dem Rücken verschränkt. Kühl, gefasst, unbesorgt. Er lächelte Emma an. Fast hätte sie glauben können, er freue sich, sie zu sehen. Vielleicht war es so.

Waffe. Hatte er eine Waffe? Auf dem Tisch hinter ihm lag das Messer, wie vorhin, unberührt. Hielt er etwas in der Hand? Seine Hände konnte sie nicht sehen.

Ein Teil von Emma dachte: Was machst du hier? Und: Bist du meinetwegen da? Bist du gekommen, mich hier rauszuholen?

»Als ob sie prädestiniert wären, immer das Gegenteil von dem zu sehen, was da ist.«

Ein Teil von Emma wollte nicht wahrhaben, dass der Mann, mit dem sie eine Beziehung hatte, fünf Frauen ermordet hatte, zwei weitere standen auf seiner Liste. Drei. Sie inzwischen auch. Ein Teil von Emma wünschte sich, Nikolai Grotian wäre hier, um mit ihr über ihre Beziehung zu reden oder ihr zu sagen, er werde Schluss machen. Dieser Teil von Emma schmerzte, taumelte, zögerte.

Der andere Teil verlor die Orientierung nicht. Der andere, immer misstrauische Teil, ein Erbe ihrer Begegnung mit Uwe Marquardt, war hellwach, suchte einen Ausweg, eine Schwäche, einen Fehler. Der andere Teil von Emma hörte genau zu und achtete auf jede Geste, während Nikolai Grotian sagte: »Hat sie einen guten Mann vor sich, entdeckt sie, so schnell sie kann, das Arschloch in ihm. Steht ein Serienmörder vor ihr, freut sie sich über den komplizierten Menschen mit der tiefen Seele.«

Emma versuchte, nicht zu zittern.

Die eine Emma wusste, was zu tun war, sie wusste, dass sie hart sein musste, sachlich, analytisch, wusste, er sieht sie nicht als Emma, nicht mehr, das ist vorbei, sondern als Gegner, war sie ja auch; mit ihm wie mit einem normalen Menschen zu reden, das wäre jetzt ein Fehler, nein, das war nicht der Mann, mit dem sie eine Beziehung hatte, das war ein Mörder, und sie war Bulle, und sie musste einen Weg suchen, ihn zu überwinden, ihm zu entkommen, nur eines durfte sie nicht: den Teil von Emma sprechen lassen, der wissen wollte, warum er all das getan hatte.

»Du …«, sagte sie und wusste gleich, dass die falsche Emma sprach.

»*Du, Nikolai,* willst du sagen, Emma, sag es, sag meinen Namen, du hast ihn Samstag erst gesagt, sag ihn jetzt!«

Seinen Namen sagte sie nicht. »Du … du hast alles. Alles. Du bist anerkannt, wirst bewundert und beneidet. Du hast dir doch ein Leben aufgebaut, gegen jede Chance … okay, vielleicht warst du früher anders, vielleicht warst du arm … einsam … was weiß ich, aber du hast es allen gezeigt, oder? Und die Frauen – Parasiten? Du hast keinen Grund …«

»Du hast es nicht kapiert, du bist genau wie ich, und du kapierst es nicht, du bist immer noch das neunzehnjährige Mädchen, das dein Vergewaltiger ans Bett gefesselt hat, und du wirst es immer sein, du kannst sagen, was du willst, du kommst nie darüber hinweg, wir sind gleich, du und ich, Emma, du hast deinen Uwe, ich habe meine Julia.«

»Deshalb tust du das? Für Julia? Die dich damals ausgelacht hat? Das ist zweiundzwanzig Jahre her, du kannst jede Frau der Welt haben, du kannst Schönere haben, Jüngere, ich habe gesehen, wie sie dich anschauen auf der Uni …«

»Der einzige Unterschied zwischen uns ist«, fuhr Grotian fort, als hätte er nicht zugehört, »ich bin ehrlich genug, es zuzugeben. In ein oder zwei Wochen werde ich Julia bei mir haben.«

»Mord, Nikolai, Mord, nur damit Julia sagt, sie liebt dich? Willst du sie zwingen, dich zu lieben? Hörst du nicht, wie verrückt das klingt?«

»O Emma, ich weiß, dass sie mich nicht liebt, auch wenn sie es sagt, und sie wird es sagen, sie wird es unter Tränen der Freude sagen, sie wird mich um Vergebung anbetteln, sie wird in ihren Gedanken ihre gesamte Vergangenheit umschreiben, bis sie glaubt, sie hat mich immer geliebt und nur mich, in ihrem Kopf werde ich alles sein, was ich damals sein wollte, ich werde das perfekte Leben haben, und ich werde all das in ihren Augen sehen. Und weißt du, was ich dann mache? Wenn es so weit ist? Hast du es zu Ende analysiert?«

»Ich weiß, dass du sie töten willst.«

»Töten? Ich? Ach Emma, nein, niemals würde ich das tun – die hübsche Babett wird es tun. Das Letzte, was sie sehen wird, bevor sie in Stücke gerissen wird, ist ihr bildschönes Töchterchen, das auf den Knopf drückt.«

Eine Emma wollte laufen, schreien, schreiend weglaufen. Die andere wusste, dass sie zu viel geredet hatte, zu viel gehört, sie musste jetzt wieder Bulle sein. Und so vergaß Emma den Mann, mit dem sie eine Beziehung hatte. Sie schrie nicht, stammelte nicht, ließ ihn keinen Schock sehen, keinen Zweifel. Sie sagte nur: »Du hast zwei Möglichkeiten.«

Sie trat einen Schritt nach vorn, noch einen, bis sie direkt vor dem Maschendraht stand. Direkt vor ihm. Sie stand kerzengerade. »Ich denke, du bist auf irgendeine Weise bewaffnet, aber ich bezweifle, dass du im Zweikampf trainiert bist. Ich allerdings schon. Um mich anzugreifen, musst du durch die Tür kommen. Das ist für dich ein hohes Risiko.«

»Warum muss ich durch die Tür? Wenn ich in meinen Händen eine Pistole halte, das meinst du wohl – dann kann ich auch durch den Maschendraht schießen.«

»Die Fensterlaibung ist zu tief. Dein Schusswinkel ist begrenzt. Solange ich an der Wand bleibe, kommst du nie an mich ran. Du musst durch die Tür.«

Nikolai Grotian widersprach nicht. »Und die zweite Möglichkeit?«

Es war schwer zu sprechen. Ihr Kiefer wollte nicht mitmachen. Sie wollte sich an die Wand flüchten, jetzt sofort, aber dann würde sie ihn aus den Augen verlieren, und vielleicht bluffte er nur. »Meine Kollegen sind bald hier. Sie wissen, wo ich bin, sie haben mein Handy verortet. Wenn du jetzt fliehst, einfach abhaust, dann ...«

Grotian lachte. »Emma, du stehst halb nackt vor mir. Tut mir leid, es ist schwer, dich ernst zu nehmen.« Sie sah keine Panik in ihm, nicht mal Unruhe. Es war, als ob er über die vielen Jahre eine Fassade errichtet hätte, die auch der gefährlichsten Situation standhielt.

»Du hast weniger als eine Stunde, bis sie hier sind.«

»Ich denke nicht. Du bist keine Ermittlerin, sondern Profilerin.«

»Fallanalystin.«

»Fallanalystin. Du bist also nicht hier als Teil einer Ermittlung, sondern auf eigene Faust. Dein Auto steht oben – dein Privatauto.

Deine Kollegen vermissen dich vielleicht schon, aber wo genau du steckst, das wissen sie nicht. Das Gelände hier ist groß. Brandenburg ist groß.«

»Mein Handy hat einen GPS-Sender, der sendet immer.«

»Ach ja, dein Handy. Mein Mädchen hier hat am Telefon gesagt, dass du das Handy wolltest. Also lag dein eigenes noch oben. Als ich vor einer Weile hier ankam, suchte ich dein Auto ab, du hast es freundlicherweise offen gelassen, dann das Gelände oben um das Loch herum. Und tatsächlich, da war ein Handy.«

»Du lügst.«

»Ein Samsung Galaxy S5.«

Emmas Handy war ein Samsung Galaxy S5.

»Leider war der Akku alle, deshalb bin ich nach Luckenwalde gefahren. Dort gibt es einen Laden, der passende Netzteile hat. Im Bahnhof dort habe ich mich in die Bäckerei gesetzt und das Handy aufgeladen. Natürlich kenne ich dein Passwort nicht, aber man kann auch von einem gesperrten Handy einen Notruf senden. Sollten deine Kollegen das GPS des Handys nachverfolgen, sagen wir, zum letzten Anruf, werden sie erst mal ein paar Tage in Luckenwalde nach dir suchen, mindestens vierundzwanzig Stunden. Das gibt mir genug Zeit, meine Mädchen an einen sicheren Ort zu verlegen. Dort werden Sabine, Babett und ich und bald auch Julia es gemütlich haben.«

Emma antwortete nicht. Nur das Zittern ihrer Beine konnte sie nicht mehr verhindern.

»Nun, ich hoffe, ich habe deine Einwände zerstreut. Damit können wir, denke ich, ganz offen zueinander sein. Wir sind beide Alphatiere, du und ich, Emma. Wir sind nicht so geboren, das Leben ließ uns keine Wahl. Es gab eine Zeit, in der ich ein Alphaweibchen wie dich nie hätte verführen können, geschweige denn, dir sämtliche Glieder vom Leibe reißen. Also sollten wir uns eine gewisse Ehrlichkeit im Umgang miteinander gönnen.«

Emma stand fast nackt vor ihm, hauchte in ihre Hände und antwortete nicht.

»Ich verabscheue Waffen. Für meine Arbeit ziehe ich Drogen vor, Rohypnol unter anderem, das weißt du vermutlich bereits. Aber ein Messer hätte ich schon.«

Emmas Blick wanderte zu dem Tisch hinter ihm. Das Messer. Woher hatte sie eigentlich gleich gewusst, dass es ein Jagdmesser war? Weil sie es kannte. Es war ihres. Ihr Messer, das sie vor vielen Jahren bei Wolfgang Gerheim in Auftrag gegeben hatte, das Imitat des Messers, das Uwe Marquardt ihr an die Kehle gehalten hatte, als sie neunzehn war. Bis vor Kurzem hatte es noch in ihrem Schrein gelegen, wie Nikolai ihn genannt hatte, bis er so freundlich gewesen war, es zu entsorgen.

Hatte sie gedacht.

Seine Hände waren immer noch hinter dem Rücken verschränkt.

»Mein Vorschlag ist folgender«, sagte er. »Ich bitte Sabine hier, die Tür zu öffnen. Du schickst die kleine Babett zu uns rein. Und bleibst auf der anderen Seite. Dann gehen wir, wir drei, und in ein oder zwei Tagen kommen deine Kollegen und holen dich ab. Und wir sind quitt.«

Was für ein großzügiger Vorschlag. Kurz blitzte die Hoffnung in ihr auf, ungeschoren hier herauszukommen.

»Ich habe eine bessere Idee«, sagte sie. »Du lässt Sabine und Babett hier und verschwindest. Nur so hast du eine Chance zu entkommen. Es ist deine letzte.«

Er lachte. »Wir verhandeln! Wie charmant. Im Kapitalismus verhandelt man ja über alles, auch über Menschenleben. Aber du wirst gierig. Du willst zwei Leben und mir keins übrig lassen. Na gut, mein Gegenangebot – und ich komme dir wirklich entgegen, liebe Emma: Ich schicke Sabine zu dir rein, Julia nehme ich mit. Ein Menschenleben für ein Menschenleben. Das ist angemessen. Du opferst dich doch für mich, nicht wahr, Sabine?«

»Ich tue alles für dich.«

Julia.

»Du hast sie Julia genannt«, sagte Emma.

Verwunderung. »Was habe ich?«

»Du hast Babett Julia genannt.«

Nikolai Grotian dachte nach.

»Du gehst niemals ohne sie«, sagte Emma. »Und du kriegst sie nur, wenn du durch die Tür kommst.«

Grotian war still.

»Entweder du gehst ohne Sabine und ohne Babett, oder du kommst durch diese Tür. Entscheide dich.«

Sein Lächeln war seltsam. Ein Kräuseln der Lippen, die Augen verengt, die Miene voller Ekel, das Gesicht eines Mörders, es war das erste Mal, dass er Emma diesen Ausdruck zeigte.

Er wandte sich an Sabine, die hinter ihm stand. »Ich brauche dich jetzt«, sagte er.

»Ich tue alles für dich«, sagte sie.

»Die Fotze da.« Er zeigte auf Emma. »Ich werde die Tür aufmachen. Du wirst durch die Tür gehen und dich auf sie werfen. Verstehst du das?«

»Sabine!« Emma schrie. Ihre Knie schlugen unkontrolliert zusammen.

»Ich komme mit dem Messer nach. Du musst sie für mich festhalten, dann steche ich sie ab. Verstehst du, was du zu tun hast?«

»Ich verstehe.«

»Sabine, hör nicht auf ihn«, flehte Emma.

Sabine beachtete sie nicht. Ihre Augen waren nur auf Grotian gerichtet.

»Du wirfst dich auf sie, mit allem, was du hast«, sagte der. »Wenn du das schaffst, nehme ich dich später vielleicht mit. Du hältst sie fest und lässt sie nicht los, egal was passiert, verstanden?«

»Ich werde alles tun.«

»Sabine, du wirst sterben, er wird dich opfern, du darfst nicht tun, was er sagt!«

»Ich mache jetzt die Tür auf. Bist du bereit, Sabine?«

»Ich bin bereit«, sagte Sabine.

»Ich habe sie gefunden.«

Die Tür war nur drei Schritte entfernt. Emma hatte keine Wahl, sie musste dort hin, musste versuchen, Sabine zu überwältigen, bevor Nikolai angreifen konnte …

»Ich habe sie gefunden.«

Die Stimme war hinter ihr. Babetts Stimme. Babett stand hinter ihr und sprach.

Auch Nikolai hatte Babett gehört. Und gesehen. Er stoppte, hob den Blick und schaute an Emma vorbei. Ungläubig.

Emma drehte sich um.

Babett streckte Emma ihre offene Hand entgegen.

In ihrer Hand: die Sig Sauer.

86

Eine Sekunde. Eine Sekunde würde es dauern, bis Nikolai die Waffe, die er wahrscheinlich hinter seinem Rücken hielt, auf sie richtete und durch den Maschendraht schoss. Zwei, allerhöchstens. Emma ließ sich fallen. Mit einer Hand griff sie nach ihrer Sig Sauer, mit der anderen packte sie Babetts Schulter, und zusammen gingen sie zu Boden, genau in dem Moment, als der erste Schuss aus dem Observationsraum donnerte. Als der zweite Schuss losging, rollte sie mit Babett in den Armen zur Wand hin. Beim dritten drückte Emma sie schon gegen die Mauer.

Babett lag in Emmas Armen. Augen zugekniffen, Gesicht verzerrt, sie zwang sich, nicht zu schreien, und hielt sich die Ohren zu, während das Echo durch die Halle rollte. Emma hielt sie fest, drückte sie so eng wie möglich an die Wand und wartete.

Es fiel kein Schuss mehr.

Emma wiegte das Mädchen in ihren Armen. Sie flüsterte ihr zu: »Du bist okay. Er hat uns nicht getroffen. Babett, das hast du gut gemacht. Wir sind jetzt bewaffnet, er kann uns nichts weiter tun. Hörst du, Babett? Du hast uns gerettet. Du bist mein Held.«

Babett weinte still vor sich hin, die Augen geschlossen.

Ohne aufzustehen, richtete Emma das Wort an Nikolai. »Du hast mit Absicht nicht getroffen. Habe ich recht?« Nikolai antwortete nicht. Sie sah ihn nicht, aber sie wusste, er hörte sie. »Du würdest Sabine opfern«, sagte Emma, »aber niemals Babett.«

Keine Antwort.

Emma flüsterte Babett zu, die immer noch in ihren Armen lag: »Babett, ich brauche jetzt deine Hilfe. Ich brauche von dir eine ganz große Heldentat. Es wird wehtun, aber es wird uns befreien. Kannst du das? Tust du das für mich?«

»Ich will nicht sterben«, jammerte Babett.

»Du wirst nicht sterben. Er wird dir nichts tun, er kann nicht. Mich will er töten, nicht dich. Er würde nie auf dich schießen, auch nicht mit dem Messer auf dich losgehen. Verstehst du?«

»Er will mich töten.«

»Nein. Nicht heute, nicht so. Er hat andere Pläne mit dir. Bis dahin will er, dass du am Leben bleibst. Unbedingt. Er wird alles dafür tun. Verstehst du?«

Babett nickte zögernd.

Nikolai rief: »Komm schon, Emma, steh auf. Ich tu dir schon nicht weh.«

Emma strich Babett über den Kopf, striegelte das wirre Haar mit ihren schmutzigen Fingern.

»Wenn du alles tust, was ich dir sage, wirst du nicht sterben«, flüsterte sie. »Ich hab gesagt, dass meine Pistole da war, und ich hatte recht, oder?«

Babett nickte.

»Ich brauche dich jetzt. Du musst aufstehen. Mit mir. Du musst dich vor mich stellen. Er wird nicht auf uns schießen, solange die Gefahr besteht, dass er dich trifft. Dann werde ich etwas tun, was dir kurz wehtut. Wenn du mich lässt. Du musst mir vertrauen.«

»Was denn?«

»Ich werde dir durch den Arm schießen.«

»Was?« Babett fuhr zusammen, machte sich los.

»Es … es geht nicht anders.«

»Bist du verrückt geworden, spinnst du, niemals!«

»Komm schon, Emma, was flüstert ihr da? Steh auf, damit wir wie Erwachsene miteinander reden können.«

»Babett, hör zu«, wisperte sie eindringlich. »Es wird wehtun, es wird kurz bluten, aber du wirst nicht sterben. Egal was ich ihm gleich erzähle, egal was du hörst, du musst mir vertrauen: Du wirst nicht sterben.«

»Mein Arm«, stammelte Babett. »Willst du … willst du mich verkrüppeln?«

»Ich verspreche dir, das wird nicht passieren.«

»Aber warum … warum …«

Emma zog sie fest an sich und erklärte flüsternd ihren Plan. Babett zitterte am ganzen Körper, doch sie nickte langsam. »Ich kann das nur machen, wenn du mir deine Einwilligung gibst. Tust du das?«

Babett starrte ein paar Sekunden vor sich hin, rieb sich wie zum Abschied die Oberarme. Dann zog sie sich die Jacke aus und band sie um die Hüfte. Schob den linken Ärmel hoch, so hoch es ging.

»Du sollst sehen, wo du hinschießt«, sagte sie.

»Dann lass uns aufstehen.« Emma nahm sie bei der Hand, und sie erhoben sich. Die linke Hand um Babetts Schulter, in der rechten die Sig Sauer. »Noch näher. Ein bisschen vor mich, genau so.« Gemeinsam traten sie vors Fenster.

Emma blickte auf und sah Nikolai über Babetts bebende Schulter hinweg an. Er stand am Fenster, vor ihm Sabine, sein Schutzschild, ihr Blick starr. In seiner rechten Hand, die locker zur Seite hing, hielt er eine Pistole.

Ein Patt.

Seine Waffe war klein. Kompakt. Mehr Griff als Lauf. Emma vermutete, sowjetische Herstellung, eine Makarow, von der Art, wie sie überall im Osten auf dem Schwarzmarkt zu kriegen waren. Sie vermutete auch, dass er nur wenig Übung damit hatte. Man muss nicht besonders gut schießen können, um eine Geisel einzuschüchtern.

Er war ganz ruhig. Emma auch.

»Ich habe ein neues Angebot«, sagte sie. »Du rufst die Polizei an. Du beschreibst ihnen ganz genau, wo wir sind. Du sagst, dass eine Frau angeschossen wurde und dringend einen Krankenwagen braucht. Sie verblutet sonst.«

»Was?«

»Ich nenne dir einen Zeitrahmen: Die Frau ist tot, wenn in der nächsten Stunde kein Rettungswagen hier ist. Nach dem Anruf bist du frei. Du kannst fliehen. Sabine bleibt hier. Mal schauen, wie weit du kommst. Hast du verstanden? Eine Stunde, oder Babett verblutet.«

»Wovon redest du?«

»Ich werde sie in den Arm schießen«, sagte Emma, »und zwar so, dass ich die Schlagader im Oberarm treffe. Die hier, die hoch zum Hals führt.« Sie fuhr die Ader mit der Mündung des Laufs entlang. »Sie wird erst mal bei Bewusstsein bleiben, aber stetig Blut verlieren. Nach etwa einer Stunde setzt der Schock ein. An dem Schock stirbt sie, wenn sie nicht unverzüglich operiert wird. Dann heißt es Ade für deine Julia junior. Für immer. Es sei denn, du rufst den Krankenwagen.«

Babetts Blick sprang zwischen Emma und Nikolai hin und her. Sie versuchte, etwas zu sagen, wusste aber offenbar nicht, was, wusste nicht, was Emma vorhatte, ob sie sie retten oder ins Verderben stürzen wollte, sie öffnete den Mund und schloss ihn wieder. Aber sie sagte nichts.

»Emma!« Panik in seiner Stimme, in seinem Gesicht. »Hör auf, das bringst du nicht.«

Emma ignorierte ihn. »Babett«, flüsterte sie, »du weißt, dass ich das tun muss. Richtig? Glaubst du den Scheiß mit den Parasiten? Sind wir schwach, Babett? Sind wir schwache, hilflose Frauen?«

Emma spürte, wie Babett ihren ganzen Körper anspannte. Angespannt und zitternd zugleich. Als ob sie das Zittern einsetzte, sich zu wappnen, als ob es sie nicht mehr beherrschte, sondern im Gegenteil nun sie ihre Kraft daraus zog, neue Kraft für das Unausweichliche. »Nein«, flüsterte sie, die Augen geschlossen, die Lippen schmal und blass, »nein, sind wir nicht …«

»Nikolai, du hast ein Stunde.«

Emma ergriff Babetts linken Oberarm, presste die Mündung der Sig Sauer gegen das Fleisch, genau in die Kuhle zwischen Muskel und Knochen.

»Nein!« Es war seine Stimme, die schrie. Nicht ihre.

Und drückte ab.

87

Babett fiel auf die Knie. Sie keuchte, rang nach Luft, das Blut wich aus ihrem Gesicht, sie griff nach ihrem Arm und schaute Emma ungläubig an. Dann erst, auf den Knien, heulte sie auf. Das Blut war überall: Es sprudelte regelrecht heraus, rann durch ihre Finger, die sie um die Wunde klammerte, tropfte den Arm herunter. Grotian brüllte.

»Du elende Schlampe, ich bringe dich um, hörst du mich, du verfickte Hure, hörst du mich?« Er vergaß Sabine, griff mit beiden Fäusten in den Maschendraht, schüttelte daran, sein Gesicht verzerrt. Da, er stand frei. Ohne Waffe in der Hand.

Emma zielte und schoss. Daneben. Der Maschendraht hatte die Kugel abgelenkt. Er ging wieder in Deckung. »Du verfickte Schlampe!«, brüllte er hinter der Wand. »Sie gehört mir! Mir! Hörst du mich?«

»Ruf an!«, rief Emma zurück.

Babett, auf den Knien, schwankte. Emma beugte sich hinab, umfing sie und hielt sie fest, bis das Blut auch durch ihre Hände lief.

Nikolai brüllte vor Wut. Die Wut seines Lebens, seines ganzen verpfuschten Lebens, Wut und Angst und Hass und mehr: Verzweiflung. Die Ahnung, dass ihm gerade seine letzte Chance genommen wurde, sich für dieses Leben zu rächen.

Dann war er still. Er sammelte sich. Emma hörte, wie er schwer atmete. Sie zählte: Zehn. Zwanzig. Dreißig Sekunden. Vierzig.

»Dann hast du also gewonnen«, hörte sie ihn. Er hatte sich gefasst, er war wieder ruhig, seine Stimme emotionslos. »Aber anrufen werde ich nicht. Du musst sie schon selber retten. Ich schicke euch Sabine zurück, sie macht die Tür auf, wenn ich fort bin.«

Er warf einen letzten, verzerrten Blick auf die blutüberströmte Babett. Dann ging er rückwärts durch das Observationszimmer, Sabine fest im Griff, das Messer an ihrem Hals. Am Tisch hielt er kurz an und steckte das Handy und die Taschenlampe ein. Dann ging er rückwärts aus der Tür.

Emma starrte einen Moment durch den Maschendraht in den Observationsraum, auf die Ausgangstür, durch die Grotian und Sabine verschwunden waren.

Babett, winselnd zu ihren Füßen: »Ist er weg?«

Emma war nicht sicher.

»Ist er weg? Kommt die Polizei? Kommt ein Krankenwagen? Kommt er wieder?«

Emma war nicht sicher.

»Sind wir frei?«, fragte Babett.

Endlich antwortete Emma: »Nein. Er ist nicht weg.«

»Aber er hat doch gesagt, dass er geht, ich brauche einen Krankenwagen ...«

Emma zog Babett zu sich hoch. »Babett, das hast du gut gemacht. Du wärst eine Super-Polizistin.«

»Aber er ist doch ...«

»Komm ins Licht, ich will mir deinen Arm anschauen.«

Das Loch klaffte nahe der Schulter, die Kugel hatte das Fleisch zerfetzt. Mehr konnte Emma nicht erkennen, die Wunde blutete jetzt nur noch innerlich. Mit klammen Fingern riss sie den Ärmel ihrer Bluse ab, wickelte ihn um Babetts Arm, zog ihn fest, noch fester, rollte den Ärmel des Pullovers darüber.

»Erst mal sind wir ihn los, aber wir sind noch nicht frei. Du musst jetzt stark sein und alles ganz genau so machen, wie ich es dir sage. Kann ich mich auf dich verlassen?«

»Ja, ja, aber kommen wir hier raus, bevor ... bevor ich ...?«

»Du wirst nicht sterben. Es bedarf viel mehr als so einer Wunde, bis man verblutet. Hörst du?«

»Aber hast du nicht die Schlagader getroffen?«

»Das war doch nur ein Bluff«, log Emma. Sie hatte versucht, die Schlagader nicht zu treffen. Sie war nicht sicher, ob sie es geschafft hatte. Falls die Blutung wieder einsetzen sollte, dann vermutlich nicht.

»Hör zu – wir müssen durch dieselbe Tür, durch die er gegangen ist, und er wartet auf der anderen Seite, im Gang oder auf der Treppe oder irgendwo. Er kennt sich hier aus, wir nicht.«

»Er wartet auf uns? Er wollte doch ...«

»Er würde dich nie verlassen, Babett, niemals. Er redet jetzt mit

Sabine, sagt ihr, was sie zu tun hat. Er wird sie gleich zurückschicken, damit sie uns durch die Tür da hinten an die Oberfläche bringt, aber sie wird uns in eine Falle führen, wo er auf uns wartet. Verstehst du?«

»Scheiße. Wie sollen wir …«

»Wenn das passiert, wird Sabine versuchen, dich von mir zu trennen. Sie wird sich auf dich werfen, dich zu Boden ziehen oder durch eine Tür, irgendwas in der Art. Er kann mich ja nur angreifen, wenn du nicht zu nah stehst, er will dich nicht treffen. Wenn das passiert, musst du Sabine angreifen, frontal, schmeiß dich auf sie, umarm sie, geh zu Boden und nimm sie mit. Ich werde schießen, daher ist es wichtig, dass ihr beide unten bleibt. Sonst seid ihr in der Schusslinie. Hast du das verstanden? Wiederhole es.«

Babett wiederholte, was Emma gesagt hatte. Etwas bleich um die Nase, aber konzentriert, langsam, genau.

»Schaffst du das?«

»Ich schaffe das«, sagte Babett.

»Es kann alles passieren, aber was du tun musst, ist immer gleich. Wenn er angreift, umarme Sabine und wirf euch beide zu Boden, egal wie weh es tut. Wenn er schreit oder du seine Stimme hörst, umarme Sabine und wirf euch zu Boden. Wenn sie nach dir greift oder dich stößt, umarme sie und wirf euch zu Boden. Wenn ich sage, *Jetzt* … okay? Wenn ich *Jetzt* sage, umarme Sabine und wirf euch zu Boden. Kannst du das?«

»Ich kann das.«

»Was machst du, wenn er angreift?«

»Ich umarme Sabine und werfe uns zu Boden.«

»Was machst du, wenn du seine Stimme hörst? Was machst du, wenn ich sage: *Jetzt*?«

»Ich umarme Sabine und werfe uns zu Boden.«

»Du warst heute eine Heldin, du hast meine Waffe gefunden,

und du hast dich anschießen lassen, ich brauche nur noch eine Heldentat von dir, eine letzte, schaffst du das?«

»Bring mich nur hier raus.«

Emma stand auf und ging zum Fenster. Sie musste nicht lange warten. Zwei, drei Minuten, und Sabine war wieder da. Sie murmelte vor sich hin. »Noël will das. Noël will das.« Den Satz wiederholte sie wie ein Mantra ohne Pause, während sie durch das Zimmer lief. »Noël will das. Noël will das.«

Dann schloss sie die Tür zum Observationszimmer auf und trat stumm beiseite.

88

Sabine ließ sie, ohne eine Miene zu verziehen, eintreten, Babett auf Emmas Schulter gestützt. Die Mädchen kreuzten misstrauische Blicke, wechselten kein Wort. Emma ließ Babett auf die Couch sinken und öffnete vorsichtig die hintere Ausgangstür, ihre Sig Sauer im Anschlag vor sich.

Dahinter: Schwärze. Ein Korridor, der ins Dunkel führte. Das Licht des Observationsraums fiel nur ein paar Meter weit. Auf dem Boden: Geröll, eine Kiste, dann nichts mehr. Emma horchte: kein Geräusch.

Emma wandte sich an Sabine. »Ich bringe dich jetzt nach Hause«, sagte sie. Sie wollte Sabines Hand nehmen, doch die entzog sich ihr und trat einen Schritt zurück.

»Noël sagt, du lügst.« Sabines Stimme war kalt und flach. »Du bist doch seine Freundin, du bist nur eifersüchtig.«

»Sabine, deine Eltern warten auf dich, sie haben jeden einzelnen Brief gelesen und um dich geweint, ich war dabei. Alle warten sie auf dich, dein Schauspiellehrer, Herr Lamowski, deine Freunde, Alina und ...«

»Maike«, sagte Babett, »und Fine und Philipp. Es gibt eine geile Party im Gorki, Sabine, Samstag, in der Kantine, nach dem neuen Dömötör-Stück. Wir sind auf der Gästeliste.«

»Der Unterricht kann nicht weitergehen ohne dich«, sagte Emma. »Sie brauchen dich. Sag mir, wo Noël auf uns wartet.«

»Du lügst, du lügst, wenn ich dir sage, wo er ist, tut er mir weh, er bringt mich in den Kessel.«

Babett stöhnte, hielt ihren zerschossenen Arm fest, wiegte sich hin und her, aber Emma machte einen letzten Versuch. »Sabine, du musst nie wieder in den Kessel, nie wieder, wir müssen nur die Oberfläche erreichen, dort steht mein Auto, wir fahren nach Hause, du kennst den Weg, du bist ihn schon gegangen, draußen sind wir frei, ich bin bewaffnet, diese Pistole, schau, er hat Angst davor, damit kann ich ihn erschießen, damit er dir nie wieder wehtut, nie wieder.«

»Ich tue alles für ihn.«

»Sabine, du brauchst mir nur eins zu sagen, mehr nicht, er wird es nie erfahren, sag mir, wo er ist, und du bist frei, sagst du mir das?«

Sabine antwortete nicht.

»Ich will hier endlich raus«, keuchte Babett, die bleich geworden war.

»Trink was.« Auf dem Tisch standen Wasserflaschen. »Trink, so viel du kannst.« Emma gab Babett eine Flasche, bot auch Sabine eine an, die reagierte nicht.

»Wir gehen jetzt«, beschloss Emma. »Ich gehe vor. Sabine, Noël hat dir gesagt, dass du mir den Weg zeigen sollst, oder?«

»Ich zeige dir den Weg.«

»Babett muss sich auf dich stützen. Babett ist deine Freundin, Sabine. Du musst ihr helfen. Hat Noël gesagt, du sollst auf sie aufpassen?«

»Ich tue alles für Noël.«

»Dann bleibt dicht hinter mir, ihr beide, und du sagst mir, wo ich hinmuss. Sabine – gibt es etwas, das du mitnehmen willst? Wir gehen nach Hause. Wir kommen nicht zurück.«

»Meine Musik!« Von der Couch ergriff sie den kleinen MP3-Player. Sie umklammerte das Gerät mit beiden Händen; Babett klammerte sich an sie.

»Gibt es Licht?«

»Noël sagt, nein.«

Die Sig Sauer vor sich, betrat Emma den Korridor, die Mädchen direkt hinter ihr. Es dauerte, bis sich ihre Augen an die Dunkelheit gewöhnt hatten. Schemenhaft, entlang des Flurs, rechts und links, Türen, eine nach der anderen.

»Wie weit ist es?«, fragte Emma.

»Am Ende des Gangs«, sagte Sabine.

Emma schritt ins Dunkle, die Pistole ausgestreckt vor sich. An ihrer linken Hand Sabine, gefolgt von Babett.

Das Licht aus dem offenen Observationszimmer hinter ihnen wurde mit jedem Schritt schwächer, dann war es weg, und Emma konnte nichts mehr erkennen. Ihre Füße in den nassen Socken traten immer wieder auf Mörtelbrocken und Steine und Glas und irgendwelche rostigen Metallteile, sie versuchte, das alles zu ignorieren. Sie zitterte vor Kälte, Babett auch.

Sabine zwischen ihnen hörte nicht auf zu murmeln. »Noël will es, Noël will es.«

Dann erklang eine andere Stimme hinter Emma, eine, die sie überraschte. Babett. »Wir kommen hier raus, Sabine, keine Angst, ganz ruhig.«

Emma musste Sabines Hand loslassen, um sich die Wand entlangzutasten. Als sie einen Türrahmen spürte, zögerte sie, dann tastete sie weiter: Die Tür war geschlossen.

»Sabine, ist er hinter dieser Tür?«

Sabine antwortete nicht.

Auch nicht bei der nächsten. »Sabine, wartet er hinter dieser Tür? Ist er am Ende des Korridors?«

Sabine sagte gar nichts mehr. Doch immer wieder flüsterte ihr Babett ins Ohr: »Wir kommen hier raus, Sabine. Ich bin dir nicht mehr böse.«

Vor Emma: nichts. Rechts, links: nichts. Finsternis. Schwarz. Die ganze Welt da draußen könnte inzwischen verschwunden sein, nicht mehr existent, und sie würde es nicht wissen. Sie ging weiter, Schritt für Schritt.

Als ihr rechter Fuß ins Nichts trat, musste sie sich fangen. Sie fragte: »Sabine, was ist hier?«

»Eine Treppe.«

»Müssen wir erst nach unten, bevor wir nach oben steigen, Sabine?«

»Ja.«

»Gibt es keinen anderen Weg?«

»Nein.«

»Wartet er im Treppenhaus?«

Sabine antwortete nicht.

Babett atmete scharf ein. Ihre Stimme war verzerrt. »Nicht nach unten, bitte, bitte, ich will nach oben, bitte.«

Aber Emma stieg nach unten, und Babett und Sabine folgten.

Im Treppenhaus begann Sabine zu sprechen. Sie murmelte vor sich hin: »Verzeih mir, verzeih mir, verzeih mir, verzeih mir …«

Emma trat vorsichtiger auf, langsamer, hielt sich fest an ihrer Pistole, tastete die Wand ab, das Geländer fehlte. Unten angekommen, fragte sie: »Sabine, was kommt jetzt?«

»Ein Gang.«

»Wohin führt der?«

»Zur Nebenhalle.«

»Wo ist der Ausgang?«

»Du musst durch die Nebenhalle.«

Im Gang packte Emma Sabine bei den Schultern und presste sie gegen die Betonwand. »Sabine, erzähl mir, was er dir gesagt hat. Wiederhole es für mich, ja? Hat er gesagt, dass deine Eltern dich nicht wollen?«

Emma meinte zu spüren, dass Sabine im Dunkeln nickte.

»Sag, glaubst du ihm immer noch?«

»Meine Eltern wollen mich nicht mehr.«

»Und die Polizei?«

»Sie kommen mich nicht holen.«

»Und deine Freunde?«

»Sie haben mich vergessen.«

»Und alle anderen?«

»Alle haben mich vergessen. Sie denken, ich bin lange tot. Ich habe nur Noël.«

»Und wer ist jetzt bei dir hier? Wer? Wer steht mit dir in diesem dunklen Gang? Wer?«

Sabine sagte es nicht.

»Ich. Ich bin Polizistin. Und wer hat mich geschickt? Deine Eltern. Babett ist hier. Sie ist deine Freundin. Wer ist hier bei dir? Sag es.«

Sabine sagte es nicht.

Emma schlug ihr mit der offenen Hand ins Gesicht. Sie hatte Glück, dass sie im Dunklen traf. Emma schüttelte Sabine. »Er hat gelogen, Sabine. Wir haben dich gesucht, vom ersten Tag an, alle haben dich gesucht, alle reden nur über dich, du warst in jeder Zeitung und im Fernsehen, man sucht dich jetzt noch, das hat er dir nie gesagt, weil er dich angelogen hat, genau wie er dich über Polen angelogen hat. Bist du in Polen?«

Endlich antwortete sie: »Nein.«

»Weil er gelogen hat. Sabine, er hat nur gelogen. Ich bin hier, Babett ist hier. Sag es.«

»Du bist hier.«

»Wer? Wer bin ich?«

»Polizei.«

»Warum? Weil ich dich gesucht habe. Sag es.«

»Weil du mich gesucht hast.«

»Und Babett?«

»Meine Freundin.«

»Wir gehen jetzt zusammen durch diese Halle, und wir finden den Weg nach oben und gehen alle nach Hause. Und wenn du weißt, dass Noël in der Nähe ist, dann sagst du es mir. Ja, Sabine?«

Sabine antwortete nicht.

»Gehen wir«, sagte Emma zornig.

Emma spürte ihre geprellten Rippen mit jedem Schritt. Mit jedem Schritt flüsterte Babett hinter ihr Sabine ins Ohr: »Wir kommen hier raus. Wir kommen hier raus.«

Der Korridor war ähnlich wie der vorige. Emma stoppte an jeder Tür, fragte Sabine immer wieder, ob Noël dahinter war, Sabine antwortete nicht, sie gingen weiter, Babett stöhnte vor Schmerz, doch sie wiederholte ihr Mantra mit jedem Schritt.

Am Ende des Korridors standen sie vor einem Türrahmen. Hinter der Tür: nichts. Nur ein halber Luftzug.

»Ist das die Halle, Sabine?«

»Das ist die Nebenhalle.«

»Führt von hier aus eine Treppe an die Oberfläche?«

»Durch einen Gang.«

»Ist der Gang rechts oder links?«

»Nach rechts.«

»Wartet er in der Halle auf uns?«

Sabine antwortete nicht.

»Sabine – wartet er in der Halle auf uns?«

Keine Antwort.

»Dann gehen wir weiter. Bleibt dicht hinter mir.«

Sie wollte die Halle gerade betreten und hätte es fast nicht bemerkt. Es war so sanft, so zart, so zögerlich, dass sie den Schritt beinahe vollendet hätte. Dann merkte sie es aber doch: ein leises Zupfen am Kragen ihrer Bluse. Von hinten. Eine Hand hinter ihr ergriff zögerlich und zart ihren Kragen. Mehr nicht. Kein Laut, nur das leise, zögerliche Zupfen einer Mädchenhand an ihrem Kragen.

»Runter!«, schrie Emma. »Babett, runter, jetzt!«

Sie ließ sich auf die Knie fallen, rollte nach vorn, auf ihre rechte Schulter, dann auf den Rücken, sie trat mit den Füßen nach hinten, stieß sich ab, so tief wie möglich in die Halle hinein, Kopf angehoben, Blick zur Tür, durch die sie gerade gerollt war, und sie sah das Licht der Taschenlampe, wie sie anging, wie sie durch die Tür schien, das Licht suchte Emma, und im Schein der Taschenlampe sah Emma die kompakte Makarow, ihr Lauf glänzte, als sie Emma suchte, und Emma richtete ihre Sig Sauer direkt auf das Licht und drückte ab, einmal, zweimal, dreimal.

89

Nikolai Grotian schrie vor Schmerzen. »Du Schlampe, Fotze, du machst alles kaputt, ich bring dich um, ich bring dich um.«

Sie hörte, aber sah ihn nicht.

Sie hatte ihn getroffen. Sie hatte gehört, wie er stürzte, wie er sich aufrichtete, wieder stürzte, stöhnte. Jeder Laut tat ihr weh. Mehr als die Worte, mit denen er sie bedachte.

Die Taschenlampe lag auf dem Boden, an die Wand gerichtet, nutzlos, das Licht zeigte auf nichts, die Dunkelheit in der Halle war zu tief.

Emma richtete die Pistole nach rechts, nach links, aber ganz sicher war sie nicht, wo er war. Die Halle war groß, viel Echo, sein Keuchen schwer zu lokalisieren.

Die Taschenlampe. Noch lag sie da.

Schritt für Schritt vorsichtig setzend – die Pistole fest umklammert – ging sie zu ihr hin. Streckte ihre freie Hand danach aus.

Das war der Fehler.

In dem Moment traf sein Messer sie. In der Schulter. Sie sackte zusammen, verlor die Taschenlampe, verlor ihre Pistole, sie stürzte im Schein der Taschenlampe, und sie dachte: Weg aus dem Lichtkegel, wegrollen, aber er traf sie erneut, auf der Brust und im Gesicht, als sie wegrollte, Schmerzen schossen durch ihren Körper, sie schmeckte Blut, einen Moment lang war sie blind, Blut lief ihr in die Augen, aber sie rollte weg, aus dem Licht, und als er heranstürzte, sah sie ihn und trat nach ihm mit aller Kraft, und er stolperte und fiel, und sie rollte weiter weg, und als sie aufblickte, war er fort, und die Taschenlampe auch.

Er rannte. Das hörte sie. Stolpernd, immer wieder fiel er hin, weg, weiter in die Halle hinein.

Emma hörte ein leises Weinen.

»Babett?«, flüsterte sie. »Sabine?«

Niemand antwortete. Das leise Weinen aus dem Korridor hielt an.

»Ich kann nicht mehr, ich kann nicht mehr.« Das war Babett. »Ich … blute … es ist überall …« Aber es war nicht sie, die weinte.

Es war Sabine.

Mit ihren Händen tastete Emma den Boden ab. Mit dem Ärmel wischte sie sich das Blut aus den Augen, ihre Schulter pochte, aber sie konnte sie noch bewegen, und während sie suchte, sprach sie. Nein, sie schrie, ins endlose Dunkel der Halle hinein:

»Willst du uns? Willst du Babett? Willst du Sabine? Dann komm uns holen, du Feigling. Wir sind hier, wir warten auf dich.«

Nikolai Grotian, wo immer er auch war, antwortete nicht.

Emma suchte weiter. Irgendwo hier lag ihre Pistole. Irgendwo lag das Messer. Ihre Hände fanden nur zerbrochenes Glas, eine kaputte Kiste, Steine, Staub und Dreck. Blutige Finger, sie wischte sie an der Bluse ab.

»Wir sind hier und warten auf dich«, bluffte sie. »Ich habe meine Pistole in der einen Hand und das Messer in der anderen. Du kannst es dir aussuchen.«

Keine Antwort.

Emma suchte. Eine Plastikwasserflasche, eine tote Ratte, ein Schuh, ein Heizkörper – und während sie suchte, redete sie, schrie sie, damit er nicht hören konnte, wie sie auf dem Boden kroch und nach ihrer Waffe suchte.

Auf einmal dachte sie: Er hat mich mit dem Messer angegriffen. Nicht mit der Makarow. Er hat sie verloren, als ich geschossen habe. Er sucht auch. Es war fast komisch. Nur dass es nicht komisch war.

»Oder hast du Angst? Angst vor Frauen? Mach doch die Taschenlampe an, dann siehst du die Frau, die dich töten wird. Oder hast du Angst vor dem, was ich tue, wenn ich sehe, wo du bist?«

Emmas Hände tasteten. Ein Abfalleimer, ein zerbeulter metallener Aktenschrank. Hatte er die Taschenlampe überhaupt erwischt? Doch, er hatte sie.

»Du sagst doch, wir sind nur Parasiten, dann behandele uns auch so. Komm her und versuche, uns auszulöschen!«

Er antwortete nicht. War er noch da? Wie schwer war er verwundet? Wusste er, dass sie die Pistole nicht hatte?

Emma hörte das Stöhnen der Mädchen aus dem Korridor und änderte ihre Taktik: »Sie kannte dich nicht mehr, weißt du? Julia. Wir haben über dich geredet. Sie hatte keine Ahnung, wer du bist.«

Keine Reaktion.

»Lukas Arndt, an den erinnert sie sich gut. Als sei es gestern gewesen. Sie glaubt, er ist es, der ihr Postkarten aus dem Urlaub schickt. Dein Name sagt ihr nichts. Auf dem Foto hat sie dich nicht erkannt. Sie hat dich einfach vergessen.«

»Du Hexe«, sagte Nikolai Grotian.

Kein Echo. Er war nah. Vier Meter, fünf. Vielleicht drei, und ein wenig rechts.

»Nein, echt, ich war selber überrascht«, fuhr sie fort. »Sie hat dich schon auf dem Gymnasium nicht wahrgenommen, nicht mal, als du ihretwegen deinen Schwanz verloren hast, gar keinen Eindruck hast du bei ihr hinterlassen.«

Unter Emmas Händen: Zweige, verkrusteter Dreck, Rattenscheiße vielleicht, irgend so was. Und Metall. Nicht die Pistole, nicht das Messer.

Ein Rohr.

Sie hob es auf. »Für sie hast du gar nicht existiert.«

»Du wertloses Stück Dreck, du dreckiger Parasit, du Hexe, du …« Dann besann er sich. »Sabine«, sagte er.

»Hör nicht hin, Sabine!«, schrie Emma. Und suchte.

»Sabine, du bist mein Mädchen, du gehörst mir. Komm jetzt zu mir. Es ist so weit.« Er atmete schwer. So klein konnte die Verletzung nicht sein.

»Sabine, tu es nicht«, sagte Emma. »Wir gehen zusammen nach Hause, du gehörst ihm nicht.«

Sabine gab keinen Laut von sich.

»Komm, Sabine«, sagte Nikolai, seine Stimme nun wieder geschmeidig und weich. »Du gehörst mir und nur mir. Ich habe dich gemacht. Alles, was du bist, habe ich gemacht. Komm jetzt.«

Emma hörte nur die Luft über ihrem Kopf zischen, als etwas aus dem Korridor geflogen kam. Der MP3-Player? Was auch immer es war, es prallte irgendwo zu Boden, in der Nähe von Grotians Stimme.

Dann der Schrei. »Du Arschloch! Ich gehöre dir nicht! Du hast mich nicht gemacht! Du bist der Parasit, nicht ich!«

War das Sabine? Doch, das war Sabine, und bevor Emma sich umdrehen konnte, prallte etwas gegen sie, nein, nicht etwas, jemand, es war Sabine, sie kam aus dem Korridor geschossen, stolperte über Emma und fiel hin, und Emma griff nach ihr, wollte sie festhalten, aber Sabine richtete sich auf und rannte in Richtung der Stimme, »Arschlocharschlocharschloch«, und sie stolperte und stürzte erneut zu Boden, Emma hörte den Sturz, und richtete sich nun auf – es war jetzt oder nie –, das Rohr in der Hand, und sie sah es schon, das Licht, die Taschenlampe hatte er angemacht, mit der Taschenlampe suchte er nach ihr, und Emma sprintete los, zwei Schritte, an Sabine vorbei, drei, vier, fünf, durch das Dunkel, sie schwang das Rohr in die Taschenlampe hinein.

Sie traf.

Das Rohr knallte gegen etwas Weiches, sie hörte einen Schmerzensschrei, ein Fluchen, die Taschenlampe flog durch die Luft, wieder schwang sie das Rohr, sie traf ihn erneut, aber diesmal nicht direkt, er war zur Seite gerollt, fluchend, schreiend, sie schwang das Rohr ein drittes Mal, diesmal von oben nach unten, traf nur den Betonboden, schlug Funken.

Wo war er? Sie trat einen Schritt vor und schwang, nichts. Sie horchte, sie hörte seine Schritte auf dem Schutt, er rannte, sie ihm nach, schwang das Rohr vor sich, aber er war weg, doch die Taschenlampe lag da, die war wichtiger, sie kehrte um, griff sich die Taschenlampe und fand im Lichtkegel Sabine auf dem Boden, eingerollt, wimmernd vor Angst und Wut, Emma griff nach ihrem Arm, zog sie auf die Beine und sagte: »Das hast du gut gemacht, Sabine, du warst wundervoll, wir müssen jetzt weg«, und sie schleifte sie zurück zum Korridor, an Müll und Dreck und Kisten mit kaputten Flaschen vorbei, und sie fand den Eingang im Licht der Taschenlampe und gleich hinter dem Türrahmen auch Babett, am Boden. Gesicht bleich, Hände verschmiert, ihr Verband, der ganze linke Ärmel blutdurchtränkt. Emma war nicht sicher, ob sie bei Bewusstsein war.

»Kannst du aufstehen? Kannst du mich hören?«

Babett antwortete nicht.

Emma packte sie an ihrer heilen Schulter und zog sie auf die Beine. Babett brach zusammen. Emma hievte sie wieder hoch, gab ihr ein paar leichte Ohrfeigen, »Komm schon, komm schon«, Babett hustete, wankte, klammerte sich mit einem Arm um Emmas Schulter.

»Sabine, kannst du uns zum Ausgang bringen?«

»Ich will, dass du ihn tötest«, sagte sie. Ihre Stimme war jetzt völlig anders. Kalt, verzerrt vor Wut und Hass, sie wimmerte nicht mehr um Vergebung, sie wollte Rache. »Töte ihn, du hast es versprochen, erschieß ihn.«

»Sabine, wir müssen erst hier weg, du musst uns sofort rausbringen, kannst du das?«

Sabine drehte sich wortlos um und ging ihnen voran. Zurück durch die Tür, in die Nebenhalle, an der Wand entlang, immer weiter, Emma schleppte Babett und schwenkte die Taschenlampe hin und her, Nikolai war nicht zu sehen, dann war die nächste Tür vor ihnen, und dahinter eine Treppe, die nach oben führte, und Sabine sagte: »Es geht jetzt ganz weit hoch.« Sie packte Babett um die Taille, und zusammen schleppten sie sie Stufe um Stufe nach oben, immer höher, das Treppenhaus wollte nicht enden, Babett atmete schnell und flach, und Emma leuchtete mit der Taschenlampe immer wieder hinter sich, und die Treppe führte ewig weiter nach oben, bis sie vor einer Stahltür endete.

Emma drückte die Klinke herab, schob die schwere Tür auf.

Grau. Hellgrau. Weiß.

Emma blinzelte. Das Licht blendete. Draußen war es heller Tag. Die Nacht war endgültig vorbei. Sie hatten es geschafft. Und Luft. Der Gestank war weg, Moder und Fäulnis, alles verflogen, da war nur frische, kühle Luft wie von Bäumen, von Gras, wie von einem Wind, von einem freien Wind, von einer süßen Brise im Sonnenlicht. Sie blickte auf. Der Himmel war klar, die Sonne schien, zum ersten Mal seit Wochen.

Sie waren draußen. Im Freien. Im Wald. Auf der Wiese, der Lichtung, umgeben von Blutbuchen.

Emma schob Sabine durch die Tür, und sie sank zu Boden, ins trockene Gras, auf das knisternde Winterlaub und lachte, und Emma schleifte Babett raus, sie konnte nicht stehen, sie sank auf die Knie und schnappte nach Luft, nach frischer Luft. »Weg«, stöhnte sie. »Ich will hier weg.« Ja, fliehen, nur weg, so weit weg von hier wie möglich, das wollte Emma auch, sie blickte über die Wiese, sah die Mauer da drüben, ihr Auto stand dahinter, als Babett schrie.

»Hilfe!«

Mit einem Ruck zog Nikolai Grotian Babett von hinten wieder in das Treppenhaus hinein.

»Nein, nein!«

Babett, kreideweiß jetzt, trat und strampelte und griff panisch nach dem Türrahmen, mit beiden Händen, das Blut trat wieder aus dem Verband, Emma griff nach ihren Armen und zog, zog sie zu sich, sie blutete noch stärker, egal, Nikolai hatte ihre Beine umfasst, er grunzte, als er sie ins Treppenhaus zurückzog, fluchte und grunzte, Emma biss die Zähne zusammen und ließ nicht locker, wurde selbst wieder ins dunkle Treppenhaus gezogen, ließ nicht ab, obwohl Babett vor Schmerzen schrie, bis sie abrupt still wurde und ihre Muskeln schlaff unter Emmas Fingern, bis sie ihr wegrutschte, weil ihre Körperspannung nicht mehr da war, weil Babetts endlose Energie zu Ende war, weil es zu spät war, weil Emma versagt hatte. Emma rutschte aus, fand keinen festen Stand, Babett glitt ihr durch die Finger, und Emma stürzte, ihr Kopf schlug hart auf der obersten Stufe auf, und sie verstand nicht mehr, was passierte, das war doch alles falsch. Nikolai schleifte die reglose Babett die Treppe hinunter und brüllte: »Sabine, töte sie! Töte sie, und ich verzeihe dir alles«, und Emma spürte, wie Sabine hinter ihr hervortrat, wie sie das Rohr ergriff, das Emma hatte fallen lassen. »Was hast du mit Babett gemacht?«, schrie sie. »Das ist meine Freundin, lass meine Freundin in Ruhe«, und sie sprang vor und schlug mit dem Rohr nach ihm, so hart sie konnte, und traf ihn, und er fiel rückwärts die Treppe hinab ins Dunkel, und Sabine sah aus, als wolle sie ihn verfolgen.

»Nicht«, sagte Emma. Taumelnd erhob sie sich und zog Babett aus dem Türrahmen ins Freie, griff nach Sabine, schlug die Tür zu, klemmte das Rohr unter die Klinke, und die Frauen fielen in das rote, verrottete Laub unter der Sonne, und sie waren frei.

90

Sie liefen, sie stolperten zum Auto, Babett hing bewusstlos zwischen Emma und Sabine, Emma hatte sie unter den Schultern, Sabine bei den Knien gegriffen, Emma blickte immer wieder zurück, für den Fall, dass Nikolai es doch noch durch die Stahltür schaffen sollte. Sie hasteten um den Rand der Lichtung herum, schnell, schnell, Emma wollte sichergehen, dass sie nicht noch einmal durch das Loch fiel; die Stahltür blieb zu.

Emmas Polo war nicht mehr allein. Hinter ihm stand Nikolais grüner BMW.

Zusammen legten sie Babett auf die Rückbank, auf den Rücken, die Beine mit angewinkelten Knien hochgelagert. Emma suchte im Kofferraum ihren Erste-Hilfe-Kasten und verband Babetts Wunde, Druckverband, fest, so fest wie möglich, damit das Bluten endlich aufhörte.

Dann sah sie, dass der Zündschlüssel nicht steckte.

Auch im BMW nicht.

»Ich muss zurück«, sagte sie.

Panik in Sabines Stimme. »Sie muss ins Krankenhaus!«

»Ihr bleibt hier im Auto. Er ist verwundet, geschwächt, er hat keine Waffe, er kann euch nichts mehr tun. Verstanden?«

»Aber Babett …«

»Sie hat einen Kreislaufzusammenbruch. Schock vielleicht. Ich weiß es nicht. Sie darf kein Blut mehr verlieren, verstehst du das?«

»Du kannst dein Auto doch kurzschließen.«

»Bei diesen Autos geht das nicht«, sagte Emma. Sie log. Babett atmete flach. Wie viel Zeit hatte sie noch? Nicht genug, um selbst zu fahren.

»Sabine, hör mir zu. Das Handy, das Noël dir gab, du hast ihn damit angerufen. Sag mir die PIN-Nummer.«

»Geh hin und töte ihn«, sagte Sabine. »Du hast es versprochen.«

»Wie ist die PIN-Nummer?«

»0000.«

»Ich muss zurück. Verriegelt die Türen. Wartet auf mich, ich bin gleich wieder da.«

Emma war schon auf der Lichtung, als Sabine ihr nachrief: »Du hast es versprochen!«

Die Taschenlampe und das Rohr vor sich, stieß Emma die Stahltür auf und leuchtete ins Treppenhaus: leer.

In Socken, Bluse und Unterwäsche folgte sie dem Lichtkegel die Treppe hinab. Eine Etage, zwei, immer weiter, immer tiefer, dann die erste große Halle, alles still, totenstill, sie hielt sich dicht an der Wand und fand die Tür zum Korridor, wo Nikolai auf sie gewartet hatte.

Hier irgendwo müsste ihre Sig Sauer liegen. Sie hatte keine Zeit, sie zu suchen. Rein in den Korridor, die nächste Treppe hinauf und den letzten Gang runter, an den blinden Türen vorbei. Aus der letzten Tür schimmerte Licht. Sie hörte es schon: das Summen des Generators.

Leise. Schritt für Schritt, bis zum Observationszimmer. Sie atmete tief durch, bevor sie eintrat.

Leer.

Auf dem Tisch mitten im Raum lag scheinbar alles, was Nikolai in seinen Taschen gehabt hatte: zwei Schlüsselbunde, zwei Handys, ein billiges Prepaid und ein Smartphone, und seine Brieftasche.

Und ihr Messer.

Die Makarow und die Sig Sauer fehlten.

Sie steckte ihren Autoschlüssel ein, nahm das Prepaidhandy und wählte 110. Identifizierte sich und bat um einen Rettungswagen. Eile sei geboten, ein Opfer im Schockzustand, sie beschrieb Babetts Verletzungen, so genau sie konnte. Erklärte, wo ihr Polo stand und wie der Krankenwagen hinkam.

Während sie sprach, blickte sie durch den Maschendraht hinaus in die erleuchtete Halle. Nikolai war nirgends zu sehen. Als sie endlich begriff, wo er war, fügte sie hinzu, dass es möglicherweise mehr als ein Opfer gab.

Dann legte sie auf. Griff sich ihr Messer vom Tisch und trat in den Kessel.

Da war er.

In der Halle, da hinten, umgeben von stockigem Wasser, von Leichenteilen, von dem Gestank, unter dem Licht der Scheinwerfer. Sie hörte ihn, bevor sie ihn sah, hörte die Bewegung der Ketten im Wasser, das Klicken der Schellen. Auf der Plattform in der Mitte lag er, umgeben von seinen Seilwinden und Stahlketten.

Er war fast fertig mit dem, was er vorhatte: Zwei der Schellen hatte er schon an den Fußgelenken befestigt, eine dritte um den Hals.

Während Emma in zerrissenen Socken vorsichtig durch Wasser und Gestrüpp auf die Plattform zu watete, versuchte er, die vierte Schelle um sein linkes Handgelenk zu legen.

Keine Waffen neben ihm auf der Plattform. Nur der Schalter an seinem Spiralkabel. Ein Druck auf den Knopf, und die Seilwinden würden zusammen anspringen und mit einem Ruck alle Seile auf einmal anziehen. Er sah sie nicht, er hörte sie nicht. Zu sehr beschäftigt war er mit der letzten Schelle. Die machte ihm Schwierigkeiten. Er war hektisch, ahnte wohl, dass sie zurückkommen würde.

»Brauchst du Hilfe?«, sagte sie.

Als er ihre Stimme hörte, ließ er sofort von seinem Handgelenk ab und griff nach dem Fernschalter.

Zu spät: Emma hielt ihn schon in der Hand.

Er stockte. »Willst du es selber tun?«

»Möchtest du das?«, sagte Emma.

»Ja.« Er war ganz ruhig. »Es ist vorbei. Ich habe alles verloren. Mach es, mach es jetzt.«

»Warte«, sagte Emma. »Du bist noch nicht fertig.«

Sie legte den Fernschalter hinter sich ab und kniete nieder, zog ihm die Schelle, mit der er Probleme gehabt hatte, fest ums Handgelenk. Der Kampf vorhin hatte ihn übel zugerichtet, sein Hemd war blutverschmiert. Er musste sich mit letzter Kraft hergeschleppt haben. Dann, fast zärtlich, fixierte sie auch die andere Hand. Er sagte nichts, aber sein Blick war dankbar. Sie überprüfte alle Schellen, alle Ketten, in aller Ruhe, strich ihm das lange Haar aus dem Gesicht und stand auf.

In ihren Händen der Fernschalter, ihr rechter Daumen auf dem Knopf.

»Tu es.« Er hatte Tränen in den Augen. »Bring es zu Ende, bitte.«

»Es ging mir durch den Kopf«, sagte sie endlich. Ihr Daumen spielte mit dem Knopf. »Eben, im Observationsraum. Ich habe gedacht, ich könnte einfach wieder gehen. Es wäre so leicht gewesen. Aber was für ein erbärmlicher Ausweg für dich. Du bist der Typ, der jemanden tötet, nur weil du mal versagt hast, nur weil du irgendwann im Leben nicht auf der Gewinnerseite standest, ich nicht. Ich bin nicht wie du. Nicht wie du und nicht wie er, ich bin anders.« Sie schüttelte den Kopf. »Komisch, ich dachte, ich sei es. Komisch.«

Sie deaktivierte den Fernschalter und stöpselte die Verbindungskabel zu den Seilwinden ab. »Du wirst diese Welt nicht verlassen, Nikolai.«

»Dann nimm dein Messer, bitte. Emma. Durch die Kehle. Da liegt es doch. Es ist ganz leicht.«

»Nein.«

Er rief ihr nach, Emma ignorierte ihn.

Durch das plätschernde Wasser ging sie zum Observationszimmer zurück, nahm die restlichen Sachen vom Tisch und trat durch den Ausgang ins Dunkel, auf ihrem Weg an die Oberfläche.

91

Der Wald war laut und voll wie ein Jahrmarkt am Sonntag.

Der schmale Weg an der Mauer vollgeparkt mit Streifenwagen, zwei Transportern, einem Kleinbus für eine Halbgruppe, die den Bunker schon gestürmt und Nikolai Grotian abgeführt hatte, ein Befehlskraftwagen und ein Technikwagen des Brandenburger LKA, gleich zwei Sankas – Sanitätskraftwagen –, irgendwo mussten auch die Transporter der Gerichtsmedizin Brandenburg stehen. Dicke Elektrokabel führten durch die Stahltür in den Bunker, die Gerichtsmedizin baute Zelte auf der Lichtung auf, sicherte das Loch mit Absperrband, nicht weit vom Eingang zum Treppenhaus kniete eine Streife und kotzte ins Gras. Das Geschnatter aus Funkgeräten, Handys, das Hin und Her um die Kaffeestation, die Rufe der Kollegen hallten durch den Wald.

Die Rettungswagen mit Sabine und Babett waren längst abgefahren. Lutz und seine Leute waren schon vorher da gewesen, hatten sie oben erwartet, als sie wieder hochgekommen war.

Emma saß hinten in einem der Sankas, dessen Hecktüren offen standen, sie wurde untersucht, mit Schmerzmitteln vollgepumpt. Eine gebrochene Rippe, zwei geprellte Schienbeine, Schnittwunden, wahrscheinlich auch Frakturen in der linken Schulter. Sie hatte ihr Gesicht im Spiegel gesehen und nicht erkannt: Zerschrammt, schwarz und blau geschwollen, Blut und Dreck im Haar. Erst beim Säubern fing es an zu schmerzen.

Die Sonne stand hoch am Himmel. Drüben auf der Wiese schmolz in ein paar Fleckchen der letzte Schnee. Ein leichter Wind ging, sie konnte ihn auf der Haut spüren, an Hals und Wange, während ihr Körper sich unter der dicken Decke aufwärmte. Während Leute hin- und herliefen und immer neue Autos an- und abfuhren, schaute sie sich um. Die Blutbuchen wirkten freundlich im Licht des Tages, Emma konnte in die dritte, vierte Reihe der Bäume blicken, zwischen den nackten Stämmen lauerten keine Monster.

Der Wind, die Luft war angenehm. Die beste Luft, die sie je gerochen hatte. Appetitlich irgendwie. Wie frisch gebackenes Brot, wie das erste Schnitzel nach der Diät, das erste Bier nach hundert Jahren Autofahrt. Jede Luft war besser als der Gestank dort drüben unter der Wiese. Sie hielt die Nase in den Wind. Sie roch Erde. Sie roch Frühling.

Lutz hatte nichts gesagt. Sie nur umarmt. Und war die Treppe in den Kessel hinabgestiegen, während sie sich noch wunderte, wo sie plötzlich alle hergekommen waren.

Felix dagegen hatte eine Menge zu sagen. Laut, aufgewühlt, zornig. Was ihr eigentlich einfalle. Er machte ihr Vorwürfe, er machte sich Vorwürfe. Den ganzen Vormittag hatten sie in Luckenwalde verschwendet, wo ihr Handy geortet worden war, seit er sie heute Morgen nicht erreichen konnte. Die ganze OFA war dabei gewesen.

Erst als Matze sagte, wenn wir Emmas Google-Account-Passwort hätten, dann kämen wir in ihr Samsung rein, war Felix auf die Idee gekommen, Sarah anzurufen, und die hatte Emmas Passwort nach anfänglichem Zögern rausgerückt, aber auch nur, weil sie ihn persönlich kannte. »Gemüsedöner«, sagte Felix. »Hör mal, du bist Polizistin, wie kannst du so ein beschissenes Passwort haben?« Und dann, so Felix, »dann habe ich all die SMS gesehen von heute Morgen, von diesem Verdächtigen, dem Arndt, sag mal, läuft da was mit dem?« – »Nicht dass ich wüsste«, hatte Emma gesagt, und Felix zeigte ihr die Nachrichten: *Alles okay? Du warst plötzlich weg. Melde dich. – Emma, ich mache mir Sorgen. Die Anlage ist nicht umsonst gesperrt. Kann dein Büro nicht erreichen. – Muss jetzt leider zu einem Einsatz, sonst würde ich kommen und selber nach dir schauen.* – »Ich habe ihn gleich angerufen«, sagte er. »Dann wussten wir es.«

Erst als Felix gut zehn Minuten lang geschimpft hatte, nahm er sie in die Arme. Emma hatte keine Kraft, sich zu wehren, wollte es auch gar nicht. Im Gegenteil. Sie wollte so lange festgehalten werden, bis alles um sie herum verschwand – die Polizeiwagen, der Bunker, die Leichen, Nikolai Grotian. Sie vergrub ihren Kopf an seiner Schulter und genoss es, dass seine Lippen wie zufällig ihren Nacken streiften. Und dort blieben.

Ein weiteres Auto fuhr heran, bremste, es war zu voll, parkte mitten auf dem Weg, egal, es kam sowieso niemand mehr durch.

Lukas Arndt stieg aus und marschierte auf Emma und Felix zu.

»Mach so einen Scheiß nie wieder, hörst du?«, schnauzte er sie an. »Ich hab dir doch gesagt …«

»Ich weiß, Lukas«, sagte sie.

Aufgewühlt ließ er sich links neben ihr auf die Rampe des offenen Rettungswagens fallen, auf ihrer rechten Seite saß Felix. Er beugte sich vor.

»Ich sehe, ihr zwei kennt euch noch nicht so lange«, sagte Felix zu ihm. »Sie macht so einen Scheiß ständig. Und wer kann sie da immer wieder rausholen? Ich.«

»Na, ich habe ja wohl auch meinen bescheidenen Beitrag …«

Emma, in der Mitte, legte die Arme um beide und zog sie zu sich heran. »Danke, Jungs. Danke.«

Ihr Handy klingelte. Sie löste sich, rutschte von der Rampe, lächelte entschuldigend und entfernte sich ein paar Schritte. Kein Name, nur eine Nummer.

»Emma?«, sagte seine Stimme.

Er? Sie hörte zu. Sie wollte wieder auflegen, doch sie hörte zu.

»Hat mein Tipp geholfen?«

Emma wusste nicht, was sie sagen sollte. *Wann haust du endlich ab aus meinem Leben? Ich habe dich freigegeben, was willst du noch?*

»Emma, ich wollte nur … Es ist mir wichtig, dass du es weißt … Ich denke, du hattest recht.«

Womit?, hätte sie beinahe gesagt, doch bevor sie es tun konnte, redete Uwe Marquardt hastig weiter.

»Als du gesagt hast, ich verdiene eine faire Chance auf ein neues Leben … Ich dachte, das sei alles, was ich will, aber ich … meine Instinkte, meine … Wünsche … sie sind immer noch da, Emma.« Er stockte. »Ich denke, ich bin immer noch gefährlich. Ich brauche Hilfe.«

»Ach«, sagte sie.

»Und ich glaube, du bist die Einzige, die mir helfen kann.«

Danksagung

Für ihren großzügigen Einsatz möchten wir unseren Freunden danken: Dr. Christoph Scheding für seinen Rat bei medizinischen Details, der Journalistin Emilia Smechowski und unserer wunderbaren polnischen Übersetzerin Agnieszska Hoffmann für ihre Vorschläge zum Thema Polen, dem sehr offenen und hilfsbereiten Henry Böttcher für seine Hilfe zum Thema Trans*Menschen, sowie der Hamburger Dramaturgin Sonja Valentin, die uns den Titel »Blutbuche« schenkte. Nicht zu vergessen, Daniel Mursa und der Agentur Petra Eggers sowie dem Heyne Verlag und unseren Lektorinnen Anke Göbel, der wir noch eine Flasche Whisky, und Susann Rehlein, der wir noch ein prächtiges Dinner schulden. Danke! Emma Carow lebt nur durch euch.